COLLECTION FOLIO

Aragon

LE MONDE RÉEL

Les beaux quartiers

roman

Denoël

LA SUITE DANS LES IDÉES

... il me faut ici rêver à l'avenir, où des livres s'écriront pour des hommes pacifiques et maîtres de leur destin... Cette phrase de la postface aux *Beaux Quartiers* ne se borne pas à justifier le cycle du *Monde Réel*, que j'invente alors, elle traduit l'orientation même du roman que je venais d'écrire et en fait un système. Tourner l'invention romanesque vers l'avenir en suppose la vue, aussi bien la phrase précédente disait-elle de ce livre : *il prélude à d'autres que rendent problématiques ces craquements sourds dans la vieille demeure, et le bruit des revolvers qui s'arment dans la poche des factieux, et les clameurs proches de la guerre étrangère.*

Ceci est écrit à la fin de juin 1936, c'est-à-dire avant même l'éclatement de la guerre d'Espagne, trois ans et deux mois avant celui de la seconde guerre mondiale. Le roman proprement dit achevé le 10 juin à bord du bateau soviétique qui nous menait de Londres à Léningrad, la postface y est ajoutée à Moscou, dans cette chambre de l'Hôtel Métropole, où André Gide était venu me demander de « corriger » le discours qu'il devait prononcer sur la Place Rouge, aux obsèques de Gorki.

À notre voyage précédent, en 1935, *Les Cloches de Bâle* venant de paraître en russe, dans la traduction d'Elsa Triolet, l'idée était venue à quelqu'un, aux nouveaux studios qui s'ouvraient à Odessa, de me faire demander d'en tirer un scénario pour les films d'Ukraine.

J'avais longuement résisté aux instances de l'ambassadrice qu'on nous avait dépêchée à cet effet, et tu étais vivement opposée à ce projet, à cette perte de temps pour un résultat problématique. Mais comment faire ? Dans tous les pays du monde, le cinéma donne naissance à des personnages éloquents et persuasifs, comme cette grande femme ample et sans apprêt dont les gestes étaient soulignés par une longue écharpe glissante et qui me disait que le sort même de la cinématographie ukrainienne résidait entre mes mains, que si l'on n'y avait pas un sujet de retentissement international les studios d'Odessa à peine ouverts allaient être fermés, certaines gens y ayant un intérêt que je n'arrivais pas à saisir, etc... Enfin nous avions cédé, et cela supposait deux ou trois mois sur place, à Odessa, *Londonskaïa Gastinitsa*, l'automne et le début de l'hiver... l'abandon de ce roman commencé qui n'avait pas encore de titre, et que je poursuivais pourtant à la dérobée, par-ci par-là, en marge de mon travail cinématographique, avec un certain sentiment de culpabilité (presque toujours ainsi j'ai écrit mes livres à temps volé). En vérité, mon premier sentiment était le bon, je ne suis pas fait pour écrire des scénarii ni des pièces de théâtre, je n'ai aucune idée de la dramaturgie, cette science étrange, ni en général pour les travaux qui supposent l'intrusion d'autres personnes dans mes rêves écrits : je suis d'instinct un farouche ennemi des arts collectifs, ma *pensée*, ou ce qu'on pourrait appeler ainsi, est le résultat d'un fignolage individuel, artisanal, qui ne suppose pas plus un metteur en scène, des acteurs, un décorateur que ce monstre moderne, le rédacteur, et ma prose n'est jamais arrivée au grand jour sans que j'aie livré au moins contre cette forme modeste du rédacteur, le correcteur, l'épique combat de mes colères, pour y sauvegarder *ma* ponctuation, *mes* fautes de français, le style, quoi !

Tu regardais par-dessus mon épaule les grandes feuilles où le scénario s'écrivait sur trois colonnes, je ne sais plus trop pourquoi, et ce que tu pouvais trouver cela mauvais! Ça l'était. J'avais été saisi de la tentation, pour la cinématographie d'Ukraine, de russifier autant que possible *Les Cloches* ; c'est-à-dire de montrer à l'écran où déjà, de Diane à Clara, la multiplicité des centres d'intérêt est contraire à la conception d'un film qui ne dépassera pas deux heures, l'arrière-plan, le *back-ground*, de la famille Simonidzé, le Caucase, les conditions économiques, la vie des ouvriers de Bakou, leur grande grève d'alors, enfin tout ce qui expliquait en images ce qui, dans le roman, est résumé par le chèque mensuel que reçoit à Paris la mère de Catherine. Et puis j'y tenais. Au point que c'est là-dessus que les choses finalement cassèrent, quand on me demanda avec beaucoup de gentillesse, mais pas moins de fermeté, de renoncer à tout ce côté russo-géorgien du scénario, pour tâcher de réduire l'histoire à son cadre français, déjà sacrément surchargé. Dieu merci, ces gens, au bout du compte, préférèrent considérer comme fonds perdu ce qu'ils avaient déjà dépensé pour notre hôtel et arrêter les frais ; ils m'ont, ce faisant, rendu un inestimable service, et j'imagine quel incroyable navet eût été ce film, si le malheur lui avait donné naissance, où mes pauvres *Cloches* se seraient changées en points sur les *i*. La seule victime de l'affaire fut le metteur en scène, mon ami Jean Lods, qu'on avait aussi fait venir à Odessa, et y demeura plusieurs mois après notre départ pour une partie perdue d'avance, parce que les illusions partout au monde ont du mal à mourir.

Mais, au fur et à mesure que le caractère improbable du film s'accusait, quand je ne poursuivais déjà plus l'écriture de cet interminable scénario que par mauvaise tête, la balance entre le travail officiel et le travail secret se renversait, et ces *Beaux Quartiers* sans nom l'emportaient en moi sur l'épinal cinématographique. Maintenant que j'y songe, il m'apparaît que cette absurde entreprise sans lendemain m'a, en réalité, rendu un inappréciable service : elle m'a forcé chemin faisant à une sorte sans précédent de critique du roman écrit, dans ses détails comme dans sa signification, dont béné-

9

ficia le roman à écrire où je n'avais fait encore que m'engager. A notre arrivée à Odessa, je devais, si je m'en souviens bien, être encore en plein dans la première partie de celui-ci, *Sérianne*.

Les Beaux Quartiers sont nés du double sentiment que j'avais, touchant *Les Cloches de Bâle* : comme d'un livre sans construction d'une part, insatisfaisant à l'esprit par là même, mais surtout d'un récit étroitement parisien où, malgré Cluses et Bakou à la cantonade, la machine démontée semble limitée par les fortifications, le Bois de Boulogne, Neuilly et Levallois-Perret. Un besoin d'ouvrir les fenêtres, de laisser entrer l'air d'ailleurs, d'apercevoir le paysage des provinces, le pays. Et les liens de celui-ci et de ce monde de banquiers et de militaires, d'industriels et de femmes entretenues qui peuple *Les Cloches*. Il ne suffisait pas que le médecin circulât par la ville imaginaire et ses alentours dans une Wisner grise, il ne suffisait pas que l'industrie dont nous connaissions le chef apparût ici réalité de la vie nationale, il fallait manifester l'unité des affaires françaises, je veux dire leur unité charnelle : par exemple, que l'industrie locale jouât son rôle de chaînon dans ce réseau complexe, par l'argent investi et par les parentés, si bien que le chocolatier Émile Barrel... *mari d'une Schoelzer-Bachmann, cousin des Barrel de Lyon... fît une sorte de pont de chocolat entre l'industrie de la soie et le fil d'Alsace*. Mais ce point de croisement choisi, encore fallait-il le situer, fallait-il *inventer* Sérianne.

Sérianne n'existe pas. Je l'ai bâtie avec des matériaux réels, c'est une autre affaire. On a plusieurs fois tenté de localiser la citadelle des Barrel et des Barbentane, de l'identifier avec d s villes qui sont sur la carte. C'est ainsi que dans une publication Hachette à l'usage des écoles, dans le commentaire en marge d'un texte de dictée tiré des *Beaux Quartiers*, l'on écrit que c'est une ville de Savoie. Il était facile de le demander à l'auteur avant d'en décider, mais voilà comment sont nos professeurs! Que Sérianne n'a strictement rien de savoyard

10

si ce n'est peut-être le chocolat ([1]), il suffit de lire pour
le voir. Par exemple, simplement la place que tient pour
Armand la poésie provençale. Et quand le maréchal-
ferrant Avril dit de cousins à lui qu'ils achètent *des
villas, là-haut, sur le Verdon*, il faut bien que nous
soyons en aval de cette rivière, c'est-à-dire au moins
dans la partie méridionale des Basses-Alpes. D'ailleurs
le nom fabriqué de Sérianne (*Sérianne-le-Vieux, chef-
lieu de canton*) évoque naturellement Simiane, qui donna
son nom au beau-fils de Madame de Sévigné. La seconde
n de sa finale vient sans doute de Reillanne, située
légèrement au nord de Simiane-la-Rotonde. Je ne dis
pas que Sérianne est Simiane ni Reillanne, car c'est
apparemment un bourg beaucoup plus important que
ces deux localités. Simiane en 1964 n'a que 322 habitants,
d'après le *Guide Bleu*, pour 625 à Reillanne. Mais
l'une comme l'autre sont surmontées de ruines qui
peuvent faire rêver l'enfant Barbentane : *Simiane*,
dit le même guide, *est connu pour sa rotonde, chapelle
castrale du XIIᵉ siècle conservée dans les restes d'un
château moins ancien, et trop restaurée...* et Reillanne
*est étagé sur une butte qui porte les ruines d'une église et
commande un panorama étendu*. A vrai dire, Banon, un
peu plus au nord, répond mieux à la description de
Sérianne : *Le bourg moderne s'étend au pied du rocher
abrupt qui porte le vieux village en partie abandonné :
restes d'enceinte du XVᵉ siècle. Du sommet du rocher, vue
étendue et très intéressante sur une grande partie de la
montagne de Lure*. Je vous laisse le choix. Mais mon
Sérianne est une ville où puissent se concentrer les éléments du microcosme dont j'avais besoin. Aussi ai-je
déroulé à ses pieds, bien que lui gardant son caractère
montagnard, une partie de plaine, avec des faubourgs et

_____

1. Apparemment cette erreur a pour origine le fait que Barrel ait
appelé la « Savoyarde » la croquette de chocolat qu'il fabriquait. Mais,
à ce compte, bien des produits à nom exotique que fabrique l'industrie de la région parisienne devraient faire situer Paris sous les tro-
piques ou, les *Eskimos* par exemple, dans les neiges polaires. La
« Savoyarde » est d'ailleurs le nom d'une cloche du Sacré-Cœur à Paris.

des vignobles, qui lui enlève le caractère bas-alpin pour lui donner des traits varois. Si j'oublie que les Barrel fabriquent du chocolat, dans les rapports entre les fils de famille et les ouvrières de l'usine Barrel je retrouve certaines histoires qui me viennent de la région voisine de Toulon, où j'ai souvent passé une part de mes vacances à l'époque qui est celle des *Beaux Quartiers*. Dans la petite ville où j'avais de pseudo-parents, on fabriquait des bouchons, il s'y trouvait un commerçant dont l'enseigne me faisait sourire, parce qu'il s'appelait « Arthur Rimbaud », sans savoir le moins du monde ce que cela pouvait avoir de prétentieux. Rien de la vie même du bourg, de ses personnages, que d'ailleurs je ne fréquentais pas, enfant, n'est passé dans *Les Beaux Quartiers*. Mais c'est des vignes environnantes, propriétés et propriétaires, que proviennent les histoires de vendanges et les portraits de cette « société », qui était fermée aux commerçants du bourg.

Même ces origines méridionales, où la politique est bas-alpine, les épisodes électoraux liés aux campagnes que j'ai suivies, enfant, à cause d'un père que j'avais plus ou moins et de mon oncle qui était son collaborateur, ne suffisent pas à tout expliquer de Sérianne. Pour m'en tenir à un détail, le marchand de couronnes mortuaires qui est aussi chapelier provient de Vernon, dans l'Eure, où j'en avais vu la boutique en 1923 sur une grande place morte ; son histoire avait été imaginée déjà, sous une forme différente, dans ce roman détruit huit ans plus tôt à Madrid (c'est la seule osmose qui se soit produite entre *La Défense de l'Infini* et mes livres ultérieurs, probablement ici parce que la reprise d'une image contemporaine de ce roman m'avait d'instinct ramené à sa substance, et aussi que j'avais eu, assez inconsciemment, tentation expérimentale de la transcrire d'une sorte de déclamation lyrique dans les termes de la réalité). Le « Panier fleuri » non plus n'est pas méridional : il va de soi qu'il ne pouvait exister dans les localités de six cents et quelques habitants au plus dont j'ai parlé. Ni même dans ce bourg du Var, malgré son importance

(6 278 habitants, dit le *Guide Bleu*, qui ajoute : *le bourg moderne... est bâti au pied d'un piton rocheux où était perché le vieux village et que couronnent encore une petite église romane et les ruines d'un château)* en raison de la proximité de Toulon où les maris et les fils, avec le tramway, trouvaient tout le quartier du *Chapeau Rouge* : il y avait là des femmes qui se payaient à l'époque d'un tombre-poste de quinze centimes... Le tenancier d'un « Panier fleuri », à dix kilomètres de ce quartier né pour la clientèle des marins, eût sûrement été condamné à la faillite. *Cette ville où ne font plus halte les rois...* est-il dit de Sérianne : il me vient à l'esprit que pour cette phrase on pourrait songer à François Iᵉʳ et à Manosque. Mais non !

L'invention de Sérianne impliquait la construction même du roman, à la fois pour le fond, les « affaires », c'est-à-dire le tableau industriel et financier d'une France, dont l'organe régulateur est sa capitale, et pour les personnages dont la destinée et les rêves exigent la scène de Paris. Aussi tout y a-t-il pour but non seulement l'aventure parisienne des deux frères Barbentane, mais les prolongements des épisodes provinciaux comme celui de *Pro Patria* où trouvent leurs racines les entreprises des briseurs de grève parisiens, et l'amorce de ce que va devenir (je n'en savais rien alors) le personnage d'Adrien Arnaud, c'est-à-dire le troisième représentant de cette génération qui sera celle de la guerre de 14. C'est sans doute le sentiment d'avoir, comme les peintres sur leur toile une silhouette de toile blanche ménagée dans le paysage peint, « préparé » ce dernier personnage, sans lui avoir ici donné développement, qui sera huit ans plus tard à l'origine d'*Aurélien* où, autour de Leurtillois, ce sont les personnages des *Beaux Quartiers* que je devais grouper comme les données du jeu.

Il serait cependant absurde de croire que, pas plus que je n'avais en vue le lointain devenir des Barbentane ou d'Adrien dans d'autres romans, je me représentais avec clarté ce qui pouvait bien leur arriver à Paris en 1913,

13

les imaginant à Sérianne un peu plus tôt. Je n'ai jamais écrit d'histoire dont je connaissais la suite, cela m'aurait toujours empêché de l'écrire. Je suis de cette espèce de romanciers qui écrivent pour savoir ce que leurs personnages vont devenir, c'est-à-dire que j'écris un roman comme le lecteur le lit. Entendez-moi : *je ne sais pas qui est l'assassin*, et je développe mon histoire pour l'apprendre.

Cette sorte d'écriture, comme l'Histoire avec sa majuscule, implique l'intervention du hasard, des bifurcations inattendues. C'est ainsi que, tout à Sérianne, j'ouvrais cependant à mes acteurs naissants des possibilités diverses de destin : ainsi, dès le troisième chapitre, le bref épisode de François de Loménie et de l'ouvrière italienne, Maria Pallatini, n'avait aucunement pour but de préparer le retour du légionnaire François et le meurtre de Respellière, mais un personnage, Maria, dont je n'ai fait aucun usage par la suite, lui substituant une autre Italienne, Carlotta, qui n'apparaîtra qu'à Paris. Maria ou Carlotta, dans mon esprit, n'était pas destinée à Edmond, à peine plus qu'un figurant à Sérianne, mais à Armand. Le roman en a décidé autrement[1]. Cette interchangeabilité des rôles, pour les deux frères, d'y avoir un beau jour songé en 1964, m'a amené, dans ce roman baroque que j'ai écrit cette année-ci, à une constatation que je n'avais pas faite, écrivant *Les Beaux Quartiers* : *Je n'avais jamais pensé avant cette minute*, y est-il dit, *que les deux frères du livre, Armand et Edmond*,

1. Il m'est à peu près impossible de ne pas remarquer ici comment, avec ce naturel de voleur inconscient que j'ai, toujours, avec toi, je t'emprunte, ce disant, une idée à laquelle il ne semble pas qu'on ait encore fait le sort qu'elle mérite et qu'exprime, comme par manière rhétorique d'en finir, la dernière phrase des *Amants d'Avignon* : *Nous sommes en février 1943 et c'est à l'histoire de mener ma chanson.* Affirmation qui prend un caractère romanesque singulier, si l'on songe à cette suite que l'histoire va donner quatre ans plus tard à ta chanson, dans la seconde partie d'*Anne-Marie (Les Fantômes armés)*, où celui qui fut le Célestin des *Amants* fait déjà pressentir l'O. A. S. avec douze ou treize années d'avance. Et qui, à l'heure la plus noire des années sombres, marque tranquillement la thèse fondamentale de ce réalisme dont nous nous réclamons, toi et moi.

n'étaient qu'un seul et même personnage dédoublé, pour
les commodités du roman, c'était moi, celui qui peut plaire
et celui qui ne plaît pas, moi récrit au mal séparé de moi
récrit au bien...

C'est là, comme l'exprime à la première personne ce
moi du roman en question, une « idée de personnage »,
qu'on ne saurait tout à fait imputer à l'auteur, même si
apparemment dans *La Mise à mort* celui qui tient la
plume non seulement m'emprunte des moments recon-
naissables de ma vie, mais s'attribue parfois la paternité
de mes vers et de mes romans, en particulier des *Beaux
Quartiers*. Il subit, au vrai, ton influence, car tu m'as
toujours identifié à Armand, malgré mes dénégations.
Je ne puis nier qu'Armand vive, à Sérianne, dans un
décor, pour composite qu'il soit, fait de lieux et de gens
que j'ai connus. Je ne puis nier que l'aventure d'Armand
Barbentane avec Thérèse soit, même un peu arrangée,
une aventure de ma jeunesse. Mais Armand s'est formé
dans ce cadre provincial que je n'ai pu voir qu'en passant, sa famille ne ressemble en rien à la mienne, il n'a
de parenté avec l'enfant que je fus que la crise religieuse
précédant la première communion, laquelle relève du
lieu commun. Je n'ai voulu être ni prêtre ni acteur, et
ce qu'il advient d'Armand à Paris n'a pas le plus léger
rapport avec ma vie. Armand est mon aîné, peut-être
de dix-huit mois, ce qui le fait de la classe seize, c'est-
à-dire lui donne un avenir où la guerre jouera un rôle
autrement marqué que pour l'étudiant en médecine que
je devais être, et qui n'est mobilisé que dans l'été 17.
C'est évidemment persuadé par toi de la ressemblance
objective d'Armand avec moi que je lui donnerai plus
tard, dans *Les Communistes*, une vie qui ressemble à la
mienne (politiquement), tout en réservant ma seconde
guerre à un jeune homme qui pourrait avoir été mon
fils. Mais, par exemple, les études de médecine que j'ai
faites, et qu'Armand ne fera pas, éclairent Edmond et
non pas Armand, lui prêtent, à lui et non à Armand,
certains tours d'esprit qui m'en vinrent, et qu'on retrouvera chez le Jean de Moncey des *Communistes*. Si donc

15

il fallait partager comme un fruit le personnage double
dont sont faits les deux frères, les moitiés ne s'en défi-
niraient pas, comme pour le Dr Jekyll et Mr Hyde (à
quoi se réfère le récitant de *La Mise à mort*), par le bien
et le mal séparés. En tout cas, pour nous en tenir au
moment de leur apparition dans le cycle du *Monde
Réel*, Armand, par exemple (et pas plus que lui Edmond)
ne se rapproche de l'auteur en rien par les conditions de
l'enfance. Le mécanisme de l'invention ici est le même,
pour en revenir à *La Mise à mort*, d'où je tire la citation
suivante, que celui qui est mis en lumière dans un essai
de Charles Lamb, écrivant : *Là où, sous le couvert de la
première personne (son tour de langage favori), il imagine
l'état d'abandon d'un garçon de la campagne placé dans
une école de Londres, loin de ses amis et connaissances...*
(Elia), c'est-à-dire Lamb lui-même, *est en opposition
directe avec l'histoire de sa propre jeunesse...* Dans *Les
Beaux Quartiers*, l'auteur n'a pas recours à la première
personne, mais la confusion entre lui et ses personnages
doit être, à en juger par toi, une tentation naturelle. Il
est certain pourtant qu'Armand à Sérianne, ou Armand
à Paris, est en opposition directe avec l'histoire de ma
propre jeunesse. Pour ne point parler d'Edmond. C'est
ainsi que la parturition imaginaire ne se laisse pas réduire au mécanisme simple de quoi, à première vue,
elle semble relever.

Toujours est-il que j'en étais à dire que dans l'abord
j'avais commencé d'introduire à Sérianne le personnage
de Maria Pallatini, avec la secrète intention de la faire
rencontrer à Paris avec Armand. Comment se fait-il
que je n'aie pas tenu le coup, et pas su résister à l'envie
d'évoquer l'Italienne avant d'avoir amené Armand à
Paris ? Quand, au chapitre XVII de la seconde partie,
j'ai mis cette belle personne en présence d'Edmond, il
me fut tout de suite évident que je trahissais son cadet,
mais qu'y faire ? L'appeler Carlotta n'y change rien,
elle pouvait être encore cette Maria, qui eût trouvé son
nom trop vulgaire une fois lancée à Paris. Remarquez
que, pour son physique, je sais très bien d'où Carlotta

16

me vient : c'est d'une fille qui me sembla surprenante, une manière de géante, avec une poitrine merveilleuse, et des hanches d'éphèbe, laquelle m'apparut une nuit des années vingt au *Caveau caucasien* où elle vendait des fleurs. Je ne vais pas vous raconter par le menu comment je m'accrochai huit jours à son char, et comment elle eut tout d'un coup assez de moi, et s'en débarrassa en m'intimant l'ordre de ne reparaître chez elle, — un petit rez-de-chaussée près du Trocadéro, que lui payait un homme d'âge (assez ressemblant à Joseph Quesnel), à l'arrivée duquel elle m'avait une fois caché dans son armoire, classiquement, émerveillé de l'odeur et du toucher de ses robes, — de ne reparaître chez elle, disais-je, que muni d'une paire d'escarpins dont elle avait besoin et qui coûtait seize francs, somme exorbitante pour moi : car, disait-elle, tu ne t'imagines pas que je vais te faire longtemps l'amour à l'œil, on m'aurait changée. Je l'avais entendue s'étonner, parlant à une de ces amies plus humbles comme en ont toujours ces femmes-là : « Je ne sais pas ce qu'il me veut, ce garçon... il revient... Tu comprends ça, toi ? Moi, ça me dérange... » Je ne revins donc pas. N'ayant pas tué une rentière pour lui offrir ses escarpins, malgré l'espèce d'ivresse que j'avais éprouvée un instant à me prendre pour un amant de cœur. Ma fleuriste n'était pas Italienne, mais elle avait cette plénitude des chairs qu'on voit aux Vénus étendues du Titien ou du Corrège, cet éclat qui est de Venise par quoi Madones et filles galantes ont même attrait. Elle ressemblait, pour le visage et la poitrine, à la *Femme blonde* de Manet, aujourd'hui au Jeu de Paume, et que je reproduis ici, comme Carlotta, dans le Tome II des *Beaux Quartiers*. Quand Carlotta Beneduce eut enfin pris figure, elle demeura toujours pour moi, jusque dans *Aurélien*, semblable à cette maîtresse femme qui est apparue dans ma vie pour une semaine, mais ne s'est jamais effacée de ma mémoire, y laissant ce genre de lueur qu'on peut garder d'une ville ou d'une promenade en mer.

Mais, pour autant, Carlotta *n'est pas* la fleuriste du

17

Caveau caucasien : pas plus que Sérianne n'est quelque Simiane ou ce bourg varois. Il serait d'ailleurs facile de retrouver dans son histoire des reflets de plusieurs autres femmes réelles, des traits de leur vie. Comme ce magasin de Vernon dans Sérianne.

Si je m'en souviens exactement, cela doit être à notre retour d'Odessa, c'est-à-dire à Moscou, que j'ai écrit cet exercice de style qui est le premier chapitre de *Paris*. Mais, cette partie du livre, au-delà de ce passage lyrique, ne pouvait se poursuivre que sur place, exigeant de vérifier le calendrier qui commence ici fin novembre 1912 (c'est-à-dire pratiquement à l'heure où *Les Cloches* finissent) avec le bilan de la grève dressé par le Consortium des Taxis. Les premiers chapitres de *Paris* suivaient encore à peu près les rêves que je me faisais de ce tableau, où le frère aîné d'Armand ne prenait, à mon sens, le pas sur son cadet que pour préparer l'entrée de celui-ci dans un monde préalablement mis en place. C'est à notre retour en France que se place un petit fait, qui pourra d'abord paraître sans importance. Il s'agit pourtant d'un de ces hasards qui sont les plaques tournantes du roman, et auxquels j'ai fait plus haut allusion.

Avec des numéros de *L'Illustration* dans ma serviette, et toute sorte de notes prises à la Bibliothèque nationale, j'étais allé écrire au café ce qui est le chapitre VII : *Du Paty de Clam réintégré !*... etc., qui se termine aux Folies-Bergère. Ce n'est pas si long, mais je m'étais embrouillé. Enfin, j'étais en retard, et je descendis au sous-sol pour te téléphoner, craignant que tu ne t'inquiètes. La cabine était occupée, la porte mal fermée, et j'y surpris la conversation de la femme qui parlait. Les conversations téléphoniques dont on n'entend que la moitié, et qui laissent à l'imagination les répliques du correspondant invisible, ont toujours eu pour moi un attrait de jeu, parce qu'elles laissent ouvertes plusieurs solutions des problèmes qu'elles posent. Mais cette fois, la voix humble, suppliante, la nature des propos, m'amenèrent à noter au crayon sur un bout de papier, — me donnant l'air de quelqu'un qu'une tout autre affaire personnelle distrait de ce qui l'entoure, — au moins l'enchaînement des paroles, qu'après que l'inconnue eut raccroché, je remontai précipitamment reconstituer sur le papier quadrillé du café, oubliant de t'appeler, pardonne-le moi. D'autant que je me mis à rêver de la façon d'introduire, à ce point même du roman où j'en étais, ce *collage*, comme un titre de journal ou une page de musique dans la peinture de Picasso à l'époque même des *Beaux Quartiers*.

Le fait d'attribuer le rôle indiscret de l'écouteur à Richard Grésandage, ce que je décidai assez naturellement, parce qu'il était un personnage récemment introduit et demandait à prendre de l'étoffe, même pour un rôle secondaire, ce simple fait devait cependant profondément modifier le développement romanesque du livre. Voici que ce commis de l'état, que je n'avais guère introduit que pour être une sorte de confident de Joseph Quesnel, amant de Carlotta, se trouvait avoir un passé, un arrière-plan, n'était plus confinable à ce qu'on appelle au théâtre *une utilité*. Et que venait d'entrer dans le roman un personnage que je n'avais pas prévu, Jeanne Cartuywels, c'est-à-dire l'inconnue du téléphone. D'où les chapitres VIII et IX qui ont pour but de déchiffrer le mystère d'une conversation unilatérale et où, au-delà des paroles entendues, se détermine la vie de Jeanne, avec son amant, le croupier Charles Leroy, ses secrets, et l'intrus, le policier Colombin. Tout l'avenir du livre s'en trouvait chargé d'une hypothèque de surprise. De là sortira la troisième partie, *Passage-Club*.

J'avais commencé le chapitre VIII par une phrase qui ne traduisait que ma mauvaise conscience : *Richard Grésandage était en retard : Elise devait s'inquiéter...* C'est aux *Gaufres*, comme s'appelait alors le café du rond-point des Champs-Élysées qui fait le coin de l'avenue Matignon, que j'avais localisé l'aventure. En réalité, moi, j'avais surpris les propos de l'inconnue dans le sous-sol d'un petit café de la rue Caumartin, à gauche en venant des boulevards, très mal commode pour y écrire, étant comme un petit couloir devant le bar, mais pour lequel j'avais gardé quelque sentimentalité des jours de Février 1934 : le 7 au soir, où il y eut encore toute sorte de manifestations sporadiques, que je suivais comme journaliste, je m'y étais réfugié, devant une charge de police qui nettoyait les abords de l'*Olympia*, et on m'y avait fait filer au sous-sol avec d'autres, pour que les flics ne viennent pas nous appréhender dans le bar. L'endroit était un peu particulier pour qu'un Directeur général des Fonds y vînt téléphoner à sa femme. Je lui substituai les *Gaufres*, par une association d'idées, parce que j'avais, le 6 Février, assisté à la terrasse de ce café à un assassinat demeuré par la suite mystérieux (ceci aussi est entré dans une histoire écrite trente ans plus tard). Pourquoi fallait-il que l'amant de Jeanne Cartuywels fût un croupier ? Il me semble que l'explication ne s'en trouve pas en 1913, mais relève justement de cet ensemble de souvenirs liés à la fois avec les *Gaufres* et le café de la rue Caumartin en février 1934 : j'étais alors à *L'Humanité*, et je m'étais persuadé, ce qui pour une grande part est certain, que les événements auxquels j'avais assisté devaient être des épisodes de la lutte de clans rivaux pour la maîtrise d'un monopole particulier, lequel supposait une circulation monétaire annuelle plus importante que tout le budget de l'état, celui des jeux, courses, loteries et appareils à sous. L'apparition du croupier Leroy et celle du policier Colombin soulignent donc ici (comme déjà dans *Les Cloches* la grève des taxis de 1911-1912 faisant miroir à celle de 1933-1934) ce caractère des romans que j'avais entrepris *tournés vers l'avenir*, et où j'ai l'air d'expliquer 1913, quand par 1913 j'explique 1934 et ce qui s'en suivit. Ce procédé romanesque a pris chez moi par la suite les proportions de *La Semaine Sainte*.

Toujours est-il que très peu de temps après ce premier *collage*, au début de 1936, en tout cas, et depuis un an nous avions quitté la rue Campagne-Première pour la rue de la Sourdière, si pas en février comme Edmond Barbentane en 1913 (le printemps précoce de cette année-là, je ne l'avais certainement pas inventé, je suis bien trop scrupuleux pour cela, mais pour moi, sans nul doute, y insister dans *Les Beaux Quartiers* ne pouvait être qu'en raison du février de 1934, où les journées du 6 au 9 se passèrent par un temps d'avril), les jardins du Louvre devenus de mon quartier, je m'étais installé sur un banc de la cour du Carrousel, avec mes paperasses, ayant en tête toute sorte de considérations sur l'élection de Poincaré à la présidence de la République, quand une sorte de clochard m'adressa la parole... D'où ce second collage, le chapitre XIII de *Paris*, où presque rien n'est inventé. Celui-ci ne fait sans doute pas dévier le roman comme le premier collage, mais cependant il détermine, à la manière d'un écho, le personnage d'Edmond, et tend par là même à accroître son importance dans *Les Beaux Quartiers*. C'est à partir de là, d'évidence, que le frère aîné prend le pas sur Armand. Il se substituera définitivement à lui à partir du chapitre XVII, où la rencontre du café de la Cascade va m'entraîner, en avril 1913, à mettre face à face Edmond et Carlotta, cette Carlotta jusqu'alors à peine nommée, et que je cesserai de réserver à Armand, la distinguant de Maria Pallatini, de l'inutile Maria Pallatini, à qui je garde pour moi seul une certaine part de ma songerie. C'est à partir de là que le roman s'emballe, la fin, presque la moitié du volume, sera écrite en moins de cinq mois...

C'est le lieu de parler de ce qui est le *temps* du roman. *Sérianne* s'étendait sur plusieurs années, pour s'achever en juillet 1912 (page 205). *Paris* reprend fin novembre, nous sommes le 4 janvier 1913 à la page 244, après quoi un léger retour en arrière permet d'aligner dans le temps l'histoire d'Armand sur celle d'Edmond. A la page 271 nous reprenons celui-ci en février dans la cour du Carrousel. Nous sommes en avril à la Cascade à la page 300. En mai, avec Armand à Sérianne page 332 et avec Edmond page 343, le soir où Armand arrive à Paris (page 346). Il faut cinquante-huit pages pour arriver au matin du 26 mai. La fin de *Paris* nous mène

21

au 1er juin (page 430), pour six jours vingt-sept pages[1].

La troisième partie, *Passage-Club*, s'étend de là au soir du 17 juillet, soit cent vingt-cinq pages pour quarante-sept jours.

Pour résumer ce calendrier, la première partie du roman, portant sur plusieurs années, les deux autres, *Paris* et *Passage-Club*, en trois cent cinquante et quelques pages contre deux cent cinq à l'introduction, se déroulent, après un entracte de quatre mois environ, sur une étendue d'un peu moins de huit mois. C'est-à-dire que le temps romanesque, plus il est fourni en événements (j'ai dit, *le roman s'emballe...*), plus il exige d'espace-papier. Si bien que le temps relativement vide, mais, du point de vue de la chronologie, de longue durée, passe vite pour le papier, alors que l'intensification de l'action dans un temps court exige une étendue disproportionnée au temps romanesque initial. *L'emballement* des faits impose paradoxalement une prise de vues au ralenti.

Ceci demande un peu d'y rêver.

J'écris cette préface aux *Beaux Quartiers* vingt-neuf ans après, presque jour pour jour (janvier 1965), avoir atteint la page initiale de *Paris*, et assez curieusement à nouveau où elle fut écrite. Il y aurait à dire du *temps* de l'homme, de la façon qu'il a de passer ou de ne point passer, de l'inégalité des années suivant les événements qu'elles portent, l'âge de celui qui sert de chronomètre... mais ici je veux, moins que du temps réel, du temps humain, parler du temps romanesque. J'y suis enclin par la lecture, ou à plus exactement dire la relecture que je viens de faire du roman d'Elsa Triolet qui va paraître à la fin de ce mois : *Le Grand Jamais* est, entre autres, un roman sur le temps, sur le temps-concept ou le concept *temps* comme on voudra. Un moment du livre me poursuit : c'est où tu écris notamment

   ... le temps est l'activité de l'espace...

---

1. Les folios des pages, ici donnés, sont ceux de l'édition originale, qui correspondent à peu près aux pages dactylographiées.

Et, bien que mon propos ne soit que du *temps romanesque*, c'est-à-dire d'un temps inventé et non du temps réel, peut-être me permettras-tu de me servir, par simple métaphore, et avec tous les guillemets, toutes les pincettes que cela suppose, de cette étrange expression pour tenter de rendre sensible ce qu'est le temps, non pas dans la vie, mais dans le roman. C'est, après tout, un assez bon exemple de la façon dont ma tête marche le plus souvent à partir de ta pensée, de comment tu joues dans ce que je suis amené à écrire le rôle mystérieux du hasard ; et c'est toi qui jettes les dés, le *fait* pour moi est le point que tu amènes.

Comme du temps tout court nous avons, nous autres peuples occidentaux, une représentation linéaire, j'ai du temps que j'invente, du temps romanesque, une représentation spatiale. Mais pas plus l'espace que le temps n'est ici l'espace réel. L'espace n'est pas le monde, mais le livre. C'est, comme je l'ai plus haut formulé par anticipation, un *espace-papier*. Dans cet *espace-papier*, le temps coule avec une vitesse variable, ce temps que nous appelons le temps romanesque, et qui est « l'activité de l'espace-papier », si je puis dire. C'est suivant ce temps inventé que se dispose, se déroule le récit.

Dans le roman d'où nous sommes partis, *Les Beaux Quartiers*, nous trouvons, comme le montre la sorte de calendrier que je viens d'en établir, des variétés de temps imaginaire, qui se distinguent du temps réel par des caractéristiques diverses : notamment, en contradiction de l'irréversibilité du temps réel, cette faculté de marche arrière qui permet de considérer le temps comme une donnée individuelle des personnages, et de revenir à un point chronologique antérieur du récit pour suivre l'un d'eux, Armand disons, que « le temps d'Edmond » avait laissé sur le sable. C'est là un vieux procédé du roman, sur lequel il n'est pas besoin d'insister. Ce qui est ici de mon propos, c'est bien plutôt la diversité d'écoulement du temps imaginaire, considéré dans un récit chronologique ininterrompu. Tout *Sérianne* est écrit en fonction du temps que j'appellerai *balza-*

cien, si vous m'y autorisez, le temps classique du récit, où, sans que cela semble poser le moindre problème à l'auteur, le blanc entre deux paragraphes suffit à nous faire enjamber des semaines, des mois ou même des années (il y en a des variétés où ce blanc semble inutile à l'écrivain, qui peut aller jusqu'à faire s'écouler des périodes temporelles analogues d'une phrase sur l'autre, d'une proposition principale à l'autre ou même au simple détour d'une proposition circonstancielle).

Quelle qu'en soit la variété, le temps balzacien porte le caractère d'une désinvolture quasi divine de la part de qui l'emploie et s'arroge le plein droit d'en disposer à sa guise. L'auteur amène, par exemple, un de ses personnages dans une ville de province et lui y loue une chambre, puis dira, sur une interruption brusque de la marche du temps, que six mois plus tard, flânant dans la rue principale de la localité, il y aperçoit deux dames, l'une qui frise la quarantaine et l'autre qui paraît être sa fille, dont le comportement se met à l'intéresser... Nous aussi. Mais que dirons-nous de ce temps-papier : qu'il s'écoule vite ou lentement ? La question ne se pose pas, puisque, en fait, d'une proposition sur l'autre, le temps ne s'est pas écoulé, mais interrompu. Le tout-puissant auteur s'est servi du point à la ligne, par exemple, comme d'un tremplin pour nous faire sauter six mois à pieds joints. Dans un tel système, la comparaison des étendues-papier consacrées aux périodes successives du récit est dépourvue de sens : l'écrivain n'y est tenu à aucune obligation, et il agit envers son roman comme un auteur de contes de fées. C'est son droit, puisque c'est son choix, et je ne dis pas ceci pour faire valoir le système chronologique inverse, lequel, poussé à son extrême conséquence, exigerait un nombre égal de signes typographiques par minute de temps d'horloge, et aboutirait à l'identification du temps réel et du temps inventé, ou tout au moins à sa photographie. Comme c'est le choix de certains écrivains d'aujourd'hui d'adopter le système inverse.

Mais si le temps, relativement balzacien, que j'ai

adopté dans *Sérianne*, suppose des sautes brusques, des entractes du récit, une fois terminée cette longue exposition (au sens théâtral du mot), il s'établit, d'abord progressivement, une chronologie de type différent au cours de la seconde partie, *Paris*. On serait tenté, puisque l'espace-papier consacré à ce temps nouveau est sensiblement plus grand que précédemment, de dire que désormais le temps imaginaire passe plus lentement. Or, tout à l'heure, j'ai, semble-t-il sans malice, caractérisé le moment du récit où le temps imaginaire se met à suivre une chronologie à peu près égale pour l'espace-papier, où le détail des faits peuple, emplit cet espace, bannissant les trous, les entractes, en disant qu'à partir de ce point *le roman s'emballe*. Il y a pourtant là dans les mots une contradiction qui n'est pas fortuite.

Bien qu'il traverse les années en peu de pages, le temps d'exposition d'un roman, au moins d'un roman de l'espèce considérée, est un temps *lent*, parce que la vitesse romanesque, en réalité, ne dépend pas du temps réel parcouru, mais de l'effort d'imagination demandé au lecteur pour traverser les faits exposés. Un temps *vide* se traverse au pas de promenade, un temps *plein* exige le pas de course de l'esprit. Je me souviens d'une conversation très ancienne que j'ai eue avec mon ami Georges Auric, touchant sa spécialité, la musique, et qui peut ici m'aider à me faire entendre : il s'agissait des différences d'écriture qui existent entre la musique classique ou romantique, et la musique de notre siècle. Auric disait avec un certain humour que les musiciens de l'époque de Beethoven avaient somme toute la partie facile, et qu'il était exigé d'eux un travail de paresseux. Car, de nos jours, on ne permettrait jamais à un musicien, pour un temps égal, d'écrire aussi peu de notes sur le papier. Et ceci, bien entendu, tout à fait indépendamment du temps d'exécution : la « paresse » d'un Beethoven n'est pas moindre dans un *prestissimo* que dans un *largo*. Cela me semble se transcrire avec exactitude dans le domaine de l'écriture verbale, et particulièrement dans celui du roman. La vitesse ici tient à l'intensité des faits,

25

à leur juxtaposition sans soupir, au rapprochement des haies à sauter pour ce cheval qu'est le lecteur, et non plus au calendrier, l'art du romancier consistant à le faire d'autant mieux oublier qu'il est respecté jusqu'au vertige. Bref, le roman s'emballe à l'inverse de l'écoulement du temps réel, et le temps imaginaire par là même s'y distingue du temps réel, comme dans ces moments de la vie où l'angoisse, le malheur, la maladie, etc. (et l'âge, je vous laisse le classer dans l'une ou l'autre de ces catégories, suivant votre cœur) enlèvent pour un homme, ou une communauté considérée, sa signification d'horloge au temps, en faisant une sorte de fièvre, où l'on dit que le temps *ne passe plus*, qu'il est comme une arête dans votre gosier. Le temps imaginaire alors qui s'établit, dans des conditions exceptionnelles, est subjectivement d'une atroce lenteur parce qu'il suppose un défilé accéléré de notions, de pensées, d'images, comme si des jours et des jours s'écoulaient en quelques minutes. C'est un temps *plein*, objectivement d'une rapidité qu'aucune horloge ne peut mesurer. Le roman s'emballe, et les aiguilles se font tortues. Le temps imaginaire n'est plus fonction de l'horloge, mais du livre, il est l'activité de l'espace-papier.

Ce temps, qui suppose l'homme dans sa complexité, est à mon sens le vrai temps romanesque, dans le piège duquel attirer le lecteur ne peut pas toujours se faire d'emblée : c'est ce que, pour ma part, j'appellerais volontiers le temps réaliste, en opposition au temps photographié à quoi je faisais tout à l'heure allusion, qui est à mon sens un temps *naturaliste*. Ceci impliquerait sans doute une discussion de longue haleine, laquelle dépasserait les limites de cette préface. Je la remets à plus tard.

Parce que *Les Beaux Quartiers* me reprennent, le vague désir d'aveux encore informulés.

Lorsque, tantôt, le temps m'a pris par la main, me détournant de tout autre problème, j'étais à décrire les *collages* sur quoi, plus ou moins, tourne l'action du roman. La notion de collage a trouvé dans la peinture sa forme provocante, il y a un peu plus d'un demi-siècle. Elle y est l'introduction d'un objet, d'une matière, empruntés au monde réel et par quoi le tableau, c'est-à-dire le monde imité, se trouve tout entier remis en question. Le collage est la reconnaissance par le peintre de l'inimitable, et le point de départ d'une organisation de la peinture à partir de ce que le peintre renonce à imiter. Un titre de journal, une affiche, une boîte d'allumettes, qu'importe... L'emploi du collage est une sorte de désespoir du peintre, à l'échelle de quoi le monde peint est repensé. On connaît cette histoire de Braque, disant devant un petit tableau qu'il avait fait, avec sans doute un rien d'angoisse dans la gorge, que ce tableau-là *tiendrait le coup* à côté d'un champ de blé. On ne peut pas coller un champ de blé sur la toile, pour mettre la peinture à son échelle émotive, il faut se contenter disons d'un timbre-poste.

Dans l'écriture, quand j'étais très jeune encore, l'idée du collage, de la transposition du collage dans l'écriture, de l'équivalent à y trouver du collage me possédait assez constamment. Si on y regardait de près, on verrait que cette période fugitive de la poésie qu'on a pendant deux ou trois ans appelée la poésie cubiste, de façon purement assimilative, ne méritait guère ce nom-là qu'en raison de cette obsession. Chez Reverdy au premier chef. Et chez nous, je veux dire alors André Breton, Philippe Soupault et moi (Éluard n'apparaît qu'un peu plus tard), la forme essentielle de cette obsession est le *lieu commun* qui est un véritable collage de l'expression toute faite, d'un langage de confection [1], dans le vers : d'abord employé comme l'image, ou tout autre élément traditionnel du poème, je veux dire incorporé à la phrase poétique, puis tendant à s'isoler, à se passer du ciment des mots, à devenir le poème même. Nous avons alors rêvé de ce que nous appelions *le poème-affiche*. Les titres de nos recueils à cette époque

---

1. Un langage *cuit*, dira plus tard Desnos.

ont à cet égard caractère de manifeste *(Mont-de-piété[1], Rose-des-vents, Feu de joie)*, puis c'est devenu un style, rien de plus. La nature du collage avait changé pour nous avec le Mouvement Dada : je veux dire la nature de sa provocation. Marcel Duchamp signait des objets, et ce n'était plus le désespoir de l'inimitable, mais la proclamation de la personnalité du choix préférée à la personnalité du métier. Avec Max Ernst, le collage prend caractère de métaphore. Dans ce temps-là, j'avais signé l'alphabet, me bornant à lui mettre un titre. Il faut considérer cela comme un collage.

On ne trouverait aucun collage dans mon premier roman, *Anicet* : cependant, dans ce petit livre expérimental qui l'a suivi, *Les Aventures de Télémaque*, le collage fait des apparitions multiples dans ma prose, introduction d'un prospectus, ou de textes de moi-même qui n'ont pas été écrits pour l'occasion que je colle ici sans y rien changer, des manifestes Dada par exemple. Autant qu'il me semble ce procédé de démoralisation du langage n'intervient dans les contes du *Libertinage* qu'une seule fois, dans *Asphyxies* (qui n'est pas dédié par hasard à Francis Picabia), sous la forme à peine remaniée d'une chanson du clown Footitt (*Non, je ne rentrerai plus à la maison*, etc...) L'année même où j'achevais *Le Libertinage*, venait de paraître le premier roman de Philippe Soupault, *Le Bon Apôtre*. L'auteur, en ce temps-là, et je n'ai plus du tout idée comment ni pourquoi, s'était séparé de nous, j'entends des surréalistes. Ce livre m'avait fait une grande impression, au-delà même de ce qu'il flattait en moi l'inclinaison romanesque. Soupault, dans la préface, s'y défendait d'avoir écrit une *Éducation sentimentale*, ce qui était manière de le faire penser. On y trouvait, vers la fin du second tiers, six pages sur le costume masculin (*Le complet-veston est à l'ordre du jour ; on ne porte plus la jaquette, qui, somme toute, est un vêtement peu distingué, et la redin-*

1. Dans ce livre d'André Breton, le poème *Le Corset Mystère* est probablement le premier collage poétique : au moins le premier systématiquement fait.

gote qui commence seulement à faire sa réapparition ne s'est pas encore imposée...) Qu'il s'agissait là d'un collage, que Philippe ne pût aucunement écrire ainsi de lui-même, je n'en ai jamais douté. L'introduction d'un article de mode dans le « journal » du *Bon Apôtre* avait sans aucun doute pour but de produire sur le lecteur un grand effet d'accablement. Ou le caractère d'un masque : l'effacement de l'auteur. J'y ai beaucoup réfléchi alors. Peut-être même est-ce la raison qui m'a détourné du collage en ce temps-là (bien qu'on en trouverait trace, mais sous la forme enseigne, écriteau, à la façon plastique, dans *Le Paysan de Paris*). En tout cas, je ne crois pas que la tentation m'en soit venue un seul instant dans ce manuscrit kilométrique qui m'a tenu lieu d'inconscient de 1923 à 1927, jusqu'à ce que je l'aie détruit. La réapparition d'un collage, d'espèce il est vrai toute différente, dans *Les Beaux Quartiers*, est un phénomène qui peut paraître singulier, étant donné la volonté de réalisme chez l'auteur de ce livre : à y regarder de plus près, on saisira que précisément, chez le cubiste ou le dadaïste, déjà, le collage était la manifestation d'un désir *réaliste*, la reconnaissance en dehors du peintre ou de l'écrivain de l'écriture d'une réalité objective. Et le roman s'en empare, de façon me semble-t-il naturelle. J'ai désigné comme premier collage dans *Les Beaux Quartiers* celui de la communication téléphonique surprise par l'auteur, autour de laquelle le livre est *repeint*, du fait de l'attribution à un personnage romanesque de cette indiscrétion, et des prolongements inventés, comme un dessin à partir d'une tache sur le mur, qui sont l'explication romanesque des propos surpris. Mais, à vrai dire, on pourrait considérer comme un collage, dès *Sérianne*, un moment antérieur du livre : c'est au chapitre IV, l'apparition de Garibaldi dans les nuits d'Esther Barrel. L'élément ici *collé* est un tableau de Giorgio de Chirico, une sorte de fantôme de saindoux gris, un homme nu aux yeux baissés, une impériale au menton, dans une pièce noire, un peu de côté d'une fenêtre ouverte, avec un livre sur une table devant lui. Il appartient au décor de l'époque surréaliste : il se trouvait chez Breton, rue Fontaine, et dans notre provincialisme parisien nous le tenions pour Napoléon III. Il fallut que vînt à Paris Alberto Savinio, frère du peintre Chirico, pour nous apprendre que c'était en vérité Garibaldi. On me dira que, plus qu'un collage, cette intrusion du tableau dans le roman, cette façon de prendre un fantôme *tout fait* dans la peinture contemporaine, relève plus de la citation que du collage. Mais c'est que toute citation peut, au contraire, être tenue pour un collage : si bien que, dans le célèbre collage du Duchamp, la Joconde ornée de moustaches, pour peu qu'on y réfléchisse, les moustaches étant, elles, faites à la main, le collage consiste dans la *citation* tout entière du Vinci, et non pas dans les moustaches, qui sont la peinture.

On trouve un autre collage au chapitre XXVII de *Paris* et voici comment il fut introduit. A la fin du chapitre XX, j'avais appris, aux dernières lignes, où habitait Carlotta *(Elle habitait près de la Jatte, boulevard Bineau)*. Je dis *j'avais appris*, parce qu'effectivement Edmond et moi l'apprenions d'un même coup. Je ne m'étais guère préoccupé de sa demeure, au préalable. Il me semble que j'avais l'intention de lui donner un petit appartement, soit du côté du Trocadéro, comme à ma fleuriste, soit vers la Muette. Et puis cela m'était tombé autrement de la plume : sans doute, parce que Joseph Quesnel, vu sa fortune, en eût paru mesquin, mais aussi pour détourner de l'idée de quelqu'un qui n'était pas du tout physiquement Carlotta, mais qu'on eût pu, en ce temps-là, croire reconnaître en elle, d'après l'adresse et certains traits de sa biographie. L'idée du boulevard Bineau était toute naturelle, en raison de certains épisodes de mon enfance, dont on trouvera trace dans *Le mentir-vrai*. Ma mémoire avait à sa disposition ce petit hôtel du parc de Neuilly, auquel je n'avais qu'à faire quelques retouches (y pendre des tableaux modernes) pour qu'il convînt à la fois à l'entreteneur et à son amie. Ce décor tout fait prend donc ici caractère de citation, mais là n'est pas le collage à proprement parler.

Sa description faite au chapitre XXIII, d'après mes seuls souvenirs, quand Edmond se rend à l'invitation de Carlotta, l'envie me prit, ayant à y ramener ce jeune homme le lendemain dimanche, de revoir au moins, sinon la maison et le jardin, du moins le quartier, les abords du petit hôtel. Car il s'agissait de décrire les allées et venues d'Edmond que Carlotta remet d'heure en heure, et qui se promène dans les alentours de la Grande Jatte pour laisser passer le temps. C'était effectivement un dimanche, de 1936, voilà tout. J'avais regardé à travers les grilles, les feuillages, par la porte, le jardin où j'avais joué, enfant, le perron, la pelouse, et je remontais la rue voisine vers la Seine quand je vis devant moi la femme qui lisait une lettre, comme j'allais prétendre qu'il advint à Edmond. Ce qui suit n'est en rien d'invention. Ni la lettre en morceaux que je ramassai, et que je lus dans ce café voisin du pont de la Jatte. C'est cette lettre-là, patiemment reconstituée, qui constitue ici le collage.

La tentation m'était grande, bien entendu, d'agir avec comme dans le cas de la conversation téléphonique de la rue Caumartin. C'est-à-dire de donner corps à Gustave, de faire de la femme rencontrée dans le parc de Neuilly, soit quelqu'un du roman, soit une personne que j'aurais pu retrouver dans *Les Cloches de Bâle*. D'autant qu'une phrase, en particulier, me tendait la perche : *J'ai rencontré ta sœur, elle m'a parlé très gentiment...* Un instant, je pensai à compliquer l'aventure de Jeanne Cartuywels : n'avait-elle pas une sœur, Micheline, comme nous l'avait expliqué Richard Grésandage... Puis vraiment, cela ne *collait* pas. Une autre idée m'était surgie : aller le lendemain, lundi, à six heures, au rendez-vous de Gustave au métro Chaussée d'Antin, voir de quoi il pouvait avoir la gueule ? qui sait, la femme viendrait peut-être, ou pas, et moi je jouerais plusieurs jours de suite le jeu de l'espoir, l'homme à la fin remarquerait peut-être ma présence répétée, je pourrais lui sourire, d'un air un peu las, de l'air de quelqu'un qui partage avec vous un même malheur, il finirait par m'adresser la parole, ou à lui moi, qui sait, divers maintiens m'étaient alors possibles, soit que je me laisse aller à des confidences, dont le caractère forcément l'atteindrait, à cause de la similitude de situations, une femme, je lui ai écrit, elle n'a pas répondu, j'attends toujours qu'elle vienne, là, devant les Galeries Lafayette, au besoin, qui sait, je pourrais laisser dans ma bouche des phrases qui sonnent comme un écho de la lettre, et Gustave en frémirait, ou serait pris de doutes, suspecterait mes propos, je le regarderais avec des yeux d'innocence... il me dirait... qui sait, de propos en propos... et si elle venait, si elle venait !

Je dois te dire que je l'aurais sûrement fait, s'il n'y avait pas eu toi. D'abord, il n'était pas de mes mœurs de t'abandonner ainsi à heure fixe, qu'aurais-tu pensé ? Je pouvais naturellement te mettre dans la confidence. Je le pouvais. Mais mais mais. D'abord, pour que toute cette aventure eût le caractère romanesque, il eût fallu que l'expérimentateur ait sa pleine liberté de mal agir. Si tu n'avais pas existé. Mais tu existais. Par conséquent la limite m'était sensible de ce que je pouvais faire ou ne pas faire, le cas échéant. Par exemple, si la femme survenait, impossible d'avoir avec elle les rapports qui m'eussent été naturels si tu n'étais pas. Par exemple. Enfin, mille et une raisons me convainquirent de recopier la lettre reconstituée, le puzzle, sur la table de marbre du café. Le temps de le faire, il me parut impossible de me livrer à ce sport imaginaire, et ce ne fut pas le vent, mais le revers de ma main qui dispersa la lettre, dont je fourrai quelques fragments dans ma poche, pour les disperser plus tard, du côté de la porte des Ternes, avec l'idée de gagner la *Lorraine*, place des Ternes, comme Edmond.

Je m'étais ainsi décidé à laisser le caractère *pur* à ce collage : j'entends, sa parfaite inutilité dans le développement du roman. Cependant il m'apparaissait que la lettre ici transcrite, indépendamment de toute l'histoire des frères Barbentane et de Carlotta, revêtait une utilité imprévue : elle faisait entrer dans le roman la donnée du roman des autres, de ceux qui n'en étaient pas les personnages, elle servait à en accroître la perspective à lui donner une dimension supplémentaire, une profondeur, et sa présence témoignait du caractère commun aux acteurs des *Beaux Quartiers* et aux figurants que sont tous les autres hommes et toutes les autres femmes que l'on croise dans la rue, qu'on voit dans les restaurants, le métro, les gares... du caractère *romanesque* commun aux uns et aux autres de la vie telle qu'elle va. A cet égard, la lettre agit ici comme le timbre-poste ou l'en-tête de journal dans les tableaux cubistes. D'autant plus qu'elle garde cet aspect de gratuité.

Cependant, sinon sur Edmond, la lettre collée devait agir par un de ses passages sur l'auteur : *Je me dis qu'on a tort d'être honnête quand on aime...* etc. A partir de là, ma rêverie, tout le temps que j'écrivais le dimanche d'Armand, la manifestation de la Butte-aux-Cailles, m'avait entraîné à m'imaginer les associations d'idées d'Edmond, trouvant dans cette phrase même la justification de ce qu'il n'ose pas encore faire, devenir. D'où très naturellement la première canaillerie d'Edmond à l'occasion du mandat qu'il doit recevoir de son père pour Armand, ou tout au moins l'amorce de cette petite escroquerie dans sa tête... mais aussitôt j'inventai la survenue de Madame Beurdeley, l'histoire des bijoux. Indiscutablement pour moi, à ce moment de la réflexion romanesque, les conditions étaient créées pour faire d'Edmond un meurtrier. Ce qu'exprime son exclamation après le départ de la femme : *L'imprudente !* J'allais écrire, décrire l'assassinat de Madame Beurdeley par Edmond. Puis cela s'écrivit autrement. C'était qu'au fond j'avais surtout besoin de faire de ce jeune homme un maquereau : l'opposition entre les deux frères, avec les illusions socialistes naissantes d'Armand, eût été trop grossière si Edmond avait *directement* du sang sur les mains. Tandis que le maquerellage... Mais c'était là une idée à quoi ce jeune provincial, qui n'avait encore qu'un an de Quartier latin, ne pouvait pas d'emblée accéder sans hésitations de conscience. Éviter l'issue brutale de la scène dans la chambre d'hôtel n'impliquait pas d'ailleurs que par la suite je ne me résoudrais pas à ce que je venais d'éviter. La double politique, celle de la violence et celle de la corruption, restait encore affaire de choix devant Edmond, comme devant la bourgeoisie en 1913. *On a tort d'être honnête...* encore faut-il voir comment.

Ainsi le collage du puzzle, s'il n'agit pas comme plaque tournante de l'histoire, ne demeure pourtant pas un collage *pur*, au sens où je disais. Ses effets vont se faire sentir du pont de la Jatte jusque dans *Aurélien*.

Peut-être faudrait-il ici donner mes références, touchant cette hantise du collage à travers les années. Il s'était passé dix ans environ après la fin de Dada, quand j'écrivis, comme préface à une exposition, *La Peinture au défi*, qui est essentiellement une apologie du collage où, aux exemples cubistes, dadaïstes et surréalistes, venaient maintenant se surajouter les collages ou montages constructivistes et futuristes russes que je connaissais par toi. Si on lit bien ce texte, on y aperçoit l'amorce d'un développement, la conception en formation du collage comme porte de sortie de l'art pour l'art (il faut se rappeler que les surréalistes étaient contre l'art pour l'art), comme moyen d'expression des idées. Juste comme j'étais en train de passer corps et âme au roman, au lendemain du Premier Congrès des Écrivains Soviétiques à Moscou, auquel, pour la France, étaient invités Jean-Richard Bloch, André Malraux et moi, je venais de publier une série de réflexions qui portent le titre *Pour un réalisme socialiste* où se trouve un chapitre consacré au dadaïste allemand John Heartfield, spécialiste des collages, chez qui le collage avait pris signification politique. C'était où j'inclinais, et ces pages-là gardent pour moi leur sens, qui est de passage au réalisme, le collage y joue le rôle de pont intellectuel. Cela est si vrai que plus d'un quart de siècle va se passer, et qu'on me retrouvera, dans *Les Lettres Françaises*, saisissant l'exemple tchécoslovaque des collages d'Adolf Hoffmeister, pour tenter d'élargir le concept du réalisme socialiste, à mon avis ramené à un schéma naturaliste et

34

pour cette raison devenu l'étiquette d'œuvres médiocres qui le font décrier. Que le collage soit une écriture inventée en d'autres temps et que nous regardons souvent comme les hiéroglyphes sur l'Obélisque de Louqsor, cela n'empêche que les hiéroglyphes disaient *quelque chose*, étaient langage : et pour moi, c'est là l'essentiel de l'écriture, son réalisme. De nos jours, le réalisme dont je n'ai cessé de me réclamer doit inclure tous les procédés d'appréhension de la réalité, et non pas les réduire à une certaine perspective séculairement employée, à un certain goût du *fini* et ainsi de suite. Ou il cesse d'être réalisme. C'est notamment pourquoi j'ai salué comme un événement le livre de Roger Garaudy (*D'un réalisme sans rivage*) ; et assez paradoxalement dans divers pays, au nom du dogmatisme comme de son contraire, il se trouve des gens, aussi peu faits que possible pour être des alliés, qui me reprochent en chœur de l'avoir préfacé. Ils croient sans doute à la légèreté de ma part : s'ils remontaient le fleuve de ce que j'ai écrit, ils verraient que c'est là le fait d'un récidiviste inguérissable, et sans doute ceux d'entre eux qui me proposent, sans avoir l'air de rien, de pratiquer à cette occasion une subtile distinction entre ma conception du réalisme et le réalisme sans rivage de Garaudy perdraient tout espoir de ma rédemption au seuil de cet enfer volontaire qui est le mien.

Bien sûr, je n'ai pas plus tôt souligné la persistance d'une obsession, l'idée fixe du collage à travers les années qu'il me faut y apporter le rectificatif, l'indispensable rectificatif, de l'évolution de cette idée. Si, *au commencement*, comme il est dit du Dieu créateur, quand il cloue à sa toile une vieille chemise à lui, Picasso *cite* cette chemise, comme il *citerait* un timbre-poste, la valeur de citation du collage s'est d'abord estompée tant que son caractère plastique l'emportait. Mais à partir du moment où nous considérons l'existence de collages dans un art non-plastique, le poème, le roman, de l'alphabet signé à une lettre ramassée dans la rue, nous sommes fatalement amenés à confondre collage et citation, a nommer *collage* le fait de plaquer dans ce que j'écris ce qu'un autre écrivait, ou tout texte tiré de la vie courante, réclame, inscription, article de journal, etc... Le collage dans le roman ou au théâtre d'un personnage ailleurs défini, Don Juan, Œdipe, le Cid Campeador, etc. perd son nom d'imitation. De même, si je préfère l'appellation de collage à celle de citation, c'est que l'introduction de la pensée d'un autre, d'une pensée déjà formulée, dans ce que j'écris, prend ici, non plus valeur de reflet, mais d'acte conscient, de démarche décidée, pour aller au-delà de ce point d'où je pars, qui était le point d'arrivée d'un autre. L'exemple le plus clair, à mon sens, le plus démonstratif, de ce mécanisme d'écriture, c'est-à-dire de création des idées, se trouve dans les *Poésies* d'Isidore Ducasse, presque entièrement écrites à partir de la pensée d'autrui : par retournement de La Rochefoucauld, de Vauvenargues, etc. On n'a pas encore assez sérieusement fait l'examen des *Poésies* de ce point de vue, on n'a pas compris qu'il ne s'agit là aucunement d'un jeu, mais d'une invention, que les *Poésies* sont un immense monument élevé avec des collages.

Une des formes les plus singulières du collage dans le roman est celle qu'il a prise dans l'œuvre d'Elsa Triolet. J'en ai parlé dans *La Mise à mort*, en lui donnant le nom de *thème secondaire*... par exemple, dans *L'Inspecteur des Ruines* le thème de la *Loge des Étrangers*, ouvertement, directement emprunté à Hoffmann, le décor *collé* de Bamberg, de l'hôtellerie où la chambre qui échoit à Antonin Blond a une porte ouvrant directement au fond d'une loge du théâtre de ville où, ce soir-là, comme chez Hoffmann, se chante *Don Juan*. Ce *par quoi*, dit l'héroïne de *La Mise à mort*, *le personnage d'Antonin Blond reçoit soudain la lumière romanesque*. Le thème de *Zubiri* emprunté à Hugo, dans *Les Manigances*, celui de la *Trilby* de Du Maurier, dans *Luna-Park*, celui du poème de Mikhaïl Svetlov, *Grenade*, dans *Le Rendez-vous des étrangers*, etc., presque chaque roman d'Elsa contient ainsi un *collage* ou thème secondaire dont, dans ce même roman qui voit le jour en 1965, j'ai écrit qu'il relevait d'un système pour donner sens à ce qui profondément agite les personnages, *leurs arrière-passions dont ils ne sauraient eux-mêmes être que les porteurs passagers et peut-être inconscients.* Ce qui d'ailleurs n'exclut pas une autre sorte de collages, au sens de la lettre déchirée dans *Les Beaux Quartiers* : par exemple, l'introduction du sténogramme de la discussion sur « les intentions humaines » dans *Le Cheval Roux*, discussion qui a effectivement eu lieu en 1952 à la *Literatournaïa Gazeta*, entre des savants et Elsa Triolet, sous la direction de Constantin Simonov. Et même on rencontre, par exemple dans *Les Fantômes armés*, le collage, sous sa forme classique, avec les lettres du curé de Cramail, qui sont l'œuvre authentique d'un prêtre du Vaucluse. Je ne parlerai pas des récidives de ce procédé dans *Luna-Park*, c'est l'affaire d'Elsa. Mais la forme du *thème secondaire* est indiscutablement une invention propre à l'auteur de *L'Ame* et du *Mythe de la baronne Mélanie*, par quoi se mesure l'évolution même du roman de l'immédiate avant-guerre à nos jours.

Du caractère moderne de cette invention, de sa convergence avec les recherches récentes d'autres esprits, témoigne assez singulièrement sa parenté avec le procédé du *collage cinématographique*, qui caractérise les films de Jean-Luc Godard. Ce procédé, parfaitement conscient que Godard lui-même appelle toujours collage, a le don d'irriter les critiques et les bavards qui lui donnent le nom de *manie de la citation*. Par là, sans le savoir, comme M. Jourdain faisait de la prose, ils confirment le bien-fondé de mon vocabulaire, remarquez, mais ce stade est dépassé, abandonnons au parler vulgaire le verbe *citer*, le substantif *citation*, qui faisaient d'abord image, et que voilà tombés dans le domaine journalistique, avec sur eux accent péjoratif. Tenons-nous en aux mots coller, collage, qui *collent* encore.

Qu'au début d'*Une femme mariée* de J.-L. Godard, ce soit précisément un roman d'Elsa Triolet, qui éclaire le film entrepris sous la forme du *collage* du livre même, sa couverture, son faux-titre... et comme en pendant à la *Bérénice* de Racine, sur quoi le film se terminera, relève certainement pour les critiques de la « manie de citation » qu'ils se plaisent à dénoncer, mais, bien entendu, pour moi, prend une signification tout autre. Précisément parce que ce n'est pas là une facétie fortuite, mais l'expression d'un système : et d'un système qui suppose l'emprunt d'une pensée *toute-faite*, introduite d'un autre art que le cinéma lui-même, ce qui semble à nos gens sacrilège ou, tout au moins, de mauvais goût. Comme il était de mauvais goût d'introduire un objet non-peint dans la peinture, ou de transcrire un peu plus tard le procédé du collage pictural dans la littérature. Il n'y a pas d'ailleurs chez Godard que le seul blasphème du collage-citation : d'un même esprit procède, par exemple, l'écriture littéraire, romanesque dans la construction du film, qui le morcelle en chapitres, avec un titre chacun, comme un livre. De cela, de cette invention, je n'ai vu nulle part sérieusement parler. Sans doute, parce que ceux qui en ont fonction manquent de cet élément essentiel à la critique comme à la création, l'humour, celui de Swift, de Lewis Carroll et d'Alfred Jarry, les vrais maîtres de l'art moderne dans toutes ses branches, et sans quoi tout art tourne nécessairement à l'académisme. J'en étais là quand je reçus un livre qui venait de paraître au *Mercure*, dont presque chaque page me donne l'envie de l'introduire ici, de la coller ou de la discuter. C'est *Le voir et le savoir*, essai sur Nicolas Poussin, de Pierre Schneider. De Poussin, il écrit : *Jamais peintre n'a désiré à ce point que son œuvre parle aux yeux. Il multiplie les personnages allégoriques, tels ces dieux-fleuves qui, comme le remarquait avec agacement Loménie de Brienne, « sont des écriteaux que le peintre met dans son tableau afin d'en rendre le sens plus clair ». Poussin est passé maître dans l'art de disposer des écriteaux. Dans les* Funérailles de Phocion, *une procession de cavaliers en l'honneur de Zeus, à peine visible dans le lointain, indique que la date est le 19 mars, jour de la mort de Phocion... Il semble que cet art de disposer des écriteaux*, ce soit bien celui où Jean-Luc Godard est, comme Poussin, passé maître. Et ces dieux-fleuves, irrésistiblement, dont parle ici Pierre Schneider, me font songer aux statues olympiennes du *Mépris*. Étrange parenté qui lie aux créateurs d'aujourd'hui un peintre comme Nicolas Poussin [1], précisément pour ce désir de lui qu'ils partagent, que son œuvre *parle aux yeux*. La différence n'est que de vocabulaire, *collage, écriteau, citation...* à vous de choisir.

Il me reste à parler de la troisième et dernière partie des *Beaux Quartiers, Passage-Club*. Du point de vue de l'écriture et du décor, de l'invention et de la suite dans les idées (qui, pour sa part, pourrait se nommer l'obsession). Changeant de page, pour inscrire ce titre par quoi une certaine volonté de concentration de l'histoire, de confinement de l'histoire à des limites (des rives) on ne peut plus particulières, j'avais sans doute en tête une image au moins, qui fait de la maison de jeu sous la surveillance policière un résumé de la société décrite, donne valeur de métaphore au *Passage-Club*. Il va sans dire que je n'abordais pas plus cette métaphore avec une idée claire de son développement que je n'avais eu de plan en tête pour les deux premières parties. J'avais seulement envie...

Je m'arrête dans ce que j'allais dire, m'apercevant qu'il y a des données ici nécessaires qui n'ont pas caractère d'objectivité, parce que l'histoire littéraire des années 17 à 25 n'a guère été écrite que de passions personnelles ou comme un froid calendrier, mais le plus souvent, me semble-t-il, sans le *fond* des problèmes que se posaient les jeunes gens que nous fûmes. Ma génération n'était pas du tout faite que d'individus turbulents, de casseurs d'assiettes et poncifs : ceux que l'on décrit ainsi étaient les explorateurs de domaines qu'on parcourt aujourd'hui sans leur en savoir gré, un peu comme en sortant du bureau on s'en va manger un sandwich

---

1. Et par exemple au peintre André Masson, antinomique qu'il lui semble, à s'en tenir au *silence* de Poussin et au *tourbillon* de l'autre.

sur les bancs d'un square public. Si l'on se reporte à ce qu'ont pu être, par exemple, les articles critiques même d'Apollinaire (tels qu'ils ont été récemment publiés en volume) et qu'on les compare à ce que nous avons pu écrire dès 1917 dans le même domaine, il n'est pas possible de ne pas remarquer que les exigences de notre génération par rapport à elle-même étaient autrement élevées que celles de nos immédiats prédécesseurs. La nécessité d'une critique, et la vulgarité de la critique existante, nous devaient forcément mener à inventer des procédés critiques nouveaux, différents de ce journalisme qui nous levait le cœur. De cet ordre de préoccupation relèvent les textes dits de *critique synthétique*, qui substituaient à l'examen analytique de la critique courante une sorte d'image provoquée par le livre, un reflet de l'œuvre envisagée, qui prenait le plus souvent les caractères d'un poème en prose. Cela avait commencé par un texte fait en collaboration par André Breton et moi-même, et qui portait le titre *Treize études* : chaque « étude » consistait en un nom de peintre ou de poète, en face duquel un mot était inscrit. Par exemple, *Renoir* — Pensée, *Valéry* — Perce... *Reverdy* — Mine, *Picasso* — Mes tresses !

Cela avait été publié dans SIC, la revue de Pierre Albert-Birot, et c'est à la suite de cela que ce dernier m'avait demandé d'assurer ainsi, sous un petit format, la critique des livres chez lui. Au vrai, mes « articles » furent de dimensions plus considérables, ils atteignaient parfois jusqu'à dix lignes. C'est à leur occasion que P. A.-Birot inventa l'expression de *critique synthétique* que j'acceptai comme un raccourci, et surtout en haine de l'analyse d'usage courant.

A vrai dire, à l'origine de ces « synthèses », il fallait savoir que se trouvait une remarque de Flaubert, disant que, dans *Salammbô*, il avait surtout voulu évoquer la couleur jaune. Je dirai qu'écrivant *Les Beaux Quartiers*, et arrivé à *Passage-Club*, cet ordre de préoccupation ne m'avait pas quitté. Je voulais surtout dans cette partie du livre évoquer, dans ce tripot, une certaine

Treize Etudes

Cherchez Monsieur

dans

Renoir	Pensée
Valéry	Perce
Valéry Larbaud	Blouse
Derain	Abricot
Max Jacob	God et famille
Gris	Thulé
Apollinaire	Tu
Braque	Grammaire
Matisse	Malbranche... non Fernandine
Gide	Ferdinand
Saintléger Léger	Noon
Reverdy	Mine
Picasso	Mes tresses !

André Breton et Louis Aragon.

couleur cendre des visages que j'ai toujours vue aux
maniaques des maisons de jeu. Une teinte qui va du

cigare au bleu de la barbe, un air de maladie généralement aggravé de mouchetures, de petits trous dans la peau, comme d'anciennes griffes. Une lumière d'aquarium inquiet. Le « club » est situé à l'entresol du passage de l'Opéra, c'est-à-dire dans le décor qui avait été en 1924 celui du *Paysan de Paris* : on peut constater dans la description des lieux, faite par le menu dans ce livre, qu'il n'y avait pas alors de place correspondant à la localisation du *Passage-Club*, il est vrai en 1913. Mais c'est là détournement volontaire : autant qu'il m'en souvienne, les « pilotis » de ce lieu sont deux tripots ayant réellement existé, l'un dans le *Passage des Panoramas*, l'autre au fond d'une cour de la rue de Richelieu, à main gauche en venant du boulevard, et pas très loin de celui-ci. Le Passage de l'Opéra présentait cet avantage qu'il était détruit depuis onze ans quand j'écrivais *Les Beaux Quartiers*, et qu'allez-vous y retrouver! Les deux autres tapis verts existaient encore. J'avais été mené dans le second par le frère du poète Jacques Baron, plus tard gouverneur des Indes françaises pour la France Libre, parce que l'inscription à la maison de jeu donnait droit à prendre des repas gratis au restaurant qui y était joint. Mais, comme on peut le remarquer dans plusieurs de mes livres, ce genre de lieu avait pour moi un attrait assez particulier, dont je suppose que l'origine est l'aventure de mon grand-père maternel, de quoi je parlerai en même temps que des *Voyageurs de l'Impériale*, où il se confond partiellement avec l'image de Pierre Mercadier. Pour être tout à fait sincère, il faut dire aussi qu'à Monte-Carlo, Biarritz ou Dieppe, j'avais suivi quelques années plus tôt — avant ton ère, — cette amie dont il est parlé dans *Le Roman inachevé*, laquelle était parfois prise de la manie du jeu, pour se distraire, se changer les idées, et qu'il fallait bien, l'accompagnant, que j'imite parfois. Autour des tables, j'ai appris diverses choses sur ces personnages fantômes qu'on y rencontre, et qu'agite plus encore que l'attrait du gain un certain sentiment de la disqualification de l'argent, une sorte de morale renversée, le vertige du « pourquoi pas moi? »

42

que leur donnent le coup de rateau du croupier, le passage du sabot, le silence des cartes données... C'est ici qu'il me fallait définitivement faire trébucher Edmond dans le monde où ce n'est plus à la sueur de son front que l'homme paye la malédiction du péché originel. Il s'agissait de pratiquer le schisme irréversible des deux frères, l'un passant au monde ouvrier, l'autre acceptant d'être en pleine conscience l'amant de cœur payé par Quesnel, pour limiter les aléas du tempérament de Carlotta. L'affaire se termine à la Revue du 14 juillet, à Longchamp, pour le ménage à trois, et devant le Comité de Grève, à la Maison des Syndicats de la rue Cavé, à Levallois-Perret, où Armand consomme la rupture avec le monde des siens.

Mais, à y regarder de plus près, le *Passage-Club* trouve sa naissance dans les affaires de Février 1934. En 1913, on vient de renvoyer Lépine pour lui substituer Hennion... c'est-à-dire que la bagarre des méthodes de gouvernement, le choix entre violence et corruption s'incarne dans les hommes chargés de la police, comme en 1934, quand c'est Chiappe enlevé de la Préfecture de police, qui donne le signal de l'émeute. Et, dans un cas comme dans l'autre, les rivalités de clan pour la domination du royaume des jeux. En 1934, c'est un club voisin des grands boulevards qui domine les opérations préparatoires du putsch, et est le lieu de rencontre des hommes de main et des hommes d'argent, le *Frolics*, disparu depuis quelques années, mais qui existait encore lorsque j'écrivais *Le Roman inachevé* (*Paris vingt ans après*, c'est-à-dire en 1954) :

> *... Les voitures qu'y faire*
> *N'avançaient ce soir-là pas vite dans la rue*
> *Au Frolics on avait joué un jeu d'enfer*
> *Un vieil homme hésitant sur le seuil apparut*
> *Il avait tiré à cinq au chemin de fer*
>
> *Le chasseur proposait de chercher un taxi*
> *Les clients n'aiment pas flâner sur le trottoir*

43

> *Mais l'un rentrait à son garage et celui-ci*
> *Avait à son drapeau mis une housse noire*
> *Où l'on lisait en blanc qu'il allait à Passy...*

Plus tard quand j'ai écrit *Il ne m'est Paris que d'Elsa* j'ai voulu faire photographier le *Frolics* pour l'illustration de ce livre. Il n'y avait plus de *Frolics*. C'est en quoi *Les Beaux Quartiers*, malgré leur valeur de transposition moderne, demeurent cependant localisés dans le temps à cette époque où il y avait un *Frolics*, qui est bien pour quelque chose dans le *Passage-Club*.

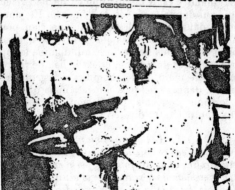

UN CRIME HORRIBLE RUE DE L'ASILE-POPINCOURT

Un ordonnateur des Pompes funèbres coupe sa femme en morceaux et va se suicider au cimetière de Rouen

Le docteur PAUL examine les restes sanglants trouvés dans la lessiveuse

Il y avait au tripot de la rue de Richelieu un personnage dont plus tard le visage me revint quand, le 14 septembre 1933, au matin, faisant mon métier de petit reporter, je crus le reconnaître, allant et venant par la cuisine d'un appartement du 15 rue de l'Asile-Popincourt, sur le côté de l'église Saint-Ambroise, dans le 11e arrondissement, où une femme venait d'être assassinée par son mari, ordonnateur des Pompes funèbres et bedeau de l'église voisine. J'ai raconté cela quelque part, et comment un personnage qu'en vérité je voyais pour la première fois, ficelé dans un tablier de toile écrue, avec toutes sortes de débris humains sur l'évier, criait à quelqu'un qui fourrageait les cabinets sur le palier de l'escalier de service : « Il me manque un mètre cinquante d'intestins, ça doit être ça qui bouche la descente! » Ce ne *devait* pas être mon joueur, car c'était le Dr Paul, le médecin légiste, et quand j'eus la légèreté de lui demander si je ne l'avais pas rencontré rue de Richelieu, il me traita de toute sorte de noms qui prouvent bien que je me trompais de personne. La femme avait été coupée en morceaux après trente ans de mariage, et le Dr Paul tint à me faire observer que les organes en avaient été arrachés *à la main,* avec toute sorte de remarques sur la résistance du parenchyme, la force peu commune que cela supposait chez l'assassin *et cætera.* C'est de cet épisode qu'est né le récit de l'exécution de M. Colombin par le croupier Leroy dans *Les Beaux Quartiers.* J'ai rencontré par la suite le Dr Paul à l'occasion de plusieurs autres affaires criminelles : il me donnait toujours un petit salut particulier, comme si de ne pas nous être connus rue de Richelieu avait créé un lien entre nous. Je ne lis jamais ces pages des *B. Q.* sans penser à ce curieux personnage qui, d'une longue période de la criminalité parisienne, avait à dire mille choses singulières, par quoi il donnait aux journalistes une vue sur le monde qui dut plusieurs fois en faire des romanciers. Comment n'en avoir point ici parlé?

Je ne puis non plus passer sous silence l'épisode de la

fermeture du *Passage-Club* par la police. Il est facile de voir d'où me vient la description du poste de police de l'Opéra. Le 30 janvier 1934, lors de la manifestation terminale de la grève des taxis parisiens, j'avais été arrêté à côté d'*Old England* sur le boulevard des Capucines, tandis que je parlais avec l'accordéoniste aveugle qui jouait *Le temps des cerises* sur son pliant contre le mur. Par des messieurs du genre modèle au-dessus, en civil, qui se révélèrent de simples P. S. F. quand ils me délivrèrent comme un paquet au commissariat voisin, bonne prise, un journaliste de l'*Huma*, tu penses! J'y passai l'après-midi et la soirée, embarqué au Dépôt vers une heure du matin, sans savoir qu'Elsa avec Paul Vaillant-Couturier était venue me réclamer à l'Opéra. L'*Humanité* du lendemain matin, 31 janvier, portait en manchette :

Et c'est ainsi que je devins célèbre par les soins du Colonel de la Roque avant même d'avoir achevé *Les Cloches de Bâle*, huit ans après *Le Paysan de Paris*, quatorze ans après l'apogée parisienne de Dada. En 1936, je devais me servir de cette nuit récente, l'habillant aux couleurs de 1913, pour le compte d'Edmond Barbentane.

On aura sans doute remarqué l'absence, où la chronologie du roman m'impliquait, de tout commentaire au thème des *hommes-doubles* qui est cependant l'un des traits caractéristiques des *Beaux Quartiers*. A vrai

46

dire, on s'en est avisé sur le tard [1], et ce n'est guère qu'avec le livre de Roger Garaudy (*L'Itinéraire d'Aragon* — Gallimard 1961) que l'accent a été mis dessus pour la première fois. Je m'en suis depuis plus longuement expliqué dans ce roman de *La Mise à mort*, auquel je viens de me référer plusieurs fois, et c'est pourquoi je n'ai guère l'envie d'y revenir. Sinon pour dire une fois de plus que *l'homme-double*, dans *Les Beaux Quartiers*, n'est qu'une conception de Joseph Quesnel (et non point de l'auteur), une explication par lui de son comportement, dont il aperçoit trop bien l'inexcusable, pour n'y chercher à se le faire acceptable : et que c'est, effectivement, *une idée de personnage*. En 1936, l'auteur n'épousait aucunement cette vue de son époque, comme du *temps des hommes-doubles*. Il la laissait à Quesnel, et elle n'excusait rien à mes yeux.

Je ne pense pas avoir changé sur ce point en vingt-huit ou vingt-neuf années : mais, amené à étendre cette idée avec ce qui, dans mon esprit, s'appelait initialement *Le Roman de Fougère*, au point d'y envisager non plus la duplicité de nature d'un Quesnel, capable à la fois d'accéder aux idées généreuses et de les contrebattre dans la pratique de sa profession, mais la pluralité de la nature de l'homme, l'ensemble des contradictions qui font l'homme prisonnier, non point de ses intérêts véritables, mais de ceux de la société où il vit, du moins était-ce au départ vers quoi je croyais tendre... il m'est arrivé de me prendre à mon piège. C'est qu'ici une idée d'auteur s'est à nouveau transmuée en *idée de personnage* : mais sans que l'auteur en pût, comme dans *Les Beaux Quartiers*, en demeurer maître, en localiser l'empire : car, si de Joseph Quesnel je demeurais roi, comme de ma créature, dans le jeu de miroirs que je venais de déployer, en 1964, l'auteur perd pied. Sa ressemblance

1. Si j'excepte un très curieux article de Van der Velde, à l'époque de la première publication du roman. On trouvera trace dans l'interview de moi par Frédéric Lefèvre (*Une heure avec...*) de l'intérêt que le Président de la IIe Internationale a pu porter au concept des *hommes-doubles*.

ici avec *le personnage*, la confusion qui s'établit entre eux fait que *l'idée* appartient à l'un comme à l'autre. Et que, si elle est une excuse de ma vie, elle tend par là même à être une explication de *la* vie. Quand j'écrivais *Les Beaux Quartiers*, j'étais apparemment un juge, voici que je suis jugé.

En quelque chose comme trente ans, j'ai passé d'une position à l'autre : c'est qu'alors je commençais ce *Monde Réel*, qui était devant moi. Aujourd'hui, me retournant, je vois ce que j'en ai écrit, ses limites, et l'histoire du même pas qui s'est écoulée. J'ai pris l'habitude de dire que, maintenant, ce que j'écris, ce sont mes œuvres posthumes. Je vous dispense de la protestation polie à quoi se tiennent pour obligés les gens à qui je le dis. Si vous voulez mesurer la distance entre mes préoccupations d'alors et celles d'aujourd'hui, songez qu'alors, quinze ans après avoir posé dans *Littérature* à nos contemporains la question *Pourquoi écrivez-vous?* j'avais dans la revue *Commune* ouvert l'enquête *Pour qui écrivez-vous?* Le changement que cela représentait dans les préoccupations d'un homme de vingt-deux à trente-sept ans environ, comment, dans un temps double (de trente-sept à soixante-sept ans), ne ferait-il pas supposer des variations autrement étendues, une révision profonde des perspectives? Quand j'écrivais *Les Beaux Quartiers*, j'avais sensiblement l'âge auquel sont morts Apollinaire et Maïakovski. Que leur auraient appris trente années de survie? Trente années comportant les bouleversements disproportionnés de la période qui va de 1935 à 1965. Que m'ont-elles appris ou désappris, j'hésite entre ces deux verbes. Mais je sais que, pour ma part — écrivant —, la question *Pour qui?* aujourd'hui n'a plus du tout le sens qu'elle avait à mes yeux d'il y a trente ans. Alors, cela signifiait pour cent, mille personnes ou pour des centaines de milliers; pour ceux qui m'entendraient par simple allusion à cette langue de Sioux qu'était la culture de ma génération, dans un monde précis, ou pour une humanité *sans rivages*? Aujourd'hui l'interrogation *Pour qui?* prend un tout autre sens, parce que je n'ai aucune des données de ce que sera le visage de ce *qui*-là, aucun moyen de me représenter ce que seront, avec une rapidité bouleversante, les hommes entièrement différents de ceux que je connais ou devine, qui seront les lecteurs demain de ce que j'écris aujourd'hui. J'ai vu, avec une vitesse croissante, les valeurs idéales des hommes changer de nature, de contour, d'universalité. J'ai vu, avec une vitesse croissante, s'installer l'oubli de ce qui constituait hier encore les notions partagées par la majorité des Français, pour m'en tenir à mon petit hexagone. J'ai vu les prunelles vides des enfants, et même des adultes, après vingt ans, devant l'histoire qui fut la nôtre. J'ai vu, hommes et femmes, surgir des êtres sans langage commun avec nous, je veux dire ceux qui tout à l'heure encore semblaient les porte-paroles de cette révolte que ces nouvea x venus maintenant incarnent. J'ai le droit de me demander quelles absences de regard vont lire ce que j'écris, quelles têtes vont rêver au-delà de moi, quelles passions méprisantes vont passer sur ces signes laissés de notre existence... Pour qui écrivons-nous ? c'est déjà une question que je pose comme si j'étais l'homme du Néanderthal mis soudain devant les savants atomistes. Pour qui écrivons-nous ? quand chaque mot, le temps que je le prononce, ou le forme, prend un sens continuellement modifié, et qui par hasard est atteint de ma musique tourne vers moi des yeux de blouson noir... Pour qui écrivons-nous, quand ceux d'après pour qui nous mettons au point l'expression de notre pensée meurent avant que nous nous soyons bien fait comprendre... pour qui écrivons-nous que nous ne verrons pas, qui ne nous posera plus de question, qui nous lira derrière des verres d'une manière encore non inventée, sous les commentaires monstrueux de la nouvelle ignorance, pour qui écrivons-nous nos hiéroglyphes, lesquels supposent qu'on sait encore ce que c'est qu'un morceau de bois, une vache, un verre à dents... pour qui écrivons-nous ?

Ne vous moquez pas de moi. C'est avec la conscience de l'impossible, le sentiment de l'échec, que j'ai entrepris d'écrire pour une humanité d'inconnus, d'inconnaissables inconnus... que j'ai entrepris d'écrire mes œuvres posthumes, mes messages de naufragé dans le temps, mes bouteilles à la mer : et je sais, je sais que, quand, sur quelque sable de corail noir à l'orteil d'une civilisation impensable, elles viendront aborder demain, le passant qui les touchera de son pied regardera sans comprendre ces choses de forme et d'usage conjecturaux, car l'idée *bouteille* se sera évanouie depuis longtemps de la conscience humaine, et qui irait imaginer qu'il fut une ère où cela servait à faire connaître à des continents hypothétiques les coordonnées d'un récif où des êtres échoués n'avaient plus qu'à se manger les uns les autres avant qu'on vînt les y retrouver au moyen de l'hélicoptère ?

Oui, dans les grottes de la préhistoire, le chasseur qui dessinait l'auroch aux parois, sans doute n'écrivait-il que pour lui-même. Nous sommes, depuis ce temps-là, devenus fous à nous interroger sur ce que nous faisons : j'ai méprisé longtemps le souci de cette postérité par quoi l'écrivain tente de se survivre à la petite échelle historique. Mais, aujourd'hui, j'écris mes œuvres posthumes, ces signes faits à quelqu'un de l'avenir, une fois (*il sera une fois*), un voyageur égaré dans les idées, les songes, les dangers de l'âme. Quelqu'un qui les déchiffrera comme une vieille pancarte échappée aux séismes. Un collage du temps, qu'il regardera peut-être comme nous les bandes dessinées ou le pop-art [1]. Quelqu'un qui les prendra, ne fût-ce qu'un instant, dans sa main comme un caillou taillé, et se demandera si c'était là quelque objet de cérémonie funèbre, un dictionnaire pour les oiseaux, qui sait ? une monnaie par quoi jadis se pouvaient acquérir des fourrures. J'écris, de cette main qui

---

1. Il m'arrive, ce disant, de me rencontrer une fois de plus avec Pierre Schneider, qui a merveilleusement montré la filiation de Nicolas Poussin à Walt Disney.

sera bientôt morte, des mots, eux, morts déjà. Et peut-
être plus longtemps qu'à tout autre y déchiffrera-t-on
le sens de l'un d'eux, parce que je l'ai tant de fois répété,
tant de fois tracé sur toutes les buées, les vitres, les
poussières, qu'on en reconnaîtra les boucles, la douleur,
et qu'à la fin des fins quand tout alphabet, tout langage
de phares ou d'étoiles sera perdu de la Terre, indéchiffrable aux habitants des planètes tempérées, ce mot, ce
mot-là seul quelque part encore aura pour quelqu'un la
signification de ma lèvre, qui le voyant répétera dans
sa langue d'ultra-sons le vocable dernier de ma vie, sa
conjuration palpitante, Elsa, ton nom par quoi pour
moi tout discours à demain se résume, Elsa, rien que
ton nom, pour subsister de moi.

PREMIÈRE PARTIE

Sérianne

I

Dans une petite ville française, une rivière se meurt de chaud au-dessus d'un boulevard, où, vers le soir, des hommes jouent aux boules, et le cochonnet valse aux coups habiles d'un conscrit portant à sa casquette le diplôme illustré, plié en triangle, que vendaient à la porte de la mairie des forains bruns et autoritaires.

Dans une petite ville française où règne un souverain ventru, qui fait collection de plaques de foyer, noires et venues de tous les siècles, avec sa femme et ses trois filles, des anges de beauté, dit-on, mascottes de la fabrique de chocolat paternelle, dont les ouvriers ne manquent jamais, lors de la sortie d'une nouvelle tablette-régal ou d'un goûter-au-lait d'une forme moderne, de venir offrir à ces demoiselles les fleurs vigoureuses de la montagne, histoire de les associer à l'espoir qu'ils fondent en la destinée d'un produit sorti de leurs mains frustes, pour lequel déjà les murs de la capitale se couvrent de petites écolières aux bas de laine bien tirés sous le sarrau très court... Dans une petite ville française, le savon bleu de la lessive bouillonne au fond d'une cour où pleure une jeune femme et rit un homme entre deux âges, à la moustache forte comme son haleine, aliacée et pleine de la politique radicale des hauts-quartiers.

Un petit ruisseau serpente entre les pavés ronds comme des galets qui descendent la rue étroite où crie au vent d'été l'enseigne ancienne d'un maréchal-ferrant.

Il est parti pour le Mexique, le maréchal-ferrant, parce qu'il se sentait mal à son aise sur le coteau de la cité, plein de demeures désertées, souvenirs des grandeurs de jadis, quand les rois de France, une fois dans leur règne, s'arrêtaient pour tout un jour avec les seigneurs et les officiers de la garde dans la ville vieille où le soleil trouve difficilement à se glisser entre les toits jusqu'au sol bosselé des rues.

Mais vers la gare, dans la plaine, s'échelonnent les garages où viennent s'arrêter les voitures des voyageurs de commerce, et des restaurants pleins d'hommes poussiéreux, qui regardent, avalés à la hâte une soupe grasse et des ragoûts nostalgiques, le débarquement d'un train jetant à l'avenue disproportionnée une demi-douzaine de voyageurs harassés, dont le marchand de couronnes mortuaires, retour du chef-lieu pour ses commandes d'immortelles.

Quelle quantité de broderies derrière les vitres du couchant! Dans dix maisons peut-être, où les jeunes filles sont artistes, se copie la grande nappe de Cluny, avec ses quarante-huit carrés de filet, tous différents, et que ça a pris plus d'un an à *La Mode Illustrée* de reproduire, même qu'un numéro de juin s'étant égaré, il a fallu le faire revenir par la poste, et toute la ville attendait, entendons-nous, la ville des gens bien.

Car il y a des cabarets, d'où l'on sort à coups de pied les hommes ivres, et par-derrière la petite église, dans le haut de la ville, une maison qu'on appelle le « Panier Fleuri ». Et là, non plus qu'auprès de la gare où les employés du chemin de fer prennent leur casse-croûte, non plus que dans le faubourg qui sent à plein nez le chocolat, avec ses rues aux maisons toutes pareilles, étroites, à un étage, où roule une marmaille loqueteuse et sèche un linge pisseux et pauvre, rien ne fait écho à la noble entreprise des jeunes filles de la société qui se préparent pour leurs noces un dessus de lit imité de la nappe royale des Carolingiens.

Or ce jour même, à l'heure où le joueur qui croque présentement la boule cloutée de son adversaire pour prendre place au pied d'un platane à côté du cochonnet de bois clair, présentait son anatomie à un major bègue, flanqué d'un général de brigade appréciatif qui s'y connaît en chevaux, la millionième boîte de croquettes « La Savoyarde », ornée comme les précédentes d'une cloche gaufrée et d'une paysanne souriante, était sortie de la manutention de la fabrique, avec, à l'intérieur, le petit bulletin numéroté à la main qui en certifie l'origine, et permet s'il s'est trouvé dans sa confection quelque défaut qui défrisera le consommateur de savoir par quelles mains ont passé et le paquetage et chacune des délicieuses croquettes qui l'emplissent. Si bien que, sollicité d'écrire et de se plaindre, de temps en temps, à Carcassonne ou à Issoudun, voire aux colonies, jusqu'au bagne, imaginez-vous, un client de mauvais poil met sous enveloppe avec des récriminations amères la fiche identificatrice qui permet de faire retomber sur les épaules de l'ouvrier négligent une inattention déjà ancienne pour laquelle une juste retenue sera opérée sur un salaire comme ça passablement insuffisant.

Un million de boîtes de croquettes « La Savoyarde »! Ce qui en assure le succès, c'en est le bon marché surprenant : vingt croquettes pour vingt sous, ce qui veut dire que sur ce seul article, la fabrique a fait un chiffre d'affaires d'un million brut, en moins d'un an. Ces demoiselles sont décidément des marraines à la main heureuse, pour le chocolat tout au moins ; car l'une d'elles a tenu sur les fonts un enfant qui n'a pas eu la chance des croquettes, il est mort à trois mois du croup, c'est si sale chez ces gens-là ! Des Italiens qui travaillent à demi-prix, et qui s'entassent n'importe comme dans des cabanes, parce que tout ce qui les intéresse, c'est de rapporter de l'argent dans leur pays, au Piémont, où ils n'arrivent pas à vivre.

Les fils des gros marchands qui se rencontrent avec messieurs leurs pères au « Panier Fleuri » regardent avec insolence par les fenêtres les épaules encore maigres des demoiselles qui font du filet. Ils n'aiment pas les Italiens qui viennent prendre le pain des ouvriers français et quand ils en croisent un, ils crachent à terre et parlent de macaroni.

L'anis tiédit dans les verres de la grand'place, où la politique radicale se poursuit entre des hommes moustachus dont les femmes ne pleurent pas toutes à faire la lessive. Car toutes n'ont pas un jeune amant qui joue aux boules, et qu'on vient de reconnaître *bon pour le service*, le contraire aurait été bien étonnant! Toujours le premier dans les concours de gymnastique...

Il n'y a rien que de très habituel, de très terre-à-terre dans cette ville où ne font plus halte les rois. Un soir d'été, un beau soir d'été, voilà tout. Et encore, il pourrait régner une température plus étouffante. Le vent tiède qui brinquebale l'enseigne du maréchal-ferrant parti pour le Mexique est presque une fraîcheur après le torride après-midi dans le faubourg écœurant de chocolat. Une odeur douce et pénétrante comme la gangrène sur les champs de bataille.

Sérianne-le-Vieux, chef-lieu de canton.

II

Le marchand de couronnes mortuaires tient sur la place du Marché, à côté de la succursale des Banques de Province, un magasin mi-consacré à l'ornement des tombes, et mi à celui des têtes vivantes : il fait aussi le chapelier. Ni l'un ni l'autre de ces deux commerces ne saurait à lui seul nourrir toute la famille, cinq bouches si on compte la bonne, avec le père gâteux, Madame, et Gaston qui a douze ans : le monde est soigneux de ses coiffures par ici, une casquette dure dix ans, les chapeaux mous on en porte si peu, et un melon toute une vie. Ce n'est guère qu'aux jours de marché les paysans des environs qui activent les affaires. Le mardi et le samedi. Pour les couronnes, il n'y a pas de jour, c'est au hasard des décès : ce second trafic vient mettre du beurre dans les épinards. Pas tous les mois évidemment qu'on a la chance d'un de ces enterrements comme celui de la vieille dame Cotin, de la rue Longue, pour laquelle un évêque s'était dérangé, pensez donc, mais enfin, bon an mal an, avec le coup de collier du début de novembre, cela faisait un petit commerce bien régulier, somme toute, malgré l'aléa, et la rareté des épidémies dans la ville haute. Ce n'était pas ainsi dans les bas quartiers, où on mourait comme des mouches, mais ces gens-là n'allaient pas chercher leurs couronnes place du Marché, il y avait un autre marchand, un fleuriste, derrière la gare. Pour ce qu'ils en achetaient d'ailleurs. Des pouilleux. Une couronne, et puis ça va bien, si c'est tout, sauf pourtant quand c'était un ouvrier de la fabrique, parce qu'alors le patron envoyait une gerbe sur laquelle était écrit en arabesques d'argent : *A Y... la Fabrique de Chocolat.* La clientèle de la ville haute, plus sélecte, demandait des couronnes de fil de fer, de la perle, et même de la porcelaine ; sur la porcelaine on gagne bien, mais c'est une fois pour toutes. C'est cher, mais c'est bon, ça fait de l'usage. Comme les melons. Ah j'allais oublier : encore une ressource du magasin, celle-là une fois par an seulement, au printemps, les brassards de première communion. Mais sur cet article-là, il y avait de la concurrence. Plusieurs merceries, et les *Nouvelles Galeries*, de l'autre côté de la place. Une fois par an, ce n'est peut-être pas dire juste : faut pas oublier la confirmation. En général, de la communion à la confirmation, le brassard ressert. Ou bien chez des gens désordre. L'été, ce qui marchait, c'étaient les chapeaux de pêche, en paille non bordée : ça ne rapportait guère, bien qu'il n'y eût pas de prix imposé.

Les jours de marché, on ouvrait à six heures. A sept, le reste du temps, ça suffisait. C'est-à-dire qu'à sept ou six, la bonne, Angélique, lançait un seau d'eau sur le trottoir, décrochait les volets, il y avait douze volets, étroits et hauts d'un bleu qui avait dû être vert, et les posait dans l'arrière-boutique, où dormait le père de Madame, le gâteux. Alors, M. Eugène descendait. L'appartement du premier donnait par un petit escalier de fer, en vis, à côté de la couche du vieux, au milieu des cartons du stock, ceux des casquettes comme ceux des rubans : *A notre mère chérie*, *A la compagne de mes jours*, *Regrets éternels*, en lettres d'or sur de beaux violets, des bleus éclatants, des garance. Trois pièces et la cuisine : sur le devant, la chambre de Madame et Monsieur, et la salle à manger, et sur le derrière, la chambre de Gaston et la cuisine, avec une petite entrée au milieu débouchant d'un côté sur l'escalier du magasin, de l'autre sur le palier de la maison, où on accédait par la cour. Une cour sombre, toute baroque, encombrée de grandes planches parce qu'il y avait un menuisier en bas, porte à porte.

M. Eugène descendait donc. Il vérifiait qu'Angélique avait fait disparaître de la boutique la paillasse sur laquelle elle dormait. Allons bon, pour cette fois, rien ne traînait. Le pire, c'est le peigne, toujours sur le comptoir, et parfois un jupon sale qu'Angélique n'avait pas eu le temps d'engouffrer dans son placard, un petit placard ménagé sous l'escalier, où on mettait aussi les affaires du vieux. Et la grande glace, elle avait l'air propre au moins? M. Eugène, puisque tout était en ordre, manifestait son contentement par une petite tape sur le gras de la nuque d'Angélique, accroupie à frotter le plancher.

M. Eugène marchait sur ses quarante-sept ans. Un homme moyen mais solide, rageur, avec une moustache noire, cirée, le bout soigneusement roulé en une petite frisure. Il s'habillait d'alpaga gris. Fils du marchand de couronnes mortuaires qui tenait le magasin avant lui, il avait eu l'idée d'adjoindre un rayon de chapeaux à son commerce, encore du vivant de ses père et mère. Mais ceux-ci s'opposaient à ce qu'ils considéraient comme une spéculation risquée. Au lit de mort paternel, M. Eugène décida sa mère à lui laisser les mains libres dans l'affaire. En échange, il s'engageait à se marier et à délaisser le « Panier Fleuri » où, pendant les dernières années du père, tout l'argent d'Eugène s'engloutissait, et les petites économies clandestines de la mère qu'il lui arrachait par tous les moyens, jusqu'à forcer son tiroir. Avec son idée de chapeaux, il avait épousé la fille d'un chapelier de la basse ville, dont le fonds était à reprendre, vu que le chapelier était tombé malade, à demi paralysé, baveux et radoteur, sa seconde femme disparue avec la caisse pour suivre un lutteur des foires, et l'enfant du premier lit ne savait que faire ni de son cœur ni de ses couvre-chefs en panne : une fille brune de peau, avec une propension à grossir, cette Pauline. Elle faisait assez dame. On avait logé le gâteux dans l'arrière-boutique, le jeune couple habitait la pièce de derrière au premier. Pendant quatre ans, M. Eugène s'était retenu d'avoir un enfant à cause de la chambre : il ne voulait pas d'un mioche pour l'empêcher de dormir. Quand sa mère fut morte d'une bronchite capillaire, il ne se priva plus, et Gaston naquit dans les délais légaux, à neuf mois jour pour jour de l'enterrement.

La nuque d'Angélique était plus ronde que celle de Victorine. Victorine était la bonne que Madame avait mise à la porte quand elle s'était aperçue que Monsieur couchait avec. Cela avait fait des larmes dans le petit entresol, des histoires dans le voisinage ; Victorine ne s'était pas laissé faire comme ça, et le vieux gâteux en bas réclamait tous les matins Victorine avec une voix d'enfant abandonné, parce que c'était elle qui le torchait de ce qu'il avait fait sous lui la nuit, et elle avait le tour de main. Gaston, alors âgé de cinq ans et demi, chipait les perles des couronnes pour jouer dans la cour, sous les planches, avec d'autres gamins.

Pendant plus de trois ans, Madame avait fait elle-même le ménage, une rude économie, et comme ça pas de risques. Elle s'était esquintée à se lever tôt, se tremper les pieds à nettoyer les boutiques, s'abîmer les mains à laver, à faire la vaisselle, elle avait attrapé des rhumatismes. De nouvel enfant, il n'était pas question : Gaston aurait besoin, après eux, et des couronnes et des casquettes. M. Eugène se retenait. Madame, à trente-cinq ans, malgré tout l'exercice, bouffissait, et le matin elle avait 'de la peine à tenir sur ses pauvres pieds enflés. Gaston allait à l'école et taillait ses crayons dans la pâtée du vieux. Quand Madame n'était pas au magasin, elle tricotait en haut, dans la salle à manger.

Voilà qu'au bout de quatre ans ou presque de cette vie-là, un beau jour, un des conseillers municipaux de la ville, un homme considéré, et pieux avec ça, est trouvé mort au « Panier Fleuri », dans des circonstances qui rapprochaient les têtes à l'heure de l'apéritif, dans les cafés, et tous ceux qui étaient à la maison publique, lors de l'affaire, sont convoqués en justice, pour témoigner. Ce n'était pas d'apoplexie que le conseiller avait passé, mais d'un coup de couteau, et une des filles fut convain-

cue d'assassinat : Madame, du même coup, apprit que
son mari était redevenu un familier de l'établissement,
comme dans ses jeunes années.

Alors, à quoi bon s'échiner ? C'est ainsi qu'Angélique
avait été engagée. Une dépense, évidemment, mais ça
ne se compare pas avec le « Panier Fleuri » ! Désormais,
Madame se leva à neuf heures comme une princesse, et
même elle exigea que la bonne lui montât son déjeuner
au lit. Pour M. Eugène, eh bien, mieux valait encore
qu'il fît ça à la maison ! Donc il descendait le matin, dès
l'ouverture de la boutique, et il surveillait Angélique,
parce que, n'est-ce pas, la rigolade, c'est une chose, mais
le travail en est une autre. Très blanche, avec des cheveux noirs lisses, Angélique contrastait à côté de
Mme Eugène.

Dans l'arrière-boutique, le gâteux gémissait doucement pour qu'on le torche. Il ne se calmait pas quand
M. Eugène entraînait Angélique dans le coin, à l'abri des
couronnes, pour profiter du temps avant que le gosse
descendît. Angélique, comme Victorine, avait le tour
de main.

II

Tous les ouvriers de la fabrique de chocolat n'habitent pas dans le quartier qui l'entoure : beaucoup s'entassent dans des cahutes, hors de la ville, le long d'une route qui s'en va dans la plaine, certains même très loin, au-delà des champs d'amandiers, et ils prennent pour venir un tramway cahotant dont le trolley sillonne le ciel de poussière, et parfois avec une grande claque la perche saute et tout s'arrête ; le conducteur descend, et longuement, tirant la ficelle, essaye, avec des étincelles, de remettre la roulette sur le fil rebondissant.

Puis on traverse des propriétés, aux murs bas, avec leurs jardins où des dames font la sieste, en matinée de toile imprimée, des journaux sur le visage, à cause des mouches. Par-derrière, vers les collines, grimpent des vignes et des champs de maïs. Dans le soleil, entre les oliviers rabougris, un cheval maigre tourne sans fin la roue d'une noria. Et puis d'autres propriétés. Une nouvelle noria, des vignes, et enfin la maison des Loménie de Méjouls, « Les Mirettes ».

M. de Loménie de Méjouls est un mécréant. Soixante ans bientôt, toute sa barbe encore noire, et pas tous ses cheveux déjà blancs, le nez gros, des taches brunes dans les plis du visage, l'œil généralement rouge, un mètre quatre-vingt-dix de haut. Il porte un panama sans âge qui a perdu son ruban, dont la trace est restée claire malgré quinze étés peut-être et des vêtements de toile grise, le premier bouton de la chemise manquant, sans col, M. de Loménie de Méjouls est un mécréant.

Voilà quarante ans qu'avec les garçons du village voisin, aux premières années de la République, il a chassé à coups de pierres la procession qui parcourait les vignes avec l'image de Notre-Dame, laquelle passe pour préserver du phylloxéra. Il s'est soûlé avec eux toute son existence, il a couché avec leurs femmes, et ils lui ont tiré dessus avec le fusil, et puis on s'est réconcilié, parce que qu'est-ce que c'est que ça les femmes et on s'est soûlé au café Blanc, et il y a dans le village trois ou quatre garçons qui ressemblent au vieux, avec sa trogne, parce que les Loménie de Méjouls ne font d'enfants que des mâles, c'est bien connu. Ce qui ne l'empêche pas d'avoir une fille de Mme de Loménie.

Il y a trente ans qu'il l'a épousée, Philbertine de Canope, et contre toutes les prévisions, il lui a mis quatre enfants, trois fils et Suzanne. Les médecins disaient, avant le mariage, que Philbertine ne pouvait pas être mère : on les croyait généralement parce que la fiancée était toute contrefaite, bossue, et ne s'élevant que d'un mètre quarante au-dessus du niveau de la mer. Cela faisait, avec ce géant aux grosses pattes, suant la santé et le tabac, un couple monstrueux et incroyable. Mais Loménie n'avait pas un sou vaillant, Philbertine avec sa dot lui permettait d'acheter la propriété dont il avait l'envie, et d'y vivre à cultiver sa vigne la vie d'artiste à laquelle il tenait. Car il était un artiste : il peignait des canards, sur des toiles de petit format.

La famille de Canope avait pour habitude de donner à ses aînés le nom de Philbertine, en l'honneur de sainte Philbertine, une Canope du XVIe siècle, que les Maures avaient violée, et qui en avait été du coup tout droit au ciel. Agénor de Canope s'était opposé avec violence au mariage de Philbertine avec un homme qui n'avait pas de religion, bien qu'on lui dît que c'était un parti inespéré, un homme comme on ne pouvait pas rêver qu'il s'en trouvât un autre qui ait le courage de s'entortiller de la jeune horreur. Loménie avait poussé l'audace jusqu'à enlever le laideron, et à l'engrosser. Il n'y avait plus qu'à céder, et la descendante de la sainte était devenue la compagne de cet hercule libre-penseur. Comme on s'étonnait qu'il fût parvenu à la mettre enceinte, il disait que c'est tout simple quand on n'est pas feignant, il n'y a qu'à bien viser. Il n'avait pas son pareil pour abattre les cailles avec des pierres.

Donc, l'enfant était bien venu à terme, et trois par la suite. De cette racine tordue, de vrais Loménie sortaient, des gaillards semblables à leur père, avec des bizarreries purement mentales, qui rappelaient la souche de la sainte, dont ils étaient issus. Seule Suzanne, la cadette, qui s'appelait aussi Philbertine pour l'état civil, mais qui avait changé de nom, parce que tout de même, tenait des Canope une certaine gracilité, sans cependant avoir la dégaine maternelle : une petite brune tout à fait normale, seulement épouvantablement cancanière, et puis tout à coup, quand elle était fatiguée, elle avait une épaule plus haute que l'autre, un vague air de famille avec une mandragore, qui rappelait sa mère. Mais enfin, on pouvait la considérer comme mariable : elle n'avait de sa mère ni la moustache, ni ce petit écoulement de salive à droite, qui rendait Mme de Loménie excessivement désagréable à regarder.

La maison se complétait d'une vieille cousine de Mme de Loménie, tante Éva, qui avait élevé les enfants, une mince et sèche, avec des narines battantes, et des cheveux teints châtain, parce que c'est la seule couleur naturelle qu'on puisse redonner aux cheveux, relevés sur le dessus de la tête et formant là un chignon de bouclettes. De mémoire d'homme, on n'avait pas vu Mlle Éva sans gants de fil. Sauf peut-être le vieux Loménie qui l'avait baisée vers 1890. Les fils, dès qu'ils avaient eu l'âge d'homme, s'étaient arrangés pour filer. Ils faisaient de brèves apparitions aux Mirettes, généralement au temps des vendanges.

Suzanne jouait du piano et était fort habile à toutes sortes d'ouvrages de dame. C'était elle qui avait lancé en ville la mode du filet, et le modèle de Cluny dont, pour sa part, elle avait déjà exécuté près des trois quarts. Elle ne s'entendait pas avec son père qui n'avait pas de religion, mais elle admirait sa peinture. Le plus souvent, elle traînait en ville chez des amies, ou chez les mères de ses amies, parce qu'elle aimait la compagnie des dames. Elle passait pour très serviable sans qu'on eût pu dire pourquoi. A vingt-deux ans, tout son intérêt dans la vie allait à découvrir les adultères. Qu'il arrivât en ville un nouveau fonctionnaire, par exemple un receveur des postes célibataire, une aubaine! elle n'avait de cesse qu'elle ne sût avec qui il couchait. Elle chiffrait à l'avance. Mme Migeon? Mme Respellière? Mme Migeon était la maîtresse de l'agent voyer, et Mme Respellière du Dr Lamberdesc, alors... Ça ne s'arrangeait pas toujours tout de suite. Suzanne grillait de curiosité, et puis tout à coup, elle s'entichait d'un ménage, elle ne démarrait plus de chez une des dames de la ville, elle la trouvait si charmante, elle n'avait que des éloges pour elle, elle acceptait de tenir le piano à ses soirées. La malheureuse, sans soupçon, se réjouissait de cette amitié nouvelle et subite, elle avait toutes les chances à la même minute : un nouvel amant, une amie nouvelle. Enfin Suzanne acquérait la certitude cherchée, sa nouvelle amie était bien la maîtresse du jeune homme avec lequel elle l'avait aperçue un soir, sur le boulevard. Elle était outrée, elle s'éloignait, on ne la voyait plus chez la femme adultère. Elle disait à ces dames Barrel, du chocolat, qu'une jeune fille ne pouvait pas aller chez une personne aussi légère. Elle avait déjà causé deux divorces avec ce petit procédé et, à la suite des histoires que la notairesse avait eues avec son mari à cause d'elle, cette femme coupable avait attrapé des tics nerveux qui la secouaient entièrement au milieu de ses phrases.

Le dimanche, Suzanne de Loménie de Méjouls tenait l'orgue à l'église du village voisin des Mirettes, et on venait de la ville pour l'entendre. Mais la grande haine dans la vie de Suzanne, c'étaient les chocolatières.

Elle haïssait les chocolatières, comme on appelait les ouvrières de la fabrique de chocolat, parce que ses trois frères avaient eu des maîtresses parmi elles, et, bien entendu, elle l'avait su tout de suite, les suivant, ouvrant leurs lettres, s'arrangeant pour les faire se contredire. Elle avait mis tout en œuvre pour rompre ces liaisons déshonorantes, et si elle n'y était pas arrivée d'elle-même, la vie s'en était chargée pour les deux aînés qui avaient plaqué leurs amies pour quitter le patelin. Pour le troisième, l'affaire avait été plus grave.

François de Loménie s'était amouraché d'une Italienne, la fille d'un des Piémontais de la fabrique. Une belle fille, il faut le reconnaître, mais enfin fagotée, et pas soignée. Comment François pouvait-il ? Certainement tout aussi bien que papa avec maman, avait-il répondu insolemment à sa sœur qui en avait fait une crise de nerfs.

Ce François était un très beau garçon avec une espèce de faiblesse dans le visage. Mais pour le reste, un taureau. Et le seul de la famille à n'avoir pas hérité du pif paternel. Il avait un joli nez fin, on se demande où il avait été le pêcher. C'était lui qui devait reprendre les Mirettes, il étudiait l'agriculture. On l'avait envoyé dans une école spéciale à Alger pendant deux ans, et il en était revenu. Il faisait des expériences sur la vigne, parce que le père ne croyait pas à Notre-Dame pour la protéger du mildiou plus que du phylloxéra. Donc, il s'était amouraché de Maria Pallatini, qui demeurait avec sa famille dans une cabane en planches, qu'on apercevait du tramway avec un tas de linge autour, et des mioches nus que c'était une honte. Des garçons, on leur voyait tout ce que le Bon Dieu leur a donné.

Pendant toute une saison, François fut perdu pour les Mirettes. Le père trouvait ça parfait. Bon sang ne peut mentir. Mlle Éva était tout simplement jalouse, et Philbertine disait des chapelets sur lesquels tombaient de longs filets brillants de bave. Suzanne, hors d'elle, n'allait plus en ville, elle rôdait dans les vignes. Si elle avait vu de loin son frère avec l'étrangère, ce qui était bien ce qu'elle cherchait, elle en pleurait pendant trois jours. Il fallait que ça cesse. Une fille d'ouvriers !

François apprit un jour par une lettre que Maria se rencontrait en ville avec un jeune homme avec lequel *elle se moquait de lui.* La lettre n'était pas signée. François la reçut comme un coup de poignard dans le cœur. Il surveilla Maria, elle s'en aperçut et en prit de la rage. Ils en vinrent aux coups, mais se réconcilièrent quelque part dans les collines, au printemps, où il y avait de petites tulipes rouges et des oiseaux siffleurs.

Là-dessus, les lettres anonymes se multiplièrent, se faisant précises, et la jalousie empoisonna tout à fait François, qui était emporté de nature, et il battit Maria, et elle supporta cela dix fois, vingt fois, parce qu'elle l'aimait, qu'il était beau, qu'il sentait bon et qu'il avait des cheveux frisés auxquels elle s'accrochait à deux mains pendant qu'il lui faisait l'amour. Mais quand il vint chez son père, pendant qu'il n'était pas là, et qu'il fouilla dans ses affaires, elle ne put pas supporter ça, et elle coucha avec un ouvrier de l'usine, qui ne lui reprocha pas de n'être pas le premier, et avec lequel la question ne se posait pas qu'elle l'aimât pour autre chose que lui-même, par exemple pour les Mirettes, comme la dernière lettre l'avait mis dans la tête de ce fou de François.

François pleura trois mois, puis s'enfuit et s'engagea dans la Légion Étrangère. On resta un an sans nouvelles de lui, et au bout de l'année il envoya du Maroc une carte postale à son père.

Suzanne à l'orgue, le dimanche, rendait grâce au Seigneur de la mésalliance évitée.

IV

Malgré l'humilité qu'elle témoignait à l'égard de son mari, Augustine Barrel, née Schoelzer-Bachmann, femme du grand chocolatier Barrel, était l'un des piliers de sa fortune. Les Schoelzer-Bachmann sont une dynastie industrielle d'Alsace, qui défie les guerres et les annexions, grâce au fil SB qu'ils fabriquent et fabriqueront tant que le monde sera monde, c'est-à-dire tant qu'il y aura des actionnaires, des dividendes, des ouvriers. D'assez faible santé depuis sa jeunesse, Augustine, atteinte d'hémophilie, n'a jamais voulu apprendre à coudre, parce qu'il lui suffirait d'une piqûre pour faire une hémorragie. Chacune de ses trois filles a manqué lui coûter la vie. Blonde, le nez mince, les cheveux depuis trente ans coiffés en bandeaux avec un chignon bas, un velours au cou, les mains sèches, Mme Barrel approche avec inquiétude de la cinquantaine.

Elle est extrêmement religieuse, et elle n'a jamais trompé Émile. Elle fait à tout bout de champ des retraites, s'inflige elle-même des pénitences, lit chaque soir à ses filles un chapitre de l'édifiante vie du Curé d'Ars, et porte un tas de petites médailles sur sa peau au-dessous du caraco de flanelle, fait à la maison, dont elle ne se départit ni hiver ni été. Cependant, il lui reste quelque chose de sa religion première, car, comme tous les Schoelzer-Bachmann, Augustine a été élevée dans l'Église Réformée, et elle ne s'est convertie au catholi-

cisme que pour son mariage avec Barrel. Même que
c'était cela qui avait fait romance dans ce mariage,
parce que la famille d'Augustine se montrait opposée
aux alliances romaines, et que la conversion de la jeune
femme avait constitué un drame pour lequel bien des
larmes coulèrent à Mulhouse et à Belfort. De son éducation protestante, Mme Barrel n'avait gardé qu'une
secrète hostilité au culte de la Vierge. Mais pour le reste,
on ne faisait pas plus idolâtre : le Christ, saint Sébastien,
saint Antoine de Padoue... en un mot, même au Paradis,
la femme de l'industriel préférait généralement les
hommes.

Ses filles sont son orgueil : toutes trois ravissantes, un
peu maigres, ça s'arrangera avec le mariage qui vous
double les sangs, blondes comme leur mère, des cheveux
rêveurs, elles ont l'air de descendre d'un vitrail. Elles
sont habillées en conséquence. L'aînée a vingt-quatre
ans, la plus jeune dix-huit. Ce ne sont pas les partis qui
manquent, mais leur père n'est pas pressé.

Mme Barrel donne à l'univers le spectacle édifiant de
la simplicité dans la richesse. Elle pourrait habiter
Paris, elle préfère continuer une vie provinciale auprès
de la fabrique, source de son bien-être. Pas trop près,
d'ailleurs, de l'autre côté de la ville, là où la campagne
atteint directement les maisons qui descendent de la
colline, par les carrières. Les Barrel ont une grande
maison avec un parc enclos de murs, mais enfin rien en
comparaison de leur fortune. Pour tenir cela, deux
domestiques et le jardinier. En plus d'un chauffeur
pour l'auto. Leur seul luxe véritable, mais ça Émile y
tenait. Une limousine, vaste, confortable, familiale.

Émile Barrel est un petit homme châtain, rougeaud et
bien nourri. Les cheveux en brosse, il porte une moustache en accent circonflexe qui lui sort des narines trop
ouvertes, sous un nez épaté. Il a une prédilection pour
les pantalons rayés et les cravates à pois. La table est
à vrai dire l'essentiel de sa vie, ce qui l'enflamme. Il
apporte à ses affaires un certain lyrisme théorique. Ce
n'est pas simplement pour l'argent qu'il se réjouit

d'avoir vendu un million de « Savoyardes » dans l'année. Mais il inscrit, ou plutôt fait inscrire sur des graphiques les courbes de production de la fabrique, et au fur et à mesure il se représente comme la courbe pourrait se développer ; s'il s'est trompé, si elle a de brusques crochets avec une descente, hideuse comme une dent longue, il en est véritablement navré pour des raisons... esthétiques. Bien qu'elle lui ait donné trois filles, il néglige un peu Mme Barrel. Il fait des voyages à Lyon. N'a-t-il pas là-bas des cousins soyeux qu'il faut soigner ?

*

Depuis quelques années, Mme Barrel a des troubles assez singuliers. Elle se réveille la nuit tout à fait angoissée, et elle voit à côté de son lit des personnages divers, dont elle sent le souffle, qui se tiennent là sans rien faire cette fois encore, mais la prochaine fois ça pourrait changer. Les apparitions de Mme Barrel ne sont pas de celles qui surgissent dans les lieux saints, l'hôtel des Barrel n'en deviendra pas un Lourdes. Ce sont toujours des hommes, assez gros, pas très jeunes. Augustine n'a pas l'impression qu'ils soient vraiment nus, mais comme les boulangers : jusqu'à la ceinture. Ils sont assez velus parfois, pas toujours, elle voit leurs seins avec une grande netteté. C'est même surtout cela qui fait qu'elle se rend compte que ce ne sont pas des hommes jeunes. Ils ont le sein un peu avachi, des plis sur le ventre, et la peau très pâle. Ils la regardent bizarrement.

L'un d'eux, une fois, elle est sûre que c'était Garibaldi. Il faut dire que cela venait à un moment où les affaires étaient mauvaises, et où son mari avait dû licencier des ouvriers. Naturellement, il avait commencé par les Italiens. C'était probablement ce qui avait fâché Garibaldi, bien que dans son attitude il n'y eût rien de courroucé, et qu'il la regardât en se frottant le ventre avec lenteur, et en laissant tomber sa lèvre inférieure avec une langueur alarmante. Comme toujours,

Augustine avait dit dix *Pater* et dix *Ave*, et l'apparition s'était évanouie, ce qui prouvait bien son caractère infernal.

Elle a essayé d'entretenir Émile des apparitions. Il l'a d'abord écoutée avec attention, croyant que c'était le chauffeur... puis il s'est moqué d'elle. Il ne lui reste qu'une personne à qui en parler, et c'est son confesseur. Elle ne s'en fait pas faute. M. l'abbé Petitjeannin, curé de Notre-Dame des Olives, lui prête une attention soutenue, lui. Il ressemble un peu à Garibaldi, autant qu'un prêtre peut ressembler à Garibaldi, glabre.

Le curieux, c'est que Mme Barrel s'est mise à avoir un intérêt historique pour Garibaldi. Elle a été à la bibliothèque de la ville pour chercher des livres sur Garibaldi, des livres où il y avait le portrait de Garibaldi. Le souffle de Garibaldi, elle en a gardé l'impression très nette. Il est rythmé, assez court, chaud. Un souffle de bête vraiment. Elle frissonne. C'est ainsi que la pieuse Mme Barrel s'habitue doucement à la présence des êtres infernaux, et même qu'elle arrive à en souhaiter la présence, à la provoquer.

Si Émile Barrel ne croit pas au diable, il croit en Dieu, et c'est déjà beaucoup. Non qu'il soit dévot, dévot, mais enfin il va à l'église le dimanche, et s'il lui arrive de manquer la messe, ce n'est jamais que pour ses affaires. Car il est ce qu'on appelle un bon patron. Malgré l'humeur de Garibaldi. Les rapports amicaux entre ses ouvriers et lui ne se bornent pas à des échanges de fleurs : d'eux à ces demoiselles, dans les grandes occasions, et de lui à eux pour leur enterrement. Il a donné à M. l'abbé Petitjeannin un beau local, bien aéré, pour y établir un patronage, et là, somme toute, la jeunesse ouvrière a son club, tout comme des gentlemen anglais, a dit le sous-préfet, M. Rateau, un homme bien pensant, encore qu'il ne le montre pas, à cause de sa carrière. Pour en revenir à Garibaldi, c'est justement ce qui l'a forcé à licencier des Italiens qui a libéré ce local et lui a permis d'en disposer, quand on a décidé de fabriquer moins de modèles de tablettes, mais de concentrer toutes les forces sur ceux qui ont du succès. Alors, naturellement, plus besoin d'une telle main-d'œuvre. M. Barrel se sentait, bien entendu, tout triste d'avoir à se séparer d'une partie de ses ouvriers, il avait bien examiné le pour et le contre. Mais, n'est-ce pas, il ne faut jamais rien faire de déraisonnable, et l'intérêt de l'usine était aussi celui des ouvriers : si on était allé à la faillite, que serait-il advenu d'eux ? Ce n'aurait plus été une partie qui se serait trouvée à la rue. M. Barrel, avant de se décider, avait dix fois relu, réétudié la liste des licenciements. D'abord, naturellement, pas un Français. Il y avait pourtant des Italiens qui étaient de meilleurs ouvriers que les Français, depuis plus longtemps à l'usine, etc... Mais sur ce point, pas de question à transiger : au-dessus des intérêts, il y a les idées, la Patrie.

Dix fois, M. Barrel s'était fait rapporter, avec les listes, les dossiers de ses ouvriers où étaient marqués toutes leurs défaillances, absences, retards, maladies, leur condition de famille, les heures supplémentaires, le rendement de chacun, ses idées politiques, et tout ce qui s'en suit. M. Barrel redoutait énormément de faire tort à l'un quelconque d'entre eux, si humble fût-il. Il s'entourait dans le choix de ceux dont il allait se séparer, de toutes les précautions morales possibles. Non pas qu'il craignît les froncements de sourcils de Garibaldi, lui, mais il souffrait aussi à sa manière des reproches de sa conscience, surtout après ses voyages à Lyon, les quenelles de la mère Filloux.

Eh bien, ces dix fois-là n'avaient pas été assez encore ; il avait soumis sa liste à l'abbé Petitjeannin, pour le cas où il y aurait eu un seul des licenciés qui aurait été repêchable, à cause de sa conduite, de sa piété. Mais le fait est que M. l'abbé n'avait trouvé personne qu'il connût dans la liste. Ce qui prouvait qu'elle était bien faite. Les fortes têtes, les socialistes avaient été d'abord inscrits par Émile, et ça en faisait quelques-uns. Tout de même, si on doit absolument se séparer de serviteurs, il va de soi qu'on garde ceux qui sont contents de leur place, et non pas ceux qui sont toujours à récri-

miner. Ceux-là peut-être qu'ailleurs ils seront plus
heureux, et que la grâce les touchera.

On voit que d'un mal sort un bien : puisque c'était
comme ça que le patronage avait eu un toit. Et là aussi
se faisait le catéchisme de persévérance. M. Barrel se
fendit d'une somme assez rondelette pour habiller la
clique du patronage plus ou moins comme les gymnastes
de Joinville : pantalon blanc, jersey blanc sans col ni
manches, une petite veste marine à boutons dorés,
la casquette à visière cirée, une ceinture à boucle avec
cœur de Jésus. Il paya même l'oriflamme bleue et blanche avec Jeanne d'Arc, et fit venir à ses frais un instructeur militaire, une fois la semaine, de la Préfecture où
il y avait une garnison. Comme ça, les jeunes ouvriers,
en arrivant au régiment pouvaient très vite être nom-
més de première classe, passer caporaux, sous-officiers,
pourquoi pas officiers ? Enfin c'était le monde qui leur
était ouvert, rappelez-vous Hoche et Kléber.

Mais, à quelque temps de là, il y eut encore à prendre
des mesures pénibles. La maison Barrel n'est pas la
seule en France, sans parler de la concurrence suisse,
malgré les droits. Imbattables, pour ce qui est du paquetage, les Suisses. Je ne parle pas du chocolat. Enfin, le
chocolat Barrel se vendait surtout dans les campagnes,
dans les petites merceries de village, les foires. Son
principal marché, c'était la Bretagne. Une vieille et solide
organisation de la vente avait jusqu'ici permis à la
maison de se rire des concurrents. Sans doute on ne
prétendait pas faire la pige à Marquis ou à Pihan, aux
marques enfin qu'il est de bon goût à Paris d'offrir
pour le Jour de l'An. Non, mais le chocolat Barrel était
sérieux, sain, nourrissant, un peu blanc à l'intérieur.
Spécialité de goûter. Or, voilà que plusieurs marques
s'étaient mises à inonder le pays de produits similaires
aux produits Barrel. Peut-être de moins bonne qualité,
mais les gens n'y connaissent rien. Les boîtes avaient
l'air plus avantageuses, et puis, en Bretagne surtout,
ce qui faisait du tort au chocolat Barrel, c'était un nouveau chocolat qui s'appelait « La Croix », comme la

75

lessive avait d'abord ironisé M. l'abbé Petitjeannin, un homme assez piquant ; et l'astuce était qu'il y avait une croix en relief sur la tablette de chocolat ! On peut se moquer de ces choses-là, mais, au bout de l'année, il fallait voir le chiffre d'affaires. C'est ce qui présida à la naissance de « La Savoyarde ». M. l'abbé Petitjeannin en avait proposé l'idée. Il faut dire que la célèbre cloche du Sacré-Cœur qui porte ce nom est extrêmement populaire dans les campagnes. On en parle souvent dans « Le Pèlerin ». Et puis, n'est-ce pas, il y avait quelque chose de joli, de poétique à mettre une paysanne de Savoie à côté de la cloche, sur la robe imprimée de la boîte. Le point délicat était de décider si oui ou non la croquette porterait un dessin ou un relief rappelant son nom. La chose méritait examen.

La croquette est une forme de chocolat extrêmement avantageuse pour le fabricant. On n'a pas facilement dans l'œil le poids et la surface d'une croquette, alors, avec une petite différence de rien dans le rayon ou l'épaisseur, on gagne incroyablement sur la quantité. Tandis que les tablettes, il n'y a rien à faire : il y a des modèles standard, et allez lutter avec le Meunier ! Mais tout de suite, si on faisait de la fantaisie, il fallait de nouvelles machines, toute une manutention, enfin le prix de la croquette s'en ressentirait. Émile Barrel eut une inspiration : il fit mettre dans les boîtes le petit bulletin numéroté à la main qui prouvait que chaque croquette avait été soumise à un contrôle, à une étude spéciale. Sur ce bulletin, où on demandait au consommateur d'écrire s'il était mécontent, une phrase perfide sur les chocolats moulés ou décorés d'une façon sans doute artistique établissait la différence qui existe entre ces chocolats de parade et la robuste, la simple, la vigoureuse « Savoyarde », en qui tout était sacrifié à la qualité nutritive.

Naturellement, tout cela était très joli, et assez bien calculé. Mais il y a un point essentiel dans toute concurrence. Le prix de la marchandise. « La Savoyarde » avait toutes les chances de succès, à condition d'être la meilleur marché des croquettes. Pour cela, il fallait en diminuer le prix de revient. Ne pas marchander sur le paquetage : voyez les Suisses. Un seul moyen : baisser les salaires des ouvriers. Remarquez que c'était leur intérêt, naturellement pas immédiat, mais est-ce que c'était l'intérêt immédiat d'Émile Barrel quand il déboursait le prix des jolis vêtements de la clique ? On ne peut pas toujours avoir un point de vue immédiat. Il faut bien penser à l'avenir. Donc les ouvriers devaient comprendre que leur véritable intérêt était la prospérité de leur usine. Ils seraient bien avancés si le chocolat Barrel était distancé sur le marché, si par exemple on perdait la Bretagne. Une baisse de 15 % n'était tout de même pas à comparer avec un événement pareil. Émile Barrel, qui vivait sur un pied très modeste, en comparaison de ses moyens, donnerait pourtant l'exemple, on rognerait aussi 15 % sur l'argent de la maison.

Là-dessus, il y avait eu grève à la chocolaterie. Un des moments les plus pénibles de la vie de M. Barrel. En 1911. L'exemple ne manquait pas alors. C'est contagieux, les grèves. Comme toujours, il fallait voir là la main d'agitateurs venus du dehors. Pourtant, Émile Barrel ne s'était pas attendu à ça de ses ouvriers. Il les aimait comme des enfants. Il les recevait lui-même dans son bureau quand quelque chose n'allait pas. Il avait d'abord essayé de la persuasion. Puis de l'intimidation. Il avait annoncé qu'il ne reprendrait pas à la fabrique les dirigeants du syndicat. La grève continuait. C'était, il est vrai, une grève partielle. Il y avait de bons sujets qui n'avaient pas quitté le travail. Ceux-là, pour leur permettre de gagner honnêtement leur vie, la vie de leurs femmes, de leurs enfants, et aussi les Italiens nouvellement embauchés, qu'on avait fait venir en hâte, n'avait-il pas fallu les protéger des grévistes qui les battaient, leur jetaient des pierres ? Appeler la troupe ? En être arrivé là ! Évidemment, les soldats servaient surtout à faire peur, mais est-ce qu'on sait jamais ? M. Rateau le sous-préfet, était venu en personne, en uniforme. Un homme d'une grande élévation

77

spirituelle, avec des vues très larges, et qui dit à cette occasion des choses profondément émouvantes touchant la folie humaine, qui marche contre son propre intérêt. A déjeuner, chez les Barrel, il expliqua longuement la psychologie des grévistes. C'était un être éminemment compréhensif que le sous-préfet Rateau. A l'entendre, si on perdait de vue la ligne générale du discours, on aurait presque excusé les ouvriers. Ah! voilà comment les choses se goupillent dans leur tête... c'est donc comme cela. Mais il fallait savoir rester ferme. Comprendre et pourtant sévir. Le sous-préfet frappait légèrement avec la fourchette à poisson sur le porte-couvert. Et l'humanité, avec toutes ses contradictions, ses bizarreries, ses malheurs, marche pourtant de l'avant, progresse. Il nous faut envisager non pas tel détail, pour ainsi dire départemental, mais l'ensemble du processus, son évolution, sa globalité, je dis bien : sa globalité. Nous sommes des pilotes (le sous-préfet se tournait vers son hôte), nous devons savoir garder le gouvernail. Sa péroraison fut magnifique, le navire, l'horizon, les nuages et la lumière.

Mme Barrel toussa un peu, d'émotion. Est-ce que M. le Sous-Préfet croyait que les hommes seraient plus heureux avec le progrès? Elle regardait en parlant l'abbé Petitjeannin. L'abbé acquiesça. C'était un homme grand et maigre, avec de l'onction, autour duquel la soutane flottait. Le bonheur était simplement le sentiment du devoir accompli, mais d'une façon générale le point de vue de l'Église n'était pas opposé à celui de M. le Sous-Préfet. Il suffisait de s'entendre sur ce qu'on appelait le *progrès*. S'il ne s'agissait que des autos, des avions! Mais bien sûr, M. Rateau était un homme trop fin pour ne pas sous-entendre dans la notion de progrès la notion de progrès moral. Sa Sainteté Pie X était alors entièrement d'accord avec lui. Tout ce qui nous rapproche de Jésus-Christ...

En général, M. Rateau était plein d'estime pour le chocolatier Barrel. Non seulement à cause des scrupules de conscience qu'il avait vis-à-vis de ses ouvriers, et qui lui faisaient honneur, mais aussi pour tout ce qui auréolait cette personnalité industrielle ; mari d'une Schoelzel-Bachmann, cousin des Barrel de Lyon, Émile Barrel faisait une sorte de pont de chocolat entre l'industrie de la soie et le fil d'Alsace. C'était un de ces hommes qu'on connaît peu à Paris, et pourtant dont le poids compte. Une force. Le sous-préfet, tout en sachant rendre les honneurs qui leur sont dus aux puissances de l'heure, si passagères qu'elles fussent, ne s'y trompait pas : les ministres s'en vont, mais les Barrel demeurent. La vie économique du pays, voilà où est la réalité.

Sans compter que Barrel, du même coup, entre Lyon et Mulhouse, était le lien de la haute industrie et de la grande banque protestantes avec l'aristocratie même de l'industrie catholique, les promoteurs de l'Internationale catholique du textile. Chez lui se rencontraient parfois, la paix faite, des calvinistes de Genève et le dominicain Barrel, frère du grand soyeux.

On avait eu pleinement raison de dompter la grève. On le voyait bien maintenant, même les ouvriers. Un million de « Savoyardes » en un an! Ce n'était pas en se croisant les bras, et à se disputer, qu'on serait arrivé à ce résultat-là.

Garibaldi depuis quelque temps visitait tous les soirs Augustine. Il devenait même familier.

V

On raconte d'une femme dont le mari ou l'amant avait disparu pendant vingt ans, dans le Centre de l'Afrique, ou enfin dans quelque endroit perdu de ce genre, que quand il lui revint, elle ne le reconnut pas, et la vie pourtant reprit entre eux, comme s'ils s'étaient quittés une quinzaine. C'est le soir, quand ils se couchèrent, soudain qu'elle le retrouva à la manière de plier ses habits sur la chaise. Vingt ans, le désert, les cannibales, les tigres, rien n'y avait fait.

Il y a ainsi chez l'homme quelque chose de plus profondément à lui que son visage, de petites habitudes, des manies. C'est de l'horreur de ces manies qu'est faite une vie conjugale, c'est de l'attendrissement sur ces manies que sont faites les amours durables.

M. de Loménie n'avait jamais remarqué que Philbertine pour rien au monde ne se serait couchée sans avoir mis un petit rameau de buis bénit sous l'oreiller. Cette inattention lui avait épargné bien des colères inutiles, car personne n'était têtu comme le petit monstre. M. de Loménie n'avait jamais vu de sa femme que ce qu'il avait besoin de voir pour lui faire des enfants. A lui, sa manie était fort incommode, mais elle était déjà si célèbre dans le pays que personne n'y prêtait plus attention. M. de Loménie de Méjouls aimait à se déculotter en public. Comme ça. C'était une plaisanterie de gamin qui avait fait long feu. Quand on l'embêtait dans la conver-

80

sation, et qu'il ne savait plus comment en sortir. Ou simplement quand il était de très bonne humeur. Il se levait, se retournait et d'un geste prompt de la main droite, il lâchait ses bretelles, tandis que la gauche relevait le pan de la chemise. Les fesses de M. de Loménie étaient un spectacle de moins en moins réjouissant, mais là n'était pas la question. C'étaient des fesses velues, et le vieux satyre avait grand soin d'écarter les cuisses pour montrer du coup qu'il n'était pas châtré. Philbertine se signait. M\ue Éva disait : « Voyons, Gustave », et désignait Suzanne, qui regardait la pointe de ses pieds.

Suzanne, dans sa chambre, cachait dans la doublure des sièges, derrière le bois des fauteuils, et sous le tapis, dans l'embrasure des rideaux, des petits bouts de papier soigneusement pliés, comme s'ils avaient contenu des secrets dangereux pour elle : généralement du papier blanc ou des notes de blanchisseuse. Mais quand elle rentrait chez elle, elle se précipitait vers ses cachettes et vérifiait si en son absence on ne lui avait pas découvert ses papiers. Son cœur battait très fort dans ces moments-là.

La manie de M. l'abbé Petitjeannin était assez analogue, mais moins ingénue. Il passait son temps à vérifier si on le volait. Il laissait pour cela aux endroits les plus divers, en vue, ou comme cachés négligemment sous des feuilles de papier, sous un gant, un journal, un franc, dix sous, enfin quelque monnaie. Son rêve était de surprendre Gertrude, sa femme de charge, en flagrant délit de larcin. Toute la journée après, il marmonnait à part lui : « Et les cinquante centimes ? Où ai-je donc fourré les cinquante centimes ? »

Émile Barrel, lui, faisait collection de plaques de foyer. Cela peut passer pour un goût. A vrai dire, ce n'était aucunement un goût, mais une espèce de folie. Il avait fait construire un hangar étroit, juste large assez pour qu'on puisse entasser une plaque de grand foyer sur les plaques précédentes, qui formaient une longue file de fonte noire, s'étendant déjà sur plus de cinquante mètres. Et comme des cartes en paquet, les plaques pouvaient indéfiniment attendre qu'on les regardât. A la rigueur, étant donné le poids, pouvait-on en feuilleter les trois, quatre dernières. Le reste était à jamais entassé là. M. Barrel, chaque jour, allait voir sa collection, c'est-à-dire qu'il ouvrait la porte du hangar, regardait avec satisfaction sa propriété et passait sur la tranche supérieure des plaques atteignables, sa canne comme l'archet d'un instrument de musique. Après quoi, il s'en allait chantonnant. Il affirmait qu'il y avait là-dedans des pièces inestimables, tant du point de vue de l'art que de celui de la rareté. Il fallait bien le croire.

En réalité ces petites manigances, d'aspect bien différent, se ramenaient à des préoccupations communes. Le chocolatier trouvait dans sa collection inutile une jouissance intellectuelle de dominateur : c'était à lui, tout ça, personne ne pouvait le voir, il en savait seul le prix. Ce qu'il y avait d'avare en lui s'était concentré là-dessus. Le même goût de la supériorité hantait l'abbé Petitjeannin : ce confesseur avait besoin de se persuader qu'autour de lui, tous étaient des voleurs, des vauriens, qu'il n'y avait que lui au monde d'honnête. Même goût de la supériorité, à se supposer des secrets chez Suzanne de Loménie. Son père, lui, on voit bien d'où lui venait l'amour de l'exhibitionnisme : c'était comme un reste du droit de jambage qu'avaient exercé ses ancêtres. Le hobereau l'emportait sur l'homme du monde aux Mirettes. Quant à Mme de Loménie, avec un brin de buis, elle se payait la satisfaction intime de se prendre pour une sorcière. Cela excusait son physique.

Mais ce sont là de bien petites manifestations des personnalités marquantes de Sérianne-le-Vieux. Elles ne vaudraient pas la peine qu'on les rapportât, si elles n'étaient les reflets des traits profonds de toute une société, qui marquaient la vie de cette société, là même où on ne s'attendait pas à les retrouver. Par exemple, comme on traitait en général les Italiens dans la ville :

achetaient-ils des fruits, le fruitier leur glissait toujours une figue pourrie, des raisins gâtés, par en-dessous. Jusqu'au Dr Lamberdesc qui lambinait quand on l'appelait d'urgence chez ces gens-là. Laissons-leur un peu le temps de mourir.

VI

Le Dr Lamberdesc était l'amant de Mme Respellière.

Les Respellière habitaient sur la Grand'Place. Du côté du Café des Arts, mais plus au fond de la place. Enfin, cela dépend de ce qu'on appelle du côté : parce que la place n'avait pas une forme régulière, et c'était dans le renfoncement entre le côté du boucher et celui du café, que se trouvait la maison du percepteur.

Une place méridionale avec des platanes tout autour, qu'on ne taillait pas, et qui formaient de l'ombrage jusqu'à toucher les maisons. Au centre la fontaine, qui date, paraît-il, des Romains.

Le percepteur Respellière, ancien sous-officier de la coloniale, portait une moustache de chat. Un brun, grand et fort, que n'avait pas abattu un paludisme tassé, attrapé en Indochine. Mais Mme Respellière en avait eu assez des colonies et, le paludisme aidant, elle avait fait si bien qu'elle en avait ramené un Respellière de quarante ans, sorti de l'armée, et à qui on donna une perception, à cause, affirmait-il, des relations de son frère, cafetier en Dordogne. Il s'était un peu déplumé, pas mal jauni, mais il était assez gras, des sàloperies dans le fond du teint, et avec ça soiffeur comme pas un. Il habitait autant le Café des Arts que sa maison. Quand il ne jouait pas à la manille, c'était au billard ou aux dames. Le Café des Arts devait son nom à des peintures qui représentaient Venise, Versailles, Alger et le retour des Terre-Neuvas.

Le Café formait le rez-de-chaussée de l'hôtel Brot.

Thérèse Respellière avait douze ans de moins que son mari. C'est-à-dire qu'elle était rentrée en France à vingt-huit ans, il y avait de cela cinq ans, après huit ans de Cochinchine. Une petite brune, bien tournée, d'une vivacité surprenante, avec le teint clair, malgré Saïgon. Le petit pied busqué et la jambe ronde des Provençales. Ses cheveux étaient si bouclés que, quand elle les défaisait, ça ne faisait presque pas de différence. Où Respellière l'avait-il trouvée, et qu'était-elle alors? C'est sur quoi elle restait fort discrète. Mais elle aimait beaucoup la danse, et dans ses récits de la vie en Cochinchine elle nommait négligemment plusieurs officiers dont le nom était alors célèbre, soit pour eux-mêmes, soit pour leur famille. Il semblait qu'elle les eût fort bien connus. Toujours est-il qu'aux colonies elle avait pris le goût de la lecture, et, sur le fond de Sérianne-le-Vieux, elle pouvait passer pour assez cultivée, bien qu'elle ignorât qui était Voltaire, et que Loti, Farrère et Olivier Diraison-Sailor fussent ses auteurs préférés. Elle avait une petite voix et chantait quand on l'accompagnait, car elle ne pouvait jouer qu'avec un doigt du piano qui ornait son salon, *Sur la mer calmée*, ou bien *O Lola, blanche fleur à peine éclose*, et l'air favori de Respellière, *O Paris, gai séjour — des plaisirs et des ivresses!*

A Sérianne, il y avait dans les relations mondaines un certain esprit démocratique, comme disait la vieille Mᵐᵉ Cotin, morte l'année précédente. C'est-à-dire que tous les fonctionnaires étaient considérés comme des gens bien, et qu'on recevait même certains commerçants. Par conséquent, Thérèse Respellière allait en visite chez les Barrel, chez les Migeon, chez les Loménie, et bien d'autres. Pourtant il y avait une nuance dans les rapports. Elle n'était pas adoptée, elle n'allait qu'au jour de ces dames. Elle ne serait pas venue à l'improviste, ou l'on aurait trouvé ça drôle : Respellière était un peu débraillé, et Thérèse, au fond, on ne savait pas d'où elle sortait, Thérèse.

Elle n'aimait pas le café où son mari se rencontrait

avec le receveur de l'enregistrement, le boucher, Eugène
Mestrance le chapelier (par une espèce de correction on
ne disait jamais le marchand de couronnes), et quelques
autres. Elle préférait rester chez elle, non point qu'elle
fût femme d'intérieur, mais elle flânait là, en déshabillé,
lisant un roman, tapotant sur le piano ; le ménage était
vite fait, dès le matin, elle avait une fille qui venait pour
le gros ouvrage, et la maison n'était pas grande, trois
pièces en bas, deux au premier. Au second habitaient
les propriétaires, un vieux ménage, les Coquelombe,
des rentiers. Et puis Thérèse n'était pas très regardante
sur la poussière.

Avec cela qu'ayant la réputation d'être une des plus
jolies femmes de la ville il n'était pas rare qu'elle reçût
des visites. Tous les jeunes gens, et même les messieurs
âgés qui aimaient bavarder avec une femme, de temps
en temps, poussaient une pointe jusqu'à chez elle, et
s'enquéraient hypocritement de la présence de Respellière. Comme si Respellière pouvait être ailleurs qu'au
Café des Arts, à trente mètres de là. Mais Thérèse invi-
tait le visiteur à lui tenir compagnie, et on bavardait.
Thérèse était très experte dans ses rapports avec les
hommes, elle savait les tenir à distance et en même temps
leur laisser des espoirs, surtout aux vieux. Il y avait
dix hommes amoureux d'elle, et cependant on ne bavardait pas sur son compte. Du Café des Arts, on entendait
sa voix qui chantait *Madame Butterfly*, et Respellière
en calculant un rétro au billard disait : « Allons, il y a
du monde chez Mme Respellière. » Thérèse était peut-être
une vertu.

C'est alors que survint le Dr Lamberdesc.

Comment le Dr Lamberdesc devint l'amant de Mme
Respellière, Suzanne de Loménie eut beau mettre de côté
et ses préventions sociales et sa haine de Puccini, elle
eut beau accompagner pendant un mois Thérèse non
seulement dans *Madame Butterfly*, mais encore dans la
Tosca, elle ne parvint pas à le découvrir. Le fait restait
là : le Dr Lamberdesc était l'amant de Mme Respellière.

Jacques Lamberdesc était le fils d'un petit boutiquier

de Bordeaux qui avait volé sur le poids des bonbons pendant toute sa vie pour envoyer son unique rejeton au lycée, puis à Paris étudier la médecine. Mme Lamberdesc mère, jadis très belle, mais déformée par une grossesse difficile, était devenue un objet d'horreur pour son mari qui avait reporté toutes ses extravagances de cœur sur ce fils, héritier de la beauté maternelle. De fait, dans le genre brun, tout rasé, avec yeux de velours, épaules larges, et pas soupçon de hanches, on ne peut rêver rien de plus joli cœur que Jacques Lamberdesc, il ne lui manquait que les rouflaquettes. Il avait fait fureur au Quartier latin, jusqu'à ce que, sa mère étant morte d'une crise cardiaque en lavant le plancher, et son père décédé d'une bonne fluxion de poitrine, le jeune homme se fût trouvé privé des rentes que représentait pour lui le travail parental, et maître d'un patrimoine assez maigre, avec lequel il fallait renoncer à faire figure dans la capitale.

Après avoir pesté contre des parents qui l'avaient élevé pour les plus hautes destinées et qui ne lui laissaient que de quoi s'installer à la campagne, Jacques, à trente ans, docteur, et libéré de ses obligations militaires, était venu échouer à Sérianne-le-Vieux où il avait repris la succession du Dr Brioude, lequel, se sentant sur sa fin, s'était dépêché de faire pour sa fille, Claude, quelques sous d'une clientèle elle-même assez inexistante. Sur quoi Jacques s'était installé, le Dr Brioude avait eu une embolie, et Claude avait perdu à la Bourse les économies de l'épicier bordelais, sans avoir même le temps de se reconnaître. C'était une très jolie fille, vingt-deux ans. Elle était venue très naturellement trouver le successeur de son père pour lui raconter ses malheurs, et lui, avec le même naturel, lui avait fait un enfant. Quand elle comprit qu'il ne l'épouserait pas, et déjà ça se voyait, elle s'empoisonna avec du véronal. Le hasard fit que ce fut Thérèse Respellière qui vint chercher le médecin pour elle. Le Dr Lamberdesc avait déjà rencontré Mme Respellière, mais en la voyant chez lui, il ne put s'empêcher de lui faire la cour. C'était au prin-

temps, et Thérèse était extrêmement émue des confiden-
des qu'elle avait reçues l'avant-veille seulement de
Claude Brioude. « Vous êtes un monstre! » dit-elle à
Jacques comme il refermait ses bras autour d'elle.
Jamais peut-être Thérèse n'eut tant de plaisir de sa vie
que ce jour-là, tandis qu'agonisait la petite Claude.
Jacques avait déjà une assez grande pratique des femmes,
et il sut si bien faire durer ce plaisir, le varier et le répéter, qu'ils arrivèrent près de la malade alors qu'il était
trop tard pour la sauver. Cependant cela dura deux
jours encore, deux jours pendant lesquels Mme Respellière ne quitta pas le chevet de la moribonde. Ce dévouement pour une étrangère fit parler toute la ville, et Thérèse devint pour toutes les vieilles femmes, et les messieurs attendris qu'elle avait évincés, ce brave petit
cœur de Mme Respellière. Le troisième jour, Claude expi-
rait, privée des secours de la religion, et on refusa de
l'enterrer en terre chrétienne. Le Dr Lamberdesc, ma
chère, avait des yeux! Il y a tout de même de braves gens.
   Surtout que, somme toute, le Dr Lamberdesc avait
été plutôt floué par le vieux Brioude. Ça ne l'avait pas
empêché de soigner vraiment d'une façon parfaite cette
Claude Brioude, qui s'était donné la mort comme une
païenne. Pourquoi avait-elle fait cela? On disait qu'elle
n'avait pu survivre à son père, mais je t'en fiche. On sut
par le notaire qu'elle avait mangé son magot en un rien
de temps. Croyez-vous, une fille de cet âge!
   La clientèle du Dr Brioude, effectivement, n'était pas
une de ces affaires... Il y avait deux médecins à Sérianne,
celui de gauche et celui de droite. Le Dr Brioude était
le médecin bien pensant. Comme tel, il avait la clientèle
de personnes âgées, dont le nombre chaque année allait
se restreignant. A part cela, tout le monde courait chez
l'autre médecin, un libre penseur, mais un homme d'art,
qui, de plus, était le maire de la ville, un radical. Partant
il soignait, outre les fonctionnaires, tout le commerce
de la ville. Et qui plus est, pour athée que fût le Dr Barbentane, comme Mme Barbentane était la piété même,
et l'une des meilleures ouailles de la paroisse, à tel point

que malgré son mari elle destinait l'un de ses fils au séminaire, une grande partie de la population croyante tenait pour demi-péché de confier ses rhumatismes, ses rétrécissements urétraux et ses diarrhées opiniâtres au Dr Barbentane, qui était maçon, et dont on racontait mille horreurs comme de tous les membres de la loge locale, où, avec le maire, le coiffeur de la rue Longue, Reboul, le marchand de meubles, M. Migeon et quelques autres mangeaient, disait-on, le Vendredi saint, un cochon le lait rôti garni d'hosties frites en guise de pommes de terre.

Par exemple, les Barrel étaient clients de Barbentane. Il est vrai que par une espèce d'esprit de justice, Émile Barrel avait donné la clientèle de sa fabrique au Dr Brioude, et la conserva au jeune Lamberdesc. Pas seulement pour compenser, mais, n'est-ce pas, les sarcasmes du maire étaient perdus dans la famille Barrel, tandis qu'avec les ouvriers, déjà suffisamment sujets aux entreprises du Malin, ce n'était pas la peine de mettre les malades en relation avec ce vieux sceptique, qui aurait défait tout le travail de l'abbé Petitjeannin. Personne, d'ailleurs, n'avait songé à se demander si le Dr Lamberdesc était dévot ou non : il avait racheté la clientèle Brioude, c'était assez.

Le plus clair du travail de Jacques Lamberdesc était de soigner les ouvriers, et il en enrageait, je vous prie de croire. En réalité, il enquiquinait la Sainte Croix, la Vierge Mère et le Saint Frusquin, mais, puisque après tout son pain en dépendait, il n'en laissait rien paraître et il faisait le dimanche une rapide apparition à l'église, entre deux visites ; et naturellement qu'il n'oubliait jamais dans sa clientèle ouvrière d'appeler l'abbé quand il en était besoin. Il faut une religion au peuple. Pour ce qu'ils payaient, ces cochons d'ouvriers! Au fond il n'était pas fâché de n'être pas seul à se déranger. Tout ça ne lui permettait pas de rouler sur l'or. Il avait eu de la difficulté même à se payer une petite Peugeot de rien du tout.

La liaison du docteur et de la perceptrice s'était faite

par hasard, mais il y avait bien des raisons pour qu'elle durât. Du côté de Thérèse, il y avait l'ennui, le regret des colonies après tout, où elle avait couché tant et plus, plus ou moins au su de Respellière, avec les officiers de son mari ; et enfin Jacques, c'était un peu de ce Paris dont rêvait Thérèse, de ce Paris où tout de même les hommes sont plus raffinés en amour, ont des caleçons qui ne ressemblent pas à ceux de l'ancien adjudant, et connaissent des histoires drôles qui font passer le temps entre les baisers. Thérèse, bien entendu, était éprise du docteur, et pourquoi ne l'aurait-elle pas été ?

De son côté à lui, ce n'était pas la passion aveugle, il s'en faut. Mais après tout, Thérèse était une chance inespérée dans un trou comme Sérianne. Ni une de ces oies blanches, comme Claude, avec qui la question du maire et de l'autel se pose dans les huit jours, ni une de ces pouffiasses de province, auxquelles il ne pouvait se résoudre, et dont après tout ici la crème était au « Panier Fleuri ». Au fait, par une espèce de courtoisie confraternelle, le Dr Barbentane lui avait laissé la clientèle du « Panier Fleuri ». Trop aimable. A vrai dire les filles payaient mieux que les ouvriers. Mais pour en revenir à Thérèse, elle était après tout une femme qui a vu du pays, pas désagréable au lit. Jacques, évidemment, ne se faisait aucune illusion sur le niveau intellectuel de son amie. Bon, l'intellect y est pour bien peu, et puis, quoi! il faut toujours en rabattre sur quelque chose avec les femmes. Mieux vaut là-dessus que sur... je m'entends. Il l'éleva un peu, lui apprit que *Mlle Dax, jeune fille* n'était pas le fin du fin de la littérature, il lui fit lire ce qu'il fallait, des livres comme *Le Passé vivant* d'Henri de Régnier, *Le Roi Pausole*, du Louis Bertrand (cet auteur en imposait énormément à Jacques Lamberdesc). En fait de musique il eut moins de succès. Il aurait voulu qu'elle chantât de la musique russe, mais même l'air de *Sadko... les diamants chez nous sont innombrables...* était trop compliqué pour elle, alors quand il lui apporta du Duparc et du Chausson, vous pensez! On continua

90

donc à entendre du Café des Arts *Madame Butterfly* et ses touchants espoirs.

— Nom de Dieu! Celui-là est volé! hurlait le boucher, comme un contre inattendu amenait la carambole. Ce Respellière a une veine de cocu!

VII

Bon pour le service armé!

Et quand Adrien Arnaud avait fait demi-tour pour s'éloigner de la table derrière laquelle se tenaient les officiers, le major lui avait frappé le pectoral d'un petit coup appréciatif :

— Un b-beau so-soldat!

Il avait fait tout ce qu'il avait fallu pour mériter cette appréciation. Ni trop grand, ni petit, développé comme un athlète, mais sans rien d'exagéré dans les muscles, parce qu'il avait toujours eu le soin d'entraîner aussi bien son bras gauche que le droit, de faire de la gymnastique abdominale, de soigner ses jambes, *et cætera*. C'était un jeune homme avec les joues roses, et le cheveu frisé, et de petits yeux noirs très rapprochés d'un nez mince, un peu tombant. Il avait des dents éclatantes, une ombre de moustache comme au pinceau, et roulait légèrement des hanches en marchant.

Fils unique du propriétaire des *Nouvelles Galeries*, le grand magasin de la place du Marché, il portait bien la confection, des costumes clairs, très dernière mode, d'après les catalogues. Il serait riche un jour et, en attendant, son père, une des sommités de la ville, se souciait très peu de lui pourvu qu'il fût présent chaque dimanche à la grand'messe, et qu'il ne lui demandât pas de l'argent. M. Arnaud père passait sa vie à vérifier les comptes de ses vendeurs. Son fils ressemblait à la défunte Mme Arnaud. Les sports et la gymnastique l'avaient rendu en tout différent de cet homme blême et voûté, penché sur les additions, qui était son père. M. Arnaud, conseiller municipal, faisait partie de la minorité conservatrice ; il était à couteaux tirés avec le maire.

Élevé au collège de la sous-préfecture, Adrien en avait rapporté une grande habitude de la barre fixe et une ignorance crasse, qu'il se faisait pardonner par ses succès à la course, au saut à la perche, à la corde lisse. Non pas qu'il fût dévot, mais par goût, il s'était proposé à l'abbé Petitjeannin comme moniteur pour le patronage. Il aimait naturellement à commander et à briller, et avec les ouvriers pas de risque qu'on lui posât des colles sur la géographie ou l'histoire ancienne. Il y avait là des garçons de son âge et des plus jeunes qui étaient moins habiles que lui, même s'ils étaient plus forts, parce qu'ils n'avaient pas reçu d'entraînement rationnel. Il avait fait de la salle d'armes pendant des années, et il avait des fleurets et des épées. Il imagina de créer pour les jeunes ouvriers de la chocolaterie un cours d'escrime. Cela avait quelque chose d'absurde, mais, tous les dimanches après la messe, il allait retrouver ses élèves, qu'il éblouissait avec ses contre de quarte, et auxquels il frappait sur les doigts avec le plat de l'épée quand il les trouvait vraiment trop gourdes.

Il détestait les ouvriers, mais il avait pour ses élèves les sentiments d'un chef. Au moment de la grève, il les harangua pour leur montrer les bontés sans nombre de leur patron, ce digne M. Barrel. Adrien considérait M. Barrel comme l'incarnation vivante de la haute société. Il ne lui échappait pas que, quel que puisse être un jour l'héritage paternel, lui, Adrien Arnaud, n'appartiendrait jamais au véritable grand monde : il se souvenait, à l'école, de deux ou trois camarades, des fils de châtelains, qui allaient l'hiver à Nice. Il voyait bien la différence. Et M. Barrel avait des filles.

Adrien Arnaud n'était pas peu infatué de sa personne

physique. Toutes les femmes d'ailleurs le confirmaient dans la bonne opinion qu'il se faisait de sa beauté. Il avait décidé qu'il ferait un jour un beau mariage, et dans sa tête il était arrêté qu'il épouserait une des héritières de la chocolaterie. Mais il se savait trop jeune encore pour ce destin, et rien ne le pressait. Il avait donc toujours évité de connaître ces demoiselles Barrel, parce qu'il entendait que son mariage fût la conséquence d'un rapide, d'un fulgurant roman d'amour, au moment par lui choisi. Pour celle des Barrel qu'il rendrait folle de lui, il n'en avait pas encore décidé.

En attendant, tout ce qu'il faisait était comme déterminé par ce rôle de gendre du chocolatier que lui réservait l'avenir. La grève avait produit sur lui une impression profonde. Il avait senti sa fortune menacée. De pareils faits pouvaient à tout instant se reproduire, à tout instant l'insubordination ouvrière pouvait mettre en péril les affaires de la chocolaterie. Il y avait là un vice de la structure sociale, un défaut de la législation auquel il aurait fallu remédier.

Adrien Arnaud n'avait alors pas loin de vingt ans. Il avait, avec un ancien professeur à Avignon qui s'était fixé à Sérianne avec sa femme et ses trois fils, M. Delobelle, créé la section locale du Club Alpin. M. Delobelle était du Club Alpin de fondation. Comme professeur, il avait trouvé dans les excursions organisées des jeudis et dimanches un divertissement sain, comme jeune homme que les femmes effrayent, puis comme mari que son ménage assomme avec trois mioches piailleurs, sales, dans un logement mesquin. Ses fils grands, M. Delobelle voyait maintenant dans les promenades du Club un moyen de les surveiller jusque dans leurs loisirs. Et il les conduisait avec d'autres jeunes gens de Sérianne, dans les montagnes voisines, à l'ermitage du Loup, enfin à tous les buts de promenade où, agitant son petit bouc gris « à la Poincaré », il pouvait exercer encore son éloquence professorale, émaillée de grec et de latin, qui émerveillait Adrien Arnaud lui-même.

C'est à M. Delobelle, qui personnifiait pour lui la

science, qu'Adrien avait demandé mille détails sur le droit patronal et le droit ouvrier. A vrai dire, M. Delobelle n'était pas très ferré en ces matières, et il se faisait sur les attributions des syndicats des idées très superficielles. Pourtant, à travers ses propos, Adrien mesura l'abîme vers lequel court la société républicaine. C'était à peine croyable : depuis cent ans, les industriels s'étaient laissé, morceau par morceau, arracher toutes leurs prérogatives. M. Delobelle levait un doigt sagace : *Jam proximus ardet Ucalegon.* Ne parlait-on pas déjà de l'impôt sur le revenu ? Et comment allait-on l'établir cet impôt ? En mépris du secret de la vie privée des gens! On allait entrer chez chacun, inventorier ce qu'il avait dans ses tiroirs, à la banque! Des mesures pour le moins vexatoires. Et pendant ce temps-là les ouvriers, dégrevés de l'impôt *à la base*, réclamaient toujours de plus hauts salaires, n'hésitaient pas à mettre ceux qui les faisaient vivre au pied du mur...

M. Delobelle, debout sur ses courtes pattes roulées dans des bandes molletières, racontait des histoires de grèves tout à fait extraordinaires. Parce qu'à Sérianne ce n'était encore pas sérieux. Mais à Paris! dans les grands centres! Sans parler du sabotage. Le plus incroyable était qu'on autorisât des grèves de solidarité. Un danger avec lequel il fallait compter. Bon, vos ouvriers se mettent en grève, mais enfin on peut en faire venir d'autres. Mais si toutes les usines de la région se mettent de la partie ? Et pas seulement les usines. Il y a même des cas où des gens d'un tout autre métier se solidarisent avec les grévistes. On a pris l'habitude de considérer la grève générale un peu comme la tarasque, mais un jour viendra où les syndicats seront assez forts pour la réaliser. Allez, ce sera du joli. L'eau, le gaz, l'électricité, le pain, tout manquera. Les trains, les tramways ne marcheront plus. Vous voyez d'ici ce que ça donnera.

— Alors, disait Adrien, si quelque part un enfant est malade et qu'il faut un médecin ? Et dans les maisons de santé, les hôpitaux, pas de lumière pour les opérations d'urgence? Pas d'eau pour laver les mains des chirurgiens?

— Tu l'as dit, bouffi, triomphait M. Delobelle. Ah lala, il en mourra des innocents dans ces jours-là!

Mais plus encore que ces considérations, ce qui frappait Adrien c'était l'absence de tout sentiment patriotique chez les ouvriers. Même les Italiens qui auraient dû avoir de la reconnaissance pour la France qui les nourrissait, ce que leur propre pays n'avait pas su faire. Or, il était évident que dans la grève des chocolatiers, par exemple, il y avait la main de l'Allemagne. A qui avait-elle profité, la grève? Pas aux ouvriers! Aux concurrents du chocolat Barrel, et en première ligne aux Suisses. Vous comprenez que Kohler, Blocker, Lindt, c'est Suisse si on veut : au bout du compte, il ne faut pas trop gratter pour retrouver l'alboche. Ce sont les capitaux allemands qui font marcher tout ça. Les grévistes étaient de mauvais Français.

Il avait donc eu sa petite idée, Adrien, et il s'en était ouvert à M. Delobelle et à l'abbé Petitjeannin. Et l'abbé l'avait engagé à en parler à M. Barrel. Le chocolatier l'avait reçu chez lui, parce qu'Adrien ne voulait pas être vu à la fabrique, entrant dans le cabinet directorial. Le projet du jeune Arnaud avait tout à fait séduit l'industriel. Comme, en cas de grève, la difficulté était de trouver des ouvriers connaissant le maniement des machines, Adrien proposait de rassembler un gros peloton de jeunes gens appartenant aux meilleures familles des environs, ses camarades somme toute, et de leur faire apprendre l'a b c du métier, de les promener dans l'usine, etc... On s'arrangerait de même avec la compagnie des tramways, l'électricité, le gaz, de façon à ce que le cas échéant on ait un personnel tout prêt pour parer aux aléas d'une nouvelle grève. On pouvait lier ce travail à celui de la préparation militaire, au patronage, si M. Barrel n'avait rien contre... Non, non. Parce qu'il fallait tout de même apprendre à se défendre aux jeunes volontaires. On leur enseignerait la savate, et même quelques trucs de jiu-jitsu, la boxe. Un peu de tir ne ferait pas de mal.

M. Barrel parla longuement à déjeuner du jeune homme dont il avait eu la visite. Un garçon intelligent, énergique, qui comprenait les conditions futures de la production... « Nous ne pouvons tout de même pas être réduits à appeler la force armée ontre nos ouvriers. Il y a là quelque chose d'extrême à quoi je répugne. Et puis pour ce que ça a donné en 1910 avec la grève des cheminots! » Il vanta tellement la prestance d'Adrien Arnaud que Mme Barrel, croyant l'y rencontrer, alla l'après-midi même faire toutes sortes d'emplettes aux *Nouvelles Galeries*.

Mais Adrien ne faisait que de bien rares apparitions aux magasins familiaux. Cependant il chapitra et embaucha cinq employés des *Galeries* dans son nouveau groupe, *Pro Patria*, le titre était de M. Delobelle. Les trois fils Delobelle y figurèrent. Avec les promenades du Club Alpin, ils n'étaient pas encore assez occupés, et l'aîné, Étienne, avait déjà ses dix-sept ans, son père avait surpris des petits dessins qu'il faisait en cachette, et qui en disaient long sur les conversations qu'Étienne pouvait avoir. Peu à peu, Adrien qui était très populaire parmi les garçons de son âge, à cause de ses records à la perche en particulier, engagea une cinquantaine de jeune gens. Ils se firent faire un insigne tricolore qui se portait à la boutonnière, et que M. Barrel rapporta pour eux de Lyon. Pendant les vacances, cette année-là, le neveu de Mme Barrel, Jacques Schoelzer qui venait d'être reçu à Pipo, se joignit au groupe, auquel cela donna le double lustre de Polytechnique et du fil d'Alsace. Et Adrien s'enorgueillit de ces relations amicales avec cet héritier de tout le fil blanc qu'on vendait dans les merceries, et qu'il considérait déjà un peu comme son propre cousin. Il lui apprit à jouer aux boules, où, ma foi, il parvint à tenir tête même à Edmond Barbentane.

A vrai dire, M. Delobelle se faisait des illusions sur l'efficacité de *Pro Patria*, sur la chasteté de ses fils. Le nouveau groupe réunissait un tas de garçons entre treize et vingt ans qui étaient assez avertis, et qui, à commencer par Adrien lui-même, ne dédaignaient ni les filles ni les femmes mariées. Adrien couchait avec la femme d'un des plus farouches francs-maçons de la ville, le marchand de meubles Reboul, une espèce de colosse noir, à moustaches, avec une envie poilue sur la joue gauche, un homme puissant, parce qu'il était le grand électeur du Parti radical, et qu'il se vantait de faire et défaire les maires à volonté. Il y avait aussi dans *Pro Patria* tous les amants de cœur de ces dames du « Panier Fleuri », car ces dames étaient très regardantes, socialement, pour leurs amants de cœur, et elles les prenaient dans la jeunesse dorée de la ville. Naturellement sans tenir compte des amants qu'elles pouvaient avoir à Paris, à Marseille ou à Toulouse, qui les avaient fait placer au « Panier Fleuri », et qui étaient d'une autre sorte.

Tous les soirs, la jeunesse dorée se réunissait sur le boulevard de la ville, au-dessus de la rivière. On y jouait aux boules. Les trois meilleurs joueurs de la ville étaient M. Migeon, Adrien et le fils aîné du maire, Edmond Barbentane. Comme M. Migeon, un petit châtain sec, toujours à tirer sur sa bouffarde, frisait les quarante-cinq ans, ce n'était pas tous les jours qu'il venait se mesurer avec les morveux, comme il disait. Il partageait son temps entre les boules et le Café des Arts, pour la plus grande satisfaction de sa femme et de l'agent voyer, homme de physique avantageux. Mais la partie de boules d'Adrien et d'Edmond avait un lustre de tournoi, la rivalité de leurs pères y ajoutant un arrière-goût politique ; et au Café des Arts, souvent Mestrance ou le boucher, disait vers le coup de six heures : « On va voir la partie de cet Adrien ? » Respellière haussait les épaules : « Feignants ! regardez plutôt comme je le fais, celui-là ! » Et il vous réalisait un de ces massés, mais alors ! qui ne font pas époque dans l'histoire du billard, disait Mestrance, parce que tu nous les sers tous les soirs.

VIII

Depuis trois ans, ce n'était que l'été qu'Adrien Arnaud retrouvait en l'aîné des fils Bartentane un partenaire digne de lui. Edmond étudiait la médecine à Paris, pour succéder un jour à son père. D'un an plus âgé qu'Adrien, il bénéficiait d'un sursis en raison de ses études.

Le Dr Barbentane, maire de Sérianne-le-Vieux, avait des ambitions que sa position locale justifiait, somme toute. Il visait la députation, le Palais-Bourbon. De toutes façons, il ne pouvait y compter avant une ou deux législatures, le député de l'arrondissement étant trop bien assis, à moins de changement de la loi électorale, si les Quinze Mille votaient la R. P. Il comptait que d'ici là Edmond aurait fini ses études, lui ne le pousserait pas aux hôpitaux, l'internat suffisant, et alors son aîné reprendrait la clientèle paternelle, tandis que lui viendrait habiter Paris, sans Mme Barbentane, trop heureuse de rester seule avec sa piété, ses mômeries.

A Sérianne, le ménage vivait aussi désuni qu'il était possible sans scandale : la maison de la rue Longue qui était celle où le docteur avait sa consultation n'était que fort rarement habitée par la famille, bien que le docteur y couchât généralement, parce que c'était plus commode à cause des affaires de la mairie, pour les cas d'urgence de nuit, et ainsi de suite. Non pas que la « maison de campagne » des Barbentane fût bien éloignée de la ville, il ne fallait pas dix minutes de marche par la route pour l'atteindre, et il y avait un raccourci qui diminuait cela de moitié... mais enfin. A la maison de campagne, Mᵐᵉ Barbentane vivait pour ainsi dire toute l'année avec son second, Armand, qui était, lui, *son* fils, le moins fort des deux, l'aîné ayant été une bonne fois abandonné au père, à l'irréligion, au radicalisme, à la médecine et à l'enfer.

Quand le Dr Barbentane était simplement Philippe Barbentane, étudiant en médecine à Montpellier, il avait rencontré Mlle Esther Rinaldi sans se demander quelles étaient ses convictions religieuses. Et sans doute qu'alors la question pour Esther n'était pas si palpitante, puisqu'elle n'avait pu ignorer les plaisanteries de carabin que Philippe ne manquait jamais de faire sur tout ce qui touchait aux choses sacrées. Enfin cela avait été un mariage d'amour, dans lequel avait bien un peu compté l'importance de la famille Rinaldi, des Corses importés à Sérianne-le-Vieux, qui avaient de la terre, et de nombreux amis constituant un clan bonapartiste encore vivace vers 1890. L'oncle d'Esther, médecin, souhaitait se retirer des affaires et n'avait pas d'héritier. Mais aussi Esther était une brune rêveuse, avec des yeux clairs, un peu enfoncés et grands. Enfin tout cela s'arrangeait pour le mieux. Edmond naquit fin 91, Armand début 96. De famille, le Dr Barbentane avait un pied dans le parti radical. Au moment de l'Affaire, il fut dreyfusard. Il était lié de loin aux Clemenceau, tout s'explique. De là naquit son importance à Sérianne-le-Vieux. Tout le commerce le soutint, mais l'ancien clan bonapartiste, qui n'était plus guère qu'un clan clérical modéré, ne le lâcha pas non plus par fidélité aux Rinaldi. Un Rinaldi avait accompagné l'Empereur dans l'île d'Elbe.

Esther était une femme emportée, maigre et ravagée par sa propre nature ; à quarante ans elle portait bien plus que son âge. Ses yeux s'étaient encore cavés avec le temps, et cela leur faisait un cerne perpétuel, où l'on s'étonnait de les trouver d'un bleu gris pâle. Elle s'habil-

lait de taffetas noir. A vrai dire, elle n'avait pas trouvé
dans le mariage les joies violentes qu'elle s'y était pro-
mises. La politique et l'ambition lui avaient arraché
son homme de fort bonne heure. Philippe l'avait déçue.
Son fils aîné, bien que tout à fait Rinaldi physiquement,
moralement ressemblait à Philippe, il était sous la coupe
de son père. Celui-ci n'avait pas craint de faire figurer
l'enfant avec lui, vers 1900, à un de es enterrements
rouges chers à la population radicale et impie de Sérianne
où le docteur était toujours en bonne place. Ces enterrements civils! C'était une honte, une honte et une saloperie. Quand on songe par exemple que le vieil instituteur qui était mort en 1902 avait été enterré ainsi, et
avec discours de Barbentane encore! dans un cercueil
drapé d'étamine rouge, tandis que derrière le corbil-
lard marchait cette « personne » qui avait été le scandale
de la ville pendant vingt ans, parce qu'on savait bien
qu'elle n'était pas mariée avec l'instituteur, une femme
de cinquante ans passés et qui était habillée en rouge
pour l'enterrement. Des sans-culottes, vraiment, des
sans-culottes!
   Esther craignait par-dessus tout que les extravagances
de son mari, son voltairianisme, n'amenassent une
rupture entre le ménage et sa famille à elle. Il y avait
encore son père et sa mère, qui vivaient, soignés par une
vieille bonne, dans une maison de la ville, et qui étaient
très riches, avec des vignobles dans toute la région. Il y
avait des cousins, sur l'héritage desquels on comptait
sans compter ; il y avait tout le monde des relations
des Rinaldi. Tout naturellement le désir de retenir
tous ces gens-là, de leur plaire, entraîna Esther à exagérer ses désaccords avec son mari. D'abord à l'extérieur avec une piété affichée. Bientôt dans le ménage
même, par une sorte d'entêtement à se piquer au jeu.
Comme les relations maritales de Philippe et d'Esther
s'étaient considérablement refroidies, les revendications
d'Esther prirent très simplement le tour religieux, et
en même temps la piété offrit à cette amoureuse mécon-
nue des compensations qui l'engagèrent plus avant dans

cette voie. Esther se mortifiait, restait des heures à genoux sur les dalles de l'église, elle s'infligeait toutes sortes de pénitences. Elle eut des extases. Elle ne mangeait plus. Elle tourna de l'œil un jour en visite chez une Rinaldi de la plaine. Philippe se fâcha.

Elle n'en fut que mieux ancrée dans ses pratiques. Il se prétendait libre-penseur, Barbentane! Eh bien, il n'avait qu'à le prouver! Il haussa les épaules, refusa d'envoyer son fils Edmond au catéchisme, et commença de mener sa vie à l'écart de sa femme. Il ne s'en trouvait pas plus mal pour ça. Quand ça le tracassait, il allait à Marseille, où tout est fort bien arrangé. Parce qu'à Sérianne, dont il était devenu maire, ça n'était pas commode de visiter le « Panier Fleuri », où il y avait déjà eu un scandale avec un conseiller municipal conservateur, un adversaire. Même que, lorsque le Dr Brioude, son concurrent, vendit sa clientèle au jeune Lamberdesc, on avait parlé à la mairie d'imposer au « Panier Fleuri » le contrôle médical du maire, un homme plus âgé, c'est plus correct, et puis un médecin éprouvé, affaire de salubrité publique... Qu'est-ce qu'on savait de ce blanc-bec frais sorti de l'école? Et après, si toute la jeunesse était malade dans le chef-lieu de canton! Mais Barbentane avait fait sentir avec beaucoup de tact que c'était là mal poser la question. Il lui était vraiment très désagréable, dans sa situation de famille, un peu particulière, de devoir professionnellement fréquenter le « Panier Fleuri ». Cela ferait inutilement jaser. Enfin, on n'allait pas faire cet affront au nouveau médecin. Il avait payé sa clientèle, d'abord. Comme *collègue*, Barbentane insistait sur les deux *l* du mot, il s'y opposait catégoriquement. Avec cela qu'il avait déjà la charge de la clinique municipale qu'on appelait pompeusement l'Hôpital. Ce n'était pas tant les trente lits, souvent vides, mais il y avait la consultation.

Si elle avait dû abandonner Edmond au docteur, Mme Barbentane s'était promis de garder son second fils, Armand, dans la voie de la religion, et elle se tint parole. Elle en était jalouse au point qu'elle le détacha de ses grands-parents. Armand, c'était son fils à elle. Lors de sa broncho-pneumonie, vers les deux ans, elle seule l'avait sauvé de la mort. Elle l'avait donc enfanté deux fois, et la seconde fois sans le secours de l'homme. Elle n'avait suivi aucun des conseils de son mari, mettant des médailles bénies au cou de l'enfant qu'on considérait comme perdu, et c'était cela qui l'avait sauvé. Cela et ses prières, et le vœu fait de consacrer Armand au Seigneur. Il serait prêtre, c'était une affaire entendue entre le Ciel et Mme Barbentane, personne n'avait rien à y voir.

La piété de Mme Barbentane ne nuisait aucunement au maire dans l'esprit des gens avancés. On le plaignait généralement. Bien plus, en plein combisme, quand tout le parti noir hurlait qu'on l'écorchait, le ménage Barbentane était un exemple auquel on en appelait pour montrer à quel point on pouvait être libre-penseur et tolérant. Dans des causeries intimes avec ses camarades de la Loge, Barbentane laissait échapper quelques confidences et, ma foi, on était tout près de le considérer comme une façon de saint laïc. Le pénible surtout, c'était que le petit Armand, qui commençait déjà à avoir sa tête à lui, se rangeât tout à fait du parti de sa mère, et qu'est-ce que vous voulez, Barbentane, médecin, et avec ça ses devoirs municipaux, il ne pouvait pas passer le temps nécessaire à cette chose difficile, la conquête d'un enfant. Tandis que Madame, ah, bien sûr ! elle n'avait rien d'autre à fiche.

Dans l'autre camp, c'était Mme Barbentane qu'on plaignait, dont les vertus étaient exaltées. De telle sorte qu'en dernière analyse le ménage du maire était généralement un objet d'édification pour le public ; et comme aux élections toute une partie de la bourgeoisie conservatrice votait Rinaldi, sans autre considération, la position électorale du docteur se trouvait l'une des plus solides du département.

Quand il passait dans la campagne, on le saluait très bas, même à des cinquante, soixante kilomètres de Sérianne. Sa Wisner grise se reconnaissait de loin, elle était populaire : un vieux modèle, mais solide.

IX

De si loin qu'Armand se souvienne, il y a dans la maison de grands silences, puis des portes qui claquent, des pas précipités, et maman qui sanglote la tête dans les coussins, tandis que filtre, par les jalousies une douce lumière d'or qui vient mourir aux pieds d'ivoire du crucifix. Au jardin, vers le soir, on n'entend plus guère que le bruit paisible des cigales, et le passage tanguant des tramways. L'affairement paternel du docteur, ses rapides traversées de la maison, l'haleine humide de ses baisers et le contact de sa barbe, tout cela fait partie des désagréments de la vie au même titre que la nécessité d'enlever l'encre des doigts. Il a toujours été entendu qu'Edmond, lui, n'était pas un compagnon pour son jeune frère. Près de cinq ans de différence. Il l'appelle *crapaud*, il ne rate pas une occasion de l'humilier, parce qu'il n'est pas fort. Edmond a des amis, mais Armand est un sauvage. Il a peur des petits paysans, il ne va pas courir avec eux dans les vignes. Il reste solitaire dans la maison paternelle, ou dans le jardin bien fermé de haies et de pierres sèches, près de la noria qui ne sort plus, ou sous les mûriers à nourrir les vers à soie qu'il élève. Il se raconte sans fin des histoires.

L'enfant a grandi sans même s'en apercevoir, faute de point de comparaison. Quand on l'a mis à l'école communale, sur la volonté de son père, la maison, c'était l'automne, a été secouée par un grand vent comme si

104

elle allait se disjoindre et tomber en pièces. M. l'abbé
Petitjeannin, dans sa soutane flottante, était presque
tout le temps là, près de maman étendue sur une chaise-
longue, et qui se baignait les tempes avec du vinaigre.
Le docteur — jamais Armand dans ses pensées n'appelait autrement son père — le docteur faisait des apparitions brutales, hurlait odieusement et sifflotait en
marchant. Cette habitude qu'il avait de siffloter! Les
pas de son père agaçaient Armand exactement comme
Mme Barbentane. Il s'était créé entre sa mère et lui une
complicité de tous les instants. Armand guettait à travers les jalousies, et quand il voyait arriver l'auto du
docteur, il courait chez sa mère la prévenir au milieu de
ses dévotions. « Il vient! » Elle se retournait avec un pauvre petit sourire de martyre : « Tu es sûr, mon chéri,
que c'est LUI? »
   A l'école, Armand a haï ses condisciples. Il avait le
travail facile, mais sous la table, en détestation de la
laïque, il disait son chapelet. Un petit chapelet d'améthystes que sa mère avait rapporté de Fourvières, et
qui était pour lui d'un prix inestimable. Dans le fond du
jardin, il s'était fait un sanctuaire secret avec des galets
rapportés dans un sac de Palavas-les-Flots où les grands-
parents Rinaldi les avaient conduits, Edmond et lui, une
année, pour une semaine.
   Parfois, à dîner, il y avait des scènes violentes. On
renvoyait les gosses consternés. La bonne, Marthe, que
Mme Barbentane avait amenée avec elle de sa famille,
les entraînait tous deux par-derrière la cuisine, où elle
épluchait les légumes, écrasait des fruits, tandis que le
gros chien Riquet, qui était un affreux mélange de saint-
bernard et d'épagneul, se roulait à terre, en chassant
avec ses pattes les moustiques. Maman était belle, et
douce, et malheureuse, et le plus clair, Edmond, cette
canaille, prenait toujours le parti du docteur. Ceci plus
que tout avait rendu impossible l'intimité des deux
frères.
   Ils avaient chacun leur chambre, et celle d'Armand,
toute petite, avec des tableaux d'une cousine Rinaldi

qui représentaient le lac de Genève, ouvrait sur celle de Mme Barbentane. Parfois dans la nuit chaude, l'enfant entendait pleurer sa mère, et il venait pieds nus, en chemise, se jeter dans ses bras. Il la trouvait près de la fenêtre, ou à genoux à côté du lit, prosternée, dans son peignoir rose, le rose était sa couleur, qui lui demandait d'une voix entrecoupée les sels anglais. Il allait les prendre, dans l'armoire, derrière une pile de linge, et le battant grinçait, affolant le cœur d'Armand.

Il essuyait gentiment les grands yeux baignés avec ses petites mains malhabiles. Il repoussait les mèches qui tombaient dans les yeux de maman. Ces yeux comme de l'eau dans l'ombre qui ressemblaient à ceux de l'en-fant. Elle le serrait contre elle avec une expression de désespoir dont il était toujours, malgré tout, surpris. L'enfant, grave, appuyait son visage à l'oreille maternelle : « Qu'est-ce qu'il t'a fait encore, dis, maman ? »

Alors les doléances partaient comme un flot. Une humiliation de plus. Les propos du docteur devant M. l'abbé ou tout autre. Aucun respect pour l'âme de sa femme, pour sa pudeur. Les choses les plus sacrées, la religion même... Ah, cet être sans cœur, sans foi, sans idéal ! Les sanglots interrompaient tout cela. « Maman, maman, ma petite maman ! — Pauvre petit, qu'est-ce que tu feras quand je ne serai plus là ! — Pourquoi que tu ne serais plus là, maman ? » Les larmes reprennent de plus belle : « Malheureux enfant, je t'aime et je me maudis de t'avoir donné le jour ! Mourir, si seulement on en avait la force ! » Armand se taisait comme s'il n'eût rien compris à ces menaces déguisées, mais il devenait tout froid, terrifié, avec le seul espoir que sa mère ne s'aperçût pas qu'il la devinait, parce que, pensait-il, si elle se savait un témoin de ses pensées secrètes, cela la pousserait peut-être à les exécuter. Il avait sommeil. Un air plus frais venait de la fenêtre. Il regagnait sa chambre avec la terreur du petit jour. Au matin, le réveil épouvantable le jetait à l'école avec des yeux qu'on remarquait.

Plus encore que la piété maternelle, c'est le besoin

d'un confident dans ces scènes-là qui fit d'Armand un catéchiste éperdu. Avec quelle ferveur il apprit tout ce qu'on lui enseigna de la science de Dieu. C'est vers Dieu, quand sa mère se traînait dans la nuit dans des convulsions, sur la descente de lit à grandes fleurs passées, que l'enfant élevait ce regard éloquent, c'est à Dieu qu'il adressait ses muets discours. C'est à Dieu désormais qu'il racontait ses histoires. Son plus cher trésor, c'étaient les bons points du catéchisme, bleus et roses, imprimés d'or. Il les cachait sous les pierres de son autel, dans le jardin. Il rêvait qu'il était un prêtre. Il partait, dans le potager, évangéliser les fourmis. Il leur parlait un langage lyrique où il se perdait lui-même, arrêté soudain à en regarder une, bien brave, qui portait sur son dos un bout de bois tellement plus gros qu'elle! Comme si Armand eût trimbalé son armoire à glace... Fourmis, fourmis, comment ne vous émerveilleriez-vous pas de la gloire de Dieu dont vous êtes un vivant témoignage? Fourmis, vous vous promettez, mais votre attente est vaine, elle est frivole, et le mensonge est à l'ombre de vos pas, fourmis! Malheur à vous qui prenez appui sur le gracile roseau, malheur à celui qui... je veux dire à celle, les fourmis sont du féminin, à celle qui dans son audace sacrilège s'e remet aux pompes de l'impiété, aux lumières du siècle, à la nuit profane! Dieu soutient les fourmis qu'il aime, lui seul ne trompe point la brebis, c'est-à-dire les fourmis fidèles, et sa parole ne déçoit point mon attente... Grand Dieu, c'est trop, c'est trop me promettre, je suis ébloui, je suis comblé! Fourmis, remerciez votre Sauveur et sa Mère Bienheureuse pour toutes les bontés qu'ils font pleuvoir sur vos demeures de péché... Oh, celle-là, qu'est-ce qu'elle fait avec cette herbe? L'avarice, malheureuse, t'incite à acquérir plus de biens que de raison... Tu ne songes pas à l'orphelin que tu dépouilles, le démon tentateur...

L'église devint l'annexe du jardin. C'était une église romane qu'on avait rafistolée comme on avait pu. Il y avait de belles statues de plâtre, et même une Jeanne d'Arc à laquelle on apportait des fleurs. La grotte de

Lourdes fut longtemps ce qu'Armand imagina de plus beau sur la terre, avec sa Vierge au manteau bleu. Il s'échappait se prosterner sur les prie-Dieu de paille, en se penchant si fort, qu'il s'arrêtait la respiration. Il se faisait, à dire des *Ave Maria*, les ongles enfoncés dans la chair, de véritables plaies derrière les oreilles, parce que là, ça ne se voit pas. Il se mordait les gencives jusqu'au sang. Il offrait ses souffrances à Jésus, et il imaginait sans cesse des mortifications nouvelles. Ses prières du soir et du matin s'enrichissaient de litanies à devenir kilométriques. Il se privait de dessert. Enfin, de son propre avis, il était en passe de devenir bienheureux, si pas tout à fait saint.

Quand il eut douze ans, l'an d'après sa communion, son père l'envoya au chef-lieu, à cette même école où étudiait Adrien Arnaud. C'était une école laïque, mais où l'on disait ses prières, tenue par des professeurs qui avaient de la religion. Edmond, lui, était au lycée de Lyon ; par concession pour sa femme, Barbentane avait transigé et mis le petit dans cette boîte qui n'était pas aussi scandaleuse, pour un homme dans sa position, que les Maristes de La Seyne où la pieuse mère prétendait envoyer son rejeton. Ainsi, Armand atteignit la puberté sans être tout à fait séparé de sa mère, de son pays. Il venait à Sérianne tous les samedis soir, et rentrait en pension le lundi, debout dès six heures du matin. Le train local le déversait à la préfecture. Une nouvelle semaine commençait avec l'horreur du mercredi, jour de la leçon de géométrie, à quoi il ne pouvait rien, mais alors là, rien comprendre. A l'internat, il restait aussi solitaire que dans le petit jardin de Sérianne. Ses camarades sournois attrapaient des cafards, et les noyaient dans l'encrier. Ils parlaient un langage impossible, obscène, des voyous. Le chapelet d'améthystes s'égrenait dans la poche du gamin comme une défense contre le Malin.

X

Il y a pourtant des éclaircies dans l'enfance d'Armand, comme soudain dans une forêt. Des vacances. Quand il était très jeune encore, et que sa mère avait imaginé, rien n'avait pu l'en faire démordre, qu'elle avait besoin de prendre les eaux de Gréoux. Le docteur déclarait qu'elle était folle, qu'est-ce qu'elle avait, de l'arthritisme ou des dermatoses, non? Mais de guerre lasse, il les avait laissés partir, elle et le crapaud. Trois semaines pendant lesquelles Mme Barbentane n'avait pas eu une seule crise de nerfs : Gréoux était bien un peu chaud, et monotone, mais à l'hôtel, Arm nd se lia avec un petit garçon tout à fait extraodinaire qui lui avait fait lire Gustave Aymard, et ils étaient devenus des Pawnies, ou des Araucans, et savaient par cœur le serment des chefs Incas, et ils disparaissaient dans la montagne à la recherche d'une belle jeune fille disparue, et ils se disputaient à qui d'eux ferait Curumilla, et si la jeune fille serait brune ou blonde, car leurs goûts étaient divergents, et finalement tombaient d'accord qu'elle aurait des cheveux rouges, comme cela il n'y avait pas de mécontent.

Une autre année... mais il était déjà grand, leur père les avait emmenés, les deux frères, dans la haute montagne, et pour la première fois il avait vu de près des glaciers. Une fois seulement, d'une des hauteurs qui entouraient Sérianne, on lui avait montré au loin, au printemps, quelque chose de clair et de peu discernable qui était, paraît-il, le Mont-Blanc. Avec les névés, les moraines, les éboulis, les cascades, tout un monde qui s'ouvrait, Armand, étourdi de l'alternative folle du soleil et de l'ombre, ne s'était jamais senti si gai, si actif. Il grimpait, redescendait, cherchait des edelweiss. Le Dauphiné était son domaine, et cette révélation avait été comme un armistice entre son père, son frère et lui.

Il y eut quinze jours de camaraderie entre eux. Armand ne se vexait plus d'être appelé crapaud, c'était devenu un mot tendre. Ils partaient pour des journées entières. Une nuit, ils campèrent dans une cabane abandonnée, l'aube fut une fête incroyable, et Armand admira son père, allumant un feu pour le petit déjeuner. C'était plus beau que l'Arizona pour sûr. Le docteur aurait pu faire un trappeur, après tout, avec sa barbe châtaine, bien qu'il perdît un peu les cheveux, et qu'il commençât de prendre du ventre. Ils eurent des moments de bonne rigolade, leur père redevenait enfant, courant avec eux, leur apprenait à éviter les pierres dans les descentes, à se servir de la corde et du piolet ; à l'hôtel où on redescendait, il se payait doucement la tête des villégiateurs qui organisaient des petites sauteries, le soir, dans un chalet de bois. Edmond même avait taillé un beau bâton pour son frère, et l'avait décoré, découpant l'écorce en hélice, avec les initiales A. B. Dans les derniers jours qu'ils passaient ainsi, sur un champ de neige, Armand attrapa un violent coup de soleil. Il dut s'aliter.

C'est agité de fièvre, comme il se retournait tout seul dans la chambre, tandis que son père et son frère étaient partis faire le Galibier, qu'Armand soudain s'aperçut avec horreur, qu'écrasé le soir d'une douce fatigue, il avait plusieurs jours de suite omis de dire sa prière. Mon Dieu, me pardonnerez-vous ? Je serai damné. Qu'est-ce que c'est que ce relâchement insensé ? Et comment ne pas établir de relation entre ce terrible péché et la gaîté profane des derniers jours ? Il avait oublié, totalement oublié, le monstre qu'était le docteur. Il avait oublié, misérable, les larmes de sa mère. Il avait

110

pactisé avec l'Antéchrist, car le docteur était nommément l'Antéchrist, et voilà où cela le menait : tout droit à l'apostasie, à l'enfer.

Le changement d'humeur du petit n'échappa point à son père. Drôle de gosse, fantasque. Ce coup de soleil l'avait tout assombri. Mais le docteur ne se posait guère de problèmes, et puis ils allaient rentrer à Sérianne. Il était déjà repris lui-même par l'ombre du retour.

Un jour, dans la maison de la rue Longue, Armand avait découvert en furetant tout un paquet de journaux locaux que conservait son père, parce qu'il y avait dedans des articles, des adresses, des discours écrits par lui, et qu'il avait cochés au crayon bleu ou rouge. Le docteur caressait toujours le projet de réunir en livre un jour ces morceaux de style, qui pour n'être point d'une importance mondiale, n'en avaient pas moins des qualités formelles, trahissant le soin apporté par leur auteur. Armand avait lu. Seigneur, quel abîme de perversité. Vous avez permis qu'il s'ouvre devant mes yeux innocents ! Ah vraiment, le docteur était l'Antéchrist ou Simon Mage au moins... Quelle impiété, quel monstrueux orgueil, sans exemple depuis Luther et Calvin ! Et encore : ils croyaient en Dieu, eux, au moins. Non, c'était du côté de Voltaire et de Marat, qu'il fallait rechercher les précédents de l'infamie... Être né de cela ! Dieu compterait-il au fils les crimes du père, lui qui avait institué le péché originel ? Vrai, rien n'était sacré pour le docteur. Ni la douce vocation des religieuses, ni le sacrement de l'Eucharistie... rien. Armand lisait avec avidité, des larmes aux yeux. Ensuite, il se reprocha très vivement cette curiosité. Lire de telles choses, c'était déjà pécher. Ce qui ne l'empêcha pas de laisser une marque là où il en était resté de la lecture, et de la reprendre en cachette dès qu'il le put. Il était invinciblement attiré par la noirceur paternelle. Le soir, dans son lit, il disait cent *pater* et cent *ave* en pénitence, ou bien il s'infligeait de prendre son café sans sucre. Il alla même jusqu'à chiper à sa mère de l'huile de ricin et à en boire à la dérobade pour se punir.

Comme il avait mangé à l'habitude, ce qu'il fut malade!

La part que son père avait prise à l'expulsion des congrégations fut pour lui la révélation la plus dure. Chaque cadeau que lui faisait le docteur, pour sa fête, le jour de l'an, lui donnait d'épouvantables remords. Il avait aussi d'insolubles scrupules à propos du quatrième Commandement :

Tes père et mère honoreras
Afin de vivre longuement

Oh, pour ce qui était de la longévité, il en faisait joyeusement le sacrifice! Mais cela suffisait-il pour sa rédemption? Car il était bien sûr qu'il n'honorait point son père, et comment aurait-il pu en être autrement? (Pour ses grands-parents, perclus, régentés par une vieille bonne, les Commandements n'en parlaient pas.) Aussi se confessait-il une fois la semaine. M. l'abbé Petitjeannin le réprimanda vivement d'avoir lu les articles du docteur. Il les compara longuement à la nudité de Noé ivre, sur laquelle le bon fils rejetait son manteau. Quelques jours après, il y eut une scène très violente entre Mme Barbentane et le docteur parce que celui-ci laissait traîner ses journaux rue Longue. Armand saisit la fin de cette scène par hasard, et sa mère se tut tout à coup en le voyant entrer. Le docteur était apoplectique, et maugréait contre les curés, lissant sa barbe.

Était-il possible que M. l'abbé Petitjeannin eût trahi le secret du Tribunal de la Pénitence? Armand se refusait à y croire, mais il avait des doutes, il essaya de soutirer la vérité à sa mère sans y parvenir. Quelle honteuse pensée tout de même! Ne valait-il pas mieux croire à un miracle de la Providence, à une inspiration d'en haut qui était venue à sa mère juste à ce moment, en récompense de la contrition véritable du pécheur? Il est vrai que le pécheur n'était pas très sûr que sa contrition fût assez profonde pour avoir attiré l'attention du Tout-Puissant. Avec ça que de considérer le docteur comme un Noé ivre n'était pas une solution pour ce qui est du quatrième Commandement.

Le jardin et l'église commençaient d'être bien étroits pour les rêves d'Armand. Il s'échappait sous le prétexte d'aller voir son père rue Longue, il y avait toujours quelque chose à lui porter et il en profitait pour s'égarer dans la ville haute. Il craignait toujours qu'on l'envoyât chez ses grands-parents, presque gâteux, et insensibles. Il faut dire que la ville haute était pour lui une espèce de région de rêve. Autant il détestait la ville basse, le faubourg, avec l'usine, le relent de chocolat, les laideurs de la vie moderne et sordide, autant la haute partie de la ville avec ses maisons anciennes, dont beaucoup étaient abandonnées, les souvenirs des ducs de Provence, des passages royaux, les écussons aux portes, et ces délabrements par où soudain filaient le vent et le soleil, autant tout cela l'enchantait, le détournait de ce monde qu'il aimait fuir, des criailleries du foyer, de l'impiété paternelle, et d'idées nouvelles qui lui venaient, et lui causaient un trouble, dont il s'accusait.

Il y avait une grande maison tout en haut de la colline, là où déjà les rues se décomposaient, les toitures tombaient, l'herbe envahissait les pièces des anciennes demeures nobles. La grande porte de bois vermoulu tenait encore, tout ouvrée de guirlandes qu'avaient rongées les vents, dans le porche de pierre rose. Mais, à côté d'elle, il y avait un trou dans le mur, et vous pouviez entrer là-dedans sans rien demander à personne. C'était probablement très facile de savoir qui avait jadis habité cet hôtel majestueux, dont il ne restait plus que les contours et une espèce de grande pièce souterraine du côté rue, qui affleurait au coteau par-derrière en plein soleil, au bout d'une ruelle encombrée d'ordures et de linge séchant. Mais Armand ne voulait pas attirer l'attention sur ce palais clandestin qu'il s'était découvert, et il imaginait sa retraite pleine et bruyante aux jours anciens, suivant sa tête et ses lectures. La salle souterraine était la salle des gardes. De grands garçons robustes, habillés comme sur les tableaux, avec une jambe rouge et une verte, et toujours à chanter et à rire, et des lévriers près de la porte qu'on avait amenés d'Afrique, lors de la récente campagne contre les infidèles des pays barbaresques. Une chanson venait d'en haut dont on ne pouvait que deviner les paroles... la voix d'une jeune femme qui chantait en provençal une histoire des Iles d'Or, et d'un troubadour qui y rêvait, seulement rêvait d'une belle :

> Et tou lou jour
> Ploura d'amour
> Margarita do Prouvenco...

Il restait là, silencieux, Armand, des heures à écouter la chanson et à s'imaginer non point tant la chanteuse, qui s'accompagnait sur la harpe, mais cette Marguerite de Provence dont elle parlait, qui se consumait d'amour pour un poète qu'elle n'avait jamais vu, dont la voix seule un soir était parvenue jusqu'à elle, comme des chevaux piaffaient dans la cour, et que le roi de France était annoncé par des trompettes au loin des fermes, dans la campagne. Pourquoi Raimbaud d'Orange n'avait-il jamais cherché à la voir, lui qui perdait sa jeunesse dans les îles pleines de perruches, de fruits d'or et d'esclaves noirs ?

Quand il sortait de son antre, Armand, les yeux vagues de la cour comtale, en redescendant par les rues étroites, s'arrêtait à un spectacle assez archaïque à son cœur. C'était où le forgeron Avril exerçait encore, dans une échoppe séculaire, le métier primitif qu'il avait hérité de générations de maréchaux-ferrants. Avril n'avait pas trente ans, c'était un immense gaillard blond et musclé, avec une longue moustache tombante, et le nez court. Chez lui, on avait toujours été trop pauvre pour moderniser la technique. Il ferrait les chevaux comme au xvie siècle. Le marteau sonnait sur l'enclume. Les étincelles jaillissaient du fer. La forge, éventée à la main, par un petit garçon qui était le neveu d'Avril complétait un décor où rien n'était en désharmonie avec l'histoire de Marguerite de Provence qui fut mariée à Louis IX, et ne pécha que par la pensée. Peu à peu, pour Armand, Avril devint un personnage du monde imaginaire. Il lui parlait chaque jour, et comme Avril travaillait en répondant, et qu'il avait un langage à lui, fait de toutes sortes de choses ignorées d'Armand, Armand pouvait continuer à voix haute sa fable, avec tout juste assez de ruse pour qu'Avril ne s'en étonnât pas trop.

— Avril, lui disait-il, est-ce que tu connais les Iles d'Or?

Avril faisait marcher la soufflerie de sa forge :

— Non, à vrai dire. Je n'ai point été jusque-là. J'ai seulement vu Nice et Cannes, quand j'étais militaire...

Évidemment, Avril avait accompagné Raimbaud d'Orange jusqu'à la nef qui l'avait emporté sur la mer.

— Personne, Avril, ne t'a jamais parlé des Iles d'Or?

Le cheval attendait, l'œil stupide. Avril passa le grand soufflet à Armand :

— Soufflez-y sur les couilles qu'il se tienne tranquille... Petit, tiens-y la jambe...

Le marteau se leva, le sabot grésilla. Armand, fier d'aider, envoyait l'air frais entre les cuisses du cheval ; Avril leva la tête, et dit avec une voix qui revenait de loin, du travail, de l'effort accompli, de la sueur, sa voix chantante de Provençal :

— En fait d'Iles d'Or, il y a le Mexique... Un jour, je partirai là-bas... J'y ai des cousins... Et dans la montagne, il y en a qui ont déjà fait leur baluchon et qui sont revenus millionnaires... Ils achètent des villas, là-haut, sur le Verdon.

Le Mexique. C'était revenir de Raimbaud d'Orange à Gustave Aymard. Mais le Mexique d'Avril n'était pas celui de Curumilla. Un Mexique de petit commerce, de bazars, avec de l'alcool et des femmes. Avril l'imaginait avec ce qu'il avait vu de Nice, et des récits de marins qui en avaient rapporté des calebasses décorées.

— Ils disent, monsieur Armand, que, là-bas, c'est la nuit qu'on vit, et pas comme chez nous. La nuit tout entière. Et des danses, et on a des pièces d'or cousues à sa veste, et des quartiers de bordels, des vraies villes que c'est pour rien...

Les rêves d'Armand et d'Avril s'en allaient un peu l'un de l'autre à la dérive. Il y avait tout de même entre eux l'appel de ce quelque chose qui ne fût plus la médiocrité de tous les jours. Armand savait que c'était du Mexique qu'était partie la fortune des Rinaldi, au temps du Second Empire. Il était parfois question à la maison de Charles Rinaldi, de Castellane, qu'on appelait l'Empereur des Bazars. C'était lui qui avait donné au Dr Barbentane la grande horloge qui était dans l'entrée de la rue Longue, et qui sonnait le carillon de Westminster. Il était bien vrai que les Mexicains, comme on nommait les aventureux, partis là-bas, appelés par quelque parent ou ami, pour se joindre à un trafic, qui, à ce qu'en disait le docteur, était souvent bien près de l'usure ou pis de la traite des blanches, revenaient, fortune faite, tous vers le même point du monde, un petit creux des premières Alpes, où il y a plus de fleurs que n'importe où au monde, et où leurs maisons de plaisance avaient peu à peu créé une sorte de paradis, auprès de Barcelonnette. C'était là aussi qu'il y avait les papillons les plus rares du monde, et la lavande qui fait la base de tous les parfums dans les fabriques d'Allemagne. Ainsi les rêves médiévaux d'Armand côtoyaient toutes sortes de réalités modernes et magiques.

Avril, battant le fer, disait :

— ... C'est là qu'il est facile à vivre, et doux, et pas bilant. Je ne parle pas des moukhères, parce que ça ne vous intéresse pas encore. Mais il y en a des brunes, des Espagnoles pour tout dire, et les négresses. Ah, ça! les négresses, ça me connaît. Pendant mon service, parce qu'ici... Quand on a goûté des négresses, les blanches, monsieur Armand, ce n'est plus ça, c'est fade, c'est du tous les jours... Je ne dis pas ça pour vous... Je parle tout seul, bien entendu... Je rêve... Soufflez-y bien sur les couilles, sans vous commander... Les négresses... Qu'est-ce qui m'a foutu un canasson pareil? Ça serait

116

bien capable de vous ruer par la gueule... Elles ont la peau foncée, les négresses... Voilà ce qu'il faut dire...

Peut-être était-il plus pur et plus sain de rêver des Iles d'Or et des soupirs de Raimbaud d'Orange. Marguerite de Provence, reine de France, avait accompagné son seigneur et maître en Égypte. Dans une longue robe blanche, avec un casque d'argent fleurdelysé, Louis le Neuvième, à cheval, accompagné de plusieurs princes de l'Église, avait été par les sables interroger le grand Sphinx. Et pendant ce temps, que faisait-elle, Marguerite, dans Alexandrie, où ne vint pas la retrouver le beau troubadour ?

Il y eut des discussions au Conseil municipal dont l'écho bouleversa le cœur d'Armand. On parlait bonnement de raser les vieilles demeures, et d'édifier en haut de la ville une promenade plantée d'arbres. C'était le projet radical, il trouvait contre lui l'hostilité vive de la droite qui aurait voulu qu'on restaurât le vieux Sérianne, pour en faire un lieu de tourisme, à la Viollet-le-Duc. Le syndicat des chocolatiers avait avancé une contre-proposition, qu'on loge là-haut une partie des ouvriers entassés dans le faubourg : mais bien entendu qui ferait les frais ? Pas Barrel, alors la municipalité ? Cela n'avait été qu'une fausse alerte. Le docteur l'avait dit un jour à table, cette histoire-là c'était bon pour mettre Sérianne à feu et à sang : le vieux quartier resterait comme il était, un endroit romantique, des ruines à la Chateaubriand. Armand respira, on ne toucherait pas à son domaine...

Là-dessus, un beau jour, il trouva la forge fermée, la ruelle déserte. Des voisins qu'il interrogea lui apprirent qu'Avril avait enfin réalisé son désir. Il était parti dans l'aube du printemps, après avoir soldé à un collègue son vieux fonds de clous et de fers. Il s'était acheté un grand chapeau de paille chez Mestrance, puis il était descendu vers la gare en chantant, c'était tout ce qu'on savait.

Un peu du cœur d'Armand avait quitté Sérianne.

XI

Il avait seize ans l'année qu'il passa le bachot latin-grec. Comme on redoutait l'échec, on l'avait retiré du collège pour lui faire prendre des répétitions à Sérianne même avec M. Delobelle, un homme sérieux et sévère. Cette année-là, une violente recrudescence de piété avait plutôt gêné la préparation de l'examen, qu'il passa de justesse.

C'était drôle, parce qu'enfin, depuis l'époque de sa confirmation, au fond, malgré de vieilles habitudes de macération, de discipline, de prières, qui avaient bien changé de nature avec le temps, encore que pour la famille, officiellement, il fût entendu qu'il était de naturel extrêmement religieux, Dieu avait tenu de moins en moins de place dans son cœur. Il passait encore beaucoup de temps à l'église, mais c'était qu'alors personne ne lui demandait compte de ses pensées. Il détestait les jeux de ses camarades. Ce n'était pas lui qui eût été champion de boules comme Edmond. Une fois pour toutes, il laissait rendre compte de son étrangeté dans ce domaine par la vocation ecclésiastique qu'il avait proclamée très fort quand il était haut comme trois pommes. Que d'explications en moins !

Même le docteur qui avait tempêté jadis comme un diable quand Mme Barbentane disait à des visiteurs : « Armand, lui, sera prêtre... », avait fini par se faire à cette idée. Au fait, il n'aimait guère ce petit bout d'homme renfermé et pas sportif pour un sou. Tout son amour allait à Edmond, fort, solide, adroit. Le gosse, lui, était maigre, comme brûlant. Dissimulé. Le visage asymétrique. Il ne regardait pas en face. Et ça valait mieux. Parce que, quand par hasard on surprenait ses yeux clairs, ce n'était pas lui qui était gêné.

Cette partialité paternelle faisait, par exemple, qu'alors qu'Edmond avait de bonne heure appris à conduire et que souvent le docteur lui laissait sa voiture pour une randonnée, jamais Barbentane n'avait voulu confier le volant de sa Wisner au petit, même pour s'exercer. Celui-ci d'ailleurs n'entendait rien à la mécanique.

Armand lui-même était parfois surpris de ce retour de flamme. Il se prit à penser que sa piété allait bien à sa paresse et qu'elle le détournait d'une façon confortable d'études qui devenaient chaque jour pour lui plus insipides. Néanmoins, il repoussa toujours cette idée qui portait d'une façon évidente la marque fourchue du démon. C'est alors qu'il s'inventa l'excuse du solfège. Un prêtre doit savoir chanter. Sa mère obtint donc qu'il prît des leçons de solfège. Cela n'arrangea rien.

La prêtrise d'ailleurs lui apparaissait comme quelque chose d'assez lointain comme le service militaire. Bien que tout Sérianne connût sa vocation, et en parlât, il allait de soi que la position de son père exigeait qu'Armand attendît l'âge de l'indépendance, quand il pourrait suivre l'inclination de son cœur, sans gêner le docteur, sans qu'on pût tenir celui-ci pour responsable, de si mauvaise foi qu'on fût à la Loge. Cela était d'accord commun. C'est pourquoi M. l'abbé Petitjeannin lui-même feignait de freiner un penchant qui allait si à l'encontre de l'obéissance filiale. C'est pourquoi le jeune garçon n'avait jamais été enseigné à servir la messe, malgré le désir ardent qu'il en avait eu.

Cette recrudescence mystique, qui marqua pour Armand surtout le début de l'année 1912, coïncidait, et avec un penchant aggravé à la flânerie, et avec des rêvasseries dont il sortait dans un sentiment de honte et de

119

culpabilité. A Marguerite de Provence s'étaient substituées bien des hantises moins lointaines, et traînant par les hauts quartiers, il s'était pris à ne plus éviter la rue où se trouvait le « Panier Fleuri », pressant le pas soudain s'il apercevait quelqu'un qu'il connaissait et qui prenait le chemin de la maison maudite. Vers le soir, il en venait parfois de la musique et des chansons. Il avait vu, passant vers la tombée du jour, une persienne s'entrouvrir sur un bras nu. Plus tard il s'imagina même avoir du coup aperçu un sein... Il disait : *un sein de femme*, avec la bouche sèche.

En même temps, une espèce de réserve lui était née par rapport à sa mère. S'il l'entendait pleurer la nuit, il faisait semblant de dormir. Il avait peur de la surprendre dans un désordre qui l'avait, une ou deux fois, fait battre en retraite. A vrai dire, l'habitude aussi jouait et il n'était plus touché comme aux jours d'autrefois de la vie martyrisée de sa mère. Faut-il ajouter qu'Esther Barbentane avait vieilli, et que sans en rien savoir son fils lui-même en tenait compte ? Elle avait perdu de son charme, sans renoncer à ces scènes qui avaient été touchantes, et qui, de ce fait, tendaient simplement à devenir grotesques. Elle se desséchait avant l'âge, et comme la nature en elle ne s'était point encore apaisée, il y avait perpétuellement à craindre quelque drame. Armand en avait la confuse inquiétude, et comme jadis, quand il se détournait de peur de devoir comprendre ses paroles, aujourd'hui il s'écartait d'elle, sans esprit de retour. Isolée de son fils même, elle devint dévote avec emportement.

Le penchant d'Armand pour les réalités surnaturelles avait revêtu un caractère bien différent de cette exaltation maternelle ou de l'ardeur qu'il apportait naguère à se labourer la chair de ses ongles. C'était plutôt une flamme intellectuelle, dirais-je une manie raisonnante ? Tout le temps qu'il pouvait voler au collège ou à sa famille, il le passait, emportant des livres qu'il n'ouvrait point, à marcher dans la campagne, le long du fleuve, et jetant des cailloux. Il avait pris une passion de saint Augustin et de saint Paul, mais pourtant il n'en poussa pas très avant l'étude. Sa tête marchait plus vite que ses pieds. Ce qui dominait ces méditations juvéniles, c'était toujours la recherche de la sainteté. Il y avait bien un peu du démon dans cette recherche : manque d'humilité, pensait-il, et pourtant n'est-il pas légitime de s'interroger sur les voies qui mènent au Christ ? Il était parfois épouvanté de son immodestie. Il se jugeait sévèrement. Il ne pouvait se dissimuler, par exemple, que dans sa vocation ecclésiastique, il entrait cinquante, soyons francs, soixante pour cent du désir de prêcher, de diriger les âmes, de faire en un mot les gestes du prêtre, plutôt que d'être profondément un prêtre. Il s'avouait par exemple qu'il n'avait pas le goût de la vie monastique. Dans le rôle du prêtre, il voyait indubitablement un moyen de se produire. Mystère des voies du Seigneur, c'était pourtant à Sa gloire qu'il songeait, songeant à la sienne.

Un saint, il serait un saint, il le disait avec une véhémence qui touchait au profane. Ce qu'il y avait de Barbentane en lui, et qui, chez son père ou son frère, se traduisait par une sorte d'arrivisme, en lui prenait cette forme inattendue du désir de sainteté. Dans le siècle les natures violentes qui ne reculent devant rien pour se procurer l'objet de leurs passions disent qu'elles iraient jusqu'au crime, si cela était nécessaire. Armand pensa un jour qu'il irait jusqu'au crime pour atteindre à la sainteté, et rien ne peut mieux donner la couleur de ses rêveries. Il transportait, se parlant à mi-voix, par les champs, les collines, le langage de l'amour temporel, des vices même, des erreurs des hommes, sur le plan de l'Amour divin. Les imaginations les plus dangereuses, ennoblies, illuminées par l'objet surnaturel qu'il leur donnait, trouvaient ainsi leur justification à ses yeux.

C'est ainsi qu'il ne craignait point de restituer aux métaphores les plus usées du langage sacré une vie nouvelle et singulière, en les prenant pour des réalités. Pendant une semaine, il marcha dans la campagne avec cette expression par quoi les Souverains Pontifes ont cent fois désigné la chrétienté : la vigne céleste, et la chrétienté n'était point tant pour lui devenue une vigne, que les vignes qu'il voyait la chrétienté. Il ne pouvait se résoudre à savoir ce qu'étaient alors les vendanges : ou l'élévation des âmes vers Dieu, ou non pas plutôt le péché même qui détache le raisin du vignoble, ou l'hérésie encore qui l'en sépare par grappes, et il fallait enfin se décider à interpréter mystiquement l'ivresse des vendangeurs et leurs égarements.

Il trouva dans une épître aux Éphésiens le but qu'il avait à poursuivre, la définition même de la Sainteté : il s'agissait de faire croître en soi l'homme parfait jusqu'à la mesure de la plénitude du Christ. Mais le diable était de définir encore en soi l'embryon de cet homme parfait. La phrase de saint Paul ne laissait pas de doute sur l'existence de cet embryon, il est apparemment la grâce. Armand n'avait pas plutôt conçu l'idée de cet embryon, qu'elle devint pour lui un embryon véritable, c'est-à-dire un germe matériel, une préfiguration de l'Homme avec tout ce qui le caractérise et le distingue du Monstre, le parfait équilibre de ses organes et de ses facultés. Cela comportait des conséquences graves : une exaltation de l'Homme, qui faisait du saint quelque chose qui ressemblait bien plus à Napoléon qu'à Jean l'évangéliste.

Le hasard voulut qu'une phrase de Thomas d'Aquin vînt à tomber sous ses yeux : « La personnalité contribue à la dignité de quelqu'un dans la mesure où il est de sa dignité et de sa perfection d'exister par lui-même, car c'est cela que l'on entend par personne... » et comme il ne lut pas plus avant, là où saint Thomas se contredit précipitamment, et comme il ne doutait pas un instant qu'il fût de sa dignité, à lui Armand Barbentane, et de sa perfection donc d'exister par lui-même, il arriva cette chose étrange que Thomas d'Aquin le poussa dans la voie du culte de la personnalité. Être saint, pensait-il tout naturellement, c'est devenir soi. Un camarade de collège, là-dessus, lui prêta *Le Jardin de Bérénice* dans l'édition illustrée à 1 fr. 50, et la mystique d'Armand devint follement barrésienne. Barrès justifiait en lui la montée d'une sensualité qui ne se connaissait guère, et catholique par son départ, sa pensée courait à l'apostasie.

Il avait dû renoncer à entretenir l'abbé Petitjeannin des voies qu'il suivait vers la Sainteté, le digne homme l'interrompait toujours pour lui poser des questions sur sa lubricité. Comment aurait-il pu discuter avec lui de la juste place que prend la lubricité dans l'épanouissement de l'Homme Parfait, comme le fait de l'apothéose de ses organes lubriques ? Or, il y avait là bien de l'anticipation dans la tête d'Armand qui n'avait point encore atteint à cette apothéose, non plus il est vrai qu'à la sainteté. Le jeune homme se confessait donc de moins en moins, et seulement s'il voulait s'approcher de la Sainte Table, ce dont d'ailleurs il se privait par mortification. Pourtant, quand il en fut arrivé à penser que la nature double du Christ ne pouvant s'expliquer que par la conjonction de deux hypostases, l'une humaine enfantée par la Vierge-Mère, et l'autre divine et qui ne doit rien à Marie, ce qui veut dire qu'il se rangeait parmi les sectateurs de Nestorius, évêque de Constantinople au ve siècle, qui enseignait que Marie était Theodocos et non Theotocos, et par là ruinait à la base tout culte marial, quand il en fut arrivé à cette hérésie profonde, et qu'il s'en aperçut, et qu'il vint dire à l'abbé Petitjeannin : « Mon père, je m'accuse parce que j'ai péché... », l'abbé s'épouvanta de l'énormité schismatique. En même temps il ne la prit pas très profondément au sérieux et infligea au jeune homme une pénitence un peu longue, et la présence aux vêpres de façon régulière.

Rien n'y fit, en son âme et conscience Armand demeurait nestorien !

Alors, son confesseur levant son grand nez maigre dans l'ombre, en accusa l'isolement où vivait le jeune homme. Et comme il usait sa faconde à lui démontrer la maternité spirituelle de la Vierge, il eut une inspiration : « Mon cher fils, lui dit-il, votre orgueil vous perd en ce qu'il vous tient à l'écart des réalités de ce monde. Vous devriez avoir des liens spirituels avec les hommes de votre âge. Il faut chercher dans le siècle des épreuves que votre superbe refuse sans raison. » Et il lui conseilla d'entrer dans le groupe *Pro Patria* qui avait plus d'un an d'existence, où il trouverait à la fois un déversoir à une énergie dangereuse et l'expérience de ses semblables qui le détournerait sans doute de tant chicaner avec l'Église et avec Dieu.

XII

Pierre était celui des fils Delobelle qui était de l'âge
d'Armand, et le plus clair résultat de la suggestion de
l'abbé Petitjeannin fut de lier Armand et Pierre, qui
tous deux se sentaient assez déplacés dans *Pro Patria*.
Pierre y était entré à cause de ses frères, et pas plus
qu'Armand il n'avait de sympathie pour Adrien
Arnaud, auquel il était difficilement pardonnable d'être
le compagnon de jeux d'Edmond. Pierre était petit,
et assez gros, extrêmement mélancolique, et surtout
intéressé dans la vie par la littérature : il avait l'air d'un
jeune cochon rêveur, d'un blond doré, bien nourri,
le museau long, les yeux noirs et les bras courts plantés
trop en arrière, à cause d'un développement des pecto-
raux exagéré par une gymnastique mal raisonnée. Il n'y
avait personne autour de lui à qui décemment parler
d'Albert Samain, sa marotte, depuis qu'un ouvrage
de ce grand poète lui était tombé par hasard entre les
mains, dans le train de Marseille, où une dame qui devait
être la Destinée l'avait oublié en descendant quelque
part près de Veynes. La Destinée s'appelait Mme Cude-
berge, si on devait en croire l'inscription manuscrite
sur la page du faux-titre.
Les deux jeunes gens ne partageaient guère les passions de leurs camarades. Les deux Delobelle aînés,
Étienne et Maurice, jouaient aux boules à perdre haleine,
avec Adrien et Edmond. Ils couraient les filles avec eux,

et ils avaient une fois entraîné Pierre au « Panier Fleuri ».
Celui-ci en parlait avec un mélange d'horreur et de
fierté. Il restait assez profondément religieux, et chez
lui la religion avait un caractère gothique très favorable à la passion idéale pour des demoiselles d'un tout
autre type que la grosse Irma ou la Rose pour qui on
s'était battu un soir du côté de la gare.

Les exercices physiques du dimanche matin, les parades du patronage, tout cela les réunit dans un même
sentiment de désapprobation. Mais comment sortir de
là maintenant qu'on y était ? M. Delobelle père ne l'eût
pas permis à Pierre, et Armand, au contraire, une scène
qu'il avait eue avec le docteur lui faisait une obligation
de rester au groupe *Pro Patria*. Le maire de Sérianne
avait failli avoir une crise d'apoplexie en apprenant que
son cadet y était entré. Parce que, enfin, ce truc-là, ce
n'était plus seulement des mômeries, mais déjà une formation politique des curés, des patriotards, de toute la
clique, enfin de la réaction. Alors son fils maintenant
devenait un ennemi déclaré... Petite buse, va. Armand,
les dents serrées, écoutait la semonce. Il répéta des mots
entendus, sans trop y croire : la France, la Patrie, apprendre à se défendre... « Contre qui, éclata son père, contre
les Francs-maçons bien entendu, c'est-à-dire contre ton
père ? Elle est belle ta religion. On ne vous apprend pas
le respect de la famille, à l'église ? »

Tes père et mère honoreras... là était bien la question.
Mais en fait ce qui plaisait à son père déplaisait à sa
mère, alors Armand ne voyait plus dans *Pro Patria*
que l'occasion de rencontrer Pierre, son seul ami, et
la poésie aidant, l'affaire se colorait d'un jour particulier.
En vue des grèves éventuelles, on jouait à tous les métiers. Armand apprit à conduire un tramway. On le mit
sur une des motrices jaunes qui traversaient la campagne
à côté du wattman, qui d'abord conduisait devant lui.
Puis il prit sa place. Ça n'était pas très difficile, ce système-là. Le wattman, un rougeaud mal rasé, avec le
poil de toutes les couleurs, lui enseignait le mouvement
sans faire copain. Naturellement il savait pourquoi on

126

lui faisait donner des leçons à ce jeune godelureau, qui était le fils du maire, paraît-il. Il lui aurait volontiers foutu la fessée. Armand sentait ça, gêné. Non pas qu'il mesurât l'ampleur de la veste de son voisin, tandis que le tram bondissait comme un veau sur les rails bosselés, perdant sa perche à tous les tournants, et en général secouant ses pruneaux de passagers sans aucun respect de la dignité humaine. Mais le jeune homme avait comme une espèce d'idée de l'injustice sociale, à cause du Christ, des Vendeurs du Temple, du charpentier Joseph, et il n'était pas très sûr du rôle qu'il jouait. Comment faire comprendre ça à son menaçant instructeur ?

Un apéritif, ça ne se refuse pas. L'autre le regarda, et pensa que c'était toujours ça de pris sur l'ennemi, et c'est ainsi qu'ils se trouvèrent attablés au café Blanc, dans le village derrière la propriété des Loménie, avec un Chambéry-Suze et un Amer. La serveuse était un peu grasse, mais jeune, le corsage transparent : on lui voyait toutes sortes de rubans en dessous, qui se prenaient dans les seins et l'épaule. Au dehors, un platane faisait frais au-dessus des mouches.

Le wattman sirotait son verre. On avait une pause d'un quart d'heure avant le départ. On parlait de la chaleur, de la fête de Sérianne fin juillet, tout ça avec des pensées en dessous comme le regard qui remontait du verre sur Armand. Il y avait un monde entre ces deux compagnons. Celui-là, il n'aurait rien de rien pigé non seulement à Albert Samain, mais à l'hérésie nestorienne. Il n'était pas troublé par la divine maternité de la Vierge. Il se moquait comme de colin-tampon de l'autorité du concile d'Éphèse, et de l'abus de pouvoir qu'y avait commis le représentant de l'Évêque de Rome contre l'Évêque de Constantinople. Un homme grossier, somme toute. Aussi ça ne doit pas beaucoup vous développer les méninges de conduire comme ça tous les jours cette espèce de boîte à sardines cahotante. Un incroyant, sans doute...

Il ne devait pas avoir loin de quarante ans. Il était déjà

rompu à la dissimulation nécessaire à ceux qui ne veulent pas perdre leur place. Il y avait quinze ans qu'il faisait ce métier-là. Ah! ce n'était pas un boulot d'avenir. Une gratification qu'il avait eue, une fois. Il gagnait bien, oui, par rapport à un cantonnier. Maintenant, par rapport à un banquier... six francs par jour ne sont pas le Pérou. Surtout avec trois gosses sans compter la mère. Six divisé par cinq, ça ne fait pas un compte rond, rond, mais enfin faut croire qu'on peut vivre avec vingt-quatre sous par jour et par tête. Les enfants? Des filles. Ah, ça oui, les filles, il y a de la ressource, si ça ne leur plaît pas, le turbin, elle peuvent toujours se faire enfiler. Je ne dis pas ça pour vous choquer, mais vous savez qu'à Toulon, j'en ai vu, elles gagnaient un timbre-poste de quinze centimes en un rien de temps, à ce système-là... Alors, vous comprenez, quand il y a la flotte.

Armand avait l'air de prendre tout ça naturellement, mais il voyait bien à l'œil rusé de l'autre, qu'il se payait doucement sa gueule. Tout de même, Jésus quand il parlait avec les pêcheurs, il n'avait pas de ces difficultés-là. Du moins on n'en souffle pas mot dans l'Évangile.

Comme ils regagnaient le tram, le wattman pissa contre une palissade, puis, soudain, en se reboutonnant, il demanda : « Alors, jeune homme, le métier vous plaît ? » Armand balbutia. « Parce qu'enfin faut pourtant qu'on aime ça pour vouloir apprendre, quand on est le fils à M. le Maire. C'est pourtant pas que vous voudriez en vivre, des fois ? »

Il se payait sa tête, le copain. Il savait parfaitement ce que faisait Armand sur son tramway. L'insigne de *Pro Patria* à sa boutonnière parlait assez clairement : on le connaissait dans le pays. A la compagnie d'électricité on avait une fois battu Étienne Delobelle. Pierre le lui avait raconté en détails. « S'il y a jamais une guerre, dit-il, vous partirez tous, et il faudra bien que les jeunes puissent vous remplacer — Ah! c'est pour ça ? »

L'œil s'était fait encore plus ironique. La poussière les faisait tousser sur la plateforme du tram. On traversait les cabanes des Italiens, les plus pauvres, et le bruit

128

de ferraille qu'on faisait à passer réveillait la marmaille sans langes derrière les palissades de fortune.

« C'est pour s'il y avait une guerre? Je me disais aussi. Tiens, tiens. J'avais pas du tout pensé à ça, la guerre. C'est vrai que nous, on aime autant penser à autre chose. — Il faut tout prévoir. — Vous croyez? Et avec qui, la guerre? (Il montra les cabanes de la tête.) Les Italiens? — Les Allemands, affirma sérieusement Armand. On dit qu'ils se préparent. — Qui ça? Monsieur votre père? — Les gens, enfin les journaux. Mon père et moi, c'est très différent. Nous n'avons pas les mêmes idées. — Ah! je vois... »

Il se moquait vraiment d'Armand. Ce n'était pas un homme du pays. Il n'avait pas l'accent. Un parler un peu gras comme les Tourangeaux. Comment était-il venu échouer ici, de travail en travail, de misère en misère? Armand aurait voulu lui montrer qu'il n'était pas un ennemi.

« Ce serait un épouvantable malheur, dit-il. — Quoi? — La guerre. — Ah! oui... pas pour tout le monde. »

C'était clair qu'il rigolait. Quand il parla de cette conversation avec Pierre Delobelle, celui-ci lui dit que ça lui apprendrait à faire le démocrate. Rien à gagner avec ces gens-là. Bouchés pour tout ce qui est l'art et la poésie. Il avait récemment découvert Léon Dierx. Allez parler de Léon Dierx à un wattman! Ils eurent une discussion, tous deux Armand, à propos du *Cantique des Cantiques*. Armand le préférait à tous les Samain du monde, et il citait un mot de Lacordaire à ce sujet : « *Il en est du* Cantique des Cantiques *comme du crucifix : tous les deux sont nus impunément, parce qu'ils sont divins.* »

« Va faire entendre ça à ton wattman, il te rira au nez, ou il croira que tu dis des cochonneries! — Peut-être bien... »

Mais Armand ne pouvait oublier le regard de cet homme, quelque chose de sympathique en lui malgré tout. Évidemment si on regarde bien les gens, tout le monde est sympathique, n'est-ce pas? Confusément aussi il se rappelait les vingt-quatre sous par jour de chaque gosse, et il ne pouvait s'empêcher de penser que c'était contre ces vingt-quatre sous que l'abbé Petit-jeannin l'avait envoyé travailler à *Pro Patria*.

Il crut devoir s'en ouvrir à son confesseur, comme de ce doute croissant qu'on fît vraiment œuvre de patriote quand on se préparait à lutter contre des Français qui gagnent six francs par jour, le jour où ceux-ci demande-raient six francs cinquante à leurs maîtres.

« Mon enfant, dit l'abbé Petitjeannin, je vous aimais mieux encore vous égarant sur les traces de Nestorius. Les conséquences en étaient moins immédiates, et après tout, du moment que l'on croit au Tout-Puissant, on fait son salut dans toutes les Églises, ou du moins on y ris-que au plus un séjour prolongé au Purgatoire. Tandis que vous voilà qui courez à l'anarchie socialiste, c'est-à-dire à la damnation éternelle. Vous n'êtes pas assez assidu aux leçons d'escrime, vous tirez très faiblement au pistolet. Vous auriez besoin de dompter la bête, en la fatiguant bien... — Mon père, la fatigue n'y changerait rien. Et je ne sais si je me trompe, mais je m'étonne que vous m'encouragiez au maniement des armes... — Mon fils, ne vous faut-il pas apprendre à défendre votre Patrie ? Ses ennemis sont incontestablement les enne-mis de Dieu. Je sais qu'il est des chrétiens égarés par le faux espoir d'une paix systématique, qui n'a rien à voir avec la vraie doctrine de notre divin Maître, qui préten-dent qu'il est de notre religion de refuser le devoir des armes. C'est là un dangereux travestissement de l'Évan-gile, et qui n'est aucunement d'accord avec l'enseigne-ment des Pères. Saint Augustin, dans une épître à Boni-face, dit en propres termes : « Que trouve-t-on à blâmer dans la guerre ? Est-ce le fait qu'on y tue des hommes qui tous doivent mourir un jour, afin que les vainqueurs soient maîtres de vivre en paix ? Faire ce reproche à la guerre est le fait d'hommes pusillanimes, non d'hommes religieux. Ce qu'on blâme à juste titre, dans la guerre, c'est le désir de nuire, la cruauté de la vengeance, une âme inapaisée et implacable, la fureur des représailles, la passion de la domination, *libido dominandi*, et autres sentiments semblables. » Texte admirable, et qui doit, mon enfant, lever tous vos scrupules catholiques. La guerre, dans certains cas, est un moyen non seulement permis, mais recommandé au chrétien. Vous devez vous y préparer, pour l'heure où le Seigneur retirera sa Droite de sur les Nations... — Mon père, murmura Armand, et les six francs par jour? — Quels six francs? L'homme est sur cette terre comme Job, aujourd'hui au comble des richesses et demain sur le fumier. Si votre watttman est un chrétien, il dira dans ses prières : Mon Dieu, vous m'aviez donné six francs par jour, vous me les avez repris : soyez béni, mon Dieu, pour ce que vous me les avez repris! Et vous, mon fils, ne doutez pas de la miséricorde divine. Dites avec moi votre acte de contrition... »

Armand commençait à trouver la Poésie supérieure à la Religion : elle n'a pas ces ignorances involontaires. Elle est le culte de la Beauté, elle explique ce que l'abbé Petitjeannin se refuse à envisager ; elle légitime ces élans que l'on se sent vers les grandes Idées, les femmes ; elle se confond avec ce sentiment terrible et magnifique, l'Amour, dont les Livres Saints mêmes ont dû emprunter le nom pour entraîner les cœurs. Tout cela peut-être était blasphématoire : mais, quoi ? Pas plus que l'hérésie nestorienne à quoi M. l'abbé Petitjeannin l'avait imprudemment renvoyé! Rêver d'ailleurs aux deux hypostases du Christ-homme et du Christ-Dieu, cela n'allait pas sans des incursions dans le domaine interdit de la génération, et les expériences de Pierre Delobelle au « Panier Fleuri » jetaient un jour singulier sur les rapports de la Vierge et de l'ange Gabriel, sur la colombe du Saint-Esprit, sur la Vierge elle-même.

Le jour que Pierre Delobelle s'entendit demander par Armand s'il croyait que le Fils de l'Homme avait pu permettre que sa Mère enfantât sans plaisir préalable, comme il avait autorisé qu'elle ne souffrît point de la parturition, il y eut éclat entre eux. Pierre était rouge, honteux de ce qu'il avait entendu, et en même temps était pris de petits rires nerveux. Armand fut indigné : ce n'était pas là une obscénité, mais en termes précis la Vierge avait-elle joui, oui ou non? Si oui, cela nous ferait considérer le plaisir sexuel d'une façon bien différente. Si non, que penser de la bonté du Fils? C'est alors que Pierre avoua qu'il était devenu l'amant d'Angélique, la bonne des Mestrance. Il l'avait caché pendant quinze jours. Armand en fut saisi. Cette dissimulation le laissait vraiment seul en ce monde. Sans Dieu, et sans ami.

XIII

Quand Armand s'aperçut qu'il avait perdu la foi, il se souvint de son père, de sa mère, de sa vocation ecclésiastique, de l'opinion publique à Sérianne, et tout cela lui parut si compliqué qu'il résolut de remettre à plus tard la publicité de ses sentiments, histoire de s'orienter tout d'abord.

C'est qu'il l'avait perdue, la foi, dans les grandes largeurs. Ah il s'agissait bien maintenant de l'humanité du Christ! C'était Dieu, dont il ne doutait même plus : il haussait les épaules à l'idée de Dieu... Il ricanait en pensant au Péché Originel. Il était secoué d'hilarité quand il jetait les yeux sur le Tabernacle. La Transsubstantiation, l'autorité du Pape, la Grâce, la Sainte-Trinité, tous les mystères étaient devenus, sans qu'il pût bien dire quand, le sujet de persiflages *in petto*, la matière de rigolades intimes auxquelles il faut avouer qu'il se complaisait longuement.

Dans ces conditions, n'eût-il pas dû se rapprocher de son père ? Eh bien! jamais les scènes avec le docteur n'avaient été plus fréquentes ni plus violentes. Celui-ci ne lui donnait pas d'argent, se permettait de lui faire des observations sur son travail, ses notes n'étaient pas fameuses, avait refusé de l'abonner à *Vers et Prose*, une revue dont des exemplaires dépareillés les avaient enflammés, avec Pierre. Armand ne voulait pas non plus trahir sa mère, une victime. Alors il continuait à faire les gestes extérieurs de la piété, avec de brusques accès de dégoût et d'humeur sombre, qui lui faisaient fuir et les siens, et Pierre, et *Pro Patria*. Il prétendait alors préparer son baccalauréat.

Tout de même, ce qui le dérangeait le plus, c'était son avenir. Il s'était, de toujours, fait à l'idée de la prêtrise. Il s'était vu une fois pour toutes, grand, dans une soutane, dans un pays surtout qui ne serait pas Sérianne, vivant comme vivent les prêtres, c'est-à-dire à ne rien faire. S'il n'entrait pas en religion, il faudrait choisir un métier, travailler. Et puis il y a le costume, l'autorité qu'on a très jeune, les doigts levés pour bénir des hommes et des femmes respectables, et ces idiots qui baissent la tête. Il ne prêcherait donc jamais en chaire : « Mes chers frères, mes chères sœurs, je veux aujourd'hui vous parler du Démon. On vous trompe, mes chers frères, quand on vous le présente sous un aspect hideux et repoussant, le pied fourchu, la tête encornée. Le Démon est ce qu'il y a de plus séduisant en ce bas monde, il est le sourire, le charme, l'abandon. Vous le retrouvez sous l'aspect de l'innocence dans l'enfant blond et rose, dans les bras voluptueux de vos compagnes, dans la grâce d'une passante, les idées généreuses, et jusque dans le sermon que je prononce pour vous... » Sans doute, aurait-il été possible de faire une carrière cynique et romanesque de menteur, avec l'aspect d'un prêtre et l'âme d'un libertin. Gagner les plus hautes dignités de l'Église pour en abuser, et jeter par le monde le poison subtil de l'incroyance et du doute. Si on pouvait être pape. Ces Encycliques, vous m'en diriez des nouvelles ! Mais voilà : ça ne se faisait pas d'être Souverain Pontife quand on était Français. Alors mieux valait y renoncer, pour courber la tête, obéir... Et puis mentir tout le temps. Pendant deux ans, trois ans, passe encore.

Dans de vieux numéros de *Je Sais Tout* qu'il trouva chez les Rinaldi de la plaine, Armand eut une révélation, lisant les *Mémoires de Sarah Bernhardt*. Voilà ce qu'il voulait être ! Acteur. Plus il y songeait, et plus ça lui

paraissait lumineux. Il avait toujours voulu être acteur.
Dans la prêtrise, c'était le théâtre qui l'avait séduit, le
costume, les cérémonies, l'admiration du public. Pour
son imagination friande encore de blasphèmes, les feux
de la rampe remplaçaient doucement la lampe de
l'Adoration Perpétuelle. Les acteurs comme les prêtres
sont rasés : son père lui avait inspiré l'horreur de la
barbe. Et tout ça marchait de pair avec son enthousiasme croissant pour l'Art, la Poésie. Il serait jeune
premier, il irait en tournées par le monde. A New York,
des héritières de trusts jetteraient leurs perles sur la
scène quand il y paraîtrait. A Vienne, des princesses
risqueraient leur rang, l'espoir d'un trône pour une
minute dans sa loge, tandis qu'on le coifferait pour *On
ne badine pas avec l'Amour*, son triomphe. Quel Perdican
il ferait ! Des hommes d'État viendraient lui demander
conseil pour séduire les foules, des maris sanglotants
viendraient suppliants lui demander de faire quelque
chose pour libérer l'esprit dément de leurs femmes. Ah,
il serait ce Démon, pour cette fois, le vrai, le charmeur,
la perdition qui tourne dans les valses, la griserie de
l'orchestre, le Grand Amoureux, Don Juan !
   Pour l'instant il faisait l'apprentissage de sa nouvelle
vocation, dans un rôle effacé sans doute, mais en pleine
vie : un jeune homme pieux dans une petite ville de
province, au milieu des intrigues de la vie politique,
qui allaient se multiplier à l'occasion des élections au
Conseil général. Il continuait donc d'aller à l'église ;
de suivre les exercices de *Pro Patria*; de se confesser à
l'abbé Petitjeannin ; de communier le dimanche.
Sa ferveur ralentie un instant avait repris toute sa
force apparente, car il fallait jouer pour de bon. Même
l'exaltant n'était plus le parfum du sacrilège, qu'Armand
retrouvait par-ci par-là. L'important désormais était
la duperie réussie, c'est-à-dire l'art du comédien, que
le jeune homme vérifiait à la sympathie de son confesseur, à une pression de main heureuse de sa mère,
fière de la dévotion de son cadet, aux reproches qu'il
recevait de son meilleur ami, Pierre Delobelle qui ne

comprenait rien à ces revirements, dans le secret desquels il n'était pas admis.

Son père voulait qu'il se laissât pousser la moustache. Armand s'y refusait, s'appuyant sur sa mère, au nom de sa vocation ecclésiastique. Lui seul savait qu'il n'avait en vue que les planches, et la coïncidence sur ce point du cérémonial d'église et des commodités du maquillage n'allait point pour lui sans une certaine ivresse. Tous les jours, il était un héros différent, mais son personnage préféré restait le Docteur Faust. Il faudrait mettre en scène Goethe lui-même, c'était faisable. Il le relut, et fut frappé de la similitude de situation entre Faust et lui, des analogies de sensibilité. Manquait encore Marguerite.

Pierre Delobelle le prenait pour confident de ses amours avec Angélique. Lui, écoutait, avec l'aspect désapprobateur d'un dévot qui ne peut s'opposer à l'inévitable, mais qui n'oubliera dans ses prières ni le pécheur ni la pécheresse. Et, de temps à autre, ça foutait Pierre dans de ces colères! Il n'en revenait pas moins à Armand le lendemain plein de mille détails puérils et merveilleux. On n'imagine rien de plus traversé que ces amours de Pierre et d'Angélique, depuis les Montaigu et les Capulet. Sérianne, calme et casanière bourgade, recélait sous ses cendres des feux que Vérone n'a point connus. N'oubliez pas que les Delobelle étaient du Parti national contre les Mestrance, des Rouges. Il est vrai qu'Angélique n'était pas la fille du franc-maçon marchand de couronnes mortuaires, mais bien pis : elle était sa maîtresse, à la fois, et son esclave. Elle n'avait pas un moment à elle, à laver dès sept heures du matin, à ne pas quitter la boutique, sauf pour faire la cuisine, l'appartement de Madame, à garder et torcher le vieux. Le soir, elle était morte de fatigue et il y avait encore M. Eugène. Et puis le gosse, Gaston, un vicieux cet enfant-là! toujours à l'épier. Elle n'avait son dimanche qu'une semaine sur deux.

Sans compter que du côté de Pierre, qu'est-ce qu'il lui aurait passé le père Delobelle, s'il avait appris quelque chose! Surtout s'il s'était douté de l'importance de l'histoire. Parce que ce n'était pas une amourette comme il y en a tant. Mais c'était pour de vrai, pour de bon, *cette fois.* Un amour comme dans les livres, comme dans les poèmes. Au fait, Pierre avait une admiration nouvelle : Paul Fort, prince des Poètes. Armand n'était pas tout à fait persuadé par les ballades que lui lisait son ami, pourquoi ne pas aller à la ligne au bout des vers? Il y avait évidemment de jolis petits machins, comme ce truc sur Philomèle... Est-ce qu'Angélique te mord quand elle t'embrasse? Non... pourquoi? Alors elle ne t'aime pas ce qui s'appelle aimer. Je sais ce que je dis : quand on aime quelqu'un, on ne peut pas se retenir de le mordre.

Ça avait rendu Pierre tout rêveur.

À vrai dire, si la transcription de Roméo et Juliette dans le cadre des amours de Pierre et d'Angélique n'allait pas sans ridicule, parce que les épées, l'échelle de soie et le poison manquaient au décor, l'affaire n'en était pas moins très sérieuse du côté d'Angélique. Elle avait vingt-quatre ans, elle faisait depuis trois ans le ménage des Mestrance. C'était une brune saine, un peu forte, à la peau très blanche, les yeux pas grands et le nez petit, habituée à nettoyer par terre, et déjà les épaules pliées par l'ouvrage et la soumission. Battue par ses parents, par ses frères, vignerons quelque part dans l'Hérault, elle avait dû se placer quand le phylloxéra avait fait des siennes. Son premier patron, un mercier, lui avait fait un gosse, elle avait à peine seize ans. Elle avait travaillé quatre ans à le nourrir, il était mort de la scarlatine chez les paysans où elle l'avait placé. Elle avait roulé de patrons en patrons, docile, travailleuse, quittant une ville pour l'autre, quand elle ne trouvait plus de travail. C'est par un ouvroir qu'elle avait été envoyée à Sérianne, où Mme Mestrance l'avait choisie elle-même : elle connaissait les goûts de son mari, pas vrai?

Mestrance était une sale bête. Ça, pour faire turbiner son monde, il s'y entendait, ce moustachu-là. Et jamais

137

une parole gentille, une attention. Il prenait son plaisir avec la bonne, ça suffit, non! Il la pinçait dans les coins cruellement, quand il cherchait des rubans dans les boîtes pour les clients. Et il n'aurait pas fallu crier. Un vicieux. Si je vous racontais...

Voilà que là-dessus, quand il n'y avait plus de chance que la vie changeât, l'amour était tombé là-dedans : ce petit gosse sentimental, ce Pierrot avec son beau museau pas joli, ses seize ans, et distingué, le fils d'un professeur, la tête toute farcie de poésies, qu'on ne comprenait pas toujours, mais où c'était plein de baisers, d'étoiles, de fleurs, de serments pour la vie. Un gamin, propre, avec un corps si jeune, et fort, et sentimental et qui l'appelait *ma femme, ma femme*, comme s'ils avaient passé devant le maire et le curé. Et il disait qu'il l'aimait et ce mot n'était pas du tout usé, ni pour lui ni pour elle : lui parce que c'était la première fois qu'il mentait, et encore pas sûr qu'il mentait, et elle... On n'avait même jamais fait semblant avec elle. Mets-toi là, Angélique, ma grosse... Le petit, il fermait les yeux en disant : Je t'aime. Angélique y pensait tout le temps, en nettoyant les deux boutiques, en vidant les ordures du vieux, dans les bras de M. Eugène. Ah! maintenant, qu'est-ce que tout cela faisait? Elle était heureuse, heureuse, malgré les difficultés, les minutes volées pour se voir, le danger des billets passés en cachette, de longs jours parfois sans pouvoir s'embrasser; et aussi comme elle était bête pour ce qui est d'écrire, elle savait à peine, et elle faisait des fautes dont il riait gentiment. Elle aurait voulu trouver des mots, comme dans les poésies qu'il lui lisait, et elle n'arrivait qu'à griffonner, en tirant la langue : *Deux mains seuleman, hi va anvill. Grosse bize a mon Pierrot. — Angélique.*

Armand plaisantait Pierre sur l'orthographe. Mais pas trop. Il y avait des choses qu'il respectait, ce Méphistophélès. « Elle a huit ans de plus que toi, et qu'est-ce que vous ferez si vous avez des enfants? — Je ne sais pas, répliqua ce jeune irresponsable, mais imagine-toi, elle m'aime pour de vrai : hier, elle m'a mordu. »

Il était si heureux qu'il voulait faire un cadeau à Armand. Celui-ci n'avait pas d'allumettes, et restait là, maryland au bec. « Tiens, ça te ferait plaisir ? » Pierre, généreux, se dépouillait : le beau briquet qu'on lui avait donné pour le Jour de l'An, sa marraine.

XIV

L'approche des élections au Conseil général avait rendu à la vie les eaux dormantes de Sérianne. Elles devaient avoir lieu fin juillet. Le Dr Barbentane était conseiller sortant. Serait-il réélu ? A l'échelle du canton, ce serait une bataille d'approche de l'élection législative à laquelle on savait bien qu'il voulait se porter. Et il n'y avait pas que la question personnelle du maire, mais aussi pour beaucoup la question religieuse, et pour plus encore la question de la Patrie. Étaient-ce les radicaux, avec leur langue démagogique qui pourraient faire la loi de trois ans, si nécessaire ? Sans compter les menaces sourdes de l'impôt sur le revenu et même, à lire les journaux socialistes, du prélèvement sur le capital. Caillaux, le Caillaux d'Agadir, avec les radicaux, relèverait la tête, ce serait la dictature des clubs, des loges, et tout cela devant une Allemagne armée jusqu'aux dents, disciplinée, elle, avec un Empereur, et pas tous ces bavardages parlementaires.

On parlait d'une candidature républicaine modérée. Quelqu'un de Paris. Savoir quelle serait l'attitude de Barrel, là-dedans. L'autre fois, au second tour, il avait fait voter pour Barbentane, malgré ses opinions religieuses ; c'est qu'après tout à ce moment-là il y avait une poussée socialiste, et dame devant le péril ! Outre qu'au fond Barbentane était son médecin... Beaucoup d'ouvriers suivaient le patron quand il faisait voter

140

somme toute à gauche. Mais s'il allait à droite, l'écouterait-on ? Évidemment le problème, c'était la campagne, paysans et vignerons. Ils n'aimaient guère les ouvriers, puis eux cette histoire d'impôt sur le revenu les chiffonnait. *Pro Patria*, clique du patronage en tête, faisait des tournées dans les villages. On défilait. Il y avait des exercices de gymnastique autour de l'échafaudage des pompiers. On chantait. Les gars du patelin fraternisaient avec les jeunes messieurs de Sérianne, et on faisait marcher la boîte à musique dans le bistrot. Parfois même on dansait. Il y avait beaucoup de radicaux dans les campagnes, mais pas les fils. Les jeunes, ils aimaient les sports. Il fallait les voir quand passait le Tour de France.

Armand, la tête pleine de rêves, avait beau se trouver en plein centre de cette agitation, il n'y prenait point de part. Maintenant, ce qui le menait à la dérive, c'était le souci d'une grande aventure amoureuse. Rien qui ressemblât à la pitoyable idylle de Pierre et d'Angélique. Sur le rang social de l'héroïne, il n'était pourtant guère fixé. C'est que, Marguerite, à tout prendre ce n'était qu'une fille d'ouvriers. Pourtant il se sentait plutôt attiré par les personnes d'un certain niveau. On n'était tout de même plus au temps du Dr Faust, et puis comme il n'avait point à sa disposition le pouvoir satanique d'offrir les bijoux à Marguerite, mieux valait qu'elle eût déjà, de famille, les parures nécessaires, et la connaissance de mille délicatesses que le jeune homme lui-même peut-être ne faisait qu'aspirer à connaître.

Il devint plus mondain, se soigna et négligea les expéditions de *Pro Patria* pour assister à la grand'messe. Sa présence y faisait toujours un peu scandale à cause de son père. Pendant l'élévation, il jouait à faire lever la tête à des jeunes filles. Il prenait l'air fatal, courait à la sortie pour offrir l'eau bénite à la fille du pharmacien. Non point qu'il se fît des illusions sur son physique, il se trouvait laid depuis qu'il avait constaté qu'il avait un œil plus petit que l'autre, et le visage pas pareil des deux côtés. Ses cheveux noirs frisaient facilement, lui

141

donnant, à cause du nez busqué, l'air juif. Mais il avait confiance dans ses yeux clairs, intelligents. Grand avec ça, et vif assez pour qu'on ne lui reprochât pas trop d'être mince. Il ne tenait pas du tout de son père.

Très vite, il fixa ses chimères sur la plus jeune des Barrel, son aînée de deux ans, Jacqueline. Blonde, les cheveux flous, elle ressemblait à sa mère, elle était encore fluette, de cette maigreur de la jeunesse, et très inquiète de sa poitrine, qu'elle soulignait avec une haute ceinture, bien que ce ne fût pas la mode. Les trois demoiselles Barrel, même au gros de l'été, portaient des robes montantes et des manches longues. Seule Marthe-Marie, l'aînée, avait parfois des applications de dentelles à travers lesquelles on apercevait un peu de sa peau. Jacqueline avait rougi terriblement un jour en rencontrant Armand près du confessionnal de l'abbé Petitjeannin. De là tout le départ d'un songe. Elle était grande, avec des yeux comme de l'émail, la bouche fine et légèrement tordue. C'était ça qui lui donnait un charme très singulier, que n'avaient pas ses sœurs, plus madones, plus régulières. Évidemment, Armand ne songeait pas au mariage. Non. Cette histoire-là n'était que le point de départ d'une vie : romance, mais prélude. Il ne suffisait pas des rivalités politiques de village entre les Barrel et les Barbentane pour le tromper là-dessus, lui. Probablement quand il l'aurait séduite, Jacqueline, et qu'elle serait enceinte, le scandale serait si formidable, surtout si l'on songe à la vocation ecclésiastique du Don Juan, que son père serait obligé d'écarter Armand pour quelque temps de Sérianne. Il irait à Marseille, ou qui sait, à Paris.

A Paris, il y avait Edmond. Il le détestait moins Edmond, depuis qu'il ne croyait plus en Dieu. Son frère l'aiderait-il à se lancer dans le théâtre ? Il ne voulait pas faire le Conservatoire. A moins que sa famille ne l'exigeât. Le mieux serait de devenir l'amant d'une grande actrice, Robinne, par exemple, parce qu'il aimait les blondes. Il l'avait vue au cinéma. Elle l'imposerait dans un petit rôle, pour commencer, jalouse, pensant ainsi le surveiller. Mais lui, qu'on aurait beaucoup remarqué à la représentation, se fatiguerait bientôt d'elle. Peut-être qu'elle s'empoisonnerait. Les journaux en parleraient. En revenant à elle, elle prononcerait son nom : Armand... C'est avec du véronal, qu'elle aurait fait ça. L'Art maintenant se serait emparé de lui et, avec chaque nouveau rôle, un peu de son passé s'évanouissait, il ne pouvait se satisfaire de la même femme. A chaque rôle correspondait un nouvel amour. Il y a quelque chose d'insatiable dans la nature de l'artiste : il cherche, il cherche, et quoi donc ? Lui-même sans doute, un fantôme, une fleur.

En attendant, il traînait tant qu'il pouvait, tout le temps que lui laissait sa rhétorique, aux alentours de la maison des Barrel. Les relations des deux familles n'étaient pas telles qu'on ne se saluât pas, puisque le docteur soignait les lourdeurs d'estomac du chocolatier. Mᵐᵉ Barrel, parfois même, s'arrêtait en voyant Armand et lui demandait des nouvelles de sa mère. Ces dames se voyaient chez les Rinaldi ou chez les Loménie de Méjouls. Indiscutablement Jacqueline avait remarqué le manège d'Armand. Ils se rencontrèrent une fois sur le boulevard, à l'heure des boules. Adrien jouait avec M. Migeon. Partie serrée : qui allait l'emporter, du petit pète-sec quadragénaire ou du jeune homme aux hanches roulantes ? Il y avait bien dix personnes à les regarder. Armand salua, puis hardiment tendit la main, comme elle était seule. Elle hésita. Sa bouche se tordit encore, adorable comme la peur. Elle mit une main gantée de fil blanc dans celle d'Armand. Elle portait une robe rose, avec un tas d'empiècements, et là-dessus une jaquette bleu marine. Sa main était petite, petite. Elle la retira, avec un rapide salut, et s'en fut sans qu'ils aient parlé ensemble, très vite. Les boules faisaient un bruit de victoire. Armand était comme ivre, et déjà terriblement apitoyé par la petite main de sa future victime. Mais quoi, on ne fait pas d'omelette sans casser des œufs !

Allait-il lui écrire ? Il y rêva longtemps, puis se décida

d'accompagner sa mère le dimanche suivant chez les Loménie. Peut-être Jacqueline y viendrait-elle... C'est cette semaine-là qu'on apprit qui se présentait contre le docteur : un certain Delangle, ami du député, décoré des palmes académiques et du Nichan Iftikhar. Le dernier détail provenait du docteur lui-même qui avait pris ses renseignements... Les socialistes auraient un candidat de Marseille, un avocat sans cause, rien d'important.

Les Loménie recevaient dans leur jardin, avec des chaises de paille autour d'une table verte, sous un grand figuier. Des enfants jouaient un peu plus loin sur une balançoire. Il y avait trois vieilles dames avec des rubans au cou, et Mlle Éva avec un jabot plissé qui préparait le thé et les petits fours, tandis que Philbertine de Loménie tricotait des chaussettes blanches pour un de ses fils, si serrées, et se penchant si fort, la bossue, qu'on avait peur que toutes les aiguilles lui entrassent dans le visage et que la laine lui traversât le nez goutteux. Mme Barbentane parlait surtout avec Suzanne, toujours extrêmement aimable avec elle, une Suzanne en tussor, très animée, pleine de potins touchant Mme Respellière. Le cocker blanc et brun de M. de Loménie frottait aux pieds d'Armand sa grosse oreille frisée où une tique avait dû se fourrer. Il y avait des mouches bleues, et il faisait trente-deux degrés à l'ombre. Or, quelque part dans les faubourgs de Paris, une femme que son mari battait avait comploté avec son fils, son amant et l'associé de son mari, c'étaient des gens qui avaient une entreprise de camionnage, la suppression de ce tyran domestique. Ils avaient tout préparé pour donner à l'affaire l'aspect d'un accident, un vieux fusil de chasse qui serait parti tout seul pendant qu'on le nettoyait, le fils guettait à la porte, l'amant ce jour-là se montrait chez des clients à 80 kilomètres de là, c'était l'associé qui n'avait dans le coup qu'un intérêt matériel, qui s'était chargé de la sale besogne... La femme avait embrassé son mari : « Gustave, on t'appelle en bas, va-z-y donc voir! »

« La perversité des femmes! disait Mlle Éva. Dans

144

tous les crimes... Elle l'embrassait. C'est trop fort! — Si son mari la battait, dit Mme de Loménie qui s'était trompée dans ses diminutions et avait dû défaire dix rangs, lesquels bouclaient maintenant sur ses genoux de toile grise. — Il faudrait les guillotiner tous, déclara une des vieilles dames qui faisait de la broderie anglaise, un homme dans la force de l'âge! Et le fils, c'est le plus affreux. »

Armand écoutait sagement, les dames Barrel ne viendraient pas. Suzanne ne l'intéressait guère. Ce n'était pas tout à fait une jeune fille. Elle disait *madame* tous les trois mots, en parlant à sa mère : « Qu'est-ce que vous voulez, madame, ce n'est pas une fréquentation pour moi, madame, après ça les gens parlent, madame... » Le tout aggravé de cet accent pointu qu'elle avait pris au couvent d'Hyères, où elle avait été élevée.

« Pourtant si elle avait un amant, cette femme, il avait bien raison de la battre, son mari... — Il n'avait pas raison, mais c'est une excuse pour lui. Pauvre cher homme, ça ne lui fait pas ouf, aujourd'hui, les excuses! — Un Hammerless! » dit rêveusement M. de Loménie de Méjouls qui avait sur toute l'affaire un point de vue de chasseur, et il regarda son chien.

Si tous ces gens-là avaient su qu'Armand *était* un acteur, un cabotin, qui se produisait en public, et un libertin avec ça, des maîtresses en veux-tu en voilà, qu'est-ce qu'ils auraient dit ? Des momies. Avec ou sans Hammerless, des gens comme ça on les supprimerait bien. A condition de ne pas se faire prendre.

« Armand, dit Mme Barbentane, aide donc Mlle Suzanne. »

Ils s'en furent tous les deux dans la maison chercher l'orangeade. « Mme Barrel ne viendra pas aujourd'hui ? — Je ne pense pas. Vous ne dites rien, vous êtes là assis. Tenez, prenez le sucre, monsieur Armand. »

Ils étaient dans la cuisine basse et large aux petits carreaux rouges. Par la fenêtre on voyait les vignes. Avant qu'on n'ait pu rien faire, le sucrier de verre était tombé. En miettes. Tous deux, embarrassés de ce qu'ils avaient déjà pris, posaient tout au hasard, et les doigts se heurtèrent parmi le sucre et le verre cassé. Suzanne avait tout à coup l'air, accroupie, d'une gamine sournoise. Elle le regardait avec des yeux rieurs. Elle avait quelque chose de court, de pas achevé. Elle sentait la verveine.

— Embrassez-moi », dit-elle.

Ils tombèrent sur le carrelage, c'était un drôle de désordre, Armand ne savait plus ce qu'il faisait, il lui passait la main sous la jupe, et elle le repoussait en gigotant. Il se coupa à la main gauche. A la vue du sang, ils se relevèrent, avec du sucre en poudre sur leurs vêtements ; le robinet pissa une eau tiède sur la main blessée. Pas de morceau de verre, au moins ? On entendit la voix de Mlle Éva : « Et cette orangeade ? »

Ils revinrent les bras chargés. On parlait politique. M. de Loménie de Méjouls expliquait son attitude, à lui. En faisant sonner les *s* terminaux, parce qu'il était sudiste. Aux élections, il voterait pour le socialiste. Parfaitement. Pour pousser à la roue. Et allez. Que tout craque une bonne fois, qu'on la porte à la poubelle, cette République. Une honte. Plus que ça irait mal et mieux que ça vaudrait. Je ne vais pas m'esquinter à travailler pour engraisser une bande de députés peut-être. Et des impôts, et des impôts. Et pour quoi faire ? A qui je vous prie ira l'argent de l'impôt sur le revenu ? A des Caillaux, à des Étienne, à des Poincaré. Tous dans le même sac, je vous dis. Et la pierre au cou. Des pourris. Et votre Clemenceau, un ancien Communard. A faire des courbettes aux ouvriers pour un bulletin de vote. Est-ce que vous croyez que la délimitation des vins ce n'est pas une volerie peut-être ? Ils reçoivent des caisses de champagne, et c'est Bordeaux qui gouverne, voyons. Pour le socialiste. Tant pis si ça aboutit à la Carmagnole. Il faut ça, et vient Thermidor, Bonaparte, et au bout du compte Louis XVIII. Naturellement qu'on ne peut rien espérer que d'une monarchie. Je vote pour le plus rouge, je vous dis.

Suzanne jouait avec le sac de Mme Barbentane. « Mais oui, madame... oui, madame... »

Jacqueline Barrel ne viendrait pas décidément. Les enfants criaient aux balançoires, malgré la chaleur de juin. Armand songeait déjà au bruit que cela ferait dans Sérianne quand il aurait déshonoré Suzanne. Ce serait facile, parce qu'il ne l'aimait pas. Il regardait la poupée qu'elle lui avait faite avec un mouchoir à elle, et il surprit ses yeux sur la main blessée. Allons, à la rentrée, on l'enverrait faire sa philo à Paris.

« Tous vos politiciens, hurlait M. de Loménie, ils me font je ne dis pas quoi, à cause de ces dames. Mais attendez un peu, je les leur-z-y ferai voir, moi, mes fesses. — Mon ami, plus tard ! » soupira Philbertine.

XV

Abandonnant Sérianne et les premières réunions de la campagne électorale, les groupes qui se formaient sur les places, autour des cafés, des permanences des trois candidats, avec leurs grands calicots et les affiches de couleur, Armand prenait le tram qu'il avait appris à conduire et débarquait dans l'après-midi étouffant à Villeneuve, où il rencontrait Suzanne derrière l'église. Ils gagnaient les vignes au-delà des propriétés, à mi-coteau, et allaient se cacher quelque part, où, en cette saison et avec ce soleil, on ne viendrait pas les relancer. Derrière les grands ceps, dans le sol sans eau, ils s'accroupissaient cherchant l'ombre. On commençait par faire semblant d'étudier : Suzanne servirait de répétitrice au candidat bachelier. Bientôt les livres dinguaient, et l'élève et la répétitrice passaient à d'autres études.

Suzanne était irritante et habile. Elle ne laissait faire que ce qui lui chantait. Armand enrageait, glouton, toujours sûr que cette fois ça marcherait, et avec ça tellement inexpert, et peu ferré sur ce qui devait marcher que ce n'était guère de belles victoires que remportait la vertu de Suzanne. Le sulfatage des vignes les saupoudrait drôlement.

Non, mille fois non, il n'était pas amoureux, Armand. L'image de Jacqueline ne s'effaçait pas entièrement de son cœur, et puis cette hypocrite de Suzanne, quand, après, elle parlait avec des dames, elle était à fouetter.

148

Avec ça qu'elle n'était pas peu fière des domaines paternels : quarante hectares de vignes s'il vous plaît, qui donnaient bon an mal an huit mille hectolitres d'un vin lourd et râpeux, qui ne valait pas cher sans doute, mais avec lequel on pouvait falsifier de meilleurs crus. Ça rapportait dans les quarante mille francs net.

Quand le vieux Loménie avait acheté les Mirettes, il n'avait pas toutes ces vignes. Peu à peu, il avait arrondi son avoir. Surtout après le phylloxéra. Parce que les vignobles avaient été ruinés, et qu'il fallait repiquer avec du plant américain. Alors la plupart des vignerons avaient abandonné ; ils n'avaient pas le sou pour acheter les ceps, et le sulfatage, et la lutte contre les insectes, que c'était sans fin. Ils avaient juste gardé de petits bouts de vignes près de leurs maisons, et ils avaient été bien aises de trouver acquéreur pour le restant. Loménie avait ainsi patiemment racheté, replanté, guéri la vigne et la terre, enfin sauvé le vin du pays.

Maintenant les anciens propriétaires se louaient chez lui comme saisonniers : sans lui ils n'auraient pas eu de travail. Quand ils avaient fait les huit heures sur les vignes du patron, ils avaient encore un moment, le matin et le soir, pour cultiver leur raisin. Parce que pour du vin, ils n'en faisaient guère, c'est ruineux pour de si petites pièces, toute l'installation. Ils faisaient du fruit, et même le vendaient à Loménie. Pas très cher évidemment, il n'avait pas besoin d'eux, enfin. Tout de même un ménage trouvait comme ça une pièce de 400 francs la récolte, et comme avec la saison morte l'un dans l'autre un bon journalier ne gagnait pas plus de quarante-deux, quarante-trois sous par jour, c'était un appoint pas négligeable pour la famille. On arrivait à manger pour douze, treize sous. Pas de la viande bien sûr, mais enfin des légumes. Le laitage, fallait pas y compter, parce que tout allait à Sérianne à la chocolaterie.

Il avait pris de l'importance, cet Hubert, depuis le temps qu'on se battait avec lui pour les filles. M. de Loménie était resté Hubert pour ses compagnons de jadis. Leurs femmes le tutoyaient presque toutes, pas. Et maintenant quand on voyait ses fils ou sa fille dans les vignes à se bécoter avec quelqu'un, ça faisait drôle, et on se sentait vieilli. Les fils étaient partis l'un après l'autre. Des grands bandits, ceux-là, même le François, le dernier, qu'avait eu cette histoire avec une Italienne. Les Italiens, on ne les aimait guère à cause de ceux qui se louaient au temps de la vendange, à demi-prix. Quand l'usine débauchait, on n'était plus sûr de son pain, comme l'autre année, après leur grève. Des pillards, ces Italiens. Et puis braillards, prêts à jouer du couteau.

M. de Loménie à Villeneuve faisait campagne contre le maire de Sérianne, tandis que sa fille se pelotait avec le fils Barbentane, le petit curé qu'on l'appelait. On jasait là-dessus, c'était un peu la revanche après tout. Hubert avait assez carambolé les filles du pays. Quand le docteur vint faire une réunion au café Blanc, on s'amena rigoler un coup. Le candidat modéré, le monsieur de Paris, était venu pour la contradiction, et le vieux Loménie était dans la salle. Qu'est-ce que tu paries qu'il se déculotte ? Chiche. Je perdrais. Et c'est vrai qu'il aurait perdu, celui qui aurait parié parce que lorsque Barbentane parla de la République, du salut de la République, debout sur un banc, Hubert tomba la culotte en criant : « Je te la saluerai, moi, la Gueuse ! » De cet Hubert tout de même ! Si on avait ri et applaudi, c'était pas le docteur qui avait pu continuer à parler. Quant au monsieur de Paris, il ne s'attendait pas à celle-là et il se frisait la moustache, avec un sourire pour ne pas avoir l'air surpris. Il parlait de la France, des intérêts des viticulteurs, du prix du vin. On s'en foutait du prix du vin, il n'y avait que Loménie, et trois autres, qui en faisaient, et sur le prix du vin ils en savaient plus long que le Parigot, des fois. Il était pour les curés avec ça, le Parigot. Les vignerons étaient contre les prêtres, qui pour Barbentane, qui pour Loménie. Comment voteraient-ils ? Pas mal d'entre eux ne voteraient pas. Il y avait des journaliers socialistes, mais le candidat rouge n'était pas encore arrivé de Marseille. La plupart d'ailleurs n'avaient pas le temps de résidence nécessaire pour voter. Ils faisaient du chahut tout le temps, et Loménie gueulait avec eux : *La Sociale, la Sociale !* On connaissait la rengaine : *plus ça va mal...* Sacré Hubert. Pourtant les socialos, ils voulaient nous prendre notre terre, la propriété. Caillaux aussi, alors. Ah ! tous ces gens-là, ils s'entendent sur le dos du pauvre monde. Le raisin était à donation, et peu à peu les petits propriétaires prenaient des hypothèques pour continuer à pouvoir cultiver leur lopin. Ils hochaient la tête quand Loménie disait que tout allait de mal en pis. C'était bien vrai. Alors, voter pour l'un, voter pour l'autre. On connaissait un peu le Barbentane, tandis que ce type de Paris... Paraît qu'il était décoré d'une décoration africaine, tu plaisantes, c'est les palmes. Les palmes, aussi.   Un savant. Avec toutes ses histoires de voter pour le socialiste, probable que cet Hubert, il voterait pour lui. Il l'avait reçu chez lui à dîner. Ils avaient dû en combiner, des fourbis. Cet Hubert est un malin. Il défend nos intérêts au fond, il est un vigneron comme nous tous, et puis il est un peu de la famille. Ce M. Delangle, peut-être que c'est un pas méchant. Il a le bras long, qu'on dit, il en connaît des députés, des ministres. Tout ce monde-là bien sûr, se moque pas mal des vignerons à quarante-trois sous par jour, mais enfin, si le vieux Loménie s'en mêle.

Le soir, dans l'entrée de Villeneuve, sous les platanes, on faisait la promenade. Il y avait ceux qui buvaient chez Blanc, et ceux qui ne buvaient pas, qui regardaient. Il y avait les amoureux et ceux qui s'en allaient par bandes, les jeunes. De temps en temps, un homme soûl tombait près du bazar, ou vers la fontaine. Le vieux Vidal, peut-être, ou un des Italiens, qui jurait à faire rougir une maquerelle. Il y avait des disputes, mais plutôt personnelles que politiques. Le boulanger cassait de temps en temps la gueule au receveur buraliste qui flirtait avec sa femme. C'était le paradis sur la terre, Villeneuve. Bien que pour douze sous on n'eût

151

pas bien gras à briffer. Les gens sont maigres par ici, mais c'est la terre. Ils ressemblent à des pieds de vigne, et très vite, sur les quarante ans peut-être, ils commencent à être tordus.

Armand, machiavélique, se faisait inviter à l'apéritif par le père de Suzanne. Par lui, il commençait à s'intéresser aux élections. Si le docteur était battu tout de même... Allons, ce n'était pas ça qui empêcherait son départ pour Paris.

XVI

Dans les splendeurs écroulées du haut Sérianne, ce n'était plus les amours de Marguerite et de Raimbaud qui émouvaient les ombres des valets de chiens; c'était enfin le couple véridique de Pierre Delobelle et de son amoureuse, qui trouvait derrière des pans de muraille le plus beau des hôtels à l'enseigne de l'été. Il est douteux que Pierre et Angélique fussent les inventeurs de cet emploi des ruines. Sans doute que ni les heures ni l'enfance d'Armand n'avaient jadis su lui permettre de voir comme dès la tombée de la nuit le haut Sérianne se peuplait de romances et comme, jusqu'à la vieille tour de signalisation romaine qui le couronnait, des jeunes gens renouaient les mythes anciens sur ses pentes. Vers dix heures du soir, là-haut, quand enfin la nuit était la maîtresse et que la tête de la ville s'enfonçait en plein dans les étoiles, l'air même y devenait tout soupirs. Des chuchotements confus fuyaient dans les ruelles, et le passant solitaire sur son passage surprenait à s'interrompre soudain des murmures, qui reprenaient, après un temps, derrière lui.

Plus bas, la civilisation commençait par le chant d'un phonographe, au « Panier Fleuri », où l'on pouvait entendre les derniers airs de la capitale dans la salle de consommation : *Le Comte de Luxembourg* ou *Rêve de Valse*.

153

Un soldat — Racin' l'a décrété
Ne peut pas — Farder la vérité...

Et dans les rues et les ruelles vers l'Église, la place du Marché, la Grand'Place, avec la chaleur violente du midi, les gens sortaient, sur le pas des portes, ornées de rideaux de perles pour les mouches, se groupaient en bras de chemise, discutant politique, se promenaient avec leurs femmes, s'arrêtaient dans la lueur des cafés, où d'autres gens qu'on connaissait, fumaient, buvaient et parlaient. La bataille électorale était engagée. La tournée des candidats dans les villages voisins vidait chaque soir Sérianne des hommes passionnés qui ne voulaient pas perdre une miette de colère et d'enthousiasme.

Plus que jamais, les hommes et les femmes de la rue Longue, ceux qui, le rideau baissé, les volets mis, comptaient avec ardeur, dans le négligé de leur toilette, les rentrées et les sorties, ceux qui établissaient le bilan soucieux d'un avenir pareil à un combat où déjà l'on doit avoir affaire à d'autres que soi-même (et à d'autres qui sont âpres et discuteurs), plus que jamais les boutiquiers, les petits patrons, ou simplement les économes, les prudents, ou les rentiers encore, tous ceux enfin qui avaient à défendre un lendemain lequel pouvait être pis que la veille, plus que jamais tous ces gens-là éprouvaient un sentiment sur eux de menace. Au jour le jour sans doute, il semblait bien que tout fût calme et sûr, et pourtant. Quand on dressait bien l'oreille dans la paisible nuit sociale, est-ce qu'on n'entendait pas au loin, et parfois pas si loin que tout ça, comme des coups sourds, des clameurs, des plaintes ?

On avait beau tâcher de n'y pas penser, c'était d'hier pourtant que dans la France même, à vingt reprises, le sang avait coulé sur de brusques accès de colère. Ce qui régissait ces accès, le pire était bien qu'on ne le comprît point. Des explications diverses, le socialisme, l'Allemagne, ou d'autres disaient la provocation, que pouvait-on vraiment retenir qui expliquât qu'un jour des gens, qui n'étaient ni meilleurs ni pires que d'autres, sortissent du train quotidien de la vie avec des yeux de meurtriers, des gestes d'assassins, et qu'on tuât ? Les ouvriers sont souvent de grands enfants. Les soldats, ça peut être vous ou moi. La police même, c'est vrai que chez nous, on n'aime guère la police, le gendarme... mais enfin laissons de côté toute fronde : ces gens-là, ça les empoisonne quand il y a des histoires, voyons. Il faut, disait M. Arnaud père, lire le journal de ce cochon d'Hervé, *La Guerre Sociale*. Alors on se rend compte qu'il n'y a pas que des braves gens sur la terre. Le fantôme rouge à vrai dire n'épouvantait pas chaque jour Sérianne, bien qu'on eût pris conscience de sa proximité, lors de la grève chez Barrel, ou pendant les troubles de la viticulture ; la population flottante des vendanges n'était pas un voisinage moins inquiétant que celui de l'usine. Pourtant si l'on avait toujours de pareilles idées en tête, eh bien, c'est tout simple : on ne vivrait pas. On n'aurait pas la force chaque jour de faire son travail, de se réapprovisionner en boutons-pression par exemple. Ça vous paraîtrait stupide. Alors, on se laissait aller, on se laissait porter par la vie, par son train-train. Nous disions trois tabliers sans bavette, et quatre avec bavette... C'est drôle, ça fait plusieurs fois que je remarque cette année que la vente des tabliers sans bavette baisse. Après tout, c'est peut-être la mode... Et puis, tout d'un coup, qu'on faisait des plans pour équilibrer son mois, qu'il semblait qu'on pouvait prévoir la vente, les rentrées, pan ! voilà que les journaux reprenaient le ton alarmiste, pour les événements extérieurs cette fois... Les gens se rencontraient avec des mines. Personne n'achetait plus rien. Et il est vrai qu'une fois c'est le Maroc, l'autre les Balkans, l'autre la Tripolitaine, les rentes russes qui baissent à cause des troubles qu'ils ont en Sibérie, enfin le monde n'est pas bien tranquille, voilà ce qu'on peut dire. On ne sait pas sur quoi l'on danse, ni comment c'est remonté toute cette machine-là.

Évidemment, chacun rejette sur les autres la responsabilité de ce qui ne marche pas. On se regarde en chiens de faïence, mais au bout du compte, que, comme le prétend M. Migeon, ce soit tout la faute aux curés, ou à en croire M. Arnaud, tout machination des Loges, pourtant qu'est-ce donc qui ne va pas? Personne ne veut vraiment le mal, cette idée. On est un peu près de ses sous, peut-être, mais il faut ça pour vivre, et il vient aussi bien des misères de la prodigalité ; au fond, si on y voyait clair, est-ce qu'on ne s'aiderait pas les uns les autres ? Quand le commerce va, c'est dans le pays comme une détente. Il y a bien les gros, les grands magasins, les compagnies. Ils font vivre aussi des gens, n'est-ce pas ? Avec de bons députés, qui sauraient défendre les produits locaux, comme on en aurait peut-être avec la proportionnelle, plusieurs choses s'arrangeraient. Ça faisait quelques années qu'on en parlait, de la proportionnelle, et on ne la voyait toujours pas pointer. Peu à peu, même ceux d'abord qui avaient toutes sortes de raisons contre, tout le monde à force d'en discuter, s'était mis à avoir un espoir vague, mais fort, dans ce remède social, la Proportionnelle, qui semblait devoir en finir avec les abus, la malhonnêteté humaine, les mares stagnantes, la concurrence déloyale, toutes les vilenies à quoi on était tout de même mal accoutumé.

Et puis, dans la lutte pour la Proportionnelle, on avait fait l'épreuve d'une étrange aventure, qui avait à ses heures quelque chose de réconfortant : on avait vu des hommes qu'on croyait des ennemis jurés, des socialistes et des conservateurs, s'entendre tout à coup sur un point. La loi électorale mettait ainsi en évidence, chez des gens que tout semblait séparer, le même dégoût devant certaines turpitudes, le même espoir dans un idéal de justice. La bonne foi. C'était comme une promesse d'union de tous les Français, un mirage qui faisait toujours recette, allez, et l'idée que ce n'était pas qu'une rêverie, mais que devant un danger commun peut-être on pourrait réaliser cela, faisait presque souhaiter, tenez, un danger de ce genre-là. Au fond, est-ce que les Rinaldi, et bien d'autres, ne votaient pas pour le radical Barbentane ? Est-ce que tous les ouvriers étaient socialistes ? Non. Alors. Ça prouvait seulement qu'il y a partout des braves gens, et que les braves gens, au-dessus des partis, s'estiment entre eux, vous ne pouvez pas empêcher ça.

Cependant, toujours, quand il y avait des élections quelconques, la température montait. Comme un accès de fièvre. Quand est-ce que ça commençait, cela aurait été difficile à dire. Enfin les gens ne se parlaient plus, ou s'abordaient trop poliment. Pendant quelque temps, certains faisaient encore semblant de n'avoir rien entre eux qui les divisât. Puis ça se mettait en train. Des criailleries. Des gens qui jouaient aux cartes et qui se les flanquaient par la figure. Ça prenait des tours inattendus, des fois vous auriez dit qu'il ne s'agissait pas de politique, et puis creusez un peu : l'intérêt de celui-ci n'était pas le même que l'intérêt de celui-là, on ne soufflait pas mot de l'impôt sur le revenu par exemple, on s'attrapait à propos de bottes, pourtant c'était là ce qui faisait qu'on prenait tout mal l'un de l'autre.

Là-dessus les affiches poussaient sur les murs. Les cafés prenaient parti. Il y avait quelques réunions, on s'était trouvé soudain les uns d'un côté, les autres de l'autre. La discussion commencée sur le pas de la porte se poursuivait dans les petits journaux qui naissaient toujours dans ces moments-là, sur les affiches suivantes. Les injures. Enfin la campagne était ouverte, et les espoirs et les haines n'étaient plus des abstractions, les craintes prenaient corps : il y avait les candidats. En général, une famille, c'était tout d'un : les mêmes raisons vous poussaient dans le même camp. Mais il y en avait de malchanceuses où ces moments-là vous départageaient, vous lançaient les uns contre les autres, les jeunes surtout contre les vieux, même entre frères. On n'était jamais si loin de l'affaire Dreyfus qu'on pût ne pas se rappeler jusqu'où on avait été, alors, dans ce sens-là. Et pourtant la question juive à Sérianne n'était pas bien brûlante. Qu'est-ce qu'il y avait de Juifs dans la ville ? Les Crémieux, paraît-il, l'épicerie de la rue Gam-

157

betta. Autrefois, il y avait eu un receveur de la poste, comment s'appelait-il donc ? Un petit brun, enfin, qu'on avait envoyé plus tard en Algérie. Ah c'est là, paraît-il, qu'il y en a, et ils ne sont pas heureux avec les Arabes !

Une famille déchirée, par exemple, c'était celle du maire. On était habitué à lui. Évidemment, certains lui reprochaient d'être républicain d'une façon un peu agressive. Pourtant son concurrent, Delangle, qui était un modéré, dès qu'on allait par là, il en avait aussi plein la bouche de la République. Il avait été sous-préfet, puis il avait quitté l'administration pour être chef de cabinet d'un ministre, un de ses amis. Maintenant, on le poussait là, au Conseil général, parce que, bien entendu, c'était une force qui se perdait, et il avait trop pris position politiquement pour rentrer dans l'administration, avec le ministère qu'on avait. Pour lui sans doute que ce n'était qu'un échelon. De toute façon, lui ou Barbentane, c'étaient des hommes capables. Pas comme le gueulard, le socialiste. Celui-là !

Drôle de chose tout de même que les gens ne voient pas du premier coup à qui ils ont affaire ! Cet avocat sans causes venu de Marseille, à supposer par impossible qu'on en fît un conseiller général à Sérianne, c'est bien évident qu'il ne venait là que pour se faire une situation. Il devait avoir des dettes criardes. Il était un peu râpé, et avec ça bien monsieur pour un socialiste. Rien d'un ouvrier. Un avocat, quoi ! En redingote, une cravate montante et un col cassé, même que c'était un peu ridicule par cette chaleur, et que le laisser-aller du docteur, à la bonne franquette, était autrement sympathique. Un homme de chez nous, ce Barbentane. Le socialiste avait dans les trente ans, un type au-dessus de la moyenne, pour la taille au moins, avec une barbe en pointe, blonde, un peu frisée et pas très bien tenue. Vinet, son nom. Maurice Vinet. Il faisait toute sa campagne contre l'armée, les Trois ans. D'abord, c'était un sujet pas d'une actualité brûlante, parce que le Gouvernement même ne s'était pas encore tout à fait prononcé dessus. Bien sûr, les spécialistes des questions militaires écrivaient

158

dans les journaux qu'il faudrait en passer par là, que ce serait un suicide de ne pas s'y résoudre. Mais les spécialistes militaires! Et puis, il faut ce qu'il faut.

Il avait ses partisans, ce Vinet. Même dans la ville. Le marchand de bicyclettes, ce type de Nice, qui n'était pas marié, à ce qu'on disait, avec cette petite poudrée avec laquelle il vivait. Des pas grand'chose, bien qu'il fût serviable, il faut le reconnaître. Et naturellement tout le faubourg, les gens de l'usine et les cheminots, les conducteurs du tram, des journaliers dans les campagnes. Sans compter une ou deux communes où on était très rouge. Ça ne ferait jamais une majorité, mais le jour de son arrivée, au train, ils étaient bien une centaine à attendre le candidat, avec les drapeaux rouges, et ils ont chanté l'*Internationale*. Moi, je ne les ai pas vus, c'est Mme Mestrance qui me l'a dit. Elle a des soucis, Mme Mestrance, des choses chez elle, probable, elle a encore bouffi ces derniers mois.

XVII

Pierre jouait avec les mains d'Angélique : « Tes pattes! » dit-il. Elle sourit, les regardant, très humble. Il avait raison, Pierrot, c'étaient des pattes. On ne pouvait pas les appeler autrement, ces mains forcies par le travail, rouges, aux doigts gonflés, douloureux, avec des longues lignes partout. Pas comme les mains de Pierrot, des vraies mains de demoiselle, malgré les taches d'encre, et qu'elles n'étaient pas soignées. Mais petites pour un garçon, les doigts fins. Elles n'avaient pas lavé par terre, fait la vaisselle chaque jour du bon Dieu. « Tes grosses pattes! » dit encore Pierre. Elle acquiesça, des grosses pattes. Il fit tout à fait l'enfant gâté : « Tes vilaines grosses pattes! » Et voilà qu'elle avait éclaté en sanglots. « Gélique, Gélique, ma douce, ma à moi! » Il s'inquiétait, il cherchait à écarter maintenant les grosses pattes pleines de larmes des yeux qui se dérobaient. Angélique se détournait, résistait : « Rien, rien, c'est bête, c'est rien, c'est bête... » Pierre lui caressait les bras, si doux les bras : « Gélique j'ai pas voulu te peiner, elles ne sont pas vilaines, les patoches, elles sont pas grosses, c'est pour parler... »

Les herbes folles dans une cour dévastée où les briques tombées faisaient comme un petit tombeau de ce qui avait dû être un départ d'escalier, plièrent sous le couple lutteur. Déjà les sanglots se calmaient dans les rires. « Laisse donc, soupira la fille, j'aurai l'air de quoi, rentrant! » Il lui défaisait son corsage.

Mme Eugène attendait sa bonne sur le seuil du magasin. L'Angélique maintenant, tout lui était bon pour s'absenter. Et c'était pour cinq minutes toujours, et ça vous durait une demi-heure. Elle revenait, rouge, essoufflée, comme une qui a couru. Elle n'avait plus la tête à l'ouvrage, elle était dans les nuages, elle ne répondait pas quand on lui parlait. Même que l'autre jour elle avait chanté. Un comble!

Mme Eugène avait terriblement engraissé et, quand elle se baissait pour ramasser quelque chose, sa vue se brouillait, elle avait des cloches aux oreilles. Ce n'était pas pour avoir tout à faire chez soi. Sans compter que cette fille devait être amoureuse. Elle n'y aurait peut-être pas pensé toute seule, parce que ce n'était pas son tour d'esprit de s'occuper des gens, et encore moins de sa bonne, ce qu'elle pensait, ce qu'elle sentait. Mme Eugène demandait tout juste à son mari de ne pas jeter les sous par la fenêtre. Au-delà... Mais ces lettres qui étaient arrivées, l'une après l'autre, depuis dix, douze jours, lui avaient mis la puce à l'oreille. Une fois qu'on y avait pensé, c'était évident. Elle courait le guilledou, l'Angélique. Son galant, ça devait être un pas grand'chose, qui ne travaillait pas, parce qu'elle filait comme ça, à n'importe quelle heure.

Tout de même, on ne la payait pas pour ça, l'Angélique. Qu'elle trompât M. Eugène, ce n'était pas ce qui aurait empêché Mme Mestrance de dormir. Mais d'abord, si elle couchait avec le premier venu, elle pouvait flanquer qui sait quoi à cet Eugène. C'était moins sûr que le « Panier Fleuri ». Moins cher, c'était encore à voir, parce que s'il fallait des pharmacies...

« Gaston, va donc voir si tu vois où elle traîne, Angélique... » Gaston l'aurait envoyée au diable, sa mère, tout à jouer aux billes avec le fils du menuisier. Il faisait un peu semblant. Quelle scie, alors, quelle scie, cette Angélique! tous les jours maintenant la même histoire. Quand elle rentrait, il s'approchait d'elle à la dérobée, et il la pinçait : « Monsieur Gaston! » Quel sale

mioche, déjà comme son père! « L'Angélique, je le dirai
à maman, que tu es sortie aussi ce matin. — Petite
teigne, je ne te donnerai plus de sous! » Ça, il n'y avait
pas de chance. Gaston savait bien que ses menaces
portaient fruit. La bonne, pour avoir la paix, lui payait
des billes, une toupie. Tout ce qu'elle gagnait filait
comme ça et à des douceurs pour Pierrot. Ce Pierrot!
Elle lui avait donné une médaille de Jeanne d'Arc en
vermeil, pour laquelle elle avait travaillé un mois.
Ensuite, il avait fallu une chaîne, pas? Jeanne d'Arc veil-
lait comme ça sur lui sous les vêtements, sur sa peau.
Angélique, au fond, était un peu jalouse de Jeanne d'Arc.

M. Eugène, il n'y avait pas de milieu. Ou il était après
vous pendant des heures, ou il ne se portait pas bien,
il devenait regardant à l'ouvrage. Il vieillissait. Il avait
besoin maintenant pour arriver à son plaisir d'y penser
longtemps à l'avance. Il tournait autour d'Angélique,
il la pelotait, il lui disait des grosses cochonneries, des
mots d'ordure, il prétendait la garder tout le jour à
portée de la main, pour quand ça lui viendrait, et il
croyait tout le temps que ça allait lui venir, et puis
pas du tout, pas si souvent que ça. Il se fâchait contre
Angélique quand il n'avait pas suffisamment l'envie
d'elle, alors il renversait une boîte par terre, pour
qu'elle ait à en ramasser le contenu, ou il salissait exprès
les carreaux et gueulait que c'était d'une saloperie,
mais alors d'une saloperie, cette boutique! Il lui marchait sur les doigts pendant qu'elle lavait. Il se bouchait
le nez : sûr que le vieux avait encore fait sous lui!
Elle devait le déculotter, parfois pour rien. M. Eugène
regardait la scène, ironique. Il faisait des remarques
sur l'anatomie de son beau-père.

Quand sa femme lui toucha un mot d'Angélique, sans
parler des lettres bien entendu, parce qu'il aurait pu
en faire une crise, il commença par ricaner sans trop
se fâcher contre elle : « Bon, bon, madame Sainte-
Nitouche, voyez-moi ces gros sabots! Mais, dis-le,
dis-le donc qu'Angélique a un greluchon! — Je ne dis
pas ça, je m'étonne... —   Et pourquoi tu ne le dirais

162

pas si c'est la vérité ? Oh ! elle en est bien capable, une tranche-moi-ça-que-j'en-crève, une tiens-mon-cul-qu'il-s'envole, une j'avale-tout, une... »

Il était simplement cramoisi. Tout d'un coup, sa rage retomba sur Mᵐᵉ Mestrance :

« Quant à toi, sale pute, mère maquerelle, ça te fait jouir, c'est clair, tu t'en rinces ! Hein, ça te plairait, sacrée garce, que je sois cocu, tu ne serais plus la seule ? Eh bien, je m'en fous, imagine-toi, mais alors là, totalement. Elle peut se faire enfiler et renfiler, en long, en large et en travers, ça ne me fait pas ouf ! Ça te la coupe, ça ? »

Après quoi, il avait couru parce qu'il y avait un client qui appelait en bas : il avait essayé tous les melons du magasin. C'était pour un mariage. Mᵐᵉ Eugène n'était pas dupe. Elle vit bien que son mari surveillait la bonne, maintenant. Angélique ne voulait pas en parler à Pierre. Pourtant, elle se défendit parce qu'il la retenait. « Non, non, M. Eugène va s'apercevoir. — M. Eugène ! Tu ne m'aimes plus. Gélique, je t'ai dit de ne jamais me parler de cet affreux bonhomme... »

Il lui avait fait une scène. Elle ne lui parlerait plus de M. Eugène. Pierrot avait composé un grand poème pour elle. Comme qui dirait une chanson qu'on ne peut pas chanter. Quand il le récitait, c'était drôle, pas bien clair, mais très doux, on avait envie de rire et de pleurer.

M. Eugène avait cherché à savoir. Un jour, il l'avait suivie. Elle l'avait bien vu, heureusement. Elle était allée bavarder avec Mᵐᵉ Reboul, qui n'était pas fière, et qui lavait son linge sous une voûte de la ville haute. L'idée lui en était venue à voir le ruisseau bleu de la lessive. Et puis, Marie Reboul, la femme du marchand de meubles, se sentait triste et très seule depuis quelque temps. Son ami, le jeune Arnaud, la délaissait. Il partait pour le régiment, et déjà il était soûl, et cela presque chaque jour. Aussi Marie recevait-elle toujours gentiment Angélique. Un être humain, pas.

« Je voudrais bien savoir, demanda ce soir-là Mestrance à Reboul, pendant qu'ils jouaient au billard avec

Respellière qui tracassait sa moustache de chat, au café, pourquoi ma bonne est *tout le temps* fourrée chez ta femme ? Tu peux m'expliquer ça ? »

Ils étaient de vieux copains. Maçons tous les deux. Reboul savait les liens de l'autre avec sa bonne. Ces relations lui parurent déplacées, et ce soir-là, en rentrant le colosse battit sa femme un peu plus fort :

« Ah ! je t'apprendrai, moi, à faire des potins avec des gueuses... Ah ! je t'apprendrai... Et celui-là sur ta belle gueule... Avec des pouffiasses... Qu'elle leur lave les fesses à tous dans la famille... Oui, même au gosse, que je te dis... Je t'apprendrai, moi, à en avoir, de la tenue, et si je la prends, cette Angélique... »

Adrien Arnaud fêtait son départ au « Panier Fleuri ».

XVIII

Le Dr Lamberdesc soupira. Sa jeunesse foutait littéralement le camp dans ce trou de Sérianne. A quoi lui servait ici son physique de casseur de cœurs ? Il commençait à se lasser de Mme Butterfly, comme il appelait pour sa propre jubilation Thérèse Respellière. Elle lui avait déjà raconté toutes ses histoires d'Indochine une demi-douzaine de fois et le percepteur abusait légèrement de son amabilité forcée en faisant déranger le docteur même de nuit pour ses accès de paludisme. Même de nuit. Pour la peau, bien entendu. Avec ça. que l'ancien colonial était râleur dans ces moments-là. Il avait jeté un pot de fleurs à la tête de son épouse et, quand Lamberdesc avait fait mine de s'interposer, le mari avait pris un air plus mari que nature pour gronder un : *Ah, je vous conseille!* qui en disait long sur les ignorances prétendues du bonhomme. Qu'est-ce qu'il avait comme amusements ? Se promener un peu dans sa Peugeot, la belle affaire!

L'arrivée de Delangle avait un peu éclairci la vie. Ils s'étaient connus jadis au quartier, bien que Delangle fût son aîné. Ça avait été une rencontre de hasard, il n'avait d'abord pas cru qu'il s'agissait de ce Delangle-là, dont même il devait n'avoir connu que le sobriquet. On l'appelait... Comment l'appelait-on ? Ça n'a pas d'importance. Une veine que Delangle fût le candidat modéré. C'était donc tout naturel de se montrer avec lui en public. Ça tombait bien :

« Imagine un peu que si tu avais été socialiste, dans ce maudit trou, nous n'aurions même pas pu nous saluer. Non, non. J'y aurais perdu ma clientèle. Ma clientèle! Si tu voyais ça, comme raclures, comme rats de sacristie et comme chaisières! Et tous crachent, ont des chats dans les poumons, une oreille qui suinte, un pied qui remue. Il y a un urémique qui a si peur d'une crise qu'il vient tous les matins me souffler dans le nez, histoire que j'y renifle l'haleine. Je fais des ponctions dans des ventres pleins d'eau, je badigeonne à la teinture d'iode des utérus légitimement endommagés, je pose moi-même des ventouses à un général en retraite. Enfin, c'est une vie comme une autre, que veux-tu. — Je te sortirai de là, quand je serai élu. » Delangle disait ça mécaniquement à ce vieil ami retrouvé comme à tout le monde. Il promettait du matin au soir. Il avait un gilet gris, en piqué, rayé ton sur ton, une ravissante invention de Charvet, et Thérèse Respellière lui faisait clairement des sourires, bien que son mari fût un électeur de Barbentane. Mais Delangle était un galant homme, et il avait compris à demi-mot de quoi il retournait avec Lamberdesc. Il lui glissa que, puisqu'il soignait le percepteur, il devrait tâcher de le faire voter pour lui. Mais c'était sans grand espoir. D'autant que les crises se rapprochant, dans les derniers mois, Respellière, dont la calvitie s'aggravait, devenait tout à fait intraitable. Mal embouché avec ça.

Comme Lamberdesc se lançait, à l'heure de l'apéritif, dans une grande histoire sur un copain perdu de vue, et que Delangle pendant ce temps repassait les notes qu'il avait prises sur l'état des chemins vicinaux, et les revendications propres aux vignerons de Villeneuve (une idée de petite route risquait de lui donner avantage sur Barbentane), on vint chercher le jeune docteur pour un accident qui avait eu lieu en gare. Une fausse manœuvre. Un cheminot écrasé. Quelle vie de dévouement! Et pour ce que ça rapporte! Le cheminot habitait au diable vauvert, il avait tout le bassin écrasé, un fémur qui crevait la peau. Pourquoi ne l'avait-on pas porté à l'hôpital? Incompréhensible. Maintenant, trimbaler *ça!* Dans le linge sale du lit, avec la veuve... enfin c'est comme si déjà... qui chialait et un gosse maigre et terrorisé dans ses jupes, le moribond à chaque mouvement hurlait, le visage creusé de douleur, jaune-vert, les yeux enfoncés dans une ombre de sueur. Il avait dû avoir quelque chose au thorax par-dessus le marché. Il râlait entre deux hurlements. Au milieu de tout ça, une idée se confondait avec la douleur et la mort qu'il voyait s'avancer vers lui : « Le petit... le petit... » Ah! je vous assure qu'il faut avoir le cœur bien accroché. Ça puait là-dedans, des eaux ménagères, le seau pas vidé! Une turne misérable, dans le quartier de l'usine. Il y avait des voisins sur le pas de la porte, comme si on avait eu de l'air à revendre.

En sortant de là, le docteur s'était senti tout faible, comme il passait devant le garage. Il y a un café, juste au coin de la rue, en face. Il en venait de la musique, et des ouvriers, des employés de chemin de fer y parlaient fort, y riaient. Bon, ça me changera les idées. Il s'assit à la terrasse et s'envoya un Pernod. On prend l'habitude du Pernod, dans ce Midi.

A l'intérieur, il y avait une dizaine de personnes, et des conscrits. C'était juste avant le départ de la classe. Le patron rinçait des verres derrière le comptoir. Dans le fond, un violoneux jouait un air que chantait une femme brune, de type gitan, avec une robe de foulard et un fichu rouge ; de grandes boucles noires autour d'un visage plus étrange que beau. Mélodiquement, ce n'était pas bien malin ce qu'ils faisaient là : l'homme jouait et elle chantait à l'unisson une mélodie assez simplette, mais que tout le monde devait connaître à voir comme on remuait la tête dans le café :

> *L'acier de coutre de charrue*
> *Vaut mieux qu'un canon de Lebel.*
> *L'un produit pendant qu' l'autre tue.*
> *L'un nourrit, l'autre-est-cri-mi-nel!*

Et tout le café reprenait en chœur, tandis que le violon, un homme fort, assez mal rasé, brun, un Marseillais probable, scandait le refrain sur son instrument en dirigeant les voix de la tête et de l'archet :

> Non, non ! Plus de combats !
> La guerre est u-ne-bou-che-ri-e.
> Ici, comme là-bas,
> Les peuples n'ont qu'u-ne-pa-tri-e !

Cela unissait tous ces hommes jeunes et quelques vieux, et des filles aux yeux brillants. Les brevets *Bon pour le service* branlaient ironiquement aux casquettes. Eh bien, la propagande socialiste n'était pas mal faite ! Il fallait raconter ça à Delangle. La bohémienne parcourant les campagnes pour débaucher les conscrits... Un joli sujet de conte, ma foi, pour quelqu'un qui saurait écrire. La femme chantait encore :

> Un champ vaut mieux qu'un cimetière
> Pour le bien de l'humanité.
> Crions par-dessus les frontières :
> La Paix, c'est la fraternité !

Et voici que dans les voix, qui grimpaient un peu fausses, mais généreuses, sans ménager les poumons :

> Non, non ! Plus de combats !
> La guerre est u-ne-bou-che-ri-e...

Lamberdesc reconnut un timbre déjà connu. Il n'était pas fou, oui, là-bas, au milieu des conscrits, avec à la boutonnière l'insigne de *Pro Patria*, Armand Barbentane, le fils du maire, son concurrent, solfiait le refrain antimilitariste.

C'était la dernière toquade d'Armand, et le pur et simple résultat de son aventure avec Suzanne, si bizarre que ça paraisse. A force de discuter avec ce vieux réactionnaire de Loménie, il avait perdu la foi patrio-

tique, comme il avait perdu la foi tout court. Le malheur
avec Armand était que, quand il donnait la réplique à
quelqu'un, il se forgeait un personnage, il se jetait dans
la contradiction avec une telle force, qu'il se convain-
quait lui-même. Il avait commencé à jouer le rôle de
l'antimilitariste, et ça y était : il s'était pris au sérieux.
Même qu'il s'était disputé là-dessus avec Pierre Delobelle, et Étienne. Il n'en avait pas fallu davantage pour
l'ancrer dans son idée. La scène s'était passée au patronage, où il y avait des conscrits, des ouvriers, qui s'é-
taient regardés entre eux, et qui se poussaient le coude.
Quand Étienne, qui allait partir à la caserne comme
Adrien Arnaud, s'était fâché tout rouge, et avait crié
qu'Armand était un baveux, et que les types comme lui
on les foutrait au poteau en cas de guerre, ça avait failli
faire une rixe. Heureusement que l'abbé Petitjeannin
n'était pas là ! Enfin, à la sortie, c'était dimanche, quatre
des conscrits, un petit gros qui rigolait tout le temps, un
long qui avait les lèvres minces, et deux autres, des
solides, un avec de gros sourcils, l'autre le nez écrasé,
avaient entraîné avec eux Armand, comme un nouvel
ami, tout étonnés d'eux-mêmes et de lui, et ravis, et ne
sachant plus comment rester ensemble et, se marrer, et
se signifier qu'on était des copains, des types prêts à se
faire casser la gueule les uns pour les autres, et pas pour
leur patrie, ah, non ! Alors, pas pour leur Patrie. Le fils à
Barbentane. Ça alors ! Ils lui avaient payé à boire. Et
vive la sociale ! Ils étaient tous socialistes, et internationalistes, rouge bon teint, comme disait le petit gros.
On leur en ferait baver au service, c'est entendu, mais
faut pas croire que ça se passera comme ça. Quand on
reviendra dans deux ans, le temps que les tifs vous
repoussent, il ne restera plus rien, plus rien de l'armée, on
oubliera tout ce qu'ils nous auront appris. Leurs fusils !
Tiens, regarde ce que j'en fais, de leurs fusils ! Le grand
long balayait la table des verres. Le patron intervint,
qui c'est qui payera ! Moi, dit Armand. On lui fit fête,
et là-dessus étaient entrés les musiciens.

Armand regardait la femme avec un attendrissement

certain. Elle était jeune, et sa poitrine remuait quand elle chantait. La bière rendait tout assez confus, il faisait très chaud. On apprit le refrain de la chanson :

Non, non, plus de combats !

Quand le Dr Lamberdesc vit ce tableau de la terrasse, il ne fut pas touché comme d'autres l'eussent été sans doute devant les conscrits, leur jeunesse, et cette santé populaire, cet esprit de révolte qui avait sa grandeur. Non. Il se sentit pris d'une hilarité reposante après cette histoire de cheminot écrabouillé. Il plissa méchamment ses redoutables yeux de velours. Le petit cureton ! Celui qui faisait parler la ville pour sa piété, là à brailler avec ces lascars, et soûl comme une grive, ma parole ! Il raconta l'histoire en rentrant à Thérèse. Elle voulait justement se remettre au piano pour chanter en s'accompagnant du doigt. Elle s'interrompit. Le petit ? le jeune Armand ? Elle ne riait pas. Elle avait là-dessus un point de vue de femme. Celui qui se préparait à être prêtre ? Oui, oui.

« Si sa mère savait ça ! » dit-elle avec un accent de conviction profonde qui égaya Lamberdesc. En même temps, elle était un peu rêveuse. Elle se mit à fredonner : « *Sur la mer calmée...* — Oh, ta gueule ! coupa sans périphrase le docteur, viens donc ici qu'on bavarde. »

C'est-à-dire qu'ils se turent aussitôt.

XIX

« Comment pouvez-vous parler et agir ainsi, Armand, vous qui voulez consacrer votre vie à la religion ? »

Comme depuis un moment, affalé dans les vignes, et terriblement intéressé par un faucheux dont la démarche rappelait celle d'un de ses professeurs de la préfecture, Armand ne suivait plus les paroles de Suzanne, il ne sut pas si la jeune fille s'indignait des propos qu'il lui avait tenus contre l'Armée, les Trois Ans, le Drapeau, les Généraux, la Patrie, ou si ce qu'elle disait se rapportait à la sortie qu'il venait de faire, parce qu'elle se refusait à reconstituer avec lui ces scènes minutieusement décrites par Pierre Delobelle, dont Pierre était avec Angélique le héros voluptueux.

C'était de l'antimilitarisme d'Armand qu'elle s'indignait. Quel toupet ! Et alors se tripoter dans les coins avec une grande sale comme elle, ça, elle trouvait ça tout naturel de quelqu'un qui se consacrait à la religion ?

Enfin, ils se fâchèrent. Comme Armand là-dessus s'abstenta pour se présenter au bachot, la brouille fut une brouille pour de bon. A Aix, le temps de l'écrit et de l'oral, la tête du jeune homme marcha d'une belle allure. Pas pour ce qui touchait Suzanne. Avec celle-là, c'était réglé. Mais enfin, seul, avec un peu d'argent, déjà comme un homme, il se sentait maître de son avenir. Il songeait au théâtre, aux obstacles du côté famille. Il avait jeté par la portière du train l'insigne de *Pro Patria*.

Pour se prouver son indépendance et avec ce même goût du schisme qui l'avait jeté dans l'hérésie nestorienne, au débarqué, il se munit des journaux qu'il n'eût point osé lire devant les siens : *La Bataille Syndicaliste, L'Humanité*. La lecture de ces feuilles faillit avoir sur lui tout juste l'effet inverse de celui que lui-même y cherchait. Ce maudit esprit de contradiction : non point qu'il le repoussât vers l'Église, et les briseurs de grève, non. Mais au fond, blessé de ce qu'il y avait d'outrancier dans les articles qu'il parcourait, sautant ce qu'il ne comprenait point, à cause du jargon, et de toutes sortes d'histoires dont il ignorait le point de départ, Armand se regimbait devant ce qu'il trouvait sommaire dans tout cela. Pour un peu, il en serait devenu radical, comme son père.

Pierre passant latin-langues ne devait se présenter que huit jours plus tard ; il n'y avait à Aix que deux ou trois Sériannois, avec lesquels Armand était peu lié. L'un d'eux, Paul Cotin, le neveu de cette dame Cotin, qui avait eu un si bel enterrement en 1911, il le connaissait de *Pro Patria*, et ils s'en furent au café ensemble et fumèrent un cigare offert par Paul. C'était un blond dégingandé, avec des manches trop courtes. Voyant les journaux de son camarade, il s'en choqua vivement.

« Oh, une fois par hasard, il faut bien s'instruire ! » dit Armand, mal à l'aise. Mais aussitôt il se repentit de façon amère de cette lâcheté, paya les deux consommations et s'en fut.

Ah, il n'avait pas la tête à son examen ! Une nouvelle histoire lui montait l'imagination. Et quand il serait socialiste ? et quand il penserait comme ci ou comme ça, où serait le mal ? C'était comme un nouveau rôle à apprendre. Les journaux, il se forçait à les lire de bout en bout, et à en admettre le ton le plus révoltant. Tout comme il se forçait dans la rue à planter ses yeux droit dans les yeux des femmes.

Il passa son écrit et son oral tant bien que mal. Dans le programme latin-grec, rien ne concernait les nouvelles préoccupations du personnage qu'il s'était mis à incarner. Est-ce qu'il saurait avec des socialistes parler le langage qu'il faudrait ? C'était un peu comme jadis avec les fourmis... Mais, les mots neufs et maladroits empruntés à la presse, Armand n'était pas sûr de pouvoir les prononcer. Ce n'était pas tout à fait comme avec les fourmis. Cotin disait qu'une chose à faire serait de s'introduire chez ces gens-là et de pousser tous leurs paradoxes jusqu'à l'absurde, alors ça ferait échouer toutes les entreprises des meneurs, parce que les crédules, la masse, vous suivraient forcément. Armand écoutait ça d'une oreille pas tout à fait fidèle, parce que le jeu ressemblait aux siens, sauf que lui il ne se préoccupait pas de faire échouer, mais de faire aboutir. Serait-il pris au sérieux ? Quelle sorte d'homme est-ce que ça pouvait bien être, ce Jaurès, à qui son père reconnaissait un certain talent ? M. de Loménie disait ordinairement qu'il aurait fallu le fouetter devant tout le monde. Armand ne se moquait pas mal de cette vieille canaille de propriétaire et de sa vicieuse de fille, maintenant. S'il n'avait pas tant craint les mauvaises maladies à Aix, il se serait bien arrangé sans elle, *sans eux*.

Entre l'écrit et l'oral, il aperçut Mestrance dans la rue, endimanché. Le marchand de perles venait se réapprovisionner : Sérianne avait épuisé son stock de vénération mortuaire. Armand pensa avec plaisir que pendant ce temps-là, Angélique était toute à Pierre Delobelle. Peut-être comptait-il un peu trop sans les suspicions de Mme Eugène.

C'est comme il répondait à l'examinateur de math, sa faiblesse, que tout à coup l'idée de Cotin lui revint, et la craie au tableau s'écrasa avec un bruit désagréable. Au fond, c'était une saloperie, cette idée-là. Sur le moment, il n'en avait pas eu conscience... « Eh bien, monsieur, le volume de la pyramide ? » De quoi se mêlait-il, celui-là ? Les pyramides, je vous demande un peu le besoin qu'on a de mesurer leur volume ! Comment avait-il été reçu ? Le jeune Cotin, lui, n'avait qu'à se représenter en octobre.

Là-dessus, il se reprit à penser à son père, à sa mère,

aux Rinaldi de la plaine : qu'est-ce qu'il avait à faire avec tous ces gens ? C'est vexant, on les lui reprocherait sûrement, chez les socialistes. Il y avait des phrases dans les journaux qui lui faisaient revenir, comme des bouffées de honte, des conversations de la maison, à quoi il n'avait pas attaché sur l'instant d'importance. Comme on y supputait les biens des Rinaldi, l'héritage, les vignes, et ces actions pour lesquelles son père et sa mère se chamaillaient ! Tout cela, quelle profonde, quelle abominable horreur !

Il se jurait qu'il n'accepterait rien des siens. On n'est pas forcé d'hériter peut-être ? Il se souvenait pourtant vaguement d'avoir un jour entendu sa mère parler de quelqu'un qui avait refusé l'héritage de ses parents. Un monstre. Mais c'était qu'il ne voulait pas reconnaître les dettes des siens. Alors, ce n'est pas la même chose...

Une lumière nouvelle baignait pour son fils le personnage du Dr Barbentane. Sans doute, dans son enfance, l'avait-il considéré comme l'Antéchrist : mais ça ! On ne peut pas dire que ce soit grave, grave. Tandis que maintenant, pour la première fois, à cause de tout et de rien, comme il vivait, comme ils vivaient tous, la famille, voilà qu'il se demandait s'il ne fallait pas le regarder comme un salaud. Son propre père. Vous me direz que l'amour filial ne l'étouffait pas. Mais de là à penser que son père était un salaud. Très honnêtement, il en avait la suée. Peut-être que la saison y était pour quelque chose.

En rentrant à Sérianne, il trouva la ville sens dessus dessous. On était en plein dans les élections. On s'était battu dans des réunions, dans le faubourg, entre socialistes et membres de *Pro Patria*. Étienne Delobelle, juste le soir d'avant son départ pour le régiment, en avait rapporté un œil au beurre noir, mais un ouvrier avait reçu un coup de matraque, qui lui avait fendu le crâne. Il délirait depuis trois jours, à l'hôpital. Trois enfants. Là-dessus, ça avait fait du vilain à l'usine, à cause de ce qu'on savait bien que *Pro Patria* c'était Barrel qui en était le vrai patron. Il y avait eu une grève des bras croisés en protestation. Barrel était fou de cette

174

histoire. Ce n'était pas un mauvais homme, il se tenait pour un peu responsable de ce crâne cassé, il se tirait sur ses moustaches, ça lui donnait l'air de s'arracher les poils du nez, il ne savait que faire envoyer à la famille des choses absurdes, des gants fourrés. En juillet!

Barbentane, extrêmement agité, racontait le fait, légèrement ironique, à ses fils. Car Edmond était déjà là depuis quinze jours, qui bayait aux corneilles. Ce n'était pas la même chose de jouer avec M. Migeon qu'avec Adrien, maintenant mobilisé. Il prenait ses quartiers au « Panier Fleuri », où M. Robert, le patron, lui faisait des passe-droits : le fils du maire! Il était bien sûr de retrouver ça sous une forme ou une autre. Il y avait là une blonde, Germaine, qui se plaisait à s'envoyer le jeune étudiant et, lui, ça le flattait. Tout le monde était content.

Tout ça faisait une bouillie dans la tête d'Armand. Il était comme un soldat qui rentre à la chambrée, en permission de minuit, quand les autres y sont déjà enfermés depuis plus de trois heures, avec les godasses, la transpiration, les pieds et les fenêtres closes, et que ça chelingue, je vous prie de croire.

Sérianne chelinguait ferme au soleil de juillet.

Mestrance, qui se doutait de quelque chose, battait Angélique. Elle montrait en pleurant ses bleus à Pierre, qui en devenait rouge, puis blême, et serrait les dents. Mais qu'est-ce qu'il pouvait y faire? Elle oubliait vite avec lui les mauvais traitements, « tu m'aimeras toujours, dis, toute la vie ». Toute la vie.

A une réunion, à Villeneuve, où Armand s'était rendu moins par désœuvrement que par inquiétude, le Dr Barbentane, attaqué par le socialiste, avait été sommé de s'expliquer sur l'éventualité des Trois Ans, réclamés par les journaux de l'État-Major. Il s'était prononcé avec violence contre toute prolongation du service militaire :

« C'est assez cher nous demander déjà que de nous priver pour deux récoltes des bras de nos jeunes fils. Peut-être rêve-t-on ailleurs à de sanglantes vendanges.

Nous, pacifiques travailleurs, nous exigeons que la jeunesse... »

Dans un coin de salle, avec son gros nez et son œil rouge, le vieux Loménie sardonique, applaudissait à tout rompre. Il criait : « Le service d'un an ! Six mois ! Et allez donc ! » Il fit de loin un petit salut de tête à Armand.

Le lendemain, à Sérianne, à une réunion contradictoire où Barbentane et Delangle se trouvaient à la tribune, le candidat modéré, avec son beau gilet gris, avait parlé de la France d'une façon très touchante, agité le spectre allemand, la loi votée récemment au Reichstag. Il y avait eu quelques sifflets quand le maire s'était levé pour répondre. Il était visiblement ému : « Nous sommes, dit-il, résolument contre tout ce qui peut mener à la guerre, contre l'aggravation de ce qu'on appelle d'une façon sinistre l'impôt du sang. Mais si on nous démontre que la loi du Reichstag met en danger la Patrie des libertés républicaines, si l'Empire allemand menace notre terre de démocratie, croyez-vous, citoyens, que nous refuserons à la République, à la France républicaine, les armes dont elle a besoin ? Nous n'oublierons pas, j'en fais ici le serment, nos ancêtres de Valmy, nos pères de 93 ! » La barbe du docteur se perdit dans les applaudissements.

Armand désormais, chaque sou qu'il avait des siens, chaque repas à la maison lui était un supplice. Évidemment, ça ne durerait plus longtemps, il gagnerait sa vie au théâtre, mais en attendant. Il devait filer à la gare en cachette pour lire *ses* journaux. En chemin il les jetait après en avoir fait une boule. Son père était-il vraiment un salaud ? Il parlait d'argent, très fort avec sa mère, justement, dans la pièce à côté. Il s'agissait des sommes que Mme Barbentane donnait au curé.

A qui tout de même s'ouvrir de tout cela ? Pierre, autant parler à une bûche. Sauf qu'il s'était mis à faire des vers, et quels vers, Dieu du ciel ! Dans cette petite ville pourrissante, il n'y avait pas âme qui vive pour Armand. Il imagina de parler à Vinet, le candidat socialiste.

XX

« Ah ça, alors, pour un revenant, c'est un revenant !
— Non, faut qu'il y soit tombé une dent ! »

On le regardait, on le faisait tourner sur lui-même, avec
son petit complet d'alpaga gris, on se le poussait, on
rigolait; M. Robert, une espèce de boxeur, avec des
pattes aux oreilles, et un veston marron clair, avait
claqué dans ses mains, et Madame avait appelé tout
le monde au salon. Les portes des étages s'étaient
ouvertes, même chez Zoé qui travaillait avec un fermier
des environs. On avait tout de suite compris qu'il s'agissait de quelque chose d'inhabituel, une bonne rigolade,
et on rappliquait. Les treize pensionnaires du « Panier
Fleuri » ramassant leurs bas, leurs voiles de couleur, et
leurs chemises de fantaisie, envahissaient l'estaminet,
où Mélanie, la bonne, elle-même, avait été admise pour
le retour de l'enfant prodigue.

Les consommateurs, trop jeunes pour vraiment apprécier la situation, le fils du maire tout le premier, un
beau gosse, le béguin de Germaine, faisaient semblant
de saisir de quoi il retournait. Le client qui valait tout
ce remue-ménage était schlass, mais ce qui s'appelle
schlass. M. Robert le fit asseoir, tout de suite, entre
Pierrette, Claire et Bertha, les aînées de la boîte.
Madame remontait le phono. Et lui-même se planta
devant la table en faisant signe à Mélanie : « Du champagne ! Et du bon ! c'est moi qui offre ! » avec ce clin

d'œil dont l'effet était immanquable : tous se tordirent. Oh, ce Robert! Pour un blagueur!

En haut, dans l'escalier, le fermier, en bannière, appelait Zoé, furieux : « Dis donc, madame, j'attends tes fesses! » Zoé s'excusa auprès de l'arrivant, se remit du rouge et grimpa.

C'était un charmant petit estaminet que l'estaminet du « Panier ». Tout décoré de roses, comme une tonnelle de fleurs, et au-dessus du bar une grande toile probablement due à un maître célèbre, représentant une jeune fille nue d'une pudeur inquiétante, qui arrivait à cacher ses seins mêmes, et à rendre décentes ses hanches à peine nubiles à force d'ingénuité. Aux tables de marbre, les couples se formaient. On causait. Car, pour le reste, il y avait les chambres, peut-être.

« Alors, dit M. Robert, c'est un accès de revenez-y, ou c'est pour de bon? — Il en a assez de sa bourgeoise, dit Bertha, une grassouillette avec des cheveux beiges. — Sa bourgeoise! »

Pierrette haussait ses maigres épaules. « Madame veut faire celle qui est au courant, elle ferait mieux de se taire. — Comment, comment! C'est un client à mézigue, non? » Claire intervint : « Laissez-le parler, vous êtes bassin, alors! »

Et ça, c'était vrai : elles étaient bassin. Le bouchon de champagne fit paf! et la bouteille bava sur les cuisses à Claire : « Dis donc, mes bas! » Elle s'essuyait, parce que c'est dégueulasse, ce sucré.

Robert frappa sur le ventre de M. Eugène : « Eh bien, ça fait plaisir de revoir les amis. Je le disais l'autre jour, à qui donc? Enfin ça n'est pas l'affaire, un de ces jours, il en aura marre, et il reviendra... — Et je suis revenu... »

Il était odieusement schlass. Il lampa une flûte de champagne, regarda Robert, et gémit : « C'est toi qui offres? — C'est moi, répondit Robert. — Alors, si c'est toi... si c'est toi... c'est toi... »

Il se reversa une seconde flûte qui prit le chemin de la première. Tout valsait. C'est méchant sur le Pernod, le champagne. Même celui-là, de la tisane. Comment de la tisane? Oh, je dis tisane, et puis ce n'est pas de la tisane. Surtout après le Pernod. Et quand je dis *le* Pernod, c'est *les* Pernod que je devrais dire, ah lala! *les*, on dit *les* pour deux, pour trois et pour quatre cinq, six Pernod...

« Sans doute les élections, dit Edmond à Germaine qui n'en finissait pas d'ouvrir les yeux, c'est un électeur à papa. — Il se soûle comme ça, ton père? s'étonna-t-elle. — Tu veux rire! Ses électeurs seulement. — Tu n'es pas bavard, reprenait M. Robert, en touchant amicalement son client à l'épaule.

— Pas bavard... pas bavard... » Il rit idiotement. « Je suis soûl, mon vieux. »

Il prit ici un air de grand mystère, agita l'index, et demanda à tous le secret d'une mimique évidente. Puis il se renfila une flûte, et commença de divaguer : « Quatre ans... quatre ans... pas un de moins... si j'avais eu un petit bébé la dernière fois avec toi, la Berthe, un petit bébé, un tout petit bébé, eh bien... eh bien quoi, maintenant il aurait quatre ans... je veux dire si nous avions accouché toi et moi, la dernière fois... il pourrait presque aller à l'école... un petit bébé! »

Ah non, ce qu'il était rigolo, ce M. Eugène! Ces dames s'en payèrent sur le mode aigu. Le phono jouait *Cœur de Tzigane*. M. Eugène s'attendrissait : « Un petit bébé... On aurait pu se voir tous les jours depuis quatre ans... Que de temps perdu! Et j'ai vieilli, pas, j'ai vieilli? »

Il avait enlevé son chapeau mou, hagard, interrogateur. On s'empressa autour de lui, mais non, ma vieille, mon chou, mon grand gosse, t'as pas bougé, frais comme une rose. Il se calma : « Un petit bébé... Et pourquoi, pourquoi, dis, que je ne suis plus jamais, jamais revenu? Dis-le, toi, Robert, qui rigoles! A cause d'une Marie-salope, oui, mesdames, d'une Marie-salope, je ne retirerai pas le mot! »

Ces dames se regardèrent, en hochant la tête. Et Germaine, intéressée, dit à Edmond : « Ah, voilà! Il a des peines de cœur. » M. Robert ouvrit une seconde

179

bouteille, et en versa à tout le monde : « Cette fois, c'est sa tournée. — Oui, oui, opina Mestrance, elle a eu une tournée. Et quand je tape, moi, je tape quand je tape. »

Son poing s'abattit sur un verre qui se cassa. Eugène ne remarqua pas qu'il saignait. Claire et Pierrette, avec des petits cris, lui prirent la main. C'était peu de chose. Un coup de torchon nettoya le tout.

« Quatre ans... La garce... Moi, l'imbécile, j'étais doux avec elle, j'y faisais des petits cadeaux... Tu es fatiguée, bon, tu te lèveras à sept heures et demie... Une rien du tout, que je l'ai ramassée, elle chialait... Elle a bouffé mon pain tout ce temps-là... Une souillon... Elle enlevait la crotte au cul du vieux... Et moi, pas dégoûté... Imbécile! Quand c'est plein de jolies femmes dans le monde, et maintenant j'ai vieilli... Les derniers temps, j'avais de la peine à me monter l'imagination... Pas étonnant! Elle se faisait mettre par un blanc-bec, un jean-foutre... Ça vous fait rigoler parce que je suis cocu? D'abord, je ne le suis plus, cocu... La pouilleuse, je l'ai foutue à la porte... après la tournée... je l'ai foutue à la porte, la carne, la carne... Et que je ne te rencontre pas, je te casserais les reins, dégoûtante! Avec un vaurien... Voler l'argent du monde pour se faire... ah, tiens! c'est trop sale, c'est trop sale, le monde n'est pas gentil, maman, maman! »

Le marchand de couronnes mortuaires s'était mis à pleurer.

« J'ouvre la troisième bouteille, dit solennellement M. Robert, en versant à la ronde, parce que tu as besoin de te distraire un peu. »

La figure d'Eugène Mestrance reparut derrière les flûtes, toute en larmes, avec de la morve dans la moustache, et les joues marbrées. Il reniflait le chagrin. L'invraisemblable était qu'il l'avait aimée, cette Angélique. Il n'en savait rien, il le découvrait dans son désespoir d'homme trompé. Il s'était terriblement attaché à elle, et maintenant il l'avait chassée, il avait dû la chasser. Il avait aimé en elle sa propre jeunesse perdue et ces quatre ans avaient creusé le fossé entre lui et sa jeunesse. Boire... Le champagne, ça fait drôle quand on n'en a pas l'habitude, c'est léger, et puis c'est lourd. Angélique, oh lala, Angélique!

M. Robert sentit que la bienséance exigeait qu'on s'intéressât aux affaires de cœur du client.

« Et comment que tu as appris la... triste nouvelle ? »

Ces dames pouffèrent. Robert les rappela à l'ordre, du fameux clin d'œil. Alors ça devint intolérable, on riait, et on ne pouvait pas éclater, moi, je vous dis que ç'en était à faire pipi.

« Comment que j'ai... je ne sais plus... Ah, si! Des lettres. Un cochon alors, celui qui écrivait ces lettres. Mais quelqu'un de renseigné. Il signait d'ailleurs comme ça. Quelqu'un de renseigné. Pauline, elle ne voulait pas me montrer les lettres. Pauline, c'est Mme Mestrance. Non, qu'elle disait, tu vas te faire du mauvais sang. A la fin, je me suis fâché. Pauline, tu es une vache. C'est vrai, c'est une vache. Pour l'argent, on ne se fait pas idée. C'est une vache et un rat, un de ces rats. Donne-les-moi ces lettres, ou je fous le feu à la tôle. Elle a pris peur, j'avais bu. Elle m'a donné les lettres. Quelqu'un de renseigné. Il racontait tout ce qu'ils faisaient là-haut, les deux, dans la vieille ville, par terre comme les chiens. Moi j'avais bu. J'ai pris les lettres, j'ai giflé Pauline. C'est Mme Mestrance. Je descends quatre à quatre, je me jette sur Gaston qui grimpait, je te vous l'envoie à bas de l'escalier, il hurle. La porte s'ouvre, Angélique entre. Qu'est-ce qu'il y a, un malheur ? Ah oui, un malheur. Elle demande s'il y a un malheur! Enfarinée, va. C'est-il vrai, ça, et ça, et ça ? Elle n'en revenait pas, elle tremblait, elle se cachait derrière le vieux. Ah, si tu crois que ça me gênerait, le vieux ? Tiens, regarde comme j'y crache dessus, au vieux. Pfffchitt! Si c'est salivé, hein ? En plein dans les yeux. Il y a assez longtemps qu'il m'emmerde à ne pas crever dans l'arrière-boutique, celui-là! J'aurais pu la suivre, l'épier, les prendre sur le fait, les cochons. Mais non, ce n'est pas mon caractère. Et puis, j'avais bu... Je lui ai demandé à elle. C'est vrai, alors ? Elle avait peur, elle a dit oui, que c'était vrai, et tout, dans la vieille ville, par terre, comme des chiens. D'abord je me suis mis à pleurer, elle est venue tout près, attendrie. Alors j'ai tapé dessus, putain de sort, j'ai tapé tant que j'ai pu. Sale garce, sale garce, va te faire baiser ailleurs ! Hors d'ici ! Hors d'ici ! »

Il s'était dressé comme si elle avait été devant lui. M. Robert jugea l'instant venu : « Emmenez-le, dit-il à ces dames, oui, toutes les trois, je connais ses goûts... la chambre aux glaces... s'il vomit vous m'appellerez. »

XXI

« Je fais monter quelque chose à boire ? Si, si. »

Armand était dans la chambre de Maurice Vinet, à l'hôtel Brot, au-dessus du Café des Arts. Le candidat socialiste avait préféré garder à cette entrevue un caractère intime ; est-ce qu'on sait jamais ? Il était guetté par tout le monde, dans cette petite ville, même par les camarades. On pouvait utiliser contre lui la visite du fils du maire, et encore de celui qu'on appelait *le petit curé*. D'ailleurs, son premier mouvement avait été de ne pas le recevoir, ce gosse. Il avait l'air bien exalté, on était à la veille du vote. Un grand garçon, mince, pas très développé, des yeux drôles. Enfin comme ça, dans la chambre... Une voix au loin chantait *La Tosca*. Par les jalousies baissées il venait assez de lumière pour accuser le désordre du matin dans la pièce, le linge sale mal dissimulé derrière une chaise, un col sur la chemi-née, et le plateau avec les restes d'un petit déjeuner. Sur le bord du lit défait, l'homme de Marseille, assis, regardait avec intérêt ce gamin avec lequel il bavardait depuis une demi-heure environ. Sa redingote sur un dossier de chaise avait l'air d'un personnage abandonné. En bras de chemise, le candidat ne se ressemblait guère, plus jeune, et plus peuple.

« Voyez-vous, mon vieux, il faut m'excuser si du premier coup je n'ai pas compris ce que vous me vouliez. Moi, je suis un fils d'ouvrier, enfin de contre-

183

maître. Boursier. Une enfance dure. La haine autour de moi des autres lycéens parce que mal fringué. Pas le sou, comprenez? Mon père avait déjà de la peine à payer les bouquins. Pour faire mon droit, m'a fallu bourlinguer à côté. Commis de librairie, puis ça prenait trop de temps, des adresses à domicile. Même travaillé dans une usine. Un été à La Ciotat, aux chantiers. Alors, comprenez, tout naturel que je sois ce que je suis. Le père s'est retiré à la campagne, chez des cousins paysans. Un brave vieux. S'il ne buvait pas tant... »

Un peu du physique du candidat s'expliquait : cette allure gauche, et les épaules bien larges pour un avocat. Jusqu'à la barbe jeune, et pas tout à fait assez soignée, qui avait brusquement des parentés avec la redingote déposée : une tentative de dignité sociale. Comme ça sans col, il inspirait mieux confiance qu'en représentation. Sur la table, devant la fenêtre, il y avait un tas de journaux dépliés, une affiche avec un gros titre CANAILLES ! un pot de colle, des ciseaux, un article commencé d'une grosse écriture écrasée à la plume de ronde, et des chaussettes à raies violettes et noires, jetées sur le tout.

Le récit d'Armand l'avait surpris. Au fond, pourtant, c'était dans la règle. La voilà bien, la famille bourgeoise! Seulement, après tout, qu'est-ce qu'il voulait, pratiquement, le petit? Parler, évidemment, parler. Vinet savait bien que c'était ça l'important pour son interlocuteur, mais en même temps il aurait voulu lui donner des conseils, l'orienter. Il sentait un peu trop le dérisoire des propositions à faire. Quoi, c'était toute la question sociale à soulever! Et puis, un reste de défiance.

Armand s'était jeté dans les confidences comme à confesse, avec cette furie qu'il apportait à tout. Quand l'idée lui était venue tout à coup qu'il avait cherché ici un successeur à l'abbé Petitjeannin, il s'était mis un instant à bafouiller. Oh, et puis, zut! Le drôle est qu'il avait voulu surtout parler de son père, et que, sans savoir comment, il avait dû expliquer la vie de la famille, sa mère. Avait-il eu raison de trahir à ce point

184

celle-ci ? Jamais jusqu'alors il n'avait raconté à personne les scènes nocturnes, l'hystérie maternelle. Devant Vinet, c'était inexplicable comme il l'avait fait, se mordant la langue, mais parlant quand même. C'était un peu en dehors du sujet, le socialiste allait mal le juger, penser qu'il était bien le fils d'une telle mère. Il en disait même un peu trop, un peu plus que la vérité, lui sembla-t-il à lui-même. Pour se faire entendre, il était bien obligé de dramatiser, parce qu'ici, dans cette chambre, on ne pouvait pas retrouver l'atmosphère de ces nuits quand des sanglots vous réveillent.

Peut-être aussi qu'Armand avait voulu d'abord présenter Esther Barbentane comme une victime du docteur. Mais le récit, à son propre étonnement, avait tourné d'une autre manière. Le mal que ce fils pensait de sa mère se formait pour la première fois sur la langue. A travers tout ça, apparaissait l'image d'un Barbentane assez débonnaire, turlupiné par sa femme, pas mauvais homme au fond, qui aurait bien aimé jouer avec ses gosses, mais qui ne les comprenait pas, pas le temps, et somme toute l'esclave des petits intérêts de ses électeurs, perdant sa vie à des détails, persuadé d'agir pour le bien... Alors quand, prenant conscience de ce qu'il disait, Armand, tiraillé de sentiments divers en trois ou quatre phrases un peu grosses, condamna son père d'une façon inattendue qui parut forcée à l'avocat, celui-ci ressentit à nouveau de la méfiance envers son visiteur, et Armand s'en rendit compte. Ses yeux, involontairement, se tournèrent vers l'affiche jetée sur la table. Le mot *Canailles !* s'étalait, gênant. Vinet toussa, pour s'éclaircir la voix.

C'était drôle, tout de même, comme il ne trouvait pas les mots qu'il fallait. Il se le reprochait. Des phrases de réunion publique manqueraient leur but. Voilà ce que nous ne savons pas faire, gagner les individus. Évidemment, s'il fallait se mettre à prendre les gens un à un... Parfois, ce serait utile. Pour l'instant, juste la veille de l'élection, il perdait son temps, mais il faisait durer l'entretien, parce que tout de même ça le touchait

185

que ce gosse fût venu, comme ça, le trouver. Ce que ça représentait de courage, d'inquiétude. L'autre soir, son adversaire, le père d'Armand, dans une réunion, avait eu sur lui l'avantage oratoire. Ce soir-là, l'avocat était fatigué. Il s'agissait d'intérêts locaux qu'il connaissait mal. On aurait dû le renseigner, mais les camarades de Sérianne n'attachaient pas assez d'importance à ces histoires de petits travaux publics, qui tiennent tant à cœur aux paysans. Quand on pensait quel misérable bougre c'était, ce triste Barbentane, avec sa famille, à trembler devant les Rinaldi, au fond tout à fait à la merci des voix réactionnaires, et pas plus sûr que ça de ce qu'il avançait... Si les électeurs avaient pu entendre son fils! Armand leva sur Vinet ces yeux ouverts qui gênaient tant le Dr Barbentane quand il les rencontrait :

« Dites-moi, monsieur... citoyen... Est-ce que je dois vraiment penser de mon père que c'est un salaud ? »

Vous parlez d'une situation! Qu'est-ce qu'il attendait au juste qu'on lui réponde, le petit Barbentane? Est-ce que tout ça ne cachait pas une affection d'enfant, qui craint de se tromper, qui ne demande qu'à être rassurée? Être venu chercher ça chez l'adversaire même de son père! Oh, et puis, à la fin, il n'y avait qu'à le traiter comme ce qu'il était ce gosse! Un jeune bourgeois, qui faisait partie, il y avait encore quinze jours, d'une organisation de briseurs de grève! Qu'est-ce qu'il avait besoin de chercher midi à quatorze heures? Oui, mais voilà : tout en répondant, un peu à côté, pour n'être pas trop brutal, décidé pourtant à lui dire que son père *était* un salaud, Maurice Vinet se laissait entraîner par des sentiments humains. Cet enfant...

« Comprenez, mon vieux, comprenez, personne n'est ni tout à fait un salaud ni tout à fait le contraire. Serait trop simple. Je ne dis pas ça pour votre père. Peut-être bien que c'est un salaud complet. M'étonnerait, je dois le dire. S'imagine probable un tas de trucs, se raconte des histoires... »

Il faisait très chaud, il y avait un gros frelon qui se

heurtait au plafond, et tombait brusquement sur les chaussettes. Vinet eut le brusque sentiment qu'il plaidait pour lui-même, et pas devant cet enfant, mais devant les autres, les ouvriers, le Parti dont il avait toujours un peu peur dans ses rêves.

« Tout de même, dit Armand, s'il accepte avec les autres la loi de Trois Ans... »

Vinet eut un geste large :

« Ah ça évidemment... évidemment... Je ne sais pas s'ils en viendront là... Je dis : *ils*, comprenez? Parce que ça ne dépend pas d'un seul homme. Il sera enchaîné, c'est sûr. Vous autres, les jeunes, ils vous enverront à la boucherie. D'ailleurs, qu'est-ce qu'on peut faire en régime capitaliste pour empêcher la guerre? Là-dessus, je suis bien de l'avis de Guesde, pour une fois... Je me dis certains jours que nous perdons notre temps avec nos discours... Quand *ils* vous enverront vous faire tuer, vous verrez bien que votre seul espoir, votre seule planche de salut, c'est la classe ouvrière, et le parti de la classe ouvrière... »

Bon, est-ce qu'il se croyait dans un meeting? Fichue habitude. Comment parler à ce gosse des ouvriers, humainement, lui faire entrer dans la tête... Il dit quelque chose de la guerre à venir, et puis des massacres de 1871, la Commune, Galliffet... Ce n'était pas le chemin. « Dites-le donc une bonne fois, sans vous gêner, c'est un salaud? »

Armand avait jeté cela avec quelque impatience. Drôle comme il ne s'intéressait qu'à son père!

« Eh bien, non, là, je ne le pense pas. Peut-être que je le dis, comprenez, que je le dirai encore. Mais c'est histoire de simplifier. Pour la foule, les électeurs, il faut être simple, pas de psychologie, tant pis si on est injuste. En gros, oui, c'est un salaud, socialement parlant, mais tous les bourgeois à ce compte... Et bien entendu qu'il y en a qui sont des braves gens, si on les considère isolément, ils ne feraient pas de mal à une mouche, et puis ils vivent du sang et de la chair de l'ouvrier... »

Vinet s'arrêta parce que les derniers mots avaient mal sonné dans son oreille. C'était vrai pourtant ce qu'il venait de dire là, il le pensait, mais les mots étaient trop directs pour la circonstance. Ouf, heureusement que les campagnes électorales ne demandaient pas tant de nuances! Évidemment, le Dr Barbentane était tout de même un radical, pas un réactionnaire. Au point de vue classe, ça ne faisait pas grande différence, mais humainement parlant, humainement... Vinet s'écoutait avec une certaine stupeur. Était-ce du même homme qu'il parlait, qu'il avait dénoncé l'autre jour à Villeneuve avec une violence passionnée? Ce Barbentane, élu grâce au patron Barrel et aux bonapartistes, ce démagogue qui aidait les patrons à asservir les ouvriers, à pressurer les vignerons comme leur vigne? Il s'épouvantait un peu de découvrir en lui toute une casuistique inconnue, qui était peut-être la préfiguration des raisons qu'il se donnerait un jour de trahir ceux avec qui il était alors de tout son cœur, de toute la force de ses origines et de ses révoltes. Voilà qu'il se prenait un peu trop souvent à vouloir comprendre l'ennemi. D'abord, cela avait été dans les vêtements les manières qu'il voulait imiter, pour mieux pouvoir servir les siens. Puis il avait passé aux sentiments. Il les sentait se glisser dans ses veines au point que parfois, parlant avec des ouvriers, il ne les comprenait plus, eux, comme autrefois. Était-il possible qu'un jour lui aussi, comme les autres... Il y a des idées qui ne s'achèvent pas. On ne peut pas songer à Millerand, à Viviani, à Briand, à Étienne, sans un haut-le-cœur. Jamais, jamais. Bon sang, il y avait dans le Parti assez d'autres exemples pour le rassurer. Jaurès. Et les millions d'hommes qui croyaient en eux.

« Qu'est-ce que je suis là à le défendre contre vous, votre père, après tout? Ce que j'en pense, c'est clair. C'est pas compliqué. Voilà... »

Sa main montrait la table, l'affiche : *Canailles!* Il était lancé maintenant : « A qui est-ce que ça peut faire quelque chose d'ailleurs qu'il y ait une petite fleur

188

bleue dans le coin de son cœur, à cet homme ? On est d'un côté ou de l'autre et voilà tout. Les ouvriers restent les ouvriers et les maîtres sont les maîtres. Pour eux, il n'y a qu'une alternative, celle qu'a posée George Sand : *Le combat ou la mort, la lutte sanguinaire ou le néant !...* »

On frappait à la porte. C'étaient deux cantonniers, qui venaient pour parler avec le candidat. Ils ne connaissaient pas Armand, au grand soulagement de Vinet. Le jeune homme sentit qu'il était de trop. « On se reverra », dit gentiment l'avocat comme son visiteur murmurait une excuse.

XXII

Le scandale avait pris Sérianne à la gorge. Depuis le
matin, toute la partie haute de la ville en parlait. On
avait ramené Mestrance de « cette maison », dans un
état, faut voir! Il y avait eu des cris dans le logement
au-dessus de la boutique. Mme Mestrance qui n'avait pas
fermé l'œil, persuadée qu'il était arrivé malheur à Eugène, avait alerté dès l'aube toutes les commères d'alentour. Pensez donc, combien d'années qu'ils étaient mariés, Eugène n'avait jamais découché. Et ça sur cette
histoire d'Angélique. Oui, il l'avait mise à la porte hier
soir. Allez, je savais bien de quoi il retournait. Nous
autres, femmes, qu'est-ce qu'on ne supporterait pas pour
la tranquillité?

Les grosses épaules de Pauline Mestrance remontaient de tristesse et de peur. La chair lui faisait des
bourrelets aux poignets, courtaude et brune, brune,
comme une Espagnole. Elle devenait blafarde avec le
matin, si bouffie que l'œil ne perçait presque plus. La
voisine, la femme du charpentier, une maigre et rouge
dans son petit caraco à pois noirs sur blanc, s'agitait
avec un des employés des *Nouvelles Galeries*, un de
ceux que le fils Arnaud avait entraînés dans *Pro Patria*.
C'est alors qu'apparut le costume moutarde de M. Robert
qui portait par les pieds Mestrance, dont un soldat qui
s'était attardé au « Panier Fleuri », un artiflot, soutenait
la partie supérieure.

Toute la ville se rassasia de l'histoire. On poussait une pointe jusqu'au magasin que Pauline était obligée de tenir. Elle vendit près de dix casquettes dans la matinée, pleurant, racontant sans fin son malheur. « Et voilà qu'il retourne dans cette maison maudite! Est-ce qu'on devrait tolérer des choses pareilles dans une société civilisée? Ah! si une femme honnête y mettait le feu un jour, c'est moi qui applaudirais! » *Et cætera*. Mais tout de même, le clou de ses plaintes restait Angélique.

« Quand je pense que, tout en sachant très bien à quoi m'en tenir, je ne lui ai fait aucun reproche, jamais, je la traitais comme une sœur. Quand elle m'apportait mon petit déjeuner, bien souvent, je pensais tu es une idiote, Pauline, cette fille se moque de toi avec Eugène. J'avais des envies de tout lui envoyer par la figure. Eh bien, je n'y ai jamais cédé. Il faut la chasser de Sérianne. C'est une fille publique. Elle couchait avec tout le monde. Et qu'est-ce qu'elle m'a fait de mon homme, Dieu de miséricorde! »

Avec ça que c'était samedi, c'est-à-dire jour de marché. Sous le soleil, sur la place, les tables dressées avec les parasols de fortune, les ânes et les chevaux dételés dans les coins, une odeur de crottin, de fruits, de fromage et de paille, une foule s'agitait qui pesait, achetait, se disputait avec des clameurs jacasseuses où se mêlaient la politique, le prix des œufs et le scandale. Le provençal donnait joyeusement aux conversations leur allure chantante. Les paysans brûlés et secs, les femmes avec des mèches sous la paille foncée, sévèrement habillées d'un noir poussiéreux, glapissaient en offrant des pastèques et des grenades. De petites figues blanches chauffaient, odorantes, juste en face du magasin Mestrance, et Pauline aurait bien été en acheter, sauf que dans sa situation...

Elle avait envoyé Gaston chercher le Dr Barbentane. Naturellement, il n'était pas si facile à trouver que tout ça : la veille de l'élection, ça se comprend. Eugène soufflait, l'air hébété, bafouilleur, avec la gueule un peu de traviole, et il ne tenait pas très bien sur ses pieds. Un autre jour, Pauline aurait regardé deux fois à la dépense du docteur, mais la veille de l'élection, il ne se ferait pas payer, pour sûr.

De porte en porte, le scandale avait gagné les Reboul, et le marchand de meubles qui avait bu la veille avec Mestrance en fut saisi au ventre. Ce que c'est que de nous! Il se regarda dans le miroir avec anxiété, la moustache inquiète, et il lui sembla que le fond de cette envie poilue qu'il avait sur la joue gauche avait pris une drôle de couleur. Le colosse renonça même à une vente dans un village, un vigneron saisi, où il avait l'intention d'aller pousser les enchères, dit à Marie : « Je reviens » et se précipita place du Marché.

Il y trouva Respellière qui traînassait là, jaunâtre, parmi les couvre-chefs et les couronnes, s'arrêtant devant la grande glace pour vérifier sa calvitie, tandis que Pauline s'affairait. Comme un fait exprès : on n'avait jamais vu tant de clients. Eugène était là-haut tout seul. Le vieux, dans le fond, geignait, appelant Angélique, je vous laisse à penser l'effet... Avec ça, naturellement, que la boutique n'était pas propre, propre, dans ces conditions. Il y avait même une jeune dame de la rue Longue dont la belle-mère avait un petit cancer, qui durait : elle était venue, comme ça, en passant, regarder les couronnes, pour se faire une idée. Elle demandait les prix.

En attendant Barbentane, Reboul grimpa garder Eugène. La chambre était encombrée de tout ce qu'on entasse avec les années, souvenirs de foire, photographies, pots de fleurs rangés sur des étagères, avec des roses de porcelaine en relief, des petits marins dans des coquillages ornés, une terre cuite représentant une idylle enfantine, et au mur au-dessus du lit une reproduction de la *Salomé* d'Henri Regnault. Là-dessus, le lit Louis XV et l'armoire à glace assortie, orgueil de Pauline, les vêtements d'Eugène en désordre, et dans le lit, plus blême que les draps, avec un rouge violacé trop haut dans les pommettes, la pauvre face tordue du maître de maison, la moustache noire soulevée par un soufflement, toute en désordre, et non plus comme à l'habitude avec son bout soigneusement roulé. « Alors, mon vieux, ça ne va pas ? » dit Reboul avec gaucherie. L'énorme marchand de meubles semblait emplir la pièce, prendre au malade tout l'air et la lumière filtrée par des rideaux jaune et rouge. La tête roula difficilement sur l'oreiller : « ...on, ...on, ...a mieux... » Il voulait se soulever, Eugène. Reboul l'aida maladroitement.

La ville en général plaignait Pauline. Qu'est-ce que les femmes ont de leur mari, je vous demande ? Ils leur reviennent quand ils ne savent plus où aller. Songez un peu que la malheureuse avec un fils pas élevé, si elle restait comme ça avec deux infirmes sur les bras ? Évidemment, du côté de l'église, on voyait une punition du ciel dans cette affaire : Mestrance n'était-il pas franc-maçon ? Et côté loge, on rappelait qu'avec tous ses défauts Mestrance était un bon républicain. Enfin, dans l'ensemble, la réprobation allait à la coupable de tout, cette Marie-ruisseau, un danger pour les familles. Qui sait combien elle en avait pourri des jeunes gens ? Tout de même, la prostitution est réglementée, et à Sérianne il n'y a pas de filles en carte. Alors...

Le Dr Lamberdesc se trouvait au « Panier Fleuri » où Madame l'avait fait appeler. Depuis quelque temps, le matin, elle rendait une espèce d'eau longue, rance, jaunâtre, filante. Ça lui faisait mauvaise haleine. Et puis de ces soifs ! M. Robert, inquiet, parce que c'était Madame qui avait la licence, assistait à l'examen. On parlait naturellement de Mestrance, le cochon, qu'est-ce qu'il avait bu ! Puis les filles s'étaient affolées quand il était tombé par terre. On le croyait soûl, mais il ne se relevait pas, il ne pouvait rien dire, il faisait des efforts surhumains pour articuler deux mots, sans y parvenir. « Même qu'il était assez comique ! » observa M. Robert. Tandis que le médecin agitait sa moitié pour se rendre compte de ce qu'elle avait dans l'estomac, il ajouta rêveusement : « Ça fait rien, où vous mènent les femmes ! Celle-là, j'espère qu'on va la foutre à la porte du chef-lieu, elle nous fait une concurrence déloyale! » M. Robert appelait toujours Sérianne le chef-lieu. Ça fait riche.

Une qui était enragée contre Angélique, c'était la petite Mme Migeon. L'agent voyer, un grand dépendeur d'andouilles, tout rouge, lui avait conté la chose, et entre lui et le maigre M. Migeon qui fumait sa bouffarde, elle ne décolérait pas : « Il faudrait lui arracher les yeux, lui casser les dents, qu'elle soit défigurée, qu'elle n'en prenne pas d'autre, cette traînée! Détruire un foyer, la santé d'un homme, la vie d'une femme, salir la jeunesse! J'espère bien qu'on va la mettre en prison? — En quel honneur? dit Migeon, placide. — Comment en quel honneur? Ah ça, tu n'es pas dingo? Vous l'entendez, cher ami » elle se tournait vers son amant, l'agent voyer, « vous l'entendez? Un homme sans principes, un cynique! Ah, fumer, ça c'est son fort! Quand il n'est pas à ses boules! Cette pipe! Par une chaleur pareille! — Allons, dit l'agent voyer, calmez-vous, Pulchérie. — Ma pipe! » Migeon se fâchait. « Et alors, c'est mon droit, peut-être, de fumer ma pipe à cette heure! J'en connais qui ne valent pas mieux que cette Angélique... — C'est ça, insulte-moi! Allez, allez! Ne te gêne pas! Être dénaturé! — Bon, dit l'agent voyer, vous ne vous disputerez tout de même pas à cause de cette sale fille? »

Où avait-elle passé dans tout ça, cette sale fille? Battue en larmes, saignant du nez, elle était partie en courant, sans rien emporter de ses affaires, qui encombraient toujours le placard du vieux. Elle s'était enfoncée dans la nuit, et personne ne se demandait où elle avait dormi. Pas en peine pour trouver des lits chez les autres, ces paillasses-là.

Son nez lui faisait mal, et aussi la tête : Mestrance l'avait battue sur les oreilles avec un tabouret. Il lui avait flanqué des coups de pieds dans les seins quand elle était tombée à terre. Son corsage était déchiré, il y avait un accroc à sa jupe, elle n'avait rien sur la tête, rien pour s'essuyer, pas de mouchoir. Le sang s'était caillé sur la lèvre, dans l'obscurité elle ne pouvait pas voir si le corsage rose qu'elle avait était taché ou non. Elle se sentait surtout tremblante, et comme ankylosée, difficile de fuir. En évitant le monde par les ruelles, elle avait filé vers la ville haute, par habitude. Dans cet état, elle ne songeait pas à se montrer à Pierre Delobelle. Qu'est-ce qu'il aurait pensé? Mais d'instinct elle regagnait les cachettes où elle avait été heureuse avec lui, elle se réfugiait dans les caves des maisons détruites, là-haut, sous le ciel. La nuit était d'une beauté exceptionnelle, chaude, et si intense, sans lune, avec toutes les étoiles au grand complet, et la pâleur d'un lait d'astres soudain. Une espèce de brise féminine cédait dans le front démantelé de la ville. Seule, Angélique un instant se tranquillisait. Pourtant, quand elle se fut accroupie, calmant son cœur, sur la terre dure, elle fut reprise d'une peur sourde, et lente, et croissante, et ne fit plus rien qu'écouter monter en elle cette marée. Elle laissait filer le temps, sans rien se demander, de peur de ses propres réponses. Dans sa tête primitive et simple, les choses avaient du mal à se former. Les oreilles lui battaient, douloureuses, le silence était plein de souvenirs confus et de menaces. Angélique, lasse à mourir, les yeux grands ouverts, tombait dans la nuit comme dans un rêve. Elle n'imaginait ni les gestes ni les pensées qui allaient suivre. Elle ne pourrait pas revenir chez Mestrance, il l'avait chassée. Et alors où vivre? où travailler? Personne ne la reprendrait dans la ville. Aller ailleurs une autre fois... Mais cela voulait dire perdre Pierre. Pas un instant elle ne pensa qu'il pût la suivre où elle irait. Elle savait bien, humblement, à quoi s'en tenir. Pauvre Angélique. Pierrot, Pierrot... Il était sa seule pensée, l'angoisse au fond des ténèbres, la chose qui lui broyait le cœur, Pierrot, mon petit Pierrot, mon amour. Oh! ce mot terrible et misérable, amour, ce mot tardivement formé sur des lèvres malhabiles, sur des lèvres ignorantes, mais sur lesquelles sa bouche à lui était si douce, et dure aussi, quand il faisait son méchant

195

dans les baisers... Pierrot. Elle s'endormit comme ça, sans savoir...

Suzanne de Loménie était venue en ville pour le marché, et aussi pour reprendre aux demoiselles Barrel un modèle de carré de filet pour des coussins. Elle rencontra Thérèse Respellière, et bien que les relations se fussent beaucoup refroidies entre elles sans que Thérèse comprît pourquoi, ce fut Suzanne, d'humeur gracieuse, qui entama la conversation : « Enfin, chère madame, on va en avoir fini avec tout ce remue-ménage des élections, Sérianne reprendra son calme... » Mais quand la perceptrice lui eut dit en trois mots l'histoire de Mestrance, elle se flanqua dans tous ses états, son chapeau de travers, une charlotte crème, son grand sac en toile brodé tango, brinque-balant dans ses courtes jambes, les seins animés, avec de petits éclats de voix. Jésus-Marie ! Des choses pareilles ! Quelle horreur ! Et sait-on qui était l'amant de cette Angélique ? Non. Pour moi, ça doit être ce petit Armand... vous ne croyez pas ? Comment, il veut être curé ? C'est un dissimulé, il court après les filles, oui, oui. Il vous dit tout bas des choses d'un sale. Mais... elle hésita : « Et les lettres ? Sait-on qui a envoyé les lettres ? » Mme Respellière n'avait pas parlé de lettres. Quelles lettres ? On ne lui avait pas parlé de lettres, à elle. Suzanne rougit, et se mit très vite sur le chapitre des élections. Tout de même M. Delangle était un homme bien distingué. Ah ! j'oubliais que M. Respellière vote pour le docteur...

Inconsciente de toute cette agitation, Angélique accablée était revenue à elle dans sa cave, il faisait grand jour. Mon Dieu ! De quoi avait-elle l'air ? Elle ne pouvait pas aller chercher ses hardes, traverser toute la ville comme ça. Comme elle allait sortir de son trou, des gens passèrent. Elle se dissimula. Elle tourna plusieurs heures par les ruines, effrayant des enfants qui coururent, avant de se décider. Son cœur battait, la chaleur du matin pesait sur la terre asséchée, il y avait en l'air comme une buée. De temps en temps, l'idée de Pierre lui déchirait le cœur. Si elle suppliait quelqu'un de la garder, elle travaillerait pour rien, pour l'apercevoir. Et si Mestrance savait qui il était... si Mestrance allait le frapper, le battre, son grand, son tout petit, son chéri. Dans l'amour d'Angélique, il y avait tout le désespoir de la mère dont l'enfant était mort en nourrice, au loin, chez des étrangers. Les deux images se confondaient. Comme il lançait ses petits pieds roses, vers elle, le démaillotant! La scarlatine. Ce mot étranger était entré dans sa conscience comme un coup de poignard avec la lettre qui lui apprenait la mort de l'enfant.

L'horreur. Si Pierre allait mourir... Oh! non, ça, elle ne pouvait pas le supporter. Tout tournait autour d'elle, elle frappa de ses poings un vieux mur, où grillaient des herbes poussées entre les pierres. Elle se souvint tout à coup d'un être humain, d'une voix pitoyable dans le vaste monde. Le doux visage de Marie Reboul, une bien jolie, et douce... Celle-là la recevrait, la conseillerait, elle pourrait se laver le visage, très vite, chez elle. Évitant le monde, elle se laissa glisser vers la ville.

Le Dr Barbentane était enfin arrivé avec Gaston. Il l'aurait bien envoyé à tous les diables, Mestrance. Mais un électeur. Le tumulte des paroles du gosse, en chemin, était un peu confus. Barbentane ne comprenait rien à toute cette histoire. Il fallut se la faire redire par M⁽ᵐᵉ⁾ Mestrance. Celle-ci, une fois qu'elle tenait le médecin, se mit à donner son grand spectacle. Et allez-y des nerfs! Je la tuerai, je la tuerai, cette Angélique, la gueuse! Heureusement que Respellière et Reboul avaient débrouillé l'écheveau. Bon, on allait lui donner un coup d'œil, à Mestrance. C'était bête, cette histoire-là, la veille de l'élection... Si le marchand de couronnes allait ne pas pouvoir se lever... une voix de moins...

A vrai dire, Eugène allait déjà mieux. Il était assis sur son lit, il faisait un drôle de sourire tordu. Il retrouvait un à un ses mots, mais en même temps la peur de ce qui s'était passé, une panique rétrospective qui l'étranglait. Sentant se retirer de lui l'aile de la mort, il la reconnaissait. Quand le médecin lui dit de siffler, cela dut soulever en lui des souvenirs médicaux, des visites de Barbentane au beau-père, et il éclata en sanglots. Puis il fit des efforts terribles, se prenant les lèvres dans les doigts, pour former un sifflet possible. A coup sûr, il avait le sifflet embarrassé. Mais enfin il s'en sortait tout de même. Le docteur qui rabattait le drap, il venait d'examiner les réflexes, rassura le patient d'un sourire.

« Allons, nous pourrons nous lever demain, faire un petit tour jusqu'à la mairie! »

Quelque chose d'insensé brilla dans les yeux du malade.

En descendant, avec Reboul et Pauline, Respellière était resté en haut à son tour, Barbentane les calmait. Oui, naturellement, une petite attaque! Oh! ne vous effarouchez pas du mot, madame. A partir d'un certain âge, les attaques sont monnaie courante. Et puis il y a attaque et attaque. Il commença d'expliquer le cerveau, les lobes, etc. Cette fois, pas de crainte à avoir. Évidemment, une autre fois. Mais les réflexes n'étaient pas mauvais, la langue se dégageait. Au fond il l'avait échappé belle, Mestrance, et peut-être que cette attaque-là, c'était une attaque fort heureuse, salvatrice. Elle évitait pire.

« Toujours est-il que demain, il pourra très bien aller voter. Très bien. Peut-être faudra-t-il un peu le soutenir, mon cher Reboul, si vous aviez la gentillesse de rendre à notre ami ce service... Non, c'est trop naturel, je suis venu tout de suite, dès que le petit m'a eu dit... C'est ça, si vous croyez utile... oh! je ne le pense pas! Évidemment je suis très pris ces jours-ci, alors demain, n'oubliez pas, Reboul..., chère madame Mestrance, toujours heureux de vous revoir, et vos pieds? Encore enflés. Bien entendu... Qu'est-ce que vous dites? Angélique! Oh! bien, naturellement, elle n'a qu'à disparaître, celle-là! Non, vous n'êtes pas obligée du tout de la garder huit jours... Une prime à l'immoralité, il ferait beau voir... Si elle vous fait des ennuis, faites-le dire à mon adjoint... de rien, de rien. » Un homme supérieur, dit Reboul quand le maire se fut éloigné. Pour lui, qu'est-ce que vous voulez, Mme Reboul l'attendait à déjeuner...

XXIII

Il ne rentra pas cependant directement chez lui. Il
fit un détour par le Café des Arts, pour excuser Respellière. Il y trouva Migeon (nul au billard s'il était fort
aux boules), le boucher, le receveur de l'enregistrement.
De la place venaient le bruit de grands coups de marteau, des hennissements et des appels. Je ne m'arrête
pas, juste le temps de prendre un verre. Comme il
s'asseyait, il vit sortir de l'hôtel Brot le jeune Armand
Barbentane. Il lui fit signe d'amitié.

Armand quittait à l'instant le candidat socialiste,
mécontent de lui-même et mécontent à tout prendre de
celui qu'il avait été visiter. Ça le travaillait encore, ce
qu'il avait dit de sa mère. Et puis zut, à la fin! On parle,
on parle. Ça n'engage à rien. Qu'est-ce qu'il attendait
donc de merveilleux de cette entrevue pour en être déçu?
A supposer que Vinet ne fût pas un aigle, qu'est-ce que
cela prouvait pour le socialisme? Il traversa la place où,
sous les platanes, des hommes en maillot rayé instal-
laient un manège et des balançoires pour la fête de Sérianne qui tombait le jour des élections.

Il redescendait rêveusement vers la sortie de la ville.
Il était grandement l'heure de déjeuner. Des voitures de
paysans, des carrioles le dépassaient, rentrant du marché. A un coin de rue, il débusqua en plein devant un
couple de jeunes filles sous une ombrelle à carreaux
blancs et noirs : Suzanne de Loménie et Jacqueline bras

200

dessus, bras dessous. Trop tard pour les éviter. Il se sentit rougir jusqu'aux oreilles. Il salua gauchement. « Oh! Armand, s'écria Suzanne avec tout le naturel du monde, comme s'il ne l'avait jamais traitée de garce, vous allez m'aider à porter ce paquet! »

Elle soulevait péniblement le sac brodé où elle avait enfoui ses achats de la matinée. Armand, les yeux sur Jacqueline, bafouilla une excuse. On l'attendait. Jacqueline avait l'air ironique, elle avait sa robe rose, mais sans jaquette et un chapeau de jardin, en paille bise avec un velours noir. Ses cheveux étaient si légers qu'on s'étonnait qu'ils ne soulevassent point le chapeau, comme une écume. Suzanne donnait des raisons pour qu'Armand l'accompagnât, tant pis si la famille attendait. Jacqueline savait-elle ce qu'il y avait eu entre Suzanne et lui? Peu probable, pourtant comme elle était distante.

« Est-ce que vous avez vu votre ami Pierre ce matin, Armand? dit Suzanne, que la malice plissa dans sa robe de tussor, comme au petit fer. — Non, pourquoi ça? »

Les deux jeunes filles se regardèrent. C'est agaçant, ces manières des filles entre elles. Jacqueline lui parut un peu sotte, soudain.

« Pour rien, reprit Suzanne, mais vous n'avez donc parlé avec personne en ville? »

Non, il n'avait parlé avec personne. Le poids du sac et la méchanceté exagéraient l'inégalité des épaules de Suzanne. Elle prenait son genre mandragore. Sa voix se fit tout à fait aiguë : « Eh bien! n'attendez pas que des jeunes filles vous racontent ça, vilain garnement! » Elles le plantèrent là, riant, pressées l'une contre l'autre. Il les regarda disparaître sous l'ombrelle, qui se retournèrent deux ou trois fois. C'était peut-être très drôle, mais pas pour lui.

Comme il poursuivait son chemin, une voiture corna derrière lui. Il était si plein de l'image de Jacqueline qu'il ne se déplaça pas. La petite auto fit un crochet de justesse, c'était la Peugeot de Lamberdesc. Et comme il passait à côté de lui, le jeune médecin se pencha du côté de l'étourdi, narquois, chantant :

Dans la voiture, quelqu'un rit assez fort, Delangle, le candidat modéré, que le docteur emmenait pour une tournée, de dernière heure, qui devait durer tout l'après-midi : on ne peut pas refuser ça à un vieux camarade.

Armand avait été vu avec les conscrits. On devait en causer en ville. Mais tout de même qu'est-ce que Suzanne voulait dire à propos de Pierre! Les Delobelle n'habitaient pas bien loin. Tant pis, il serait en retard. Pour changer.

Le bouc gris du professeur et ses bandes molletières apparurent dans la porte. Alors, jeune triomphateur, nous voilà bachelier. *Quo non ascendas!* Tu cherches Pierre? Ah! lui, il doit partir lundi. Je redoute fort qu'il n'ait pas ta chance. Il est derrière la maison, dans le jardin... »

Le jardin des Delobelle, mi-potager, mi-plaisance, avait l'avantage d'un puits, et d'un très vieux figuier à l'écorce blanche, sur la basse bifurcation duquel d'habitude Pierre composait ses poèmes. Pour l'heure, à califourchon à sa place coutumière, il semblait réfléchir la tête dans les deux mains. Le pas d'Armand sur le gravier lui fit pointer son museau soucieux.

« C'est toi? Je t'ai cherché, chez toi. Tu sais ce qui se passe? »

Armand ne savait pas. Angélique avait disparu. Comment? Pierre connaissait mal les détails. L'histoire lui était revenue déformée par la cuisinière, qui la tenait de Mᵐᵉ Coquelombe, la propriétaire des Respellière, qui la tenait de Thérèse. D'abord, il avait voulu faire une enquête. Il avait une pauvre mine, remarqua Armand. Parlant, il ne cessait pas, nerveux, de se gratter le tranchant des dents du haut avec l'ongle de son pouce gauche.

« En même temps je ne savais pas si on parlait de moi dans tout ça, je n'osais pas t op me montrer. J'ai été jusqu'au marché. Tout le monde en jase. Ça fait un foin du diable. Ils hurlent tous après Gélique. Ils disent qu'il faut la fouetter. On n'a pas l'air de me mettre en cause.

Mais personne ne sait où elle est. Depuis hier soir. J'ai tout de suite pensé au vieux Sérianne. J'y suis grimpé. Pas de Gélique. Tous nos coins, j'ai tout visité. Autant chercher une aiguille dans une botte de foin. — Mais enfin, qu'est-ce qui s'est passé au juste ? — Je ne sais pas. De ce qu'on m'a dit, il y a une histoire de lettres qui me chiffonne. Des détails... »

Il regardait bizarrement son ami. Il hésita.

« Dis-moi, Armand. Si je te demande quelque chose... tu répondras ? — Sans doute. Qu'est-ce qui te prend ? — Voilà. Dans ces lettres, il y avait des détails que je n'ai racontés à personne. Sauf à toi. »

Il se fit un pesant silence.

« Alors... Réponds. Est-ce que tu as répété à quelqu'un mes confidences ? Tu sais surtout, cette histoire, dans la cave, que je t'ai dite... d'une chose bizarre avec Angélique... tu te souviens ? »

Armand se souvenait, et aussi qu'il avait parlé de cela à Suzanne, pour l'engager à une expérience similaire. Suzanne... Qui sait ? Non, impossible. Pourtant, ces agaceries tout à l'heure. Mais il n'était pas sûr. Il ne pouvait pas la mêler à ça, la trahir. Ce n'était pas chevaleresque.

« Non, dit-il, à personne... »

Il n'y avait pas un souffle de vent : « Alors, murmura Pierre, je ne comprends pas. » Et il regarda son interlocuteur avec une insistance gênée. Est-ce qu'il allait le soupçonner ?

« Écoute, Pierre... Mais tout ça, c'est du romantisme. L'important, c'est de la retrouver, elle doit être dans un état épouvantable... Qu'est-ce que tu as ? »

Pierre pleurait. Il pleurait comme un gosse à qui on a cassé son beau jouet : « Tu ne peux pas comprendre, dit-il, en se mouchant, ce n'est pas de la retrouver qu'il s'agit. Qu'est-ce que j'en ferais maintenant ? Ne secoue pas la tête ! Tu n'as pas entendu les gens. Elle ne peut plus vivre ici, à Sérianne. Et je ne peux pas la faire vivre. Je ne peux pas parler à mon père, il m'enfermerait. Ou il me mettrait quelque part en pension, comme interne.

203

Et puis tout ça, quelle horreur... J'y pensais le moins possible, je savais bien que cet affreux Mestrance... Mais on m'a raconté des choses. Oh! tu ne peux pas savoir! Je crois que j'aime autant ne plus la revoir. Non, tu comprends, ils me l'ont salie... »

Il se reprit à pleurer. Armand le regardait avec un certain mépris.

« Alors, tu la laisses tomber? »

Lui-même ne savait pas quel conseil donner à son ami. Sans argent, que faire? Avec ça que dans les propos rompus de Pierre perçait une certaine lassitude. A laquelle n'était peut-être pas tout à fait étranger un sentiment naissant, dont il faisait grand mystère. Une jeune fille, une vraie. Ah sans toutes ces saloperies de bonniche.

Le mot lui avait échappé. L'ongle de son pouce se cassa contre ses dents. Tu n'as pas des ciseaux? Il s'était mal cassé, de travers, jusqu'à la matrice. Mᵐᵉ Delobelle appelait par la fenêtre : « Pierre, le dîner! » C'était une femme autoritaire, avec un visage fatigué, blondasse, et les traits longs, comme à la serpe. Sa matinée à petites fleurs vertes s'agitait au-dessus de l'embarras des deux amis. Enfin, Pierre leva les yeux : « On m'attend. Tu sais, ils sont à cheval... »

Comme pour confirmer le fait, la voix bourrue de Maurice à l'intérieur gueula : « Pierre, on la crève! »

La Wisner était déjà devant la porte, et d'aussi loin qu'il la vit, Armand se prit à courir. Reste d'obéissance enfantine. Son père était arrivé, tout le monde était à table. Le docteur avait l'air préoccupé, Mᵐᵉ Barbentane pestait contre Marthe, la cuisinière, qui avait laissé tourner le lait. Quant à Edmond, il était dans ses meilleurs jours d'indolence et d'inattention. Vers le dessert, il dit négligemment à son père : « Tu ferais bien de faire un tour par l'hôpital, papa. Il y a un type qui est bien fichu de clamser dans la soirée. » Mᵐᵉ Barbentane protesta : « Tu pourrais employer d'autres mots... » Le docteur eut l'air ennuyé : un jour qu'il ne savait où donner de la tête. Tout le monde apparemment connaissait le

204

scandale, personne n'en parlait. On prit le café au jardin. « Veux-tu me rendre un service, dit le docteur à Armand, parce qu'aujourd'hui j'ai encore à passer en dix endroits, et les malades par-dessus le marché... »

Armand acceptait, le docteur s'en fut dans la maison écrire un mot que son fils porterait à Respellière. Edmond, sans veston, avec une chemise bleue, les manches relevées, se balançait dans le rocking-chair de paille. Il remontait avec complaisance son phalzar de flanelle sur des chaussettes dont il était visiblement content. Armand ne put se retenir de penser que son frère était le modèle accompli qu'on avait raté avec lui. Mme Barbentane, toute en noir, lisait *Les Annales*. Armand n'y tint plus, il dit à son frère : « Tu sais, cette histoire, chez Mestrance ? — Oui, je l'ai vu hier au soir, quelque part. Il était plutôt cuit. — Tu n'as pas entendu parler de ce que l'Angélique est devenue ? »

Edmond éclata de rire : « Monsieur l'Abbé s'intéresse à la pécheresse ? »

Le retour du docteur coupa court à l'altercation qui allait éclater.

« Tiens, dit-il, voilà cette lettre. J'ai reçu tout à l'heure la réponse du ministre à la demande que j'avais faite, du relèvement de la pension que touche Respellière, à cause de ses fièvres paludéennes. La réponse est favorable, ça tombe bien, juste aujourd'hui. Je n'ai pas grande confiance dans la fidélité électorale de Respellière, c'est un hésitant. Mais avec ça, il y a de quoi le décider pour demain. Et puis je lui demande de passer chez Mestrance, pour le mener à la mairie, dans le cas où Reboul oublierait... »

Tout cela autant pour lui que pour ses fils, avec lesquels il se sentait toujours gêné de parler. Edmond riait sous cape et jouait avec le chien. L'atmosphère de la maison n'était vraiment pas possible : Armand saisit avec plaisir le prétexte de s'éloigner.

XXIV

Une chaleur de tonnerre de Dieu. Sous la poussière crayeuse, la rampe du boulevard montait vers la ville au-dessus de la rivière asséchée où les pierres d'un gué avaient l'air des colonnes détruites d'un Pompéi miniature. Sérianne dormait en plein jour derrière ses persiennes closes, comme une nuit artificielle au cinéma. Dans une maison, une jeune fille s'exerçait au violon, avec une phrase toujours recommencée. Les affiches électorales bariolaient inexplicablement cette île déserte. Le soleil pesait sur la tête d'Armand comme un genou. A une petite fontaine, le jeune homme se lava le visage, et ouvrant sa chemise y fit couler sur son corps le jet d'eau froide.

La Grand'Place était déjà prête pour la fête du lendemain. Manège et balançoires attendaient sous des bâches de toile verte passée. Des roulottes dételées, les bêtes attachées à un platane, et près de la fontaine, des forains penchés sur l'eau, solides et sombres, avec des femmes dont l'une allaitait une petite chose goulue. Dans le café, quelqu'un s'exerçait à des caramboles, on entendait le choc clair de l'ivoire. Les platanes, comme des êtres écorchés, grillaient en expiation des péchés des hommes. Ils faisaient près des maisons des couloirs d'ombre sèche que suivit Armand jusqu'à la maison Coquelombc, où habitait le percepteur. Les notes très lasses du piano s'interrompirent quand il laissa retomber le marteau de la porte ouverte, des pas traînèrent dans la profondeur du logis, et une voix de femme demanda : « Qui est là ? » d'une façon chantante d'étrangère, puis le rideau de perles de bois se divisa sous une main blanche, avec un bruit tintant et léger. Une robe chinoise, d'un bleu vif, avec de grands oiseaux jaunes et des fleurs longues, révéla Thérèse. Ses yeux larges et rieurs reçurent le soleil, comme une vague, et elle porta sa main à ses cheveux défaits qui formaient autour de sa tête un halo frisé, une boule : « Oh! monsieur Armand, vous m'excusez, entrez donc. »

Dans l'ombre du vestibule, Armand ne voyait plus rien. Il avait une sorte de buée sous ses paupières, et il se cogna contre le porte-parapluie.

« C'est une lettre pour M. Respellière... — Mon mari est sorti. Il est chez ce pauvre Mestrance. Mais entrez donc, entrez donc. Vous prendrez bien quelque chose... — Non, non. C'était seulement pour la lettre. — Bon, je la lui donnerai. Mais vous ne pouvez pas refuser. Du café... — Je viens d'en prendre. — Alors, un verre de madère. »

Le petit salon où était le piano donnait en arrière sur une cour plantée, où l'ombre des deux étages faisait une fraîcheur de cave. Les meubles étaient vulgaires, et mêlés Louis XVI laqué et sièges de jardin. Il y avait de minuscules bronzes d'Extrême-Orient sur des étagères de bois noir, et la *Femme inconnue* en stuc sur un coffre à applications de nacre. La lettre du Dr Barbentane tomba, près d'un hippogriffe, sur un plateau laqué.

« Asseyez-vous... Vous voilà forcé de me faire une petite visite... »

Armand, gêné, se débattait, jouait contre mauvaise fortune bon cœur. Il démêlait encore mal le décor et son hôtesse, il se trouva, non loin d'elle, sur un sofa couvert de coussins de toutes les formes et de toutes les couleurs. A terre, sur les malons, il y avait une natte de bambou. Au mur, Respellière en uniforme, agrandissement dessiné d'après photographie, était encore un tout jeune homme dans un cadre baroque, à la limite du Régence et du Modern-Style.

Thérèse apportait le vin et les verres. Le kimono très long qu'elle portait très croisé pour ne pas marcher dessus, de la main gauche, elle le maintenait fermé. Elle n'était pas grande, malgré des mules à hauts talons qui claquaient à terre, sous des pieds nus. Pour Armand jusqu'alors, elle était de l'autre côté de l'âge de l'amour, trente-trois ans, songez donc. Soudain ses dents très blanches l'avaient rapprochée de lui, et le négligé de la tenue, ce sac de soie bleue qui pouvait à tout instant s'ouvrir sur un être qu'on sentait menu, et vif.

« Je crois bien que je n'ai jamais bu de madère de ma vie », dit-il, son verre déjà vide, parce que c'était sucré, et qu'il était gourmand. Elle riait, versant à nouveau.

« Vous savez, je vous vois souvent de ma fenêtre. Je pense toujours que vous allez venir chez nous, et puis vous tournez n'importe vers où, et je me demande où vous courez. Vous avez quel âge déjà, quinze ans ? — Seize. — Pardon. A seize ans, on a encore des excuses pour ne pas s'apercevoir que des femmes vous regardent derrière les jalousies. »

Comme il se sentait mal à l'aise... Le madère insinuant et lourd et ces paroles gênantes lui faisaient désirer de changer de place. Il cherchait un prétexte pour s'en aller.

« Je ne sais comment vous demander... poursuivit-elle, on dit que vous voulez être prêtre... »

Il eut un geste très évasif, et un petit rire qu'il jugea lui-même assez déplacé. Elle le regarda, et lui prit les mains. Il trouva cela très naturel, parce que ses mains à elle étaient fraîches et douces : « Qu'est-ce que cela veut dire ? — Je ne veux pas être prêtre, proféra-t-il, la voix un peu rauque, je veux être acteur. »

Comme elle marquait de la surprise, il se jeta à parler, retenant les mains qu'elle allait retirer. « Je vous dis ça, et je ne l'ai dit à personne, jamais. Je ne sais si vous me garderez mon secret. Mais je ne veux pas vous mentir à vous, bien que je ne vous connaisse pas. Je ne sais pas ce que c'est, il fallait que je vous le dise. Ce n'est pas parce que vous êtes une femme, il y a beaucoup d'autres femmes. Après tout, c'est peut-être le madère... »

Elle rit encore, d'une façon un peu contrainte, et se dégagea. Il en eut comme une déception. Voilà qu'elle portait ses mains à son front. Cela fit un silence. Puis elle parla, d'une voix toute changée : « Je ne sais pas ce que j'ai... la chaleur... le vin... »

Il se levait, stupide. Brusquement elle se renversa dans les coussins, un de ses pieds battit l'air, et la mule retomba. La jambe, ronde, sortit de la robe bleue qui avait glissé, Mme Respellière avait perdu connaissance. Armand s'affola. Que faire ? Il regardait la porte, il dit : « Madame », prit une des mains, il allait appeler quand il vit que le kimono s'était tout à fait ouvert et que Thérèse était nue. Il n'avait jamais vu de femme dans une telle liberté.

« Imbécile », soupira-t-elle en l'attirant dans ses bras.

*

Quand Marie Reboul entendit le pas de son homme sous la voûte, elle eut le cœur qui battit la chamade, et fit filer Angélique par la porte de derrière. Angélique avait pu se désaltérer, et manger un oignon et de la fougasse. Marie la regardait avec un mélange d'horreur et de pitié. Elle s'était disputée à cause d'elle avec Mme Migeon, pourtant l'histoire du paralytique et de M. Eugène la faisait frémir. Comment était-il possible qu'une femme descendît si bas... Elle lui aurait posé mille questions, mais Reboul ne devait pas la trouver là. Avant le scandale, il l'avait battue pour recevoir Angélique. Alors maintenant...

Angélique regagna donc le haut de la ville. Elle aurait voulu voir son Pierre, mais elle n'osait pas affronter les gens. Déjà ce que Marie lui avait raconté, lui faisait craindre le pire d'une population moins prude qu'hostile aux putes de son genre. C'est ainsi qu'elle gagna le sommet de la colline, où il y avait la tour.

La tour au-dessus de petits champs en espalier, où poussaient des oliviers maigres, au feuillage d'étain, surmontait la ville, et du côté de l'est, elle était limitrophe avec la limite supérieure du jardin des Barrel. C'était une drôle de tour, dont l'extérieur avait gardé des Romains l'architecture d'un poste de télégraphe optique. Les premiers chrétiens l'avaient transformée en chapelle, et pourvue de cryptes. Puis étaient venus les Maures qui en avaient fait une mosquée. A nouveau les chrétiens, dont l'idéal artistique avait pris de nouveaux cintres, y avaient réinstallé leur divinité. Tour à tour, les hérésies sanglan es, un retour des Infidèles, et finalement la Réforme, avaient attribué à des passions opposées ce curieux bâtiment que les hommes refaçonnaient sans cesse à leur changeante fantaisie. Temple de la Raison, pendant la Révolution française, réaffecté au culte sous Louis XVIII, ce n'était plus depuis 1870 qu'un débris curieux de l'histoire. Quand au seize mai, le Midi s'était apprêté à résister par les armes à une trahison du maréchal de Mac-Mahon, on avait empilé des munitions dans la tour. Cela avait été la dernière minute d'héroïsme.

Rien de cette longue histoire n'y attirait Angélique, mais seulement une certaine idée de l'antique droit d'asile. Là-haut, c'était une sorte d'église, et personne n'y toucherait la fugitive.

Elle y parvint, essoufflée d'avoir monté, et elle se dégrafa un peu, à cause de la chaleur. On entrait là-dedans comme dans une rivière gelée. La terre du sol enfonçait sous ses pas. Elle distinguait mal toute chose, une ogive inachevée au-dessus d'un trou de soleil, tout au fond, par où entraient du flanc du coteau des branches vertes. Elle avançait. Elle entendit des voix et se figea. Qui donc à cette heure de la sieste, où tout Sérianne somnolait, avait gagné la vieille tour ?

Un couple. Deux être jeunes, charmants, debout l'un près de l'autre, leurs mains se tenaient, ils étaient dans un abandon innocent, où ce qui saisissait était comme un parfum de l'enfance. Près de l'ouverture qui donnait au-dessus de la vallée, dans l'encadrement de soleil

210

qui faisait de leurs cheveux, elle blonde et lui nimbé d'or, mais noir à contre-jour, comme un accord de l'ombre et de la lumière, ils appuyaient leurs fronts l'un contre l'autre. C'était un geste qui se retrouve chez de très jeunes animaux, des petits chevaux tendres. Les voix venaient comme une source dont on approche, et les notes plus graves des mots masculins retinrent le cœur d'Angélique.

Elle ne voulait pas y croire. Elle n'y croyait pas. Ses oreilles étaient folles. C'était un jeu de l'obscurité, des rayons. Elle ne voulait pas y croire. Elle avançait pour se détromper, sur la pointe des pieds, dans l'ombre. La chanson de la source se faisait plus nette, plus proche et passionnée. Elle ne voulait pas y croire. Encore un pas et l'illusion allait tomber. Est-ce qu'on peut croire à sa propre mort, à une pareille horreur, à une aussi simple abomination ? Elle ne pouvait pas y croire. Pierrot...

Il était là qui parlait avec une jeune fille, toute rose, et les cheveux mousseux. Il lui parlait, on n'avait pas besoin d'entendre, les mots ne pouvaient rien y changer, et Angélique savait ce qu'il disait, chaque intonation, chaque arrêt réveillait un souvenir à lui briser le cœur. Il lui parlait d'amour. Comme elle était jolie... Ce n'était pas une servante, celle-là ; une demoiselle, et jeunette... Il lui parlait d'amour... Avec sa voix précipitée, un peu bougonne. Angélique vit glisser le bras de Pierre autour de son nouvel amour.

Elle pouvait redescendre en ville. Elle ne craignait plus rien. Qu'est-ce que les gens pouvaient bien lui faire maintenant ? Dans l'ombre, elle sortit de la tour sans qu'eux l'aient entendue. Elle retrouva la chaleur écrasante et le grand jour. Elle aurait voulu crier. Elle était sans voix. Elle tremblait comme au gros de l'hiver. Pierrot, Pierrot... Qu'est-ce donc qu'elle avait été rêver dans la vie ? Est-ce qu'elle n'avait pas toujours su cela, qu'il n'était pas pour elle ? Il disait... mais l'avait-elle jamais cru, voyons, dans l'humble fond de son cœur ? Cela devait venir. Rien de terrible. Rien. L'attendu. Le normal. Mais cela faisait une douleur dans les bras, dans les bras fatigués de laver à terre, dans les jambes lasses de fardeaux portés, dans les reins cassés par de longues complaisances. Les petits sanglots doux d'une pluie d'orage montaient en haut de la colline dans une fille blanche comme la peur.

*

Dans un geste familier, Émile Barrel se pinça la lèvre supérieure, ce qui rapprochait les deux grosses touffes châtaines de sa moustache.

« Non, dit-il au sous-préfet Rateau qui dégustait sa chartreuse, de la vraie s'il vous plaît, M. Delangle n'a pas grand'chance, entre nous, les probabilités sont pour le ballottage, et Barbentane au second tour. Il faut regarder les choses en face. — Oh! vous savez, je ne me pendrai pas pour si peu! Vous deviez avoir une fameuse collection de bouteilles, pour qu'il vous reste encore de cette chartreuse, qui fait chaque fois mes délices. De toute façon, je me borne à observer envers M. Delangle une neutralité bienveillante. — Dix douzaines. C'était juste avant l'expulsion des Pères, ils liquidaient leur stock. — Le ministre m'a dit simplement que sans être un ami de M. Delangle, il ne voudrait pas que celui-ci ait l'impression que pour des raisons politiques, le gouvernement ne lui a pas laissé courir toutes ses chances. — Ah! c'est vrai, Delangle est administrateur de cette affaire marocaine à laquelle Steeg, Millerand, Quesnel s'intéressent... D'où le Nichan. Je me demande s'il fait aussi chaud au Maroc que chez nous. Est-ce que Lyautey est bien l'homme qu'il faut? — Ce n'est pas de refus. D'autre part, Steeg ne voudrait pas se mettre à dos les Rinaldi. — Vous croyez que Charles Rinaldi tient tant que ça au cousin Barbentane? — C'est-à-dire qu'il y a une combinaison avec Perrot qui va se présenter dans les Basses-Alpes ».

Avec ses hautes persiennes bien fermées, la salle à manger des Barrel, maintenant que ces dames y avaient laissé les messieurs bavarder, était d'un calme tel qu'on

n'en serait jamais parti. M. Rateau fumait de la contre-
bande suisse. Un esprit original. Barrel préférait tout
de même ses londrès. Comme il se levait pour prendre son
coupe-cigare sur la desserte, il soupira. Tout de même,
il sentait l'âge à l'heure de la digestion.

« Vous savez, mon cher Préfet, ajouta-t-il, je ne voudrais aucunement gêner la politique du gouvernement.
Bien que mes idées religieuses me fassent taxer de vieux
réactionnaire, vous avez pu comprendre combien chez
moi le Français cède le pas sur tout autre personnage.
Notre gouvernement, pour imparfait qu'il soit, n'en a
pas moins à sa tête un homme que je respecte, et qui est
le chef que je souhaite à ce pays. Par conséquent, bien
inutile d'y aller avec moi par quatre chemins. Si on pense
à Paris qu'il y a un intérêt quelconque à faire voter
pour Barbentane... »

Le sous-préfet faisait très élégamment des ronds de
fumée. « Oh! dit-il, répondre par l'affirmative serait de
ma part assez présomptueux. Nous autres, fonctionnaires, nous ne sommes pas dans les secrets des dieux.
On nous laisse entendre les choses d'une façon si enve-
loppée, qu'enfin c'est presque nous qui en décidons,
affaire de rapidité d'esprit. Pour passer d'un sujet à un
autre... c'est au Maroc que j'en reviens. — Quelle chaleur! Je plains nos pauvres petits soldats. — Sans doute.
Mais j'ai un peu hérité récemment, de mes cousins Rateau, vous les connaissiez... — Peut-être. — Eh bien!
cela me fait des soucis. Alors j'avais pensé vous demander conseil. — Faites, faites. — Voilà. J'hésite entre ces
terrains de Casablanca, et du russe. Vous savez qu'on
fait un nouvel emprunt. Je suis perplexe. — Les deux
sont des affaires sûres. A patriotiquement parler, il est
difficile de choisir. Ma vieille amitié pour Joseph Quesnel me fait pencher pour Casablanca. L'Afrique du Nord,
tout de même, c'est l'avenir de la France... Pourtant,
vous savez mon électisme d'amitiés, la sénateur Perchot,
un des piliers du radicalisme, m'affirme que de nouveaux
accords avec la Russie... — A cette allure-là, cher monsieur, vos dix douzaines... J'ai rencontré à Lyon l'autre

213

jour le Révérend Père... — Mon cousin Louis ? C'est un homme d'une haute élévation d'esprit, et avec cela un lettré. Les dominicains sont l'élite de l'Église. — Oui, nous avons passé une soirée charmante, dans l'intimité bien entendu. Le Révérend Père a des vues extrêmement subtiles sur la politique extérieure. Au fait, il m'a chargé de vous dire qu'on s'attendait à un scandale avec les laiteries Maggi, et que cela touchait peut-être votre industrie... — Maggi ? Non, pas directement, sauf que ces laiteries sont sans doute liées avec des concurrents suisses... — Vous êtes très lié avec Joseph Quesnel ? Alors, peut-être pourriez-vous me dire si le projet pour lequel il était venu dans la région tient toujours... Le remplacement des tramways par des autocars... — Vous savez la difficulté ? La Compagnie des Tramways se défend. Autrement cela ne fait pas de doute que l'intérêt local serait de... — La question sera soulevée à la prochaine session du Conseil général, à la revision du cahier des charges. — Sans doute. Si le Conseil n'écoute pas autre chose que la loi du progrès... Vous n'ignorez pas que Quesnel a tout à fait partie liée avec Wisner. Ils ont déjà établi les services dans plusieurs départements. Cela marche très bien. Pour mon compte, par Mme Barrel, je suis même un peu parent des Quesnel... — Je me demande si Delangle voterait contre la Compagnie des Tramways... — Pourquoi ça ? »

Le sous-préfet se tut un moment. Puis il se pencha vers son hôte : « M. Arnaud... le propriétaire des *Nouvelles Galeries*... est personnellement assez lié avec Delangle... si, si, je le sais : d'ailleurs il est, au point de vue électoral, la pierre angulaire des chances de Delangle à Sérianne... si je ne vous compte pas. Or, M. Arnaud est du Conseil d'administration de la Compagnie des Tramways... — Barbentane, évidemment, sera toujours partisan de nouvelles machines, d'améliorations techniques... — Alors, le dernier, cette fois. Oh ! vous avez la main lourde ! De toute façon, vous serez plus facilement écouté si vous dites à vos contremaîtres qu'après tout il n'y a pas d'antinomie entre les affaires du choco-

214

lat Barrel et l'élection du Dr Barbentane, que si vous leur recommandiez de voter pour Delangle, qu'ils ne connaissent pas! »

*

« Comment va votre malade ? »

Le Dr Barbentane avait du cambouis sur les mains. C'est toujours dans des jours pareils que les voitures se détraquent. Il avait fallu se mettre sur le dos en pleine route. Enfin! Il n'était pas venu le matin, il avait chargé Edmond de la visite.

Mlle Rose lui tendait la serviette. Elles étaient trois qui avaient accepté, pour continuer à soigner les malades, d'abandonner le vêtement religieux. Que pensaient-elles de cet ogre d'impiété qu'était Barbentane? Mlle Rose disait son chapelet pendant les opérations. Elle soupira.

« Mal, très mal... »

L'expression amène du docteur s'évanouit. « Comment ? La température persiste ? Diable, diable. »

C'était un vieil établissement congréganiste qui avait été repris par la municipalité. On avait abattu des cloisons pour faire une grande salle, mais on n'avait repeint que l'inévitable. Au premier, les hommes à gauche, les femmes à droite. En bas la consultation, la salle d'urgence, et les cuisines prolongées dans la cour par un baraquement. En haut, Barbentane avait un petit laboratoire, à côté duquel couchaient les nonnes. Tout cela puait l'iodoforme et la ratatouille mêlés. Une fille de salle soulevait une poussière qui retombait sur les malades, sous prétexte de balayer. Les draps de la quinzaine précédente encombraient, jetés en tas, le palier des salles.

« Il est seul ? » dit Barbentane, en s'essuyant les mains. Mlle Rose, choquée, agita son bonnet noir. Le règlement est formel. Passé une heure, plus personne...

Barbentane enfila sa blouse. Ça le changeait, une blouse. Il était un autre homme, il oubliait les vicissitudes électorales. Voyons...

La salle. De grosses mouches tournaient au-dessus d'un vieillard. Plus loin, un gosse sourit pauvrement au passage du docteur, le pied suspendu dans un appareil à poids.

Un lit de fer à la peinture écaillée, avec à la tête un numéro 7, et la pancarte. Vilaine courbe. Pas de rémission matinale. Dans les draps jaunes et raides, l'homme était sans connaissance, les yeux mi-fermés, la peau sombre de sueur. Une barbe de quatre jours, bleue et drue. La gaze enveloppait le crâne et tournait autour du cou, croisant devant les oreilles. En séchant, elle avait pris cet aspect miteux, roulotté, qui donne au pansement ancien un air de saleté, de tristesse. Le malade respirait bizarrement, la lèvre molle soulevée à peine, puis plus fort, plus vite, plus vite, pour retomber au rythme premier, imperceptible. C'était comme une succession de courses affolées. Barbentane se retourna vers Mlle Rose : « Cheyne-Stokes », murmura-t-il. Elle prit l'air de savoir ce que c'était.

A quoi bon examiner ce malheureux ? Sans trop penser à ce qu'il faisait, Barbentane avait machinalement soulevé le drap. De la chemise d'hôpital remontée sortait le corps solide, les jambes velues : « On aurait pu lui laver les pieds », dit le docteur en laissant retomber le drap. Le pauvre bougre, il luttait ferme dans ses ténèbres pour continuer sa vie de chien! Les poings serrés, énormes, parurent au médecin une dérision. Il haussa les épaules : « Si les siens veulent le voir, à n'importe quelle heure, il faut laisser entrer. — Ah! dit Mlle Rose, c'est donc ainsi... »

Barbentane regarda encore la pancarte. Il déplia la feuille de température. Sans jouer au prophète... Au bas était écrit, en anglaise appliquée, Mlle Clémentine apparemment, les nom, prénom, âge, profession, domicile de l'entrant. « Terrassier », constata le docteur. Cela expliquait le développement exagéré des muscles de la jambe droite, qui enfonce la pelle. On ne saurait jamais qui avait frappé d'un coup de matraque. La bagarre avait été confuse. D'ailleurs qu'est-ce que cela y aurait changé ? Chez les femmes, rien à signaler. La vieille 15 déménageait. Oh bien, que voulez-vous, à son âge.

En s'éloignant dans sa Wisner cahotante, par la route de Villeneuve, le maire repensait à l'agonisant. Il peut passer d'un moment à l'autre. Le père se félicitait que le bachot eût éloigné son cadet de Sérianne. Dire qu'il aurait pu être mêlé à cet assassinat ! La folie nationaliste ! Et naturellement, les curés là-dedans.

De toute façon, le terrassier Joly était un homme mort. C'était seulement le devoir de Barbentane d'imaginer les retentissements de ce décès. Prévoir, éviter les réactions trop vives. Si la mort se produisait le soir, les dernières réunions électorales risquaient d'être ensanglantées. Au point de vue du vote, cela voulait dire un coup de barre à gauche... c'est-à-dire à droite, reprit au fond de lui-même l'instinct du canotier. C'est bête comme on s'habitue à parler improprement. Oh Delangle surtout y perdrait. Vinet... Évidemment Vinet essayerait d'exploiter l'affaire, Armand pouvait servir à une démagogie. Le petit imbécile !

Le docteur ruminait. Mieux valait, pour le calme de Sérianne, que la nouvelle ne survînt pas avant le lendemain soir. L'hôpital n'était pas loin. Il fit demi-tour : « Appelez-moi Mlle Rose », cria-t-il de son siège à la fille de salle qui transportait le linge. Et quand elle fut là : « Mademoiselle Rose, contre-ordre ! Personne auprès du malade, ça le fatiguerait. Mettez-le dans le petit cagibi, il sera mieux que dans la salle. Et puis quoi encore ? Ah oui ! s'il arrivait un malheur, je vous prie, mademoiselle, discrétion absolue jusqu'à demain soir ! Vous m'enverriez un mot. Sous enveloppe fermée. »

La voiture en partant dérapa légèrement dans l'épaisse poussière.

*

Il était largement trois heures de l'après-midi lorsque Angélique vint place du Marché reprendre ses affaires. Elle savait ce qui était de la santé de Mestrance par

217

Marie Reboul. Quand elle entra dans la boutique, Pauline poussa un grand cri comme si elle avait vu le diable et regagna quatre à quatre le premier, où on entendit tout un vacarme jusqu'à ce que Respellière en descendît.

Angélique avait haussé les épaules. Devant la grande glace, elle se vit. Les traces des coups sur son visage, son corsage déchiré, rafistolé avec une épingle de nourrice, elle n'avait pas bonne mine, non. Elle passa dans l'arrière-boutique et marcha droit au placard. Dans l'ombre, une voix gémit.

Le vieux! Elle l'avait oublié. Il l'appelait avec ce terrible pauvre langage d'infirme, qui avait en quatre ans réappris à peu près uniquement à articuler son nom à elle. Il la nommait du fond du ventre, il avait craint qu'elle ait tout à fait disparu, comme une autre jadis dont il gardait confusément la mémoire, comme sa femme quand elle avait levé le pied avec un lutteur.

Plantant là ses nippes mal déballées du placard, elle s'approcha de lui. Les pas de Respellière retentirent dans l'escalier comme elle arrangeait le vieux. Par-dessous les épaules de l'ancien colonial, des hurlements vinrent du haut de la vis de l'escalier : « Salope, salope, ne touchez pas mon père! » Mme Mestrance venait brusquement de se trouver des trésors d'amour filial. Respellière la fit taire : « Restez là-haut, madame Pauline, je m'occupe de la créature... »

Fixé à son fauteuil, le vieux contemplait sans comprendre la scène entre la bonne et le percepteur. Il grognait un peu comme un chien devant un étranger. Tandis qu'elle faisait son paquet, serrant bien dans une grande serviette son misérable avoir, Respellière la regardait, regardait cette blanche nuque fléchie, et la naissance des épaules. Les cheveux noirs, tirés, découvraient la jeunesse du cou entre les oreilles. Ils étaient gros et lisses, et formaient comme des grands traits parallèles, comme les traces longues d'un peigne. Respellière sortit sa pipe et la secoua sur le bas de la rampe. Pas vilaine, cette jeunesse. Il était très sensible à la fraîcheur, lui dont le teint était vilainement brouillé.

Quand elle se releva, c'est à lui tout naturellement qu'elle s'adressa pour réclamer son dû. Plus de quinze jours qu'on lui devait et ses huit jours. Respellière n'avait pas pensé à ça. C'était régulier, cette fille. Il lui dit d'attendre et regrimpa. Pendant qu'il discutait là-haut, on entendait la voix hystérique de la patronne, elle revint vers le paralytique : « Pauvre papa, lui dit-elle, qui c'est qui va te soigner maintenant ? T'es un bon vieux pourtant. Tu ne pinces pas, toi, tu ne tapes pas... »

Pauline faisait une scène dans le grand genre dans la salle à manger. Quand Respellière avait dit les exigences d'Angélique, elle était tombée de son haut. De l'argent, cette voleuse d'homme, de l'argent qu'elle voulait ! Dans son saisissement, tournant sur elle-même, elle s'était, battant des bras indignés, heurtée à la suspension qui se balança, avec toutes ses complications de cuivre, et la rampe à pétrole conservée au-dessous de l'ampoule, pour le cas où l'électricité manquerait. Cela avait retardé légèrement l'explosion, parce que Pauline et Respellière s'étaient précipités les mains en avant pour calmer ces oscillations dangereuses, rejetant la tête en arrière de peur de tout recevoir dans le nez. Pas assez pour Pauline dont les chichis s'accrochèrent à une fioriture. Respellière l'aida à se dégager. C'est tout de même bizarre cette mode des faux cheveux aujourd'hui.

Alors avaient commencé les cris. Le visage raviné de larmes qui coulaient sur la graisse du double menton, le teint sombre et la bouffissure mauvaise, Pauline hoquetait de fureur, et ses seins faisaient un machicoulis mobile à ses sanglots ; décoiffée par la suspension, une boucle arrachée au chignon dans sa main gauche, elle fut agitée de secousses spasmodiques qui la jetèrent dans les bras de Respellière. Celui-ci, ennuyé, la maintenait tandis que, de l'œil, il surveillait encore la suspension. Elle hurlait : « De l'argent, elle demande de l'argent ! »

Respellière louchait sur le buffet où il y avait une

carafe d'eau et des verres. Il expliqua posément, tout en ceinturant la dame, que la demande de la domestique n'était pas anormale, enfin compréhensible. Là, là, calmez-vous. On lui doit ça à cette fille, mieux vaut en finir avec elle. Mme Mestrance portait un corset très haut qui lui remontait les seins. Pas très fermes, pensa Respellière.

« Et les huit jours! Elle veut ses huit jours! Jamais, jamais! »

Lourde déjà comme ça, ça ne l'allégeait guère de se débattre. Dans la pièce voisine, Mestrance qui allait mieux s'agitait. Il cria : « Pauline! » et cela combla l'énervement de son épouse. L'idée d'Eugène infirme lui tira des soupirs nerveux qui sifflèrent dans ses arrière-fosses nasales comme des rires incompréhensibles. Elle se secouait de telle sorte que cela devenait difficile, même pour un solide gaillard, de la tenir. Les moustaches noires se hérissaient comme d'étonnement et d'effort. Ils luttèrent ainsi jusqu'à ce qu'elle fût fatiguée, et mollissante elle pleura contre son épaule; il tournait alternativement les yeux du seuil de la chambre à la porte de l'escalier. Il lui parla comme à un petit enfant. Avec une douceur qu'on n'aurait jamais attendue de cette brute, il la persuada gentiment de débourser l'argent, une misère, pour en finir. Il lui caressait les cheveux sans penser, un peu comme on flatte une jument, et elle se blottissait toujours plus fort.

Là-dessus, la porte du fond s'ouvrit à la volée et Gaston, essoufflé, qui venait chercher de la ficelle pour la toupie ronflante du fils au menuisier, entra étourdiment et surprit la scène ; il s'arrêta ébahi, et ne put que penser à mal, ce cher enfant. C'est pourquoi, du fond du cœur, il s'écria : « Ah! merde alors... » et reçut une gifle maternelle.

Cela mit la fin à tout ce trouble. Mais Mme Mestrance resta sur un point inébranlable. Elle ne voulait pas entendre parler des huit jours. Elle invoquait l'autorité du maire. Respellière descendit donc, compta l'argent à Angélique, et discuta le coup avec elle. D'en haut, Pau-

line épiait la conversation. Elle regrettait déjà l'argent
donné. Cette fille n'avait pas de honte, comme elle
s'acharnait à réclamer encore, et encore davantage. Elle
parlait de son dû! La voix de Respellière monta, grondante. La morale reprenait ses droits. Il y eut un silence,
puis des pas traînants. On entendait dans la maison voisine le bruit du bois scié, han, régulier, han. La sonnette
de la porte tinta au magasin. Par la fenêtre Pauline vit
s'éloigner l'ennemie, avec son baluchon.

Le vieux, en bas, devait avoir compris, car il avait de
grosses larmes dans les chiffons de ses vieilles paupières.
À soixante-quinze ans, il souffrait toute l'horreur d'un
abandon, d'un amour malheureux. Et par-dessus le
marché, il avait faim : sa fille, dans tout ça, avait oublié
de le nourrir depuis la veille.

*

Ah maintenant, il s'agissait bien du socialisme! Il
s'agissait bien de savoir que penser du Dr Barbentane.
Salaud ou non, il ne faisait qu'appartenir à ce monde
chaotique, où désormais Armand avait une raison de se
débattre, un ordre de préoccupations nouvelles, qui
donnaient un prix nouveau jusqu'au plus insignifiant
jeu de la lumière, jusqu'à un ton de voix, un geste, un
rire.

Dans le désordre du salon de la maison Coquelombe,
Thérèse s'étonna du silence de son jeune amant. Elle ne
pouvait le faire qu'avec des mots désastreux, car pour
Armand encore le divorce des mots et des choses de
l'amour était entièrement à apprendre : « Tu es triste
maintenant », dit-elle, à peu près sûre qu'elle l'étonnait
de cette divination. Eh bien, il n'était pas triste du tout,
il était abruti, c'est différent.

Elle avait de très jolis seins, petits et écartés, et une
ensellure très marquée. Mais elle était d'une vulgarité
saisissante, même pour un débutant. Avec Lamberdesc,
elle se surveillait davantage, parce qu'il lui en imposait.
Mais ce petit! C'était tout de même bien la première

fois... Ce que Suzanne de Loménie lui avait dit l'avait un peu trompée. Il avait l'air d'un agneau noir monté en graine, avec une gentille petite gueule irrégulière, et un nez busqué.

Armand eût voulu rêver au-delà de ce qui venait de lui arriver. Contrairement à la règle, à ce que ses camarades lui avaient raconté, il n'éprouvait pas du tout le besoin de dire : Ce n'est que ça! Il était émerveillé. Thérèse n'était qu'à peine partie de la merveille. Pourtant il aimait bien comme ses cheveux faisaient la boule. Il en oubliait ses paroles : « Frisée... », souffla-t-il. Elle avait refermé son kimono.

« Alors je te plais? » dit-elle, certaine de la réponse : « Non, mais voyez-moi ces yeux battus! Pour si peu! Un moineau. Tiens, tu feras bien de reprendre du madère... »

Il but en la regardant par-dessus son verre. Il lui avait bien plu, à cette femme. Il plairait à d'autres. Il allait faire l'amour avec toutes. Tout le temps. Tant qu'il pourrait. Il se sentait rire en dedans.

« Bien, tu peux te vanter de n'être pas bavard... C'est tout ce que tu trouves à dire? Tu ne m'as même pas parlé de mes jambes. »

Elle était au milieu de la pièce et elle releva tout le bleu et les oiseaux et les fleurs jusqu'au-dessus de ses genoux. Stupide, Armand lui regarda les jambes. Eh bien! c'étaient des jambes... jolies, je ne dis pas. Que fallait-il en dire? Armand n'avait pas l'habitude de parler aux femmes de leurs jambes. Il se sentit plus naïf que tout à l'heure.

« Non mais, tu es difficile, mon petit garçon, si ces jambes-là ne te plaisent pas. Des jambes qui ont fait courir tout Saïgon. Des jambes célèbres. Tu ne te rends pas compte de ta veine. Allons, dis-leur quelque chose à ces jambes, avant qu'on les cache... »

Au fait, ces jambes lui plaisaient. Il les caressa longuement, puis levant ses yeux jeunes et las vers Thérèse, il dit : « Tu n'en as qu'une paire? » Elle lui tira les cheveux.

« Tenez-vous tranquille, monsieur Armand. Vous reprendrez, s'il vous plaît, le ton et la correction d'un jeune homme en visite. Vous avez manqué fiche votre vin par terre. Nous nous verrons demain à la fête. D'ici là, tâchez de vous reposer, vous avez une mine de l'autre monde. Tu m'aimes ? »

Comme Armand là-dessus ne savait pas mentir! Il répondit : « Mais oui... » avec une telle hésitation que Thérèse éclata de rire : « Enfant, dit-elle, il faudra apprendre à rouler les femmes, ou on ne fera rien de bon de toi! »

Il avait une envie de filer qui lui fit jeter d'un coup le reste du madère dans son gosier. Ses yeux se posèrent sur le portrait de Respellière avec un sentiment de triomphe et d'inquiétude. Thérèse se méprit à son expression.

C'est alors qu'elle révéla sans le vouloir un peu de l'abîme qui se cachait derrière sa vulgarité de nature. Elle plissa canaillement les yeux, et s'éloignant d'Armand d'un geste oblique des épaules, les prunelles glissant sous les yeux vers lui, elle le repoussa soudain d'une tape au genou : « Sale petit antimilitariste... » murmura-t-elle.

Cela rappelait à temps au jeune homme l'existence d'un certain Lamberdesc.

XXV

Quel dimanche! L'été s'était dépassé. Les hommes vaincus avaient dormi presque tout le jour, malgré le devoir électoral. La terre blanche et poudreuse semblait vous remonter à la gorge. Le soir s'approchait épais, odorant. Les insectes chantaient aux champs si fort qu'on les entendait en ville. Les fenêtres s'ouvrirent quand le soleil baissa. On vit dans les maisons des jeunesses soupirantes ; des gars qui se rasaient pour être frais pour la fête. A la mairie, où les hommes se portaient aux nouvelles, les employés s'agitaient, en sueur. L'adjoint apparaissait sur la porte et lisait les résultats d'un village. Le téléphone sonnait à l'intérieur. A Villeneuve, Delangle battait Barbentane de justesse. Partout ailleurs, Barbentane était en tête. A Sérianne, le socialiste avait eu plus de voix qu'on n'aurait cru. On exultait au Café des Arts. La veste tombée, Respellière faisait une série. Les boules du billard avaient l'air happées les unes vers les autres. Mᵐᵉ Barbentane avait passé l'après-midi à l'église, en prières. Que demandait-elle à Dieu ? Le succès de l'impie ou sa confusion ?

Dans les petits cafés près de la fabrique, on avait bu ferme. Des boîtes à musique jouaient. Les femmes à la fontaine parlaient, avec des grappes de mioches près d'elles. Des odeurs de cuisine pauvre sortaient des maisons, où gémissaient les tout-petits. Il faut faire à dîner le dimanche comme les autres jours. Par les ruelles,

les jeunes gens commençaient la traîne, interpellant les filles qui allaient par bandes. Des cheminots près de la gare, sortant du travail, demandaient les nouvelles. Barbentane en tête... Il y aura ballottage.

Barbentane élu! Cela avait été officiel vers les sept heures et demie. Le vainqueur apparut à la fenêtre de la mairie et parla. Il n'y avait pas grand monde pour l'écouter, mais tout de même. Les gens, sur la place, crièrent : *Vive Barbentane!* et chantèrent la *Marseillaise*. Au Café des Arts, le billard s'interrompit quand le maigre Migeon, essoufflé, suant, passant le doigt dans son col dur, proclama le résultat à tue-tête, comme sa dernière victoire aux boules. « Celui-là ou un autre! » ricanait, à Villeneuve, Hubert de Loménie, qui, pour montrer son désintéressement de la question, s'était installé dans son jardin, pas loin de la route, bien en vue, à peindre une poule d'eau sur un étang, d'après une carte postale piquée au-dessus de la toile, avec une punaise, au bois du chevalet. « Vous allez à Sérianne ce soir? lui cria quelqu'un de la route, il y a un tir! » Déjà, les garçons commençaient à cheminer vers le chef-lieu de canton. Il passait des carrioles. Ça chantait un peu partout.

*

Lamberdesc avait trouvé Thérèse singulière, mais plus violente que d'habitude. Il avait bonne mine maintenant, lui qui devait dîner avec Delangle chez les Barrel. Il ne savait pas encore le résultat. Il arrangeait sa cravate dans la maison Coquelombe. Tu as de la poudre, pour mes yeux? Thérèse lui dit soudain : « Tout de même, les hommes, ils ont besoin d'être dessalés... » Il se retourna, qu'est-ce qu'elle voulait dire? Oh, et puis si on commençait à se demander!

Un qui était content, c'était Vinet. Somme toute, beaucoup plus de suffrages qu'il ne comptait. Il n'avait jamais sérieusement pensé être élu. C'était surtout un échec pour Delangle, ces élections, et la majorité de Barbentane était faible. Il était content, le candidat so-

cialiste, surtout parce que c'était fini, toute cette longue
corvée, et il ne s'en était pas si mal tiré, le comité ne
pourrait rien dire. On ne l'engueulerait pas à Marseille,
cette fois-ci. Il avait déjà pondu le petit article envoyé
là-bas, et un télégramme pour *L'Humanité*. L'affiche de
remerciements pour les électeurs était préparée d'avance,
il n'y avait eu que le chiffre de voix à rajouter. Allons,
une soirée à être gai, à faire le gosse! Puisqu'il y avait
la fête, il allait se payer un peu de bon temps. Plusieurs
camarades étaient là, dans sa chambre, tandis qu'il se
débarbouillait rigolant, des jeunes, des grands types
sympathiques, des pareils à lui, pensait-il ; on irait
ensemble. Ça lui rappelait le patelin où le père s'était
retiré. Vinet avait invité une petite copine, qui avait
travaillé pour lui à la permanence, la fille à Pignerol,
le maître-maçon, on irait la chercher d'abord. Par la
fenêtre, arrivait la tournante musique du manège, qui
n'avait jamais pu attendre l'heure pour commencer,
comme si les cochons, les vaches et les cygnes avaient eu
des démangeaisons de bouger.

Dans le haut Sérianne, on se parlait d'une maison à
l'autre. Ça sentait l'ail. Des grands rires sortaient de
chez les Estève qui donnaient ce soir-là un dîner de
fiançailles : leur fille et un jeune homme de la campagne.
Chez les Reboul, on se disputait. Les criailleries arrivaient au milieu de la joie universelle. Pauvre Marie.
Mme Migeon s'impatientait du retard de son époux,
encore à ce café! L'agent voyer l'agaçait aujourd'hui,
elle qui d'habitude était ravie que Migeon, avec sa
partie de boules, leur laissât régulièrement les loisirs
de l'adultère. Doucement, le soir mollissait. Il était
même apparu dans le ciel bleu un petit bout ridicule de
nuage, tout rose du couchant, et effrangé. « Un pantalon
de femme », dit à mi-voix Armand, comme sa mère, de
retour de l'église, le montrait. Edmond crut avoir mal
entendu. On attendait le père, tout à ses électeurs.

Comme la femme sortait de l'hôpital dans cette fin du soleil où tout le monde se retrouvait au bout d'une longue stupeur, des voitures passaient qui se dirigeaient déjà vers la fête. La poussière était blanche, et si épaisse, que le pied y enfonçait comme dans une boue. L'hôpital lépreux, aux vitres sales, avait l'air indifférent d'un vieil homme. La femme se répétait tout bas, sans fin : Il ne faut pas qu'il meure... Allait-elle tourner à droite ou à gauche ? Elle avait oublié ses enfants. Soudain, ce qu'elle disait parvint à sa conscience : Il ne faut pas qu'il meure..., et cela lui fit un coup terrible, un hoquet de tout elle-même, et elle sentit ce vent amer, cette marée en elle, les larmes. Mon Justin, mon Justin...

Les larmes roulaient toutes seules, elles faisaient un rideau à la vue, et d'une carriole qui passait quelqu'un cria à cette femme de se ranger. Elle obéit docilement. Ils chantaient, dans la carriole.

Comment est-ce possible ? Qu'est-ce qui est arrivé ? Un jour comme les autres. Ils avaient dîné ensemble. Il était parti en se dépêchant à cause de cette maudite réunion. Mais voyons, les gens ne sont pas si méchants, et puis il était si fort... Qu'on se soit battu, c'est toujours possible, ça. Mais, mais... Le mot *mort* remonta du fond de son cœur dans sa gorge. Mort, mort, tué... Voilà : tué. Pourquoi ? Les gens... Quelles gens ? Qui pouvait vouloir tuer Justin ? Vouloir, c'était sans vouloir... On avait voulu.... Il faudrait savoir qui, on lui avait dit des choses, ces jeunes gens de Sérianne, elle les avait vus défilant parfois...

Les voitures passaient. Quelqu'un, près d'elle, parla. L'infirmier, celui que tous les jours elle interrogeait. Elle ne comprit pas. Il répétait la chose, que cela faisait vingt-quatre heures... Comment ? L'homme l'entraîna un peu à l'écart. Il était gêné, il ne voulait pas qu'on le vît de la boîte.

Eh bien, c'était clair. La veille, quand elle était venue, il était déjà mort. On ne l'avait mis dans la petite chambre que pour cacher ça... on avait menti, hier, ce matin... On l'avait laissée dans l'ignorance, exprès... et pendant

227

ce temps-là, Justin était seul, qui refroidissait avec les mouches, les affreuses mouches... L'infirmier ajouta quelque chose encore qu'elle ne saisit pas bien à propos des socialistes... Elle rentra chez elle en courant. Une voisine gardait les petits. Elle dit en entrant : Mort. La voisine éclata en sanglots et se mit à hurler. Alors les gens arrivèrent, et toutes les femmes se mirent à pleurer et à sangloter avec u̇ bruit qui faisait mal et qui soulageait. Elles entouraient la veuve, car quelqu'un avait dit : La voilà veuve... Elles criaient. Elles prenaient les enfants dans leurs bras. Des hommes s'approchèrent.

Alors, assise sur la chaise où le soir il posait ses habits, la veuve raconta la mort de Justin. Mardi que c'était la réunion ou lundi ?... Samedi, il l'avait regardée. Et puis le soir on l'avait mis dans une petite chambre. Qu'est-ce que lui avait dit l'infirmier ? Soudain, elle comprit toute l'histoire, le monstrueux de toute l'histoire. Et pourquoi l'infirmier avait parlé des socialistes. Où sont-ils ? Où peut-on trouver les socialistes ?

Des hommes l'entouraient maintenant, qui l'interrogeaient. Au-dehors, des enfants jouaient, cela riait et criait clair. Le soir tombait. Les gens se promenaient. Il y avait des musiques. La fête. L'histoire de Justin sortit de la petite chambre étroite où les deux lits vous prenaient tout l'air. Elle gagna la rue. Des hommes la portèrent au milieu de la gaîté des autres, des couples d'amoureux, des danseurs. D'autres encore se consultèrent dans le fond d'un café. On courait après des copains, plus capables. Le syndicat levait la tête. L'histoire prenait corps et s'étalait sur le faubourg.

On se souvenait de ce que le fils du maire était du groupe *Pro Patria* qui avait assommé le terrassier pendant la réunion électorale. Le maire qui venait d'être élu au conseil général. C'était lui qui avait caché cette mort. Il fallait lui demander des explications, on irait. Où donc était ce nom de Dieu de Vinet ? Les camarades de la section l'avaient cherché. Le maire était sûrement à Sérianne, à la fête, à son triomphe.

228

Une foule, devant la maison du mort, lentement s'amassait. Une colère.

*

Suzanne de Loménie allait partir. Elle avait mis sa robe bleue. Elle avait au poignet une chaîne d'argent avec une médaille de saint Georges. Elle regarda avec plaisir dans le miroir de sa chambre, sur la coiffeuse laquée Trianon, son grand chapeau de paille noire, pas si exagéré que les gravures de mode, mais enfin, avec une fantaisie de lophophore. Peut-être que les couleurs du lophophore étaient un peu violentes pour le bleu de la robe, mais aux lumières, ça s'arrangerait. Suzanne voulait être belle, c'est un désir légitime. Et puis, elle se sentait tout excitée d'un tas de choses : l'histoire Mestrance, Armand, les élections, et surtout des demi-confidences de Jacqueline Barrel. De qui s'agissait-il ? Lamberdesc dînait ce soir-là chez le chocolatier. La jeune fille allait-elle le souffler à la perceptrice ? Elle devait rejoindre les Barrel au dessert, chez eux. On ferait un tour à la fête. Elle se promettait de s'accrocher à Lamberdesc. Il était amusant, ce jeune docteur, très parisien. Et ce Delangle, l'ami des ministres, il avait été battu, dommage : il s'était montré plein d'attentions pour elle, quand il avait dîné aux « Mirettes », l'autre soir.

En passant, dans le jardin, où d'énormes papillons sombres volaient au-dessus des capucines, elle embrassa sa mère et tante Éva. M. de Loménie était déjà au café Blanc. Les figuiers, dans les restes du jour, accroupissaient sur l'allée leurs bras d'ogres aux doigts écarquillés. Sur la route, elle entendit le bruit de quincaillerie du tram ; elle se mit à courir. Un éclair bleu, et les lumières pâles vers la droite : c'était dans l'autre direction, elle se calma. Elle arrivait à la grille lorsque la motrice passait devant, ballottante, qui donc était descendu à l'arrêt facultatif qui ne desservait guère que « Les Mirettes » ? Le fermier ? Elle pencha la tête pour voir.

Sur la route, il y avait un soldat. Un grand gaillard, avec le képi en arrière. Il avait un sac à la main. Un permissionnaire sans doute. Il venait vers elle. Elle prit son air mijaurée. « Suzanne! » Le saisissement la cloua sur place. C'était François, son frère le Légionnaire. Un François forci, basané, magnifique. Il avait toujours ce joli nez fin, le seul de la famille. Simple soldat, remarqua-t-elle. Il l'embrassait. Il sentait la sueur, le cuir. « Attention, ma robe », soupira-t-elle. « François! Qu'est-ce que tu fais ici?... — Je reviens, j'en avais marre de la Légion et de toute cette putasserie. J'ai fait trois ans là-dedans, tu sais... — Ça ne t'a pas plu? — Plu? Je t'en foutrai, moi, de la plaisance! Tout le monde va bien? »

Oui, oui... Suzanne répondait aux questions, assez émue, intéressée de tout cet univers qui débarquait là du Maroc, mais qu'est-ce qu'elle allait faire, la fête, et elle ne pouvait pas laisser François pour le premier soir... « Tu sais, il y a la fête à Sérianne... — Ah! tu y allais, petite sœur? Bien, ne te dérange pas parce que j'arrive... » Il rigolait. Cette espèce de faiblesse qu'il avait jadis dans le visage, maintenant que ses traits avaient un peu épaissi, avait tourné à une sorte de lourdeur. Il avait attrapé une cicatrice au menton qu'on ne voyait pas tout de suite. « Ça? C'est un coup de sabre. Pas la peine d'en parler. » Elle poussait des petits cris, un coup de sabre? Ça a saigné? « Bien sûr, c'est de l'homme! » Elle eut une idée : « Tu leur diras bonjour plus tard, viens à la fête avec moi! » Il hésita, l'amour des siens, sans être vif, vif... et puis surtout il y avait la valise. Elle parlait vite, et déjà s'emparait du sac. On le laisserait là, derrière le pilier, à droite, dans la propriété... Ça ne craint rien, personne ne va s'imaginer... S'ils te voient, la famille, ils ne te laisseront plus partir, et puis papa est au café... « Ça, dit François, j'aurais bien bu un coup avec lui. Fait soif... » Oh, ces hommes, tous les mêmes! « Tu seras là pour les vendanges? — Sûr, je suis revenu à temps! »

Ils prirent donc le tram de Sérianne, dans la baladeuse où il y avait encore deux places debout, parce que c'était bondé de gens qui allaient à la fête. De l'autre bout, quelqu'un salua Suzanne. Elle pouffa. « Tu as vu? Ils se demandent avec qui je suis. On ne te reconnaît pas. — Qui est-ce? — Les Bésanges. — Lesquels? — Ceux de l'Oliveraie. — Ah! » On passait au milieu des cahutes des Italiens. Le visage de François se fit dur, et sombre. Il pensait à sa gueuse, apparemment. Dans le soir, quelqu'un raclait une mandoline et il y avait des voix fraîches qui chantaient dans la langue de là-bas. Depuis trois ans, ça n'avait guère changé, bien que le long de la route les pancartes-réclames se fussent multipliées, et aussi les grandes affiches peintes au dos des maisons. Bibendum sur fond bleu sombre annonçait l'entrée du faubourg.

*

La fête s'étendait sur la Grand'Place et la place du Marché. Le monde peu à peu se rassemblait là, et dans les rues avoisinantes. Bourgeois de la ville, paysans ouvriers, petits commerçants. Tout le canton rappliquait avec des chars à bancs, des tombereaux, des bicyclettes. On remontait à pied du faubourg. Cela faisait un grand caquet, encore mal à son aise, les voix trop claires parce qu'il n'était pas encore nuit. Des jeunes gens avantageux s'étaient déjà mis à faire valoir leurs biceps devant le Café des Arts où il y avait une tête de Turc sur laquelle on tapait avec un marteau pour faire grimper un dynamomètre. Aux fenêtres des roulottes, les forains regardaient, attendant l'heure. Certains s'affairaient encore à la toilette de leurs boutiques. Il y avait un tir, deux loteries, le manège, les balançoires, un théâtre avec des glaces et des femmes pailletées qu'on apercevait quand le rideau de velours grenat sur le fond de l'estrade, s'entrebâillait. Un jeu de flèches, place du Marché, où on gagnait du nougat. Tout ça s'éclairait. Les platanes ne se ressemblaient plus. Les balançoires se mirent de la partie. Un gros homme à la voix de mêlé-casse y appe-

231

lait les clients en frappant dans ses mains énormes :
« Allons, la jeunesse! Les amoureux, on se balance? »
Mᵐᵉ Brot, la patronne de l'hôtel, une petite vieille noiraude, inaugurait le ma ège sur un cochon. Un beau
manège, avec des glaces dans tous les sens, et taillées à
facettes, et de l'or, et les vaches la langue pendante et
rose, les cochons avec des rubans bleus et des noms de
femmes, les cygnes traînant des chars en velours rouge
avec des clous de cuivre ; et près de la caisse, au centre,
la mécanique à musique toute en tuyaux, dans un cadre
de fleurs bleues et blanches, et de petits personnages
automatiques frappant sur des cymbales en tournant
la tête, dans des costumes russes, avec des tiares, des
bottes, des diadèmes, une splendeur. Toutes les musiques soudain éclatèrent. Des coups de feu au tir avec des
bravos et des cris, des éclats de rire. La jeunesse se jetait
sur le manège en se bousculant. Les balançoires filaient
dans le ciel, la grosse aisse appela tout le monde vers
le théâtre, qui dans le jour brusquement éteint, brillait
de toutes ses lumières. En rang d'oignons, le sourire
prêt, les maillots chair, les costumes multicolores, la
troupe éclectique, avec deux lutteurs, une beauté orientale, une femme en marquis, deux clowns, et un joli
cœur en costume de chasse, n'étaient encore rien à
côté de ce que vous alliez voir à l'intérieur, et la baguette
du bonisseur, hybride de dompteur et de grognard en
habit noir, frappait d'une cravache l'affiche où on lisait :
*Tableaux vivants : Le Nu esthétique, Mademoiselle Denise
se marie (saynète), Napoléon en Egypte (grandiose évocation historique)*, etc... Dans les intervalles de la parade,
un orchestre, composé d'un piano, de cuivres et d'un
violon, à l'extrémité de l'estrade, jouait des valses.

« Où va-t-on ? » dit Vinet à ses copains. Ils se tenaient
en bande, par le bras, six, la petite à Pignerol au milieu,
une brunette gentille, sans chapeau, déjà un peu décoiffée, heureuse. Cette bande faisait sensation parce qu'ils
étaient tous de jeunes ouvriers solides, avec leurs chemises ouvertes, et leurs manches relevées. L'un d'eux
voulait tout le temps chanter. On le faisait taire. On

avait envie de s'amuser. C'est difficile à commencer. De temps en temps, un des gars lâchait les autres pour attraper une fille. On se heurta à un groupe de vignerons de Villeneuve qui prétendait barrer le chemin. Ça faillit faire une batterie, puis les autres reconnurent Vinet, et chantèrent l'*Internationale*. C'étaient des journaliers, parmi les plus pauvres. On ne fit plus qu'un seul groupe, avec quatre ou cinq petites Italiennes de la fabrique qui avaient des fleurs à leurs corsages ; si bien qu'au centre de la cohue qui se divisait entre les baraques, entrait ici et montait là, ce fut comme une compagnie joyeuse des complices, qui se mit à organiser des rondes, autour d'un couple endimanché, ou de deux vieux, ou d'un soûlard, et des courses, des farandoles en se tenant la main, à travers les lumières, et la nuit maintenant parfaite, glissant parfois hors de la fête, s'échappant pour revenir, filant d'une place vers l'autre comme une fusée de rires ; et sur les murs, les vieilles affiches de la campagne électorale orange, bleu sucre, vert herbe et rose bonbon, avaient l'air d'une douce plaisanterie ancienne.

Comme il courait après une des Italiennes, devant le *Tir de l'Univers* où des chameaux, des danseuses, des lapins blancs de craie défilaient sur fond noir entre les œufs des jets d'eau, Vinet faillit tomber, et ça lui fit ouvrir la bouche. Il y reçut à toute volée une poignée de confetti. Pouf! Ça vous sèche la gueule, mais des confetti! Où en achète-t-on? Ça c'est une idée! C'était à la baraque du nougat, et déjà toute la foule se les arrachait, s'en battait. L'air était plein de papier, l'air était de toutes les couleurs.

*

Armand avait pris à sa toilette un soin absolument nouveau. Tout se passait comme si, ce soir-là, il dût jouer un premier rôle dans une pièce qu'il ne connaissait pas encore. Pour lui-même, Armand appelait sa chambre sa *loge*, et tandis qu'il se lavait les dents avec énergie,

233

qu'il se rinçait la tête et vérifiait chaque petit détail de sa personne, il se disait : « Je me maquille. » Le temps lui parut long jusqu'à la nuit. Son père recevait des gens en bas, et le jardin était envahi. Des verres se choquaient : « Je bois à la République... » Il avait fallu aussi esquiver Edmond, qui pour une fois se serait bien affublé de son jeune frère pour aller à la fête. S'il allait rater son entrée, Armand ?

Sérianne était tout à sa folie annuelle. Armand tombait là-dedans quand déjà les yeux brillaient, et les gens avaient perdu la retenue de tous les jours. De loin, on entendait la musique et les clameurs, et il y avait une lumière dans les arbres qui les rendait faux et qui éclaboussait de blanc cru les maisons. Les ombres volantes, immenses, des balançoires accueillirent les premières le jeune homme. Des couples se formaient et se déformaient sur son passage. Il avait le brusque sentiment de découvrir la place disproportionnée de l'amour dans la vie. Il se sentait de la langueur et de l'impatience, et il comptait dans sa poche le peu d'argent qu'il possédait ses économies. Devant le théâtre, la foule était serrée. On dansait plus loin. Il reçut comme un coup de fouet des confetti bleus. Maurice Delobelle lui donna au passage une bourrade amicale. Il salua Mme Migeon. Il cherchait Thérèse. Il la trouva au tir.

Respellière, le teint plus brouillé, plus malsain que jamais, faisait des cartons au milieu de l'admiration générale. Le couple était flanqué de deux vieillards, leurs propriétaires, les Coquelombe. Thérèse, dans une robe de pongé ornée de vert, avec un collier de jade, baroque, s'embêtait. Lamberdesc était à son dîner, et le petit n'arrivait pas. Elle, elle tirait comme une seringue, alors... pour faire rire les gens. Qu nd elle aperçut Armand, elle s'écria : « Oh, voilà le petit curé ! » et elle s'échappa vers lui. Respellière rechargeait son arme. Il regarda la scène de loin, haussa ses puissantes épaules puis avec application visa un œuf. « Monsieur Armand, cria très fort Thérèse, mon mari travaille pour la galerie. Faites-moi la cour ! »

On connaissait le petit, dans les gens qui étaient autour d'eux. Il y eut quelques rires bonasses. Un coup de feu. L'œuf avait sauté du jet d'eau.

Thérèse entraînait Armand par le bras. Elle lui murmurait à l'oreille : « Qu'est-ce que tu as fait, petit chameau ? Je t'attends depuis des heures, on n'a pas idée ! » Avait-il tant tardé ? On les bouscula. Aux fléchettes, des types de *Pro Patria* faisaient le désespoir du marchand de nougat. Thérèse acheta trois sacs de confetti et les mit dans les bras d'Armand. Ils parcouraient la foule, et elle puisait dans l'un des sacs ce qu'elle jetait aux passants, à ceux qu'elle trouvait beaux gosses, des grands paysans éberlués, ou des messieurs de sa connaissance qu'elle aguichait. Quelqu'un, de temps en temps, lui parlait avec ces yeux allumés qu'Armand voyait à tant de gens ce soir-là. Elle s'échappait en courant, l'appelait : « Mon cavalier ! Où est mon cavalier ? Monsieur Armand ! » La petite robe de pongé faisait tailleur, très ouverte. Ses seins, sous la jaquette, il semblait que rien ne les préservât, et dans le décolleté on en voyait l'écart, la peau blanche, la rondeur. Armand avait l'envie perpétuelle d'y fourrer sa main. C'était à lui, peut-être...

Les musiques contrariées, qui faisaient des cacophonies, puis se désunissaient quand on avançait vers l'une des baraques, le mouvement et la cohue, c'était, dans la nuit serrée comme le cœur d'une fleur, un alcool terriblement fort pour Armand et pour les autres. Des hommes attrapaient par la taille des passantes qu'ils n'auraient jamais songé effleurer un autre jour. On se frôlait au passage. Une grande brune rieuse jeta un dahlia à Armand, qui n'osa pas le ramasser. Thérèse le tirait avec elle. « Pige un peu le receveur des postes : la bobine que fait sa femme ! Je ne vois pas ton frère ? Tu ne sais pas s'il est là... Petite canaille, dis-moi vite que tu m'aimes... » Le théâtre exhalait une valse française et Thérèse fredonnait :

La Chaloupée — c'est la vals' d'aujourd'hui.
Elle fut lancée — par qui ? par Max Dearly,

235

Et Mistinguet-te — guet-te
En gigolette...

Tout à coup, Armand avait pris des confetti à pleine main et il les enfonça dans le corsage ouvert de Thérèse. Elle hurla. Il ne retirait pas sa main. « Monsieur Armand... Monsieur Armand! » Des gens rigolèrent près d'eux. On les sépara. C'étaient ceux de la bande à Vinet qui faisaient une farandole. Ils entraînèrent Armand. Thérèse s'était accrochée au bras d'un grand garçon du faubourg qui était en bras de chemise avec un pantalon bleu et un gilet ouvert. Armand eut un brusque mouvement d'humeur et rejoignit *sa* femme. Il lui prit le poignet et le tordit. « Oh, cria-t-elle, il m'a fait mal! » Alors, tout le monde se mit à rire, on les entoura, Armand fut aveuglé de confetti ramassés par terre. C'était pas propre, mais les types n'avaient pas de quoi se fendre de neufs, à cinq sous le sac. Tout d'un coup, Armand reconnut Vinet. Le candidat lui fit bonjour de la tête. Il était en nage, il tenait la petite Pignerol contre lui, il menait toute la bande. Armand se sentit assez choqué. Il se faisait une idée tout autre d'un socialiste.

Thérèse l'entraînait. Il lui paya les balançoires, le manège, et puis encore les balançoires, on se tenait debout à la corde, tous les deux l'un près de l'autre, et le vent lui soulevait les jupes, à Thérèse, et il avait envie de lui caresser les jambes. On entendait au loin les coups de feu du tir. « Il tue toujours des œufs, ton mari? » Elle éclata de rire. Plus haut! Plus fort! En descendant de là, tout leur tournait. Le cœur allait vite. Ils n'eurent pas besoin de parler, ils trouvèrent très naturel de gagner l'ombre des rues. Ils jouaient à se poursuivre, et sortis de la fête, ils s'embrassèrent comme des fous. « Non, petit bêta, pas ici! » Il la suppliait, il connaissait un endroit dans la ville haute... Elle se laissa persuader. Elle chantait : *La Chaloupée c'est la valse d'aujourd'hui...*

XXVI

La fête ne se limitait pas au cœur de feu de la petite
ville. Au-delà des lumières, des musiques et des grandes
ombres descendantes, la joie se prolongeait par grandes
traînées dans les rues larges, reflambant aux petits
cafés pour atteindre le faubourg où beaucoup de gens
circulaient, qui chantaient, riaient, et se payaient des
plaisirs plus à leur portée que les baraques de la Grand'-
Place. Tout le monde était dans la rue. Les plus pauvres.
On faisait un tour là-haut pour voir, puis on se retrouvait entre soi. Il s'était fait des bals ici et là, devant
les débits où il y avait une mécanique quelconque, un
phono qui toussait des romances. Les gens du peuple,
dans le Midi, dansent bien et aiment à danser. Un peu
plus pourtant ici que dans la ville, des groupes d'hommes s'entretenaient encore des événements, de la politique. Vêtements de toile bise, sarrot gris, et les bleus
délavés des ouvriers, avec des ceintures marine ou rouges
tranchant sur la chemise blanche mise pour la fête.
Les femmes, ici, ne s'étaient guère faites belles, il y
avait eu les mêmes ennuis, les mêmes fatigues que tous
les jours, et la marmaille. Aussi, pour la plupart, étaient-
elles délaissées par leurs hommes, et se groupaient-elles
entre femmes, à des portes, à des bancs. Vers la gare,
près du garage, une certaine agitation régnait qui
n'avait pas la fête pour cause, mais la vie. Là, tout
travail ne mourait pas avec le dimanche. Il y avait encore

237

des allées et venues d'hommes en sueur, au visage maculé de cambouis et de graisse. Un cri de locomotive perça la nuit près d'un hangar.

Puis les groupes s'espaçaient, et commençait doucement l'ombre claire des campagnes où s'échappaient des jeunes gens, des amoureux. Il y avait, sous le morcellement d'argent des oliviers, des rires nerveux et des murmures. La ville se perdait ainsi dans une périphérie de sentiments tendres et de langueur. La lune tombait doucement sur les vignes mûrissantes.

Mais, au-dessus de la fête, au-dessus des lueurs tournantes et du chahut mêlé des folies citadines et du triomphe électoral du Dr Philippe Barbentane, qui pérorait au Café des Arts, au milieu des membres de son comité, se dressait une masse de ténèbres et de silence, le vieux Sérianne enfoncé dans le ciel comme dans ses souvenirs. Les gens d'ici s'étaient tous vidés vers les places. Les maisons étaient désertes et sombres, à peine si une veilleuse teintait les vitres d'une chambre où se confinaient de trop vieilles gens. Quelque part, en grimpant, vers les demeures ducales, d'une croisée ouverte s'exhalait le gémissement d'une femme en couches qu'on avait laissée seule, et qui sentait avec horreur une vie commencer pendant que le père égoïste faisait le joli cœur dans les balançoires. Des chats fuyaient, qu'on entendait plus loin hurler à l'amour dans les ruelles. Sous le réflecteur sale, attachées au coin des maisons les petites ampoules jaunâtres de l'électricité municipale s'espaçaient en montant. Puis venait la nuit véritable et le délabrement.

Armand rentrait dans son royaume.

Il n'était plus l'enfant rêveur à qui toute la poésie du monde est dans les histoires sans fin du passé, dont le cœur battait dans la poitrine de Raimbaud d'Orange pour une reine qui s'en est allée. Il n'était plus le schismatique à l'orgueil grisé de logique dont la jeunesse lançait au silence des ruines des paroles flambant dans le désert. Il était un homme aujourd'hui, un homme qui revient dans le jardin fantastique, avec sa proie réelle, une vraie femme au sein palpitant. Une femme qu'il n'avait pas choisie, sans doute, mais qu'importe! Une femme avec tout son mystère vivant. Une femme dont on ne sait pas ce qu'elle pense, qui va sans cesse avoir un geste inattendu, qui parle, que dit-elle? Les mots, bas murmurés comme si chacun d'eux était criminel, ne trouvent pas toujours l'oreille d'Armand, trop occupé de lui-même et trop ému d'avoir passé la forge fermée d'Avril le Mexicain. Que dit-elle? « La nuit, parfois, à Saïgon... » Et c'est tout ce formidable Orient de pacotille qui se lève au cœur noir du pays de Marguerite de Provence et des troubadours, cet Orient qui s'est ouvert avec un kimono bleu plein d'oiseaux et de ramages à l'imagination toujours prête d'Armand. Voici pousser dans la nuit des rizières. Joncs d'un paysage où courent des hommes jaunes aux pieds nus... Armand, la réalité pourtant le domine et comme il remarque à cette heure pour la première fois les détails lunaires de son vieux Sérianne, comme il est saisi que ce ne soit point la cité pleine de chevaliers et de demoiselles qu'il porte avec lui depuis des années, mais le vrai Sérianne en ruines, lamentable, et sale, et abandonné, avec ses pavés disjoints, le sable encore marqué des rigoles d'hiver, ses murs tombants, ses tuiles cassées, des ordures en plein milieu des rues, ses toits crevés, sa misère. Pour la première fois, la force étrange des choses telles qu'elles sont le saisit. Pour la première fois, il est de plain-pied avec elles. Salut à vous, venelles, pierres sèches, poussières. La terre sera dure où nous nous allongerons tout à l'heure. Les moellons accrocheront *sa* robe. Familiarité du sol et des plantes. Il y a des orties à éviter là-haut, elles ont envahi tout un coin de ma cave. A cette heure, on ne verra pas comme leurs fleurs sont blanches. Pourvu que d'autres ne soient pas venus s'égarer par ici! Oh, et puis, la barbe! Qui grimperait dans le haut Sérianne, si ce n'étaient des amoureux? On n'en voyait pas à vrai dire, ou qu'ils connussent des cachettes profondes, ou qu'ils eussent tous préféré ce soir le grand rire des lumières et le *Nu esthétique,* et le tir à fléchettes du marchand de nougat.

Il faisait bleu comme jamais dans la vie d'un homme. Tout était blanc qui n'avait pas la couleur du corbeau. La nuit méridionale avait une odeur pénétrante. Dans la nouvelle lune montaient au-dessus du couple l'échafaudage des ruines, les éclaircies qui mènent à la tour romaine. Armand faillit longer sans le reconnaître dans cette féerie transfigurante le vieux vantail branlant qui était rose en plein jour. Son château... Par la brèche, ils passèrent ensemble, et il sentit toute la femme contre lui.

*

Jamais les gens n'avaient été plus laids ni plus drôles. Celui-là avec son grand pinceau pisseux de moustache, un petit ventre, un gilet à carreaux, de longues jambes et une peau de caoutchouc flasque sous le panama. L'autre, un court, à la barbe en bourre à matelas, le nez pâle, un navet, et des anses dans un veston à petit damier. Les deux dames, sèches comme du crottin sur lequel on aurait mis des plumes. Toute une famille en rang d'oignons, des yeux de crapaud répétés à toutes les tailles, du veston fatigué du père aux marins à col bleu repassés de fils en fils, du trop court au trop long. Un clerc de notaire qui s'est mis au cou un mouchoir à fleurs, l'oreille en clé de sol et un nez de rat. Une marchande de légumes en blanc, avec des chaînes et des bagues d'or, comme une théière sortie aux grandes occasions. Le patron coiffeur de la rue Longue, qui a une tête comme un demi-blonde. Des vieilles demoiselles sur les cochons, des taureaux fatigués, apoplectiques, au-dessous des balançoires, et la bousculade, et ceux qui courent, qui dansent, qui crient. Les confetti sur tout, à la confusion des dignités.

Mme Migeon se sentait un peu soûle après deux fines entre l'agent voyer et le percepteur Respellière. Son mari s'était perdu quelque part, à parler boules, dans la sarabande que menait le candidat rouge. On avait déjà essayé de tout, même du théâtre, où il y avait un bien bel homme, un brun. Mme Migeon n'était pas comme ces femmes du Midi qui, parce qu'elles sont du Midi, préfèrent les blonds, parce qu'ils sont une rareté, non, elle préférait les bruns, les beaux bruns, bien bruns, comme elle y était habituée. Respellière rigolait un bon coup : il était du genre, pas ? Et quant au petit Migeon, châtain, il pouvait passer pour blond à Sérianne. Respellière ouvrit sa chemise. Regardez-moi ça. Il était velu comme un singe, et noir, ça on peut dire, malgré quelques poils d'argent, bon teint. Alors ? Mme Migeon se renversait de petits rires et l'agent voyer devenait nerveux. Les musiques se croisaient comme de grinçantes mains de fer. Pierre Delobelle attendait dans un coin, près du manège, quelqu'un qui ne venait pas. C'était vrai qu'il devait y avoir un dîner chez les parents, mais enfin. Il était touchant de fébrilité, un grand gosse qui a peur pour son jouet. Il était un de ces jeunes gens qui ont toujours le col plus petit que la chemise, si bien qu'on leur voit un morceau du cou entre deux. Il était inquiet avec ça de ne pas apercevoir Armand. Peut-être lui avait-il fait de la peine ou peut-être... Ça, ce serait pire. A qui se fier ?

De derrière ses fenêtres, Pauline Mestrance surveillait le spectacle, enrageant de devoir rester là. Mais qu'aurait dit le monde ? Mestrance, on pouvait le voir dès maintenant, se rétablirait. Il se remuait dans son lit, insupportable. Il appelait pour ci, pour ça. Il avait trop chaud, il voulait à boire. Ce n'était plus qu'un ivrogne. Il ne savait pas ce qu'il voulait. Pauline, par haine, continuait à faire celle qui est inquiète, parce qu'elle voyait que ça le frappait : « Suis-je si malade ? » demanda-t-il, comme elle marchait perpétuellement sur la pointe des pieds, de façon à lui donner à chaque pas craquant une raison de bondir. Elle ne répondit pas, et devint maternelle. Il fut pris d'une peur atroce : « Je suis perdu... je vais mourir... » Il suait, il se souleva : elle vint, bonne à en crever, le retasser dans ses draps, avec un soin terrible pour les oreillers. Il se mit à pleurer comme un gosse. La musique à travers les volets jouait un succès de Mayol :

Les mains des p'tit's femm' sont admirables
Et tout' s semblables
A des oiseaux!

C'est alors qu'on perçut, venant des bas quartiers, une espèce de rumeur, et comme l'haleine d'une foule. Cela grondait. Cela sortait on ne sait d'où, du ventre peut-être, comme un borborygme inattendu dans la fête. On ne l'avait pas d'abord saisi à cause des musiques, de la gaîté, des plaisanteries, des lumières et des balançoires. Tout continuait d'ailleurs comme quelques minutes auparavant. Mais un peu partout des gens s'étaient mis à écouter, à écouter croître cette marée comme un secret de la terre. Cela s'enflait sans se préciser jusqu'au moment où la masse même des rieurs, des joueurs, se sentit comme figée face à face avec une autre masse qui suintait des rues et des pavés, qui semblait sortir des maisons, une foule sérieuse et compacte, qui n'avait ni confetti, ni serpentins, ni armes, ni drapeaux. Car on eût préféré n'importe quoi à ce silence, à ces épaules serrées, à ces poings de lutteurs, à ces visages où se peignaient l'indignation et l'horreur. Qu'y avait-il? Les balançoires continuaient leurs grands gestes vers le ciel, le manège tournait, la musique couvrait les battements des cœurs avec sa voix de caf'conc'. Qu'est-ce que tout cela voulait dire?

Il semblait que tout ce qu'on oubliait toujours, pensant à Sérianne, tout ce qui n'y était ni boutiquier, ni rentier, ni prêtre, ni propriétaire, tout ce qui n'était ni Mme Serbolet, ni M. Arnaud, ni MM^mes Cotin, ni les Barrel, tout ce qui faisait dans la vie de Sérianne la trame habituelle, et plus jamais remarquée de cette vie, était monté là dans un sentiment incompréhensible, dont échappait le motif.

Il y avait là ceux qui cassent les pierres sur les routes, ceux qui déchargent les légumes, ceux qui pendent les quartiers de viande aux boucheries, ceux qui mènent dans la nuit et le matin des charrettes chargées d'oignons et de fruits mûrs, ceux qui montent sur les toits

242

comme des acrobates, ceux qui suspendent les fils télégraphiques, les ravaudeurs des choses vulgaires, ceux dont les mains sont pleines d'échardes, ceux dont les yeux sont blessés perpétuellement par les feux des forges, ceux dont les bras et la nuque se déformèrent sous les charges pesantes, ceux qui crèvent la terre pour y enfouir l'eau et l'électricité, ceux qui soignent la peau monstrueuse des routes, ceux qui vident les poubelles et ceux qui promènent dans la nuit nauséabonde les énormes tinettes ou la pompe qui souffle à la canule des maisons, ceux qui cousent, accroupis, le cuir ou la laine, des hommes et des femmes qui savent ce que c'est que la faim, aux dents mal tenues, à la force qui fait contraste avec le rapide vieillissement, des jeunes qui n'ont pas le temps de remarquer leur jeunesse, les ouvriers de la fabrique, les femmes de la manutention, des cheminots, des carriers de par-derrière la ville, des charroyeurs, des journaliers de la campagne, des hommes qui se louent, qui se vendent, qui se tuent, des hommes de toutes les tailles et de tous les horizons, sans ordre, les petits et les gros, les grands et les maigres, des Provençaux et d'autres venus de loin, métissés de tous les coins de la France, de tous les hasards du travail, comme les cahots des rues, et des Italiens rageurs et noirs, et des Luxembourgeois tombés là Dieu sait comme, des Suisses, des fronts marqués, et de jeunes yeux révoltés, et des poitrines puissantes, et des bras de tombeurs, des bras presque uniformément musclés, en dépit de l'âge, de la jeunesse, de la vieillesse, des bras énormes, des poings disproportionnés, où, bleu pâle, grimpaient des tatouages, des cœurs, des serpents et des entrelacements, ceux qui bâtissent, ceux qui défont, dont le corps a gardé quelque chose des murailles issues d'eux-mêmes, du fer qu'ils plient ou de la chair qu'ils débitent dans les abattoirs.

Il y avait là tous ceux sans qui les autres, ceux qui les regardaient venir, seraient morts de faim au milieu d'un univers sauvage, nus, et dans leurs excréments. Et ceux qui les regardaient venir n'avaient jamais été plus laids, plus peureux, et plus drôles. Drôles comme des puces savantes qui regarderaient des chiens.

A leur tête marchait une femme, une femme muette et sans couleur, avec des gosses, trois, dans les bras un bout de chiffon, aux yeux encore émerveillés de toutes les flammes, et deux dans les jupes, cinq et trois ans, des hommes qui ne pleuraient pas, noirauds, contre leur mère. Et au-dessus d'eux, les balançoires faisaient dans les quinquets de la fête de grands signes d'ombre affolés.

*

Vinet avait vu se produire le rassemblement, dans la stupeur. Qu'est-ce que cela signifiait? Les copains de sa bande, brusquement figés, malgré deux ou trois des femmes d'abord qui n'avaient pas compris, s'interrogeaient autour de lui. Le candidat s'avança vers les lumières, et près du théâtre, d'où les gens sortaient, malgré les efforts des saltimbanques débordés, plusieurs des hommes qui arrivaient vinrent le rejoindre. Des ouvriers, un type des tramways. « On t'a cherché, l'avocat, il faut venir. » Ils lui expliquèrent le coup en moins de deux. Vinet se sentait mal à l'aise, encore tout essoufflé et suant de la course et du jeu, honteux de ce qui se passait sans lui. Il essaya de s'excuser, il ne savait pas. Bien sûr. Ils lui coupaient la parole : « En attendant, pour le Parti, faut que tu sois là. » C'était un petit décidé, qui avait dit ça, une mine d'écureuil, Vinet le connaissait un peu, il travaillait aux broyeuses.

L'instinct du devoir, ou celui du chef, il y avait en Vinet quelque chose qui le poussait en avant sans trop réfléchir. Il allait parler, dire ce qu'on attendait de lui. Quel âge avait le mort? Trois enfants? Ah oui, ceux-là. Il eut une vague idée qu'il n'était pas correct, comme ça, sans veste. Il prit la sienne à n'importe qui, qui n'osa pas refuser, et se la jeta sur les épaules sans passer les manches. Dans sa tête, il préparait ses premières phrases pour avoir le temps de réfléchir en parlant : Citoyens... Tonnerre, il n'aurait pas pu... Enfin cette fête, il aurait mieux fait de s'abstenir... Il avait un sentiment de culpabilité

244

qui le gênait pour penser, il était humilié, il se sentait rudement rappelé à l'ordre par la masse, par les ouvriers. Il était maintenant avec eux, à leur tête. Jamais de sa vie il n'avait senti si directement à quel point il n'était rien par lui-même : « Citoyens... » Un murmure, et des *chut* coururent. La foule imposait le silence au manège où la musique s'étrangla. Des protestations lointaines éclataient. « Citoyens... » Les balançoires enfin s'arrêtèrent. La lumière fausse, et le décor des platanes, se transformaient avec le silence. Un meeting s'improvisait. « Citoyens, un homme vient de mourir !... »

Dans le Café des Arts, le Dr Barbentane, entouré des notabilités, venait de prononcer une allocution brève, mais qui avait été accueillie avec une grande cordialité. Il y avait là les hommes de progrès de cette ville, tous ceux qui ont conscience des responsabilités républicaines. Peut-être les meilleurs de cette bourgeoisie mesquine, mais animée de grandes illusions autant que de petits intérêts. Le sort du monde les avait fait réfléchir. Ils avaient écouté avec inquiétude les bruits lointains du canon balkanique, la menace de la guerre qui pour eux part autant de Paris que d'outre-Rhin. Leurs ridicules qui nous sautent aux yeux ne peuvent nous faire oublier tout à fait cela. Ils lèvent leurs verres, ils trinquent à toutes sortes de grandes baudruches, mais tout de même à la paix, à la vie. Et quand la porte s'ouvre, et qu'un des leurs, l'air égaré, entre et leur dit ce qui se passe audehors, leur première pensée à tous est pour cet homme qui vient de mourir. Ils ne le connaissaient pas, et vivant, ils l'auraient peut-être facilement maltraité, mais il est mort, et ça leur sèche tout de même la gorge. Le pauvre type !

Barbentane transpire. Un soir comme celui-ci. Et puis il ne se sent pas tout à fait tranquille, il faut aller voir. Ce socialiste qui parle, dans sa ville... La fête bousillée.

Au-dehors, la voix de Vinet monte : « Un mouvement spontané nous a tous ici ramassés, parce qu'il y a dans cette affaire quelques obscurités intolérables, et que vous voulez, que nous voulons savoir... »

La foule n'est plus séparée en deux maintenant. Autour de l'orateur, les rangs se sont confondus. Les forains, à leurs boutiques, écoutent. Tout un groupe formé des Barrel, de Delangle, de Lamberdesc, des deux Loménie est là, avec les autres. Barrel est bouleversé. La mort, c'est une chose à quoi il ne peut penser sans frémir. Quelle horreur! Il ne veut pas penser à cela, et c'est plus fort que lui. Il se répète à lui-même que c'est absurde, qu'il n'a pas même la responsabilité de l'existence de *Pro Patria*, et puis c'est un accident, alors il est bien étranger à cette mort. « Mon cher Delangle, peut-être pourriez-vous leur dire quelques mots... cet affreux malheur... » L'élégant Delangle se récuse avec une certaine hauteur : « Excusez-moi, cher ami, je n'ai plus rien à faire, à dire ici après ce blackboulage. Ce sont les affaires de votre Barbentane. » Il y a toute une histoire dans le geste de protestation de Barrel, et le sourire qui lui répond. Barrel veut dire qu'il a voté, lui, pour le modéré, et le modéré, lui que Barrel a fait voter pour Barbentane. Il y a là-bas des grondements, la voix de Vinet qui monte : « Citoyens... »

Dans tout cela Pierre Delobelle a retrouvé Jacqueline, il l'a jointe, il lui parle à mi-voix. Le Dr Lamberdesc observe ça du coin de l'œil. » Il va y avoir du vilain, avec ces affreuses gens? » demande Suzanne de Loménie. On ne lui répond pas. Son frère hausse les épaules. « C'est bien du bruit pour un seul mort, dit-il. On ne fait pas tant de foin que ça pour la vie humaine au Maroc. » « Un beau soldat, ce garçon », pense Mme Barrel, qui ne peut détacher ses yeux de la cicatrice du coup de sabre. Barrel, lui, se tourmente. L'accent circonflexe de sa moustache va et vient de son nez à sa lèvre. Il a pris le bras de sa seconde fille, sa préférée. « La vie humaine, dit-il, n'est pas une quantité si méprisable... — Oh! vous savez, répond Lamberdesc, c'est affaire de métier. Naturellement les militaires... — Mais la mort, docteur, la mort. — Nous aussi, reprend le docteur, qui voyons mourir tant de monde, nous sommes cuirassés, que voulez-vous ? »

246

« Citoyens, dit au-dessus de tous Vinet, citoyens, les responsables ne sont pas les hommes, mais le régime! le régime! Que votre protestation indignée et légitime, douloureuse et légitime, garde donc le caractère de dignité dont nous ne devons jamais nous départir... nous départir. Nous prendrons en main, nous autres socialistes, les intérêts de la veuve et des malheureux orphelins. La classe ouvrière de Sérianne restera alertée, et veillera à ce que la municipalité fasse entièrement son devoir... »

Dans la foule mêlée, il y a diversité de mouvements. Pourtant les jeunes gens du patronage et de *Pro Patria* qui ont essayé au début d'élever la voix se taisent maintenant. Allez faire entendre raison à une foule sentimentale! Maurice Delobelle et quelques autres râlent dans leur coin, mais ce n'est pas le moment de se montrer. Ces socialistes, tout leur est bon vraiment. Celui-là comme il joue du cadavre! Qu'est-ce qui se passe? Des cris, des sifflets, des applaudissements. Une barbe claire, un petit ventre ceint aux couleurs de la France. C'est le maire qui vient de s'avancer avec le groupe de ses amis, l'adjoint, les conseillers, auxquels se sont ajoutés Respellière et le maigre Migeon. Il règne une certaine confusion. On n'entend pas bien les premières paroles.

« ... Au nom de la municipalité républicaine de notre ville. Nous prenons ici l'engagement de faire le nécessaire, tout le nécessaire... »

Les lumières crues et fausses de la fête donnent à tout cela l'aspect d'un atroce marchandage, entre gens honnêtes, mais inquiets comme s'ils ne l'étaient pas. La présence, auprès de Vinet, de la femme avec ses enfants ajoute au décor une terrible amertume. Barrel, soulagé de la présence de Barbentane, soupire. On devrait emmener au moins les enfants. Les paroles du maire passent sur la foule comme une brise d'apaisement. Peu à peu, l'assurance lui est revenue, à Barbentane, l'assurance qui naît de la parole. C'est un orateur comme le Midi en est plein. Ses phrases se développent, se balancent, deviennent des périodes harmonieuses. On l'écoute. » Il parle bien, cet homme! » dit Mᵐᵉ Migeon, qui serre le bras

247

de l'agent voyer. Edmond Barbentane dans la foule a salué de loin Mme Barrel qui répond en pliant son cou bagué de velours. Quelqu'un derrière lui demande dans un souffle : « De quoi s'agit-il ? » Il répond sans se retourner parce qu'il a reconnu la voix de M. Robert, du « Panier Fleuri », avec lequel il n'a pas l'intention de s'afficher en public. La grande vague des phrases couvre les murmures qui pourtant s'exhalent des plus pauvres parmi ces hommes. Mais l'autorité de Barbentane est grande, et l'autre, le seul qu'on puisse lui opposer, le chef se tait, il calme même la foule de la main. Il va répondre, évidemment, il va répondre. C'est un meeting. Il commence à se faire une espèce de mouvement de désintérêt dans la masse même. Les forains qui sentent passer l'heure, et la recette s'envoler, ont remis doucement leurs musiques en marche, en sourdine. Sur le manège qui tourne à vide, des jeunes gens sont même montés.

Vinet parle. Il n'est pas content, non pas tant du tour des choses, mais d'une observation très sèche que lui a faite le petit à tête d'écureuil. Celui-ci lui a reproché d'avoir dit que c'était une manifestation spontanée qui s'était produite : « Spontanée ? Des fois qu'on n'a pas eu assez de mal à ramasser les gens... » Qu'est-ce que c'est tout d'un coup que cette querelle de doctrine intempestive ! Cet emmerdeur aurait voulu que Vinet marquât le rôle du parti à mobiliser les ouvriers ce soir... Toujours les mêmes rengaines ! Le rôle du parti. C'est-à-dire que ces pauvres bougres voulaient faire mousser leurs initiatives. D'ailleurs, pour ce à quoi elle aboutirait leur manifestation ! Le parti, ici, c'était lui, Vinet. Il avait dit *spontanée* comme il aurait dit autre chose. Tout cela l'agaçait, pendant qu'il exposait, comme dans une cour de justice, l'étrange attitude du maire, la dissimulation de la mort pendant un jour... Il aurait voulu parler du fait que le fils du maire était un des *Pro Patria*, mais sa conversation avec Armand le gênait pour ça. Alors il y avait un chaînon qui manquait. Il sentait qu'on ne le suivait plus...

« Pas brillant, le socialiste, ironisa François de Loménie, je vous les conduirais à la schlague, moi, tous ces gars-là ! »

Les balançoires avaient repris leur course doublée d'ombre, les musiques jouaient librement. Les hommes en qui se poursuivait le drame, là-bas, agitaient leurs bras comme des muets. On ne les entendait plus. On voyait des mouvements dans les premiers rangs qui traduisaient les phrases du dialogue. La fête reprenait le dessus. Le maire promettait, promettait. On se regardait sans trop savoir. Qu'est-ce qu'on faisait là ? Il y eut probablement une sorte d'accord entre les orateurs. Ils se saluèrent avec cérémonie. Vinet s'éloigna, il appelait les siens. On comprit qu'il voulait continuer cette histoire, expliquer où on en était, dans une salle du faubourg, au siège des syndicats. Il y eut des hésitations. Il aurait fallu profiter du désarroi général, obtenir pour la veuve et les enfants... Beaucoup, puisqu'ils étaient là, restèrent pris aux baraques. Les autres peu à peu s'écoulèrent. La fête avait entièrement vaincu.

La Chaloupée berçait la ville et, sur le théâtre, la parade agitait des robes lie de vin et des habits noirs, quand seule, la mine assez défaite, haletante d'avoir couru, Thérèse Respellière déboucha d'une ruelle sur la Grand'Place. Suzanne qui coquetait avec Lamberdesc, l'aperçut la première et, au grand ennui de Mme Barrel qui n'aimait guère la perceptrice, elle l'appela.

XXVII

. « Ceci est mon palais », avait dit Armand, aidant
Thérèse à pénétrer dans la cave. On n'y voyait pas
plus que dans un four, sauf que là-bas le mur se déchirait et par l'ouverture maintenant entrait un flot de
lune qui s'accrochait à des ronces et du lierre pendant.
Armand avait sorti son briquet, le briquet que lui avait
donné Pierre Delobelle, mais Thérèse l'empêcha d'al-
lumer. Elle voulait garder à ce lieu son mystère, elle
redoutait la vulgarité du réel. Ils gagnèrent donc à
tâtons l'ouverture béante de lune.

À cette heure, le paysage avait un caractère fantastique. La cave s'ouvrait en haut d'un mur, qui dominait
une ruelle sombre, de telle sorte qu'on était de ce côté,
non plus dans une cave, mais dans une tour. Les masures
et les ruines revêtaient un aspect sauvage, un aspect
des jours féodaux, à cause de l'exagération de l'éclairage. Tout était flèche dans cette ville morte, au-dessous de laquelle on ne pouvait apercevoir les vivantes
lumières. On plongeait au-delà de la cité sur la trouble
vallée sans eaux, où les pierres seules offraient à la
lune de faux miroirs blancs. Comme une cravate de
notaire enserrant Sérianne, le fleuve zigzaguait dans un
univers de cailloux vers deux horizons. À droite la
masse des dernières Alpes, pelées, arrondies, dressait
les seins multiples d'une chienne, et les collines, à leur
pied, moutonnaient d'une verdure noire à cette heure.

A gauche, la plaine, les vignes, et des îlots d'arbres et d'hommes, des lumières. De temps à autre quelque chose de blême et de scintillant passait dans ce coin de l'univers, le tramway. Tout ce qui reliait au vingtième siècle ce décor fait pour les exploits des grands détrousseurs des routes, de Mandrin aux Chauffeurs. Abrité qu'on était, on ne percevait plus les musiques et les rumeurs de Sérianne. Le vent ne portait pas de ce côté. Dans la journée, on entendait ici le bruit des carrières au-delà des arbres du jardin Barrel. A cette heure, tout était parfaitement muet, même le vent. Il faisait si beau qu'Armand ferma les yeux pour mieux serrer contre lui sa Thérèse. Elle se mit à parler. On l'aurait tuée plutôt que de l'empêcher de parler. Elle repoussait Armand qui quêtait des baisers, mais restait dans ses bras, parlant. Elle se sentait libre pour la première fois.

« Tu n'imagines pas leur été, là-bas c'est l'hiver. C'est fiévreux, ce delta, le ciel vous pèse. On est trempé de sueur du matin au soir, et les nuits ne sont jamais comme ici, un repos. Nous n'avons jamais eu ni l'argent ni les vacances pour faire comme les fonctionnaires, aller à la montagne, dans la baie d'Along, qu'on dit ce qu'il y a de plus beau au monde. C'est au Tonkin. Une fois on avait failli : l'infanterie de marine était envoyée à Hong-Haï, aux mines de houille, où il y avait une révolte d'indigènes. De Hong-Haï c'est facile, c'est tout à côté. Mais le régiment de Respellière est resté en Cochinchine. Si près, et n'avoir pas vu ça... »

Armand souffla doucement quelques mots sur la beauté présente. Il cherchait les lèvres de la bavarde. Elle parlait de ses amants.

« Tu ne peux pas t'imaginer la place que ça prend dans la vie d'une femme, dans un pays pareil. Seule. Respellière appelé ici ou là. Rien à faire, et ce climat épuisant. Je ne dis pas ça par excuse. Mais ces hommes, on n'a qu'à étendre la main pour en prendre : ils sont fatigués des jaunes. Des officiers. J'en ai connu, j'en ai connu. Tiens, le commandant Dorsch, il n'y a pas longtemps que j'ai vu dans les journaux qu'il était passé

251

général. C'est lui qui m'a donné ce collier. Il paraît que cela vient d'un temple... »

Armand ne l'écoutait plus, il la pliait, il la voulait, maladroit, ne sachant s'y prendre. Tout d'un coup, elle devint toute molle, elle fléchit. Elle dit : « Mon boy, mon boy... » et ils ne remarquèrent pas la dureté du sol.

La jeune expérience d'Armand en était encore à d'élémentaires découvertes. Dans l'ombre, Thérèse détruisait à chaque geste une ignorance, et naissait un émerveillement. La leçon se confondait avec le prestige ancien du lieu. Le jeune homme ne pouvait chasser tout à fait de sa tête les rêveries de l'enfance, dans leur cadre d'ombre, avec cette lumière nocturne, qui, à cette époque de l'année, jusqu'à la grande pluie des étoiles au début d'août, est propice aux sorcières de Provence pour préparer les philtres d'amour, les sorts et les envoûtements. On n'entendait point au-dessus le pas des hommes d'armes. Étaient-ils tous partis pour la croisade, ou avaient-ils déserté la garde de la reine ? La lune n'avait pas bougé d'un sourire depuis mille ans. Armand se prit à penser avec une insistance absurde au conte de Peau d'Ane : il aurait su maintenant, s'il avait été le roi son père, ce que pouvait être une robe couleur du temps... Le temps s'allongeait dans la cave comme une bête de proie, féline, et qui distingue mal des caresses les blessures lentes que font ses griffes. L'ombre doucement tournait avec la lune. Le temps, le temps... Thérèse dit : « Il doit être bien tard. — Oh ! soupira-t-il, tu as le temps... »

Elle s'était assise avec une inquiétude subite. Elle bougeait, comme quelqu'un qui cherche quelque chose. Il l'interrogea. « Mon collier, dit-elle, je ne retrouve plus mon collier... » Leurs mains se rencontrèrent sur le sol. Cela ne pouvait avoir glissé bien loin : « Je l'avais en arrivant, je l'ai touché, quand je t'ai parlé du commandant Dorsch... — Il n'a pas glissé dans ton corsage ? — Voyons, ne dis pas de bêtises. Cherche. J'y tiens. » Ils cherchèrent donc.

Dans l'ombre soudain, elle poussa un cri. « Qu'as-tu ? » dit-il. Ce n'était pas le cri de la trouvaille. Elle se taisait. Il comprit qu'elle avait peur. « Qu'est-ce que tu as ? » reprit-il avec agacement. Elle lui prit la main, elle tremblait en silence. « Alors, quoi ? » Il la détestait de cette puérilité. Mais elle dit avec une voix basse qui s'étranglait : « Là... quelqu'un... » Elle avait une peur atroce, une peur démente qui le gagna. Il sortit de sa poche le briquet, le briquet de Pierre Delobelle, et il l'alluma. Levant la petite flamme il interrogea l'ombre. Rien, personne. « A droite... » murmura Thérèse. La main d'Armand décrivit un demi-cercle, il fit deux pas, et il aperçut une masse qui ne touchait plus le sol, le corps bleu d'Angélique, pendue où elle avait connu l'amour.

*

Quand Thérèse se fut enfuie et que, la corde coupée, Armand, avec l'horreur d'un enfant qui découvre la mort en même temps que la lâcheté des êtres, eut constaté que le cœur ne battait plus et, qui pis est, avec cette terrible chaleur de juillet, que déjà ce corps était irrémédiablement retourné à l'empire de la nature, le jeune homme songea tout d'abord à Pierre, mais comment le trouver ? Il descendit vers la ville, cherchant de l'aide à travers un désert. Les premiers hommes qu'il rencontra, deux grands gaillards, ne voulaient rien entendre. Pourtant quand ils surent que ce type qui les avait abordés dans l'ombre était le fils du maire, leurs manières changèrent. C'étaient le boucher qui avait sa boutique près de la forge du Mexicain, et un de ses garçons. Ils portèrent le cadavre et, quand on se trouva dans la lune, ils faillirent le lâcher d'épouvante à cause de l'expression atroce de la morte. Le patron sortit son mouchoir, un grand mouchoir à carreaux, pas très propre, qu'il jeta sur ce visage dont les yeux coulaient déjà. Il fallait aller jusqu'à l'hôpital, c'était un sacré bout de chemin. Ils refusèrent l'aide timidement offerte d'Armand, qui

253

respira. Ils éviteraient la fête, déjà assez troublée comme ça. Comment ? Armand apprit de leurs lèvres l'histoire du terrassier crevé à l'hôpital, de la scène qui s'était produite avec le socialiste, son père. Le boucher votait Barbentane, il raconta le discours du docteur avec une admiration qu'Armand ne partagea pas. Il avait senti dans le premier moment le rôle de son père, quelques mots échangés la veille entre celui-ci et son frère lui revinrent à la mémoire. Il revoyait l'affiche sur la table de Vinet : *Canailles !* Tout cela, et le pitoyable fardeau, faisait une salade dans sa tête. La ville lui apparaissait comme un monstre qui vient de broyer deux victimes dans sa mâchoire. Les réflexions des bouchers sonnaient sinistrement dans la nuit.

Quand ils passèrent près de la Grand'Place, par un détour sur la droite, ils entendirent les musiques, le tohu-bohu, et les lumières vinrent jusqu'à eux par les ruelles. Des femmes leur adressèrent la parole, et un petit groupe se forma, escortant cette chose misérable. L'un des porteurs dit tout à coup : « Les gens, quand ça meurt, c'est comme des figues... » Il faisait le drôle pour ne pas trop songer à l'odeur. Armand pensa que Pierre était là, dans ces lumières et ces chansons, il eut un geste hésitant que le patron boucher comprit : « Allez-y donc, monsieur Barbentane, nous suffirons bien. Il sera temps demain pour donner votre déposition... »

Quand il eut quitté l'escorte, Armand ne se décida pas d'un coup à entrer dans le monde de la clarté. Adossé à une maison, près d'un volet de bois derrière lequel on entendait s'agiter des gens qui venaient de rentrer de la fête, il cherchait dans sa tête le fil d'un écheveau douloureux. Thérèse ramassant son collier, et s'enfuyant avec une expression si basse de la peur d'être mêlée à une affaire scandaleuse, sans se préoccuper de la morte, la morte elle-même, et cette histoire d'une autre mort... la vie venait de prendre une teinte affreuse et nouvelle, et il ne semblait pas que demain pût recommencer comme hier, après tout cela. Quel était le lien, le sens

de toutes ces choses épouvantables? Il ne pouvait le
dire. Il ne tenait pas le système. De tout cela seulement
se dégageait le sentiment d'une monstrueuse injustice,
d'une injustice triomphante et sans corps saisissable,
à la merci de laquelle on se trouvait à proportion qu'on
était pauvre, ou simplement sensible. Il aurait bu volontiers, Armand, il se serait soûlé s'il en avait eu le courage.
Le bruit de la fête était bonnement écœurant, comme le
tangage d'un bateau. Enfin, il se décida. Par-derrière
les grandes balançoires, il entra dans la fête avec les
précautions d'un baigneur dans l'eau froide, et le cœur
lui manqua quand des gens joyeux lui flanquèrent des
confetti en pleine figure. La fête allait son train, rattra-
pant le temps perdu. Au tir, cela pétait ferme. Les
musiques s'en payaient un coup. Son père... Pierre...
Il passa au milieu de gens qu'il connaissait, et qu'il
écarta d'un salut. Tout ce monde étrange et faux riait,
et jouait comme un grand enfant. Le marteau de bois
retombait sur la tête de Turc, pour montrer la force
d'un diable de paysan. Aux tables du Café des Arts,
sur la place, on buvait, attablés tous ensemble, avec les
deux serveuses débordées qui couraient, de la bière et
de la limonade plein les bras. En atteignant le manège,
Armand y aperçut tout d'abord Thérèse. Elle était sur
une vache avec un grand soldat basané, qui la chatouillait, et la serrait de très près. Il devait être ivre et elle
riait d'une façon hystérique. Brusquement un sentiment
l'emporta sur tous les autres en Armand, un dégoût
presque insurmontable, et il revit le visage d'Angélique étranglée. Il crut qu'il allait dégueuler, à cause de
ces lumières tournantes. Dans le char rouge traîné par
un cygne, Jacqueline Barrel était aux côtés de Pierre,
de Pierre si clairement amoureux qu'Armand ne put
pas ne pas le comprendre. Étrangement, c'est à cette vue
qu'il sentit la morsure de la jalousie. Une chose incompréhensible et neuve. Il faisait l'apprentissage d'une
douleur. Ses yeux s'emplirent de larmes tièdes, pesantes.
La fête alors se balança dans une vapeur. Jamais
Armand n'avait touché ainsi le fond de sa solitude. Il

255

n'y avait pas une âme au monde à qui s'ouvrir ce soir ni jamais, de cette tristesse qui provenait de tout, de l'accumulation de tout, depuis les scènes que faisait sa mère la nuit dans sa robe de chambre rose, jusqu'à ce cadavre, et des paroles d'Edmond la veille : « *Il est mort drôlement : on aurait dit qu'il ne voulait pas* », qui lui étaient revenues, et qui ne le quittaient plus guère. Il fallait tout de même parler à Pierre, bien qu'évidemment ses demi-aveux concernassent Jacqueline. Pis qu'un amour : un rêve.

Il fallut que ce fût Suzanne de Loménie qui l'interpellât la première. « Armand! » Il la regarda, soudain se souvenant d'un doute. Les lettres... Avant tout interroger cette fille. Mais oui! Elle s'était mise à bavarder, fière d'avoir un frère de retour, et superbe, et regardez-le, *et cætera*. C'était le soldat qui tenait Thérèse sur sa vache. Armand dit tout à coup : « Suzanne, savez-vous qu'Angélique est morte? » Elle poussa une espèce de gémissement et porta ses deux mains à sa bouche ouverte. Pendue, parfaitement. Non, pas un crime, un suicide. « Et, dit-il, en si peu de temps méconnaissable. Comme si elle avait eu peur au moment de mourir, tout le visage bouleversé, bleu-noir, elle qui était si blanche, les yeux ouverts déjà... » Il eut un haut-le-corps à prononcer le mot : « déjà pourris. Ses yeux tout à fait inhumains, avec quelque chose qui en dégouline... »

Suzanne l'interrompit en le frappant des deux poings sur un bras : « Taisez-vous, taisez-vous, je vous en prie. » Les vaches couraient après les cochons et les cygnes. Il y avait de grands coups de cymbales, et les jambes de Thérèse, ces jambes célèbres à Saïgon, sortaient de la jupe, comme par hasard prise et relevée par le pommeau de la selle. Suzanne regardait autour d'elle avec des yeux de panique. Armand savait-il? Pourquoi lui racontait-il ça? Il parlait assez bas, tout près d'elle, il parlait d'Angélique, et de la mort. Chaque mot, plein de la décomposition et d'un sentiment terrible, entrait en Suzanne comme une accusation précise, affolante. Ce n'était pas le remords qui la saisissait, mais la peur.

Pourtant il ne pouvait rien savoir... Pourquoi venir lui raconter ça, à elle ? Elle ne la connaissait même pas, cette fille... cette paillasse... ah quelqu'un de pas intéressant, alors ! Le manège en s'arrêtant déversa toute sa troupe titubante qui regagnait le sol avec des rires blancs. Il fallait parler à Pierre. Armand s'écarta de Suzanne. Des gens qui passaient lui cachaient le petit Delobelle. Une femme chantait :

> *Où donc, où donc, où donc, où donc*
> *Qu' j'ai perdu mon p'tit pantalon ?*

Là-dessus grimpait le rire chatouillé de Thérèse. Elle avait dû boire, elle aussi. Elle avait quitté toute mesure, avec François de Loménie. Armand s'en foutait pas mal. Le collier de jade au cou de cette femme vulgaire, suante, et bizarrement allumée par ce soldat au képi en bataille, lui rappelait assez la scène tragique et dégrisante qu'elle semblait, elle, avoir si rapidement oubliée. Pierre et Jacqueline avaient glissé Dieu savait où... Il avait des enfants, ce terrassier... Tous ces gens étaient assez partis, on avait beaucoup bu, histoire de se remettre en train après cette désagréable affaire. Armand tombait là-dessus comme mars en carême.

> *Si c'est pas chez ma mère,*
> *C'est p' t-être chez mon p'tit frère ?*
> *Je l'ai cherché partout :*
> *L'aurais-je laissé chez vous ?*

Mme Barrel était scandalisée, elle montrait au Dr Lamberdesc qui lui faisait compagnie la tenue de Mme Respellière. Le docteur, un peu pâle, bien qu'au fond vous savez, cherchait à changer de conversation. Suzanne dans ses mains déchirait doucement, lentement, un mouchoir. Brusquement il se passa quelque chose qu'on n'attendait pas, et qui coupa la route à Armand vers Pierre. Un homme s'était dressé au milieu du groupe, dont la voix monta plus haut que les musiques. Sa grande masse, oscillante, et jaune, se détacha sur les quinquets. Armand eut à peine le temps de comprendre à la moustache hérissée que c'était Respellière, un Respellière assez ivre lui-même, et pris d'un accès de fièvre, qui n'avait pas supporté de voir sa femme pelotée par un simple soldat. On entendit : « Putain! » et une claque. Les deux hommes étaient tombés l'un sur l'autre. On les séparait, Migeon, Barrel, Delangle, des inconnus. Cette extraordinaire soirée se prolongeait mal. Le feu, une sorte de feu de discorde, ne pouvait pas s'éteindre. Respellière, le col arraché, fonça tout à coup sur le soldat. François l'évita mal, et le coup de tête dans l'estomac lui fit perdre l'équilibre. Alors quelque chose brilla dans sa main. Une lumière sèche comme le bruit. On ne comprit pas d'abord, à cause du tir.

Le percepteur Respellière était tombé dans les pieds mêmes d'Armand, et il se tenait le ventre en criant.

La fête était finie cette fois, pour ce soir-là.

DEUXIÈME PARTIE

Paris

I

Au-dessus de la ville, une roue tourne avec ses wagonnets bizarres, bizarrement équilibrés, dans un quartier de terrains vagues, qui se meurt parmi des jardins et des casernes. Les maisons neuves s'organisent en une cité hostile avec des noms de musiciens à leurs plaques bleues. Les façades sont aussi fermées que le macadam des rues. Des femmes d'officiers passent très vite sur les trottoirs, des domestiques avec des filets à provisions. C'est l'hiver gris-perle, sec, et tintant de talons Louis XV. Puis, par les avenues très longues et qui sans doute en été derrière ces grilles auront de la verdure, s'ouvrent des courants d'air sur un monument dédoré qui évoque au loin le fantôme de la gloire et de ses vicissitudes : les Invalides, nom qui revient du fond des âges, comme une menace et comme un remords.

Le quartier militaire aperçoit ainsi le soleil de son déclin. Dans ces immeubles battent des cœurs épris de la poudre. Ces brise-bises cachent des fronts habités par des images de mort. Familles de soldats, prêtes à s'enflammer au premier souffle, braises dormantes d'un incendie universel. Tous ces appartements pareils dans la pauvreté architecturale, avec salon, salle à manger communiquant par des portes à petits carreaux où se froncent des tulles ou des satinettes, se ressemblent plus encore par les nostalgies qu'ils renferment, les sabres

261

et les sagaies, les kimonos aux murs, les souvenirs d'Algérie et de Chine, les brûle-parfums, les ivoires, décorations encadrées, photographies qui vous mettent le vague à l'âme, où, de passe-partout en passe-partout, le même héros des garnisons prend du galon et du ventre. Ici l'on rêve de combats. L'aile noire de la défaite de 1871 traîne encore dans les alcôves et sur les cheminées de marbre blanc. Quarante années de piétinements, de rancœurs et d'affronts ravalés, le souvenir de Fachoda et la blessure encore à vif du bec de canard congolais, s'entassent dans ces cubes de pierre de taille, qui prennent des airs de caisse à dynamite. Et comme insoucieux du danger, séparant cet îlot explosif d'un monde entièrement différent de maisons pauvres, sales et pressées où brillent d'impudents bals populaires, dans le soir descendant, un long serpent lumineux court sur un chemin de fonte noire qui surplombe un boulevard plein de langueur, de chiens, de cuisinières et de cuirassiers. Avec un bruit de chaînes qui rappelle les châteaux hantés, le métro s'arrête à Sèvres-Lecourbe, aux confins de cette conscience guerrière et du petit commerce de Grenelle. Par les escaliers descendent des gens mal triés qui portent avec eux des univers contradictoires et, sur le terre-plein, cette poussière humaine se disperse avec ses idées fixes, ses petites misères, ses labeurs, ses désespoirs. Deux hommes qui se sont heurtés s'écartent dans un pardon machinal : ils ignorent l'un et l'autre ce qui les ferait s'entre-tuer si facilement. A peine la marchande de journaux les distingue-t-elle à la nature de leurs achats. Mais, au tréfonds de ces prunelles où ne vient se refléter pour l'heure que la lumière des premiers réverbères, il y a des incendies couvant, il y a des lueurs qui envahiront tout pour peu qu'on les exaspère avec l'encre épaisse des nouvelles de la frontière. Sur le trottoir d'en face, une laiterie flambe innocemment, claire comme les manches de la crémière : elle porte déjà pourtant à son front le mot fatal, *Maggi*, qui la désignera aux fureurs patriotiques de la foule. Déjà plusieurs lieutenantes et deux colonelles ont interdit à leur cuisi-

262

nière de s'y servir. Vous n'avez pas lu ce qu'écrit Léon
Daudet ?

Les rêves de la ville avec la tombée de la nuit se prolongent et se précisent comme de déchirantes fumées et,
au-delà du quartier militaire, vers la Seine, il y a de
grands silences abandonnés, car ici, passées de petites
entreprises, commencent de longs murs enfermant des
usines. Les chimères de la gloire font place à des machines maintenant immobiles. Personne ne songe plus dans
ces bâtisses assombries où l'acier dort à cette heure. Sur
l'autre rive débutent les beaux quartiers. Ouest paisible,
coupé d'arbres, aux édifices bien peignés et clairs dont
les volets de fer laissent passer à leurs fentes supérieures
la joie et la chaleur, la sécurité, la richesse. Oh, c'est
ici que les tapis sont épais, et que de petites filles pieds
nus courent dans de longues chemises de nuit parce
qu'elles ne veulent pas dormir : la vie est si douce et il
y aura du monde ce soir à en juger par le linge sorti, par le
service de cristal sur une desserte. Les beaux quartiers...
D'où nous les abordons, comme des corsaires, ce long
bateau de quiétude et de luxe dresse son bord hautain
avec les jardins du Trocadéro et ce qu'il reste encore
de la mystérieuse Cité des Eaux où Cagliostro régna
aux jours de la monarchie : subite campagne enclose
dans la ville avec les chemins déserts du parc morcelé, la
descente aux coins noirs où des amoureux balbutient. Puis
c'est la ville aisée, aux rues sans âme, sans commerce,
aux rues indistinguables, blanches, pareilles, toujours
recommencées. Cela remonte vers le nord, cela redescend
vers le sud, cela coule le long du Bois de Boulogne, cela se
fend de quelques avenues, cela porte des squares comme
des bouquets accrochés à une fourrure de haut prix.
Cela gagne vers le cœur de la ville par le quartier Mar-
beuf et les Champ-Élysées, cela se replie de la Madeleine
sur le parc Monceau vers Pereire et ce train de ceinture
qui passe rarement dans une large tranchée de la ville, cela
enserre l'Étoile et se prolonge par Neuilly, plein d'hôtels
particuliers, dont la nostalgique chevelure d'avenues
vient traîner jusqu'aux quais retrouvés de la Seine, et

aux confins de la métallurgie de Levallois-Perret. Les beaux quartiers... Ils sont comme une échappée au mauvais rêve dans la pince noire de l'industrie. De tous côtés, ils confinent à ces régions implacables du travail dont les fumées déshonorent leurs perspectives, rabattues quand le vent s'y met sur leurs demeures aux teintes fragiles. Ici sommeillent de grandes ambitions, de hautes pensées, des mélancolies pleines de grâce. Ces fenêtres plongent dans des rêveries très pures, des méditations utopiques où plane la bonté. Que d'images idylliques dans ces têtes privilégiées, dans les petits salons de panne rose où les livres décorent la vie, devant les coiffeuses éclairées de flacons, de brosses et de petits objets de métal, sur les prie-Dieu des chambres, dans les grands lits pleins de rumeurs parmi la fraîcheur des oreillers! Dans ces parages de l'aisance, on voudrait tant que tout fût pour le mieux dans le meilleur des mondes. On rêve d'oublier, on rêve d'aimer, on rêve de vivre, on rêve de dispensaires, et d'œuvres où sourit l'ange de la charité. L'existence est un opéra dans la manière ancienne, avec ses ouvertures, ses ensembles, ses grands airs, et l'ivresse des violons. Les beaux quartiers! Mais déjà s'éclaire la ville, vers le centre, où sont les plaisirs.

Car la nuit reprend ses droits sur les hommes, elle restitue à la folie, au rire, à l'ivresse, au plaisir, les mannequins corrects de l'ouest. Elle les relance dans la lumière et le tumulte d'un monde artificiel où se perd le mirage de la bonté. Cela commence dans les arbres des Champs-Élysées, cela tourne par les boulevards, jusqu'à la République, dans ce domaine des théâtres et des cafés, des boîtes de nuit et des bordels qui grimpent les pentes de Montmartre avec des bouffées de musique et des tamponnements de taxis. Ah, les amateurs de la violence et de la vie peuvent encore épuiser le trop-plein de leurs forces : il reste pour eux un brillant terrain d'expériences où l'orchestre du danger joue au milieu des tables. Ici l'on rêve éveillé. La beauté des femmes et les abîmes de l'argent, l'éclat de l'alcool et la compli-

cité des jeux d'enfance, la brutalité de la joie et la prostitution du cœur : le revolver n'est jamais très loin
quand le maître d'hôtel s'incline sur les seaux à champagne. Il y a toujours quelque chose de bleu comme la
nuit dans les sourires, quelque chose d'agressif dans l'étincellement des bijoux, quelque chose d'incompréhensible
aux revers de soie des habits noirs. Miroirs, romances,
encore une bouteille, voulez-vous ? De grosses dames
impudiques se plient dans la pâleur des tangos, tournent dans la valse qui emporte des Sud-Américains
couleur de cigare. Un carnaval de hideurs, de défaites
physiques, tragédies du temps, entoure les êtres féeriques de cet Eldorado moderne. Il rôde un air de la
décomposition. Mais que de belles filles, que de seins
splendides, de bras à vous damner, au-dessus de la vaisselle et des pailles, dans l'obséquiosité des garçons. Il
y a dans chaque homme une incertitude de l'heure suivante, de la folie suivante. Va-t-il rentrer chez lui sagement, vers le matin ? Une liqueur peut toujours le faire
verser d'un monde dans l'autre, il sera la proie des propositions flatteuses, il chavirera dans la nuit, il se retrouvera dans un lieu de glaces et de rires. Il paiera son
plaisir avec le même billet bleu qui sert à la philanthropie. Au-dehors, les ombres louches font un trafic incertain dans les mailles de la lumière électrique, il y a des
êtres qui attendent, des marchandages, des menaces, des
supplications. Tout cela se défait à travers l'immense
ville vide où rien ne bat plus après les heures de bureau,
sauf le lointain cœur des Halles ; et les rues vides, où
file une auto comme chante un pochard, semblent attendre avec leurs réverbères sans fin un monarque en voyage
qui a changé d'idée au dernier moment. Rêves, rêves de
la pierre : les statues aux yeux blancs rêvent sur les
places.

Paris... Mais au nord, à l'est et au sud, Paris commence
et dort, pesamment, écrasé, sans rêves, à perte de vue,
Paris, chair vannée, maisons, hommes sans toits, bicoques
fortifications, zone, Paris, Paris qui se poursuit au delà
de lui-même dans la suie et le bric-à-brac, dans le désordre

265

pauvre des faubourgs, des chantiers, des usines, de Paris qui s'effile dans sa banlieue interminable, où les édifices espacés surgissent des débris d'un monde de palissades et de démolitions, Paris qui fait autour de lui-même de grands moulinets blancs de routes, qui s'étire à travers des cités de sueur, vers une campagne pelée, comme un souvenir de bonheur.

II

« Messieurs, dit le Président, la séance est ouverte. »
Il y avait, dans la grande pièce de la rue Saint-Ferdi-
nand, une douzaine de personnes tassées, autour de la
table. Un monsieur qu'on ne connaissait pas était assis
à la droite de Joseph Quesnel. Celui-ci avait vieilli, mais
il se défendait pourtant, grand et grisonnant, chauve au
sommet du crâne, avec sa belle moustache blonde tombante, bien apprêtée, cette roseur douteuse aux joues,
cette espèce de sécheresse soulignée par l'étoffe anglaise
du costume, épaisse, et assez raide. Il devait avoir dans
les cinquante-cinq ans, et ses sourcils devenaient touffus.
De la rue étroite montaient les appels des autos et le
bruit de l'école communale qui se vidait. Quatre heures
d'une fin novembre humide et douce. « C'est le représentant de Wisner », souffla discrètement, pointant l'inconnu, le directeur des garages de Levallois à son voisin,
un gros et court, avec les yeux à fleur de tête. Joseph Quesnel parlait.

« Messieurs, il y a tout juste un an, jour pour jour, qu'a
débuté la grève d'où est sortie notre association et qui
s'est terminée à la satisfaction générale des propriétaires
de voitures, des compagnies et des chauffeurs raisonna-
bles [1]. Il faut le dire, les chauffeurs ont été les artisans
de notre union. Jamais, si ce n'est forcés par les condi-

1. Voir *Les Cloches de Bâle.*

tions mêmes de la lutte, nous ne nous serions unis, nous n'aurions su coordonner nos efforts et nos intérêts. Le patronat de la voiture de place, il faut en convenir, est un patronat romantique, et tranchons le mot : retardataire. Il se confine encore trop souvent à une mentalité artisanale, surannée, qui n'est aucunement en rapport avec les difficultés de l'heure. On voit les dirigeants de grandes firmes, qui déjà groupent des milliers de voitures, se laisser aller dans leurs affaires à une sentimentalité rappelant les jours de la voiture à cheval et la mentalité du vieux cocher qui ne veut pas se séparer d'une haridelle couronnée. C'est cependant une loi de l'histoire que de l'excès du mal naisse toujours un grand bien et c'est lorsque ce don-quichottisme patronal nous eut menés au bord du gouffre, lorsque nos employés se furent révoltés contre nous, écoutant une poignée d'agitateurs, que nous nous sommes ressaisis et que nous avons su voir que, à la ligue des syndicats et de l'anarchie, il fallait opposer quelque chose qui fût le soutien de l'ordre. C'est alors que nous avons formé le cartel qui nous a menés à la victoire. »

Une espèce de murmure approbatif courut parmi les barbes, les cravates épaisses, les vieilles mains qui crayonnaient sur le papier réglé. Sède de Liéoux murmura quelques mots à l'avoué du consortium qui jouait près de lui avec un trousseau de clefs.

« Messieurs..., c'est fort bien d'avoir compris que nos intérêts, loin de s'opposer, s'épaulaient, mais c'est peu encore. Il faut aux dangers qui menacent dans un avenir plus ou moins proche, opposer une ligne de conduite commune, un plan mûrement réfléchi. Il faut connaître les dangers, savoir d'où ils partent. La tourbe syndicaliste n'agit point contre nous seulement par l'agitation de la rue, le sabotage, les bombes dans les garages, la grève, le feu aux voitures. Elle trouve dans la société contemporaine des moyens plus subtils, et parfaitement légaux, de vous atteindre. Elle fait même voter des lois qui, sous le couvert de l'humanité, tendent à votre ruine, et par suite à la ruine des travailleurs vivant de votre fortune que ces lois prétendent défendre contre vous. Par ailleurs, vous êtes visés et lésés par les dispositions légales, de plus en plus menaçantes qui se réclament des droits abusivement amplifiés de cet État moderne, sorte d'Ugolin qui se nourrit de ses enfants. Pris entre les hommes que vous faites vivre et cet État vorace, vous voyez l'avenir de vos affaires singulièrement obscur, le champ de la spéculation singulièrement rétréci, et vous êtes en droit de vous demander pourquoi vous ne réaliseriez pas purement et simplement vos bénéfices, bornant là vos ambitions, sans vous préoccuper du lendemain, de l'avenir d'une industrie française dont les Français semblent tous comploter la perdition.

« Eh bien, non. Nous avons, contre notre intérêt immédiat peut-être, une mission à remplir et nous n'y faillirons pas. Notre pays, quelle qu'en soit l'ingratitude, n'aura pas à nous reprocher une démission honteuse. Nous saurons lutter pour le meilleur avenir de notre industrie. Nous saurons adapter nos méthodes à la dure loi de la vie moderne et même, prévoyants, de la vie future.

« Messieurs, il a un mois environ, est mort à Rome, un homme dont l'exemple est à méditer. Exemple cher à nos cœurs, puisque, à l'heure amère de la défaite, au lendemain de Sedan, John Pierpont Morgan et son père prêtaient à notre pays les deux cent cinquante millions qui permirent le redressement français. Mais ce n'est pas en cela que cet exemple aujourd'hui nous est surtout précieux. John Pierpont Morgan est l'homme qui a compris, et cela dès les années soixante, que la libre concurrence, ce stimulant ancien des affaires, avait fait son temps et que, à l'anarchie de surenchère, qui amenait catastrophe sur catastrophe dans l'industrie, il fallait enfin substituer des alliances entre les puissances productives pour dominer le marché, en régler les fluctuations, ouvrir au génie humain les grandes perspectives paisibles du monde moderne. Le nom de John Pierpont Morgan est indissolublement lié à la création de ces trusts qui ont porté l'industrie américaine à cet état de perfection et de concentration, lequel est le grand fait des cinquante dernières années de la pensée humaine. Et je me hâte de dire que les critiques qui sont faites à ce système des cartels et que nous entendons ressasser par une presse à court de copie partent le plus souvent d'esprits qu'il faut bien qualifier de réactionnaires, même lorsqu'ils se rangent parmi les socialistes décidés.

« A l'heure où nous sommes, ce qui nous manque dans l'industrie de la voiture de place, et d'ailleurs dans toute l'industrie, c'est une audace à la Morgan, une invention de cette taille qui, bouleversant les rapports économiques de notre temps, déconcerte pour une longue période les machinations des saboteurs de l'industrie. Aujourd'hui, la cause des cartels est gagnée : la concurrence anarchique dans la complexité des intérêts combinés ne peut plus redevenir un danger sérieux. Plus nous irons et plus les affaires seront entre les mains de bureaux restreints, plus elles convergeront leurs efforts entre les mains d'hommes de moins en moins nombreux, de telle sorte qu'au bout du compte on peut imaginer voir disparaître, et c'est souhaitable, tout le désordre qui nous empêche encore de réaliser les vues géniales d'un Pierpont Morgan. Aujourd'hui, le danger est autre.

« S'il ne vient plus de nos dissensions, il vient de notre incapacité à sortir des conditions qui nous sont faites à tous par les forces négatives du monde où nous vivons : le travailleur qui ne voit pas plus loin que la paye du samedi, l'État qui ne voit pas plus loin que l'équilibre momentané de son budget. L'un et l'autre, je le disais, cherchent à nous asservir par la loi. Ce qu'il faut comprendre aujourd'hui, messieurs, c'est que, de même que dès 1860, la grande industrie a dû abandonner le préjugé de la libre concurrence qui avait été son mot d'ordre, de même, en 1913, nous devons abandonner le préjugé de la légalité considérée comme le conditionnement même des affaires. Oh, je sais ce qu'une idée semblable a de risqué, et ce qu'elle trouvera d'objections, de scrupules de votre part! L'heure est venue où l'industrie, pour vivre, doit être placée au-dessus de la loi. Je m'explique avec des exemples puisés dans notre profession.

« Nous avons lutté avec tous les moyens légaux, l'appareil de la démocratie, le Parlement, contre des lois démentes, criminelles, qui se parent du prétexte de la législation sociale pour imposer au développement de l'activité humaine des frontières dérisoires, des lois qui cherchent à mettre un frein au mouvement même de l'histoire et qui sont donc par là même historiquement condamnées. Telles sont les lois de 1908, dont nous n'avons pu que retarder l'application, mais qui, tôt ou tard, risquent d'entraîner notre ruine. Lois sur la durée du travail qui briment le chauffeur plus encore que nous-mêmes, lois des assurances sociales, et cætera. A ceci vient s'ajouter le poids écrasant de l'impôt, qui rend précaire le fruit même de notre travail. Tout aujourd'hui tend à limiter le développement des compagnies : les dispositions de la loi ne les laissent aucunement les maîtresses de leurs bénéfices et l'État, dans la crainte de leur pouvoir montant, en les forçant à de perpétuelles redistributions des bénéfices, les met dans la situation d'organismes perpétuellement saignés à blanc qui s'épuisent à devoir sans cesse reconstituer le trésor globulaire nécessaire à leur vie.

« Messieurs, l'industrie, je le répète, doit se placer au-dessus de la loi, parce qu'elle est la réalité du pays, et comme, en face des féodalités, les forces vives de notre bourgeoisie ont su jadis imposer leurs volontés et détruire les lois anciennes, nous devons aujourd'hui, en face des nouvelles féodalités, syndicales et étatiques, savoir élever une forteresse du haut de laquelle nous ferons table rase de toute cette législation réactionnaire basée sur le droit à la faiblesse, à la paresse et à la misère, sur ces utopies à la Jean-Jacques qui ne sont que l'aspect philosophico-légal du sabotage, les équivalents juridiques de la Mamzelle Cisaille de cet illuminé d'Hervé... »

L'homme de Wisner approuvait. Il avait de grosses poches plissées sous les yeux, et un col cassé où pendaient les fanons d'un cou ayant maigri sur le tard. Le secrétaire du consortium prenait des notes d'un air déférent. Le gros, à côté de Sède de Liéoux, se penchait à droite vers un homme de petite taille et lui parlait derrière sa main. Il n'avait pas la tête aux affaires : « J'ai été finalement, murmurait-il, à ce Théâtre des Champs-Élysées dont on parle tant. Voulez-vous mon avis ? C'est confortable, mais comme art, le bâtiment ne me séduit pas. Non, non. Il faut du nouveau, entendu. Mais c'est un hangar! C'est sec et solennel, c'est indigent, en un mot : ce n'est pas français. Ça sent son Allemagne à plein nez. Comme je vous le dis. Ah, écoutons Quesnel : il termine... Qu'est-ce que vous faites là, cher ami ? »

Le voisin poussa devant lui le papie sur lequel il marquait des croix et des ronds à côté de noms rangés par colonnes alphabétiques. « Vous voyez, du pointage... qui sera pour Poincaré... qui sera contre. »

III

L'amour paternel, le soin des études d'Edmond, et conjointement l'intérêt politique qu'il y avait à venir prendre à Paris certains contacts dans une période trouble, à la veille de l'élection présidentielle, décidèrent le Dr Barbentane : il écrivit à son fils aîné de ne pas quitter la capitale pour les vacances du Jour de l'An, — il avait toujours grand soin de ne pas dire la Noël, fête religieuse, — il viendrait lui-même lui rendre visite. Tant pis pour la clientèle, pendant dix jours le Dr Lamberdesc pouvait le remplacer. Au fond, il était très correct, ce garçon et de bonnes façons entre confrères ne sont jamais perdues. Ils s'entendirent à l'occasion d'une rencontre fortuite chez les Barrel, dont la bonne avait un panaris. Et, pour la bonne, on prenait le médecin bien pensant.

La situation était fort obscure après dix mois de cabinet Poincaré. La rue de Valois soutenait le ministère. Poincaré était un dreyfusard... pourtant il y avait un certain mécontentement dans le parti même. Des gens comme Mestrance, tenez. Évidemment ce n'était pas la mer à boire. Mais le docteur avait le respect démocratique de ses électeurs. Sans compter que la proportionnelle telle qu'elle se présentait maintenant ne lui donnerait pas grand-chance aux élections législatives... C'était un peu dur à avaler, n'est-ce pas, pour un homme de gauche, toute cette politique militaire de Poincaré et on avait beau affirmer que le président du Conseil y était étranger, que c'était la ligne d'Alexandre Millerand, un homme dont il s'était toujours méfié à cause de ses origines socialistes...

A la gare de Lyon, Barbentane trouva Edmond qui l'attendait. Il l'aperçut entre deux valises, dans le croisement des porteurs, et il eut un petit choc. Un grand type brun, élégant, avec sa petite tête et ses épaules larges, des yeux clairs, une ombre de moustache. Ses gaillards tenaient indiscutablement du côté Rinaldi. Edmond, plus fort et mieux proportionné qu'Armand, ne frisait pas comme son frère, il avait aussi les traits plus réguliers. Le docteur regardait venir son préféré : que fabriquait-il à Paris ? A Sérianne, il l'avait fait surveiller : il savait, par le tenancier même, que son fils avait fréquenté le « Panier Fleuri ». Il y avait dans la tête de ce brave père un projet en train de mûrir : la seconde des filles Barrel aurait fait un bon parti pour Edmond. Ç'aurait été politiquement un coup de maître, l'opposition matée. Elle aurait été difficile, la petite Barrel, si elle n'avait pas voulu de son garçon. Le père ému embrassa son fils. « Nous dînons ensemble, je suppose ? »

Le ton n'admettait guère de réplique, mais il y eut une espèce de retrait du jeune homme qui répondit, les yeux lointains : « Je regrette, je suis pris. »

Barbentane était trop affairé de retrouver Paris pour vraiment protester. Il voulut jouer au grand frère et s'exclama : « Ah, le pendard ! », sans trouver le moindre écho. Depuis toujours le docteur descendait à l'Hôtel du Louvre, Edmond l'y déposa et lui fixa rendez-vous pour le lendemain après-midi. Le matin, il avait son service à la Charité, chez le professeur Beurdeley, celui du pancréas.

A vrai dire, Edmond, ce soir-là, ne désirait que se prouver son indépendance. Il regardait débarquer son père comme si la province entière et, qui pis est : la famille, se fussent déversées sur Paris. Sale invention que ces chemins de fer.

Ce jeune homme ressentait un peu plus que du mépris

pour un père qui avait été l'admiration de son enfance. Edmond n'avait tout de même pas traversé impunément cette atmosphère d'ambition qui constituait le cadre de la vie des Barbentane. Il avait vu son père ravagé par des désirs si lents à se réaliser que la pitié lui en était venue. Être le premier à Sérianne, il fallait bien de l'encrassement pour en faire son rêve. Edmond avait appris à apprécier la nature des soifs paternelles. Il avait pendant près de vingt ans assisté à la cuisine de cette gloire locale. Parce que son ambition était à une tout autre échelle, il ne reconnaissait pas la parenté de ses pensées avec celles du docteur. Il se disait : Je suis un arriviste, avec orgueil. Son père, lui, n'était qu'un intrigant. Son mariage n'avait relevé que du maquignonnage électoral, sa vie tout entière se résumait en platitudes et petites précautions rusées pour retenir tout le monde et se pousser du col. Edmond aurait certainement pris le parti de sa mère, n'eût été qu'il la trouvait sotte, et qu'il était d'une incroyance foncière. Alors les simagrées de cette dame, ses attaques de nerfs revêtaient pour lui des explications très simples qui le rendaient assez grossier envers le ventre d'où il était sorti.

Après avoir dîné chez Chartier, il traîna boulevard Saint-Michel jusque vers les dix heures. Presque tout le monde, ses camarades étaient partis à cette époque de vacances. Un Grec avec lequel il avait travaillé à l'Hôtel-Dieu lui paya à boire à la *Source*. Conversations en clins d'yeux à propos de petites femmes. Quel imbécile, ce type. Par désœuvrement, quand il l'eut quitté, il alla regarder jouer au billard au Prado. Un stagiaire arménien de son service voulait à toute force lui céder son tour dans une partie. Tout ça ne rimait à rien, il faisait un froid de chien, et un sale temps. Il échoua dans son hôtel et se mit à potasser ses bouquins.

Il y avait une chose au monde qu'il admirait de façon sincère : la méthode anatomique. Cette façon de décrire les objets ou les parties du corps, sans laisser au moindre accident, au plus petit détail, la possibilité d'échapper, cette façon de serrer la réalité sur toutes ses

275

faces, au-delà même de ce que peut envisager l'appareil photographique, qui n'est qu'un œil, enivrait Edmond parce qu'elle lui donnait l'impression d'avoir acquis un avantage au moins sur cette réalité, une prise sur la vie. Pour lui, la poésie était là, si je me fais bien comprendre. Les images de Farabeuf parlant du collier à double rang de perles de l'astragale, ou du fichu de la grisette et du schall de la courtisane pour les muscles du dos, cela lui tenait lieu de Baudelaire, cela lui prolongeait Baudelaire. Les récentes acquisitions de la physiologie qu'il étudiait à la Sorbonne chez Dastre, en marge de sa médecine, lui étaient aussi éléments de lyrisme. Le matérialisme de principe dont il se réclamait se traduisait dans le domaine de la psychologie par la transposition qu'il faisait dans ce domaine du langage de la science expérimentale. Il parlait du *seuil* des émotions, avec une certaine insistance sur le mot *seuil*, par quoi l'on pouvait induire qu'il l'employait comme s'il se fût agi du degré premier d'excitabilité d'une patte de lapin. Des notions comme la *chronaxie*, alors invention encore confidentielle, devenaient d'inestimables trésors pour ses pensées intimes, l'élément premier des métaphores de sa vie. Un certain sentiment de supériorité accompagnait cette hâtive utilisation de l'enseignement scientifique. Edmond en jouissait surtout auprès des femmes. Vers onze heures et demie, quelqu'un frappa à la porte.

Le Dr Barbentane n'avait pas résisté, passant dans le voisinage, à l'envie de contrôler l'absence de son fils. A son grand étonnement, la clef n'était pas au tableau. Bon, Edmond devait avoir quelqu'un chez lui... Tant pis, il ne pouvait pas savoir, n'est-ce pas? En passant... et puis c'était son fils ou non?

« Je suis venu en passant, dit-il devant la mine renfrognée d'Edmond, et j'ai vu que tu étais là. »

Il jeta son manteau sur le lit, avec son chapeau après avoir constaté l'encombrement du porte-manteau sur la porte. Il était décidé à faire camarade. L'aspect studieux de la pièce, livres et cahiers ouverts, un crâne sur la table de nuit, le déconcertait un peu. Bigre, il n'avait jamais imaginé son aîné aussi studieux!

« Je croyais que tu étais pris... — En effet, mais je ne t'ai pas dit par quoi. »

Assez froid, ce petit, pas communicatif. Il fallait y mettre de la rondeur. Barbentane s'assit sur la chaise qu'Edmond avait repoussée pour aller ouvrir. Le fils restait debout, désagréablement cérémonieux.

— Tu as travaillé toute la soirée? — Toute la soirée. »

Il mentait d'une façon tranquille. L'accent méridional de son père le mettait hors de lui plus encore que cette impuissante inquisition. Depuis qu'il était à Paris, Edmond avait appris à parler du bout des dents et en serrant les lèvres, comme toutes les personnes du Midi qui ont de l'éducation. Le docteur, lui, y allait bonnement. Une vulgarité. Edmond se promit de ne se montrer avec lui en public qu'au minimum, quand il n'y aurait pas mèche de couper à cette corvée.

« Et moi, reprenait jovialement le père, qui croyais que tu faisais la bamboula! Pas moins. Alors tu les potasses, comme ça, tes livres? Tu es fort sur l'histologie, des fois? Moi, de mon temps, on ne l'étudiait guère et, dans la suite, quand je voulus me mettre au courant, je n'y arrivai qu'avec peine... »

Le ventre pliait légèrement sur les cuisses. Avec son pantalon fantaisie, le docteur, bien alourdi par la cinquantaine, une grosse bague d'or à la main gauche, la barbe dans la cravate et une chaîne au gousset, avait cet air déplumé de politicien français, que c'en eût été une rigolade pour tout autre que pour son fils, pour qui ça se bornait à être un drame. Il fleurait doucement l'ail. Même à Paris.

« C'est pas tout ça, fiston. Je ne perdis pas mon temps, ce soir. Tu fus bien inspiré de turbiner plutôt que de faire la noce avec ton père... »

Les bras croisés, Edmond eut ici un regard parfaitement impertinent, mais l'autre, tout à l'euphorie de son arrivée dans la capitale, ne s'en aperçut point.

« ... Oui, j'appris dans la soirée des choses importantes.

Je dînai avec Maurice Perrot. Tu ne sais pas qui c'est, Maurice Perrot? On ne te l'a point dit à la Faculté? Vois-tu, fiston, dans la vie, il n'y a pas que la médecine... Perrot, c'est un des soutiens du parti. Un banquier. Il a des intérêts dans les entreprises de travaux publics. Un vrai républicain. Il ne se porte point encore à la députation, mais il jouit d'une grosse influence, grosse, grosse... Il veut se présenter à Castellane, où il aurait beaucoup de chances, parce que là-bas c'est surtout affaire de galette et s'il avait l'appui du cousin Charles Rinaldi... alors tu saisis, je lui suis utile. Aussi, m'offrit-il, ce soir, un de ces petits dîners je ne te dis que ça. Je lui avais téléphoné de l'hôtel et il bondit sur l'occasion. Il voulut me voir tout de suite. Au Café de Paris, pas moins. Il y eut là des personnes... capiteuses. Aux tables voisines, tu m'entends! Ne va pas l'écrire à ta mère. Bien que ta mère... enfin, laissons-la dans sa province, elle s'y plaît! Cette mode dans votre Paris a bien de l'extravagance. Dans la rue, les robes montantes, avec ces tuniques, là, ça ne dit pas grand'chose. Mais le soir, avec le tralala, quand elles sont en peau! Je te choque? »

Edmond avait en effet rougi. Il murmura une espèce de dénégation.

« ... Oui, mon petit, maintenant je vois un peu mieux dans la situation politique. Perrot m'a expliqué. Le parti ne veut pas de Poincaré à l'Élysée. L'histoire n'est pas encore très claire pour tous. On dit que Perchot hésite... mais attends un peu. On va proposer à Léon Bourgeois, pour la forme, et puis on porte un grand coup : on présente un type du Roussillon, qui est ministre de Raymond, on en fait une discipline des gauches et Poincaré se retire. Tu saisis? — Poincaré est très populaire... — Populaire? Dans votre Paris. Paris n'est pas la France. Il s'est mis bien du monde à dos au ministère. Crois-tu que le Midi le blaire fort, ce cocardier? Et je ne parle pas encore du nôtre, de Midi. Mais à Narbonne, par exemple, les vignerons, ou à Toulon, avec l'Arsenal... Dans l'ensemble, au pays

278

du soleil, on n'aime guère à jouer à droite alignement. Et puis contre Caillaux, contre Clemenceau... — Les radicaux l'ont soutenu au ministère. — Eh! oui, justement, et s'ils se retirent... c'est la vieille histoire : qui t'a fait comte? Il donne des gages à la réaction, et il croit que les républicains marcheront dans la combine. Il y a des histoires pas croyables avec ce Millerand. Encore un, qu'il a fait du chemin, le petit bougre. Ah, pour des dents longues, celui-là... Ce qu'il trafique dans l'artillerie, et l'aviation! »

Au fond, les crédits qui allaient à des groupes industriels donnés, Maurice Perrot aurait voulu qu'on en fît un autre usage. Un peu moins d'aéroplanes, et un peu plus de routes. « Remarque, au point de vue national, les routes ont aussi leur importance. Une armée qui n'a pas de routes, c'est une jolie femme sans croupion! »

Edmond le haïssait ferme, son père. Cette conversation politique allait-elle s'éterniser? L'autre était là, carré, chez lui, il n'y avait pas de raison... Il dut sentir l'hostilité filiale, car brusquement il changea de ton, toujours le genre grand frère, le plus odieux peut-être : « Allez, allez? Ferme-moi tes bouquins, ce n'est pas tous les jours qu'on est ensemble! On va sortir, je t'invite. Tu connais bien un endroit rigolo? On va se baguenauder un peu. Oublie que je suis ton père... »

Ce n'était pas très facile, mais l'offre ne se déclinait pas. Et puis Edmond se dit qu'il déclencherait peut-être une augmentation de sa mensualité. Ils allèrent donc aux Noctambules, où ils s'empoisonnèrent à cent sous l'heure.

IV

Mme Grésandage soupira. On venait de sonner. Son mari n'était pas rentré. Apparemment, c'était M. Quesnel. Toujours la même chose. Elle lissa machinalement ses cheveux plats, et posa son livre sur le guéridon. A trente-cinq ans, elle avait un peu forci, grande et brune, sans élégance, des traits lourds, mais de beaux yeux. Elle reçut son hôte avec cette aménité des femmes dont la vie intérieure surtout prévaut. Elle ne se rendait pas compte de la hideur des meubles, et de tout ce qui faisait, banal, souffrir son visiteur dans ce décor sans goût, de hasard, faubourg Saint-Antoine, à marqueterie et piano couvert d'une soie à bouquets, où le regard ne s'humanisait qu'à tomber sur les livres dans la bibliothèque de bois noir. La bibliothèque de bois noir ressemblait à Mme Grésandage : comme elle, brune, sans grâce et pensive.

Ils s'assirent, elle sur le sofa, lui dans la bergère. Il y avait entre eux la lampe basse et le livre abandonné sur le guéridon. Cela étouffait de tapis. Le bric-à-brac d'une famille, avec l'inégalité d'humeur de ses membres présents dans de petits cadres photographiques, les enserrait du confort de sept heures du soir : M. Joseph Quesnel, sa calvitie, sa moustache, sa haute stature un peu voûtée et le drap marengo du costume, formaient un premier plan qui rappelait les peintures de la Nationale sous le vert de l'abat-jour. Ses mains vieillies, aux veines gonflées et bleues, près des manchettes très blanches, attrapaient un peu de la lumière dans le vieil or des poils. « Alors Richard ? — Toujours pareil. — Il se tue de travail. Et pourquoi ? — C'est ce que je lui dis : il n'aime pas l'argent, que voulez-vous ? — Cela est bien drôle, avec son métier. Les gens n'imaginent pas cela. Directeur du mouvement général des fonds, et toujours dans ce cadre... — Notre intérieur nous suffit. — Ma chère Élise, il n'y a pas de reproche à ce goût de la mansarde. Seulement ce stoïcisme, en soi, a quelque chose qui m'effraie, bien que, pour ma part, je sois tout prêt à me contenter de moins encore. S'il le fallait. Enfin... »

Il soupira. M\ue Grésandage lui trouva l'air défait. Elle ne le dit pas directement. Depuis quelque temps, il vieillissait, le cher ami. Évidemment chez eux, il devait se trouver dépaysé après sa demeure du parc Monceau. Elle faillit citer saint Paul et se mordit les lèvres. Cette façon qu'il avait de sourire des textes, Joseph Quesnel. — « Vous aviez meilleure mine, il y a deux mois. — Sans doute. Mais je suis plus heureux. — Ah ! » Elle était désappointée. Le feu brûlait dans la cheminée avec des crépitements. Le visiteur regarda longuement son hôtesse :

« Vous m'en voulez, dit-il. Ne protestez pas. Je le sais. Est-ce à cause de Blanche ? Je ne le crois pas, et je connais assez votre cœur, sans petitesse, pour ne pas croire non plus que c'est à l'irrégularité de ma vie que vous pensez... — On ne vous voit plus. — C'est un art bien difficile que de partager sa vie entre ses amis et... Élise, je suis parfois si heureux, si profondément heureux, qu'il m'en prend une crainte superstitieuse du malheur. Je l'aime, Élise. »

Ce mot-là fit un silence, et M\ue Grésandage, sans utilité, se leva, jeta au feu une bûche nouvelle qui fuma. « Vous l'aimez... », dit-elle et, reprenant sa place, elle se mit à rêver.

« Mon Dieu, reprit-elle après un instant, c'est sans blâme. Votre femme est morte et votre fille grandit bien sans vous. Mais j'ai peur pour vous de la passion de jeune homme que vous apportez dans cette histoire. Et puis vous nous délaissez. Richard, après tout, vous considérait un peu comme son véritable père... »

Joseph Quesnel sourit. Il avait de l'affection pour Richard Grésandage, et même de l'estime. Surtout de l'estime. De là à... Il reprit le premier thème de la conversation : « Ce désintéressement de Richard... Voyez-vous, Élise, il a pourtant auprès de lui une créature d'élite qui aurait droit... — Laissez donc. De quoi ai-je besoin ? — De vrais Spartiates ! Et ce cas n'est pourtant pas isolé dans la finance d'aujourd'hui. Comme on méconnaît la vraie nature des hommes ! Vous peindriez un Richard dans un roman, qui croirait à son désintéressement ? Personne. Tenez, plus nous allons, et plus nous nous dépouillons nous-mêmes de toutes choses. Le riche d'aujourd'hui, c'est un mythe. Un fidéicommis aux biens de ce monde. Des gens comme votre mari, ils travailleraient dans n'importe quel régime comme dans celui-ci. C'est ce que ne comprennent pas ces Jaurès, ces Guesde. Peu à peu, nous nous destituons nous-mêmes. Un jour viendra où il n'y aura plus qu'un coup de pouce à donner. — Vous voilà encore dans vos rêveries révolutionnaires. «

Il y eut du bruit : Richard entra. Il avait sa serviette de chagrin sous le bras. C'était un homme petit, assez sec, à la moustache en brosse noire, nette, sur une lèvre qui se retroussait. « Comment va Carlotta, demanda-t-il avec un grand naturel, elle m'a paru pâlotte l'autre jour. » Il embrassa sa femme.

« Élise, dit Joseph Quesnel, n'aime pas Carlotta, sans même la connaître, et si moi je ne connaissais pas ta femme, je penserais qu'elle est jalouse. Oui, jalouse, je dis bien : jalouse. »

Grésandage posa sa serviette et, suivant son idée, il poursuivit, tourné vers son vieil ami : « Si tu as des Ports de Touapsé, tu ferais aussi bien de les vendre demain dès l'ouverture, même à perte... — Tu crois ? Tu as l'air esquinté, mon petit. Tu as tort de prendre tellement à cœur les finances publiques. Si je ne t'avais pas formé moi-même, si je ne te connaissais pas par cœur, j'imaginerais je ne sais quoi... »

Il aimait venir se retremper ici, jadis, Joseph Quesnel, dans ce simple ménage de Richard où Élise était pour lui comme une réplique jeune de sa mère, une femme à l'ancienne façon, qui savait chanter les cantiques. Et Richard lui-même, une justification. Pourtant aujourd'hui il était venu chercher autre chose dans le petit appartement de la rue de Passy. Il était plein à déborder de paroles nouvelles, de confessions prêtes. A qui aurait-il parlé de Carlotta sinon aux Grésandage? Qui d'autre l'aurait écouté? Qui n'aurait pas ri? A leur place.

Il parlait donc. Cela continua plus tard, à table. Chez les Grésandage on mettait aux manches des côtelettes les petits étuis de papier qu'on leur voit dans certains restaurants. Une tradition de la famille d'Élise, et chaque fois Joseph Quesnel l'en plaisantait. Elle attendait de pied ferme la réflexion habituelle qui ne vint pas. Allons, il était bien pincé. Richard aurait voulu placer un mot sur un sujet tout différent. Bien qu'il tînt la politique, à proprement parler, pour indifférente à un fonctionnaire comme lui, et pour peu importantes ces périodiques relèves du personnel ministériel, il était, par métier, assez fortement impressionné par Caillaux, et un tantinet incertain sur ce qu'il fallait penser de la candidature Pams. Quesnel était, il le savait, résolument poincariste. Richard aurait aimé parler de ça. Pas mèche. Dans la salle à manger, il y avait une salamandre et, comme on n'en finissait pas avec le dessert, la bonne avait mis le café à réchauffer sur la plaquette ajourée. Richard alla chercher lui-même l'armagnac dans le buffet. Les hommes ont des prérogatives. Les petits verres étaient vraiment petits, mais à leurs facettes, il y avait un peu de doré dédoré.

V

Dans les jours qui suivirent, Barbentane multiplia les visites, les démarches. Il négociait une espèce de pacte avec Perrot, pour que celui-ci soutînt rue de Valois sa candidature aux élections législatives, contre l'appui des Rinaldi de Castellane à une candidature Perrot. Le tout était fonction de la situation locale, les Rinaldi de Sérianne étant prêts à ne plus suivre Barbentane, s'il leur demandait de voter pour quelqu'un qui ne serait pas lui-même, parce que la réaction opposerait au député sortant, dans la circonscription ou plutôt, avec ce fichu scrutin de liste, dans le département, un candidat qui n'était peut-être pas un bonapartiste, mais enfin de la noblesse d'Empire... alors vous saisissez ce qui pouvait se produire : ballottage au premier tour, la majorité radicale ébranlée, au second tour c'était le grand Inconnu, à cause du scrutin de liste s'il était voté. Cette proportionnelle, une vraie bouteille à l'encre. Des gens qui auraient moins de voix que d'autres seraient élus à leur place! Dans toute cette arithmétique électorale, les braves gens se perdraient, avec le panachage et *tutti quanti*. Il y avait très grand risque qu'histoire de barrer la route à la réaction, effrayées par les premiers résultats, toute une partie des voix radicales fît bloc au second tour avec les faubourgs de la préfecture, les ouvriers des fabriques et que de tout ça sortît un socialiste. Ce serait du joli.

Il fallait donc à tout prix rattraper les voix de droite. Mais pour cela il fallait d'une part Barbentane comme candidat, et de l'autre un préfet républicain, parce que, personne n'en doutait, avec la proportionnelle, ce serait le préfet qui ferait les élections. Ce problème, c'était celui de toute la France. Le parti devait d'abord asseoir son prestige, en envoyant à l'Élysée un homme à lui. Barbentane se rendit au ministère de l'Agriculture avec Perrot qui le présenta à Pams. Le docteur avait, bien entendu, des petites choses à demander pour sa commune et l'occasion n'était pas mauvaise de se faire connaître de celui qui serait le premier magistrat de la République. Il fut séduit par le candidat : quel homme simple, tout rond, tout réjoui! Quelqu'un de chez nous. Il paraît pourtant qu'il est riche à millions, avec le papier à cigarettes. Puis ces batailles épiques qu'il a livrées dans le Roussillon contre la réaction! Et là-bas, elle est mauvaise, la réaction. Ouh lala!

Avec tout ça, le docteur avait des soucis. A cause du fils. Un drôle d'animal, ce garçon. D'abord, il parlait comme si dans l'affaire présidentielle, il fût poincariste! Vous l'écoutez, vous diriez un article du *Matin*. C'était dégoûtant, cette réclame pour cet homme! Ses chiens qui avaient leur photo en première page des journaux! Certes, Edmond ne coupait pas là-dedans, mais voilà justement ce qui lui faisait souci. Le fils, il n'était pas poincariste par conviction, mais parce qu'il prétendait que Poincaré était sûr de son affaire. D'abord ce n'était pas couru et puis, ces raisonnements-là, ça ne peut pas plaire à un père... à un républicain. Barbentane s'en faisait. La moralité d'Edmond l'inquiétait bien. Pas seulement parce que c'est mon fils, mais si c'est là la mentalité de la jeunesse... les Restaurations commencent ainsi. Barbentane était déjà à Paris depuis quinze jours, il télégraphiait de temps en temps à Lamberdesc et à sa femme pour prolonger son séjour.

Edmond ne voyait guère son père qu'à dîner. Les cours avaient repris. Le jeune homme se jetait à l'étude avec toute la fureur dont il était capable. Il y passait ses nuits, le matin le retrouvait avec le café froid qu'il se faisait monter le soir, devant son lit non défait, au milieu des bouquins, des feuilles griffonnées. Il marchait par sa chambre, inconsciemment élevant la voix, pris par le lyrisme de la question d'internat, imaginant sans cesse des présentations nouvelles, des raccourcis sensationnels, une expression théâtrale de la pathologie : « Le malade est dans le décubitus dorsal, blême, asthénique. Il a le pouls petit, filant, irrégulier... » Les mots dans sa bouche atteignaient à l'horreur, ils rejoignaient la grande tradition des cliniciens du xixe siècle, et celle des musées Dupuytren des foires. Edmond avalait une tasse de café. Les premiers bruits de la ville, sourds, ajoutaient au pathétique du tableau. Le jeune homme souriait amèrement. Ah, s'ils pouvaient l'entendre, les jurés du concours, ainsi, avec cette éloquence sobre, et ce sens du dramatique aujourd'hui perdu! Il n'y avait plus guère que Widal, à la Faculté, qui sût faire trembler en parlant de la méningite tuberculeuse. On disait qu'il avait pris des leçons avec Mounet-Sully...

Les voisins, parfois, frappaient à la cloison. Du culot, ceux-là! Est-ce qu'ils se gênaient peut-être quand ils faisaient l'amour ? Edmond était devenu singulièrement chaste. Non point par simple application. La présence de son père à Paris et, probablement, les idées que celui-ci se faisait de la vie d'étudiant l'y poussaient par défi. Nous ne sommes pas ce que ces gens-là imaginent. Tout de même il dînait avec le docteur : une rude économie. A midi, en sortant de la Charité, il se contentait d'un café-crème avec des croissants, au bar qui faisait le coin de la rue Cujas et du boulevard. Il gagnait souvent sa pitance à l'appareil à sous où, par haine de son père, il jouait sur le vert ou le jaune. Toujours contre le rouge. Le soir, retrouvant son paternel, il se faisait offrir de la viande saignante. L'avarice provinciale marmonnait bien un peu : « Tu prends toujours des chateaubriands, qu'est-ce que tu dirais d'un bifteck ? » Edmond, avec un air de pitié, s'adressait au garçon, la voix légèrement claironnante : « Pour moi, ce sera un château, il est tendre, votre château ? à peine saisi, surtout. Petits pois, peut-être... et puis non, allez-y pour les pommes! » Et se retournant vers le docteur, avec ses dents de jeune carnassier : « C'est plus classique. »

Il y avait dans son service deux ou trois jolies filles auxquelles il donnait un peu plus de temps que n'en exigeaient la science et le souci de leur santé. Il goûtait cette familiarité de l'hôpital, la rougeur subite de la malade quand, de cet air indifférent où il excellait, il relevait les draps. Il y avait des patientes qui y mettaient un certain bon vouloir. L'une d'elles, une petite danseuse, qu'on avait sauvée d'une pleurésie après un avortement infecté, se faisait palper le ventre à tout bout de champ. Elle aimait la percussion plus que tout, elle insistait pour qu'il recherchât si elle n'avait pas, par hasard, de la matité quelque part. Oui, là... là... oh, c'est là! Les infirmières passaient très dignes, et n'en pensaient pas moins. Douceur des seins contre l'oreille, comptez trente-trois, trente-trois...

On commençait à Paris, à jouer au bowling. C'était évidemment tout autre chose que le grand art provençal des boules, mais tout de même assez vite on s'y mettait. Souvent, le soir, Edmond filait par le métro dans un café du voisinage de la porte Maillot, où il y avait un bowling au sous-sol. Il y était assez adroit, et il se faisait ainsi des relations toutes différentes : gens de sport, courses, autos. Des femmes regardaient les joueurs. Edmond avait besoin de cette admiration féminine pour son adresse, il relevait sa manche pour lancer la boule et il lisait l'étonnement de sa force dans des yeux pareils à des violettes. Il gagnait généralement les consommations au bar et, du coup, la proximité gratis de belles filles, de la viande à boxeurs.

La ruine, c'étaient les cigarettes. L'ironie du caporal donnait une teinte d'or au pouce et à l'index d'Edmond. Il écrasait avec rage un mégot fumé à l'extrême sur la table de dissection, dans le jus phéniqué du cadavre. C'était humiliant de devoir chaparder cent sous par-ci par-là, sur des livres, sur les inscriptions. Son père n'aurait pas pu se conduire décemment? Amertume de la jeunesse : Edmond se vengeait mentalement sur la vieille pauvresse maigre, sans dents, aux yeux révulsés, qu'ils étaient quatre à dépiauter minutieusement par les membres, tandis que dans le ventre ouvert et vidé, marinaient les trousses. Pour la tête, on s'était disputé déjà, on la jouerait à la manille. Edmond s'intéressait aux muscles de la face, évidemment c'est plus facile sur un homme, mais l'agréable de cette bonne femme-là, c'est qu'elle était bien sèche, sans graisse, et proprement injectée. Elle n'avait pas dû bouffer grand'chose dans les derniers temps de sa vie.

Un jeudi, au rendez-vous, Barbentane arriva, très agité, brandissant les feuilles du soir : « Tu as lu les journaux? Non? Même pas ce matin? — Qu'est-ce qu'il y a ? — Millerand a réintégré Du Paty de Clam! — Alors? — Ça ne te dit rien, à toi, Du Paty de Clam? Du Paty de Clam, c'est toute l'Affaire! Ce salopiaud de Millerand! Tu t'en fous? — Qu'est-ce que ça a d'important? — Il le demande! Mais ça va faire un barouf du diable. Poincaré est foutu, tu ne comprends pas? — A propos, dit Edmond, demain je ne dînerai pas avec toi. »

Son patron avait donné à Edmond une place qu'il avait reçue pour la générale de ce soir-là ; et le jeune homme devait prendre chez elle la femme de son chef de service, qui ne pouvait pas aller seule au théâtre. Edmond était un peu pâle de pas mal d'imaginations qu'il se faisait. En smoking, il passa à l'Hôtel du Louvre pour demander un louis à son père, qui ne lui donna que quinze francs : une pièce de cent sous et une pièce d'or de dix. Muni de ce trésor, il préféra ne pas dîner, quitta son père et, en avance, musa un peu en route, il faisait froid, mais heureusement sec et, sur le boulevard Saint-Michel, entra dans une parfumerie. Il acheta un échantillon de fougère royale, s'en fut au Café de

Cluny où il s'en aspergea dans les lavabos. Après quoi, il changea dix fois de poche le petit flacon qui l'agaçait.

Le professeur Beurdeley habitait une maison du quai de Conti qui donna le vertige du luxe à son externe. L'immensité des pièces le déconcerta. Le professeur était déjà sorti ; il allait à une conférence. Madame était une blonde assez jolie, mais sans jeunesse. Elle avait un ruban d'argent, très large, dans ses cheveux flous, et une robe avec de la dentelle par devant, un drapé de charmeuse grise, le décolleté bien poudré, un collier platine et diamants, et un grand éventail en plumes de paon. Edmond eut un brusque accès de respect pour cette dame et se maudit tout bas. Dès le premier instant, il était sûr de manquer le coche. Jamais il ne saurait séduire la femme de son patron et toutes ses belles résolutions s'évanouissaient, ses espoirs. Tandis qu'elle s'encapuchonnait dans l'escalier, dans le taxi, parlant de tout et de rien, donnant la réplique, il s'efforçait de l'imaginer, cette femme, dans des gestes intimes. Il la déshabillait à contre-cœur. Elle n'était pourtant pas mal, qu'est-ce qu'il avait à faire le difficile ? Les femmes du monde...

La générale à laquelle ils allaient était à sa façon un événement politique. Une pièce à thèse, et le titre en était tout un programme : *Alsace*. C'était Réjane qui jouait, c'est tout dire. Dès le vestibule, la fièvre de Paris avait enveloppé Edmond, de ce Paris brûlant, brillant, interdit à sa pauvreté d'étudiant. Il hésitait à reconnaître dix têtes cent fois vues sur les journaux, dans les caricatures. Au vestiaire, un homme, grand, élégant, portant beau sa cinquantaine et l'habit, avec sa barbe encore blonde, et les cheveux bien lissés, blanchissant, avait salué très profondément Mme Beurdeley. C'était le couturier Charles Roussel, qu'on disait très ami de la grande actrice. Mme Beurdeley s'habillait chez lui. « On se sent un artiste, madame, dit-il, quand on voit sur vous ce que devient une robe de... Il vous prend de l'orgueil à habiller une personne de... comme vous. — Est-ce vrai dit Mme Beurdeley, qu'on craint des inci-

dents pour la représentation ? — Oh! répliqua le couturier, il y a un discret service d'ordre... »

Ils furent logés dans une baignoire, et seuls, étrangement. Le spectacle ne commença que fort tard, ce qui
mit mal à son aise Edmond, attendant merveille de
l'extinction des lumières. L'éventail ocellé battait dans
l'ombre. Edmond, légèrement inquiet d'avoir eu la
main lourde et de fleurer trop fort l'eau d'Houbigant,
se sentait dans un conte d'Alfred de Musset. Les longs
gants perle aux bras nus de sa compagne le fascinaient.
Il regardait la lumière s'accrocher aux gouttes de diamants du collier, montés d'une façon ancienne, à de
minces fils pendant. Au cours du premier acte, il retrouva
un peu de son audace et il lui parut qu'il saurait n'être
pas ridicule avec cette femme. En même temps, il
n'était pas très sûr du smoking que sa mère lui avait
fait faire l'année précédente à Marseille.

Réjane. C'est bien simple. Elle était tout bonnement
éblouissante. Chaque mot qu'elle disait retentissait dans
la salle comme un coup en plein cœur. Elle avait fait
du naturel le plus terrible artifice. Mme Beurdeley,
tout comme elle posait ses lorgnettes de nacre sur le
rebord, à deux, trois reprises, de saisissement prit la
main d'Edmond et la serra. C'était apparemment
sans signification aucune, que l'effet de l'art de Réjane, mais le jeune homme en concevait une certaine
ivresse.

La pièce était plus que médiocre, mais habile. Edmond
qui ramenait tout à lui-même devant ce drame intérieur
d'une famille alsacienne était bien prêt de se ranger du
côté du fils, en lutte contre les traditions des siens, qui
veut épouser une Allemande, et bien prêt d'assimiler les
sentiments héroïques de l'Alsace au cœur français avec
les petites histoires provinciales de Sérianne-le-Vieux.
Ainsi s'établissait entre la salle et lui un étrange divorce
d'émotion. Sa voisine, elle, applaudissait comme tout
le monde, mais cela la rendait jolie dans la pénombre et
finalement Edmond se retrouvait à l'unisson des passions de la salle, parce qu'il regardait se soulever le

sein de Mme Beurdeley. Les diamants lui riaient dans l'ombre.

Dans une loge de balcon, en face, trois hommes debout attiraient l'attention par leur façon d'applaudir. L'un d'eux, la barbe en bataille, devait sans cesse s'éponger le front avec un mouchoir, tant il s'épuisait à battre des mains. Mme Beurdeley se pencha vers son compagnon, désignant la loge : « Déroulède, dit-elle avec le ton du respect. — Qui sont les autres? » murmura le jeune homme. Sa bouche effleurait les cheveux légers de la « patronne ». « Marcel Habert et Henri Galli, le président du Conseil municipal, un ami du professeur... » Edmond enrageait un peu de tout ce qui liait cette femme à un monde dont il était exclu. Il sentait grandir en lui l'envie de s'en venger sur elle, en l'humiliant de sa jeunesse et de sa force, quelque part dans un vague meublé, d'où les femmes sortent les yeux baissés.

Le final du premier acte fut un triomphe. Devant son fils qui se tient à l'écart, et dont elle sait qu'il veut épouser une ennemie, quand on est resté entre soi, les Envahisseurs ayant enfin compris qu'ils étaient de trop ce soir-là, Jeanne Orbay, Réjane, rappelle la soirée où elle a été expulsée d'Alsace ; on était ici même, entre Alsaciens, comme aujourd'hui, et à ce piano, on jouait... elle s'en approche, elle ouvre le clavier, et debout elle commence en sourdine... *la Marseillaise*. La famille, les amis groupés, la suivent, en sourdine, on chante. *La Marseillaise*... Debout, seul, de l'autre côté de la table où traînent les débris du repas, dans ce décor flanqué d'assiettes d'étain et de faïence aux murs, avec des petits drapeaux partout, du vaisselier à l'horloge rustique, un rouet dans l'ombre du fond sous une reproduction d'un tableau de Dürer, seul, seul, seul, le jeune Jacques, le protestataire muet, écoute avec son grand amour dans le cœur, que n'entendent ni ces fanatiques de la scène, ni ceux de la salle, qui se sont levés, moites, et les yeux mouillés, frémissants, et dont la tempête éclate avec des cris : *Vive la France, vive la France!*

Ils hurlent. Le rideau quatre fois se rouvre. Quelle chose, diabolique, le talent ! Dans sa robe de soie roulée autour d'elle, beige, Réjane salue une main encore sur le piano où s'est tue *la Marseillaise*. Une robe de chez Roussel, évidemment. Pas à la mode. Réjane ne suit pas la mode. Quelle chose contagieuse, le succès ! Le délire de la salle assèche un peu la gorge d'Edmond. Il est debout derrière sa voisine, très proche, et il a envie de la prendre dans ses bras. Elle applaudit, elle s'agite, elle fait des signes vers la salle avec son éventail replié.

Au foyer, ils retrouvent la salle bruyante, émue et défaite, qui se remet, renoue ses histoires de la vie à cette minute de l'art dramatique. Mme Beurdeley est saluée de toutes parts, elle serre des mains, présente ou ne présente pas son cavalier, un peu sur la réserve. On parle de l'audace de la pièce. Un tel thème au théâtre ! Ah, il y a vraiment quelque chose de changé en France ! Pendant quarante ans, les passions de la foule eussent rendu cela impossible. La vue d'un uniforme allemand eût fait une émeute. Aujourd'hui c'est comme un sujet historique, somme toute. L'enthousiasme, évidemment... Mais si nous ne sommes plus chauvins, nous restons pacifiquement patriotes. Dans toutes les conversations, un même thème : dans la loge directoriale, il y avait un cuirassier, le fils de Réjane, en permission, croyez-vous. On parle de la frontière comme d'une fiancée. La guerre et les sapins des Vosges sont présents ; Mme Beurdeley converse avec un monsieur aux moustaches blondes, qui est, paraît-il, Robert de Flers : « Quelle pièce ! Quel rôle ! »

Il est un peu réticent : « Les sentiment les plus nobles sont souvent ceux auxquels il est le plus difficile de toucher. Le patriotisme est de ceux-là. — Mais pourtant... — Il ne demande pas seulement des cœurs sincères et des mains pieuses, mais aussi une expression délicate et discrète et une constante justesse du ton... »

Edmond écoute avec étonnement. Ce langage est nouveau pour lui. C'est donc ainsi que ces hommes-là

292

séduisent! Il y a en lui quelque chose que cela révolte : le joueur de boules de Sérianne... Il est furieux de l'attention que leur donne cette Mme Beurdeley. Elle est bien moins séduisante aux lumières. Avec une espèce de condescendance pour ce jeune provincial, elle lui désigne soudain des célébrités. Alexandre Duval, par exemple, le fondateur des Bouillons... Wisner, le Wisner des autos... Edmond ne l'a pas vu, mais, peu intéressé, fait celui qui déjà...

La foule élégante où les femmes se détachent sur le fond noir des habits piaille et roule. Par les portes des loges, on aperçoit des groupes où la politique a pris le pas sur l'amour. Le nom de Poincaré se mêle à tout cela. Il sort des lèvres d'une jeune brune habillée de liberty mandarine bordé de cygne blanc. C'est devenu comme une chanson tropicale dans ces lèvres-là : Poincaré... Mme Beurdeley dans une excitation très vive montre à Edmond une femme toute en dentelles blanches : Polaire.

Charles Roussel est auprès d'elle, il la quitte et comme continuant la conversation il s'adresse à Mme Beurdeley : « Ouf, j'ai eu chaud, chère madame! Un bruit incroyable... Une histoire de... On prétendait que le commissaire aux Halles, Paul Guichard, était là, vous voyez ce monsieur là-bas? Alors vous comprenez, ça a manqué faire une affaire de... A une soirée comme celle-ci, quand il souffle un patriotisme de... — Je n'y suis pas, dit Mme Beurdeley, en quoi ce commissaire... — Vous n'y songez pas! Avec ce qui s'écrit de lui tous les jours dans *L'Action Française!* Vous savez bien qu'il est compromis dans toutes sortes de marchés avec la Compagnie Maggi, qui est une officine d'espionnage allemand! Il y avait vingt personnes qui voulaient lui casser la figure. J'ai eu une peur de... à cause de notre grande Réjane... Vous savez que son fils est là? Alors je me suis dit que je devais parler à ce Guichard, pour éviter un scandale de... Oui, ce monsieur là-bas. Eh bien! imaginez-vous que c'est le frère de mon valet de chambre... — Paul Guichard? — Non, non. Ce monsieur... Oui, croyez-vous que c'est mêlé de nos jours, les générales! »

Edmond eut l'impression que, ce disant, le couturier le regardait.

Il ne vit rien du reste de la pièce, ni des épaules de Mme Beurdeley. Il était malade d'humiliation.

VI

A la générale d'*Alsace*, le fabricant d'automobiles Wisner avait été fort étonné de rencontrer son vieux collaborateur Joseph Quesnel avec une très jolie personne, d'un blond roux, dont il avait vaguement le souvenir de l'avoir vue quelque part. C'était à l'entr'acte, et pour l'instant le grand industriel était avec trois ou quatre personnes, ce qui ne lui avait pas laissé les loisirs d'approcher du couple. Où ai-je vu cette gosse-là ? Le drôle était que ce puritain de Quesnel se montrât ainsi en bonne fortune au Tout-Paris. Wisner avait bien déjà entendu parler de quelque chose. Mais rien d'officiel jusqu'alors.

Sa tête n'avait guère le temps de marcher parce que la conversation dans laquelle il était lancé touchait de trop près à ses intérêts. Il portait beau l'habit, jeune de découpe, et le visage, un peu haut en couleurs, peut-être, étonnait sous les cheveux grisonnants aux tempes, la moustache coupée bien droit encore très noire. Il était avec MM. de Houten et Lenoir, le premier, un Hollandais, une des figures les plus intéressantes de la coulisse, et le second assurément un des maîtres réels de la presse. L'animation autour d'eux, les émotions de la soirée, faisaient un brouhaha très peu propice aux affaires. Pourtant Lenoir insista : « Je vous l'assure, la Compagnie Française du Port de Touapsé a reçu de Russie les millions qui lui étaient dus... Par suite l'affaire est redevenue tout à fait saine, et cela change les perspectives... Le Quai d'Orsay était discrètement intervenu auprès de Sa Majesté Impériale... »

Joris de Houten ferma les yeux d'un air de respect. Il était encore temps : il garderait les actions qu'il avait reçu ordre de vendre pour Joseph Quesnel, dont il était souvent le prête-nom en Bourse. En revendant à terme, cela ferait un joli magot.

« Qu'est-ce que le Quai a donc à s'intéresser à cette affaire-là, dit Wisner. C'est Perchot qui est derrière cette histoire de Touapsé, et Perchot, dans les questions d'armement, joue contre nous. Quelle singulière idée de venir lui prêter main-forte ? »

Lenoir eut l'air tout à fait entendu :

« Nous sommes à la veille de l'élection, cher ami... voyons. — Ah! dit Wisner avec un sursaut d'honnêteté indignée, vous n'allez pas prétendre que Poincaré trafique de son influence ? »

Joris de Houten éleva une main aristocratique, où l'on voyait une bague avec un tortil de baron : « Je suis persuadé que notre ami Lenoir se laisse emporter par une imagination trop vive... — Mais, permettez, dit Lenoir. — Allons, allons, vous êtes poète, je le sais! »

Lenoir rougit. Il avait des vers sur la conscience. Il en avait même récemment envoyé au président Poincaré après cette entrevue qu'ils avaient eue, sur l'entremise de Klotz. Wisner avait l'air assez fâché. Ce Lenoir, avec ses stupides bavardages vous compromettrait n'importe qui. Le jour où il lui arrivera malheur, il ne pourra s'en prendre qu'à lui-même. Wisner détourna l'attention par une remarque sur la jolie fille qui accompagnait Quesnel. Non, Lenoir ne savait pas qui c'était, bien qu'il lui semblât l'avoir aperçue dans un cercle où il jouait. Houten s'intéressait vivement à la conversation. Une liaison ? C'est la première fois qu'on connaît une liaison à Joseph Quesnel. Personnellement Wisner se fût bien passé du dernier acte. En général, il n'aimait guère le théâtre.

A la sortie, il retrouva Lenoir et Joris et ils s'en furent

chez Maxim's. Quand l'orchestre attaqua suivant la tradition : *On va fonder une société* (bis) — *Qui réunira tous les jeunes gens — de dix-huit à soixante ans...* Wisner fit signe au maître d'hôtel d'emplir les verres et il se mit à parler politique. Les paradoxes fleurirent, et le Hollandais sourit.

« Alors, monsieur Wisner, à ce qu'il paraît, vous êtes un révolutionnaire, vous aussi ? »

Les dames du lieu saluaient Wisner. Il y en avait une, rousse, qui lui remit en tête la compagne de Quesnel. Nom de Dieu, où est-ce que je l'aie vue, cette garce-là ? Joris de Houten, très au courant des auteurs classiques du socialisme, parlait de Marx, de la concentration capitaliste. Il eut un mot très flatteur pour les usines Wisner, un grand pas en avant dans la voie du socialisme. On savait d'ailleurs les opinions de l'industriel. Oh, aujourd'hui, les patrons sont plus socialistes que les ouvriers ! Les ouvriers, au premier signal, ils suivraient une musique militaire... Pour Wisner, la guerre, il n'y voyait certainement que les affaires, il n'y apportait pas cette stupide passion nationaliste qui ferait battre des montagnes...

Tout en parlant ainsi, Joris songeait au petit coup qu'il allait réaliser sur les Ports de Touapsé, le danger était tout de même de se fâcher à cette occasion avec Joseph Quesnel... Bah ! qui le mettrait au courant ? Et puis le Hollandais voulait faire un cadeau à son amie, Mlle Jonghens.

Wisner continuait à se demander où il avait vu cette petite. Vous savez quand on ne peut plus mettre un nom sur une tête. D'abord, c'est vexant. Puis on se pique au jeu. Enfin, ça devient une marotte. Tout de même, à y réfléchir, ça faisait une drôle de compagnie ce Lenoir et Joris. Qu'est-ce qui les unissait, ces gens-là ? Il s'en faisait une idée, puisqu'il savait leurs liens avec Isvolsky. Mais Houten avait aussi quelque chose à faire avec la *Deutsche Bank*, l'Allemagne... N'avait-il pas trempé dans une affaire de drogues, de suicide, l'autre année ? Oh ! bon, j'y suis ! Ça, par exemple. Alors, elle était trop rigolote, celle-là! Au fait, il n'avait pas mauvais goût, Joseph Quesnel. A ce qu'il se rappelait, Wisner, la gosse avait de très jolis seins. Ah, il l'avait tirée de là, le vieux protestant.

« Et vous, disait Lenoir à Joris de Houten, vous y avez été à Touapsé ? Vous connaissez bien la Russie ? »

Joris de Houten n'avait pas été à Touapsé.

VII

Du Paty de Clam réintégré ! « L'Affaire » était rouverte. Des bruits sinistres couraient : les Balkans se remettaient à flamber, et l'Autriche et la Russie menaçaient à tout instant d'intervenir, les journaux en jouaient pour la défense du gouvernement. Juste à ce moment, le geste du ministre de la Guerre, arguant d'une parole de Messimy à l'époque d'Agadir, remettait en activité l'accusateur du capitaine Dreyfus, le faussaire, l'homme du parti noir ! Et cela à huit jours de la réunion de l'Assemblée de Versailles. Rien ne pouvait mieux mettre en lumière la collusion de Poincaré avec la réaction. L'ancien dreyfusard achetait les voix de droite peut-être, mais on allait voir ce qu'on allait voir. Barbentane télégraphia à son adjoint : *République en danger Stop Prolongerai séjour Paris mesure nécessaire.*

Millerand démissionnait le 11 janvier. Poincaré l'avait donné aux radicaux. Barbentane triomphait. Le président du Conseil baissait la tête. Edmond, lui, rigolait doucement en écoutant son père. Les déclarations du Lorrain au Conseil des ministres avaient empli de joie le jeune ambitieux. Un modèle d'hypocrisie et de manœuvre. Poincaré avait su à la fois dégager sa responsabilité, garder l'allure de l'homme qui couvrira son ministre de la Guerre, et lui indiquer poliment qu'il n'avait qu'à foutre proprement son camp, une merveille. Sur ses cahiers, Edmond faisait la tête du premier

299

ministre au bonhomme dont il dessinait la parotide mise à nu, avec des lambeaux de chair rabattus, pour montrer les rapports de la glande et de sa loge. Il donnait les traits de Poincaré à des écorchés montrant le trajet de la mammaire interne, cette artère qui se place par rapport au nerf phrénique comme le bras du villageois qui tient un parapluie. Le César Borgia de Bar-le-Duc avait trouvé son Machiavel à l'hôtel Royer-Collard.

« Tu comprends, fiston, Lebrun passe des Colonies à la Guerre. Lebrun, évidemment, c'est comme tous ces gens de la Meuse, un Père la Revanche, *ils ont brisé mon violon parce qu'il avait l'âme française...* mais c'est un sensible. Il pleurnicha lors de l'accord de 1911 avec Guillaume, il pleurnicha, mais il s'exécuta. Discipliné. Ancien ministre de Caillaux, et pas précisément un foudre de guerre. De Millerand à Lebrun, c'est un grand pas dans la voie de la paix. Si tu ne manges pas ton cresson, tu ferais mieux de me le donner... Je ne sais pas si tu apprécies à sa juste valeur la comédie de Poincaré avec Ribot... Tu ne lis point *L'Illustration* peut-être ? Dommage. Aussitôt qu'il entendit dire que Ribot se présentait à la présidence de la République, mossieur Poincaré se rendit avec son huit-reflets chez Ribot pour un échange de vues. Ils les échangèrent, leurs vues, et puis mossieur Ribot, à son tour, se saisit de son chapeau-claque et se rendit chez Poincaré pour un échange de vues. Le tout d'une courtoisie talons rouges, alors! Ils se firent l'un l'autre connaître que nonobstant la profonde admiration réciproque qu'ils se professent, ils maintiendraient tous deux leurs candidatures. Ça donna l'occasion à *L'Illustration* d'une de ces premières pages... je ne te dis que ça... D'un côté Poincaré, de l'autre Ribot. On fait mieux comme petites femmes. Le dessin est de Simont. Ça ne vaut pas l'autre zigue de la maison, Sabattier. Celui-là, alors, la garce! Tu ne lis pas *L'Action Française*? Moi non plus. Pourtant de temps en temps. On dira ce qu'on voudra, mais Daudet est un drôle. Il n'aime pas beaucoup Poincaré, et quand il se met à parler des dessins de Sabattier, qui est devenu le portraitiste bi-mensuel du président du conseil... tu devrais lire *L'Action Française* en passant... oh pas Maurras! Celui-là, c'est à vous dégoûter d'être méridional! »

Les nouvelles de Sérianne n'étaient pas alarmantes. On s'y portait comme un charme, alors pourquoi le docteur Barbentane n'aurait-il pas attendu l'élection de Versailles? Il avait pu voir Clemenceau un soir, à *L'Homme Libre*, et le grand homme avait daigné se ressouvenir qu'il y avait une parenté à la mode de Bretagne entre sa famille et les Barbentane. Saperlipopette, si seulement celui-là pouvait revenir au pouvoir, c'était alors que ça marcherait rondement! Évidemment, il serait appelé tout de suite par Pams qui était son poulain. Ce qu'il ne pouvait pas le sentir, le Poincaré, ce Clemenceau! *Le petit Bossu*, comme il disait. « Alors, je lui ai dit, racontait Barbentane, monsieur le Président, je lui ai dit, et il m'a répondu, mon cher cousin, le Président du Conseil n'est pas un imbécile, mais il manque irrémédiablement de ce que nos amis d'outre-Manche appellent le sens de l'humour ; et moi, je lui repartis, monsieur le Président, on ne peut pas en dire autant de tout le monde! » Le docteur, très content de lui, rit assez fort. Edmond en profita pour demander une fine avec son café et, plissant méchamment ses yeux gris et méprisants, avec un retard étudié, il articula sur le ton de la plus parfaite déférence : « C'était, somme toute, assez bien tourné. »

Les journaux étaient pleins des préparatifs de l'Assemblée nationale. Deux cent cinquante kilos de veau, de jambon et de pain étaient prévus pour rassasier les congressistes. Un millier de bouteilles d'eau minérale. Le pays se passionnait à l'idée que le palais de Versailles ne pouvant être électrifié, ce dogme ne se contestait point, les cent becs papillon qui y fonctionnaient étaient d'une insuffisance notoire pour éclairer l'aube d'une nouvelle présidence. Le bec Auer, après délibération, avait été adopté. Six cents en seraient posés avant le 17 janvier. Au fait, l'élection tombait un vendredi.

Jour chic, mais jour maigre. Sale affaire pour les restaurateurs versaillais, vous voyez d'ici ce qu'il leur faudrait d'imagination et de poissons! L'opinion publique se calma sur ce point, et sur le risque de péché mortel pour les députés qui s'enverraient les 250 kgs de veau et de jambon, quand Mgr Gibier, un nom prédestiné, évêque de Versailles, fit assavoir qu'il levait ce vendredi-là, pour toute la Seine-et-Oise, l'obligation de faire maigre. On commentait le fait que tous les sièges de la salle du Congrès avaient été recouverts à neuf de cuir jaune foncé. Il y avait des gens qui auraient préféré une autre couleur. Le quinze janvier, Barbentane passa la journée au Luxembourg, pour la réunion des gauches. Moment suprême. Le docteur, ce jour-là, ne se prenait pas pour de l'eau de bidet. Par les couloirs du Sénat, il tâtait le pouls de la République. Dans une porte, il se heurta littéralement à un petit homme désagréable qui glapit avec une voix de sinusite : « Pourriez pas faire attention ! » C'était Poincaré. Barbentane en eut le frisson de l'Histoire. Il vit Jaurès. Clemenceau avait la grippe, mais il vint quand même : Barbentane l'aperçut suivi d'une sorte de meute déférente, se précipita vers le grand électeur. Mais celui-ci n'eut pas l'air de le reconnaître, et de sa main gantée, qu'on savait en proie à un mal desséchant, il indiqua une fenêtre ouverte ; un huissier, se hâtant pour la fermer, se flanqua par terre. Quant au petit père Combes, il avait une extinction de voix à peu près totale. Tout prenait figure de symbole.

La journée ne suffit point aux gauches pour s'entendre. Poincaré au premier tour, au second tour Pams, arrivaient en tête de ce que les journaux du lendemain appelèrent la représentation des couturières de l'élection présidentielle. Un troisième tour le seize déciderait du vote de Versailles. On allait avoir la nuit et le matin pour mille marchandages. Poincaré, jusqu'à présent, se refusait à retirer sa candidature. On disait qu'il la maintiendrait même avec un vote défavorable le lendemain. Barbentane dit à son fils : « Tu vois, ton Poincaré, c'est le candidat des droites, maintenant... Il veut assassiner la République... Je l'ai vu cet après-midi, il n'a plus qu'à se soumettre, voyons! Grande journée! Pour nous reposer de toute cette politique, qu'est-ce que tu dirais des Folies-Bergère ? »

Ils dînèrent chez Poccardi. Le docteur parla longuement des Barrel, du chocolat, de la dot des filles, de l'intérêt qu'il y aurait à unir tous les Français. Son fils le guignait du coin de l'œil, où voulait-il en venir ? Mais le silence d'Edmond glaçait le vieux malin et lui mettait la puce à l'oreille. Avant de lâcher le secret de ses projets, il fallait être sûr du petit. Le spectacle des Folies fit diversion.

Le docteur goûta beaucoup les vieilles chansons interprétées par Yvonne Printemps. Le tableau de Trouville et une mise en scène osée qui s'appelait *Le Vitrail* lui permirent d'atteindre avec son fils ce ton de familiarité nécessaire à une explication. A l'entr'acte, puisque les idées n'avaient pas de prise sur Edmond, tant pis, le père s'était décidé à lui parler intérêt. Dans le va-et-vient du promenoir, tandis que les femmes maquillées abordaient, la cigarette aux lèvres, avec leurs robes drapées et leurs chapeaux à aigrettes, des Péruviens, des Turcs et des Scandinaves, devant le petit tableau lumineux où tournicotaient les ombres chinoises de dames en corset avec des messieurs à moustache, le maire de Sérianne-le-Vieux, lissant sa barbe, chapitrait son rejeton sur la coïncidence de ses intérêts matériels et de la morale politique du parti radical.

« Tu as fait deux ans de médecine, fiston. Il t'en reste deux à faire et, avec de la protection, tu t'en tireras avec dix-huit mois de service. Cela veut dire que tu peux t'installer à Sérianne dans l'été de 1916... Tu me suis ? Mais ton père est un homme jeune, il ne peut s'effacer devant toi... Alors, si je ne suis pas à la Chambre, qu'est-ce que tu deviens ? On peut te caser quelque part, mais tu végètes. Je ne vais pas te payer un cabinet, peut-être... — Tu n'as pas de feu, chéri ? »

C'était une grosse brune dont le bras nu laissa sur le veston noir du docteur une trace de crème grasse autour du col. Elle s'éloigna en se dandinant sur ses talons et soupira : « Ce qu'ils sont tarte, tout de même, ces provinciaux! »

Barbentane rajustait sa cravate papillon :

« ... Hum! qu'est-ce que je te disais ? ah, oui... et si tu crois qu'à Sérianne ça arrangera tes affaires, ce scepticisme politique! Il faut se baser sur quelque chose, dans la vie. Probablement qu'au lycée tu n'as lu qu'avec négligence quelqu'un qui aurait pu t'enseigner cela... »

Ici, le docteur fit une pause, pour éprouver l'ignorance des jeunes générations. Ils étaient dans le hall, au pied de l'escalier, et un nègre en fez tapait à tour de bras sur un tambourin pour appeler les amateurs à la danse du ventre : « Je voulus parler, reprit-il, d'Emmanuel Kant... »

Suivit un développement sur la raison pratique et la pratique sériannoise du docteur combinées. Une jeune femme du type Claudine souriait à Edmond. Il avait envie de lui répondre. Il faisait chaud. Elle pouvait avoir vingt ans, et elle n'était pas belle, mais elle avait un air canaille et les jambes longues.

« ... A Sérianne, tu n'as de clientèle que si tu es politiquement soutenu. On n'aura jamais confiance dans un coco qui ne montre pas son visage politique. Qu'est-ce que tu veux faire, à droite ? Il y a ce jeune Lamberdesc... Alors, tu n'as pas le choix : tu dois être radical. Et il faut comprendre ce que ça veut dire : on ne joue pas avec le radicalisme! C'est une vocation, tout comme la médecine, une abnégation, une responsabilité... — D'abord, coupa Edmond, les yeux fixés sur la jeune personne qui maintenant était appuyée à une colonne, et qui se tripotait les seins en le regardant, je ne prendrai pas ta succession à Sérianne... — Hein ? »

Le docteur s'était redressé de toute sa paternité. Il était devenu si rouge qu'une passante s'inquiéta : « Tu devrais venir prendre l'air... qu'est-ce que tu offres ? » Il prit le bras de son fils et l'entraîna à l'écart.

« Tu plaisantes ? Qu'est-ce que c'est que cette histoire ? — Je suis absolument sérieux. Je veux faire les hôpitaux, la carrière. — Tu la perds, la boule, putain de

304

Dieu! Tu ne t'imagines pas que j'ai payé tes études pour que tu me laisses choir à un moment décisif de ma vie ? — Si ton fils est un médecin des hôpitaux, ça ne peut que te servir... — Allons, pas de bêtises. A Sérianne, déjà comme ancien externe, tu en as assez. L'internat n'est pas indispensable. — Mais je ne veux pas de Sérianne. Paris... — Ah! le voilà lâché, le grand mot, Paris ? Tu as une liaison ? »

Il regarda son fils avec un air bonhomme, qu'Edmond jugea d'une fausseté révoltante : « Puisque je te dis que c'est la carrière... — La carrière, tatatata! Si, pour des histoires de cul, tu te mets à me raconter que tu veux faire ta carrière, ça ne prend pas, niquedouille! Je ne suis pas né d'hier. — Comme ça te chante. Je n'ai pas de liaison. Les femmes, je m'en fous, je les ai comme je veux. »

Barbentane en eut la respiration coupée. Il regarda son fils pour la première fois de sa vie avec respect :

« Bon, bon, ça va. Pas la peine de se chamailler. Parlons chiffres. Je te crois, fiston. Mais si je t'allonge pendant trois ans les billets dont tu as besoin, c'est d'une. Si tu veux faire les hôpitaux, ça peut en durer dix, et je n'ai pas les moyens. Tu as un frère, une mère. Il faut y penser. Avec cela que je vieillis... eh! si, si! je le sens. La médecine, ça demande de la jeunesse. Il y a cette chance de ma situation politique. Tu comprends, si ton père est le député, ta position à Sérianne sera forte... — Je n'exercerai pas à Sérianne. — Ah! tiens, tu me fâches. Tête de mulet. Et si je te les coupe, les vivres ? — Je n'exercerai pas à Sérianne. — A la fin, tu ne comprends pas que, député demain, après-demain je puis être ministre, et alors je te prends à mon cabinet, et une fois le pied à l'étrier, dame! Au lieu de quoi tu veux faire la bête à concours, suivre toute la filière, et combien qui réussissent ? — Je n'exercerai pas à Sérianne. »

La sonnette de l'entr'acte avait l'air d'épouser la rage du docteur. Il en avait des bouffées, le pauvre. Il s'épongea le front. Les mots se pressaient dans sa gorge. Ah! la rosse, la rosse. Ayez des gosses. Saignez-vous pour eux. Edmond, médecin à Sérianne, c'était sa situation locale renforcée ; et lui aussi, après tout, il avait le droit de vouloir vivre à Paris, aussi bien qu'Edmond. L'égoïste! Il y avait trop à dire. Les gens étaient rentrés dans la salle.

« A propos, dit Edmond, tout ça est très joli, mais Poincaré sera président de la République. — Comment? — Et il gouvernera sans *vous*. — Alors, c'est la guerre! — Votre guerre ou votre paix... Il aura d'ailleurs une part des voix de gauche. — Tu ne sais pas ce que tu dis. Les 272 voix de Poincaré aujourd'hui, il ne les aura plus demain, et après-demain, la discipline des gauches... »

Edmond pinça les lèvres. Son père partait déjà sur une nouvelle piste. De la salle venait un air de tango.

« C'est commencé », dit Barbentane, en homme qui a payé sa place. Ils regagnèrent leurs fauteuils au milieu de protestations étouffées. Sur la scène, dix jeunes femmes montraient leurs fesses. Ça représentait les Grecs devant Janina.

VIII

Richard Grésandage était en retard : Élise devait
s'inquiéter. Il n'y avait pas si loin du rond-point des
Champs-Élysées chez lui, mais d'une chose sur l'autre,
il avait bien perdu une heure, en attendant les nouvelles
de Versailles. Ils devaient, ce soir-là, dîner chez les
Schoelzer. Enfin, Richard s'engouffra aux *Gaufres*
pour téléphoner.

Dans le café, près de la cabine, il montait le guet
comme un lion en cage. Dans la cabine, énervante de
lenteur et de redites, une voix de femme se reprenait, se
répétait, au fil d'une conversation toujours sur le
point de s'interrompre, coupée de silences. Élise devait
s'inquiéter. Il tourna les pages d'un annuaire périmé,
par désœuvrement. La voix repartait, humble, assez
douce. Elle rappelait à Grésandage un timbre ancien,
à demi oublié. Des gens passaient, allant aux lavabos.

De ce qu'on apercevait de la femme (elle n'en aurait
donc jamais terminé ?) par la glace à dessins de la porte,
ça devait être une poule quelconque. Richard se surprit
à écouter : « Non, non... oh ! je t'assure, Micheline...
mais pourquoi, ma petite ?... On peut bien se voir
encore... »

Il eut honte de ce qu'il faisait, mais cette voix réveillait des souvenirs lointains. Le soleil. Une jeune fille
avec des yeux immenses. Le grand soleil. La voix poursuivait :

« ... Non, je t'assure qu'il est très gentil... Tu crois?
Peut-être que tu as raison... Il ne faut pas dire ça...
Comment veux-tu que je fasse, maintenant?... Mais si,
j'aurais voulu te voir... Je m'ennuie de toi, tu sais...
Ma petite... Écoute, je vais te dire, écoute... Charles
est un gentil garçon, un très gentil garçon... Mais si,
il sait... Il sait que j'ai un enfant... Nous en avons
longuement parlé... Il ne s'est pas fâché... En tout cas,
excuse-moi bien auprès de ces messieurs, de M. Ducharme, surtout ; je tiens beaucoup à ce que M. Ducharme
ne pense pas... Si tu connaissais Charles, tu ne dirais pas
ça... Ma petite Micheline, comment veux-tu que je
fasse pour choisir? Je vous aime bien, mais... Naturellement, si je me trompe... Je peux me tromper... Il est
bien gentil, si tu savais... Il ne faudrait pas que ces messieurs et ces dames... Oh! tu es dure... Qu'est-ce qu'il
y a de changé?... Évidemment, on ne peut pas en parler
tout de suite, à la longue... Mais si, pourquoi pas?... A
la longue... A la longue, il m'épousera, il se fera à cette
idée... Alors, quand nous serons mariés... Mais je pourrais te voir demain... Oui, demain, à l'heure qui te plaît...
Alors, excuse-moi auprès de M. Ducharme... Ne dis
pas ça, tu n'es pas juste... Je t'assure qu'il est gentil...
Ah! non, ce n'est pas le vice, alors ça, loin de là... Un
grand repos... Charles... Pourquoi dis-tu ça? Tous les
hommes ne sont pas pareils, heureusement... »

Absolument hors de lui d'attendre, Richard s'était
placé près de la cabine et un mouvement de la cau-
seuse lui fit craindre l'ouverture soudaine de la porte.
La honte de l'espionnage le reprit, et il s'éloigna. L'in-
ventaire du lieu, il l'avait déjà pratiqué dix fois. Il
avait été si profondément persuadé du succès de Poincaré que sa confirmation ne lui donnait pas matière à
d'abondantes rêveries. Maintenant, il revenait vers la
cabine avec le désir conscient d'écouter. Cette voix...
En même temps, il s'imaginait le drame et sa banalité.
Cette fille, tant de fois trompée, avec un bâtard quelque
part, qui se raccroche à des relations de petits-bourgeois
à Plaisance ou à Courbevoie, et qu'une liaison nouvelle

en sépare, comme un scandale de trop. Il devait être joli,
M. Ducharme, et la nommée Micheline, donc! *Tous les
hommes ne sont pas pareils*, cette phrase avait pris une
mélancolie affreuse. Richard se fâcha de sa propre sentimentalité.

« ... Mets-toi à ma place, ma petite... Je n'ai pas de
travail : je ne peux pas le quitter... Qui paierait les mois
de nourrice ?... Mais, bien sûr, je te l'ai dit, il est au courant... Nous en avons parlé longuement... Je te dis qu'il
est très gentil, Charles... Alors, il me voit comme ça,
alors il paie pour le petit... Oh! je te dis qu'il n'est pas
comme les autres... Il voit ça de trop près : comment pourrait-il être indifférent ?... Non, ça, je te le jure : plus
jamais... je n'ai pas de quoi payer pour le petit : alors,
est-ce que je vais aller jouer ?... M. Ducharme a dit ça ?
Voyons... Alors, excuse-moi auprès de tous... Il faut
surtout bien m'excuser... C'était une folie, tu comprends.
J'étais si seule, après toute cette histoire... Et puis, les
cartes, cela faisait passer le temps... J'avais gagné des
fois... Maintenant, jamais, jamais... Il est très, très gentil... pas vicieux... Pourquoi pas, à la longue ?... On finit
toujours par se marier... Pour l'instant, je préfère ne pas
lui en parler... Le petit, tu comprends, c'est déjà si bien
à Charles... Si je suis heureuse ? Naturellement, vous me
manquez, vous autres, et dis bien à M. Ducharme...
et à ces dames... Oui, alors... Surtout il faut bien, bien
m'excuser... Et puis, demain, tu veux bien, alors demain,
quelle heure ?... C'est ça, c'est ça... Alors c'est entendu...
Alors demain... Ma petite Micheline... Alors demain... »

Le bruit du récepteur raccroché se termina par un
silence. La femme, là-dedans, avait élevé son sac, on
devinait qu'elle se refaisait en hâte le visage. Peut-être
avait-elle pleuré. Elle avait l'air assez bien habillée.
Elle se moucha. Tout à coup, la porte céda, la femme
apparut.

Elle s'extirpa de la cabine comme d'un mauvais lieu.
Elle jeta des yeux furtifs sur Richard, et hésita comme
si elle n'eût plus connu le côté de la sortie. Richard
avait senti en lui comme un grand froid. Il avait

attendu une très jeune femme, très peinte. Il avait devant lui une femme, pas mal mise, mais déjà ravagée par la quarantaine, une femme sans grâce, sauf des yeux assez étranges, à l'air maladif. Une femme qui avait quelque chose de pauvre et de démuni. Peut-être une employée de commerce de luxe, dont les quatre sous passent à s'entretenir, à cause du magasin, de la clientèle. Presque maigre. Brune, et marquée, aux narines, de deux longs plis précoces. Maintenant que la voix s'était tue, les intonations lui en paraissaient plus encore vulgaires, et mieux connues. À quoi donc rêvait-il, l'écoutant ? Au grand soleil. Une jeune fille dans un pré. Il revoyait les fleurs blanches dans ses bras, et à son cou le petit médaillon... Jeanne, c'était Jeanne...

La femme était partie. Elle avait pris le petit escalier avec cette même humilité qu'elle avait à s'excuser auprès de M. Ducharme. Et Richard ne l'avait pas arrêtée, il ne l'appelait pas. Il restait là, cloué. C'était Jeanne, pourtant, Jeanne. Il ne l'avait pas retenue : est-ce qu'on retient sa jeunesse ? Ce qu'elle était devenue la jeune fille de ses vingt ans... Elle avait un enfant. De qui ? Un singulier sentiment de jalousie l'avait mordu. Bah ! quelque saligaud... Tous les hommes ne sont pas pareils... Comme elle avait dit ça ! Peut-être un peu à cause de lui, jadis, Richard... Oh, il était englobé dans cette idée générale, probable, les hommes ! Brusquement, il comprit qui était Micheline... Micheline, bien sûr, c'était la petite sœur, la gosse de cinq ans... Elle était mariée aujourd'hui, et son monde boudait la grande... Jeanne... Il y avait vingt-deux ans de cela. Elle avait une bouche comme une baie, petite et dure. Elle disait : Non, non... quand on l'embrassait, comme tout à l'heure au téléphone, exactement. C'était même cela, d'abord, qui l'avait fait écouter, Richard. Il repensa à Élise, et se précipita dans la cabine. Pas libre... pas libre... On ne retient pas sa jeunesse.

IX

Jeanne Cartuywels étendit la main : il pleuvait.
Quel ennui! Elle remit ses gants noirs, assura son étole
de skunks élimée, ouvrit son parapluie et s'élança
du café vers la station d'autobus. Elle eut la chance
de ne pas attendre, et le déplaisir de devoir prendre des
premières. Elle ne voulait pas non plus arriver en retard,
à cause de Charles, qui avait si peu de temps pour dîner.
Elle s'était assise, dans un coin, contre la vitre, et le
soir éclairé de Paris giflé de pluie se fondait avec sa
rêverie...

Tout à l'heure, elle n'avait pas avoué à Micheline
l'inquiétude qui lui mordait le cœur : les nouvelles du
petit étaient mauvaises, une fièvre qui ne cédait pas.
Et Dieu sait comme il était soigné chez ces paysans des
Charentes. Ne pas pouvoir y aller : fallait-il quitter
Charles en ce moment, si tôt, quand une absence
pouvait encore tout gâcher, tout détruire? Une triste,
une longue expérience des hommes s'opposait à l'instinct de la mère. Elle n'en avait rien dit à Micheline,
parce que cela n'aurait pas été compris. Et qui sait ce
que M. Ducharme aurait pensé d'elle?

Pourtant, au milieu de tout cela, elle songeait à
Charles avec reconnaissance. Oh, si c'était enfin possible!
Pour la première fois, elle croyait à la tranquillité.
Il était bon, solide, il gagnait bien sa vie, il l'aimait,
il avait l'air de l'aimer. Elle se rappelait comment tout

cela avait débuté, au cercle, ce soir où elle avait poussé sa mise une fois les cartes tirées. Comme il l'avait regardée. Comme il avait sans être vu repoussé les plaques devant la tricheuse. Comme il lui avait parlé plus tard. Et voilà. Elle était devenue sa maîtresse. Elle avait promis de ne plus jouer. Jamais. Elle repensa au petit, à la ferme là-bas, où elle l'avait porté l'année précédente. Elle s'était dit, alors, que, qui sait, s'il aimait la campagne et qu'il fasse plus tard un paysan, il serait peut-être plus heureux dans la vie. Elle ne pouvait, rêvant à l'avenir, s'imaginer son enfant dans ce Paris d'hôtels meublés, de gargotes à la cocose, avec ses vacheries et ses bassesses, dans le Paris qui avait été sa vie et son malheur. Bébé apprendrait à monter à cheval, il aurait de belles couleurs, il serait aimé d'une jolie fille qu'il épouserait. A moins que cette inexplicable fièvre... Il y a tout de même une justice, il y a tout de même un Dieu. Jeanne descendit au coin de la rue Favart.

Ils avaient rendez-vous dans un petit restaurant, à côté de l'Opéra-Comique, une espèce de boyau avec le passe-plats dans le fond, où les tables aux nappes à carreaux étaient les unes sur les autres, encombrées de dîneurs très parisiens, des journalistes surtout, des gens de théâtre aussi, un peu de tout : des jeunes très pommadés avec des femmes qu'ils se reluquaient les uns les autres. Costumes chinés, bonjours échangés par-dessus les bouchées à la reine, familiarité de serveuses avec les habitués, rires, plaisanteries traditionnelles, Jeanne à travers tout ça cherchait Charles. Il n'était pas seul. L'homme qui était à sa table posa son demi brune ; elle le reconnut avec un serrement de cœur. Allons, il fallait tout de suite n'avoir l'air de rien.

Charles Leroy s'était levé pour faire signe à Jeanne. C'était un homme assez pâle, un peu bouffi, d'une taille très moyenne, mais qui paraissait petit à cause de sa largeur d'épaules. On n'aurait jamais cru, n'étaient son tein et son binocle, qu'il avait un métier sédentaire.

312

Il grisonnait très fort, la moustache encore bien brune, et bouclée, et à la correction de sa mise, à la cravate noire, on pensait qu'il devait avoir à faire avec une haute administration quelconque. Ses cheveux, incroyablement robustes et serrés, portaient à leur centre un petit sillon d'habitude qu'il appelait : *ma raie*, et qu'il vérifiait souvent dans un miroir de poche. C'était ce qui agaçait Jeanne en lui, ce tic, et elle se promettait, plus tard, de le lui faire passer.

« Tu connais M. Colombin ? » avait-il dit. M. Colombin s'était déjà rencontré avec Mme Cartuywels. M. Colombin était tout ce qu'on peut imaginer de plus jovial, de plus pivoine, avec des taches de rousseur et un poil queue de vache tout à fait envahissant et une verrue dans le sourcil gauche qui lui donnait l'œil spirituel, d'autant qu'il en clignait. Il pesait cent deux kilos, et ça paraissait à peine. Le sport, n'est-ce pas ? Il faisait de la course à pied, de la boxe, du saut à la perche. A quarante-cinq piges, bon pied, bon œil ! Il revenait de la Côte d'Azur.

« C'est ce qu'il y a de chic dans le métier, il faut le dire : la plupart du temps, dans des bath coins, avec du soleil, de l'air, des fleurs, du beau monde. Ça me flanque un peu le cafard, après ça, quand je travaille à Paris. — Je vous comprends, monsieur Colombin, dit Charles. Moi, je n'ai qu'un regret : c'est de n'être pas Monégasque. Ah, si j'étais Monégasque ! »

Jeanne se sentit un peu choquée : « Ça ne te ferait rien de n'être plus Français ? — Oh bien, tu sais, Français, Monégasque, il n'y a pas grand mal ; si j'étais Monégasque, je pourrais avoir du travail à Monte-Carlo, nous louerions une petite maison du côté de Beausoleil, et pas besoin de courir comme ça, sous la pluie, dans la boue, avec nos étages, les autobus, sans parler de la mer. Toute bleue, là-bas, qu'elle est, la mer ! — Une petite maison... » Jeanne ferma les yeux. Elle pensait à Bébé. Si Bébé avait été adopté par Charles, alors il aurait été Monégasque. Il n'aurait pas eu à faire le service militaire. Elle craignait pour lui la caserne.

M. Colombin rigolait : « Oh! ça, c'est la belle vie, pour sûr. Et qu'est-ce qu'il y a comme gonzesses! M'excuserez, madame Cartuywels. Enfin, du linge. Au point de vue du métier, c'est carré, là-bas. De la tradition, vous saisissez. Ce n'est pas comme ici ou, même quand tout est régulier, comme chez vous, tout de même, ça n'est pas officiel. Alors. Tandis que sur la Côte, n'est-ce pas ? c'est franc jeu. — Le cas de le dire », souffla finement Charles. Tous trois s'amusèrent beaucoup.

Colombin poursuivit : « Il s'y traite des affaires monstres, avec ça. C'est ce qui fait. Il n'y aurait que le jeu. Mais le jeu et les affaires : alors, quelquefois, ça déraille un peu. Nous sommes là pour remettre les choses discrètement en place. Oh, discrètement! Il faut savoir voir sans voir, quoi. Pas de scandale, c'est la consigne. »

On criait les journaux au dehors, les résultats de l'élection présidentielle. Cela mit le restaurant sens dessus dessous. Les gens sortirent, un camelot entra. On s'arrachait les feuilles. Poincaré élu! Vive Poincaré! On riait. Pendant un bon moment, la conversation fut générale. Jeanne, au milieu de tout cela, rêvait. Il paraît que c'est quelqu'un de capable, ce Poincaré. Les voix de Colombin et de Leroy se croisaient devant elle.

Le miroton était bien réussi. Tout le monde en tomba d'accord. Charles le dit à la serveuse qui le répéta au patron. Le patron s'approcha tout de suite, et c'est Jeanne qui le déclara, cette fois : « Il était bien réussi, votre miroton. » Le patron s'inclina, flatté. Et, tout d'un coup, Jeanne sentit un pincement au cœur. Elle était là, contente du miroton, et le petit qui était peut-être mal, tout à fait mal. Bébé saurait-il jamais ce que c'était qu'un miroton ?

« Vous ne vous sentez pas bien, madame Cartuywels ? »

Elle sourit à M. Colombin, bien qu'il lui fît peur, cet homme, et elle s'excusa vers Charles : « Je pensais aux Charentes. » Entre eux, c'était comme ça qu'on faisait allusion au petit quand il y avait du monde.

314

« Oui, reprit Charles après un silence, l'ennuyeux, à Paris, c'est que même si tout est correct, on se sent, je ne sais pas, moi, en marge. Remarquez que, chez nous, c'est bien tranquille : jamais d'histoires. Des clients qu'on connaît. Le passage, insignifiant. Je veux dire... les gens qui s'inscrivent, comme ça, pour quelques jours. En un an, je n'ai pas vu quatre incidents. Et encore, incidents... le mot est bien gros... — Sauf pour cette histoire de coups de revolver... — Sauf, évidemment... Qu'est-ce que vous me faites dire ? Ce n'était pas chez nous, d'abord. Les clients, une fois sortis, font ce qu'ils veulent... — Plus ou moins, Leroy, plus ou moins. Vous en avez de bonnes. Ah mon gaillard ! »

Ils s'esclaffèrent. Colombin baissa la voix :

« Dites donc, vous n'avez pas remarqué, chez vous, une jeune femme... blonde, euh ! enfin, blonde comme moi, un peu plus foncée... — Une rousse ? » dit Leroy bonnement. Colombin tiqua légèrement : « Enfin, une blonde... Une jolie fille... Eh, eh ! Mme Cartuywels va vous manger ! Faut pas être jalouse, madame Cartuywels, ce n'est pas son genre... »

Jeanne sourit, très tristement. Elle n'avait pas entendu, elle pensait au petit.

« Très élégante... Oui ? Vous voyez ce que je veux dire ? Vous me rendriez service en me disant ce qu'elle fait, si elle gagne, si elle perd... Avec qui elle vient... Oh ! c'est un peu en dehors du service... »

Charles Leroy ne pouvait pas s'attarder au dessert. Il était déjà en retard. Il donna de l'argent à Jeanne.

« Tu payeras... M. Colombin est mon invité... Vous prendrez le café ensemble... Et un petit marc, monsieur Colombin ? Il n'est pas mauvais ici. C'est du Savoie. Toi, tu viens m'attendre vers une heure chez Pousset... »

Jeanne resta donc en tête-à-tête avec Colombin. C'était ce qu'elle avait craint dès le premier moment.

« Vous me tiendrez compagnie pour le marc, madame Cartuywels ? Non ? Alors, deux cafés, un marc... et une Bénédictine ? — Un Cointreau. — ... et un Cointreau ! »

315

Il y eut entre eux un silence que Colombin laissa durer jusqu'au café. Et quand il fut là, bien noir, et les petits verres remplis, l'homme se pencha soudain par-dessus la table pour rechercher les yeux de la femme. Il avait l'air d'un gros bœuf et il rit silencieusement, montrant des molaires d'or.

« Alors, madame Cartuywels, on ne va plus jamais aux Galeries Lafayette, faire un petit tour ? »

Le visage de Jeanne était devenu blême. Depuis une demi-heure elle attendait quelque chose de ce genre ; mais quand ça était là, elle était saisie comme par une catastrophe. Colombin, tout à fait bonhomme, posa lourdement sa grosse patte poilue sur les doigts de la main droite, agités d'un tremblement nerveux.

« Allons, allons, ce n'est qu'une plaisanterie, on ne se connaît pas d'hier... »

De grosses larmes s'étaient formées aux cils rimmellisés de Jeanne. Elles s'alourdirent, lentement se détachèrent. Elles tombèrent dans la tasse, une, deux, ridant le café. Sous la table, Jeanne Cartuywels sentit les jambes épaisses, les genoux de l'inspecteur Colombin qui s'emparaient de ses jambes frêles, les serraient avec la lenteur même des larmes à tomber.

X

C'est au lycée d'Aix que le docteur avait envoyé son
fils cadet faire sa philosophie comme interne. Armand
avait laissé derrière lui l'enfance, et Sérianne, et la
politique locale, et les monstres du chef-lieu de canton.
Tout ce mauvais rêve avec ses scandales, l'évasion du
fils Loménie, qui avait dû répiquer dans la Légion, et
la disparition de la veuve du percepteur, qui avait
vite été désintéressée avec un bureau de tabac sur l'intervention du docteur Barbentane, après une conversation avec son confrère Lamberdesc, tout cela, qui sentait à plein nez le chocolat, s'effaçait pour Armand dans
le monde des idées où il pénétrait avec ses dix-sept ans.
Toute une forêt de problèmes surgissait, où ses inquiétudes socialistes ne savaient comment s'inscrire. Le
premier trimestre s'était passé dans un désordre incroyable de notions. Un professeur doux et bégayant qui
avait un visage en gelée de coing s'épuisait sur vingt
jeunes hommes distraits à faire tourner le programme
officiel à la glorification d'un spinozisme timide. Armand
dévora la bibliothèque. Condillac y manquait. Il s'en
désespéra toute une semaine ; ne pouvant faire confiance
à personne, même à cette face tremblotante, d'un juge-
ment sur qui que ce fût. Kant, Hegel en morceaux
choisis, et un peu plus tard seulement Schelling, lui
tombèrent sur le crâne comme une volée de bois vert.

Son professeur voulait qu'il lût Ribot et Lachelier : auteurs distingués de la IIIᵉ République. Il n'y parvenait pas, n'avait pas le sou, couchait avec l'une des filles de cuisine du lycée qui lui raccommodait ses chaussettes, et sortait le dimanche chez des cousins Rinaldi, pieux à vomir. Il fait à Aix, l'hiver, un petit froid qui n'est pas piqué des hannetons. Ça cingle, le vent.

Aux vacances du Jour de l'an, il retrouva Sérianne, et sa mère, le docteur à Paris pour affaires, et le Café des Arts où le billard se passait bel et bien de Respellière, Mestrance toujours bon pied bon œil après tout. Pierre, recalé à son bac, menait une vie de chien, son père sur le dos, et récitait du Vielé-Griffin et du Van Lerberghe. Tout avait pris, était-ce la faute aux philosophes ? un ton de mesquinerie atroce, un air irrespirable de niaiserie. Suzanne, quand elle sut Armand à Sérianne, s'arrangea pour le rencontrer. Il se sentit si gêné qu'au bout de cinq minutes il la quitta sur une grossièreté, prétextant crûment une colique. Après quoi il s'enferma pour de bon aux cabinets, histoire d'être vraiment seul.

C'est là qu'il se prit à méditer sur Kant, avec une violence lyrique dont il s'étonna. Ce qui l'ébranlait, en général, dans la philosophie, c'était qu'elle existât. Il en faisait l'épreuve comme d'un alcool. Elle le laissait aussi désemparé qu'un lendemain d'ivresse. Autour de lui, la philo, pour tous ses camarades, avait la valeur d'une crise de conscience religieuse, où les doutes et l'indignation se mêlaient. Mais Armand, lui, était depuis longtemps débarrassé de la foi chrétienne, les philosophies ne lui apparaissaient donc guère que comme des systèmes destinés à dorer la pilule et de plus en plus il s'intéressait à la seule pilule qu'on cherchait à lui dissimuler. Pourquoi, par exemple, un cordonnier consentait-il à passer sa vie à clouer des semelles ? Il n'y a pas un mot là-dessus chez Kant, ni chez Platon. On secouait la porte : c'était Mᵐᵉ Barbentane, indignée : « Qu'est-ce que tu fais là-dedans ? »

Armand sentait avec dégoût l'imbécile esclavage de l'étude et, ce noviciat d'homme à la remorque familiale, à la fois il le maudissait et en craignait la fin prochaine. Son enfance partagée entre l'école et la rêvasserie se poursuivait, suivant les règles bourgeoises, au delà des conditions physiques de l'enfance. Il avait honte de sa dépendance par rapport au docteur Barbentane et à madame sa mère, née Rinaldi. En même temps, il redoutait sa libération et la nécessité de gagner sa vie, de travailler. Sans qu'il en eût conscience, sans que ce bûcheur de Barbentane et ses semblables s'en rendissent compte, il avait été élevé, comme tous ses pareils, dans l'horreur chrétienne du travail. La malédiction divine n'allait-elle pas s'abattre sur lui ? Quand il songeait à l'avenir, cela formait un cauchemar où se mêlaient les anecdotes mille fois répétées sur le régiment, la vie de caserne. Il ne voyait pas comment la vie pourrait ne pas être une abomination. Il avait déjà cessé lui-même de croire à sa vocation d'acteur, quand les hasards d'une conversation avec sa mère l'amenèrent à en faire l'aveu et le lièrent ainsi à une fantaisie de gosse, qu'il eût si facilement abandonnée, qu'il était du coup dans l'obligation de poursuivre. Tout avait commencé à cause de la montre-bracelet que sa grand'mère Rinaldi avait donnée à Armand pour le Nouvel An, ou plutôt non : pour la Noël, c'est-à-dire que le petit Jésus, et ainsi de suite... En attendant, il avait fallu aller le remercier, le petit Jésus, c'est-à-dire aller passer toute une matinée avec la grand'mère, lui faire la lecture, l'aider à dévider sa laine. Le grand-père ne quittait plus son lit, lui, tout à fait gâteux. Ce n'est plus une compagnie pour moi, mon pauvre enfant. Et elle te plaît, au moins, cette montre ? C'est M. l'abbé Petitjeannin qui l'a choisie... Je ne devrais pas te dire ça... Mais à ton âge, il y a des choses... Oui, je ne peux plus sortir, et puis avec mes yeux, pour choisir. D'autant que j'étais perplexe : un prêtre peut-il porter une montre-bracelet ? M. l'abbé Petitjeannin m'a affirmé que oui. Il dit que l'Église se modernise. Je ne trouve pas ça très bien, mais enfin, on ne me demande pas mon avis. Est-ce que je vivrai assez longtemps pour entendre ta première messe ? A déjeuner, la montre fit à nouveau les frais de la conversation. Armand raconta avec humour les propos de sa grand'mère.

Cela mit Mme Barbentane sur le chapitre des avantages de la vie ecclésiastique. Oh, si elle avait été un homme, elle eût embrassé la prêtrise. Religieuse, c'est une autre histoire. Et même, alors, à l'âge du docteur Barbentane, avec deux grands fils, elle aurait pu avoir un coup de tête, se consacrer à Dieu. Cela se voyait. M. l'abbé X..., curé d'Y... Et ce prêtre, comment s'appelait-il, qu'on avait rencontré à Notre-Dame des Fleurs, l'autre année, pour le percement du tunnel ? Il avait un fils dragon et un autre juge de paix. Des moustachus.

Pourquoi fallut-il qu'une phrase de la brave dame impliquât tout directement qu'il était entendu qu'Armand serait prêtre ? Il ne le supporta point et déclara qu'il avait l'intention de faire du théâtre, que c'était irrévocable, une force invincible l'y poussait, inutile de jeter des cris, c'était dit et rien n'y ferait. La foudre n'eût pas agi autrement sur la malheureuse mère qui, sans voix, sans force, tremblante, laissa couler ce déluge de paroles. Cela se passait dans la salle à manger, au dessert. On apportait le café. Le chien, déjà, faisait le beau près de sa maîtresse.

Si son fils avait voulu faire l'École des Chartes ou Polytechnique, elle aurait certes, Esther Barbentane, éprouvé un grand saisissement de se l'entendre ainsi signifier par cet enfant, après tant d'années à rêver pour lui une vie sainte, une vie expiatrice de celle du docteur. Mais enfin, elle s'y serait faite, sans doute. Seulement, seulement... Le théâtre, les planches ! Elle se répétait : les planches ! avec un frémissement. Son fils. Et encore, si c'eût été l'aîné, le fils du docteur, Edmond. Mais le sien, Armand, sa chose. Cet enfant si aimant, si docile, dont elle avait eu tant de contentement. On le lui avait changé. Un cabot, il voulait être un cabot. Elle eut un gémissement si atroce que le chien qui attendait patiemment du sucre sur son derrière, bondit de côté comme si elle l'avait frappé. Armand s'enhardissait, parlait d'abondance. Il faisait déjà des tournées, au Caire, en Amérique. L'éclat dépassa toute prévision possible.

Esther s'était levée tout d'une pièce. Elle était plutôt grande et elle avait assez vieilli dans l'année pour que son visage flétri pût enfin prendre une expression vraiment tragique. Tous les mots de la terre, à ce moment, lui parurent si dérisoires qu'elle chercha dans ses seins écroulés les sanglots profonds de l'hystérie. Une boule lui remonta dans la gorge. Ses anciennes belles épaules, affreusement amaigries, se secouèrent d'une tempête de nerfs, qui faisait prévoir la grêle des larmes. Les verres tintèrent, et l'argenterie se choqua entre des mains folles sur la nappe à carreaux. Armand, une seconde, retrouva sa peur d'enfant devant les crises maternelles : « Maman! », murmura-t-il avec une douceur qui lui fit une honte secrète. Ce mot déchaîna le raffut. Esther retentit tout entière du bruit du bois sec quand la flamme s'y met, puis elle hurla soudain avec l'obstination de la chienne. Elle hurla comme une bête qui ne peut rien faire d'autre pour exprimer sa douleur. Cela tenait de l'immonde grotesque des belles-mères de vaudeville et de l'animal écrasé. C'était pathétique et burlesque ; enfin, tout simplement odieux. La bonne s'en mêlait, le chien faisait chorus, le café fut renversé, Mme Barbentane se roulait à terre.

La vieille bonne s'était précipitée. Armand, au comble de l'humiliation, se sentait cloué sur sa chaise. Il ne pouvait pas ne pas jeter les yeux sur cette malheureuse démente, en qui il souffrait de reconnaître cette mère, si jolie dans son peignoir rose, dans la nuit jadis, maudissant le ciel et l'homme auquel elle était rivée. Elle avait la bave à la bouche, et tout le visage grimaçant, déformé de douleur, et secoué de petits soubresauts hideux comme l'éternuement. Ses vêtements noirs étaient en désordre, et de la jupe longue sortaient, battantes, des jambes qui auraient pu être belles dans d'autres bas. « Aidez-moi, monsieur Armand », criait la bonne, rabattant précipitamment la jupe sur un morceau bosselé de cuisse.

XI

Esther s'était mise à détester son jeune fils. A le détester pour la religion trahie, pour ses rêves déçus, pour cette expiation offerte à Jésus de la vie du docteur, qui n'avait donc été qu'une promesse de Gascon ; pour le scandale, pour la haine de ce théâtre, un abîme de perditions où grimacent des femmes peintes, et toujours ces abominables images du péché qui la faisaient, comme une brûlure, se ressouvenir de tout ce qu'elle avait négligé dans la vie pour être la femme dédaignée d'un impie, la mère de deux étrangers. Il y avait, dans le lointain de sa jeunesse, l'attrait qu'elle avait éprouvé pour quelques hommes, des regrets à jamais voilés qui avaient la déchirante musique du théâtre quand l'étoffe rouge palpite dans ses longs cordons d'or.

Esther s'était mise à détester son fils parce que, se persuadait-elle, il avait eu la lâcheté de lui jeter sa folle résolution dans la figure à un des moments les plus abandonnés de sa vie malheureuse, quand, sous des prétextes politiques, le docteur se gobergeait à Paris. Il n'aurait pas osé le faire, Armand, devant son père. Ainsi, soudain, contre son fils, elle invoquait l'autorité paternelle qu'elle avait sapée toute sa vie dans le cœur du jeune homme. Inconséquence dramatique, dont Armand perçut en frémissant toute l'amertume. Il était prêt à se jouer au sérieux la tragédie familiale, il se surprit qui s'en exaltait et se traita d'imbécile.

Esther s'était mise à détester Armand, surtout parce qu'elle avait besoin d'une passion, d'un délire. Elle se prit dans ses pensées à user envers lui de mots qu'elle eût rougi de prononcer. Il y avait là toute la violence de la femme qui se sent vieillir, et peut-être de plus obscurs sentiments. Son imagination lui représentait nuit et jour les débauches des coulisses, les orgies où son fils allait se mêler. Elle eut encore le bon sens d'en parler à son confesseur. L'abbé Petitjeannin lui recommanda des pratiques qui avaient fort bien réussi dans plusieurs cas, mais qui ne servirent qu'à exaspérer cette mère pathétique.

Pour Armand, le saint homme ne sut que dire qu'il faudrait le marier au plus tôt. Mais à dix-sept ans! Esther ne voulait d'ailleurs pour son fils pas plus de l'hymen que des planches : elle l'avait voué à la chasteté. Des doutes lui vinrent. L'avait-il perdue ? Elle épia son fils, interrogea les gens. Armand, là-dessus, ses vacances terminées, s'en retournait à Aix. Elle écrivit aux cousins chez qui le jeune homme passait ses dimanches. Mais elle n'avoua pas toute sa honte, la vocation théâtrale d'Armand. Ils n'y comprirent goutte, firent la morale à leur hôte, se rendirent odieux et Armand s'arrangea pour y paraître de moins en moins. Ils écrivirent à Sérianne qu'il devait avoir une liaison.

Le docteur, de retour à Sérianne, la tête déjà pleine de soucis pour son aîné, soupira, mais se résolut à faire un tour du côté d'Aix. Il tomba à l'improviste sur Armand, le fit libérer pour la soirée et commit cette impardonnable erreur de lui offrir un dîner fin pour le séduire. Cette grossièreté blessa plus Armand que toutes les maladresses de paroles, que n'épargna point pourtant le docteur. Celui-ci se croyait très fort, puisque, évidemment, son fils avait perdu la foi : cela ne devait-il pas le rapprocher de son vieux mécréant de papa ? Pour gagner son enfant, il crut politique de trahir verbalement Esther. Armand mesura cette lâcheté : le docteur, au premier coup de dés, avait perdu le cœur qui se jouait. Son fils le méprisa définitivement.

Quand, au dessert, la raillerie paternelle sur les choses de la continence monastique l'amenèrent à des demi-confidences sur la vie de son ménage et ses expéditions marseillaises, à lui, le docteur vit soudain le dégoût dans les yeux jeunes et implacables qu'il espérait séduire. Il perdit pied tout d'un coup dans l'estime qu'il avait de lui-même. Il n'avait jamais pu supporter le regard gênant de ce petit... La patience lui échappa, et il reprit son ton de maître. Après tout, c'était à prendre ou à laisser : bon, puisque les sentiments n'y faisaient rien, rengainons-les, mais le marché était bien net. Il passait à son fils toute l'histoire de la vocation religieuse. Sa mère s'était fait des idées, mais enfin, lui, le père, ne le forcerait pas.

Ici, Armand se mordit les lèvres. Généreux, le papa. Ça ne lui coûtait pas cher de céder sur ce point. Avec un *mais* attendu, et qui ne manqua pas de venir, commençait le chantage : mais puisqu'on ne ferait pas de lui un curé, qu'il avait satisfaction là-dessus, il devait mettre du sien dans l'affaire, Armand. Il devait abandonner quelque chose, Armand. Donnant, donnant, mon petit. Qu'il renonçât aux planches et acceptât un métier. Lequel ? on allait voir. Un métier décent. Faire son droit, la médecine c'était trop de deux dans la famille, peut-être. Bien que s'il y tenait... Le docteur n'était pas dur. Il avait l'esprit large. Si l'industrie tentait Armand, avec des recommandations, peut-être que par Maurice Perrot...

Après le dîner, on était allé dans un café. A travers la fumée des cigarettes, Armand, au delà des mots maternels, s'intéressait aux voisins. Sept personnes, quatre sur la banquette, trois en face, et un gosse pâle qui ressemblait à Napoléon à Arcole. Petits boutiquiers, un melon, un mou brun, une casquette, et des femmes en noir avec des faces bouffies, blêmes, Napoléon gazouillait ; il y avait un diamant à une oreille de saindoux et soudain, dans les bras d'une des femmes, apparut un bébé dans de la laine blanche, touchant comme l'inconscience, dont les yeux profonds s'émerveillaient des lumières. Il régnait dans les moustaches avec la mousse de la bière une conversation de gros sous. Les femmes n'étaient pas les dernières à s'en mêler. Armand ne voyait plus que le tout-petit qui suçait son pouce avec conviction. Tout enveloppé de tricotages, vous savez de cette espèce qui forme des chevrons séparés par des jours. Son frère, Napoléon, croyait devoir faire l'enfant pour parler à cette chose vagissante et perdue. Il lui collait sur le nez, ignoble, un mioche en celluloïd, tout nu, les doigts sur la couture de la cuisse. Avec sa vareuse à boutons de cuivre, l'empereur des Français ressemblait déjà à tout ce peuple ridé qui se débattait près de lui dans les soucoupes, et les factures.

« Alors, dit le père, c'est entendu ? On ne parle plus de séminaire, mais tu feras ton droit... »

Il était plus simple de mentir.

XII

Dans le champ de statues de la cour du Carrousel, Edmond traînassait, lisant et relisant ses questions d'anatomie pour la conférence d'internat. Il avait la cervelle à éclater, des préoccupations absurdes s'y chassaient comme des images. L'ambition et la paresse, la douceur inaccoutumée de février, et cette espèce d'emballement, comme le sport, qui lui faisait apprendre des pages et des pages, et se les répéter tout bas, contrôlant sur sa montre le minutage de son débit. L'humiliation aussi parce que cette fille à lunettes, qui était de la même conférence, comment s'appelait-elle? Lagrivelière, Lagrivèlerie? arrivait à parler beaucoup plus vite que lui. Comme il aurait bien laissé tomber tout ça pour une partie de boules! Les Tuileries auraient fait un joli terrain, là, sous les arbres encore sans feuilles ; ça valait le boulevard, à Sérianne. En même temps, une expression un peu méprisante de son professeur de pathologie externe, le brillant Desplat, qui serait des hôpitaux à trente ans, c'était sûr, le tenaillait comme une menace. Sa carrière, nom de Dieu, il ne serait jamais foutu de faire sa carrière.

Présentement, il s'était assis sur un banc, non loin du *Quand même* d'Antonin Mercié, dont l'Alsacienne représentait pour lui invinciblement, non point Réjane dans *Alsace*, mais la famille Schoelzer-Bachmann, où il se félicitait, malgré les idées provinciales de son père, de pénétrer par Jacques Schoelzer. Que diable, on ne se fait pas une place de médecin à Paris rien qu'avec des bouquins! Il faut avoir de l'entregent. A ses pieds, un gros pigeon s'était abattu, comme un bloc de plomb, avec la collerette dorée d'anciennes éclaboussures d'encre violette. La tête vide, Edmond suivait l'oscillation grise de l'oiseau.

Avec deux cents francs par mois, le docteur Barbentane croyait faire très large pour son fils. Il y avait pourtant déjà là-dessus quarante francs qui partaient pour la chambre. Quand Edmond, aux dernières vacances, avait demandé des « frais de représentation », son père avait bonnement rigolé. Il avait fait ses études à Montpellier, lui, et il voulait que son aîné devînt son successeur à Sérianne. Il ne pouvait comprendre cette secrète angoisse d'Edmond, que la pénurie confinait à ses seules études, écartait de ces milieux brillants où il rêvait trouver des camaraderies puissantes, des aventures féminines, les origines d'une clientèle, un chemin vers l'intérieur fermé des patrons. Et quand Edmond avait remis ça en le raccompagnant à la gare de Lyon, l'autre mois, le docteur Barbentane l'avait envoyé paître.

Pourtant, Edmond ne se laisserait pas réduire par son père à la vie de Sérianne. Il serrait les dents et les poings à cette idée, et il en oubliait avec fièvre cette arrière-cavité des épiploons qu'il était là, cinq minutes plus tôt, à se représenter, l'œil perdu, faisant de la main des gestes qui en délimitaient les parois complexes à l'étonnement des passants. Quand il songeait qu'il pourrait, pour toute la vie, rouler de chez les Mestrance, où le vieux aurait eu une attaque, aux Mirettes, chez les Loménie, où Mlle Éva l'appellerait pour sa dyspepsie, Edmond en avait des suées. Il regardait avec amertume le veston pas assez neuf, la chemise légèrement élimée qu'il portait. Les notes de blanchissage obscurcissaient toute l'anatomie. Il se savait très beau garçon, et la femme du professeur Beurdeley l'aurait pourtant aussi bien reçu que cet intrigant de Meyer ou le petit frisé qui était externe à Laënnec.

Une rage le prenait contre son père, cet homme qui se trompait si lourdement. L'élection de Poincaré l'avait bien montré : Barbentane avait soutenu jadis le Lorrain, un radical ; mais faute de comprendre les nécessités de l'heure, inféodé stupidement à son parti, il s'était rangé parmi ces factieux qui avaient voulu, contre le sentiment du pays, porter Pams à la présidence. Faut-il être bête ! ne pas voir l'évidence ! Politique de village.

Le pigeon s'envolait lourdement après avoir cherché entre les graviers comme s'il avait perdu son monocle. Un couple très jeune passait ; elle, déjà presque élégante, avec un chapeau à la mode, et lui, un ouvrier de pas vingt ans, en cotte bleue, cette force développée avant l'âge et une gueule d'enfant amoureux. Edmond les suivit des yeux, s'acharnant à penser à ce qu'il y avait de misérable dans leur vêture, et en même temps tout à coup désarçonné dans ses ambitions, par une jalousie primordiale. « Paul et Virginie », murmura-t-il pour se moquer de lui-même. Sur le Carrousel, la lumière était presque rose, des cris d'enfants se mêlaient au bruit de la ville. Tout de même, à Sérianne, après n'importe quelle folie, une échappée dans la montagne ou une longue après-midi au bordel, ou quand il se soûlait avec les jeunes vignerons, et on se battait sous les oliviers à cause d'un regard de fille, toute la vie, avec ce qu'elle avait d'absurde et de déréglé retrouvait son équilibre autour d'un centre, l'heure du repas en famille, entre ce père et cette mère divisés, et ce petit imbécile d'Armand qui disait le *Benedicite* en cachette. Aujourd'hui, Paris splendide, immense et hostile, ramenait ces souvenirs à leurs proportions de province. Edmond savait qu'il pouvait ne pas dîner, personne ne l'attendait. Il était merveilleusement seul, libéré de toutes ces histoires de la petite ville où régnaient encore l'affaire Dreyfus et la haine des maçons et des prêtres, des billevesées paternelles, les inquiétudes des Rinaldi, la proximité de l'usine, qui teintaient les conversations des femmes.

Il était merveilleusement seul, et effrayé de presque

chacun de ses mouvements, saisi de l'arbitraire de toute activité, tenté par tout, ne faisant rien, qu'apprendre, qu'apprendre. Et l'épouvantable était de n'être pas sûr de retenir, et pour apprendre de laisser passer l'heure, l'occasion attendue qui aurait ouvert devant lui une route plus rapide, vers ce qu'il désirait confusément, qui n'était ni la gloire, ni le bonheur, ni la richesse, mais un peu tout cela, et l'amour, et le luxe, et une espèce d'atmosphère théâtrale, comme à l'Opéra, quand le rideau bouge, et dans la fosse préludent désordonnément les violons et les flûtes.

Quelle étrange chose que de s'être jeté dans la médecine! Évidemment, cela n'avait pas été son choix, mais le choix paternel. Toute son enfance, l'histoire avait été entendue d'avance, il ne s'en préoccupait pas, lui, et puis, quand le moment était venu d'en parler sérieusement, cela avait été plus simple de ne pas s'opposer que de discuter avec un père autoritaire. Avec ça que la médecine, c'était immédiatement Paris. Comme Sérianne était beau, quand il l'avait quitté dans l'automne! Un pays de romances, désormais, mais à condition de n'y pas revenir. Les regards des voyageurs dans le train vers la capitale... A une courbe du chemin de fer, la fumée blanche comme un bras qui s'étire, et quelque part, au-delà de Lyon, dans le wagon-restaurant, une idée enivrante qui commence : la solitude.

Il était merveilleusement seul depuis des mois, malgré les camarades de Faculté, quelques liaisons rapides, des femmes ramassées, une espèce d'amitié d'hôpital avec une étudiante qui n'était rien pour lui, et la rencontre de ce Jacques Schoelzer, cousin des Barrel, qu'il avait connu à Sérianne, il y avait deux ou trois ans, pendant les vacances, par son partenaire de boules, Adrien Arnaud. Jacques était l'héritier de la branche aînée des Schoelzer. Polytechnicien. Pourquoi Edmond n'avait-il pas fait Polytechnique? Il avait l'horreur de l'armée, c'est vrai, mais pas de l'uniforme. Polytechnique ouvrait des portes magiques. Il sentait autour de son nouvel ami un monde interdit, des complicités, des perspectives.

Pourquoi avoir été choisir la médecine? La voie la plus longue. Et la grossièreté des internes, même des médecins, des chefs de clinique, cette vulgarité spéciale qu'il avait commencé à connaître dès le P. C. N., cet argot fait des mots scientifiques et d'une petite dégueulasserie de salle de garde, la vie des salles de garde... Est-ce qu'Edmond ne pourrait pas se faire inviter en Alsace, chez les Schoelzer, pour l'été? Ils avaient une maison près de la frontière, dans les montagnes, où se rencontraient les Bachmann allemands et les Schoelzer français. Très patriotes, bien entendu ; mais, l'autre année, n'avaient-ils pas reçu chez eux le prince de Hohenlohe ?

Brusquement, le temps avait fraîchi, et des chemises vert, rose et tango, les papiers glissèrent. Le vent les dispersa sur le sol. L'arrière-cavité des épiploons s'était toute mélangée avec les trous de la base du crâne et le sphénoïde. Edmond, embarrassé, ramassait les feuilles et les séparait sur le banc, à côté de lui. C'était un banc de bois, très bas. Tout au bout, il y avait un vieil homme assis. Il regardait Edmond, et d'un geste muet, il lui montra une feuille qui s'était envolée un peu plus loin. L'étudiant remercia de la tête. Sur cette feuille, il y avait un petit dessin griffonné par désœuvrement : deux jambes de femme croisées autour du cou d'un jeune homme, qui ressemblait au dessinateur. Edmond se rappela que cela se rapportait à une anecdote médicale : un malade qui avait eu un chancre dans la région cervicale pour avoir fait le malin au claque, en baladant des femmes à poil sur ses épaules. Alors, juste là où le sexe avait porté... Une petite toux sèche lui fit lever la tête. Son voisin le regardait.

XIII

Un curieux et repoussant spécimen humain. Un peu plus de soixante ans, sans doute, et cent ans aussi bien. Ce qui frappait d'abord en lui, c'était la débilité conjointe à la crasse. Sordide au-delà de ce que ce mot peut signifier. A bout de la déchéance physique et de la déchéance sociale. Un gnome avec une tignasse grise, qu'il avait dû couper lui-même, à grands coups de ciseaux. Là-dessus, un melon crevé, posé très en avant, et une barbe en tous sens à laquelle un timide essai avait voulu donner une forme en pointe, mais sans que, depuis longtemps, le cou ait été purgé d'une sorte de poil de singe qui dissimulait l'absence de col, aggravée d'un cache-nez qui avait dû être rose avant de devenir noir et marbré de taches.

Le visage à proprement parler disparaissait dans tout cela, avec encore des sourcils en parasol sur des yeux sombres, la peau toute ridée autour des yeux, et une espèce de mélanome débutant en avant de l'oreille gauche qui formait une bosse noire, asymétrique, et comme prête à éclater d'un pus intérieur.

Le vieillard était habillé dans un souvenir glorieux du temps de Grévy : une jaquette, dont l'étoffe était craquée en tant d'endroits, aux coutures comme ailleurs, qu'on avait renoncé à la rafistoler avec des épingles de sûreté, comme au niveau du cœur, sous la poche d'où débordait un vieux morceau de journal,

332

coquettement chiffonné en pochette. Tout cela, et le pantalon raccommodé à un genou avec de la grosse ficelle avait séjourné longtemps sous de vastes portiques, évidemment sur les berges de la Seine, dans le ruisseau des Halles, la boue épaisse des fortifs. Il en sortait des espadrilles brunes, relativement neuves, où s'enfonçaient deux pieds nus et décharnés, ignoblement maculés, et par une bizarrerie singulière les mains de ce personnage épique étaient couvertes de gants de coton noir, soigneusement fermés au bouton pression. Cela se mit à grincer. Il fallut quelque temps à Edmond pour démêler les paroles qui s'échappaient de ce débris humain. Enfin, les mots se dégagèrent, à travers les salives reprises, dans l'hirsute du poil facial. Près du vieillard, sur le banc, était posée une valise de tapisserie à ramages, passée et déchirée, sur laquelle se posait une des mains noires, avec délicatesse, comme sur un chien fidèle. Il parlait sur un ton de voix chuchoté, mais rauque.

« ...Faut surtout pas vous sauver si je vous parle. Je connais les jeunes gens. Je leur fais peur. Faut pas... Je ne vais pas vous demander d'argent, malgré mes airs. Je ne vais pas... Je sais, je sais : mais faut bien parler à quelqu'un, mon bon monsieur, de temps en temps, oh! pas tous les jours, mais enfin, de temps en temps... faut bien. C'est extraordinaire comme vous trouvez naturel qu'on soit là, sur les bancs. Vous passez. Vous êtes assis à côté. Il y a les vieux et les cailloux. Je connais une femme, tenez, elle ne sait plus parler. C'était une dame très digne, vous comprenez ; elle n'aurait pas adressé la parole à n'importe qui, à moi, par exemple. Alors, ça fait vingt ans au moins qu'elle traîne comme ça. Elle ne sait plus. Elle n'a que ses bouts de chiffons qui la comprennent. Le soir, dans les coins tranquilles, elle défait son baluchon, elle leur jaspine. Pas besoin d'articuler, pour eux, c'est trop fatigant. Elle parle comme les chiens, mon bon monsieur. Faut surtout pas vous sauver... »

Edmond était bien trop surpris pour y songer. Il ne pouvait détacher ses yeux des mains noires. Il y avait dans son voisin un mélange d'humilité et d'arrogance. Les mots se devinaient plutôt qu'autre chose dans cette bouche sans dents : « ...même pas, vous vous demandez même pas. Toute une vie. D'abord, on croit que ça va changer. Puis, pourquoi ça changerait ? Les jours, les mois. Pas, mon petit toutou ? » Ici, il passa avec une affection démente sa main sur la valise. « ...vous demandez même pas. Je l'ai eu, allez, votre âge. Fallait me voir danser. Paris, monsieur, Paris. N'est plus ce qu'il était non plus, Paris. L'année de l'Exposition. Votre âge à peu près. C'était encore l'Empire, le luxe. A peu près. J'avais des chevaux. Allée de l'Impératrice, le dimanche matin. C'était les derniers temps de l'Empire, les derniers, les plus beaux. Paris... »

Il eut un geste qui prenait circulairement à témoin tout le Louvre, puis grimaça dans la direction du jardin :

« ...A bien changé. Regardez-moi ça : un trou. Y a là quelque chose qui manque. Je ne me souviens plus. Ah oui ! un trou... le palais des Tuileries. Vous êtes trop jeune, vous n'avez pas connu... bien entendu... j'ai vu brûler ça, mon bon monsieur, la populace ! Une chose horrible, la populace... parce que l'incendie, comme incendie, c'était un bel incendie. Une chose bien triste, mais un bel incendie, on ne peut pas dire. La populace... »

Il arrangea le petit bout de journal qui lui tenait lieu de mouchoir :

« ...Du feu partout, du feu ! Mon bon monsieur, là-bas, là-bas... Rue Royale, rue de Castiglione... sur la rive gauche, rue du Bac... il pouvait être quatre, cinq heures du matin, et puis, pan, pan, pan ! de tous les côtés. Tout à coup, qu'est-ce que je vois ? Ils brûlent le Louvre, le pavillon de Flore ! Une fumée qui sort comme si on n'avait pas ramoné des siècles... des grandes langues rouges... le Palais-Royal... les Tuileries... ah, ça, les Tuileries, ils les ont eues, ils les ont eues jusqu'au trognon, mon bon monsieur... il n'en restait que des pierres noires... et puis, pan, pan, pan ! On tuait à son tour la populace. Ah, il y a une justice, il y a une justice, c'est un grand soulagement de penser qu'il y a une

334

justice. Pan, pan, pan sur la populace! Rue de Rivoli, des fenêtres, les gens bien tiraient sur les mégères dans la rue, les pétroleuses! Il y a une justice, n'en doutez pas. Vous êtes jeune, mais vous verrez! »

Quelqu'un qui passait sourit de la scène, sans entendre. Edmond se sentit gêné, mais l'autre reprenait : « ...la populace, Paris, on ne comprend pas ça, on ne sait pas ce que c'est que Paris... deux mois avant, tout le Café de la Paix nous avait acclamés quand on était venu avec tout ce qu'il y avait de chic, des jolies femmes et des drapeaux... Et puis, la populace... C'est comme Boulanger... Ils criaient tous : « Vive Boulanger! » Un beau jour, va te faire fiche! plus personne. Paris. Allez-y comprendre quelque chose... Paris... une grande ville avec beaucoup de bancs et des belles maisons... pas les neuves... on ne sait plus bâtir aujourd'hui... »

Il se pencha et parla à l'oreille imaginaire du sac de tapisserie, minaudant de l'index une sorte de menace.

« Ce qui se passe dans Paris... Vous n'en savez rien, vous autres, qui habitez des maisons. C'est comme ça, calme, pendant des années. On s'y trompe. Moi, je regarde, je vois bouger, dans le fond, dans les bas-fonds, ça grouille lentement, ça se forme, oh ça prend de l'allure! De mon banc, je vois ça... je le dis à Médor... ça ne s'est jamais tout à fait éteint, le feu... il faudra encore tirer sur la populace... Votre République! Il n'y avait qu'un brave homme : le président Carnot! Ils l'ont tué. Les Loges! Un brave homme... Tous des voleurs! Le Panama. Sans le Panama, je roulerais carrosse. Et le capitaine Dreyfus! Il aurait fallu tirer sur la populace... C'est ici que Déroulède... vous n'étiez pas là? Moi non plus. Alors, je ne sais plus ce que je faisais... courtier d'assurances... oui, monsieur, j'en rougis, j'ai fait des métiers bien indignes de ma naissance... Il aurait fallu tirer... Si vous pouviez seulement m'expliquer ce que c'est, je n'ai jamais compris, une assurance, alors, vous imaginez, je faisais un drôle de courtier... Tout ça, c'est Paris... »

Edmond avait envie de fuir ; et en même temps, il

335

avait envie d'interroger cet homme seulement à cause d'une phrase sur le Café de la Paix « *avec des jolies femmes et des drapeaux* », mais l'autre ne lui en laissait pas le loisir :

« Tout le monde s'en fout, jeune homme, si vous bouffez ou si vous ne bouffez pas... vous pouvez crever sous leurs yeux, là, dans leur République... Vous serez peut-être comme moi un jour... vous n'avez pas eu de chevaux, vous... tout le monde s'en fout! Il y a des bancs dans Paris, et des fontaines, on a attaché les gobelets avec une chaîne, pour que vous ne les emportiez pas. En 1900, ils m'ont loué à l'Exposition pour distribuer des prospectus. J'ai fait dans les mégots aussi, et puis les portières. Ah lala, si Boulanger avait réussi, la France n'en serait pas là. Parfois je me dis : tout ça c'est Paris, on n'aurait pas dû l'éteindre, il aurait brûlé tout entier... mais quoi, il en serait toujours resté, des bancs. Alors... On n'a pas fait ce qu'il fallait, fallait tout, tout brûler, et là-dedans la populace! Le pire, c'est les femmes. Des chipies, des enragées. On n'en a pas tué assez, des femmes. Faudra recommencer. Paris... c'est à votre tour, maintenant, à vous les jeunes. Vous tuerez, vous tuerez, nous autres, on a été trop bons, des moutons, on n'a pas assez tué. Pas, Médor? »

Il y eut un grand coup de vent. Les gens se hâtèrent. Des gouttes d'eau, et brusquement l'averse. Edmond se levait. Le vieux le regarda, il jaugeait son porte-monnaie, et soudain chuchota :

« Vous ne pourriez pas me *prêter* dix sous? C'est pour boire, monsieur... Uniquement pour boire. Je n'ai pas faim. »

XIV

Edmond déjeunait en salle de garde quand on vint lui annoncer qu'un militaire le demandait. C'était Adrien Arnaud, brigadier au 22ᵉ d'artillerie, à Versailles.

Il y eut entre eux un moment de gêne. Non point qu'Edmond tînt exagérément à l'opinion de ses camarades d'hôpital, mais il redoutait l'accent d'Adrien, et une certaine rusticité. En même temps, dans ce costume d'artilleur, cela lui faisait drôle de revoir le compagnon de son enfance, avec sa démarche chaloupée, sa petite moustache comme peinte et des joues colorées. Adrien, pour sa part, était un peu impressionné par le tablier et la blouse aux manches courtes de l'apprenti chirurgien. Les présentations furent vite faites. Il y avait là Lavenaz, Dulac, Desplat, Ferry. Edmond était le seul externe qui partageât aujourd'hui l'ordinaire ; on le reçut bruyamment avec son invité, parce que, un invité à son compte, cela allait améliorer la popote.

« Alors, jeune homme, dit Lavenaz, sous sa toque blanche et par-dessus ses lunettes, à Versailles, comment marchent les boxons ? »

Lavenaz était interne en médecine chez le docteur Fumerat. Il était impossible d'imaginer plus myope que ces yeux de rat de chaque côté d'un nez aussi monumental qu'il est permis à un chrétien de Savoie d'en porter sans scandale. Une souris, avec ça, pour la

337

taille, et une voix perçante. Il n'espérait pas de réponse et hurlait déjà pour avoir des haricots.

Adrien était brigadier-instructeur pour la gymnastique. On venait de le détacher à Paris avec un groupe de ses élèves, pour un service spécial. « Mangez des haricots, brigadier, disait gravement Ferry, un immense Normand qui avait un ulcère à l'estomac, c'est excellent pour la sécrétion séminale... » Ici, Dulac, qui avait l'air d'un bouledogue romantique, lâcha le livre où il était enfoncé : « Toi, ne parle pas de ce que tu ne connais pas... — Comment, glapit Ferry, que je ne connais pas ? — Oui, que tu ne connais pas... »

Desplat, le maître d'internat d'Edmond, les apaisa. C'était un homme d'assez haute taille bâti en hercule, avec un air de servilité et des lueurs d'acier dans ses yeux de blond qui se déplume.

« Messieurs, dit-il, quand l'armée nous fait l'honneur de siéger à notre modeste table, ne lui donnons pas le spectacle des dissensions civiles! Trinquons. »

Ils trinquèrent et le vin rouge dégoulina dans les bacchantes de Ferry. On entreprit Lavenaz sur son service.

« Cette viande, dit-il, ne vaut que pouic. Jeanne! Jeanne! C'est la cuisinière, caporal, et non point la vioque. Jeanne, vous avez encore fait cuire les restes de l'amphi ? Je vous ai pourtant bien dit que le vieux paraplégique ferait un drôle de miroton... Allez, ça va pour cette fois, ma fille... »

Il mastiqua terriblement, et Dulac crut devoir l'excuser auprès de leur hôte :

« N'en croyez rien, brigadier ; la viande n'est pas de l'origine que prétend notre ami Lavenaz ; c'est tout bonnement du chien crevé qui nous vient droit de la Fourrière... Il essaie seulement de faire diversion pour ne pas entrer dans la voie des aveux... Alors, ton patron, Lavenaz ? — Mon patron ? Le vieux singe est comme toujours. Un danger public. Ce matin, il s'aboule en se frottant les mains. Voyons, madame Irma, pas d'entrées pas de décès ? Allons, tout va bien. Ces obser-

338

vations ? Lavenaz, mon cher, expliquez donc à vos stagiaires une fois pour toutes que je ne leur demande pas de m'écrire des romans... Cette langue, ma petite ? Ho ! elle est vilaine ; si vous continuez comme ça, mon enfant, vous allez claboter un de ces jours. Enfin, tout à fait gaillard. Repassez-moi des haricots. Je me disais : il a encore inventé quelque chose. Eh bien ! ça n'a pas raté... — Quoi, dit Dulac, il avait inventé quelque chose ? — Oui, reprit Lavenaz, et il veut faire une communication à l'Académie de Médecine, et je devrai signer avec lui, et je serai déshonoré, une fois de plus. Qu'est-ce que je disais ? Ah ! oui. Il avait l'air inspiré, il pelotait doucement, en regardant d'un autre côté, la petite Abraham... — Cochon ! dit Dulac. — Tout le monde peut pas être antisémite, grogna Ferry. — ...et quand il a vu que sa smala était au complet, il a demandé le pharmacien, pour que personne ne manque à la fête, puis il a été pisser en disant : Je reviens, puis il est revenu, et il s'est longuement caressé la barbe. Nous, on était dans la salle des femmes, où il y avait une méningite syphilitique qui gémissait et soufflait pour faire plus romanesque, et une vieille maman qu'a je sais pas trop quoi dans le gésier, qui réclamait tout le temps l'urinal. Alors, le père Fumeret s'est assis sur le pied du lit d'une petite qui a des tiraillements avec ses règles, il a donné une tape sur les fesses d'Irma, plus laide que jamais, et il a relevé ses chaussettes, qui avaient un peu l'air mélancolique. Après quoi, il a commencé à déballer l'affaire. Voilà. Vous n'êtes pas sans savoir que, dans sa défense contre le tréponème pâle, l'organisme travaille surtout du foie, si j'ose dire. Je vous ai montré, l'autre jour, à la nécrops, le foie du père de la petite dame que voilà, qui met si gentiment ses doigts dans son nez en me regardant, et qui est guettée par le mal héréditaire. Hum ! vous avez vu comme ce foie était bourré, mais là, littéralement bourré de noyaux spécifiques... Bon. Cela tient à ce que c'est le foie qui fabrique comme une usine naturelle de produits pharmaceutiques les corps avec lesquels l'organisme essaie d'enrayer la marche de ce pâle tréponème... Euh, euh! Supposez un instant que nous débitions en tranches le foie de syphilitique encore frais, que nous l'étalions sur du pain, et que nous le mangions, qu'est-ce que ça donnerait ? — La vérole! susurra Dulac. — Mauvais esprit! D'abord, nous administrerions ça, bien entendu, pas comme du foie gras, mais en comprimés ; faut pas gâcher la marchandise. Les anticorps agiraient, et peut-être bien que ce serait curatif. Là-dessus, pigez-moi s'il a du vice, le vieux malabar. Vous saisissez, messieurs, sans que j'insiste, l'avantage considérable, à commercialement parler, du bon marché de la matière première... — Tu mens, protesta Ferry. Il n'a pas dit... — A dit! Va communiquer, me fera signer, serai déshonoré, et vous autres, purs savants et enfants de cochons, vous payerez ma gueule. »

Adrien faisait des yeux ronds. Quand il resta seul avec Edmond, tandis que la grosse Jeanne desservait en fredonnant : « *Dans un thé tango c't'été — Oui, madame, j'y étais!...* », il lui expliqua qu'il avait eu son adresse à l'hôpital par Jacques Schoelzer. Il avait forci, c'était un assez surprenant beau garçon, les cheveux plaqués, très courts derrière, avec un arrière-goût de maquereau que le costume de fantaisie qu'il portait soulignait légèrement. Tout d'un coup, ces deux pays, qui n'avaient jamais eu grande intimité, se mirent à avoir de la curiosité l'un de l'autre ; Edmond très vite pressa Adrien de se confesser sur sa vie de garnison. Avec qui couchait-il ? Oh! avec l'une, avec l'autre. La femme d'un capitaine... Il devenait loquace sur la gymnastique. Son travail de Sérianne n'avait pas été inutile. Pas seulement le saut à la perche. Le groupe *Pro Patria*, l'expérience parmi les ouvriers. Oui, on l'envoyait maintenant à Paris, ou plus exactement à Suresnes, aux usines Wisner. Il y avait une grève à cause de la taylorisation de l'usine. Ce que c'est ? Comme toujours, les ouvriers s'opposaient à un progrès : on chronométrait le temps de travail nécessaire pour chaque geste, dans la fabrication de chaque pièce, des ouvriers qualifiés. Puis, ensuite, les autres devaient refaire, dans le même temps, le travail. Une économie pour tous. Le rendement de l'usine accru d'autant. Alors, naturellement, ça ne leur plaisait pas, les meneurs s'étaient mis comme la vermine. Grève. Pas totale, les chronométreurs, certains spécialistes travaillaient. Mais il fallait des hommes pour pouvoir tenir. On en avait fait venir de province. Et comme l'usine intéressait la défense nationale, on avait prêté des soldats à Wisner. Adrien serait surveillant aux tours verticaux. Déjà, une fois, paraît-il, les grévistes étaient venus débaucher ceux qui travaillaient. Maintenant, ils seraient bien reçus. Adrien et les siens étaient des spécialistes de la savate.

Les deux jeunes gens rirent un peu. A vrai dire, Edmond regardait tout ça avec un certain dégoût. Qu'est-ce que c'était que cet apostolat de briseur de grève ? A quoi cela mènerait-il Adrien ? Un garçon fait comme lui. L'idéal d'Edmond était tout autre. Il venait, une fois de plus, de relire *Bel Ami*. On ne voit pas le héros de Maupassant aux tours verticaux, faisant de la savate. Et la grève sera longue ?

« On ne peut pas savoir, mon vieux. Elle dure déjà depuis une semaine... Il y a eu des pourparlers. Ils ont été rompus. Ces salopards, on leur cédait sur des détails, mais c'est au système Taylor qu'ils en ont. »

Le système Taylor, dans la bouche d'Adrien, prenait une ampleur, une résonance de religion ou, tout au moins, de philosophie supérieure.

« Et Wisner tiendra ? — Oh, celui-là ! Je l'ai vu, tu sais. Un homme qui est parti de rien. Un ancien coureur d'auto. Maintenant, c'est une ville, si tu voyais, son usine. Tout béton armé, acier. Tu entres là-dedans, c'est comme un conte de fées, le château enchanté ! Et comme c'est organisé ! Le pointage à l'entrée, chaque homme à sa place, une vraie machine ! Des merveilles, les machines, avec ça ! Ce que ça a dû coûter gros ! Il est vrai qu'avec les nouvelles commandes du ministère, ça ronfle. Alors, tu imagines, juste là-dessus, pan ! une grève. — Qu'est-ce qu'il en dit, Wisner ? — Ça, il a du cran. Quand les bafouilleurs sont venus protester contre le système Taylor, il leur a dit : « Moi, je n'ai pas besoin de travailler. Je vous fais travailler pour mon plaisir. Mais vous pouvez vous mettre en grève : j'ai de l'argent, je prendrai des mois de vacances que j'irai passer sur la Côte d'Azur. » Tu parles s'ils en ont fait une, de bouille ! Avec tout ça, comment es-tu donc libre aujourd'hui, un mardi ? — Bien, cette idée, et la transmission des pouvoirs ? Le gros Fallières cède la place à Poincaré. On nous a donné congé parce que, au fond, il n'y a pas grand'chose à faire à l'usine, et on a de bons battoirs pour applaudir le Président. Un chouette petit bonhomme ! »

Edmond eut envie de dire qu'il était bossu, mais se retint ; ce diable d'esprit de contradiction, tout de même. Il suffisait que Poincaré fût un grand homme pour Adrien pour qu'il voulût en parler comme monsieur son père. Allons, il ne ferait jamais rien de bon dans la politique. Mieux valait se lancer dans la galanterie.

« Tu ne te fais pas idée ce qu'il est populaire dans l'armée, Raymond, poursuivait le brigadier ; tu comprends, Poincaré, ça veut dire la loi de Trois Ans ! — Et alors ? »

Edmond avait froncé le sourcil. Il n'était pas partisan des Trois Ans, parce ce n'était pas dans l'armée qu'il voulait faire sa carrière.

XV

Puisqu'on avait donné campo à Adrien pour pouvoir applaudir le nouveau président de la République, les deux jeunes gens s'en furent place de la Concorde, où il y avait une foule formidable qui attendait le passage de Poincaré. Cela débordait dans la rue de Rivoli, la rue Royale, les Champs-Élysées. Inutile de songer à approcher de l'Élysée, où piaffaient les chevaux de la garde avec des armures métalliques au-dessus d'un Paris qui rappelait les jours de Boulanger. Un jour gris, avec cette fausse brume qui s'accroche aux arbres sans feuilles, estompait la silhouette de verre du Grand-Palais. De la mer humaine comme des mâts s'élevaient les bronzes noirs des lampadaires et, sur leurs radeaux de pierre, les villes de France stupidement arrimées. Le trafic embarrassé se résumait dans un encombrement qui, tenant le centre de la place, s'en allait cornant vers la rue Royale. Des grands chapeaux de femmes avec des échafaudages de tulle et de plumes, et déjà des pailles qui font à Paris leur apparition bien avant les beaux jours, surnageaient là-dessus comme les restes d'un festin à la dérive, à quoi se mêlait l'ironie de la manne d'un boulanger. Les grandes eaux jouaient aux fontaines. L'Automobile Club et le ministère de la Marine se paraient également des écussons munici-paux sous des bouquets de drapeaux à leurs colonnades. Il y avait de la casquette, moins que du chapeau

343

mou, mais enfin raisonnablement. Tout cela riait, se poussait, les faux cols et les cache-cols blancs sous les barbiches, de jeunes étudiants avec le béret ou le bonnet de police, et des femmes, des femmes. Les casques du service d'ordre qui s'établissait luisirent un peu sous un vague soleil.

A ce moment, un coup de canon fit tressaillir la foule. On entendit la musique militaire du côté de l'avenue Gabriel : « Il entre à l'Élysée », expliqua derrière Edmond un vieil homme en gris clair, avec une tache de vin sur la joue.

Ils *le* virent passer un peu plus tard, le long des Tuileries, vers le métro Concorde, où ils avaient été repoussés quand on avait dégagé la voie du landau présidentiel escorté de cuirassiers. Le Lorrain, souriant et mobile, la poitrine empesée barrée du cordon rouge, son tube constamment à la main, contrastait avec la masse débonnaire de son prédécesseur. Fallières, assis à la droite de Poincaré, son pardessus boutonné jusqu'à la barbe, faisait face à Briand, le cheveu un peu long pour son haut-de-forme. Qui était à côté de Briand ? Ils ne le reconnurent pas. Les pieds blancs des chevaux bais martelaient le pavé de bois. Les hourras se propageaient en direction de l'Hôtel de ville, comme une vague qui court le long d'une falaise. La foule oscillait sur elle-même, s'écrasant, rigolant, tandis que, par-derrière, là où les badauds s'éparpillaient, le fourmillement des voitures reprenait en tous sens, avec l'affairement d'une vie assez longtemps ralentie comme cela par l'enthousiasme patriotique. Il y eut même un grain qui passa et crachota sur l'ensemble. Il était près de quatre heures. Un règne venait de commencer.

Un groupe de conscrits, avec le diplôme triangulaire sur la tête et des cocardes frangées d'or sur la poitrine, passa, se tenant par le bras et chantant *la Marseillaise* au milieu de l'approbation générale. De vieux messieurs levèrent leurs cannes d'enthousiasme : *Vivent les Trois Ans !* Des jeunes femmes les embrassèrent, cela fit une nouvelle bousculade, au milieu de laquelle on entendit une voix qui criait : *A bas la guerre!* Brusquement, comme si un remous sous-marin avait happé la foule au coin de la rue Saint-Florentin, ce fut une tornade. L'homme qui avait crié n'était pas visible : il disparaissait sous une rafale de poings, de cannes, de corps lancés par la furie. Adrien avait voulu, dans le premier instant, courir vers l'étranger, ce ne pouvait être qu'un étranger qui avait eu cette idée déplacée d'utiliser un jour semblable pour diviser les Français. Edmond le retint : « Laisse donc, ils sont assez nombreux pour cette besogne ! »

Ils se désintéressèrent donc de cette chose qu'un agent entraînait en lambeaux, le col arraché, l'œil poché, le nez en sang, le veston déchiré, et qui hoquetait, rechignant, sous les poings de la foule. Sur les Champs-Élysées, pleins d'enfants, de gouvernantes, de ballons rouges, d'amoureux et de familles à la traîne. Adrien dit avec beaucoup de conviction : « Heureusement qu'il a fait beau ! »

Depuis un moment, Edmond, silencieux, suivait une idée naissante. Comme un gosse avec un col d'astrakan et des guêtres noires lui envoyait un cerceau dans les jambes, il pensa soudain à haute voix : « Je n'arrive pas à comprendre l'avantage de la loi de Trois Ans... » Il ne demandait rien à son compagnon, mais celui-ci s'y méprit :

« Est-ce que tu sais ce qui se passe en Allemagne ? La loi militaire de juin dernier... Elle donnera son plein effet dans deux ans, en 1915... Si, à cette époque-là, nous n'avons pas encore pris les devants, les Allemands sont plus forts que nous et les Anglais réunis... — Pris les devants ? — Eh bien ! oui : les Trois Ans, et peut-être même une offensive. »

Edmond regarda son compagnon. L'idée d'une guerre était pour lui à peu près comme un moucheron qui vous gêne. Il ne s'y arrêtait que peu, mais c'était drôle, tout de même, de voir là, comme ça, quelqu'un qu'on connaît, pour qui c'était sujet de rêverie familière. Quelle idiotie ! Depuis tant d'années qu'on l'entendait dire, *il y aura la guerre au printemps !*

« Tu ne comprends rien à la politique, Adrien, dit-il avec supériorité ; le combat qui compte, c'est la rivalité entre Briand et Clemenceau... L'empereur d'Allemagne, dans tout ça... On ne travaille pas pour le roi de Prusse ! »

Il n'écouta pas la réponse d'Adrien :

« Tu n'as pas compris, continua-t-il, je ne vois pas l'intérêt de la loi de Trois Ans pour nous. Pour Poincaré, pour Guillaume, pour Wisner, Krupp, etc., je saisis bien. Mais pour nous. Tout de même, trois ans de notre jeunesse à faire l'imbécile... Ne proteste pas : toi, tu as du goût, même dans le civil, pour ces simagrées, c'est ton affaire... Mais, mon vieux, moi je veux faire les hôpitaux... — Oh, ça, c'est une autre paire de manches : la loi prévoit des dispenses importantes pour les étudiants, les concours. Au bout du compte, les gens comme toi n'y perdront guère. — Alors, dit Edmond, c'est différent.

Le lendemain matin, en ouvrant son journal, comme il prenait un café rue Cujas, l'étudiant en médecine se remémora le discours du clochard au Carrousel. Drôle de chose que ce Paris de nom de Dieu ! Place de l'Hôtel de Ville, le jour d'avant, le nouveau Président était descendu dans les hourras des porteurs de journaux, des commandants en retraite et des midinettes, au milieu des plantes vertes, des sabres brillants et des gardes en culotte blanche et gants blancs ; et la veille, la police avait dû charger sur des manifestants, dans les chantiers du métro, place du Trocadéro, il y avait eu des cris : *A bas Poincaré !* On n'y avait pas été avec le dos de la cuiller. C'étaient les lockoutés des Travaux Publics. Nombreux blessés... Cette nouvelle mettait un peu d'ombre sur une autre qui intéressa l'ami d'Adrien. A l'entrée de l'usine Wisner, à Suresnes, on s'était battu. Agents, gardes municipaux, gendarmes, avaient dû déblayer les alentours pour protéger le travail qui n'avait pas été repris par le nombre d'ouvriers qu'on escomptait, mais enfin. Des jaunes avaient été molestés. Edmond songea à son partenaire de boules :

qu'est-ce qu'il avait été se fourrer là-dedans? Il serait bien avancé, quand il aurait attrapé un mauvais coup. Oh, puis, après tout, c'étaient ses oignons! Si ça lui plaisait... Edmond n'était, certes, pas du parti des grévistes, mais au fond, ça se comprenait qu'ils n'aimassent pas les jaunes.

Adrien était un « jaune ». Cette idée venait seulement au jeune homme. Le mot ne sonnait pas très bien, mais qui l'avait inventé? Les grévistes. Il n'y a pas de sot métier. Quoique vraiment les usines, le travail manuel et le reste, ce ne fût pas bien élégant. Ma foi, nous choisissons notre climat. Qu'est-ce qui m'empêche, si c'est là mon plus cher désir, de partir pour le Brésil? Mais voilà, je n'ai pas envie de partir pour le Brésil. En fait, rien ne me force à cette atmosphère usinière, à fixer mon attention sur ces problèmes ennuyeux qu'Adrien croit avoir découverts. Il est comme quelqu'un qui se serait fixé une tâche, une mission. Il veut sauver du naufrage une société qui se défend fort bien toute seule. Elle durera toujours ce que nous durerons, et sans doute qu'on a fait plus pour qu'elle vive en étant explorateur au Centre Afrique qu'en allant se tabasser à Suresnes avec des syndicalistes. Je ne jouerai tout de même pas les Savorgnan de Brazza, à chacun son rôle. Son rôle, à l'avenir, Edmond le voyait plein de femmes fléchissantes dans le clair-obscur d'appartements où languissent des fleurs et des étoffes rares. Des souvenirs de poèmes se mêlent, à des pendeloques de lustres, à des eaux claires où jouent des nymphéas et des lanternes. Fêtes étranges, nuits qui débordent sur le jour. Il y avait deux lignes dans *les Fleurs du Mal* qui retentissaient en lui d'une façon bizarre, et qui se prolongeaient toujours pour lui au delà de la raison : « *La très chère était nue, et, connaissant mon cœur — Elle n'avait gardé que ses bijoux sonores.* » *Que ses bijoux...* Les bijoux vont de soi, mais on quitte tout ce qui n'est pas ce luxe, pour rester soi-même, la robe Second Empire de la Très Chère, aujourd'hui, lui aurait donné l'air

347

d'une grand'mère, tandis que ce corps jeune défie le temps dans la musique des diamants. Ce qui ne vieillit pas...

Edmond déjeunait chez son patron. Tout le service était invité. Desplat suivait avec une précision qui s'incline la moindre parole du professeur. Ce serait sans doute un grand médecin, Desplat, un jour. En attendant, quand il n'était plus en blouse, il n'avait l'air de rien du tout. On sentait son origine paysanne, assez basse, à ses vêtements. Meyer était assis à côté de la maîtresse de maison, et elle souriait de ce qu'il lui disait. Ce jeune juif élégant, d'une famille de la haute banque parisienne, dansait, paraît-il, le tango à ravir. Il avait l'air d'un marchand de tapis. Edmond, de l'autre côté de la dame, faisait la conversation au fils de son hôtesse, Jean Beurdeley, qui était à Stanislas et qui avait quatorze ans. Les autres, un peu au hasard, y compris la petite externe aux cheveux roulés en macarons sur les oreilles, faisaient un bruit discret qui tombait de temps en temps sur un geste du professeur, quand Desplat attirait l'attention sur une pensée de leur maître, qui tout de même ne devait pas être perdue pour tout le monde.

Il se sentait un peu humilié, Edmond, de l'inattention de Mme Beurdeley. Il avait eu tort, au théâtre, de ne pas l'avoir prise tout à coup dans ses bras. Pour l'instant, il se persuadait qu'il y avait du machiavélisme à faire la conquête du fils pour atteindre la mère. Jean Beurdeley parlait fort, comme un garçon prétentieux et mal élevé, qui sait bien qu'un externe de son père n'a qu'à s'intéresser à ses discours. Il s'agissait de Stanislas, des conférences de la Ligue Maritime, de camarades qui s'étaient mis des Éclaireurs ; Jean, lui, n'avait pas voulu, il n'aimait pas creuser des tranchées, et tout le tralala. Ce qui lui plaisait, c'étaient le skating à Luna, et la radio. Il avait un détecteur à galène...

« Voyons, disait Mme Beurdeley, ces fantaisies-là ne tiennent pas. Tenez, la jupe-culotte, par exemple, est-ce que ça a duré ? — La tendance d'aujourd'hui,

madame, professait Meyer, a des racines profondes.
On en a assez de ces styles exotiques, d'une liberté
peut-être charmante, mais qui dérange l'ordre de nos
pensées... — Alors, plus de fêtes persanes ? Il nous
faut des robes qui aillent avec l'ordonnance de Versailles, des Champs-Élysées... La Parisienne, en un mot,
redevient une Française... »

Quel prétentieux, ce Meyer! Jean Beurdeley, avec ses
cheveux blonds bouclés sur un petit corps trapu qui
faisait douter de la paternité du sec Beurdeley, se
pencha vers son voisin : « Il est de l'*Action Française*,
Meyer. C'est drôle, hein ? un youpin. » Le mot choqua
Edmond, il répondit comme à une grande personne :
« Ils ont eu un israélite très en vue, dans leur mouvement,
Auguste Bréal. — C'est eux qui le disent : pas prouvé...
A Stanislas, on lit beaucoup Daudet. Il y en a qui se
disputent à cause des Trois Ans. — A Stanislas ? — Ben,
oui. Vous savez qu'on fait passer des listes à signer pour
demander les Trois Ans? — Comment ça ? — Bien
simple. Il y en a eu à Charlemagne, à Carnot, à Janson,
à Rollin, à Condorcet. Après ça, on les portera à la
Chambre, et ces salauds de députés verront bien que
les jeunes veulent les Trois Ans. — ... une robe amusante, mais alors amusante! susurrait Meyer. — Parce
que les jeunes, les tout à fait jeunes, veulent vraiment
les Trois Ans ? — Cette idée! On n'est pas des dégueu-
lasses. On est des Français. — Le pli de devant retombe
à mi-jambe, et la broderie dans le décolleté est d'un
effet... original. — On ne veut pas se laisser bouffer
par les Alboches. J'ai été au théâtre l'autre jour, avec
mère, voir *Servir*, de Lavedan. C'est ça qui est sympa...
— Monsieur Meyer, vous reprendrez bien des quenelles ?
— Tous les jeunes, maintenant, ont conscience de leur
devoir... — Et vous, monsieur Barbentane, et toi Jean? »

Edmond se retourna vers son hôtesse ; le domestique,
un peu en arrière, tendait le plat d'argent. Mme Beurdeley avait une robe d'après-midi extrêmement seyante,
jaune, ton sur ton, avec de grands parements de
dentelle bise.

« Je vous demande pardon, à vos côtés... »

Le compliment s'étrangla, Mme Beurdeley parlait déjà avec Meyer. C'était une sotte, décidément. Il revint à son jeune voisin :

« Et tout le monde a signé, à Stanislas? — Bien sûr. Sauf un nouveau, sous prétexte que qui frappera avec l'épée périra par l'épée... Vous savez, il y a de ces catholiques excessifs! Aussi, on ne lui parle plus. Personne. On fera trois mois de quarantaine! »

Depuis quelques jours, ce thème des Trois Ans persécutait réellement Edmond. Il n'arrivait pas à comprendre cet enthousiasme, ni chez ce gosse, ni chez Adrien. Son cœur n'avait pas de semblables tendances à battre la chamade. — Lâcheté de sa part? Non. Mais il détestait le courage inutile : à lui, son but était de plaire. Avec l'engouement présent pour la patrie, il faudrait se surveiller du côté des sentiments patriotiques.

XVI

Dans le bureau de l'*Immobilière du Maroc*, rue Pillet-Will, Joseph Quesnel a convoqué Joris de Houten. Il lui donne des ordres brefs, mais il n'a pas cet air habituel d'aisance que le Hollandais lui connaît. Les transactions qui constituent le prétexte de cette entrevue, et desquelles Quesnel semble brusquement prendre la décision irréfléchie, revenant d'ailleurs sur les ordres donnés, en substituant d'autres, ne légitimaient pas cet appel pressant par pneu, toutes choses cessantes (souligné), qui avait forcé M. de Houten à remettre à une heure un déjeuner chez son amie, Mlle Jonghens. Des soucis accablaient assurément le « patron ». Au reste, celui-ci brisa tout à coup les chiens.

« Mon cher Houten, il ne vous échappe pas que je me trouve coincé, ces jours-ci, entre mes échéances. J'ai entrepris, vous le savez, par amitié pour certaines de nos relations communes, bien des choses qui ont engagé fort avant mes disponibilités. Je puis dire que, dans plusieurs cas, je n'ai pas trouvé chez nos amis l'attention élémentaire, la courtoisie... — Cependant... — Voyons, mon cher Houten, ne faites pas l'enfant : vous savez ce que me coûte l'histoire de Touapsé, qu'un mot dit à vous ou un coup de téléphone, même direct de Raffalovitch, pouvait m'épargner. »

Houten jouait avec sa canne à pommeau d'argent.

Il avait un pardessus gris clair à col de velours noir dont il n'était pas mécontent.

« Enfin, il serait temps que l'ambassade comprît qu'un peu plus de conséquence dans les idées, un peu moins d'hésitations, et, disons-le, de marchandage, ne pourrait qu'améliorer une situation parfois tendue. Voyez-vous, mon cher, les intérêts franco-russes dans l'industrie comme dans la politique extérieure sont aujourd'hui si bien mêlés qu'autant vaut y aller cartes sur table. C'est affaire de simple patriotisme de part et d'autre. Nous savons ce qu'il en est des armements de l'Allemagne ; vous-même, avec la discrétion qui vous est propre, et la situation délicate où vous mettaient vos rapports avec nous et avec la Deutsche Bank, vous m'en avez encore touché récemment un mot. Bref, nul n'ignore que c'est moi qui ai poussé Wisner dans la voie de l'aviation, quand l'industrie automobile lui suffisait bien, et vous savez qu'il est en ce moment très gêné avec ses ouvriers, grève, que sais-je ? Toute l'industrie de notre pays se tient, mon ami, et vous comprenez bien qu'un krach toujours possible de ce côté-là pourrait mettre le pays en un fâcheux état d'infériorité. L'issue est dans les commandes. Il faut restaurer le crédit. Pour cela, la loi militaire serait l'atout décisif. Mais le gouvernement Briand balance à se prononcer. Remarquez que, si ce que je tiens de M. Isvolsky lui-même est exact, nul plus que le Tzar ne désire les Trois Ans... — Alors, mon cher monsieur Quesnel, de quoi vous plaignez-vous, et surtout qu'attendez-vous de moi, je suis affreusement pressé... — Isvolsky comprendra, j'en suis sûr. Il est clair que le ministère actuel ne peut pas faire les Trois Ans. Qu'il le veuille, bien entendu ! Mais le jour où il se prononcera, il trouvera devant lui la coalition des pamsistes avec les antipatriotes. Non. Seul, un gouvernement de gauche, placé en face de ses responsabilités, pourrait, avec le minimum de dégâts... — Clemenceau ? — Pourquoi pas ? Évidemment, le président Poincaré... Peut-être Caillaux. Un homme très fin. L'essentiel, comprenez-vous, c'est que le cabinet actuel, en prenant position, prépare pour ses successeurs une tradition gouvernementale sur la question. Après cela, il se retirerait sur une question adventice... — Vous croyez que Briand se prêterait à cela? — Briand est un bon Français. Et puis, j'ai déjà eu l'occasion, par Lenoir, de faire entendre à ces messieurs qu'une certaine compensation, à cette heure, pourrait être décisive. Nous voici au début de mars, j'avais demandé pour février une misère, vraiment quelques milliers de francs, trente-cinq pour préciser, qu'on avait promis de verser dans une affaire que Son Excellence connaît bien... Si les circonstances étaient différentes, j'aime assez mon pays pour cela, j'aurais fait appoint sur ma propre caisse. Mais vous savez que cela ne m'est pas possible avec tous ces virements qu'il a fallu faire dans les derniers mois... Son Excellence avait bien voulu me dire tout le contentement qu'elle a ressenti de l'élection présidentielle... — Vous désirez donc que je dise... »

Quesnel eut l'air absolument excédé. Pourquoi le Hollandais, d'habitude si prompt à comprendre, se faisait-il ainsi tirer l'oreille?

« J'ai eu, mon cher, à ce sujet, un reproche amical du ministre de l'Intérieur, M. Israël, qui ne parlait apparemment point en son nom particulier... J'imagine qu'il suffirait d'une assurance sur la date du versement, pour que le ministère prît des dispositions immédiates, que je considère, moi, comme salvatrices... »

Houten suivait avec intérêt les expressions qui passaient comme des images sur le visage de Joseph Quesnel. Bien que l'importance de la commission dont on le chargeait lui fît plisser de plaisir ses yeux de chat-tigre trop clairs, ce n'était pourtant pas l'objet même de cette commission qui le captivait. Non. Il se passionnait pour la psychologie de son interlocuteur. La psychologie! Une grande chose, la psychologie. Il était fort évident qu'au delà des mots de Joseph Quesnel flottait quelque chose d'imprécis, d'informulé, mais de fort, une hantise. Était-il vraiment préoccupé à ce

353

point par ses affaires? Elles ne se trouvaient pas dans une telle posture que cela pût se concevoir. Houten sentait une espèce de distraction dans les paroles, et même une façon un peu plus directe que de coutume à exprimer des choses assez délicates, qui eussent nécessité plus de diplomatie... Quesnel l'intéressait. C'était un cas. Dans l'homme d'affaires, retrouver l'homme. Est-ce que celui-ci avait senti cette sympathie observatrice dans son interlocuteur? Toujours est-il que, sur une phrase quelconque, il fit pivoter son fauteuil et regarda dans les yeux Joris de Houten.

« Voilà. Nous sommes ici, et nous bavardons. Et tout vous a des airs d'importance. Mais vous êtes pressé. Votre tête est ailleurs. Vous êtes plus jeune que moi. On vous attend. Ne protestez pas. Le soin que vous donnez à votre toilette n'est pas seulement destiné aux ambassades. Allons donc! Vous êtes peut-être heureux. Ou malheureux. Moi, je vous parle. Mes lèvres vont. J'ai aussi mes lumières et mes ombres. J'ai aussi avec moi tout un monde muet. Le gouvernement, les affaires, les chiffres, tout cela n'est qu'un décor menteur. Je pense à ce que je ne dis pas. Nous cachons tous deux une réalité probablement semblable. Ne m'interrompez pas : pour un instant, je suis en veine d'être sincère. Nous sommes, comme les autres, des êtres doubles. Nous vivons à une époque historique qui se caractérisera peut-être un jour par là : le temps des hommes-doubles. J'ai fait toujours deux parts de ma vie... »

Sa voix était tombée, et Houten grillait de curiosité. Il était pressé, c'est vrai, mais que n'eût-il donné pour connaître le fond de ce cœur étrange, les pensées cachées de l'un des maîtres de la Bourse? Lui aussi, pensait-il, avait fait deux parts de sa vie : et il songeait à sa maîtresse, Martha Jonghens, la longue idylle d'une vie si peu idyllique. Dans l'amour, ainsi, survivent, se réfugient des sentiments anciens venus de l'enfance et dont la fraîcheur vous saisit tout à coup au milieu des relents de cigare d'une existence âpre et peu sentimentale, comme une chanson dans l'orage. Et voici que dans ce banal décor de bureau, avec les cartonniers, le téléphone, la machine à écrire, il apercevait dans les yeux de ce redoutable trusteur, de ce maître qu'il servait et trahissait parfois, comme un reflet de ses propres mélancolies, une lueur de ce qu'il tenait pour l'intime de lui-même. Il toussota légèrement :

« Vous avez peut-être aimé, vous aimez », dit Joseph Quesnel, et ces paroles surprenantes et déplacées parurent toutes naturelles. « Cela est une chose étrange, qu'un homme que vous voyez devant vous, qui se plie à toutes les manigances machinales de la vie, porte ainsi son rêve au travers d'elle. Mon cher, j'ai cinquante-cinq ans... N'est-ce pas là tout vous raconter ? Oh, je vous en prie, pas de politesse... Je ne suis pas un sot, mais je regarde le malheur en face. Un joli malheur, avec des yeux à perdre la raison. Seulement, que voulez-vous ? Est-ce que je puis, moi, l'homme double, lié à tout ceci par une moitié de moi-même, est-ce que je puis peupler cette vie d'un être enfant, dont les loisirs m'épouvantent ? Ne vous est-il pas arrivé de vous demander... »

Joris sourit avec une espèce amère de supériorité. Il connaît sa force, et sa tranquille domination de Mlle Jonghens. Pourtant, il se sent dans son humeur la plus compréhensive, comme au théâtre, quand il suit une pièce de Bernstein, son auteur préféré.

« Une femme, dit-il, n'est jamais toute à nous, elle a une famille, un monde... »

Quesnel soupira : « Ah ! c'est bien là, pour moi, la plaie... Ni famille, ni monde, ni amis... Rien : le désœuvrement, les longues heures. Je l'ai arrachée à son passé. Il lui aurait fallu une occupation, un métier. Puis-je, avec le fardeau de ma richesse, exiger d'elle qu'elle travaille ? Ne m'est-elle pas attachée par cette oisiveté même que je lui permets de poursuivre ? Ce serait la perdre que de lui donner les moyens de l'indépendance... »

Ils rêvèrent un instant tous deux sur des pensées diverses. Quelque chose venait de les rapprocher au milieu des affaires, de la sécheresse de l'argent. Ils laissaient durer cette minute de confiance. Le silence s'engrossait d'une sentimentalité confuse. L'image de Martha rappela l'heure à Joris de Houten. Il se leva, légèrement penché sur sa canne, avec le sentiment qu'il fallait dire quelque chose de pratique :

« Achetez-lui donc, dit-il, un chat siamois... »

XVII

Une grande fille blonde, c'est tout d'abord ce qu'Edmond en avait pu voir. Elle avait une espèce de charme animal fait de mobilité. Le teint mat comme une brune, et les yeux noirs, peut-être pas très droits, sous le casque d'or des cheveux, aux confins de la rousseur. Elle se coiffait comme toutes les femmes alors, les cheveux tirés en arrière, et la masse portée au-dessus de la tête avec une frange sur le front. Quand elle penchait ce cou flexible, et plus fort qu'on ne l'attendait, le soleil jouait dans les frisettes des petits cheveux sur la nuque. Un mélange incroyable de violence et de douceur : très enfantine, avec une petite bouche cruelle, qu'un rien pinçait méchamment, et des dents claires comme le rire, sur son visage aux traits petits passaient des vagues de sentiments qu'on craignait qui ne fussent point des caprices. Elle s'allumait ou s'éteignait d'un coup, sur une phrase, ou quelque idée dans cette tête folle ; et c'était une transformation comme chez les autres femmes il n'en vient que pendant l'amour. L'œil s'embuait, toute la peau se mettait à vivre, le désir, le désir fou rougissait jusqu'au lobe minuscule de l'oreille qui s'échappait sous une mèche roulée. Les hommes, autour d'elle, en avaient la respiration coupée, et tout simplement elle murmurait, avec cette adorable voix chantante, à peine ridiculisée par l'accent italien : « J'ai vu des roses hier, oh, je ne sais pas ce que j'aurais donné pour les avoir ! » Ses deux mains, ce disant, s'ouvraient à la renverse, et la tête pliait sur sa charnière, et le menton pointait vers le monde, les yeux se fermaient... Alors, on remarquait combien sa gorge était ronde, il semblait qu'elle voulût s'échapper de la veste-boléro noire où elle était emprisonnée, dont les parements et le col de peau blanche bordés de peau noire étaient joints par du fil vieux-rose ; il semblait qu'elle cherchât l'air et le soleil, on éprouvait la force surprenante de cette poupée qui vous eût fait éclater le crâne d'un homme dans la saignée de ce petit bras rond.

Le restaurant de la Cascade était plein de gens qui revenaient de Longchamp ; la fin d'après-midi poussiéreuse avec ses rayons obliques à travers les arbres et les rivières de cette agonie du Bois de Boulogne se traînait sur une foule mêlée, où le populaire de l'herbe avec ses papiers gras, ses jeux bruyants, un ballon qui fout le camp tout à coup sous les voitures, faisait mieux ressortir encore le caractère d'oasis au champagne, de ce lieu où se réfugiaient les échappés du pesage, devant la fraîcheur de l'eau et de la grotte, comme un décor du Châtelet. Les clameurs, les trompes des voitures, le brouhaha de la foule résumaient la lassitude du paysage. Au loin, comme des plaisanteries, le moulin de Longchamp, la villa de Chauchart, la Tour du Prince Impérial et la tapisserie plate des grands champs déjà jaunis. Avril, et le printemps de 1913 dans cette fausse campagne, avaient déjà des airs d'automne. Des bicyclistes en mettaient un coup à tous les niveaux de la perspective. Des fumées machinales au-delà de la Seine rappelaient le monde réel qui recommence où finit la flâne et le dimanche.

Un orchestre viennois près de la véranda de glace dominait le jardin du restaurant qui est comme un éventaire, incliné vers le confluent des Acacias et des routes de Longchamp. Les consommateurs, entassés autour des tables, à ne pouvoir bouger, se levaient pour laisser passage aux garçons noirs et blancs, qui élevaient au-dessus des têtes le ruolz des plateaux. Il semblait qu'ils eussent reconstitué un monde dans la débâcle des courses. Tout ce qu'il y avait de parfumé, d'astiqué, de bien lavé, s'était ici cristallisé après l'orage du jeu, le spectacle effréné des chevaux, de la poussière, de la sueur et du crottin. Des morceaux nus de femmes luisaient dans le repos, des étoles glissaient sur des reins qui n'étaient pas faits pour le grand air, des épaules s'alanguissaient, et du côté hommes, il y avait un mélange singulier de jaquettes, de vestons, de gris clair et de beige brun. Ces messieurs, triturant dans leurs poches les papiers du Pari Mutuel, retrouvaient brusquement, après la secousse brutale du risque, après le jeu qui les avait faits insensibles à tout ce qui n'était pas lui-même, leur virilité réveillée, comme au bout d'une nuit blanche. Des moustaches où s'accrochait de la glace pistache ou framboise, se penchaient vers des voisines aux rires nerveux.

Edmond avait assez joliment perdu, à. suivre les conseils du cousin des Barrel, Jacques Schoelzer, qui lui avait recommandé un de ces krachs, mais alors. Et par fiche de consolation, Jacques, qui avait touché un placé dans la première, l'avait emmené à la Cascade, où, tout à l'heure, à Longchamp, le jeune Gilson-Quesnel lui avait dit qu'il serait, après les courses, avec des amis. Roger Gilson-Quesnel, officier de cavalerie, avec sa tête d'ours sur un corps de girafe, était flanqué d'une demidouzaine de gens qui faisaient une espèce de buée d'élégance. Edmond remarqua que tous les hommes étaient du monde protestant, jusqu'à ce monsieur un peu âgé, dont il n'avait pas saisi le nom, mais à qui Jacques Schoelzer s'adressait avec déférence. Il les entendit, un peu à l'écart, parler du Temple de l'Étoile. Il y avait quelque chose de servile tout à coup chez Jacques, qui dégoûta Edmond. Le melon beige de l'homme important oscillait au-dessus de légères bajoues roses, un peu craquelées, et d'un regard qui se posait avec insitance sur la jeune femme qui accompagnait évidemment Roger. Elle, c'était cet être de contrastes vers qui Edmond se tournait peu à peu, indifférent à tout ce qui n'était pas elle... La chaleur prématurée de la saison était visible dans l'air.

L'orchestre jouait *Le Soldat de Chocolat*. La valse était le seul vent qui agitât l'espace, et le violon-chef d'orchestre, dans une blouse verte à boutons d'or dont les manches n'étaient point passées, agitait ses bras pris dans une chemise bouffante en souriant aux dames avec langueur. De grosses gouttes perlaient à son visage et, l'œil fixe et brillant, il les rejetait d'un mouvement de la tête, comme s'il eût dit brusquement *non* à quelque diabolique interlocuteur. Un Soyer au champagne se renversa sur une robe de faille amande, et les fraises, un bout d'orange, glissèrent dans le gravier. La musique redoubla comme pour couvrir cet incident d'un déluge sensuel. Les dénégations du violon se faisaient frénétiques. L'autre femme qui était avec les amis de Jacques Schoelzer, dit quelque chose à Edmond, qui ne l'entendit pas. Du reste, il ne suivait aucunement cette conversation de frelons, trop accaparé qu'il était des sautes d'humeur de l'étrange créature. Jacques, pourtant, l'arrachait à cette contemplation :

« Mrs Bird te parle, Barbentane... »

Il sursauta, s'excusa. L'Américaine souriait de toutes ses dents, elle se ferait un plaisir de recevoir M. Barbentane chez elle, un de ces jours, s'il voulait accompagner M. Schoelzer. Mais comment donc, mais c'est-à-dire, vous me voyez confus, avec plaisir, bien entendu. La valse faisait tournoyer les consommations glacées au-dessus du jardin. On appelait au loin les chauffeurs par le nom de leurs maîtres. Un groupe prêt à partir hésitait au bord de l'océan vulgaire, à la limite des tables et de la poussière.

Soudain, Edmond sentit que le regard de la Bête aux cheveux d'or s'arrêtait sur lui. Il en frissonna, et comme surpris dans son admiration, il baissa ses yeux indiscrets un moment, le temps de lui laisser regarder ailleurs. Une phrase de musique ronfla dans un silence relatif. Edmond eut honte de ses mains, qu'il n'avait pas lavées depuis le déjeuner. Il redressa la tête, et rencontra, droit

360

dans le sien, le regard qui n'avait pas bougé. L'effrontée. Mais il y avait sur ce visage un air de sérieux, la bouche de l'attention. Lui, n'osa plus baisser les yeux.

On eût dit que la femme, sous le petit chapeau où s'éployait une mouette, cherchât dans le fond de ses souvenirs les traits du jeune homme qu'elle regardait. C'était drôle, elle l'avait déjà vu quelque part. C'est-à-dire qu'Edmond pensait ainsi pour elle, bien qu'il fût certain, pour sa part, de n'avoir jamais aperçu cet êtr de vif-argent. De sa vie. La valse lui faisait des yeux tristes. Elle n'écoutait plus son voisin, le lieutenant Desgouttes-Valèze, qui parlait du Maroc où il allait partir. Elle avait cessé de jouer avec son ombrelle. La valse mourut...

« Monsieur... Monsieur Barbentane ? »

C'était elle qui l'avait appelé. Toute la conversation s'arrêta. Desgouttes-Valèze fronça ses épais sourcils blonds. Les têtes se tournèrent vers Edmond. Une espèce de sourire gêné souligna la jeunesse de la moustache qu'il pouvait encore à peine tailler. « Madame... », dit-il, comme pour s'excuser, auprès de tous de devenir le centre de l'attention et de son attention, à elle.

« Vous êtes de Sérianne, n'est-ce pas ? »

Il attendait tout, sauf cela. Il perdit contenance, acquiesça de la tête.

« Vous êtes parent du médecin ? — Son fils, avoua-t-il. — Ah!... » Elle détourna soudain son regard et saisit les mains de Desgouttes-Valèze en s'écriant : « Parlez-moi encore du Maroc! » Une mélodie qui reprenait fit diversion. Edmond était aux cent coups. Comment savait-elle ? D'où connaissait-elle son père, son pays ? Il lui semblait que tous les autres avaient senti l'étrange de cette question, mais que tous, relancés dans une conversation pleine de rires, d'anecdotes, de parisianismes, n'eussent qu'un but, la faire oublier, cette question singulière, déplacée. Comme si tous ces hommes avaient une jalousie de ce lien bizarre entre lui et elle. Edmond crevait d'envie de demander à... au fond, quel était son nom? Il ne l'avait même pas entendu tout à l'heure,

surpris par le jeu noir de ses yeux. Jacques Schoelzer
se renversa un peu sur sa chaise. Edmond se pencha vers
lui :

« Qui est-ce ? — Le vieux ? Joseph Quesnel l'oncle
de Roger, le trusteur des taxis, vaguement apparenté
à la famille... »

Par-dessus les têtes, le célèbre industriel souriait à
Edmond.

« J'ai eu l'occasion, monsieur Barbentane, de rencontrer votre père chez mes cousins Barrel... Une mauvaise
tête, mais un homme capable... »

Ah ça, tous connaissaient donc son père ? Il en eut une
espèce de rage. Joseph Quesnel poursuivait : « Je ne sais
pas d'où Carlotta le connaît, elle... »

Il y avait de l'inquiétude dans cette voix. Qu'est-ce
que ça pouvait lui faire, au vieux ? Tandis qu'il parlait
de Sérianne, des tramways qu'il s'agissait de transformer,
le vieux système à perche était condamné, voyons, l'autobus est un progrès incontestable sur le tram, Edmond
retournait à Carlotta, elle s'appelait Carlotta, insensible-
ment... Et elle, qui s'était reprise à jouer de l'ombrelle
entre Roger et Desgouttes-Valèze, avec cette muette
expression à faire perdre le souffle, de gravité et d'attention, le regardait maintenant comme si la vie se fût
jouée entre eux.

Il avait cette carnation fragile de la jeunesse, chez les
bruns qui ont pour un rien le sang sous la peau, les yeux
liquides de sa mère, avec toute la sauvagerie de la Corse,
moins enfoncés pourtant dans des orbites caves que chez
Mme Barbentane ou Armand, et ses cheveux noirs de
l'espèce qui se peigne si bien qu'on en voit les racines,
qui fait des hommes chauves à trente ans, mais qui
donne à vingt-cinq l'air d'être mieux nettoyé que les
autres. Les épaules larges pour la tête, et le poignet
énorme pour la main, en bon joueur de boules. Avec
tout cela, encore l'accent de la province dans l'habille-
ment, les revers pas comme tout le monde, et le col un
peu trop haut, le guindant. Il tripotait des gants jaunes
avec une espèce de fièvre. Quand il souriait, sa lèvre

supérieure se relevait à gauche, et du même côté on lui voyait un peu la veine de la tempe. Bleue. Les yeux de Carlotta battirent comme des oiseaux sur une plage. Quand elle lui demanda, très haut : « Où habitez-vous ? » il ne put que répondre : « A l'hôtel Royer-Collard... », et aussitôt il vit sur tous les visages une consternation éclatante, mais Carlotta riait : « Je ne vous demande pas ça, je veux dire à Paris ou à Sérianne ? »

Il fut comme un noyé qui s'entortille dans les herbes. Joseph Quesnel s'éventait avec son melon. Edmond expliqua qu'il faisait ici sa médecine. L'été, bien entendu, pour les vacances... Elle lui coupa encore la parole :

« Joseph, je m'ennuie avec ces messieurs, raccompagne-moi ! »

C'est ainsi qu'Edmond comprit qu'il s'était trompé, et que Carlotta n'était pas ici avec Roger, mais avec l'oncle, le magnat des taxis. C'était une putain, tout simplement. Il lui baisa la main, comme une ortie. Il nota très clairement que le boléro noir s'allongeait avec un pan arrondi, en arrière, et que la robe était de tissu éponge vieux-rose avec des motifs de passementerie noirs.

XVIII

Une chose, tout de même, qu'il ne se mettrait jamais dans la caboche, c'était le diagnostic des hémiplégies. Il avait beau relire ça pour la quatrième fois, il se foutait dedans tout le temps avec les symptômes. C'est pourtant simple... Oh, puis, s'il avait autre chose en tête, Edmond, après tout! La passion pour l'étude allait déclinant ces derniers jours. Il avait beau se répéter que s'il n'étudiait pas, il n'arriverait à rien. Il avait beau se pincer pour se rappeler sa soif d'honneurs, de gloire. Il avait beau se forcer à rester plus que de raison au labo devant des coupes de cervelle, du sang de typhique ou des urines problématiques, rien n'y faisait.

Le printemps rentrait doucement dans ses veines. Tout était distraction, la lumière, quelqu'un qui passait, une phrase, et tout était un souvenir. Au bowling de la Porte-Maillot, il avait lié connaissance avec une petite gosse qu'il avait invitée dans un prix fixe à cent sous, une folie. Elle était blond blanc, sans sourcils, avec de la poudre et du rouge mis de travers, elle ne restait pas une minute en place, fouillait dans son sac, parlait au garçon, montrait ses jarretières qui avaient des petites roses de tissu, et s'inquiétait toutes les trois minutes de savoir ce qu'Edmond pensait de sa robe, bleu-ardoise, avec des tas, des tas de petits plis sur les manches. Mauricette, s'il vous plaît. Elle avait fait des manières pour l'emmener chez elle, et lui ne voulait pas payer l'hôtel

364

après le dîner. C'est qu'elle habitait à Neuilly, rue de Chartres, au-dessus d'un petit caboulot pour cochers, près de la Justice de Paix. Elle pleurait d'humiliation en rentrant dans la chambre. Elle enleva sa robe avec un soin extrême, et la plia en caressant les manches. Elle avait des dessous de coton, mais des seins charmants.

Après ça, pour ne plus la revoir, Edmond ne revint plus au bowling. D'autant qu'absolument par hasard, ayant rencontré Mme Beurdeley dans la rue, il l'avait raccompagnée chez elle et là, brusquement, avec une folie soudaine, il l'avait embrassée et elle s'était laissé faire. Maintenant, qu'est-ce qu'il y pouvait ? Commencèrent des histoires d'hôtel meublé, de rendez-vous. Elle était folle, la tête à l'envers, avec une nouvelle voilette chaque fois. Elle payait la chambre, heureusement. Elle força même Edmond à prendre des leçons de tango. Chez un professeur argentin, pas loin de la Madeleine. Il y avait trois ou quatre jeunes gens boutonneux, et une fille en mal de Conservatoire. La tapeuse jouait éternellement *Le Tango du Pendu*, et il faisait chaud parce qu'on fermait les fenêtres, qui donnaient sur une cour noire.

Est-ce qu'il perdait la boule, sérieusement ? Il avait un retard fou pour ses conférences ; la physiologie à la Sorbonne, il n'y songeait plus. Qu'est-ce que cela voulait dire ? A la fois il se sentait perdre pied dans la paresse, et il éprouvait une révolte à l'idée du travail, de la médecine. Il trouvait tout préférable à ce qu'il aurait dû faire. Jusqu'à bavarder avec ce petit idiot de Jean Beurdeley, et son répétiteur, qui lui serinait le latin à la maison.

C'était un ancien pion de Stanislas, qui venait de quitter cette école, et qui faisait quelque argent du petit Beurdeley pour continuer des études particulières, avec la maigre pension qu'il recevait d'un père, greffier au Tribunal. Un garçon de vingt-sept ans environ, timide, indécis, portant toute sa barbe, et une raie sur le côté. Mis d'une façon provinciale, et méticuleuse, avec l'air de ce qu'il était, un élève des jésuites. Il s'appelait

Raoul Villain. Il discutait avec Raymond, tandis que Mme Beurdeley s'habillait pour sortir. Il était parti du socialisme chrétien, il s'était inscrit au *Sillon*, de M. Marc Sangnier. C'était un ton de voix nouveau pour Edmond, et qui l'amusait sans le toucher. Il n'était pas plus socialiste que chrétien.

Au milieu de tout ça, Edmond était hanté d'une image, tenaillé absolument d'un regret. Il avait beau se traiter d'imbécile, il lui fallait convenir que ce qui avait changé pour lui tout le sens de la vie l'avait fait soudainement désespérer du travail et de l'ambition, c'était cette sacrée fille rencontrée à la Cascade. A cause d'elle, tout prenait une teinte de pis-aller, dans ce printemps lourd, que ne domptait pas la passion de Mme Beurdeley. Dans ses bras, comme au milieu des livres, Edmond ne voyait que Carlotta, la beauté violente et saine de l'Italienne aux cheveux du Tintoret. Son irritante voix, ses dents comme de la neige au soleil, l'espèce de puissance étrange de sa nuque, et puis on ne sait quoi de dédaigneux et de fort, ses yeux qui regardent sans gêne, tout droit, avec une gravité inattendue...

L'image, pourtant, allait s'effacer, Edmond en était bien sûr, et il n'y avait pas de réactif pour virer dans sa mémoire l'instantané déjà ancien. Ce serait un bon débarras. Il n'avait pas plus tôt pensé à cela que la peur de l'oubli le prenait. Il rappelait de toutes ses forces le souvenir visuel, et chaque détail de l'entrevue du Bois. Il souffrait de n'être pas très sûr du menton, quelque chose du corps s'était perdu, et quelle était maintenant la part de l'imagination dans ce portrait évoqué ? Carlotta, que n'aurait-il donné pour la revoir, et furieux de le penser, de cette hantise, parce qu'enfin ça ne tenait pas debout, il n'était pas amoureux, on ne tombe pas amoureux comme ça.

Ce qu'elle avait d'appelant, cette fille, c'était la richesse du buste, les épaules, les seins. Une espèce de générosité de nature. Il fallait trimbaler Mme Beurdeley dans les thés, danser avec elle. Elle payait, c'est entendu. Elle rajeunissait à vue d'œil, la garce. Elle était heureuse.

Carlotta, vous comprenez, c'était ce qu'on sait qui vous est interdit. Ce genre de femme trop bien pour vous, qui est réservé à d'autres. La femme plus grande que nature. Je ne parle pas de la taille, je parle de la femme. Saloperie de vie. Il restait cinq, six jours sans venir chez les Beurdeley. Il essayait de travailler, flânait. Puis, à quoi bon ? Alors, il y avait une scène, des larmes, puis des yeux rayonnants derrière les pleurs. « Je m'habille, méchant. »

Le méchant faisait donc antichambre, et parlait avec Jean et son répétiteur. Celui-ci allait bientôt faire une période militaire, au camp de Châlons. La loi de trois ans, tout naturellement, revint sur le tapis, d'autant que depuis un peu plus d'un mois, les socialistes avaient commencé par le pays un de ces chambards pas ordinaires.

« Vous savez, je ne vous suis guère dans vos idées, dit Edmond. Je ne suis pas un partageux, et le socialisme me laisse sceptique. Et puis, chacun se débrouille, n'est-ce pas ? Tenez, j'en ai vu dans mon patelin, des socialistes. Ah lala ! — Vous ne connaissez pas *notre socialisme*. La justice et la charité. Le véritable esprit évangélique... — Je ne voudrais pas vous froisser, mais les Évangiles m'ont toujours paru assez illisibles. Littérairement, je ne leur dénie pas une certaine poésie. Mais pour autant que j'ai lu les socialistes, assez en passant, je l'avoue, il ne me semble pas que la coïncidence de leur doctrine et de celle du Christ repose sur autre chose que sur un malentendu... »

Edmond parlait ainsi, il faut le dire, surtout pour conjurer l'image de Carlotta. Il venait de penser qu'il ne la reverrait jamais plus. Il avait commencé à délirer là-dessus. Et puis un peu par agacement de ce jeune barbu.

« Le socialisme, s'écria celui-ci, c'est l'Évangile même. Mais non pas le socialisme monstrueux des démagogues, des monstres antifrançais qui... — Rendez à César ce qui appartient à César, et après cela ne parlez pas de socialisme. Le socialisme, c'est au fond le désir d'avoir de ceux qui n'ont rien. Ceux qui ne possèdent rien ne peuvent pas être conservateurs : attendez seulement qu'ils aient quelque chose et vous verrez comme ils le deviendront. »

Villain se tordait comme un ver. Il était plein de son idéal, et de sa haine contre les *faux* socialistes. Les deux auraient voulu à la fois s'exprimer. Mme Beurdeley n'en finissait pas de se bichonner. Tout de même, qu'elle connût son père, et Sérianne, cette Carlotta... Ses dents sont petites et régulières, très légèrement pointues, comme si elle n'avait que des canines. Villain parlait ardemment des ouvriers chrétiens, de l'injustice, sociale... Il y a des patrons qui comprennent. Il faudrait que tous, la main dans la main...

« Ah, laissez-moi la paix avec vos ouvriers! interrompit Edmond. Ce sont des fainéants. Cherchez à l'origine de la propriété vous trouverez toujours quelqu'un qui a travaillé dur. Si ce n'est pas moi, c'est mon père, mon grand-père. Ceux qui n'ont rien trouvent plus simple de prendre les choses toutes cuites, sans travailler. Des fainéants. »

Mme Beurdeley apparaissait.

« Vous disputez encore M. Villain, Barbentane. — M. Barbentane ne comprend pas, madame, ce qu'est le socialisme chrétien. Il nous confond avec ces gens qui mènent dans le pays cette ignoble campagne contre les Trois Ans. Des gens qui veulent livrer Paris à l'Allemagne, parce qu'ils souhaitent l'heure où la police est désarmée pour piller la ville... les bas-fonds, la tourbe, à qui s'adressent les rhéteurs de *L'Humanité*... des gens à coller au poteau. »

Il tremblait, il avait la sueur au front, sous ses cheveux bien en ordre.

« Écoutez, dit Edmond, que la présence de Mme Beurdeley rendait méchant, je vous les donne, les socialistes, vous pouvez les couper en petits morceaux. Mais pour les Trois Ans, mon cher! Ils ne me disent rien, vos Trois Ans, et si ça fait plaisir à M. Jaurès de gueuler contre dans des meetings, je n'y vois pour ma part pas le moindre inconvénient... »

368

Le répétiteur avait l'air frappé du tonnerre. Il regarda son interlocuteur et marmonna quelque chose dans sa barbe. Il était devenu sombre. Il aurait pleuré.

« Allons, dit Mme Beurdeley, nous danserons au Ceylan, Barbentane, j'ai donné rendez-vous à des amis... »

Elle mentait comme chaque jour. Dans l'escalier, il la regardait descendre devant lui. Quelle déficience! Ni jeunesse ni vie. Rien en elle qui fût un trouble, comme chez l'autre. L'autre, il la sentait autour de lui. Il s'endormait avec elle. Il en rêvait dormant comme éveillé. Bon sang de bon sort, est-ce qu'il se sentait déjà vieillir, qu'il éprouvait comme ça cet échec? Au fait quel échec? Il ne lui avait rien demandé, à cette fille. Il n'avait pas cherché à la revoir.

Les journaux du soir hurlés par les rues annonçaient un gros incident pour lequel les titres se faisaient énormes. Un zeppelin s'était abattu à Lunéville. Les détails manquaient encore. Les aéronautes prétendaient que c'était le vent. Naturellement.

« Et pourquoi ne serait-ce pas le vent? dit insolemment Edmond à sa compagne en repliant le journal dans le taxi. Décidément faites-moi reconduire chez moi, rue Royer-Collard. J'ai des conférences à apprendre... »

Les yeux de Mme Beurdeley s'emplirent de larmes.

XIX

De l'abat-jour plissé rose, la lumière électrique suivait
le pied de bronze cannelé de la lampe, baignait le nap-
peron de dentelle sur le marbre rouge de la table de nuit
en chêne clair, la pendulette en porcelaine à décor hollandais, le coupe-papier d'ivoire au manche d'argent,
orné de muguets, trois ou quatre livres jaunes entassés,
le départ du fil tortillé, et le bras nu, gras et un peu
amolli, frôlé par une chevelure sombre. Puis la clarté
s'enfonçait dans le linge : un drap très fin, marqué d'un
grand G brodé, avec un jour simple, que soulevait le
corps deviné de Mme Grésandage qui lisait. Il faisait un
bon silence calme, feutré d'ombre et de tapis, que ne
secouait que très rarement le passage amorti d'un autobus.

Élise soupira. Un pas dans l'épaisseur de la maison
l'avait fait surgir des oreillers. Elle portait une chemise
de toile blanche montante aux manches larges, qui se
retroussaient en s'accoudant. Du col rabattu descen-
daient, de chaque côté, cinq petits plis mourant sur les
seins. Les cheveux défaits lui rendaient une certaine
jeunesse, mais une ride près des yeux s'était marquée de
l'inquiétude de chaque jour. Était-ce Richard ? Entre
les moulins à vent, les bonnets ailés et les sabots bleus,
elle vit qu'il était déjà minuit et demi. C'était Richard.
La porte se fermait, le pas franchissait les pièces. Pourtant elle eut sa terreur quotidienne : « Rico ? » cria-t-elle.

Et lui, comme toujours de l'antichambre répondit :
« C'est le charbonnier ! »

Le directeur du mouvement général des fonds rentrait chez lui, assez préoccupé. Sa femme aperçut tout de suite sa lassitude. Il avait eu ce soir-là de graves conversations, en marge du service, avec des fonctionnaires des Finances, des banquiers : « Rien de grave, mon Rico ? — Non, la Lise... rien. »

Elle savait bien qu'il mentait, à comme il l'avait embrassée distraitement.

« Tu es fatigué, charbonnier ? Tu as faim peut-être ? Non. Pas même du doux ? Le charbonnier aime bien les confitures... »

Il eut une espèce de geste très las, qui lui coupa la parole. « Non, je t'assure, pas envie, me coucher, seulement... Je me défringue, et on sera deux... » Elle s'inquiéta vraiment : « Qu'est-ce qu'il y a, Rico ? Mon grand, viens vite dans mes bras, tu as des ennuis... Si, si... — Non, dit-il, c'est pas des ennuis, c'est autre chose. »

Il s'était assis sur le pouf rayé, et il enlevait ses bottines. Il y avait un bouton qui était tombé : « Je n'aime pas ces boutons posés à la mécanique. Ça casse toujours... »

Élise le regardait se déshabiller. Il avait encore maigri. La chemise était devenue large autour du cou, le col retiré. Elle eut un petit rire quand il l'ôta, et qu'il resta en caleçon. Il avait le tronc assez noueux, et le poil qui dessinait une palme régulière de l'abdomen au thorax. Il enfilait sa chemise de nuit, sortie de sous un coussin. Une chemise classique, comme toutes les chemises de nuit d'homme, brodée de rouge.

« Viens vite, charbonnier, viens vite... Tu vas tout oublier... Il fait triste sans toi... A quoi penses-tu ? »

En bannière, les jambes nues, il s'était immobilisé, réfléchissant, avec ce même geste pour vérifier le bord inférieur, bien taillé, de sa moustache, qu'on lui connaissait au ministère.

« Je pense aux années qui passent... A ce qu'on s'était promis, et à ce qu'on s'est tenu... A ce que la vie hu-

371

maine dure... A comment je me l'imaginais... — Tu es
bien sérieux, Rico méchant, grimpe dans le lit, mon
amour. »

Il n'avait pas bougé, il continuait d'une voix assez
basse : « Je me suis toujours représenté la vie comme ça,
entre l'enfance et la vieillesse. Sans compter l'une, sans
compter l'autre. Ça faisait trente ans peut-être qui
valaient pour réaliser mon programme. Je me disais : il
m'en reste les trois quarts, la moitié... Tout ça, c'est
très joli. »

Il se glissa dans les draps. Leurs jambes se mêlèrent.
« Tu as froid à tes petits pieds », dit-il très doucement.
Elle répondit : « Le lit sans toi n'est pas le lit... Pourquoi
tu es tout triste ? — Tout de même, toute la jeunesse est
derrière nous, vois-tu, la Lise. Déjà je ne peux plus
jouer avec la vie. Même si je faisais des choses tout à fait
folles, que je partais avec un cirque, pour être l'Auguste
à la parade... — Et tu me laisserais ? — Non, Arlequine...
ou que j'attaque à main armée des encaisseurs dans la
rue, enfin, mon histoire est tout de même bien écrite par
cette longue suite de jours, le métier exercé, tout ce que
j'ai été, alors, de telle à telle année. »

Elle respecta son silence, mais passa un bras autour
de ses épaules. Il lui sourit : « Mil neuf cent treize ! Voilà
qu'on y est. Je me souviens quand je pensais : d'ici mil
neuf cent cinq, mil neuf cent dix. Et puis mil neuf cent
treize... »

Élise ressentit une tristesse poignante. Elle venait de
songer à son âge. Elle se serra contre l'homme en murmurant : « Charbonnier, charbonnier... — Vois-tu, quand
j'avais vingt ans, je n'étais pas sûr que tout ce que je
faisais n'était pas une comédie. Je n'avais encore aucune
responsabilité dans le monde où je vivais. J'étudiais,
mais je n'y croyais pas. J'apprenais, mais c'était un rôle.
Il y avait Richard sur la scène, et Richard tout court...
— Il y a toujours Rico, dit-elle. — Oui et non, ma
pauvre petite, oui et non. Tu sais comme Joseph Quesnel
dit toujours... les hommes doubles... que nous sommes
aujourd'hui des hommes doubles... L'un qui a une fonc-

372

tion dans la société, l'autre qui n'a rien à voir avec celui-ci, parfois qui le déteste, qui est contradictoire avec lui... l'homme quoi! Eh bien, comprends-tu, il y a des moments, et par exemple ce soir, où je me sens terriblement s'effacer le second, et le premier seul qui demeure... — Ce n'est pas vrai, Rico, on est là tous le₂ deux, dans le douillet, avec les esprits, regarde, le coupe-papier, la lampe, la pendulette, la Lise, ses cheveux noirs, tous les esprits du charbonnier... — Oh, Liseron, comme notre refuge me paraît fragile, cette nuit! Probablement que c'est l'âge, mais je ne peux plus cesser d'entendre les voix du dehors... — Tu ne m'aimes plus! »

Il la serra contre lui sans répondre. On n'entendit plus que l'aile métallique du temps. Puis il reprit :

« Il y a des mots, comme ça, auxquels j'avais, très jeune, juré fidélité. Tu sais, Rimbaud : *J'ai horreur de tous les métiers. Maîtres et ouvriers, tous paysans, ignobles. La main à plume vaut la main à charrue. Quel siècle à mains! Je n'aurai jamais ma main...* — Tu cites Rimbaud comme les Écritures... — Tu sais bien qu'à moi, telles ont été mes Écritures, et non pas Paul, et non pas le pasteur Monod... Longtemps je me suis répété cette phrase, et je me disais que la comédie se poursuivait, mais qu'en réalité *je n'aurais jamais ma main...* Eh bien!»

Il éleva son poignet droit en l'air.

« Tu ne la vois pas, mais tiens ; moi, je la sens, là, la menotte. La vie m'a passé le cabriolet. La profession, crois-moi, Liseron, la profession est plus forte que l'homme. Ça y est, le tour est joué : j'ai été ce que j'ai été... — Un Rico méchant, un Rico doux, un Rico aimé... — Liseron, ma petite, il y a des gens qui veulent la guerre... »

Il avait dit cela d'une voix creusée, soufflante. La femme se souleva tout entière dans les draps, et se pencha sur lui. Il avait la tête contre ses seins qu'il sentit haleter.

« Richard? Qu'est-ce que tu dis? Qui pourrait? Les Allemands, le Kaiser? »

Il sentait la chair soulevée. L'être vivant. La femme.

Il passa sur elle longuement une main familière :
« Non, dit-il enfin. Un tas de gens. Beaucoup plus qu'on ne croit. Et pas des canailles. Des gens comme toi et moi. Des Français... Cela me paraît extraordinaire... — Mais quoi ? Que s'est-il passé ? — Oh, ça serait difficile à t'expliquer... Voilà des mois, que je refuse cette idée... que je me dis que c'est un système stupide... Et puis je suis bien forcé de constater. Non, ce n'est pas un fait plutôt qu'un autre. Rien que je puisse vraiment te raconter. Mais tout se passe comme si... Enfin cette idée de la guerre effraye de moins en moins certains cercles. Il y a même des gens qui parlent de la guerre comme d'une éventualité heureuse, tout au moins comme de quelque chose qu'il vaudrait mieux précipiter pour que ce ne soit pas trop terrible, pour mettre les chances de notre côté... — Mais, Richard, qu'est-ce que tu racontes ? C'est abominable, voyons... Qui ? — Abominable... Je trouve aussi que c'est abominable. Pourtant, il est si difficile de trancher, de savoir. Pas de mauvaises gens, tu sais. Des gens très humains, très bons. Des gens que j'estime... Parfois on se demande que penser. C'est l'homme double, probable. L'homme social envisage froidement les catastrophes nécessaires. L'homme tout court, lui, ne s'y résout pas... C'est très étrange... — Richard, tu ne penses pas cela, toi ? Non, pas toi. Écoute. La guerre ! Voyons, imagine ce qu'il arrive des Lise et des Rico, de toutes les Lise et de tous les Rico, dans une guerre ! Mon Dieu, tu as bien vu au cinéma, les Balkans ? Cette horreur ! Richard, là-dessus, tu ne peux pas être un homme double, toi ? »

L'heure se balança, indifférente, dans sa porcelaine des Pays-Bas. Le souffle de Grésandage passa contre les seins d'Élise :

« Je ne sais plus... Je me dis que le mieux serait de ne rien voir, de ne pas entendre... Qu'est-ce que je puis ? Toute ma défense est dans cette duplicité, dans ce maintien pour nous d'un oasis. Fuir ! Ah, peut-on fuir vraiment ? Regarde, Joseph Quesnel... Quelle bizarre aventure, n'est-ce pas ? Cet amour qui le prend, maintenant,

374

quand sa vie est finie, sa jeunesse... Moi, je trouve ça
bouleversant, stupide et merveilleux. Ce n'est pas une
mauvaise fille, tu sais. L'illusion! Quelle illusion peut-il
avoir? Celle aussi d'un oasis, de quelque chose qui
échappe à la règle de fer du monde. Il a volé cette femme,
comprends-tu, comme nous avons tous volé notre bonheur... — Mais une guerre... », dit-elle. Richard la caressait. Richard était là, près d'elle, le mot *guerre* y perdait
de son acuité, mais planait pourtant dans la chambre
avec ce pouvoir sourd d'une menace prête à tomber des
grands rideaux aussi bien que des reflets là-bas dans la
glace, de l'armoire laquée. Richard avait l'air de rêver
à voix haute:

« Joseph Quesnel... Connais-tu quelqu'un de plus
singulier? Cet homme dont toute la vie et la pensée ont
toujours été partagées entre des forces si dissemblables:
c'est l'amour, l'amour de sa femme qui a fait de lui ce
qu'il est socialement. Elle le méprisait, tu sais, et lui
voulait la vaincre, la convaincre. Il avait de l'amour une
idée extrêmement haute. Alors il a fait des affaires...
Les affaires ont été les plus fortes. L'amour ne tient pas,
vois-tu, contre les affaires. Il est devenu le maître d'un
monde, mais non pas de son cœur. Maintenant, le voilà
repris, le voilà fou. Je t'assure, je le connais bien. Il
aime Carlotta. Il se retrouve, le jeune homme qui se
moquait de la banque et de la Bourse, le même qui a
toute sa vie aimé la poésie et la peinture et la musique,
cet ami, ce vieil ami qui a formé ma jeunesse, qui me
lisait Baudelaire quand j'avais quatorze ans. — La
guerre, Rico, la guerre... — Oui, la guerre. Je ne pense
pas que Joseph Quesnel, par exemple, si on lui demandait s'il est pour la guerre, puisse répondre autrement
qu'avec horreur, avec indignation. Oui... pourtant deux
ou trois fois, j'ai senti qu'il n'était pas irréductiblement
hostile à cette idée, et je ne sais pas, peut-être que je
me trompe, que j'ai trop l'attention fixée sur certaines
opérations de Bourse... *Je n'aurai jamais ma main*... Oui,
tiens, dans un certain sens. Dans un certain sens... —
Rico, la guerre... Oh! charbonnier? — Mon petit lise-

ronnet, viens là, tout près, contre Rico... Il est bien fatigué le vieux méchant, il a trop pensé à des tas de choses pas jolies, il a sommeil... — Rico, la guerre... Dieu ne permettra pas la guerre. — Dieu? C'est déjà beaucoup si les hommes la permettent. — Rico, Rico, la religion défend de tuer. Il faut empêcher ça. Si tu sais quelque chose... Rico! — Mais non, enfant, je ne sais rien : je devine, et peut-être que je me trompe, je te dis. La religion n'a rien à faire là-dedans. — Rico, Dieu est toujours dans les affaires des hommes... — Dieu? Mon amour, je sens le sommeil qui me tombe dessus... Veux-tu éteindre? »

La nuit se fit. Les époux se glissèrent sous les draps. On n'entendit plus qu'une ou deux fois la voix de Mᵐᵉ Grésandage qui murmurait, angoissée, à l'oreille de M. le Directeur du mouvement général des fonds : « Oh! charbonnier... charbonnier... »

XX

La sensualité des hommes très jeunes est très bornée. Le plaisir les retient à peine. Ils sont trop préoccupés de trop de choses nouvelles, et ils continuent à jouer. Ils sont encore possédés de chimères et quittent sans cesse la proie pour l'ombre. Ils rêvent. Avec cruauté.

L'ombre de Carlotta s'étendait sur la vie d'Edmond, mais il n'est pas sûr qu'elle puisât sa force de ténèbres dans la jeune Italienne. Elle était l'occasion pour Edmond de négliger, de rejeter tout ce à quoi il avait préalablement tenu. Elle lui faisait mieux que tout sentir la médiocrité de sa vie, et non pas seulement de l'hôpital, de l'étude, du bouillon Chartier, de sa chambre, mais de sa vie à venir, mais de ce lendemain pour lequel il esquintait sa jeunesse.

A supposer qu'il ait continué sa médecine, les concours, il serait à trente ans au mieux une espèce de Desplat, avec toutes ses capacités un simple courtisan, cette abominable déférence quand le professeur Beurdeley parlait! et trente ans plus tard, un Beurdeley. Jolie perspective. L'Académie de Médecine, un appartement somptueux, et une femme qui vous crie à travers les portes : « Ne te dérange pas, mon ami, je reviens pour dîner! »

Les livres sommeillaient dans la chambre d'hôtel, et le dégoût avait pris leur maître à la gorge. Il ne pouvait pas plus voir l'hôpital, il était maintenant à l'Hôtel-Dieu,

que ses camarades. Et lui qui avait tant compté sur ses
relations avec Jacques Schoelzer pour se pousser dans
le monde, l'idée du polytechnicien l'aurait fait vomir.
Un petit imbécile, ça se croit parce que ça a quatre
sous. Un instant il avait songé à relancer l'héritier du fil
SB pour joindre par lui Carlotta. Et puis, à quoi bon?
Cette fille-là, on ne l'avait pas avec des clins d'yeux.
Maîtresse du millionnaire Quesnel, elle ne le quitterait
pas pour un carabin, vous pensez. Edmond ne voulait
pas de partage. Il s'étonnait lui-même : lui qui avait
toujours affecté le plus grand mépris des femmes, et la
négation de l'amour. Il n'était pas amoureux. Il avait
comme ça besoin d'une preuve. Preuve et acompte. Ou
fallait-il si longtemps être dupe... Il n'était pas amoureux.

Tout de même on sentait sous soi grincer et craquer
la vieille machine. A moins d'être un crétin, ou un
aveugle. Comme son père, stupidement à calculer ses
sous et ses années. L'avare tout de même. Deux cents
francs par mois. Ça me servira vraiment quand j'en
gagnerai que mon père ait mis de l'argent de côté pour
moi. Pour moi, il faut s'entendre! Stupidité des calculs,
et si tout casse d'ici là. La révolution, la guerre ou un
Panama quelconque. Carlotta, c'était la revanche,
l'immédiate victoire sur la vie. Il aurait fallu de l'argent. Et pas un peu.

Il en revenait toujours à la courte vue paternelle. Sa
stupide inféodation à son parti. Comme s'il avait été
d'une pièce, le parti radical! Lui qui avait soutenu
Poincaré ministre, s'était bien arrangé de Poincaré président. Oui, Caillaux, Clemenceau avaient marché contre
leur ancien collaborateur. Mais Perchot, Herriot, un tas
ne les avaient pas suivis. Dans sa colère de l'élection
présidentielle, le père Barbentane avait laissé échapper
qu'évidemment Perchot avait trahi parce que Poincaré
s'était entremis entre lui et le gouvernement russe pour
faire régler son dû à une compagnie, présidée par Perchot, chargée de travaux quelque part dans un port de
la mer Noire. Vrai ou pas vrai. Avec ça que Clemenceau

était plus honnête! Il suffisait de se rappeler le Panama, Cornelius Hertz.

C'est trop joli d'être canaille quand on a déjà la situation d'un Poincaré, d'un Clemenceau, d'un Briand. Mais commencer... c'était là le plus dur. Edmond rêvait de vol, de pillage de banques, d'assassinat. Puis haussait les épaules. Et retrouvait l'image pas du tout effacée de Carlotta rieuse, éclatante. Ah, elle avait bien déchiré de ses quenottes de lionne toutes ses raisons de ne pas penser, de travailler comme une brute! Elle ne le quittait plus. Il n'était pas amoureux, bordel. D'ailleurs, qu'est-ce que c'était cette fille? Une putain, une putain et une putain. Comment étaient ses yeux? Cette question le troublait. Il aurait juré qu'ils étaient noirs. Mais une blonde. C'est justement. Il lui semblait maintenant qu'ils étaient, peut-être pas bleus, bleus, mais verts, gris, clairs enfin. Non pourtant... Se mettre la tête à l'envers pour une femme dont on n'a même pas bien remarqué les yeux? Mais d'où prenait-il qu'il se mît la tête à l'envers? Elle était comme toujours, sur ses épaules.

Oui, le monde n'était pas bien tranquille, et il y avait de la sottise à des projets d'avenir qu'Edmond voyait faire à chacun, autour de lui. Il y avait comme des braises qui ne voulaient pas s'éteindre. A Constantinople, les Turcs vaincus, pressés par les puissances d'accepter les conditions qu'elles leur dictaient, concernant les îles grecques, avec les peuples balkaniques l'arme au pied, n'avaient cédé que pour quelques heures plus tard se révolter, tuer les gouvernants et reprendre la guerre. Simple étape de la rivalité russo-allemande pour la maîtrise des Détroits. La France là-dedans suivait en renâclant la Russie, non point tant que le gouvernement craignît de s'engager dans une guerre qu'il préparait ouvertement avec bruit de bottes, parades militaires et une littérature sans exemple d'Alsaciennes et de petits soldats. Mais sans doute redoutait-il l'impopularité de cette guerre, il était là composant avec les Turcs, jusqu'à ce que la Russie se fâchât. Des intrigues bizarres présidaient à des mouvements diplomatiques compliqués. Qu'y avait-il par exemple sous le retrait de M. Georges Louis de Pétersbourg, où l'on envoyait Delcassé? Au début de mars le cabinet Briand s'était prononcé pour les Trois Ans. Il était tombé quinze jours plus tard au Sénat, sur une offensive radicale, menée par Clemenceau. Dans le moment même où le roi de Grèce était assassiné en pleine victoire. Et c'était Barthou qui avait repris la suite, Trois Ans en tête. Un ministère d'Union Républicaine. L'homme qui avait servi à toutes les manigances d'argent avec la Russie, l'ineffable Klotz passait des Finances à l'Intérieur, comme si les mêmes gens qui avaient éprouvé sa fidélité ailleurs ne pouvaient compter que sur lui pour liquider cette agitation socialiste qui débordait par le pays contre les Trois Ans. Une campagne sans précédent. Un des premiers actes du nouveau gouvernement avait été de remplacer Lépine à la Préfecture de Police par un certain Hennion, mis jadis par Clemenceau à la tête de la Sûreté, et qui avait été le patron du provocateur Métivet récemment démasqué. Tout comme si on préparait un grand nettoyage pour faire place aux Trois Ans, aux patriotes qui venaient d'empêcher Jaurès de parler à Nice, et en général pour laisser les mains libres au gouvernement de faire les affaires qu'il entendait sans toutes ces criailleries au Parlement et dans le pays. La propagande commençait à pourrir l'armée. Adrien Arnaud, retourné à la caserne après la fin de la grève Wisner, avait raconté à Edmond que, dans son propre régiment, le 22e d'artillerie, dans la cour de la caserne, fin mars, on avait chanté l'*Internationale*.

Edmond avait une amère satisfaction à grouper ainsi tous les signes précurseurs d'une catastrophe dont il ne doutait plus : cela l'excusait à ses propres yeux de laisser dormir ses bouquins. A quoi bon? Il avait assisté à des défilés d'étudiants à la statue de Strasbourg, avec Déroulède pris dans sa cape et un taxi comme un vieil acteur dément. Il avait vu des retraites militaires suivies par un peuple qui hurlait de joie. Devant sa fenêtre, un matin, un joueur d'orgue de barbarie accompagnait un chanteur habillé en velours marron, avec des rouflaquettes, qui chantait :

> Le kaiser moustachu
> Déclar' qu'il est fichu :
> « C'est un gars blein d'mérites,
> Dit-il pas rassuré,
> S'il a les mains bédites,
> Il a les boings carrés ! »

Et les badauds, dirigés par le chanteur, reprenaient en chœur au comble de la plus niaise des joies :

> Il a les boings, boings, boings,
> Il a les boings carrés !

Edmond ferma sa fenêtre en ricanant, et se mit à se raser devant une petite glace pendue à l'espagnolette. S'il y avait la guerre, il savait déjà suffisamment de médecine pour flanquer de l'ipéca à tous ces imbéciles. Pas la peine de s'échiner. C'est alors qu'on lui apporta la lettre. Ce n'était pas l'écriture de la mère Beurdeley : « Cher monsieur, si mon nom vous dit encore quelque chose, si vous vous souvenez de notre rencontre après Longchamp, voulez-vous me faire l'amitié de venir me voir demain dans l'après-midi chez moi ? — Carlotta Beneduce. »

Elle habitait près de la Jatte, boulevard Bineau. Elle avait fait deux ou trois fautes d'orthographe, et l'écriture était absolument celle d'un enfant.

XXI

A Aix, la vie de l'internat coulait bête comme chou. En fait de camarades, il y avait deux ou trois bons élèves, avec qui Armand arpentait la cour, et l'un d'eux parlait de Wagner, dont Armand n'avait jamais entendu qu'un disque de phonographe, mais dont il avait lu la tétralogie dans l'édition illustrée d'Hachette. Puis il y avait le fils Cotin, de Sérianne. Pas une relation bien chaude, mais enfin un pays. Tout de suite ce qui avait retranché Armand des autres élèves, c'était son histoire avec Yvonne, la laveuse de vaisselle. Son histoire, si on peut dire. Il n'y avait pas d'histoire du tout : ça avait commencé n'importe comment et ça continuait de même. Ils ne se racontaient pas de menteries. Quand c'était pas trop incommode.

Yvonne n'était pas du pays. Une fille de Douarnenez qui avait fui l'industrie des sardines à dix-huit ans pour se placer. Elle n'avait pas eu de chance. Elle avait quitté une bonne place à Châtellerault pour un fainéant qui l'avait plaquée, parce qu'elle ne le faisait pas vivre. Elle avait travaillé dans un restaurant à Orléans, elle avait été fille de cuisine dans une grande ferme beauceronne, où il fallait servir plus de cent ouvriers agricoles. Un maçon, qui était aixois, l'avait ramenée avec lui dans sa ville natale. Elle le quitta pour échouer au lycée d'Aix. Elle avait trente ans, une grande femme saine, avec les dents un peu abîmées, brune à la peau claire, les hanches fortes, et un visage ni beau, ni laid, sous les mèches qu'elle n'arrivait pas à ramasser. Depuis trois ans, chaque année, elle s'était arrangée avec des élèves de philo ou de taupe. Sans illusions, comme ça. Elle travaillait pour elle, et elle n'attendait rien particulièrement de la vie. Des bêtises. Barbentane, elle l'avait regardé deux, trois fois au réfectoire, et lui, ça l'avait intrigué, flatté aussi, l'idiot. Il l'avait embrassée dans un couloir. Il l'avait rejointe dans sa chambre. Ils mangeaient du saucisson d'Arles et buvaient du vin rouge. Les premières fois, il s'était un peu frappé de la pauvreté de ses nippes, le linge. Aussi les seins déjà flétris. Il avait même, à part lui, songé avec rage qu'il ne faisait plus le difficile, maintenant. Après ce qu'il avait pensé de Pierre à propos d'Angélique, et tout de même Angélique... La petite turne avec son lit-cage et un calendrier des Postes et Télégraphes était sinistre à la lueur d'une lampe pigeon. Ça fleurait des restes de mangeaille, la fatigue de la journée. On se parlait à peine, à voix basse, crainte du surveillant général, de tout l'espionnage des copains, Yvonne n'était pas bavarde et elle détestait les bobards.

Ça le tracassait, Armand, cette concession faite à son père. Il avait voulu gagner du temps. Du moment qu'il ne prenait pas l'argent des siens, de la main à la main, il s'endormait dans ses scrupules, somme toute. Il n'allait pas s'en faire pour qui payait le lycée. Pourtant quand il se figurait l'avenir d'étudiant, l'idée de cette dépendance financière prolongée le mettait hors de lui. Mais quoi ? Entrer quelque part comme commis, et encore avec des protections... dans un bureau, une affaire. Il en avait des suées paniques. Il n'imaginait rien, rien de rien. Le théâtre, il savait bien que c'était de la blague, bien que certains jours, en lisant des journaux, devant des affiches, il prétendît encore devant lui-même qu'il allait s'y lancer.

C'était sur ce sujet-là que pour la première fois Yvonne s'était dégelée. Ils avaient risqué le cinéma un dimanche. Il y avait un Max Linder, qui était marrant.

A l'entr'acte, sur une allusion d'Armand à la carrière dramatique, elle haussa les épaules : « Laisse donc. Ta famille, elle se fâcherait. — Et alors? — Et alors, les sous? »

Ainsi elle ne trouvait pas si mal, elle qui avait turbiné toute sa chienne de vie, qu'il se laissât entretenir? Il lui en sut gré, mais s'enferra davantage.

« Laisse, que je te dis. Tu sera un monsieur, quoi que tu foutes... — Et si je renonçais à être un monsieur? »

Elle le regarda avec curiosité, puis secoua la tête : « Ah, lala! des trucs comme ça... on dit ça et puis après...»

Quand ils furent dans un petit café à l'abri du vent, après le spectacle, avec devant eux, lui un rhum, elle une grenadine au kirsch (et ils avaient eu grand soin de choisir un endroit où il n'y avait pas de chance que des externes du lycée pussent les surprendre, dans un quartier populaire), Yvonne poursuivit sa pensée :

« Tu comprends, mon gros, c'est ça, la vie... Je m'exprime mal, j'ai pas d'instruction : tu seras bien avancé d'être un crève-la-faim. C'est pas rigolo, je te jure, de laver les assiettes et le parterre, et les chiottes. Cinquante francs par mois. Logée, nourrie, c'est vrai. Mais cinquante francs... »

Armand se rappela soudain le wattman du tramway de Villeneuve, et comme il parlait lui aussi de son salaire. Logée, fallait voir comment, et nourrie, il en savait quelque chose. Elle avait l'air résignée à ce sort.

« Si on faisait un piquet? » dit-elle. Ils demandèrent les cartes.

Les mois filaient comme ça, et le docteur son père se fortifiait dans l'idée que son fils serait avocat, puis sous-préfet peut-être si les élections étaient favorables. Il y avait eu l'entr'acte de Pâques à Sérianne, où Yvonne lui avait manqué. Quant à Edmond il n'avait pas décanillé de Paris, sous le prétexte de l'hôpital. Celui-là, ce n'était pas son frère qui l'avait regretté. Armand supportait de moins en moins la pensée que les siens disposaient de sa vie. Des maladresses dans leurs rares lettres remettaient périodiquement le feu aux poudres. Yvonne avait été malade, des trucs au ventre, comme toutes les femmes. Elle avait dû continuer à faire son service. En avril, il l'avait trouvée plusieurs fois pliée en deux, les poings sur les ovaires. Il commençait à la respecter, à se faire à sa conversation. D'abord il avait eu honte d'elle, maintenant il ne se cachait plus que par habitude, et même il se le reprochait. Oui, elle n'avait pas les mains soignées, et puis après? Et les femmes de son monde, la cousine Rinaldi d'Aix, par exemple, qu'est-ce qu'elle avait de soigné? La trombine, ça, oui. C'était drôle, mais dans la compagnie d'Yvonne, il perdait cette terreur qu'on lui avait insufflée toute l'enfance, la terreur de se déclasser. Sûr que dans les premiers temps il avait eu envers elle tous les abjects sentiments des fils de bourgeois qui prennent une maîtresse dans le peuple. D'une façon sommaire sans doute, faute de grande réflexion. Ça lui revenait maintenant, et il en rougissait. Il avait appris sans trop savoir comment qu'il avait affaire à un être humain. La situation même était un peu renversée, et à cause d'une réflexion qu'elle avait faite sur un type de cagne, il s'était senti jaloux. Au fond, elle ne lui était attachée par rien. Le plaisir. Est-ce qu'on sait jamais?

Quand ils furent surpris ensemble, ça fit un foin du diable. La scène avait été tout à fait ridicule, et le proviseur avec une voix roucoulante et nasale sous un haut-de-forme qui arrivait à l'épaule d'Armand, s'éloigna sous la voûte en agitant ses petits bras comiques. Yvonne ramassait ses affaires. Elle ne demandait pas son reste. Elle n'était pas en peine de gagner sa vie : là ou ailleurs. Elle laissait Armand, comme le lit-cage, comme une pièce mobilière du lycée. Est-ce cela qui agit sur lui avec une telle violence? Il avait déjà subi des sermons du censeur, du proto, du surpète. Une lettre de morale était revenue de Sérianne. Plus de sorties pour trois dimanches. Bon.

Mais quand Cotin et trois autres lui crièrent dans la cour : « La bonniche! Baiseur de bonniche! », il ne put plus supporter ça. De la part de Cotin, surtout, à cause de la rue Longue, à Sérianne, de toute cette famille bien assise, de comme on parlait encore des funérailles de Mme Cotin, la tante, et de l'évêque qui y était venu, enfin... Il serra le poing, et pan, dans la gueule de son concitoyen! Ils se jetèrent l'un sur l'autre.

Armand se croyait en général plutôt faible. Mais il flanqua une si belle raclée à Cotin que, malgré son propre nez en sang, qui lui pissait sur la chemise, il se releva dans un état d'exaltation. Il avait l'air sauvage et il est certain qu'il n'avait aucunement respecté les règles élémentaires de la boxe et de la savate contre son adversaire qui avait une oreille décollée, et gémissait en se tenant les couilles. Ça n'arrangea pas les affaires d'Armand, on le fit venir chez le Proviseur. Il était renvoyé. Il attendrait son père.

Le nez tout croûteux encore, il regarda le petit homme de haut en bas. Il se sentait un peu un héros. Il avait toujours été un excellent élève. Bonne notes en philo, en physique et chimie, en sciences naturelles, un peu faible pour les math et le dessin, c'est vrai. Il avait une trentaine de francs sur lui.

Il déclara qu'il partirait sur-le-champ. Le proviseur nasilla qu'il le lui interdisait. Armand, laissant là ses fringues, tant pis on les ferait chercher! prit ses jambes à son cou, et sortit du lycée devant le concierge ébahi. Le soir, il arrivait à Sérianne. Il avait acheté en gare *L'Humanité* qu'il étalait avec affectation devant le nez de son père.

Celui-ci tempêta, hurla pendant toute une heure. Armand était ferme : il ne retournerait pas au lycée, il n'irait pas dans une autre boîte, il s'en tamponnait, du second bachot. Non, non et non.

Esther Barbentane disait des chapelets dans la pièce voisine, et ses sanglots se logeaient dans chaque silence du père et du fils. A la fin, le docteur posa la question qui ne lui était pas encore venue à l'idée : « Et qu'est-ce que tu comptes faire ? »

Armand ne répondit pas tout de suite. Il allait dire : *Du théâtre*, et puis il entendait d'avance que ça sonnerait

386

faux. Alors autant avouer... mais pas sans insolence. Il désigna la porte par où les jérémiades prenaient cette scansion de la douleur qui est la même à Sérianne ou au Kamtchatka : « Fais d'abord taire ta femme, s'il te plaît », dit-il avec un calme intolérable.

Le docteur qui s'était assis, bondit sur ses pieds : « Blanc-bec, morveux, je t'apprendrai moi... »

A vrai dire, il ne savait pas ce qu'il lui apprendrait, mais cette arrogance à l'égard d'Esther, que tout justifiait après tout dans ce ménage divisé, avait fait jaillir une rage féroce, celle de toute cette vie conjugale mal supportée pendant vingt ans qui trouvait dans son fils un objet propitiatoire. La main se leva, et la gifle s'inscrivit en rouge en travers du visage d'Armand, d'autant plus visible, foncée, que ce visage se mit à pâlir alentour.

Armand était plein d'une fureur blanche. Il y avait du meurtre dans ses yeux. Il fit un pas vers son père, puis recula. Sa voix, il l'entendit lui-même avec étonnement, comme un phonographe absolument autonome : « Lâche, disait-elle, cette voix, tu as *enfin* giflé quelqu'un pour une fois ? Ton fils. Tu te venges sur lui de tous les coups de pied au cul reçus dans ta vie ! »

C'est cette phrase assurément qui était l'irréparable. Le docteur hurla : « Hors d'ici ! Chenapan ! Chenapan ! »

Le chien gueulait à l'unisson. La mère était apparue devant la porte. Son chapelet était simplement énorme. C'est celui-là même qu'elle avait rapporté dix ou douze ans plus tôt de Fourvières, en même temps qu'un petit en améthystes pour Armand.

Armand se retrouva dans la nuit avec son manteau, son chapeau mou, et un vieux rasoir qu'il avait été prendre dans sa chambre. Il lui restait en poche dix francs, et on était au mois de mai. Il descendit vers la gare, jouant dans sa poche avec la monnaie. Il dit à voix haute : « Six jours du salaire d'Yvonne », et rigola.

Il entrait enfin dans l'aventure.

XXII

La nuit embaumait les amandiers en fleurs. Tout le printemps montait de la terre, et les cafés faiblement éclairés du faubourg retentissaient de rires et de chansons. Sur la grand'route qui mène à Villeneuve, sous les platanes, le tramway fit des zigzags avec sa perche battante et disparut avec ses lumières. La jeune fille frissonna. Le froid de la nuit était tombé tout à coup.

Elle avait marché longtemps pour chasser toutes ses pensées, pour chercher dans la fatigue une sorte d'apaisement, et maintenant ça la tenait au ventre. Elle ramena sur ses épaules les pans de la grande écharpe de velours qu'elle portait comme une fourrure. Elle avait légèrement tourné un de ses talons dans la campagne.

Jacqueline Barrel n'était plus cette rayonnante, cette insolente fille d'industriel dont rêvait naguère Armand Barbentane. En même temps qu'elle avait perdu de la gracilité, une sorte d'inquiétude et comme de remords avait modifié profondément son attitude et jusqu'à sa silhouette. Elle se sentait horriblement lasse de mentir. Surtout pour ce que c'était utile à présent... Ce qui la troublait le plus, ce n'était pas l'avenir immédiat, mais une humiliation si définitive qu'elle avait envie de courir quand elle y pensait, fuyant devant cette idée comme devant un troupeau de bœufs vers une barrière. Il n'y avait pas une solution qui se présentât à elle, et dont elle eût voulu, et pourtant ce n'était pas le moment de faire la difficile. Pour le lui rappeler, le brusque mouvement d'éviter une auto redéchaîna cette épouvantable nausée. Elle s'adossa contre un arbre. Allait-elle vomir ? Ah, que s'était-elle garée à l'instant !

Quand elle avait cédé à Pierre Delobelle, l'été d'avant, elle avait pensé qu'elle en était éprise. L'amour excusait, expliquait tout. Mais pourtant, il avait bien fallu s'avouer ensuite qu'elle ne l'aimait pas. Alors, il y avait eu le sous-préfet Rateau, dont elle ne s'était jamais crue amoureuse, mais qui l'attendait dans les portes, derrière le dos de ses parents. Quand il lui parla mariage, elle en eut un sursaut de rage : femme du sous-préfet, voyez-vous ça... Elle n'avait jamais tout à fait rompu avec Pierre, une espèce de naïf. Elle avait besoin d'être embrassée, caressée. Elle allait le retrouver par le jardin, dans les ruines. Mais elle s'était mise à regarder les hommes, elle avait comme le feu à leur idée. Elle eut des rendez-vous avec dix jeunes gens de la ville. Elle ne pouvait pas s'en empêcher. Elle était folle. Ça finirait par se savoir. C'était cela qui lui mettait la tête à l'envers. Cette faiblesse. Cette effroyable faiblesse. Dès qu'un homme la regardait. Si ça continuait comme ça, qu'est-ce qui allait lui arriver ? Une fois, un paysan. S'il lui avait parlé, elle l'aurait suivi. Un vigneron mal rasé, sale, mais jeune, avec des yeux forts et doux qui pesaient sur elle.

Quand elle craignit la première fois d'être enceinte, une idée absurde, d'ailleurs, elle vint à la dérobée chez Lamberdesc. Après ça, elle se le reprocha, s'accusant elle-même d'avoir imaginé cette grossesse pour consulter le jeune docteur. Elle devint sa maîtresse avant de savoir comment. Toujours, c'était comme une buée devant ses yeux, les tempes qui battaient. Elle se méprisait pour cela, et la lâcheté tout de même de cet homme qui en avait profité. Elle le haïssait : lui, ça l'amusait, il la faisait chanter pour qu'elle revînt le voir, et qu'elle fût à lui, encore une fois, encore. Il devait aussi, comme le sous-préfet, se faire une idée de mariage, la petite Barrel aurait une jolie dot. Elle savait ça, et elle le fuyait. Elle se laissa embrasser par d'autres.

Au début de mai, elle avait compris sans erreur possible que cette fois elle était prise. De qui ? Pierre ou Lamberdesc ? Cette alternative la jetait dans une sorte de démence. Elle avait vécu plusieurs jours absolument égarée. La vie de famille, ses sœurs, l'église, les regards de sa mère quand elle avait dû quitter brusquement la table, tout concourait à son affolement. Mais au milieu de ses peurs, de la terreur d'une honte rendue publique, des restes mal digérés d'une religion dans laquelle toute sa vie avait baigné, une pensée dominante l'étreignait, celle de cette facilité à laquelle elle ne pourrait se soustraire, de l'étrange pouvoir que *tous* les hommes, presque tous les hommes, avaient sur elle. Cela devait se sentir, se voir. Les hommes s'en apercevraient, en parleraient entre eux, peut-être, quelle abomination ! Et ils joueraient à la faire défaillir. Jusqu'au moment où le péché avait pris réalité en elle et s'était mis à la mordre en son ventre, elle avait joué encore. Maintenant, le pire n'était pas cette chose en elle, mais cette déchéance inévitable, cet esclavage.

L'odeur des amandiers faiblissait par la nuit dans la senteur de chocolat qui s'exhalait dès les premières maisons de Sérianne. Ainsi, Jacqueline Barrel retrouvait au fond de l'air l'obsession de sa famille mêlée à celle du printemps. Ces gaillards qui rigolaient en la regardant étaient probablement des ouvriers de son père, et bizarrement elle avait l'envie qu'ils se jetassent sur elle, pour abuser d'elle, eux qui travaillaient pour les siens. Elle pressa le pas, elle approchait de la gare. Un phono nasillait derrière une fenêtre ouverte et on voyait à l'intérieur un buffet, une suspension, une femme qui cousait, et un homme en bras de chemise, qui promenait un enfant brailleur, avec ce pas énervé des jeunes pères qui casseraient bien le mioche trouble-fête.

Jacqueline savait très peu de la façon de se débarrasser d'un gosse. Elle avait vainement pris de la quinine. Elle ne voulait pas parler à Lamberdesc. Elle avait peur qu'il en profitât pour l'épouser. Elle avait tout à fait peur de lui, de son rire. Aussi de son corps, on ne sait pas pourquoi, qui la terrorisait. Il avait une espèce de méchanceté à faire l'amour. Une salive amère lui remonta à la bouche. A ce moment, elle se heurta contre une homme jeune et faillit tomber. Il s'était arrêté pile, il la retint dans ses bras. De tout son être, elle frémit. Elle éprouva cette présence comme un viol et devint toute froide.

« Jacqueline ! »

C'était Armand Barbentane. Il n'avait rien vu, il n'avait pas compris ce mollissement de tout un être. Elle passa la main sur son front et dit : « Vous m'avez fait rudement peur... — Je m'excuse. J'avais la tête je ne sais où. Il faut vous dire que j'ai des circonstances atténuantes. Oui, j'ai quitté ma famille. Avec dix francs en poche. Voilà. »

Son rire sonna très clair dans l'avenue sombre. Elle le regarda. Il reprenait : « Comme ça. Tout d'un coup. Je suis rentré aujourd'hui d'Aix, du lycée, à l'improviste. Alors je me suis disputé avec mon père... et voilà. »

Il rit encore.

Quel rapport est-ce que tout cela avait avec sa propre histoire ? Aucun, pensa Jacqueline. Une rencontre. On se croise sur une route, et on s'en va chacun avec ses pensées. Qu'est-ce qu'il dirait, le fils Barbentane, s'il savait qu'elle était grosse ? Il avait de la religion, jadis.

Lui se rappela soudain comme il avait rêvé d'elle l'année précédente et de la rencontrer dans cette soirée-là lui faisait un coup au cœur. Précisément ce soir-là. Mais il y avait Pierre Delobelle. Allons, il allait lui dire adieu. Et puis, c'est tout. La vie est absurdement riche de gens, de possibilités. Il ne savait pas trop ce qu'il allait devenir avec ses dix francs. Il dit simplement : « Vous savez, j'ai été très épris de vous, l'autre année, avant Pierre... Alors, excusez-moi, ce soir, mais avant de partir pour toujours, je voudrais une fois vous embrasser... Vous permettez ? »

Il avait dit ça sans y penser, il n'avait pas pu faire

391

autrement, il ne savait pas qu'il allait le dire. Et puis, malgré lui, sa voix était devenue très grave, chaude, avec un tremblement. Tout d'un coup, ce baiser demandé était devenu la chose la plus importante du monde. Bon, se dit-il encore, je me joue la comédie.

Jacqueline bondit en arrière comme si elle avait touché un serpent. Armand aussi! Il lui demandait... comment savait-il? Il l'attrapa par le poignet : « Voyons, ne vous fâchez pas. Je vais partir, c'est simplement... »

Elle tremblait de tout son être. Elle avait peur qu'il l'attirât contre lui. S'il faisait cela, elle ne pourrait même pas feindre. Il la mépriserait comme elle se méprisait elle-même. Elle redoutait encore de s'abandonner. C'est alors qu'elle imagina une chose insensée : « Laissez-moi, Armand », dit-elle. Et elle se mit à fouiller dans son sac. Il en resta tout interdit.

Un ivrogne passa près d'eux, oscillant, il avait son chapeau tout de travers et la chemise ouverte, et il faisait de grands gestes, et se chantait :

> *Que c'est comme un bousquet de fleurs...*
> *Que c'est comme un...*

Il hoqueta dans la nuit.

Jacqueline mit dans la main d'Armand quelque chose dont il ne comprit point la nature. Cela avait le toucher de la soie tricotée avec du dur à l'intérieur. Elle lui referma les doigts dessus, et elle s'écarta de lui de toute la longueur du bras.

« Prenez ça, dit-elle, je vous en prie. Puisque vous partez. Si, vous pouvez. C'est comme si je vous embrassais, Armand, je vous jure que c'est la même chose. Mais ne me demandez pas de le faire, je vous en supplie. »

Elle se rejeta en arrière d'une façon si soudaine qu'il la laissa s'échapper.

« Jacqueline! »

Elle s'enfonçait en courant dans une ruelle. Il songea à la poursuivre, puis s'avisa de ce qu'il tenait dans sa paume. C'était une petite bourse bleue que Jacqueline avait dû faire elle-même, il en écarta les cordons. Il y avait dedans cinq louis d'or. Il répéta, surpris, les paroles de la jeune fille : « C'est comme si je vous embrassais... » Il hocha la tête. Jacqueline avait disparu.

Il restait là, soupesant cet étrange cadeau. Accepter ça d'une femme n'allait pas sans le choquer : pourtant, il avait dix francs sur lui... Pourquoi lui avait-elle donné de l'argent ? Il aurait juré qu'elle avait envie de l'embrasser. L'idée de Pierre lui revint en tête : il était un joli coco, lui, Armand, avec la bonne amie de son meilleur ami... Oh puis, il haussa les épaules. Il fit sauter les pièces dans sa main. Et deux ou trois notions morales avec. Qu'est-ce que ça signifie, l'argent ? Il pensa même avec une espèce d'ironie cynique que c'était le premier argent qu'il *gagnait* de sa vie.

Il referma sa main sur la bourse et la serra. C'était à lui, et puis il fallait bien regarder les choses en face. Il ne pouvait pas quitter Sérianne sans rien.

Il entra dans la gare et prit un billet de troisième classe pour Paris.

XXIII

L'hôtel du boulevard Bineau était de ce style industriel qui avait fleuri sur la fin du xixᵉ siècle, couvert de
plâtres blancs qui faisaient des moulures aux fenêtres,
avec son rez-de-chaussée surélevé où l'on accédait
par un perron double à la grille duquel grimpait un rosier. Il avait un étage et des mansardes, et le soubasse-
ment de briques sombres s'ouvrait sur la cuisine et ses
dépendances. Par devant, un jardin anglais avec une
pelouse et des arbres, et une tonnelle dans un coin,
quelques plates-bandes et des bordures de buis. Par
derrière, une cour pavée menait aux communs, buan-
derie, garage, resserre à outils, écurie désaffectée :
des bâtiments bas avec des portes de bois peintes en
brun-rouge.

A l'intérieur, rien d'inattendu. Porte à droite, porte
à gauche, corridor central coupé en deux. Et dans le
fond l'escalier, une porte sur la cour. La salle à manger
d'une part, de l'autre un salon et un petit salon. L'étage
se compliquait un peu, à peine, avec trois chambres
et un débarras, la salle de bains. En haut, la domesticité.

Il fallait voir comment tout cela était meublé. Cela
s'était fait d'un coup, évidemment, mais M. Joseph
Quesnel avait du goût. Il était fier surtout de la
salle à manger, qui était du dernier style : les tentures
d'un violacé qui s'harmonisait avec les bois coloniaux
légèrement marbrés, si difficiles à réassortir pour les

394

petits fauteuils, pas de chaises, surtout pas de chaises! la table et le buffet-desserte rond, large et bas, avec son étage de glace. Des miroirs étaient pendus si haut, mais penchés, qu'on ne s'y voyait qu'une fois assis à table. Les coussins d'un bleu vif, comme le chemin de table et les écuelles à fruits. Sur le tapis cloué, un peu plus clair que les murs, il y avait une carpette où se mariaient, modernes, et le bleu et l'amarante. Au-dessus du buffet un panneau décoratif très propre à une salle à manger, puisqu'il était fait d'une tapisserie où l'on discernait des vignes et des grappes, avec un lointain de parc versaillais tirant au rose, et quelques touches bleues sous les feuilles.

Pour le salon, Carlotta avait tenu au Louis XV doré, avec Aubusson, un lustre à pendeloques et des stèles de marbre où perchaient des grès flammés représentant des dames nues dans leurs longs cheveux, agonisant dans des vagues ou surgissant d'iris, dans des tons dégradés vert, bleu électrique et pourpre, le tout du pur style métro. Puis elle s'était lassée d'imposer ses vues à M. Joseph Quesnel pour le petit salon aux boiseries d'un bleu soutenu, pannelées de soie souci, avec, à la frise, un dessin moderne de myosotis. Un tapis, une merveille! Marine, avec des bouquets réguliers jaunes et rouges, du genre bulgare. Pas de lustre ici : dans les coins des corbeilles de verre couronnées de fruits de cristal de couleur, éclairées intérieurement. Mobilier de bois laqué bleu décoré de petites roses, avec toutes sortes de fourre-tout, liseuses, vide-poches, les chaises dans un mouvement un peu Directoire, un peu Munich, enfin vous voyez. Il y avait au mur un petit Bonnard, dans un cadre bleu, et un Odilon Redon, des fleurs à fond d'or, bien entendu. Par une glace sans tain de ce boudoir moderne, on plongeait dans le salon voisin qui apparaissait avec tout son mauvais goût à l'italienne, comme une sorte de paysage fantasque, une grotte dix-huitième hantée de fantômes mil neuf cent. C'était sous cette glace qu'il y avait un sofa profond dans lequel Edmond Barbentane devint l'amant de Carlotta, sous le regard d'un petit chat siamois beige-blanc, qui se léchait ses bottes noires.

Le piège avait été tendu sans malice. La maîtresse de maison avait renvoyé ses domestiques après le déjeuner. M. Joseph Quesnel était retenu par un conseil d'administration. Carlotta, préparant sa chute, n'avait pas un instant douté de son pouvoir. Dans le premier désordre des sentiments, cette idée un instant frappa le jeune homme. Mais bah! qu'aurait-il trouvé là qui ne fût pour lui flatteur? Elle avait donc rêvé à lui, comme lui à elle. Et autour de tout cela, un parfum du luxe, pour lui plus nouveau qu'un nouvel amour. Il se sentait assez étourdi, à vrai dire, des marques de plaisir que sa nouvelle amie lui donnait. Elle avait une façon franche d'éprouver la volupté, une façon de petite fille ingénue qui dit merci, qui lui tourneboulait la tête.

Ils jouèrent dans la grande maison vide comme des gosses en l'absence des parents. Ils coururent à la cuisine, fouillèrent le garde-manger. Elle installa la dînette dans l'escalier, sur les marches, parce que c'était plus incommode. Un plateau d'argent dégringola, rebondissant, avec vacarme. Du porto, des biscuits, de la viande froide. Ils riaient. Elle passait ses doigts menus dans les cheveux d'Emond. Il voulait tout le temps l'embrasser. Elle le traitait de licheur. Elle portait une robe d'intérieur mauve avec du chantilly et des passementeries, qui faisait toutes sortes de drapés, si bien qu'on ne s'y reconnaissait pas pour la défaire. Ils coururent jusqu'au second, où les portes fermées du chauffeur et de la cuisinière intimidèrent un peu l'intrus, puis ils redescendirent, oubliant la dînette, dès qu'ils virent le lit.

Un grand lit blanc, qu'on prétendait d'époque, à cause, aux rubans Louis XVI, de la laque partout éraflée. Le linge était d'une finesse et d'une beauté que n'avait jamais soupçonnées Edmond. La journée s'y épuisa dans une espèce de fatigue étrange et douce, coupée de sommeils. Le jeune homme faisait l'apprentissage enivrant du luxe, au point de perdre un peu de sa curiosité de l'être vivant qu'il voyait de trop près. La lumière décrut sur les oreillers, et par les fenêtres les arbres bourgeonnants prirent un aspect de dieux hindous avec leurs cent bras. Le poids très doux de Carlotta contre son épaule, la richesse de ses cheveux où mouraient les derniers reflets orange du couchant, inclinèrent Edmond à la parole. Il ne songea point à demander à cette belle jeune femme d'où elle venait, de quelle mer à l'écume sanglante elle était née, Vénus vénitienne, non. Il palpait ce linge plus surprenant à son corps nu que ce corps nu contre lui pressé, avec ses seins petits mais lourds. Il s'entendit lui-même avec étonnement dire, et les mots raclaient sa gorge, et ses lèvres lassées de baisers marchaient d'elles-mêmes :

« Parle-moi un peu, Carlotta, de ce M. Joseph Quesnel... »

XXIV

Bien que le temps fût couvert, le soir était d'une douceur d'exception. Ils avaient pris un fiacre de l'Urbaine, avec son caillebotis jaune à fond noir, et le drap de l'intérieur, d'un rouge acide et déteint, portait à une grande mélancolie. La houppelande du cocher, qu'ils apercevaient par la vitre, ondulait par grands plis au trot du cheval, comme une image du destin.

C'était un samedi, et déjà le printemps essayait sa foule du dimanche. Le Bois de Boulogne, où des autos glissaient, s'attardant, était, malgré l'heure, plein de gens nostalgiques, de promeneurs aux mains désœuvrées. Du fiacre, le couple regardait les amoureux dans les allées ombreuses et cela les rejetait l'un vers l'autre, leurs doigts se nouaient. Pourtant, Carlotta n'avait plus ce laisser-aller du plaisir, si profondément différente qu'il semblait à Edmond qu'il avait rêvé, et que ce terrible bonheur ne reviendrait jamais. C'est beaucoup, ce n'est pourtant pas assez dire que de parler de la réserve qui était née à Carlotta. Absolument maîtresse d'elle-même, elle se prêtait maintenant à un jeu, où entrait un semblant de protection. Edmond, habitué qu'il était de plaire et de dominer, s'étonna. Elle ne le comprit point et lui caressa les cheveux. Le fiacre cahotait quelque part vers le Tir aux Pigeons.

Assez machinalement, Edmond tâtait dans sa poche le porte-monnaie où se trouvait l'argent de la prome-

nade. Carlotta n'avait évidemment pas coutume de
compter. Elle avait dit : *On prend un fiacre,* sans le
moindre accent interrogatif. L'ombre s'épaississait
avec les nuances du tulle qui fait progressivement la
nuit dans les féeries du Châtelet. « J'ai faim! », dit
Carlotta, et ses quenottes dans l'ombre du véhicule n'appelaient plus les baisers. C'est ainsi que tout de suite
la question financière se posa entre eux. Edmond ne
pouvait pas se permettre de dîner à Armenonville et
déjà, retour compris, le fiacre montait dans les sept
francs. Du petit sac en perles d'acier, sortirent deux
pièces d'or et un billet fin, bleu et rose, cinquante
francs. « Ne fais pas l'idiot, ne me gâche pas ma soirée... »
     L'ombre de M. Joseph Quesnel prenait corps pour
l'étudiant en médecine. Quand les maîtres d'hôtel
s'empressèrent, que le wagonnet d'argent où roulait le
rosbif, les raviers des hors-d'œuvre avec les mayon-
naises, les crevettes, les salades, valsèrent autour d'eux.,
Edmond éprouva l'humiliation profonde de n'être pas
l'homme qui paie. « Alors, vas-tu te décider ? » Moqueuse
et plus zézayante que jamais, Carlotta le regardait,
perdu dans l'examen de la carte. Par-dessus lui, avec
une autorité surprenante, elle commanda les vins.
D'où savait-elle ces choses ? Le petit lobe de son
oreille portait une perle pour cacher le massacre véritable qu'avait fait un maladroit le perçant.
     Étrange chose que de sentir auprès de cette créature si
directement animale les mêmes sentiments qu'avec
Mme Beurdeley. Était-il condamné au rôle de gigolo ?
Il soupira, s'assombrit. L'orchestre jouait un tango.
« Tu danses ? » Ils dansèrent. Il ne pensa plus qu'à sa
force.
     Le dîner coûta ce qu'Edmond dépensait pour un
mois de chambre. Un peu d'orgueil s'empara de lui,
le mépris de son père, de Sérianne, de cette bourgeoisie économe d'où il était issu. Carlotta, pourtant,
avait pris son air sérieux pour dire : « On ne boira pas de
champagne. » C'était évidemment pour elle un sacrifice, et pendant qu'on y était, Edmond trouva même

ça légèrement mesquin. Elle avait mis une robe noire, toute soutachée, dans laquelle elle était adorable. Edmond l'avait aidée à l'agrafer dans le dos, tandis que la maison de Neuilly répercutait, immense et vide, la sonnerie du téléphone. « C'est Joseph Quesnel » avait dit Carlotta. « Il n'a pas besoin de savoir à quelle heure je suis sortie. »

Il était dans l'entrée, le téléphone, et, passant devant lui, Edmond avait eu l'impression qu'il tintait toujours. L'autre, après leur départ, avait dû rappeler sans fin. Une fois, deux fois. Edmond voyait la maison assombrie où palpitait de temps en temps ce cœur sonore.

« Qu'est-ce que tu veux que je te dise de Joseph Quesnel ? »

Carlotta chipotait des fraises de serre, presque blanches. Elle dit aussi : « Fraises de Mai... Ça t'a l'air d'un titre de romance. »

Sa robe avait des manches de dentelle noire, elle lui collait au corps comme un maillot de bain.

« Joseph... Je suis sa première folie. Il a vécu trente ans avec sa femme, dont il a une fille. Elle est morte l'autre année. Et voilà, tout d'un coup, cet homme grave, ce protestant qui entretient une poule... »

Le mot éclata, singulier. Edmond en remua, gêné, mais sa voisine s'appuya contre lui : « Bien sûr, une poule... Veux-tu me dire ce que c'est qu'une femme qui se fait entretenir par un type comme M. Quesnel ? Ça n'y change rien, d'ailleurs. Lui, c'est sa vie qui finit, je suis sa gaîté, son soleil. Il a besoin de moi pour ne pas penser qu'il va mourir. Il a les reins très malades. Il m'aime... Et moi, je l'aime aussi... »

Elle était devenue rêveuse. Sur le visage d'Edmond le désagrément du dernier mot avait fait naître une sorte d'expression narquoise, assez canaille, et qu'évidemment elle trouva très basse. Avec une rage subite, elle lui flanqua par la figure le trognon de la fraise tranché par ses dents.

« Je te défends de rigoler. Je l'aime... à ma manière à moi... et je ne t'ai pas dit à toi que je t'aime, n'est-ce pas ? alors... Joseph Quesnel, comprends-tu ? je suis pour lui la jeunesse, il est pour moi la sécurité, la paix... Est-ce que tu sais ce que c'est de faire le trottoir à seize ans ? Non. Alors, tu rigoleras un autre jour. » Ils dansèrent.

Quand ils quittèrent Armenonville, le groom, officieux, s'empressait : « La voiture de madame... — Je suis à pied aujourd'hui. »

Ils s'en furent sous les arbres, et tout d'un coup, Carlotta mollit, il la retrouva sentimentale contre lui. Elle lui parla de son enfance.

Son père était de ces violoneux qui viennent d'Italie par les routes, dorment dans les granges et paient avec de la musique pour leur sommeil et leur manger. Elle ne se souvenait pas de sa mère, ni de l'Italie lointaine. Elle se revoyait trottinant dans les montagnes, et le père, un homme solide, qui la portait sur l'épaule quand elle était trop lasse. Nuits froides du Dauphiné, où les abris de pâtre accueillaient les deux voyageurs, nuits chaudes de la Riviera, où la petite dansait, pieds nus, devant les palaces. Elle parlait beaucoup pour elle-même, car comment eût-il vu, Edmond, dans ses paroles chantantes, Carlo Beneduce, beau gaillard, musicien et paresseux, qui n'avait pas voulu comme les siens être maçon dans l'Italie septentrionale, et qui cherchait des femmes, quand la petite dormait dans une botte de foin, des femmes qu'ensorcelaient plus que son violon les muscles de ses bras, et ses grands yeux lombards ?

Il se louait parfois au temps des vendanges, près de Toulon, ou dans l'Hérault. Il aimait boire et chanter. Sa voix était comme le vin, mais plus noire. Carlotta, quand il était soûl, avait très peur et pleurait. Quand avait-elle fini, cette vie vagabonde ? Sous les arbres du bois de Boulogne, la petite danseuse d'autrefois ne le dit pas à son nouvel ami. Elle triche évidemment dans son récit, dans ce qu'il a de romanesque, comme cette histoire de glycines qu'elle mélange au récit de son premier baiser. Un jeune paysan qui était sorti de la rivière, un torrent de montagne plutôt, tout brûlé

401

de soleil, et nu, et qui l'avait surprise dans les arbres, à regarder de tous ses yeux de douze ans. « Les chansons de mon père, plus on y parlait du soleil, et plus elles faisaient sombre dans le cœur... » Elle passait ainsi par un jeu de défense, d'une époque à l'autre de sa vie. Elle avait été malheureuse à Marseille, à cause d'un homme, un forain. Il brisait le fer dans ses dents. « Et les femmes entre ses cils... » Edmond se fit répéter cette dernière phrase qu'il n'avait pas bien comprise. Langage acide que celui de cette délicieuse et provocante fille, où le lyrisme frisait perpétuellement les poncifs des chansons de deux sous, mais que rompait soudain une expression vulgaire, amère, comme un mégot craché : « Ah! dit-elle, les hommes, vous ne savez pas ce que c'est que d'avoir roulé ses fesses...» Et puis un petit rire perlé de jeune fille mondaine, qui vient de risquer un mot dont elle n'est pas sûre. Elle pliait sur le bras de son amant qui lui entourait la taille.

Son amant. Il était son amant.

Ils traversèrent lentement Neuilly, et s'en furent errer dans le Parc. Les avenues étaient tout à fait désertes, et si semblables entre elles qu'ils s'y perdirent. Maintenant, c'était au tour d'Edmond de parler de lui-même. Il voulait donner une haute idée de sa vie, et ne retrouvait que les images de la mesquinerie familiale, la province, les petites bêtises, les préjugés. Sotte vie, que la sienne. Rien à raconter. Qu'il jouait bien aux boules? Sa voix se précipitait, il mettait de l'étrange dans les choses les plus banales. Il se prêtait une vie intérieure, un cœur ravagé, des ambitions. Mme Beurdeley, dans cette affaire, devenait une aventure et une désillusion. Il se présentait comme un blasé, un écornifleur (l'adjectif lui venait d'avoir lu récemment Jules Renard), un romantique moderne, prêt à donner père et mère pour un peu de nouveau sous le soleil. Que croyait-elle de ses histoires? Il eût payé cher pour le savoir. Ils arrivaient devant la grille de la maison. Il voulut l'embrasser. « Tu n'es pas fou? Téléphone demain. » Il se retrouva seul sur le bitume.

Mécontent de lui. Quelle journée chaotique! Ne devait-il pas faire dix choses pour une? Il n'avait pas été à l'École de Médecine... ça, c'était le moins grave. Mais qu'avait-il appris de cette femme? Rien. A d'autres les histoires de violon, le genre la fille-à-l'ours, et tout ce bazar dans le style Alphonse Daudet, Hector Malot! D'où venait-elle? Qui était-elle? Et ce Joseph Quesnel? Celui-là, on savait au moins d'où sortait l'argent avec lequel il entretenait les femmes. Mais d'où était tombée cette femme? Quand on pense qu'ils couchent ensemble... Bon, la chose une fois établie! mais la première fois? Où ça? Comment? Ce vieux. Il marchait à travers les rues, avec la fureur de l'escalier. Il lui semblait que le repas d'Armenonville ne passait point. Il aurait fallu de l'argent, beaucoup d'argent. Il prit l'autobus à la Porte Maillot, aux accords ironiques de Luna Park.

Quand il décrocha sa clé du tableau, le garçon lui dit qu'un monsieur l'attendait depuis deux heures. Dans le hall de l'hôtel, quelqu'un se leva. C'était Armand, qu'il regarda sans plaisir.

XXV

« Qu'est-ce que tu fiches ici, crapaud ? »

Ce sobriquet d'enfance fit venir aux joues d'Armand un rouge sombre. D'une voix basse, il commença d'expliquer. Le lycée, Yvonne, et tout de suite : « ... J'ai foutu le camp après une engueulade avec Papa... »

Edmond eut un regard contrarié qui se porta sur le tableau des clés, le valet de chambre, les journaux sur la table du hall, la porte. Il mit sa clé dans sa poche et soupira : « Tout ça m'a l'air très stupide. Tu me raconteras au café... »

Merci, la famille continuait. Il avait d'abord pensé à faire grimper son frère dans sa chambre. Et puis, s'il allait s'incruster...

Ils firent quelques pas vers le carrefour Médicis. Il s'était mis à bruiner : « On entre là ? » Edmond désignait le Café Mahieu. Armand eût préféré de l'autre côté de la rue, cet endroit mieux éclairé, mais n'osa rien dire. L'accueil était plutôt frisquet. Edmond avait choisi le Mahieu, parce qu'il était sûr de n'y rencontrer personne. Le crapaud n'était pas flatteur.

Glaces et banquettes démodées, vieux traînards du Quartier Latin, lecteurs assoupis des *Débats*, tout paraissait à Armand l'éclat même de la capitale ; il jetait au-dehors, vers ces allées d'arbres, ce grand parc derrière des grilles, dont il ne savait ce qu'elles étaient, les regards du premier étonnement. Et tant de femmes

404

dans les rues. Qu'est-ce qu'on prenait, à Paris, au café, pour ne pas avoir l'air provincial : « Un mazagran », dit-il, et il vit se plisser le front fraternel. Il avait gaffé.

Il recommença donc son histoire, avec des détails. Edmond s'assombrissait de plus en plus. Il ne suivait guère son cadet, tout occupé qu'il était de ses propres pensées. Étrange enivrement qu'il subissait. L'image de Carlotta flottait entre lui et le monde. Elle ne pourrait s'asseoir là, sur la chaise, comme n'importe qui. Il fallait encore faire violence à ce fantôme pour le plier à des poses qu'on ne lui connaissait pas.

« Il faut te dire que le théâtre, c'était une idée comme ça que j'avais inventée, histoire de faire pièce à la prêtrise... Je ne peux pas prétendre que je n'y aie pas sérieusement songé : c'était commode pour moi, tu comprends. Je me laissais aller, j'imaginais l'avenir, ma vie... »

Dans l'ombre de Carlotta, il y avait tout de même un naufrage, un orgueil qui s'abat. C'était drôle. Aucune ivresse du succès, rien de ces sentiments exaltés qui font gambader dans les rues les jeunes hommes qui viennent de vaincre. Une sorte d'abattement, de trouble, d'inquiétude. Est-ce que tout ce qu'il s'était imaginé de l'existence, Edmond, n'était que rêverie ? Ce gosse-là, à côté, à lui parler d'avenir ? Ah, lala ! Nous sommes loin de compte avec l'avenir. Pourrait-il jamais devenir tout pour cette femme ? Voilà bien la défaite, le faux triomphe. Le luxe autour de l'Italienne laissait une amertume singulière, comme celle de ce repas qu'Edmond n'avait pas payé. Il pensait avec cynisme qu'il était un maquereau manqué. Il ricana... Cela devait tomber n'importe comment dans la confession fraternelle. Armand s'était arrêté, interdit : « Rien, rien, va-z-y, une idée comme ça... »

Armand parlait du travail, de l'appréhension qu'il avait de ces travaux forcés, sans lesquels il serait condamné à dépendre de son père. Quelque chose qui était presque de la sympathie s'éveilla dans le cœur d'Edmond à l'accent tout de même émouvant du jeune

405

garçon, quand il dit : « Est-ce que vraiment, il faut travailler ? Est-ce que nous sommes faits pour ça ? Est-ce qu'il n'y a pas moyen de tricher ? »

Brusquement, l'angoisse des deux frères coïncidait. Mais Edmond considérait ce qui venait de sa famille comme un dû : est-ce que je ne les paie pas de la pension qu'ils me font ? et au-delà ! Toute ma jeunesse. Ils veulent que je sois médecin. Ils n'ont qu'à y mettre le prix. Pourquoi le gosse n'accepterait-il pas un arrangement du même genre avec le père ?

« Tu n'y es pas, tu n'y es pas. D'abord, tout est fini entre papa et moi... »

Ah, oui, cette scène racontée. Edmond haussa les épaules. Évidemment, il faudrait d'abord retourner en boîte, achever sa philo, le second bac. Armand ne voulait pas en entendre parler. Pas plus d'ailleurs que de ces années d'étudiant, malgré l'attrait de Paris, l'exemple fraternel. Edmond se prêtait assez mal à cette conversation. La pensée de Joseph Quesnel qu'il avait mal vu, ce jour-là, à la Cascade, le hantait. Il prenait de l'importance, ce monsieur. Il devenait un facteur du monde réel et de quoi avait-il bien l'air ? impossible de se le rappeler. Parler de Carlotta, du grand lit Louis XVI, de cette blancheur des seins... Mais toujours pas à ce gamin qui mêlait à son insipide histoire de bonne de collège des considérations sur Kant et le socialisme. Tiens, c'était drôle : le père aussi parlait de Kant. Aux Folies-Bergère...

Armand n'avait jamais aimé son frère. Il n'avait pas attendu grand'chose de lui. Du moins le croyait-il. Mais à qui, dans le vaste monde, se fût-il pourtant adressé ? Il y avait eu en lui le vague espoir d'une espèce de complicité commune contre la famille. Erreur. La famille, c'était ce qui envoyait chaque mois de quoi vivre et, sans aucune sentimentalité ni mensonge hypocrite, c'était là quelque chose avec quoi il était bon de ne pas se brouiller. Misérables sous, mais pourtant encore, les perdre, n'eût-ce pas été perdre Carlotta ? Les silences, ou les « Continue... continue... » d'Edmond renseignaient peu à peu Armand sur sa méprise et levaient en lui le mépris de ce grand frère qui, d'un étranger, devenait apparemment un ennemi.

Pour l'instant, le grand est simplement enquiquiné. Ah, il pouvait se vanter de tomber dans la mare à un joli moment, le crapaud! S'il fallait s'en occuper, ça ne simplifierait pas la vie, avec la médecine déjà... Puis, enfin, aux yeux du père, il revêtirait une espèce de responsabilité, il allait falloir écrire à Sérianne. Pas d'argent avec lui, ce gosse? Naturellement. Armand rougit, dit que tout de même il en avait un peu, voulut raconter l'histoire de Jacqueline, s'étrangla, s'interrompit et parla d'autre chose.

Enfin, tout ça n'était diablement pas sérieux, une escapade. Ça s'arrangerait. Seulement... Enfin, on était à la fin du mois. Edmond louchait sur les soucoupes. Il appela le garçon, paya, étala le pourboire. La rage montait doucement au cœur d'Armand. Quand ils furent dans la rue, l'aîné dit : « Où as-tu laissé tes bagages? Est-ce que tu as une chambre? »

Puis, après une pause, comme Armand tardait à répondre : « Parce que tu aurais pu en prendre une à mon hôtel... bien que ce soit peut-être un peu cher; mais ils feraient bien crédit... à cause de moi. »

Le temps n'était pas vilain, mais frais après Sérianne, le trottoir humide encore d'une ondée. Le sordide de toute l'affaire faisait trembler Armand. Il avait pensé passer la nuit sur un fauteuil, chez son frère, pour ménager son pécule. Il n'avoua pas qu'il n'avait pas de bagages. Il dit : « Je te remercie, j'ai pris une chambre en ville... Je te verrai demain? »

Edmond respira. Il n'avait pas du tout envie que le petit collât. Il voyait sans plaisir la possibilité d'une cohabitation. Surtout si Carlotta venait le voir rue Royer-Collard.

« Demain? dit-il. Oui, bien entendu, demain. Mais quand? Le matin, j'ai l'hôpital... » Il devait téléphoner à Carlotta. Si elle lui disait de venir déjeuner... ou pour le thé... Évidemment c'était dimanche, mais... Enfin.

« J'ai une journée très chargée. Le mieux ce serait de nous rencontrer vers les sept heures du soir. Comme ça, tu auras pu un peu te promener, voir Paris. Puisque tu y es... »

Oui, Armand viendrait le prendre à l'hôtel.

Les deux ombres oscillèrent un peu dans la nuit, gênées, puis une voix dit : « Alors... au revoir. » Et l'autre répondit : « Alors, au revoir. »

Après quoi elles se séparèrent, cette scène fraternelle se termina très platement, sous le regard bigle des étoiles.

XXVI

Paris nocturne s'ouvrait au provincial comme la main d'un inconnu. Armand s'avançait pourtant maussade au cœur des lumières. L'agitation du samedi soir dans ce quartier des écoles l'ahurissait à la fois et le décevait. Il avait imaginé Paris plus flambant et moins pauvre. La vulgarité des visages aux lueurs des cafés, et tant de boutiques closes, mortes derrière le fer ondulé, le chétif des becs de gaz, les trous de la cohue (un trottoir du boulevard Saint-Michel absurdement désert, tandis qu'on se pressait sur l'autre), les rues vides latéralement, comme si l'on avait manqué de figurants, tout le dépaysait de ses rêves, jusqu'à ce petit crachin de la fin mai qui avait repris. Il avait endossé son imperméable. Il descendait naturellement vers la Seine, sans le savoir, guidé par la pesanteur.

Il y avait plus de femmes désœuvrées qu'Armand ne l'attendait de la capitale. Ce fut presqu'aussitôt ce qui régla ses pas. Elles étaient attrayantes, de loin, et décevaient dès que l'on approchait d'elles ; pas toujours. Il y avait là beaucoup de types très bruns, des Turcs peut-être, qui riaient avec elles. Tous portaient le veston bien plus court qu'Armand ne se fût permis, des étoffes chinées, des cravates voyantes et compliquées. Ça devait être toute une affaire que de choisir une femme ici, dans la rue. On s'y perdait.

Au passage, le jeune voyageur remarqua des plaques

409

d'hôtels. Mais c'étaient de drôles d'hôtels, qui avaient l'air de maisons privées. Il n'eût jamais osé y entrer. Si on lui demandait des mille et des cents pour la chambre, qu'est-ce qu'il ferait? Il fallait ménager sa fortune. Il se promit de choisir un endroit minable, tant pis si c'était moche. Pour une nuit. Comme il était sans bagages, il avait le temps. Autant suivre sa curiosité des premières heures. Paris a tout de même un goût bien à soi, comme ça dans la soirée. Le fleuve surprit le promeneur par sa tristesse sous le pont blanc et, quand Armand se trouva entre le Palais de Justice et la Préfecture, il éprouva le sentiment soudain que ces bâtiments sombres qui l'entouraient, au milieu desquels passa, nostalgique et vide, le Montrouge-Gare de l'Est, étaient les cratères d'une lune, les reliefs astraux d'une vie ancienne. Il se hâta vers la rive droite où le nom lumineux de Sarah Bernhardt le jeta dans de nouveaux songes. Le théâtre! Tout ce qu'il y avait dans son cœur encore des prestiges de la rampe, tout le jeu d'autrefois lui revenait dans la nuit à ces pâles quinquets. En tournée à Marseille, elle avait joué *La Sorcière*, la grande Sarah, et cela avait alors troublé Armand qu'on ne lui ait point payé le voyage pour voir cela. Là, il pouvait, s'il le voulait, encore entrer pour la fin du dernier acte, il tâtait l'argent du billet dans ses poches, et il arriverait à temps pour la voir mourir, pour entendre la voix d'or dont les gens parlaient. Il savait pourtant que, cette fois, il se refuserait lui-même ce plaisir. Il y avait quelque chose de changé dans le monde. Il ne se jouait plus la même pièce. Il était sorti de l'adolescence, puisqu'il se brimait aujourd'hui tout seul. L'argent dans le petit porte-monnaie de cuir de Russie lui semblait à la fois terriblement lourd, et léger, léger. Qu'allait-il faire quand il n'en aurait plus? Il traversa la place, une rue large, la rue de Rivoli, prit une rue oblique, parce qu'il y avait là un encombrement de voitures, dont les chevaux à la taille héroïque renâclaient, dans la gesticulation d'une humanité gigantesque et l'entassement de corbeilles, de caisses, de légumes, de fruits au déballé qui faisaient pressentir les intestins énormes de la bête. On ne pouvait plus avancer à son gré, il fallait contourner les débardeurs et le convoiement, le fouillis des denrées entre les maisons bourgeoises, aveugles, dont le pied flambait de quelques mastroquets et de magasins au rideau mi-baissé. Des hommes pesants et lestes semblaient dans leurs bras nus et musclés traire les formidables mamelles d'une nuit nourricière. Des tonnes de verdure se déversaient vers les pavés luisants par ces anneaux de chair noueuse. Des mandarines s'empilaient dans un gaz blafard. Une espèce de murmure hurlé emplissait le fond sombre des rues gonflées de travail, l'appel continu des travailleurs les uns vers les autres, les jurons, les cris de ceux qui poussaient sur des diables des ballots monstrueux dans les pieds pressés des passants. Des camions en travers barraient la circulation aux disputes de leurs conducteurs debout, dont les silhouettes violentes dominaient des fuites d'êtres minables et haillonneux.

La ville avait pris le dessus sur les pensées d'Armand. *Bouchons, ventes de fonds de boulangerie.* Les lettres d'or aux balcons des commerces de gros, baroques et lyriques, achevaient de déconcerter ses yeux neufs qu'arrêtèrent les panonceaux d'un huissier, la réclame d'un chirurgien-dentiste. Des hercules en casque à mèche le bousculèrent. Il se sentait petit au milieu de ces chandails rayés, de ces torses de lutteurs asservis. L'instinct le conduisait vers les Halles, malgré les sollicitations des rues étroites, des tournants, et les arcades vers lesquelles il s'était un instant avancé, voyant grouiller à terre des sortes de sacs humains, dont la saleté repoussante et le degré d'abaissement le firent reculer. Devant lui, deux flics qui parlaient haut interpellèrent un de ces déchets misérables. C'était au pied d'une espèce d'entrepôt noir dont le rideau de fer s'enfonçait dans une rue sombre qui, sur la droite, gagnait les Halles. Sous la marquise de verre du magasin (*Spécialité d'œufs*), allongés dans des journaux, il y avait des paquets d'êtres roupillant la tête enfoncée dans les

411

encoignures. En marge de toute cette nourriture verte et blanche, l'ombre ainsi crevait de faim et de sommeil. Les esclaves puissants du Paris qui mange semblaient ne pas voir leurs frères déchus à force de misère. Ils circulaient là-dedans, prenant seulement garde de ne pas mettre leurs pieds solides sur ces corps, comme ils eussent évité des excréments.

Ce que les agents de police avaient choisi, on ne sait pourquoi, au milieu de tout ce lot d'épaves, pour exercer leur goguenardise, car une espèce atroce et basse d'humour teintait leurs voix impératives, c'était une vieille femme, difficile à déchiffrer à première vue dans les oripeaux sales, et les cheveux gris défaits de folle mêlés à ses genoux où reposait la tête entre des bras qui serraient une sorte de sac de toile et un vieux parapluie aux baleines cassées. De ce magma de misère, un œil vieux, de terreur et de ruse, fit mine, à peine apparu, de se rendormir. Alors une godasse lourde se leva et vint frapper rigoureusement dans la tête. La chose roula dans la boue et les rires des hommes de l'autorité qui continuèrent leur chemin.

Cela avait été si subit, et cela n'avait à un tel point pas dérangé l'ombre peuplée ni les grandes figures qui allaient et venaient dans la lumière, qu'Armand n'avait ni crié ni bougé. L'horreur l'avait pris, l'horreur du machinal, de l'habituel évident de ce coup de botte. Les cheveux gris sur le macadam l'hypnotisèrent un instant comme si un concept naissait péniblement en lui. Il avait une espèce de panique qui le retenait de toucher à cette loque vagissante et frappée. Les pesantes statures des flics s'éloignaient dans le bout de la rue des Bourdonnais. Ainsi, c'était ainsi?... La vie, et non pas le théâtre, la vie, le travail et la faim. Le jeune homme s'écarta brusquement de cette grotte à clochards pour regagner les lumières, dépassant le grand magasin *Citrons — Primeurs*, pour gagner le carrefour qui abouche la rue des Halles, la rue du Pont-Neuf et la rue Berger. Ce n'était pas pleinement l'heure de la fièvre pour ce coin-là et l'on pouvait y circuler encore à son aise devant

412

les grands hangars noirs troués d'avenues, où se fait la Bourse des denrées, dans une espèce de courant d'air de chariots.

Là, dans une odeur écœurante de laitage, des maisons peintes l'accueillirent, rouges et vertes, *Fromages*, *Fruits exotiques*, et le bizarre *Chien qui fume*, dont Armand avait entendu parler par Balzac et Dumas, l'entrepôt frigorifique, le bistro qui s'appelle *Au tambour*. Il en sortit un groupe de consommateurs à décrocher l'enseigne : bouchers vêtus de blanc et maculés d'un sang brunâtre, parlant fort, au-dessus de leurs épaules surhumaines. Des types en casquette se hâtaient en tous sens. Le long des Halles, dans le bout oriental de la rue Berger, au milieu des caisses à claire-voie, de la paille, des papiers entassés, près d'un camion arrêté dont la bâche amande pendait sur les têtes d'un rassemblement, un brouhaha qui durait se transforma soudain en clameur. Il y eut aussitôt comme un happement des passants à ce nœud sonore. De toutes parts on se mit à courir vers ce point. Le groupe des bouchers vira de bord, de petits coltineurs hâves lâchèrent leurs diables chargés de boîtes et de navets. Au centre lointain du groupe, quelque chose oscilla dans des sifflets stridents. Une lutte. On vit accourir de la rue des Prouvaires cinq ou six agents roulant sur leur bras leur pèlerine. Des cyclistes firent demi-tour sous la voûte des Halles. Armand suivit cette brusque volte-face et se trouva au coin de la rue des Halles, devant le Café Jean-Bart, où luisait à l'intérieur le plomb du comptoir et les verres auprès d'un petit escalier tournant qui plongeait de l'étage dans la boutique.

Devant lui des femmes se plantèrent, dans leurs tabliers bleu sombre qui leur faisaient la taille ronde, et leurs voix éraillées traduisaient une inquiétude. Là-bas, près du camion, le groupe énorme vacilla, s'ouvrit, se déchira dans une course : Armand discerna des sergents de ville, tout un groupe emportant quelque chose, qui rampait à terre, et qui se secouait de tout son long, un animal convulsif, hurlant, désespéré. C'était un homme

413

que les flics traînaient par les pieds, tandis que d'autres lui tenaient les bras, et la tête allait ballant sur le pavé dans une espèce de fureur perdue, où se mêlaient les éclats de l'ivresse, la douleur, et le sentiment tragique du lendemain. Un brigadier, fait comme un bloc, frappait là-dessus. La foule protestait. Mais les agents cyclistes tournaient, menaçants, leur roue libre au milieu des débardeurs, des femmes en cheveux, des loqueteux. A terre, l'homme eut des sursauts terribles et des protestations d'enfant. C'était un jeune gaillard découplé à l'échelle de ce lieu gigantesque, mais ils étaient bien sept à l'accabler, et lui faisait le plomb, freinant, fou à l'idée sans doute de ce poste où on l'emportait, se tordant, et sa veste noire était en morceaux, il avait perdu sa bâche, on voyait ses yeux délirants, très clairs au-dessus de la chemise beige, un teint enfiévré de rage. Une des femmes, près d'Armand, dit avec compassion : « Il en a frappé un. Si c'est pas malheureux! Pour un verre de trop. Il est foutu, ce mec-là! »

Une autre acquiesça : « Il en a pour trois ans . »

Brusquement, la rage des flics, dont les voix sonnaient impérieuses, sembla décupler, et la victime fut d'un à-coup emportée de dix mètres, battant le sol ; dans son effort pour résister, les bretelles se déchirèrent, et le pantalon s'arracha. D'un coup, les jambes et les cuisses furent dénudées, violentes, convulsives, la chemise se rabattit, et la foule eut une espèce de ricanement, parce qu'on voyait le sexe et les poils. Une sorte de sanglot sortit de ce corps révélé qui sentit alors le comble de sa déchéance. « Un homme foutu », répéta la femme, tandis que tout cela s'éloignait dans la direction de la rue des Prouvaires. Armand traversa les Halles vers la pointe Saint-Eustache, et l'espèce de stupeur qu'avait fait naître la scène précédente, ce mépris total de l'homme qui semblait habituel au pavé de Paris, céda tout d'un coup sous les hautes voûtes de fer, quand il aperçut les enfilades de bêtes écorchées, les quartiers de bœufs pendus aux crocs à perte de vue ; invinciblement l'homme aux mains des agents s'identifiait à cette viande décapitée, qui parlait avec une éloquence sanglante de l'anéantissement des cas individuels. La mort, la douleur, l'indignité, ces idées s'évanouissaient dans la brutalité impudique de l'étal. Armand avait encore dans les oreilles le sanglot, exacerbé en hurlements subits, du jeune géant vaincu par l'ivresse et la flicaille. Il lui apparaissait maintenant comme la voix anonyme de ces hécatombes en série. Il atteignit ce lieu surprenant où toute une population mange de la graisse chaude et du pain au fourneau en plein vent du bistro qui fait l'angle de la rue Montmartre et de la rue Montorgueil ; entre une église noire et sans dignité, et de l'autre côté de la rue Turbigo, le formidable bastion peinturluré de sang de bœuf du trottoir aux combles, qui ouvre sur deux rues une bouche de fer où flambent plus de bêtes que n'en contiennent les Halles, roses et jaunes, violacées, avec le sang à terre, et cette nudité terrible de la boucherie. Dans la rue Montmartre, la hantise des bêtes écorchées accompagna Armand d'étal en étal. Des voitures de messageries, de petits cafés, des filles fardées au sang de bœuf comme les maisons et les cadavres animaux, des négociants lourds aux moustaches épaisses, ventrus, redoutables, des caricatures de l'enfer, et toujours la circulation silencieuse des agents cyclistes aux casquettes plates, la nuit déchirée, la nuit à l'odeur fade des viandes, la nuit où des chevaux hennissaient entre des taxis et des charrettes à bras, la nuit monstrueuse et sale.

Devant la porte sordide d'un hôtel, Armand pressa le pas. Il atteignait le cœur nocturne de la ville, là où les maisons tremblent des rotatives, où le sang se transforme en une encre grasse, épaisse, qui coule jusqu'au ruisseau de la rue avec les feuilles fraîches des journaux. Ici, la population change. Les typos succèdent aux bouchers, comme une race née sous d'autres climats, et les lueurs des rédactions, des imprimeries et des débits de boisson tremblent d'une fièvre différente. Le quartier du Croissant sent le papier mouillé, l'encre, les vieux vêtements, et non plus le fromage et les abattis. Ici, les passions du lendemain prennent naissance et, dans ces rues, auprès des billards, des zincs, à la porte des maisons négligées et déchues, croissent des fleurs bizarres. Les hommes asservis aux jeux incompréhensibles des journaux sont payés pour connaître de quoi est fait le lyrisme de leurs maîtres. Ils ont à la bouche l'imprécation, l'obscénité, la plaisanterie. Ils ont au cœur la rage du travail nocturne. Parmi eux, les idéologies baroques croissent comme la mauvaise herbe, et leur quartier, à travers les senteurs de l'encre et du papier, respire l'odeur de l'anarchie. Que peut comprendre de tout cela un jeune provincial frais débarqué, que la nuit roule comme un galet à travers les maisons lépreuses de commerce ? La fatigue le tenait, il entra dans un café étroit, plein d'hommes descendus à une halte du travail. Au comptoir un garçon semblable à l'amoureux des cartes postales lavait les verres et les soucoupes. Un public véhément parlait de choses incompréhensibles, au milieu desquelles monta l'accent méridional d'Armand, qui demandait un café et un sandwich. Un homme en longue blouse grise, les bras nus, sans col, pas rasé, rouge, les cheveux en mèches grasses sur une calvitie, s'agitait à une table voisine, parlant à un petit vieux maigre à lunettes, et à une espèce de rouquin hirsute en veston d'alpaga. Il disait :

« Ton Jaurès, ton Jaurès ! J'en veux pas plus de son armée que de n'importe laquelle, d'armée. D'armée n'en faut plus, d'abord. On en a marre. Y aura toujours des généraux dans le truc ! » Et il se mit à chanter :

Ils verront bientôt que nos balles
Sont pour nos propres généraux...

Le petit vieux étendit ses mains effrayées à travers la table et saisit le pied du bock du chanteur, comme il lui aurait pris les poignets : « Tais-toi... Voyons, tu ne connais pas tous ces gens... »

L'autre haussa les épaules. Les gens ne leur prêtaient guère attention, à boire et se chamailler. Il loucha pourtant sur Armand. Un mouchard? Il avait plutôt l'air empoté, ce copain-là. Il reprit : Moi j'ai les pieds retournés. Pas plus de ces trucs-là que de leurs retraites militaires... Le gouvernement t'interdit d'aller au Mur, alors tu vas brailler au Pré-Saint-Gervais... Vous n'en avez pas, moi je vous dis, vous n'en avez pas! »

Le rouquin tout à coup se démena. Il avait du poil plein les joues, les mains. Les idées avaient l'air d'y coller, de s'y empêtrer. « Ah bien, ah bien! », dit-il, et apparemment qu'il était tout à fait colère. Mais rien d'autre ne sortit. C'est le petit vieux qui continua : « Des fois que tu pourrais avoir honte de t'exprimer comme ça, Mathieu, c'est moi qui te le dis, un prolétaire. »

L'autre rigolait doucement : « Prolétaire? Mouton, oui mouton, comme les autres. On vous tond, vous tendez le dos, et vous dites merci. De temps en temps, on vous mène paître, et ça s'appelle manifester. La connerie. Alors allez-y l'écouter, votre Jaurès de mes deux. Va faire des phrases... Les Trois Ans? On s'en fout d'abord des Trois Ans. C'est vingt ans qu'il y faudrait, aux gosses, histoire de les foutre en rogne une bonne fois, et qu'ils prennent leurs flingues... — Mathieu, Mathieu! »

Le petit vieux élevait ses mains protestataires. Alors le rouquin brusquement vida d'un trait son petit verre, et frappa sur la table d'un poing énorme. « Vive Jaurès! » cria-t-il. Les gens se retournèrent, et il y en eut pour rigoler.

Il y avait longtemps que la bruine avait tout à fait cessé. Dans la rue, il faisait très doux, déjà l'on pressentait les caresses de juin, malgré l'heure tardive. Quand il atteignit les boulevards, Armand, qui avait recompté son argent avec une certaine crainte, se dit qu'après tout il pourrait attendre le matin dans les rues, pour une fois. Ça ferait l'économie de l'hôtel.

XXVII

La scie, devoir aller à la Bourse pour télégraphier au paternel à cause de ce jeune serin... De toutes façons, pas question de s'appuyer cette trotte avant l'houstau. La journée commençait avec ce joli sujet d'énervement. D'abord le prix du télégramme. Et puis si ça donnait au docteur l'idée de rappliquer à Paris ? Maintenant avec Carlotta. C'est bien ma veine.

Comme un fait exprès : trois entrants dans le service. Les stagiaires, eux, ils s'en battent l'œil, le dimanche. Alors c'était à Edmond de s'appuyer les observations, sans compter les pansements, et des piqûres. Ce néo de la face, c'était à chaque fois une dégueulasserie. Faut avoir le cœur bien accroché pour supporter l'odeur des cancers, sans parler de la vue. Et ce vieil imbécile qui appelait cette énorme tumeur qui lui bouffait tout du maxillaire inférieur à derrière l'oreille, et en avant jusqu'à la pommette, *son petit bouton*. Ne pas comprendre qu'on ferait mieux de le flanquer à la Seine, ou une bonne balle de revolver. Les gens.

Le téléphone, c'est une sacrée invention. On tourne la manivelle, et la demoiselle ne réagit pas. Les faux numéros. Pour, au bout du compte, que la voix de la femme de chambre réponde que mademoiselle dort encore, mais si monsieur veut rappeler dans une heure.

Alors à nouveau l'odeur de l'éther, les fils qu'on enlève à une appendicite, un ventre blême et peureux, les pinces, l'iode. Et les bocaux bleus de l'oxycyanure, Mlle Fanny sous son ruban noir qui parle de l'ordinaire, d'une histoire survenue chez les femmes ; le garçon de salle avec sa blouse à plis, et dans le vestiaire une conversation à propos d'un carnet qui a disparu. Une heure est un monde. Qu'est-ce qui pourrait me donner un tuyau sur le diagnostic des fractures du pied ? Ce charretier m'a l'air de n'avoir pas été immobilisé comme il faut par le type de garde, hier soir. Oh, et puis, la barbe ! Qu'il ait le pied comme il veut. Il fait chaud.

Bon : mademoiselle était sortie, elle faisait dire à monsieur... Barbencane qu'elle ne déjeunerait pas chez elle, mais que s'il voulait passer à tout hasard vers trois heures, trois heures un quart... A tout hasard ? Ça devait être l'interprétation de la domestique. En attendant, il y avait tout le temps d'aller à la Bourse et de se faire chier. Edmond déjeuna au quartier, repassa chez lui se changer.

L'été avait fait irruption tout d'un coup, avec une chaleur surprenante. Edmond sortit son linge, tout était comme un fait exprès : des boutons qui manquaient aux chemises, une tache d'encre sur un caleçon, un des beaux en fileté, court, qui couvrait à peine le genou. Et puis pas de bouton de col. Une baleine du faux-col mou cassa. Les fixe-chaussettes n'étaient plus très neufs, mauves. Ils n'allaient pas avec la cravate choisie, noire à raies bleues. Enfin, Edmond ne se trouva pas rasé d'assez près, il se redonna un coup de rasoir dans le cou. Il se coupa au menton. Où ai-je fourré la pierre ?

Il prit le 8 et descendit rue Réaumur. Quel temps splendide. Ça fait encore un bon bout jusqu'à la Bourse. Il retournait dans sa tête le texte du télégramme. Un vrai machin diplomatique : « *Armand ici que faire... Armand avec moi*, non : *Armand ici*, est mieux et moins cher... Et puis, si ça le fait rappliquer ? » Après bien des réflexions, il trouva un biais : « *Armand ici coûte cher...* », même si cela faisait deux mots de plus, c'était à dire et ça pouvait avoir sa compensation... Le télégramme envoyé, il faisait beau, Edmond s'en fut à pied au

Palais-Royal, où il prit l'autobus de la Porte Maillot.

Sur la plate-forme, il sortit son paquet de cigarettes jaunes. Il y avait un monsieur avec une barbe grise en éventail qui lisait *Fantasio* en se marrant, une serviette de chagrin noir sous le bras, et le conducteur avait l'air pressé aux stations. A Pyramides, il tira la sonnette si vite qu'un type qui montait faillit rater le marchepied qui fichait le camp. Instinctivement, Edmond l'avait attrapé par le bras, puis il s'en était voulu. Il n'avait qu'à se casser la gueule, cet autre. L'autre, hissé, remerciait, puis s'écriait : « Ah par exemple ! ce hasard ! »

C'était encore un barbu, mais jeune, celui-là, châtain, tout ce qu'on fait de mieux en fait de col de celluloïd, avec des vêtements miteux et bien tenus. Du diable si... ah pourtant, c'était le répétiteur du petit Beurdeley. On fit la causette.

« Vous avez lu les journaux, monsieur Barbentane ? Non ? Ah vous ne direz plus maintenant ce que vous me disiez l'autre jour, vous vous souvenez... Le danger monte, c'est une vague, une houle. — De quoi parlez-vous ? — Mais des antipatriotes ! Aujourd'hui même ils mobilisent l'arrière-ban de la pègre derrière les antéchrists de l'anarchie, et le socialisme révolutionnaire déferle au Pré-Saint-Gervais... Ils veulent intimider le gouvernement, ils protestent contre cette mesure de salut public, le maintien sous les drapeaux de la classe en octobre, la conscription à vingt ans... — Oui, alors ? — Monsieur Barbentane ! Votre scepticisme m'épouvante. Littéralement. Songez donc que l'ennemi est aux portes, mais lisez les journaux allemands. Si vous aviez vu le numéro récent de la *Leipziger Illustrierte Zeitung !*... Il y a cette histoire du creux entre les deux lois militaires... Une période dangereuse... »

Entre les phrases, les cahots jetaient les interlocuteurs l'un sur l'autre. Villain était lancé : Edmond reconnaissait plusieurs de ses phrases. Il les avait lues quelque part, par-ci par-là ; un article récent de Maurice de Waleffe, des formules de Maurras... ce sillonniste était électrique. Il avait cet air traqué des faibles, qui retien-

420

nent un peu tout ce qui les inquiète sans trop se demander d'où ça vient. Edmond avait un certain mépris de
ce pion miteux, comme en général de tous les velléi-
taires, et de tous les êtres sans muscles, sans force.
Qu'est-ce qu'il avait, celui-là, à le tanner toujours avec
ses trois ans, et le patriotisme ? Il avait la tête à autre
chose, vraiment, aujourd'hui. Il fallait trouver des
fleurs pour Carlotta. Lui parler de Sérianne, il avait
oublié la veille, et aussi de ce M. Quesnel. A l'Étoile, le
raseur descendait : « Vous verrez... l'intérêt de la
France... »

Edmond ne résista pas à la démangeaison : « Vous
savez, la France, eh bien, qu'elle se débrouille ! »

Le petit homme barbu sur la chaussée agitait ses bras
derrière l'autobus qui s'éloignait.

Porte Maillot, cela criait de tous les côtés. Voitures
pour les courses. Luna-Park. Les journaux. Il y avait
là sur la droite, près de la station des trams de Saint-
Germain, une baraque en bois, une fleuriste. Edmond
hésita. Et puis tout de même il acheta des roses. Il y
en avait bien dans le jardin de l'avenue Bineau, mais
tout de même les roses c'étaient des roses. Dans les
chaînes du tramway jaune, de l'autre côté de l'octroi, il
y avait un tas de jeunes gens, des sportifs, avec des
valises. Tout ça s'en allait à Colombes, des petits mecs
solides et rigoleurs. Edmond, avec ses fleurs, se sentit
dépaysé, d'autant qu'il les enviait, qu'il se sentait
plus près de ces gens-là que de tous les gens de la ville.
Il aurait fallu prendre un taxi, avec des roses dans du
papier glacé, mais enfin tout ça coûte. La boîte cahotante l'emporta par la route de la Révolte, l'avenue
du Roule.

Il n'était pas trois heures. Il y avait une buée de chaleur. Il tourna dans les allées du Parc. Autour du grand
couvent où il y a une vierge noire. Puis jusqu'à la Seine.
Puis revint. C'était à peu près l'heure. Il sonna, avec
son bouquet. Un pas traînant. La femme de chambre.
Elle sort des profondeurs. Elle tient le destin sous son
bonnet. Elle n'ouvre pas. De derrière la grille, elle dit :

« Mademoiselle s'excuse, elle a été retenue, si monsieur veut laisser les fleurs, mademoiselle a dit que si monsieur voulait laisser les fleurs... »

Elle a ouvert la grille et elle tend les mains. Edmond éprouve une amère envie de rire. Carlotta était donc si certaine qu'il irait de son bouquet? Il le donne. Allons, bon. Oui, peut-être vers cinq heures, mais si monsieur a autre chose à faire... La grille s'est refermée sur le pas traînard et le sous-sol mange la femme et les roses.

Non, monsieur n'a pas autre chose à faire. Il traîne dans ce quartier de jardins et d'avenues et regarde à travers les grilles. Des familles autour de tables vertes. Meubles en rotin, parasols rayés rouge, hamacs pendus aux arbres, dimanche d'une bourgeoisie aisée, avec ses plates-bandes, ses massifs de géraniums, ses rhododendrons, ses rosiers. Des enfants à volants de lingerie, d'Irlande, et à grandes ceintures de rubans. Petits garçons et bouledogues, vieilles dames et colleys roux. De rares promeneurs. Edmond suit une femme soudain sans s'en rendre compte. Pas mal habillée : une bonne à son jour de sortie, probable. Elle lit une lettre et elle zigzague, par le trottoir, comme si elle avait bu, mais il est évident que tout l'alcool vient de ce papier teinté beige qu'elle apprend par cœur, ma parole. Elle le déchire tout à coup. Elle lève une main qui va jeter les morceaux, puis se retient. Un débat intérieur. Elle quitte le boulevard pour une rue déserte. Est-ce que ce n'est pas là-bas au bout que la voiture est tombée à la Seine avec les enfants d'Isadora Duncan? Cette histoire-là encore. Extraordinaire ce que les gens sautent sur toutes les occasions de s'attendrir. Ce n'est pas lui, Edmond, qui gémirait. La main de la promeneuse s'est à nouveau balancée : de petits morceaux de papier jonchent la chaussée, elle s'éloigne là-bas, vers la Seine. Est-ce qu'elle va se tuer de désespoir? Non, elle tourne sur le quai. Edmond ricane, regarde les petits papiers épars et soudain se baisse, ramasse. Une curiosité. Personne ne le voit, d'abord. Ça fera un puzzle.

Près du pont de la Jatte, il y a un café, un débit avec

des bosquets. Il s'assied à une table. Les bouts de papier sont dans sa poche. Un phono joue un vieil air de Mayol. La serveuse est une grande fille assez grasse, pas arrangée, mais appétissante. Elle est encline à bavarder. Qu'est-ce que c'est que ce dimanche? Ce n'est pas toujours comme ça, le dimanche? Ah bien non, ah bien alors, si c'était comme ça, ça serait malheureux alors... alors, alors. D'habitude, il y a du monde? D'habitude. Le dimanche. Edmond touche les petits bouts de papier dans sa poche. Il remarque qu'il ne pense pas du tout à Carlotta. Mais ce qui s'appelle pas du tout. D'habitude, c'est plein. Ou enfin, si c'est pas plein, c'est tout comme. Même on danse. Est-ce que le patron trouverait mauvais que vous preniez un verre avec moi? Le patron? Du moment qu'on consomme. Oh, une limonade. Mais alors, il faut s'asseoir... Elle rit, elle est gênée ; quand on lui offre, c'est debout au comptoir, sur le coin de la table. Elle est devenue coquette, sa main vérifie son chignon. Alors, bon, ne vous asseyez pas. Elle est un peu déçue. Se serait bien assise. Et puis voilà. Drôle de client. La limonade : alors, à votre santé. A votre santé. Alors. « Mélie! » Vous m'excuserez, le patron m'appelle.

Il s'est levé un peu de vent, très doux. Assez pour gêner le puzzle. Les morceaux se joignent pourtant. Il y a un bout qui manque. Elle a dû le garder dans sa main. C'était le bas où il n'y avait rien d'écrit. Ou un post-scriptum. Edmond aplatit comme il peut les fragments maculés de boue, chiffonnés. Il lit : « Ma petite fille adorée, je n'ai pas dormi cette nuit, j'ai pensé tout le temps aux mots que tu as dits, à ces affreux mots qui font mal. Est-ce vrai que tout est fini, mais surtout, mais plus que tout, plus que la vie ou la mort, est-ce vrai que tu ne crois pas à mon amour? Même si demain, comme d'autres fois, vois-tu, tout s'arrangeait, s'aplanissait entre nous, et que j'aie, comme par le passé, ta main dans la mienne, ton corps auprès de moi, tes yeux, ta bouche... même alors, ma chérie, si je souris, si je te regarde avec cet air heureux et calme que tu sais, ce sera un mensonge, parce que rien, jamais rien ne pourra me faire oublier ce doute en toi. Un homme qui a eu les jambes écrasées rit parfois pourtant dans sa petite voiture, mais crois-tu que ce rire soit jamais le rire d'avant ? Il y a aussi dans tout cela une idée épouvantable parce que trop révoltante : si j'étais un homme riche, mon amour, j'aurais eu le temps, la liberté d'esprit nécessaires pour m'occuper de toi, pour te persuader de mon amour. Ce sont tous ces ennuis, ces mesquineries journalières qui font si souvent que, dans les trop rares moments que nous avons ensemble, je suis généralement comme absent, distrait, incapable de faire l'effort d'attention nécessaire pour passer de cette horreur dont je suis tout imprégné, au bonheur de ta présence. Et puis la fatigue. Tu sais comme je m'endors, quand tu voudrais me parler. Cela fait des années pourtant que tu me connais. As-tu vu seulement ce qu'est devenu mon visage ? Sais-tu ce qui a creusé ces rides, ce qui m'a fait ces yeux, ce qui m'a enlaidi au point que peut-être tu ne m'aimes plus pour cela aussi ? Pas seulement l'argent, sans doute. Mais l'argent. La peur toujours, à cause de toi, de ce qui va manquer. Ces pauvres plaisirs qu'il faut te refuser, cette étroitesse de la vie. Je me dis qu'on a tort d'être honnête quand on aime, ou bien que c'est toi qui as raison, qu'on n'aime donc pas, alors. Il n'y a de place au soleil que pour les salauds, les vendus. Avec ça, que ce n'est pas si facile de se vendre : il y a trop de gens qui ne demanderaient pas mieux. Vois-tu où j'en suis! J'ai rencontré ta sœur, elle m'a parlé très gentiment. Comme je ne savais pas ce que tu avais dit, j'ai fait le type très heureux, comme si de rien n'était. Elle m'a regardé drôlement. Je me suis mis à penser que tu lui avais parlé, alors j'ai éclaté en larmes. Elle n'y comprenait rien. J'ai dit que c'était le surmenage, le travail. Elle a dû croire que j'étais fou.

« Mon amour, je t'attendrai sans fin à partir de six heures, demain comme toujours, au métro Chaussée-d'Antin ; ne m'écris pas, viens. Même si tu avais décidé de ne pas venir, et que vers sept ou huit heures, tout d'un coup, repensant à moi, tu sentais un peu de pitié, sache que je suis toujours là, devant les Galeries Lafayette, et que je t'attends, je t'attends. Viens. Comment veux-tu que je vive ainsi ? Tu me défends de t'embrasser, mais pourtant, par lettre au moins... mon amour. — Ton Gustave. »

La servante repassait. Edmond leva la tête : « Et avec tout ça, vous ne m'avez pas dit pourquoi c'est vide aujourd'hui ici ? — Oh, est-ce que je sais ? Probablement un de ces matches. Les jeunes gens maintenant, ils ne pensent qu'au fouteballe ! »

A nouveau, les allées d'arbres, les avenues larges où traînent de rares désœuvrés. Cinq heures moins le quart. Encore un quart d'heure à tourner, un quart d'heure à tuer. On compte ses pas, on règle ses pas sur les pierres qui font le bord du trottoir. Soixante, soixante et un, soixante-deux... il faut espérer qu'un pas fait bien deux secondes, alors la minute... Le petit hôtel du boulevard Bineau. Le cœur d'Edmond bat. Tout se passe comme s'il était l'homme de la lettre déchirée. Au fait, il l'a laissée sur la table, comme ça, cette lettre. Oh ! et puis. Le vent s'en chargera. Le vent fait bien les choses. Allons. Il faut sonner. Le silence et l'odeur des roses. Les pas traînants. La bonne.

« Mademoiselle a téléphoné. Elle s'excuse auprès de monsieur. Si monsieur veut l'appeler demain matin à l'appareil... pas trop tôt... »

Au coin du boulevard de La Saussaye, il y a des courts de tennis à louer. Une fois, l'autre été, Edmond y est venu, jouer avec des amis, la petite aux nattes roulées du service Beurdeley. Peut-être qu'ils sont là, aujourd'hui dimanche... Il pousse la porte, traverse une espèce de terrain herbu, trop étroit pour qu'on ait pu l'utiliser, tourne à droite entre les fusains. Le terrain vague a été coupé en trois pour faire trois tennis, des gens en blanc y courent, les balles volent, les raquettes battent l'air. C'était le court du fond, près duquel il est resté un grand marronnier devant l'espèce de cabane-vestiaire, et un banc. Des jeunes gens rient très fort. Une grande fille laide, blondasse, coquette avec un monsieur mûr. Eux,

Edmond ne les connaît pas. On ne l'a pas remarqué. Edmond regagne la rue, la poussière. Dimanche. A pied vers le ballon des Ternes, il joue à oublier le temps, le temps ne le lui rend pas. Il se donne un but dans la vie : place des Ternes, prendre un bock, au grand café qui est là... Pourvu qu'il y ait de la brune! Ce sentiment domine tout : pourvu qu'il y ait de la brune.

XXVIII

Le jour avait donc retrouvé Armand, blême, errant
dans les parages de la gare de l'Est. Un Armand qui
découvrait l'aube et le mécanisme d'un dimanche matin,
les promeneurs hâtifs que les maisons jettent au pavé, les
métiers d'aurore, l'apprentissage de la journée citadine.
Il avait erré parmi les premiers cafés aux percolateurs
embués encore de la nuit, jusqu'à ce que la chaleur se
fût enfin décidée, une chaleur estivale, surprenante.
Armand sentait la fatigue dans ses jambes et sa nuque.
Il avait envie d'un bain. Mais un dimanche ? Un sergent
de ville lui indiqua un établissement ouvert dans le bout
de la rue Lafayette.

C'est là qu'il ramassa sur une chaise l'exemplaire de
La Bataille Syndicaliste qui éclaira pour lui des propos
entendus la nuit. Klotz, craignant que la cérémonie
annuelle du Mur des Fédérés ne fût utilisée par les socialistes contre les Trois Ans, l'avait interdite au Père-
Lachaise, puis autorisée hors de la ville, au Pré Saint-
Gervais. Un article de Lucien Descaves appelait le
peuple de Paris à manifester contre les Trois Ans en souvenir de la Commune. Armand le lut en se savonnant
avec un petit parallélépipède rose, léger comme tout.
De Descaves, il connaissait un livre : *Sous-Offs*. Il
s'étonna pourtant de le retrouver là, dans *La Bataille*.
Il passa la fin de la matinée le long des quais de la Villette, puis aux Buttes-Chaumont qui l'enchantèrent ;

après un casse-croûte rue de Mouzaïa, il arriva vers les deux heures à la Porte du Pré Saint-Gervais.

Cette partie de Paris a changé du tout au tout, avec les fortifications comblées, et la cité champignon qui a poussé, barrant la vue au nord. Au temps de ce récit, la ville s'arrêtait tout net contre les remblais, avec leurs trois fortins, de la Porte de Chaumont à l'embouchure de la rue Haxo. Les fortifs dressaient ainsi leurs têtes herbues au-dessus des murs beiges qui plongeaient à pic sur une sorte étrange de campagne. Paris mourait par une province calme et pauvre, coupée de terrains vagues qui déjà faisaient pressentir la zone, où, au pied des maisons inégales et noircies, des êtres sombres cardaient des matelas sur des constructions de rouille, auprès d'une implorante charrette à bras. Des bouts de jardins et des palissades, surgissaient, étroites comme des tours, des maisons de quatre étages, jamais recrépies, enfumées. Tout cela s'arrêtait devant le boulevard Sérurier, comme un chat qui met soudain la patte dans l'eau d'une mare.

Armand débouchait ici avec tout un peuple filtrant des rues, un peuple joyeux, étonné de la chaleur, dont les vestons et les robes noires se tachaient des manches de chemises, des cols et des mouchoirs blancs déjà sur les nuques, sous les canotiers et les mous gris, marrons, noirs, des toquets des femmes, de leurs cheveux, libres comme des broussailles, ou des épis serrés ; des insignes, où dominait le rouge et, là-bas, dégainées de leurs étuis noirs, les bannières, au delà de la grille de l'octroi, au delà des gardes municipaux l'arme au pied, en bouquets près de la barrière, les bannières rouges et brodées comme un échappement dans le soleil.

Une folle marmaille accourait de partout, glissant dans les jambes, entre les couples, les débuts de cortège, avec des cris, des rires et des petits noms glapis. Le soleil tapait dur, donnant un air de campagne à ce monde lépreux qui s'ouvrait aux manifestants. Le Pré Saint-Gervais commençait par une voie oblique qui continue la rue Haxo, et qui glissait sous les fortifs avec des marronniers lourds de fleurs, une espèce de berceaux à guin-

428

guettes, sentant les frites, l'absinthe et les lilas. Hangars et terrasses, étroits, biscornus, encombrés de bancs et de tables, où le fil de fer rafistole des grilles de fortune et s'empile un peuple rieur. De fortes filles rougeaudes claquaient les mains indiscrètes de terrassiers blagueurs, aux pantalons de velours à côtes. On entendait des chansons qui n'avaient rien à faire avec cette invasion de la ville. Des débris de fonte, des entassements de ferraille s'accoudaient au bord de la route, parmi des herbes folles et des fleurs de carotte. Un piano mécanique grinçait derrière une tonnelle. On avançait, porté par le flux de Paris, dans cette banlieue précoce comme un garçon vicieux, pour tomber tout de suite, après cent mètres, dans une bourgade de Seine-et-Marne, comme à cinquante kilomètres de la capitale, de petites maisons de notaires économes, de boutiquiers retraités. Mais la foule suivait une piste d'hommes à brassards écarlates, elle obliquait à gauche, à travers les fentes du paysage, dans des ruelles que des plaques appelaient *sentiers* et qui remontaient vers la ville, sur la butte du Chapeau-Rouge, une montagne de la zone qui s'élevait devant les fortifs pour dominer le grand champ quadrangulaire, au-dessus de la rue Émile-Augier, où le Parti socialiste avait convoqué le peuple à protester contre la loi militaire.

Là, sur la pente raide des sentiers, la misère et la pouillerie empruntaient au soleil un éclat qui ne trompa point Armand, habitué à la pauvreté méridionale de Sérianne : toute la lumière de l'été ne faisait, dans le désordre des cerisiers chargés de fruits, et des lilas blancs et mauves, qu'accuser la pagaïe pathétique de ces demeures d'hommes en papier goudronné, en bois de rebut, en tôle prête à s'envoler, qu'en guise de toit maintiennent de grosses pierres, une brique, n'importe quoi de lourd, une girouette, par exemple, échouée là, posée sur son ventre alphabétique. Petites baraques qui prennent des airs sinistres de propriétés où sèchent des maillots ramenés sur eux-mêmes, des langes violents comme le mal de mer, des chaussettes nostalgiques, des chemises à fleurs. Il y avait sur les portes des cartes de visite manuscrites qui donnaient tournure de châteaux à ces cabanes dont l'une, à louer, s'affirmait en *double-bois*, toute penchée, et défiant la perspective. Elles se séparaient les unes des autres, et leurs domaines, parfois cultivés de haricots verts et de pois chiches, au moyen de remparts hasardeux, dressés avec des sommiers aux ressorts claqués en guise de cloisons. L'effroyable senteur des trous à tout faire se mêlait à celle des fleurs de la fin du printemps. La boîte à ordures et la boîte à conserves commentaient cette idylle suburbaine où éclatait le chant des voix jeunes, des corps grimpants, forts à craquer ces vêtements moulés par l'habitude et le muscle, le chant inconnu d'Armand, que complétait le geste, parfois théâtral, naturellement, à la manière ouvrière :

> *Salut, salut à vous,*
> *Braves soldats du*
> *dix-*
> *sept*
> *iè-me... Salut...*

Que chantaient-ils donc là qu'ignorait le jeune bourgeois sortant de sa province ? Il entendait maudire le nom de Klotz, et celui d'Étienne, de la Compagnie des Omnibus, ministre de la guerre et des Trois Ans. De Klotz, qui avait cru pouvoir interdire aux héritiers de Varlin, de Courbet, de Flourens, d'aller au Père-Lachaise où l'on pleure en chantant, devant le mur sacré, le mur du courage aux bras nus, qui rappelle le fol héroïsme des jours noirs, et Delescluze qui mourut avec un chapeau haut de forme, et l'idéal ancien des travailleurs, de ceux qui croyaient que le sang des maîtres vaut le sang des esclaves, et qui ne savaient pas encore que, pour un ouvrier qui tombe de l'échafaudage des jours, il faut demander toute la terre, et le sang pauvre des banquiers. Klotz, passé des Finances à l'Intérieur, Klotz, l'homme de confiance du tzar,

Klotz, l'honnête, Klotz, le républicain, Klotz, qui devait
mourir après qu'on eut tué quelques millions d'hommes,
couvert par ses pareils pour de faux chèques émis,
Klotz avait défendu au peuple de Paris de chanter
l'*Internationale* au Père-Lachaise, puis, pris de peur,
avait permis cette démonstration dans les fossés de
la ville, hors de la ville, comme si son pouvoir se fût
arrêté aux murs et qu'ici l'on pût, dans ces fossés,
fusiller la gabegie et la honte, la cambriole et le profit.

> *... Salut à vous...*
> *... Chacun vous a-*
> *dmire et vous ai-me...*

Pigeonniers au sommet d'une tanière sans fenêtre,
où croupit une famille hagarde aux gosses demi-nus,
l'idylle des oiseaux blancs surplombant la crotte et
la disette resplendit, incompréhensible, comme les
ténèbres du cœur. Pourquoi ces miséreux qui crèvent
la faim, fouillant à l'aurore les poubelles, n'égorgent-
ils pas ces oiseaux qui volent au-dessus de leurs esto-
macs? Comme ils ne mangent pas leurs enfants, ils
regardent voler sur leurs têtes ces hôtes ailés, ces
bestioles du ciel, plus précieuses pour eux que leurs
propres douleurs. Ils sortent, en attendant, ces habitants du cauchemar, de leurs fantastiques architectures,
qui rappellent l'art des fous et les dessins d'enfants.
Ils en sortent avec des yeux pleins de rires, parce que
l'immense famille de Paris est venue leur rendre visite
ce dimanche-là. Et des grappes noires s'accrochent
à l'herbe des buttes, des journaux s'étalent noirs et
blancs, des ombrelles grises, des litres de pinard cassés
dégringolent, les mioches hurlent : il fait beau, beau à
ne pas croire. On est entre soi. On a oublié ce bruit de
crosses à la barrière. Ça chante là-dedans, par delà la
butte où, on ne sait comment, sur d'étranges tables à
bras, avec des camions débouchés par des chemins
impossibles, les commerçants du faubourg ont hissé des
tonneaux de bière et tendent des demis de mousse aux

manifestants émerveillés par la soif et le paysage qui s'ouvre sur Saint-Denis, les châteaux forts industriels du nord, les cheminées suppliantes au milieu des arbres des routes, la plaine à n'en plus finir qui s'en va sur le chemin des Flandres avec des souvenirs de marchands, de foires et de guerres.

XXIX

*...Vous auriez,
en tirant sur nous,
assassiné*

        la

              Ré-

                pu-

                  bli-

                    que!

Quelle chaleur! Parvenus au sommet, se hissant avec des rires à pousser de grosses femmes qui glissaient dans les pistes de la butte, les gens de Paris découvraient le panorama, le champ de la manifestation où se dressaient sur la pente, étagées, et jusqu'au fond de cet entonnoir ouvert, les estrades drapées de rouge d'où les orateurs, il y en avait quatre-vingt-dix d'inscrits, harangueraient la foule.

Pour l'instant, les pentes de la butte auraient eu l'air d'un immense pique-nique parcouru par les marchands de journaux, des gosses avec des boîtes à oublies criant : « Le plaisir, mesdames! », des groupes dans l'herbe affalés sur les feuilles du jour, n'eussent été sous le soleil accablant de tout l'horizon ces cheminements de fourmis noires d'où montaient par bouffées des chants et des clameurs. En se retournant, on en apercevait

433

derrière soi par colonnes qui débouchaient de la rue Haxo, et de toute la région voisine de Paris. Du Pré Saint-Gervais, il en grimpait par toutes les voies à travers les maisons, les cabanes, les murs. De la porte de Chaumont, au loin, et de la Porte d'Allemagne, c'était une marée grouillante, avec des vagues d'enthousiasme, et toute une écume rouge de drapeaux. Des musiques éclataient. Il se faisait des mouvements au passage de grands groupes de femmes, d'un bataillon de gymnastes ouvriers dont les maillots clairs et les bras nus trouèrent un instant le déferlement du flot humain.

Et cela se poursuivait vers les cheminées de Pantin, tandis qu'au-dessus de la ville flambait, blanche, écœurante comme un fromage, l'énorme provocation du Sacré-Cœur de Montmartre. De partout, des cris maintenant prenaient corps : *Hou, hou, les Trois Ans !* — *Hou, hou, les Trois Ans !* scandés comme des vers pentasyllabiques.

Ce même hymne qu'Armand ignorait, et qui semblait s'adresser à des soldats, alternait avec l'*Internationale*. L'immense creuset d'herbe pauvre, de terre battue et de murs bouillonnait comme une eau qui n'a pas encore bouilli, mais qui déjà chasse ses bulles d'air. Des fanfares cuivrées hurlèrent au soleil dans le bas de la côte, des gens se levèrent, des enfants coururent. Dans les pieds d'Armand, un couple de jeunes chiens se culbuta, jouant. L'espace diminuait sous le poids des hommes. Des tables dressées sur la butte avec des parasols de fortune, abritaient de petits commerces de cartes postales, de saucisson, de limonade. Il y avait là des filles fraîches aux voix peuple, qui tendaient à la foule des insignes, des briquets estampillés, du vin rouge. Les drapeaux flottaient sur tout cela, avec des bribes de paroles, autour d'Armand, ballotté. Non loin de lui, le jeune homme vit passer une bannière verte frangée d'or. Un vieil homme en casquette, avec des lunettes noires, et une pipe, surprit l'étonnement de son regard. Il s'appuya sur l'épaule d'Armand, il avait failli tomber, trébuchant sur une grosse pierre, il expliqua : « C'est le drapeau des anti-alcooliques... » Il tira du jus de sa pipe, et cracha : « Si c'est pas malheureux! » dit-il encore, avec un petit rire sénile.

La poussée des arrivants les avait déjà rejetés à mi-pente entre les tribunes. En arrière, au-dessus d'eux, près de la crête, la tribune la plus haute, déjà décorée par les bannières groupées, portait au centre des emblèmes pourpres une sorte étrange de voile noir. Le vieux eut un geste de la main dans cette direction, l'autre épaule quêtant l'attention d'Armand : « Et là, le drapeau noir... Les anars! » Une voix d'enfant demanda : « On est combien? Dix mille? » Un rire général se répandit autour de cette ingénuité. Cinquante, cent mille qu'on était ! Peut-être plus, peut-être un million! Alors ça, tu charries... Parce que ça ne sert à rien de bluffer... Si tu comptes que par mètre carré on peut tenir quatre... Combien qu'il y a de tribunes? Attends, je vais te dire. Une, deux, trois... Tu es lourd, dis donc. Laisse, je compte. Quinze, qu'il y en a...

Vous auriez, en tirant sur nous...

Armand se risqua, rejoignant le vieux, dont une poussée l'avait séparé : « Qu'est-ce que c'est qu'ils chantent? » L'autre le regarda de derrière les verres noirs : « Tu n'as pas chaud, lui dit-il, avec ton imperméable? »

Puis il reluqua le fourneau vide de sa pipe, et répondit : « C'est l'Hymne au 17e. Ça ne te dit rien? De Montéhus. Parce qu'il y a six ans, le 17e de ligne... » Et, au milieu de la foule, un ébéniste du quartier Saint-Fargeau expliqua le sens profond de la chanson à son jeune ignorant de voisin. Dans la bousculade, la presse, la chaleur, le coude à coude d'une humanité pauvre et robuste, étrangère à cet Armand plein de rêves, échappé de la Provence et des souvenirs des troubadours, le vieil ouvrier disait la légende d'hier, l'histoire, simple comme l'Épinal, de la révolte des soldats qui n'ont pas voulu tirer sur le peuple, il chantonnait en parlant les mots directs et romantiques de l'hymne, il disait le nom des gens, les dates, les villes. Il racontait l'incendie de la préfecture... les troupes campées dans les rues... Les soldats... « Comment savez-vous tout cela ? » demandait Armand.

Le vieux tourna vers lui ses lunettes noires. Son regard s'appuya fortement à celui du jeune homme, dans cette pénombre : « C'est, dit-il, qu'à nous, c'est ça, notre histoire... » Une monstrueuse rumeur, une poussée plus forte qui balança tout le champ, la foule, cent cinquante mille hommes amassés et tassés déjà autour des tribunes, surmontés des pancartes des syndicats, des métiers, des groupes, des partis, des espoirs, avec leurs étendards de révolte et d'ordre, brodés d'or contre l'or lui-même, une rumeur et une poussée qui firent osciller avec des cris la craquante masse lyrique au cri centuplé de : *Hou, hou, les Trois Ans !* révélèrent à l'autre bout de l'espace l'arrivée d'un chef aimé, d'un héros. Jaurès, Jaurès ! Le nom se propageait, enflait, mourait, pour renaître, comme le blanc frisson d'un champ de blé. Jaurès venait d'arriver par cette porte d'Allemagne, cette avenue d'Allemagne qui devaient, quelques années plus tard, par une dérision de grandeur, perdre leur nom, pour prendre le sien à la faveur de la guerre, qu'il avait voulu prévenir. A la descente de la vieille auto qui l'avait amené, le tribun, avec son melon, et sa poitrine barrée de l'écharpe tricolore des parlementaires, avait été emporté par la foule dans une espèce d'élan qui le plaçait au sommet de l'histoire, à ce poste qu'il n'a quitté que pour mourir, et d'où il domine ces années de l'avant-guerre, ces derniers jours de l'illusion : dix mille hommes comme un seul s'étaient emparés de lui et le charriaient à la façon des fleuves, ils le portaient au pavois de la lutte contre la guerre, à cette minute où le poing levé de l'orateur, qu'immortalise une photographie, marque de la grandeur de son geste, de la dignité de sa protes-

tation, une époque entière, sauvegarde l'honneur d'un
parti pourrissant où s'entendent déjà les paroles lassées
des traîtres, les *à quoi bon* qui, Jaurès mort, empor-
teront le bateau à la dérive. Jaurès, Jaurès! La clameur
bat la terre dure, et remonte jusqu'aux tonneaux de
bière sur les hauteurs. Le Sacré-Cœur, dans le lointain,
luit avec l'éclat menaçant des dents serrées. Sur des
routes éloignées, les pas martelants d'une troupe à
l'exercice, derrière les grilles de Paris et dans les rues
avoisinantes embossées, les cuirassiers, les fantassins,
la garde sur le pied d'alerte, et vers l'ouest, souvenir
de la guerre d'autrefois, le Mont-Valérien qui regarde
avec étonnement la Tour Eiffel, tout cela semble, avec
le recul des années, n'être plus que le fond d'un décor,
l'accessoire d'un portrait, dont l'essentiel est cette
figure de Jaurès, un homme gros, vieilli, déjà poussif,
sanguin, avec sa barbe sel et moutarde, son torse de
lutteur, et son ventre de bourgeois, son écharpe tricolore
et son cœur rouge, ses erreurs et sa grande inspiration
populaire, Jaurès, qui ne serait rien seul, mais que porte
la force ouvrière, au-dessus des têtes, au milieu des
chapeaux brandis, entre les bras levés, comme un
drapeau vivant, le drapeau de la vie, contre la guerre.
Il est trois heures. Jaurès atteint la tribune sur la pente
de la butte qui est au-dessous de celle de la Fédération
communiste anarchiste. Armand, comme le veut le
hasard, est tout près de cette tribune, mais il n'entend
pas d'abord, devant le pavois des drapeaux rouges,
le premier orateur, un certain Renaudel, auquel il ne
trouve pas grande allure, parce que les chants venus de
partout mettent du temps à s'éteindre, et déjà l'on voit,
aux autres estrades, s'agiter des hommes qui doivent
parler ; et de plus bas, à la tribune numéro deux,
quelque chose de grand comme l'enthousiasme reflue,
autour d'un groupe serré sur les planches, où paraît
un vieillard : « Vive la Commune! ». On dit, auprès
d'Armand, que c'est Vaillant, le Communard, qui parle
là-bas, et il vaudrait mieux le voir, et il ne sait pas que,
plus loin, cette tache sur une déclivité de terrain auprès

437

d'une autre tribune, ce sont les ouvriers de l'usine Lebaudy, avec leurs femmes et leurs gosses, qui écoutent Bourderon, de la Fédération du Tonneau ni que, sous le drapeau des anars, s'agite le citoyen Dumoulin : « Nous sommes contre toute armée, contre toute idée de patrie! »

Et là-bas, les parlementaires du parti socialiste, et là-bas, Camélinat, qui tint dans ses mains la Monnaie aux jours de la Commune.

Il est perdu, l'ignorant Armand, au milieu de ces morceaux vivants de l'histoire. Il ne comprend rien du drame qui se joue, avec sa vie et celle de millions d'hommes. Ces personnages surgis, pathétiques orateurs d'idées qu'il distingue mal, sont encore pour lui des marionnettes. Plus qu'à eux, il donne attention à des visages dans la foule, marqués par le travail et la faim, à ces jeunes de la Section de la Goutte d'Or qui sont non loin de lui avec leurs emblèmes, à la force et à la jeunesse dont il sent confusément la fraternité. A Renaudel a succédé, au milieu des hourras, le délégué du parti socialiste de Suisse, le citoyen Brustlein, de Berne, conseiller fédéral de la République helvétique. Sous son panama, rabattu sur les yeux, c'est un solide gaillard, épais comme un paysan, tout rasé, le veston ballant, avec son gilet trop haut montant, un col cassé qu'enserre mal une cravate fantaisie. Ses bras s'élèvent devant le nez d'un brun à fortes moustaches, en chapeau mou, qui les évite de justesse. Armand fixe Jaurès qui converse avec un homme à barbe blanche phénoménale. Il ne voit que Jaurès, et en même temps, il se demande si Lucien Descaves est là. Les mouvements de la foule l'ont repoussé vers le haut, vers le drapeau noir d'où il saisit les paroles volantes de Dumoulin : « Sommes-nous de ceux qui sauront sacrifier notre peau comme ceux de 1871 ? On en est réduit aujourd'hui d'aller exprimer ses sentiments sur un terrain écarté! Nous sommes donc mûrs pour l'abattoir, et non pas pour la révolution ? Les anarchistes ne le pensent pas, et en toutes circonstances ils sauront prendre leurs responsabilités! »

Le délire autour de ces paroles déchire quelque chose dans la foule. On sent obscurément qu'il y a là-dessous quelque dispute, et une profonde désunion. De jeunes types, près d'Armand, haussent les épaules : « Cause toujours, mon bonhomme! » Armand aperçoit, devant lui, toute une famille qui se tient par le bras, en un rang de fête, et au milieu il y a une fille de douze ans en première communiante. Sa robe et son voile blancs ont déjà fait rire, on n'y prend plus garde. La petite a très chaud, et de temps en temps porte à l'empièce-ment montant de la robe une main de sueur.

La barbe blanche de Groussier s'arrête à la tribune inférieure. D'en bas, des bouffées de chants, des cris : *A bas les Trois Ans!* viennent de tous ces nœuds de révolte où s'agitent les orateurs, des femmes, ici Louise Saumonneau, plus loin Maria Vérone. Mais un halètement profond, une marée, ramène les yeux d'Armand sur Jaurès, sur Jaurès qui va parler.

Sur Jaurès qui parle. Les bras dressés, le melon, la barbe. La véhémence. Sur Jaurès qui, dès le premier souffle, ne se ménage pas. Du premier souffle, il atteint ce qui est le paroxysme des autres, de Toulouse, des chemins de fer, qui parlait avant lui, de tous ces tribuns qui décorent le champ de colère sous un soleil de plomb. Du premier souffle, il les dépasse, et nous transporte dans une région où il y a encore une place pour le rire, et l'on rit, de ce rire fort et puissant des foules, qui a des épaules de forgeron. Qu'a-t-il dit? Armand n'en sait rien, qui écoute, et rit avec les autres de confiance. Il suit mal des allusions à ce qui est respirer pour ce peuple. Mais un nom le frappe, qui tombe de Jaurès, comme une infamie, le nom de Poincaré. « Hou, hou, Poincaré! Hou, hou, Poincaré! » La foule grondante ne se calme plus, malgré le geste de la main qui demande le silence, le nom hué s'étend au delà de la zone d'in-fluence de Jaurès, fait se retourner les têtes autour des autres tribunes, y réveille la haine et l'opprobre, et revient de partout, comme un écho répercuté par d'invisibles murs. « Hou, hou, Poincaré! » Quand enfin la huée s'est tue, la voix profonde et chaude, où Armand retrouve le vin de son Midi chanteur, s'élève avec une netteté surprenante : « Poincaré! Comme le voyageur égaré dans le désert, il devra se retourner vers le peuple comme vers la fontaine d'eau vive, s'il veut échapper à la mort! »

Langage surprenant où Armand s'égare. Il s'étonne encore des eaux de cette fontaine, que l'orateur déjà dans un large geste ouvre le cœur des casernes et parle avec maîtrise de la révolte des soldats. Toute la France ici palpite, ses casernes du Nord et de l'Est, et celles du Midi, de Paris, les ports, les arsenaux. Jaurès est un instant la voix de la jeunesse armée. A ses poings brandis brillent les fusils qui, demain, ne partiront pas contre nos frères d'Allemagne. Toutes les insubordinations de la veille et celles de l'avenir. Les fusillés de Salonique et ceux du Chemin des Dames. Dans l'emphase provençale retentit quelque chose de l'accent de Liebknecht. qui mourra comme Jaurès, assassiné. Il y a dans ces mots de feu, de plomb et de rafale, les fureurs de la classe qu'on ne veut pas libérer à cause des années creuses, les fureurs devant la gamelle ignoble et la vioque puante, les fureurs du ventre déçu, de l'homme qui veut s'arracher à la boue et au massacre, de celui qui crie : Frères! au petit poste avancé vers les Fritz, des comme nous sous leur panier à salade, de ceux qui se sont assez aplatis sous la menace affolante des minen, de ceux qui, Dumoulin, tiennent pour une piètre chose l'affirmation que vous êtes contre toute armée, car ils sont une armée, eux, une armée comme la Garde Nationale de 1871, avec des armes, des canons, des bras, et leur peau à défendre, l'armée du peuple, faite pour abattre l'armée des puissants. Et avec toutes ses erreurs, tous ses flottements, Jaurès, le grand Jaurès, l'utopiste de *L'Armée nouvelle*, les pressent dans la chaleur prodigieuse de ce jour de mai 1913, il pressent la grande armée rouge des peuples qui se donneront la main et fusilleront leurs maîtres. Il pressent l'Octobre qu'il ne verra point, il pressent la Mer Noire et le *Waldeck-Rousseau*, il pressent

les mutins de Kiel, et ceux de Calvi ; il pressent, ô
Hollande, tes *Sept-Provinces!* les armées héroïques
des Soviets de Chine, les soldats de la Catalogne et des
Asturies, les Schutzbündlers de Vienne, et le Chevalier
de l'Espérance, le Brésilien Luis Carlos Prestes, et le
métallo Vorochilov, et tous ceux qui n'ont pas encore de
nom, il pressent notre sanglant avenir, qui mettra fin
aux hémorragies du monde. Oui, Jaurès, comme toi,
nous ne sommes pas contre toutes les armées, fils et
frères de Kléber, de Flourens, de Galan, de Marty!

Armand, dans la foule où l'on chante, écoute les
mots mélodieux. Il ne peut détacher ses yeux de la
petite communiante. Il est emporté par une force qu'il
ne juge pas. Il est au sommet de quelque chose, dont
il n'a point connu la base, parce qu'il n'y a plus de temps,
en ces jours de folie, à ceux du toit pour étudier la cave.
Et si cent cinquante mille hommes le croient à ce point,
Armand va-t-il en douter, dont le cœur bat avec le
cœur de la foule ? La guerre! Ce spectre dormait avec les
loups-garous. Est-elle donc là qui se pare, qui s'attife
pour la prochaine tragédie? *A bas les Trois Ans! A
bas les Trois Ans!* La clameur prolonge le discours et
peuple le ciel implacable. Cent cinquante mille hommes
identifient les Trois Ans et la guerre. Ils savent que ce
vote des hommes qui se donnent pour ses mandants,
qui va envoyer pour trois ans les jeunes dans les casernes,
sera le signal de la course, le signal du massacre prochain. Ils n'ont d'espoir qu'en eux-mêmes, ils se savent
trahis de toutes parts. Ils refusent d'être le troupeau
expiatoire des jeux incompréhensibles des riches. *A bas
les Trois Ans!* Leur imprécation fait trembler Paris sans
nuages, et cette campagne qui va vers les dunes du
Nord. Ils crient contre ces parades dérisoires qui se
termineront un jour dans un célèbre communiqué :
« *Nous tenons solidement de la Somme aux Vosges...* »
Ils crient : *A bas les Trois Ans!* devant les maquignons
du fer, de la dynamite et du pétrole. Devant ces Clemenceau dont l'un les conduira jusqu'au bout de la tuerie,
tandis que l'autre, le frère, administre benoîtement la

Société Nobel, ô ironie d'un nom paisible! pour la fabrication des explosifs. Devant les de Wendel de France et les von Wendel d'Allemagne. Devant la pègre sans visage dont les crimes défraient la cote des Bourses, et non pas la chronique des tribunaux. Ils crient : *A bas les Trois Ans!* parce que c'est encore tout ce qu'ils savent dire, eux qui n'ont pas compris l'exemple de 1905, et la grande leçon des jours de la guerre russo-japonaise. *A bas les Trois Ans!* pourtant résume à merveille la grande volonté pacifique du peuple de France, et son désir fou de vivre, et de vaincre ses maîtres, les faiseurs de tempête, qu'il ne craint pas moins que ses ancêtres gaulois, les dieux manieurs du tonnerre. Armand, le malléable Armand, pour qui n'existe ici que le sentiment qui le porte, et qui se dégage à grand'peine des ténèbres, n'a pas à se forcer pour reprendre ce cri qui ravage les airs : *A bas les Trois Ans!* Et il chante. Une chanson qu'il connaît mal, une chanson chargée de légende, une chanson qui fait monter au front le sang généreux de la jeunesse :

Braves soldats du dix-septième... Salut, salut à vous!

XXX

Quand Edmond, triste et maussade, demanda sa clef,
le garçon lui dit très vite : « Une dame attend Monsieur
dans sa chambre... » et d'un geste de la tête : « Il y a
aussi quelqu'un dans le hall... »

Le cœur d'Edmond battit. Carlotta! Il avait eu tort
de douter d'elle. N'importe quoi l'avait retenue, et elle
était venue. Elle était là-haut. Le garçon s'excusait :
cette dame avait peur d'être vue attendant Monsieur,
il avait cru bien faire, et puis, elle avait tellement
insisté. Carlotta lui avait évidemment refilé un bon
pourboire. Bah, il avait bien fait, pour une fois. Il y
avait un télégramme que le garçon lui tendit. Edmond
le déchirait, la tête à autre chose. Une exaltation subite
rendait le monde entier semblable à des fumées. Il lut
mal, c'était de son père, il était question de pardon et
de mandat. Carlotta! Il allait vers l'escalier quand le
garçon le rappela, l'index pointé : « Le monsieur dans le
hall... »

Armand. Il avait oublié Armand. Comment s'en débarrasser? Il n'allait pas coller, des fois. Après tout,
c'était déjà un homme, Armand. Il comprendrait :
l'amour! Qu'y a-t-il de plus sacré? L'amour. Armand
sortait d'un fauteuil, à demi assoupi. Edmond lui prit
la main : « Tu m'excuses... Je suis sûr que tu compren-
dras. Elle est là-haut, mon vieux. C'est pour moi d'une
importance capitale... Comprends-tu? Elle est là-haut,

443

chez moi, dans ma chambre... Mon vieux, je suis si heureux... Tiens, voilà dix francs, va dîner tout seul... Ne me dis pas merci... »

Armand était ahuri. Il n'avait jamais vu son frère dans un semblable état. Jamais l'intimité n'avait été entre eux assez grande pour qu'il pût suspecter Edmond d'un sentiment humain. Il avait pris la petite pièce d'or sans bien comprendre et, quand Edmond le serra dans ses bras et posa sur sa joue mal rasée des lèvres gonflées d'allégresse, il eut l'impression de la pure folie. Déjà, son frère le quittait comme ça, sans dire à demain, rien, avec un détachement extraordinaire au milieu de ce délire de sincérité et d'affection. Armand regarda ses dix francs et hocha la tête. Il était affreusement fatigué.

Edmond, dans l'escalier, grimpait quatre à quatre. Carlotta! Oh! la jeunesse et la vie! Quel sentiment de puissance sur toute chose! Par exemple, les marches si souvent montées, épuisantes, elles n'étaient à franchir, ce soir-là, qu'une occasion d'éprouver sa force. Edmond pourtant se dit qu'il aurait pu ne donner qu'une thune à son frère. Mais n'était-il pas question de mandat dans le télégramme paternel? Au deuxième, sous la lampe, il déplia le message mal lu :

Attendons Armand pardonné mandat suit Barbentane.

Edmond eut une seconde un mouvement pour redescendre, puis se reprit. Rien ne pressait. Il fallait toujours voir venir le mandat, D'autant qu'Armand, comment prendrait-il ce *pardonné*? Et puis, Carlotta qui attendait. Les dix francs, ce serait sur le mandat. L'amour l'emportant, le jeune homme, d'un trait, atteignit le quatrième palier, sa porte : « Ma Chérie... »

Il s'arrêta court. Ce n'était pas Carlotta. Mme Beurdeley, sans chapeau, s'était dressée à côté du lit. La tête de mort, avec la toque de la dame à côté d'elle, ricanait sur la table de nuit. Quel imbécile, ce garçon. Et ce pauvre Armand, tout seul maintenant! Le visage de Mme Beurdeley s'était transfiguré à l'entrée d'Edmond. Cette hâte qu'il avait mise à monter, la sachant là, ce cri du cœur à l'entrée... Mais il avait jeté son chapeau sur le lit, et il ne se défaisait pas, et son expression s'était rembrunie, tandis qu'il reprenait sa respiration. Sur une chaise, un renard argenté dormait, ironique.

« Edmond, je suis venue... Je ne pouvais plus t'attendre... Tu excuseras le garçon : je ne pouvais pas risquer d'être vue t'attendant en bas... Je ne pouvais plus t'attendre. Non, tais-toi, écoute : tu ne sais pas ce que tu es pour moi, ce qu'est devenue ma vie depuis que tu y es entré, comme ça, un jour que tu n'avais rien à faire de mieux... Je sais, j'ai quinze ans de plus que toi, un fils, et tout le reste, et ces rides qui commencent... » Sa voix se brisait.

« Assieds-toi », dit sèchement Edmond. Ce sont là des mots qui passent comme des nuages. Elle resta debout, s'approcha de lui avec inquiétude et porta sa main d'où pendait le gant demi-long, serré au poignet, sur le front du jeune homme comme pour en chasser un fantôme épouvantable.

« Écoute, Edmond, il faut que tu saches... Je n'en peux plus de ces mensonges. Je ne te demande rien, aucune garantie pour l'avenir, cela durera ce que cela durera... Je mets ma vie dans la balance avec mon rêve... Mon petit garçon, fais de moi ce que tu voudras...»

Edmond se débattait dans un cauchemar : qu'est-ce qu'elle lui voulait ? Il y avait deux mois au moins qu'ils couchaient ensemble. Puisqu'elle ne s'asseyait pas, eh bien, lui, il était essoufflé, alors... Il s'installa dans le fauteuil. Elle le suivit : « Je sais que je suis folle, mais qu'est-ce que cela fait ? Ma vie, ma misérable vie. L'horreur de tous les jours : ce vieillard à côté de moi, ses manies, son indifférence, et son fils. Mon enfant ! » Elle eut une espèce de rire douloureux : « Je suis pourtant encore une femme, mon sang bat, et quand je te regarde, je sens combien je suis encore une femme... Les domestiques autour de moi, se surveiller... les gens... J'ai peur la nuit de rêver à voix haute... »

Il l'interrompit brutalement : «Où veux-tu en venir?»

Elle le regarda, et elle comprit. Il ne l'aimait pas. Elle eut un geste de noyée. Elle montra quelque chose à

terre. Une valise. Voilà. Cela fit une sorte de silence
furieux, où monta d'une chambre voisine la voix nasil-
larde, étouffée, d'un phonographe qui chantait une romance pleine de lune et de baisers. Edmond, la voix
soûle de rage, interrogea : « Qu'est-ce que ça veut dire ?
Tu t'installes ici, peut-être ? Tu as perdu la boule, chez
un étudiant... Et ton mari ? ta réputation ? Sans compter
que tu ne t'es pas encore préoccupée de mon avis... Je
n'ai pas la berlue ? » Ses yeux à elle avouaient. Il poursuivit : « Ah non , alors, par exemple ! Tu as ta vie et
j'ai la mienne. Mes études. Mon avenir. Tu ne penses
pas que je vais laisser mon père se saigner aux quatre
veines pour me permettre de faire une carrière, et
briser, moi, celle-ci dans l'œuf, sur un coup de tête ? Et
il faudrait encore que je sois un fichu égoïste pour ne
pas penser à toi et aux tiens. »

Elle l'écoutait avec horreur. Elle enfonçait dans des
profondeurs d'algues flottantes, une mer glauque montait vertigineusement au-dessus de sa tête, les idées déri-
vaient dans tout cela comme des épaves. Elle asphyxiait.
Elle refusa encore de croire à l'irréparable erreur.

« Edmond... Comprends bien, j'ai tout quitté aujour-
d'hui... tout... pour toujours. Je ne pouvais plus mentir.
Est-ce que tu sais... Tu ne m'as jamais rien demandé...
Tu es mon premier amant... »

Il ricana:

« Je te jure ! Le premier, le seul. Oh, dans le passé, il
n'y a que cet homme, mon mari, pour qui je n'ai jamais
eu que la plus froide soumission, et l'atroce histoire de
cet enfantement qui m'a fait cette cicatrice au ventre,
tu sais... Je sors de ce songe de clinique, dont je ne me
suis jamais remise... Cet homme qui vieillit à côté de moi,
lentement, que je subis de moins en moins, qu'il faut
pourtant que j'aide... »

L'idée de Carlotta revenait maintenant dans tout ce
grotesque comme un insupportable martyre. Cette
femme qui parlait, que rien n'arrêterait de parler, ma
parole, se rendait-elle compte de l'odieux de la scène ?
Carlotta ! Elle n'était pas au rendez-vous, et au retour à

446

l'hôtel, quand il avait cru qu'elle l'avait malgré tout rejoint, cette femme... La rage se mêlait ainsi à une douleur à grincer qui s'élevait d'entre les côtes. Il n'allait tout de même pas pleurer ?

« J'ai là, disait la femme, un peu d'argent, mes bijoux. Nous pourrons vivre. Je te dis que cela durera ce que cela durera. Puis, tu me rejetteras pour faire ta vie, je le sais. Mais en attendant, tu m'auras donné des semaines, peut-être des mois, un an ? un an de bonheur... »

La supplication, la mendicité éclairaient ces yeux vagues et fous. Elle se raccrochait, la malheureuse, à la modicité de ses espoirs. Edmond avait entendu les mots d'argent, de bijoux, au milieu de ces phrases qu'il ne suivait plus. Eux seuls pouvaient encore l'atteindre. Elle eût sans fin parlé d'amour.

« Alors, tu veux m'acheter ? Ton argent, tes bijoux. Parce que je suis pauvre, qu'entre l'amour et moi, il y a l'argent... L'argent ? Tu es venue ici pour m'insulter ? — Ne te fâche pas. Ce n'est pas ce que j'ai voulu dire. J'ai là des diamants qui viennent de ma famille, qui ne doivent rien au professeur, et j'avais pensé... Nous aurions vécu tous les deux sans penser... Une sorte d'entr'acte dans la vie... Mon Dieu, l'existence est si abominable, tu ne vas pas me désespérer tout à fait ? — L'argent ? Vous êtes toutes les mêmes. Il n'y a que lui. Vous êtes prêtes à tout pour lui. Vous vous vendez à un homme et puis vous le regrettez. Il est bien temps. Vous voulez alors tricher, tromper, gagner sur tous les tableaux. Il vous faut encore l'amour. Et nous, nous devons nous contenter des miettes ? Nous, nous ! Qu'est-ce que nous devenons dans tout ça ? »

Elle se méprit à cette colère. Il l'aimait peut-être un peu, alors. Elle voulut s'expliquer : « Mais puisque j'ai tout brisé, je viens à toi, je suis là... — Avec tes bijoux ! » rigola-t-il.

Il s'était dressé et il la repoussait. Et, tout d'un coup, ces bijoux prirent une importance désordonnée. Ils lui ruisselaient dans le crâne. Il aurait voulu les donner à

447

Carlotta. Ce n'était pas Carlotta qui les portait. Est-ce qu'un seul être en dehors de Carlotta avait droit aux bijoux? Il avait tout à coup la révolte du pauvre devant la richesse. Et comme un désir souterrain... « Tu les as, ici, tes bijoux? » demanda-t-il avec une voix changée qui lui fit peur à lui-même.

Elle allait ouvrir la valise. Il l'arrêta : « Tu es une garce, tout de même... — Edmond! — M'acheter, tu voulais m'acheter... Il y en a pour cher, au moins, de tes cailloux? — Ne m'injurie pas, Edmond... Je ne sais pas au juste : trente, quarante mille francs. On perd toujours quand on veut réaliser des pierres... »

Trente, quarante mille... Avec moins que ça, on aurait arraché Carlotta à ce M. Quesnel. L'emportement de tout à l'heure cédait devant un nouveau vertige. Au milieu de tout ça, l'idée irritante des dix francs donnés à son frère revenait d'une façon absurde.

« Je n'ai pas voulu t'acheter, Edmond, j'ai voulu tout te donner, ma vie, mon amour, ce que j'ai encore à moi... Est-ce que tu ne comprends pas que je t'aime? Que je ne peux pas vivre sans toi? — Ni sans argent. »

Il l'avait coupée d'une façon mauvaise. Il était possédé par ces diamants qui brillaient pour lui à travers le cuir de la valise. Les diamants qu'elle avait au cou le soir d'*Alsace*. S'il avait été dîner avec Armand, il s'en serait tiré pour cinq francs, cinq francs cinquante, avec le cinéma.

« Tu ne voudrais pas que je débarque ici, chez toi, les mains vides... bouleverser ta vie... — Bouleverser ma vie? D'abord qu'est-ce qui te donne le droit de bouleverser ma vie? — L'amour... »

Comme elle avait mal dit ça! Ah, si Carlotta!... Les diamants reprirent leur éclat ténébreux : « Et tu vendrais tes bijoux, pour me domestiquer de leur prix... Tu m'achèterais des cigarettes tous les jours, hein?... L'amour, c'est vite dit. Tu fais un marché : tu changes d'homme pour trente ou quarante mille francs, voilà tout. Si je t'aime, tu ne te l'es pas demandé, ça, non. Tu es venue ici. L'amour... »

D'un geste lent, les bras de la femme remontèrent et ses mains se portèrent à ses tempes, où les cheveux blonds bouffaient, et s'écrasèrent. Son visage, toujours sans couleur sous la poudre, blêmit encore. Son tailleur bleu-marine était rudement bien fait.

« Et tu ne t'es pas demandé, poursuivit Edmond, si je n'en aimais pas une autre ? Non ? Parce que j'ai couché avec toi ? Et alors ? Si toutes les femmes s'imaginaient... — Ce n'est pas vrai ! » cria-t-elle. L'horreur l'avait prise. Non, cette idée ne l'avait jamais effleurée. L'amour ! Elle en avait une idée de petite fille, intacte, pure. Dans les livres qu'elle avait lus, les baisers signifiaient l'amour. Des images se pressaient dans sa tête : cet Edmond-là n'était-il pas celui qui l'avait serrée dans ses bras nus ? qui l'avait fait gémir, heureuse ? Alors, si ce n'est pas cela, l'amour...

Edmond, lui, était en proie à un tout autre démon. Les bijoux. Il y avait le garçon en bas, qui avait fait monter la femme. On pouvait s'en aller ailleurs. Bon, qu'est-ce qu'il se mettait à penser ? Rien de très précis. Une pente. Une fuite des idées.

« J'ai tout quitté pour toi, dit-elle. C'est fait, comprends-tu ? Si tu me chasses, il ne me reste qu'à me tuer... »

Il frissonna du mot. Non pas qu'il crût à ces suicides-là. Ah lala, ce chantage, c'était encore le comble ! Non. Il étendit la main vers la valise : « Fais les voir, ces diamants... » Déjà, elle se baissait. Il vit le cou ployé. Elle n'était pas pitoyable : trop bien habillée pour cela. Elle eut brusquement une sorte de révélation d'un danger. Elle se retourna vers lui et rencontra ses yeux. La peur la prit. Il sentit que le danger était dans cette peur. Il n'avait rien décidé, il n'avait rien voulu. Si elle allait s'imaginer, c'était elle qui allait le précipiter à des gestes dictés, à des brutalités stupides. Il fallait parler. Il parla : « Non, ne me les montre pas, tes diamants. Je n'en ai pas besoin, de tes diamants. Ni de ta vie ! Garde-la. Garde tes diamants... »

Les larmes prêtes à jaillir avaient été gelées par la

449

terreur. Elle connaissait sa force, et le poids de son corps. Elle entendait le battement de son cœur. Elle sentait son souffle. L'expérience de la volupté avec lui la rendait alerte à connaître l'imminence du péril, la bête prête à sauter sur elle avant même de le savoir. Elle s'affolait de cette proximité animale. Elle avait peur, elle regardait l'homme, et vit le lit. Son lit. Il aurait fait bon y dormir pour une morte.

Elle était agenouillée près de la valise sur laquelle ses mains s'étaient resserrées. La ruse s'éveilla en elle. Il ne l'aimait pas, le monstre. Elle mentit : « J'ai laissé sur la table un mot pour le professeur. Il sait que je suis partie avec toi... »

Le silence, toujours troué du phono lointain, s'embua d'un marchandage sourd. Ainsi, il n'y avait pas que le garçon qui savait qu'elle était venue... Tout à coup, Edmond sentit dans quel abîme il avait failli tomber. Cela pouvait revenir. Il ouvrit la porte :

« Fous le camp ! » cria-t-il.

Elle se sauva, traînant le renard repris sur la chaise, et la valise, et son chapeau contre son cœur. Son sein se soulevait. Elle avait les yeux fous de peur et de désir déçu. Elle murmurait : « Edmond ! », mais déjà ça n'était plus l'amour, elle ne se retournait pas. Elle savait qu'il s'agissait de sa peau. Elle s'engouffra dans l'escalier.

La porte refermée, Edmond soupira : « L'imprudente ! »

Il cherchait, à force de cynisme, à se rassurer sur ses propres mouvements secrets.

XXXI

Armand ne savait que penser. Cela faisait deux jours
que l'indifférence de son frère le frappait, mais pourtant
aussi, n'était-il pas tombé dans la vie d'Edmond sans
crier gare ? Que son aîné fût amoureux expliquait l'extravagance de sa conduite.

Armand décida de ne pas continuer à se comporter
avec désordre. Il se coucherait tôt, il dînerait d'abord.
Il ne recommencerait pas la folie des vingt-quatre heures
précédentes. L'argent qu'il avait dans sa poche après
tout, à quoi bon en être si ménager ? Edmond ne lui
avait-il pas très facilement donné dix francs ? Il dînerait
pour deux francs cinquante, c'est-à-dire luxueusement.

Il faisait un temps d'une douceur épaisse où l'on
enfonçait comme dans du coton. Les jeunes gens avaient
des dents éclatantes dans l'ombre. Des filles passaient
par bandes, et leurs jaquettes s'ouvraient, et l'on sentait
quelque chose d'entêté dans leurs seins.

Armand glissait comme la veille, vers la Seine. Il
mangea, tout compte fait, une choucroute au bas du
boulevard Saint-Michel. Il allait prendre une chambre
sur la rive droite. Sa tête était pleine des images de la
journée. Moins Jaurès, qu'un groupe d'ouvriers, et sous
un parasol, une fille qui vendait des cartes postales et
des insignes. Une brune, très blanche. Il n'aurait pas pu
dire pourquoi. Il se chantait l'*Internationale,* un air

prenant, à la façon de quelqu'un qui, en 1913, aurait brusquement entendu *Faust* comme une nouveauté.

Il était neuf heures un quart, quand, à déambuler par le boulevard Sébastopol, pas loin de Damoy, il vit que les traînards tout à coup pressaient le pas, se mettaient à courir. Des types aux souliers pointus. Des hommes en casquette, aux épaules énormes. Des femmes du trottoir, boudinées et les cheveux beurrés, l'œil peint. Il s'arrêta.

De loin s'avançait une ligne sombre. Quelqu'un, près d'Armand, expliqua : « La rafle ! » Armand avait sommeil. Dans quoi tombait-il ? Il ne connaissait pas trop ses droits, mais il n'ignorait pas que, sans papiers et sans domicile, il n'était qu'un vagabond pour la police. Il se vit déjà appréhendé, l'interrogatoire, l'obligation d'en appeler à son père, le rapatriement honteux, la soumission obligatoire. Ah, alors !

Quelqu'un l'avait pris par le bras, l'entraînait. Une femme. Il suivait l'impulsion réalisant à peine que ça devait être une professionnelle. Elle soufflait, d'une voix rauque, éraillée : « Marche, petit, t'arrête pas... A gauche... » Elle avait un corsage écossais et un grand chapeau. Les agents arrivaient sur eux, arrêtant les gens. Cela sifflait. Des voix menaçantes. Elle murmura encore : « Ils ne touchent pas les couples... là... l'hôtel ! »

Devant eux, presque au coin du boulevard, dans une ruelle, l'enseigne lumineuse flambait. Hôtel... Ils obliquèrent donc. Derrière eux, les hommes de la Préfecture passèrent. Armand sentit le danger dans son dos. Dans l'entrée mal éclairée, le garçon avec son tablier blanc. Une sorte de gros rat blême. L'escalier. La chambre.

Quand la porte se fut refermée, ils se regardèrent, la femme, lui, Armand. Elle vit que c'était un gosse. Elle lui avait donné vingt ans, dans la rue. Il n'était pas rasé. Elle, c'était une brune assez épaisse, ni laide ni jolie. Avec les cheveux collés, les mains dans un manchon à queues.

Il dit tout de suite : « Vous savez, je n'ai pas le sou, et

je meurs de sommeil... C'est seulement parce que... »
Elle l'interrompit.

« Pas question, mon petit gars. A ton âge, c'est gratis...
Et puis, je m'en fous. J'ai pas envie. Ils m'auraient
ramassée. Assieds-toi, toujours. Fais pas des mirettes.
On va causer. Puis, on foutra le camp. Camarades,
quoi. »

Elle avait jeté sur le lit son chapeau, son manchon,
sa jaquette, elle gardait au poignet son sac passé par la
bride. « Défais-toi, je te dis. » Elle avait le nez assez
plat, droit jusqu'au front. Les cheveux en bandeaux,
avec une frange, et le décolleté gras de cold-cream. Elle
était plus jeune qu'on aurait pensé. Le corsage vert,
rouge et bleu et une jupe noire. Une espèce de chaîne
en faux or vert au cou.

Bon. Qu'est-ce que c'était encore que ça ? Armand
pestait à part lui-même. Pris au piège. Il allait falloir
coucher avec cette courtaude ? Il n'imaginait pas de
s'enfuir. Elle avait des paupières bleuies, où les cils
faisaient éventail. Elle parlait. Des mots mal à l'aise,
qu'il suivait à peine, tout à sa fureur. Probable qu'elle
disait ce qu'on dit alors : « Alors, ce pardeusse... »

Il sentit qu'il fallait mettre son pardessus à la patère,
sur la porte. La politesse ; une drôle d'idée de la politesse, l'y força. Et ils se trouvèrent assis, séparés par une
table, dans la chambre de reps rouge, où le lit et un bidet
pliant dressaient un double reproche d'éloquence.

« Alors, dit-elle, pas question de baiser ? Comme ça te
chante, fiston. On est là par hasard. Je voudrais surtout
pas abuser. Ça fait gentleman comme tu m'as sortie de
là. Tu pourras payer la chambre ? c'est parfait. Parce
que, pour l'instant, je ne suis pas très au pèze. Ce soir,
la ville, c'est à ne pas s'y reconnaître. Partout où tu ra-
dines, des roussins. La faute aux socialistes. Oui, oui.
Des gâcheurs de métier. Je te demande un peu ce que ça
nous regarde, nous, sur le macadam, les socialistes.
Des dégoûtants, d'abord... »

Le tapis à ramages sur la table s'était encombré de
tout ce que la femme avait tiré de son sac, poudre, rouge,

453

un mouchoir, des lettres pliées, un paquet de cartes à jouer. Elle s'était installée là devant, et machinalement, elle battait les cartes. Elle surprit le regard d'Armand :

« Je fais des patiences, ça distrait... Allons, dégèle-toi, tu as l'air empoté... Puisqu'on a pris une chambre, on peut causer... on s'emmerde assez dans la vie... Tout ce que j'aime, moi, c'est des gens nouveaux... comme ils disent... des fois ils ont vu du pays... un l'autre jour, il avait été en Chine : c'est là qu'on rigole. Moi, ça ne me plairait pas, les hommes jaunes. Et puis, le riz avec les petits bâtons... »

Les cartes se disposaient en croix, une au centre, en paquets. La tireuse faisait la grimace au roi de pique : l'homme de la loi, c'est un flic ; ses yeux s'agrandirent avec l'as de trèfle, devinrent rêveurs sur le sept de cœur ; le bras de force, mon mignon. « J'appelle ça des patiences... A vrai dire, je me tire plutôt les cartes... Quand le jeu est bon, ça me requinque, et quand il est mauvais, eh bien, je dis que c'est des foutaises... »

La table les séparait sous cette lumière anémique, rougeoyante, des ampoules électriques, jamais lavées, des hôtels, qu'on croirait choisies exprès pour épargner le courant. Après tout, il était aussi bien là qu'ailleurs. Il était éreinté. Dans la rue, il aurait pu retomber dans une de ces opérations policières que le gouvernement avait plus ou moins fait prévoir dans les journaux du soir. On nettoyait Paris de ses antimilitaristes, parmi lesquels il s'agissait de retrouver la main de l'étranger. Et cela sans parler d'autres mesures qui ne tarderaient guère.

Et puis Armand avait enfin ici une chambre : pas besoin d'en chercher une autre. Celle-ci ne devait pas coûter des mille et des cents. Alors : « Comment t'appelles-tu ? » demanda-t-il. Elle releva la tête, et le regarda : « Ils m'appellent Carmen, mais c'est pas mon nom... »

Elle avait tout à coup baissé des paupières de pudeur et le visage fardé retrouva une douceur de petite fille.

« Et ton vrai nom ? » dit Armand, plus par désir de

dire quelque chose que par une curiosité véritable. Il se sentait si fatigué...

Carmen avait posé ses cartes, étalé ses bras sur la table. Elle rêvait : « Mon vrai nom ? tu voudrais savoir mon vrai petit nom ? Comment que ma maman m'appelait ? Je ne le dis à personne, tu sais, et alors à un type que j'ai ramassé il y a cinq minutes sur le Sébasto... Ah bien, ah bien, tu ne manques pas de toupet !... »

Il fit un geste d'excuse, se méprenant, car elle allait le lui dire, son vrai nom, et ce geste l'arrêta pile. Puisqu'il faisait le discret, ça aurait paru moche de se déshabiller comme ça d'un tel secret. Carmen reprit donc les cartes en les brouillant : « Tiens, dit-elle, je vais te faire le grand jeu. Tire une carte... » L'absurde de sa position, cette sensation d'égarement dans un monde compliqué que lui avait déjà donnée l'après-midi la foule au Pré Saint-Gervais, le silence de la chambre d'hôtel la lui rendait avec le claquement des cartes tachées de fard. Il se mit à se demander ce que pense une aiguille dans une botte de foin : « Oh, dit Carmen, tu es d'une bonne famille... » Ce qui le fit sourire avec amertume.

Il écoutait avec un certain détachement les lieux communs de la bonne aventure : « Une lettre... chez toi... un petit ennui... »

Et sa tête s'en allait ailleurs, vers Sérianne, vers son enfance. Qu'il y avait loin de cette chambre de passage à la maison de Marguerite de Provence ! Le monde des chevaliers, des Maures et des cours d'amour, le monde des chansons, des jardins enchantés et des jets d'eau qui pleurent dans les bassins s'était évanoui à jamais ; Armand, de Sérianne, n'était pas parti pour les Iles d'Or, et voici qu'il repensait au forgeron Avril : « A ta place, je me méfierais de cet homme blond, là... le roi de carreau... Tu ne vois pas qui c'est ?... Il m'a l'air de ne pas te blairer, c'est moi qui te le dis... »

Avril, le grand Avril, avec ses moustaches à la gauloise et son nez court... Il le revoyait comme si ç'avait

455

été la veille. Son regard rêveur au milieu du travail. Sa voix : « Monsieur Armand, sans vous commander... » Syllabes chantantes et nostalgiques, où le feu de la forge restait suspendu comme ces lueurs après qu'on s'est frotté les yeux. Qu'était-il advenu d'Avril, qui partit pour savoir si la mer... « Un, deux, trois, quatre, cinq..., un, deux, trois, quatre, cinq... On peut pas dire que tu sois un veinard... Ça non : regarde-moi ce pique... »

Il rêvait au Mexique, Avril. Un rêve à la façon de celui d'Armand. Et on n'avait jamais plus entendu parler de lui. Dans quels garnis avait-il roulé, dans quels taudis ? Avait-il seulement dépassé Pantin ? Peut-être avait-il échoué dans quelque usine, happé par la loi sans pitié du travail... Peut-être s'était-il trouvé cet après-midi-là dans la foule du Pré Saint-Gervais... Mon Dieu, quelle fatigue, tout de même !

Ce qu'y a de moche alors, mon petit, dans ton jeu, c'est que, tiens, je blague pas : pas une femme... pas la plus petite gonzesse... Les voilà : dans le talon, toutes les quatre... Ça, j'ai jamais vu ça dans le jeu d'un gosse... Pas une femme... Pas même ta mère... Tu m'excuses ? J'ai pas voulu te froisser... Mais ça fait drôle, tout de même... »

Eh bien, tout d'un coup, cette injustice des cartes lui avait fait quelque chose, à lui qui écoutait avec un dédain supérieur, les boniments de Carmen. Pourquoi pas de femme ? Il avait beau ne pas y croire : cela, ça l'affectait.

Carmen avait posé les cartes, et elle les brassait doucement en grand tas : « Tu ne te fais pas idée, chéri, ce qu'on peut se faire chier dans cette putain d'existence... Y en a, ils croient que c'est rigolo de faire le tapin. Va-z-y voir. Moi, je dis que pour du pain gagné, c'est du pain gagné. Si tu reluquais mes semelles, après huit, dix jours, Et il faut avoir des bas à peu près. Les hommes, ça vous déchire, ça vous saligote une robe, ça vous jette des cigarettes dans les pattes, et allez donc! Faut encore rigoler, et dire merci. Je parle pas du truc, bien qu'il y en ait! Alors, pas ragoûtants, je te prie de le croire. Enfin, c'est pas ça le pire. Mais le matin, tu sais, quand tu attends depuis des heures et que ça commence à grelotter... J'en connais, elles se feraient plutôt enlever le ballon que de baisser le tarif... Mais qu'est-ce que tu veux? Quand l'heure est passée, faudrait se mettre la ceinture, si on rabattait pas sur les prétentions. Comme ça, sur le coup de cinq heures, il y a des mecs que ça tente de faire la chose à des prix d'amis... »

On entendit dans une chambre voisine un bruit de conduite d'eau. Carmen cligna de l'œil : « Alors... et nous? » Armand eut un sourire pâle. Il y avait au mur une reproduction du tableau *Les dernières cartouches*, d'Alphonse de Neuville. Carmen avait repris son monologue.

« Non, on peut pas s'imaginer... La police, remarque, il en faut... Je ne dis pas, non, j'ai vu trop de choses... Tu comprends ici, avec les Halles, c'est pas tous les mois qu'on en ramasse un dans un coin, zigouillé... Bon, si n'y avait pas de flic, je ne dis pas... Mais tout de même, dis-moi, est-ce qu'ils ne pourraient pas nous foutre la paix? Quel mal est-ce qu'on fait? On est là, on a chacune ses dix, ses vingt mètres... Et remarque, y en a qui manquent de savoir-vivre, alors, mais moi, j'ai jamais racolé un homme que ça gêne... qui aurait un gosse avec lui, comme j'en ai vu... Pour ça, tiens, il y en a, alors ceux-là! Ils envoient le môme au café pendant qu'ils tirent leur crampette... Le comble, mais ça, c'est Marcelle qui raconte, moi, je ne l'ai pas vu, et quand j'ai pas vu, je me méfie... Elle dit, Marcelle, qu'elle a eu un client qu'avait un bébé sur les bras, un petit môme encore tout plissé, tu crois pas? Ils l'ont pris dans la chambre, et il hurlait, Marcelle l'a promené en lui chantant, et le père, eh bien, le père, il gueulait qu'il ne la payait pas pour faire la nourrice, et qu'elle le foute dans la cheminée s'il chialait, le lardon, ce n'était pas le moment de rigoler... »

Armand avait regardé sa montre à son poignet. Il bâillait légèrement à la dérobée.

« Tu sais, dit-elle, si tu veux pioncer, faut pas te gêner... Mets-toi au pieu... Moi, j'en écraserais bien, je te promets... On peut se pagnoter ensemble, ça n'engage à rien... Frère et sœur, quoi. »

Armand avait vraiment tout à fait sommeil, une espèce d'invincible poids lui pesait à la fois sur les yeux et sur les épaules. Il enleva ses chaussures. Ses pieds libérés souffrirent. Il remarqua à peine qu'elle aussi se déshabillait, Carmen, et ses dessous pas compliqués, la ceinture baleinée rose qui se balança au dos d'une chaise. Le lit était mou, enfonçant, mais mal équilibré, rompu par la gymnastique des passants. Carmen, en chemise, se glissait à côté de lui. Il sentit le parfum fort de ses épaules rondes. Déjà, il était prêt à tomber dans le sommeil noir. Il se souleva encore pour poser sur la table de nuit sa montre-bracelet qui laissa une trace rouge à son poignet. Carmen étendit le bras et la lumière s'éteignit.

Tout à coup le silence se fit pesant. La présence de la femme devint gênante. Armand entendait sa respiration, le bruit heurté du cœur, avec le tic-tac de la montre, tant ses oreilles soudain étaient devenues sensibles à tout. Une chaise craqua.

La voix de Carmen, toute changée, profonde, dit : « Ah, ce que j'ai envie de faire l'amour... »

Quand il se réveilla, il faisait grand jour. Il se retourna dans ce lit inconnu avec un tourniquet de souvenirs et de rêves en lambeaux dans sa tête. L'atmosphère était lourde, parce qu'on n'avait pas ouvert la fenêtre. Il aperçut ses souliers, terriblement humains, comme des pieds abandonnés devant le fauteuil. Il était seul. Il étendit la main pour voir l'heure. Il ne trouva plus sa montre.

Inquiet, il se leva. Tout son argent avait proprement disparu, ses économies inutiles sur deux jours de Paris, et le restant des dix francs d'Edmond. Il était fait, mais alors là, rasibus. Il hocha la tête, son pantalon à la main, il se vit, ridicule, en déshabillé dans la glace de l'armoire. Ce qui le vexait, c'était la montre. Un cadeau de sa grand'mère. Ce type qui n'avait rien de rien était encore rattaché à son passé, à la vie de famille par cet objet qui venait de disparaître. Il en eut le cœur gros. Il se sentit en même temps allégé. Ce vol était pourtant comme un symbole. L'embêtant, après tout, c'était la chambre : qu'est-ce qu'ils diraient en bas ?

Carmen, en partant, avait réglé l'hôtel.

XXXII

« Qu'est-ce que c'est?... Ah! c'est toi? »

Edmond, maussade, ahuri, écarquillait les yeux. A travers les rideaux mal fermés, le soleil entrait. Armand débarquait chez son frère, il était sept heures et demie Il traînait depuis une heure par les rues. Il s'excusa.

Dans le désordre des vêtements, Edmond, surgi du lit, cherchait le peigne abandonné n'importe où. Il tira les rideaux, s'ébroua dans l'eau de la cuvette, se lava les dents, passa ses pantalons, puis grinça : « Qu'est-ce qu'il y a de cassé? — Oh, rien, dit Armand, qui s'était promis de raconter immédiatement l'entôlage dont il avait été victime. Je craignais de te manquer. L'hôpital... et puis nous n'avions pas pris de rendez-vous... — De rendez-vous? Ce n'est pas obligatoire, je pense? Paris n'est pas Sérianne et tu es assez grand pour ne pas pendre à mes bottes. »

Charmant accueil. L'aîné avait le réveil hargneux. Ça se passerait sans doute avec un café. « Et puis, je voulais te demander... si ce n'est pas impossible... de prendre un bain dans ton hôtel... — Un bain? Tu crois que je les ai à l'œil, par hasard? — Non, mais... — Est-ce que je ne t'ai pas donné de l'argent hier soir? Qu'est-ce que tu imagines? un bain ici sera sur ma note dans cinq jours. Je paie le premier, pas le deux... Tu aurais pu en prendre un à ton hôtel tout aussi bien... »

Il reniflait du savon, sa chemise enlevée, il frottait au

gant de crin son jeune corps musclé. Armand le détesta, humilié. Comment allait-il lui demander de quoi bouffer maintenant ? Il aurait dû suivre son inspiration, raconter tout de suite l'entôlage... La vieille zizanie entre les frères renaissait. Armand sentit son infériorité : il n'avait pas les moyens de faire le fier. Il fallait ruser : « Tu as passé une bonne soirée ? » dit-il, et tout aussitôt se troubla.

Edmond avait commencé à se raser. Il s'arrêta. Un certain culot, le crapaud, tout de même ! Au ton du « Merci » très sec qui répondit, Armand comprit qu'il avait gaffé. Les amours, ça ne devait pas marcher sur des roulettes. D'où cette humeur de dogue.

L'autre avait soudain retrouvé ses déceptions de la veille. Il se coupa au menton et jura. Dans le miroir, il regardait son frère sans tendresse. Alors, celui-là, comme crampon ! Au fait, mieux valait l'envoyer au bain : ça serait encore moins cher. Avec le mandat... « Tu n'as pas de nouvelles de... ? »

Tandis qu'Edmond se tamponnait le menton à la pierre d'alun, il répondit : « Sérianne ? Si, un télégramme. Où j'ai-t-il pu le mettre ? Enfin. Je l'ai peut-être jeté ? Ça ne fait rien : Papa exige que tu rentres et te pardonne. — Me pardonne ? Ah ! mince alors. Me pardonne... Tu es sûr qu'il dit ça ? — Certain. Dommage que je l'aie égaré, ce papelard. — Il peut courir, le paternel, avec son pardon. Je ne retournerai pas à Sérianne. Et il me pardonne ! C'est trop farce. Non, tu te figures pas ? »

Il étranglait, Armand. Le frère aîné se rinçait la gueule. Le sang coulait encore au menton. Un petit filet qui s'écrase. Edmond s'interrompit, passa sa main sur le sang et reprit la pierre.

« Et qu'est-ce que tu vas faire ici, je te prie, si tu ne rentres pas à la maison ? — Travailler. — Ah, oui. A quoi ? — N'importe ! Garçon de café, receveur d'omnibus, balayeur, je m'en fous. — Ne dis donc pas de blagues. Garçon de café, n'est pas garçon de café qui veut ! Un métier, ça s'apprend. Puis qui t'embauchera à ton âge, sans papiers, et pas présenté ? »

Ça, Armand n'y avait pas songé. Mais enfin, c'était bien le diable... « Le diable, quand tu l'auras un peu tiré par la queue, on en reparlera... Ma parole, ça tombe de sa province, prêt à conquérir la capitale! Comment crois-tu que je vis, moi? Est-ce que je pourrais sans mon père? — Tu ne travailles pas... — Merci, oui, je sais : je bosse. Oh, je fais la distinction. Charmant pays, charmantes mœurs. Deux cents francs qu'il m'envoie, notre père qui est à Sérianne. — Tu gagnes à l'hôpital... — Oui, quatre-vingts balles, à titre d'indemnité de déplacement. Sans ça, je serais fait. Tiens, mon budget, il est pas compliqué : l'hôtel, soixante balles. Avec le blanchissage qui va chercher, dans les cinq, six francs la semaine, disons vingt-cinq francs par mois, et les pourboires, ça fait quatre-vingt onze, quatre-vingt-douze... Et les repas : vingt-cinq sous à la popote, ce qui fait dans le mois, *grosso modo*, avec les petits tapages de la salle de garde, une quarantaine de francs. Ça nous mène rien que les déjeuners à, je disais, quatre-vingt-douze, cent-trente-deux ; dîner, trente sous, et il n'y a pas de dimanche qui tienne, quarante-cinq francs, nous voilà tout de suite à cent soixante-dix-sept... on peut dire cent quatre-vingt-dix... Les cigarettes, deux paquets de maryland par jour, trois pour quarante-huit heures, et je suis au-dessous de la vérité. A treize sous le paquet, comptons vingt sous par jour, trente francs par mois. Je disais combien? Deux cents passés, pas vrai? Il me reste les quatre-vingts de l'housteau, c'est entendu que la famille me fringue : mais s'il y a un ressemelage de souliers, des mouchoirs à acheter, une chemise, des fixe-chaussettes, tu ne penses pas que j'attends les vacances? Même les souliers, tiens j'ai dû y aller ce mois-ci d'une paire à l'*Incroyable* : ce qu'on fait de meilleur marché, c'est pas du chenu. Eh bien! neuf francs tout de même. Enfin, il faut compter, pour s'entretenir, vingt francs. Et encore la teinturière. Ça monte vite, la teinturière. L'un dans l'autre, s'il me reste cinquante, quarante-cinq francs, c'est-à-dire un franc cinquante par jour pour mon petit déjeuner, dix sous, au bar, debout, mes déplacements, et les femmes, tu te rends compte... Ça veut dire que dix francs à moi, comme argent de poche, ça ne me fait pas moins d'une semaine, soit dit sans reproche... »

Tout ce petit discours pour en venir là. Il les lui faisait payer cher, ses dix francs, à Armand. Celui-ci était hors de lui. L'envie de prendre ses cliques et ses claques ne lui manquait pas. Mais manger... A ce moment, on frappa à la porte : « Veux-tu voir ce que c'est... »

Un pneumatique. Edmond l'arracha des mains de son cadet. Il se mit brusquement dans un état d'exaltation analogue à celui de la veille au soir. Ça devait être encore sa petite amie. Il se promenait par la pièce, mal désavonné, le rasoir à la main. Il s'habilla en hâte. Il avait changé d'humeur.

« Après tout, prends-le, ce bain, si ça te fait plaisir... Écoute... je donnerai l'ordre au garçon. Viens d'abord avec moi, on va prendre un café et un croissant au coin... Tu ne t'imagines pas... »

Armand ne se fit pas prier. Ils descendirent donc jusqu'au Biard de la rue Cujas qu'Edmond avait pris en affection. Là, ils jouèrent à l'appareil à sous, et gagnèrent. Pour six sous, ils eurent leurs deux cafés, leurs croissants et même Edmond remit un jeton de deux sous dans sa poche. Il était tout souriant, il chantonnait.

« Écoute, crapaud... il n'y a qu'une chose au monde qui compte, c'est l'amour. Tu ne sais pas ce que c'est pour moi que cette femme. Elle me dirait, tu comprends, de me jeter sous un autobus, eh bien, je le ferais sans hésiter. Je l'ai vue deux fois dans ma vie. Mais je sais, je sais que cette fois... c'est l'amour. Cette fois. Assez souvent, je l'ai cru, comme ça, plus ou moins. Je me disais : est-ce bien ça ? Cette fois, je ne me demande rien : je sais. L'amour. C'est comme si... tu ne sais pas ce que c'est, naturellement, la démence précoce ? Eh bien, c'est une folie, voilà : quand tu tires un coup de revolver à l'oreille d'un dément précoce, il rigole... il trouve tout charmant. Du moins, il le dit. On ne sait pas ce qu'il y a au fond de cette désaffection du dément

463

par rapport aux choses de la vie qui ont pour tout le monde un sens tragique... L'amour, c'est comme ça : sauf que tout ce qui la concerne, elle, est une tragédie... Tu as été amoureux ? »

Il était devenu charmant. Il fit parler son frère. Il écouta avec une bonne volonté inlassable les histoires de Sérianne, Mme Respellière, Jacqueline, Yvonne et le lycée d'Aix. Il nageait dans le bonheur. Il se sentait une telle indulgence pour Armand qu'il pensa même que ça aurait bien arrangé les choses de le faire se coller avec la mère Beurdeley.

« Une femme m'a proposé hier soir quarante billets, mon vieux, et j'ai refusé... »

Il n'avait pas pu se retenir de cette vantardise. Tout d'un coup, il perdit les avantages qu'il venait de prendre. Tout le bénéfice de la camaraderie. D'un mot, il s'était coulé auprès d'Armand, comme leur père avait le chic pour le faire auprès d'eux. Il n'était pas pour rien Barbentane.

« Huit heures et demie! Je file à l'hôpital. Va prendre ton bain... »

Armand restait seul, avec le luxe de se laver quand on n'a pas un sou en poche. Encore une fois, son frère l'avait quitté comme ça, sans projets. Il fallait le jour même aller chercher du travail. Sérianne n'entrait pas un instant en question. Quant à Edmond, c'était un incroyable saligaud.

XXXIII

Carlotta avait une main dans le petit bol d'eau chaude, et l'autre sur le coussin. Dans ce déshabillé crème, sous lequel on apercevait la chemise de nuit avec ses incrustations de dentelle, elle avait l'air tout à fait enfant d'une pensionnaire déguisée en cocotte. Elle jouait, sous le guéridon laqué, avec ses mules. Le chat siamois bondit silencieusement et se frotta contre l'un des pieds nus. Babette, la manucure, changeait de lime, de repoussoir, de vernis, se perdait dans un arsenal de poupée, s'esclaffant, soupirant, se reprenant dans un bavardage de boîte à musique, à la voix aiguë, vulgaire, parisienne. C'était une petite brune dont les yeux si malheureusement de travers avaient déterminé la vocation : « Ils ne me croyaient pas, expliqua-t-elle, quand j'y disais : Je t'aime! » En noir et blanc, bien entendu, toujours très couture, avec son petit bavolet de tulle brodé : « Ça fait curé, et, pas, je vous les confesse ? Alors... »

Annette, la femme de chambre, pendant ce temps-là, retapait le lit. Elle avait introduit M. Alexandre, un grand brun, presque laid, avec son nez trop vite parti dans le ciseau noir des sourcils, un mouchoir rose à la pochette, et son costume bien Deauville, perle, pour Paris. Il avait approché une chaise à la gauche de Carlotta, il y ouvrait ses écrins. Des broches de diamant, un pendentif fait de deux saphirs, des gouttes de ciel

465

qu'il disait, ce qui fit crier à Babette que, mince, il y aurait de l'orage. Et cætera. Un amour de petit sac du soir. Carlotta n'avait en rien l'idée d'acheter, mais pendant qu'on lui faisait les ongles, autant regarder de jolies choses. D'autant que M. Alexandre jadis avait été gentil pour elle, dans des temps plus durs. Maintenant il croyait qu'avec Joseph Quesnel, il avait fait fortune. Il se mettait le doigt dans l'œil. Mais il faut savoir vivre. Carlotta ne dédaignait pas les bijoux. Le soleil du boulevard Bineau jouait dans les brillants comme un plumage de perroquet.

Babette jacassait : « Moi, les hommes, si c'était moi, bien entendu, parce qu'avec cet œil qui dit zut à l'autre, et j'ai jamais su lequel entre parenthèses, enfin ça n'a rien à voir, donc les hommes, je ne dis pas ça pour vous, monsieur Alexandre, c'est des dégoûtants, vous n'êtes pas un homme... Oh, vous fâchez pas. Je dis que vous en êtes pas un, et puis je ne le dis pas, enfin ce sont des pas grand'chose, alors, j'hésiterais pas, mais alors là, pas du tout, à les faire raquer, chaque fois que l'occasion, par exemple, monsieur Alexandre qui vient : Vous auriez-t-il pas envie de ce bracelet de rien du tout ? et tout de suite, mille balles, ou encore tu passes dans la rue, oh, la jolie montre ! et on entre dans le magasin, tu te l'épingles au corsage, tu fais ta mutine, il ne peut pas te l'enlever, ou alors c'est un mufle, et les mufles, tu sais ce que j'en pense. Bref, quand ce serait pas des boucles d'oreille, ce serait un petit crayon de fantaisie, des parfums, du linge... Oh, ça, le linge, je ferais des folies pour du linge. Tiens, même avec un nègre. Oui, oui, je l'ai dit, je le reprends pas : même avec un vilain nègre, parce que les nègres, il y en a, ça ne serait pas un sacrifice... Oh, je ne suis pas coucheuse, coucheuse... Il y a pire que moi, j'en connais, je fais les mains à des, faut voir... Carlotta, ne t'agite pas comme ça, je vais te faire saigner... D'ailleurs, elles auraient bien tort de se priver, pour ce que ça rapporte ! Oh, lalala... Il y en a de drôles, tiens, je ne t'ai pas raconté ! Je me demande où c'est que j'ai la tête... L'autre jour, avenue

466

du Bois... Je t'ai pourtant vue après... et je ne t'ai rien dit. Ça, c'est un peu fort de café! La distraction, tu sais, pas la discrétion, enfin c'est vrai que j'avais eu des ennuis avec Gérard... Oh, tu sais, tu sais! Au bout du compte, c'est un poisson, celui-là, un vrai barbot... qu'il m'a jamais rendu les trois louis... Si je le laisse encore me faire l'amour! Tiens j'aimerais mieux un bouchon de champagne. Oh, pardon, monsieur Alexandre, j'oubliais que vous êtes là!... Il n'est pas mal du tout, votre diadème... ça moi j'aurais aimé porter des diadèmes... Tu n'en voudrais pas, Carlotta? Tout lui va à cette Carlotta, monsieur Alexandre, et si vous la voyiez toute nue... ah, moi, je suis franche comme l'or, tant pis, tant pis, tant pis... elle fait bien cette lime, pas? C'est un cadeau... qu'est-ce que je disais? Ah, oui, avenue du Bois... tu t'imagines, cette cliente, une poétesse qu'il paraît, chez elle c'est rien que des lys noirs, des trucmuches, de l'argenterie partout, du velours... eh bien, elle s'habille en page, enfin c'est comment te dire, en petit pâtissier du Moyen Age, et moi je pensais bien qu'elle était un peu toquée, mais pas à ce point-là, ah! non, et puis pas comme ça! Paraît qu'elle n'aime pas les hommes, c'est son affaire, mais elle me regardait drôlement... j'ai d'abord cru que c'était son œil à elle, comme le mien, mais dans un autre sens... Elle me dit avec une voix, ça t'aurait retournée : « J'adore les yeux qui louchent, moi... » Eh bien! je sais qu'elles sont un peu de travers, mes mirettes, mais de là à dire que je louche... je lui ai pas envoyé par la poste, d'autant que c'est pas une raison parce que je fais la manucure pour me fourrer la main dans les seins comme un voyou, quand on est comtesse... j'ai pas dit, qu'elle était comtesse? Elle est comtesse, et poétesse. Tiens, moi aussi... »

Quand M. Alexandre eut replié ses écrins, et qu'il fut parti avec son rire de biais, Babette attaqua la seconde main de Carlotta rêveuse. Entendait-elle ce qu'on lui disait, Carlotta? Il faut croire, puisque lorsque la manucure demanda : « Et alors, le Roméo? », elle soupira, sourit et dit avec une voix profonde : « Je me l'aime... »

Polissoir, lime, repoussoir dansèrent sur un rythme accéléré. Carlotta amoureuse! Il ne manquait plus que ça. Tous les hommes sont des salauds. Et qu'est-ce qu'il dirait, le vieux, s'il savait? Une femme comme Carlotta doit songer à son avenir. Elle n'avait pas encore de château : « Tu sais, un château avec des fossés, des tours, et une passerelle pour entrer, tu la lèves quand tu ne veux pas recevoir le monde. C'est alors que tu es chez toi... Et puis tout ce qu'il faut pour la chasse, les chiens, les piqueurs... Des mecs en rouge avec des boutons d'or... »

Carlotta répéta, chantante : « Je me l'aime... »

Babette fit reluire frénétiquement les ongles, et les inclina dans la lumière. Elle gémit. Voilà Carlotta prise pour de bon. Encore des embêtements en perspective. Elle l'aimait bien, Carlotta, elles avaient crevé la faim ensemble, au temps de la rue Taitbout. Des moments qu'on n'était pas près d'oublier, peut-être. Alors Carlotta se mit sur le sujet d'Edmond. Avec cette crudité, cette indécence des femmes entre elles. Les quenottes luisaient sur les mots propres. Babette en bavait.

Les femmes parlent des choses du lit, ça n'a que rarement ce ton de blague des hommes. Mais, pour la précision, elles leur rendraient des points. Pour la trahison aussi. Elles déshabillent leur amant pour leurs amies, comme elles exhiberaient leur trousseau. Elles répètent ce qu'il dit de plus secret, ce qui lui échappe, les mots les plus fous dans lesquels il se perd, l'incontrôlable de sa tête. Elles rient de lui entre elles. Il y a bien peu de chance que les images de l'amour les grisent au point d'oublier un tic, une défaillance. L'homme se monte le coup. Il idéalise la femme. Mais, elle, ne le lui rend pas. Elle apporte aux choses de l'amour un sens forcené du réalisme. On ne la trompe pas avec des mots. C'est au moins là ce que pensait Babette en jouant du chiffon.

XXXIV

« En plus de ta mensualité, tu trouveras donc ci-jointe la somme de deux cents francs pour te dédom-mager des frais causés par le séjour d'Armand à Paris et lui permettre de revenir à Sérianne... » C'était la première fois que le docteur était en avance sur le ca-lendrier. Le crapaud avait eu ça de bon que la mensua-lité de juin dégringolait le 26 mai.

La lettre était arrivée au courrier du soir. Le mandat ne pouvait être touché que le lendemain matin. Tout la journée avec Carlotta avait été empoisonnée par le fait qu'elle payait pour deux : c'était la fin du mois. Ils n'avaient pu faire l'amour chez elle à cause des domes-tiques. Ils avaient donc été dans un luxueux hôtel de la rue Godot-de-Mauroy, ou plutôt une maison de garnis qui avait paru à Edmond le comble du luxe. Il l'avait vu annoncer dans *Le Sourire* : Dalles chauffées... Une chambre à six francs. Ils s'étaient fait monter un petit repas. On leur avait compté deux francs rien que des fraises. Ça file vite. Avec tout ça que Carlotta aussi la sentait passer, la fin du mois. Elle avait fait là-dessus une remarque. Edmond s'était fâché, la prenant pour lui. Elle l'avait trouvé trop bête, tiens. Quelques mots aigres-doux sur Joseph Quesnel avaient encore envenimé les choses : « Après tout, c'est son argent à cet homme, tu pourrais en parler autrement, tu en profites... »

Il était parti en claquant la porte. Est-ce qu'ils étaient fâchés ?

Il ne s'en tirerait pas à moins de dix francs de fleurs. Et dix francs qu'il avait donnés à Armand : « Cent francs lui suffiront pour rentrer à Sérianne... » La petite différence de mensualité allait être la bienvenue. Dans sa chambre, il se mit en bras de chemise, versa de l'eau et plongea sa tête dans la cuvette. Un brin de toilette n'était pas de trop. Puisqu'il avait sa soirée libre, tant pis pour la conférence d'internat! on le barbait à la fin. Il irait au cinéma, tout seul. Il emprunterait au garçon de l'hôtel... On frappa à la porte.

C'était Armand. Un Armand fatigué, rouge, assez sale. Il se négligeait vraiment. Il se laissa tomber sur le fauteuil. Pour un soir qu'Edmond aurait pu être seul. Et avec l'humeur de chien de toute cette histoire de Carlotta. « Alors, crapaud, quoi de neuf? Qu'est-ce que tu as fichu toute la journée? »

Il soufflait de l'eau par ses narines. Armand ne répondit pas tout de suite, puis il se décida : « Voilà, j'ai cherché du travail. Tout le jour. J'ai marché par la ville. J'avais regardé les petites annonces... J'ai été jusqu'à La Villette, du côté de la Trinité aussi, et puis aux Ternes, et puis... Et puis je n'ai rien trouvé. Je me demande pourquoi ils mettent des annonces à tant la ligne ces gens-là. Tu arrives, ils te disent : Ah non! pas de travail... Il y en avait, oui, on l'a donné... Toi, tu as couru à l'autre bout de Paris... Un libraire, je m'étais dit, ça, c'est dans mes cordes. Va te faire fiche! pour du coltinage... Chez un notaire, comme saute-ruisseau, il aurait fallu être présenté par ses parents... — Je te l'avais bien dit. — ...Et dans une boutique de musique, c'était pour trimbaler des pianos, ils se sont payé ma gueule, une grosse femme qui gloussait : « Le petit gringalet, non, mais voyez-vous ça! » Tu rigoles?... Il y avait bien dans le Sentier une maison qui m'aurait donné des enveloppes à faire chez soi, un métier bien propre, disait le patron, commission-exportation, mais il aurait fallu que je donne mon adresse... Alors, comme je n'en ai pas... »

Edmond s'arrêta de se laver les dents : « Comment,

470

tu n'en as pas ? — Non, je n'en ai pas. Pas de chambre, pas de bagage. Qu'est-ce que tu as à faire les yeux ronds ? Et je n'ai pas boulotté d'aujourd'hui. Mes deux derniers sous ont été pour des journaux à cause des annonces... — Et les dix francs que je t'ai donnés ? — Ils sont loin, tes dix francs, si tu veux savoir. Je n'ai pas boulotté, je te dis. »

La brosse en l'air, Edmond regardait son frère. Ah, ça, c'était un peu fort, par exemple ! Et cette insistance sur ce qu'il n'avait pas boulotté ! Il venait exiger, maintenant, celui-là. Soyez gentil avec la famille. Quand on pensait que lui-même, Edmond, il allait lui falloir taper le garçon...

« Si tu crois que tu es drôle, mon cher, tu te fourres le doigt dans l'œil, et dans les grandes largeurs. Moi, je travaille, je fais mes études. Je n'ai pas bouclé mon mois à cause de toi, des frais que tu m'as causés. Oui. Et toi, l'argent, allez donc, par la fenêtre ! Hier soir dix francs, ce soir plus le sou. Non, mais tu ne m'as pas regardé. Pour qui tu me prends ? Pour un micheton ? »

Armand ignorait ce que c'était qu'un micheton, mais le sens général du discours ne lui échappait pas. « Je n'ai pas boulotté », répéta-t-il avec l'insistance de la faim, d'une faim de dix-sept ans. « Moi non plus, dit de la meilleure foi du monde Edmond, qui n'avait pas fait de repas traditionnel depuis la dînette de la rue Godot-de-Mauroy. Non, mais, qu'est-ce qui m'a foutu un pareil galapiat ! Ça vous tombe sur la citrouille le 25 du mois, ça vous tond comme une brebis, et puis encore... Alors, tu t'attends à ce que je t'entretienne ? Te payer ta chambre ? Et à briffer ? Parce que je suis ton frère ? Jolie obligation. C'est pas de ma faute si tu es né, tu sais... »

Il était pâle de rage. Il arpentait la pièce. Armand, les dents serrées, le suivait des yeux : « J'ai faim », dit-il. Cela mit le comble à la fureur d'Edmond. « Tu as faim, tu as faim ? Le beau malheur. Tu n'es pas le seul, tu sais, en ce bas monde. Il y en a d'autres. Et qui te valent bien ! D'ailleurs, ce n'est pas une mauvaise chose que tu restes sur ta faim, un soir. Probable, au foin que tu en fais, que c'est la première fois que ça t'arrive. On ne crève pas de se coucher le ventre creux... Ça t'apprendra la vie... — J'ai faim », répéta Armand. Il avait toute l'âpreté de cette journée épuisante. Comme on l'avait reçu, partout où il venait quêter du travail! Il n'avait pas parlé de cette « *jolie situation* » promise sur une annonce, et où il suffisait de mettre vingt mille francs pour devenir copropriétaire d'un bar tout à fait florissant, derrière la République. « J'ai faim. »

Il disait cela parce qu'il ne trouvait rien de plus persuasif, de plus sûr et de plus intolérable que sa fringale. Il regardait par la pièce dans l'espoir de voir traîner même un vieux croûton. Mais rien.

« Eh bien, si tu as faim, pour autant qu'il tient à moi, tu continueras à avoir faim, cela te dressera! Qu'est-ce que tu en as fait d'abord, de ces dix francs ? »

Armand balbutia légèrement : « Je les ai *donnés* à une femme... — Alors, ça, c'est le comble! Monsieur donne *mon* argent à des femmes. C'est moi qui paye les frasques de Monsieur. Monsieur débarque de sa province et c'est tout de suite la grande vie, les femmes... Pourquoi pas une écurie de courses, hein ? Tu t'offres ma bobine, peut-être ? D'abord, à ton âge, on ne flanque pas de l'argent aux femmes, on en reçoit... »

Sur cet axiome moralisateur, Edmond se frotta énergiquement les gencives. Un peu trop énergiquement, même. « Je t'ai dit que je n'ai rien mangé d'aujourd'hui... J'ai faim et je n'ai pas où dormir... »

Edmond maintenant se récurait la mâchoire avec un luxe impatientant de petits gestes. Le silence était insupportable. La haine y montait. Une haine qui avait ses profondes racines dans le passé de l'enfance. Une haine qui croissait à chaque mimique d'Edmond. Celui-ci dit enfin : « Où veux-tu en venir ? »

Armand se leva, marcha vers son frère, et prononça d'une voix soufflante : « Je veux manger ce soir, et coucher quelque part. Et puis, je ne veux plus jamais te revoir de ma vie... »

Le ton surprit le frère aîné, il regarda son cadet dont

il reçut le dernier mot de très près, en plein visage :
« Canaille! »

Edmond ne s'attendait pas à celle-là. Lui prendre son argent, le déranger à longueur de journée, et puis l'injurier. D'un revers de main, il gifla le gosse. « Tiens, ça t'apprendra! »

Ça faisait deux fois en quelques jours qu'il recevait une gifle, Armand. Il se jeta sur son frère qui le repoussa. Il faillit tomber. Alors, les deux poings levés...

Les frères roulèrent à terre comme des chiffonniers. Une chaise entraînée fit un vacarme du diable : les voisins frappèrent au mur. Edmond, un genou sur la poitrine d'Armand, lui cinglait le visage. Il disait dans ses dents : « Chien... chien... » Il était le plus fort, de beaucoup. En se relevant, il repoussa le crapaud du pied.

L'autre se ramassa. Ils se turent. Puis Edmond ouvrit la porte et, par les épaules, il poussa son frère dans le couloir. Il dit alors, à mi-voix : « Va crever où tu veux, petite fripouille. Si, demain, tu as envie de rentrer à Sérianne, tu trouveras cinquante francs pour ton billet de troisième... dans le casier, en bas, sous enveloppe à ton nom. »

XXXV

En se réveillant, Edmond éprouva comme un poids
sur la poitrine. Il pouvait être six heures et demie : il
faisait grand jour. Il se retourna et ne parvint pas à se
rendormir. Qu'est-ce qu'il avait ? Quelque chose le
dérangeait, ce n'était pas le drap, peut-être un vestige
d'un rêve. Il se fait comme ça, entre les rêves et la conscience éveillée, des échanges mal définis : une sorte
d'osmose, peut-être, on ne reconnaît pas que cette
pensée vient encore du sommeil... elle a traversé la
membrane...

Il se sentait mal à l'aise à l'idée d'Armand. Où avait-il
été traîner, Armand ? Bah, c'était bien de la bonté pour
ce galvaudeux. qui s'était jeté sur lui... Toute une nuit,
pourtant, sans argent... Il ne pouvait rien lui être
arrivé de diablement grave, au plus il s'était fait ramasser, et du quart on viendrait chercher des renseignements rue Royer-Collard... Une tête de bois, ce gosse :
combien de temps est-ce que ça durerait ? Inutile de se
mettre la ciboule à l'envers pour une telle bêtise. Le
crapaud, quand il aurait suffisamment tiré la langue,
viendrait chercher ses cinquante balles, et en route
chez papa.

... Ses cinquante balles... Évidemment, sur deux
cents. La lettre de Sérianne disait bien que c'était aussi
pour dédommager des frais... Tout d'abord, ces frais, il
les avait, lui, Edmond, évalués, somme toute, à cent

francs... Et puis l'inspiration, la colère, au moment où il avait vidé le petit, il avait dit cinquante... Il avait dit cinquante pour le billet de chemin de fer, d'abord... Il n'avait pas dit qu'il n'y en aurait pas d'autres... Puis, aller flanquer d'un coup l'argent du paternel à un mioche qui vous dépensait comme on respire : il aurait été dans un boxon quelconque, et ça se serait envolé en fumée. Petit imbécile ! Avec la difficulté qu'il y a de gagner les sous. Mais, naturellement, il n'y pense pas une seconde, l'étourneau. Trop facile, vrai. Un parasite.

Cinquante francs.

C'était déjà plus que le billet de troisième. De troisième, bien sûr : on n'allait pas lui payer des premières encore ? Avec cinquante francs, il se sentirait obligé de prendre tout de suite son billet... Avec deux cents... De deux cents, d'ailleurs, pas question : tout de même, il y en avait eu de réels, des frais... Enfin, avec cent cinquante ou cent, même, aucune garantie. Il serait toujours temps de renvoyer quelque chose à Sérianne, quand le petit y serait de retour. Dommage.

De toutes façons, pas tout. Vous ne voudriez pas, non, alors. On est gogo, mais pas à ce point. Cinquante francs. Sous enveloppe, dans le casier, en bas. Et puis c'est tout. Si pourtant le docteur interrogeait le prodigue à son retour... Encore une fois, il y avait les frais, et la possibilité de renvoyer quelque chose, et l'explication des dix francs donnés à une femme le premier soir. Je la vois d'ici, la femme. Encore heureux s'il n'a pas attrapé la chtouille.

Cinquante francs.

Il viendrait les chercher pour manger, et après ça... Si, ça suffirait encore pour les troisièmes. Tout de même, Armand faisait bien le fier : il méprisait son père, mais l'argent de son père... Oh, c'est toujours la même chose ! Il s'était conduit avec le docteur exactement comme avec Edmond la veille au soir.

Ainsi l'étudiant retournait dans sa tête des idées contradictoires, auxquelles il était facile de répondre. Mais soudain, son sang se glaça. Sous les couvertures il

475

se cramponna à l'oreiller. Il gémit. Il venait de penser à Carlotta... Quelle étrange chose! Il l'avait oubliée au réveil, il ne s'était réveillé à elle que maintenant... Et pour se souvenir... Comme ils s'étaient quittés! Hier soir, il se disait qu'avec des fleurs... Et si les fleurs n'arrangeaient rien? Sa peur fut si grande qu'il mesura son amour. Carlotta, ma vie.

De quoi tout cela était-il parti? Un mot sur ce Quesnel... Nom de Dieu de nom de Dieu! Le trouverait-on toujours dans les pattes, celui-là? Comment s'en débarrasser? Il aurait fallu de l'argent. De l'argent, de l'argent, et toujours de l'argent. Le monde est ignoble. Il n'y a pas un sentiment qui ne soit maculé par l'argent. C'était comme avec Armand... Tout ça, des histoires d'argent...

Pourtant, l'amour aurait dû être au-dessus de ça. L'amour. Maintenant, dans ses pensées secrètes, Edmond reconnaissait la place de l'amour. Il ne l'avait niée auparavant que par une sorte de défense, parce qu'il n'avait jamais rencontré l'amour, qu'il en avait peur même. Il était là, plein, entier, l'amour. Fallait-il que l'amour fût mêlé à toutes ces saletés?

Allons bon, il ne s'agissait pas non plus d'être godiche, parce qu'on était amoureux. Mettre toutes les chances de son côté. L'argent. Comment faire pour trouver de l'argent? Cinquante francs... Il s'agissait bien de cinquante francs... L'argent, tout l'argent du monde... L'osmose se refaisait dans une lumière d'argent... Edmond repassait par l'argent dans les songes... L'amour...

Il fut réveillé par un pneumatique de Carlotta : « Ne fais pas l'imbécile, veux-tu? Je t'attends vers dix heures du matin. J'ai envie d'aller à la campagne. Je n'étais pas libre. J'ai demandé ma liberté : je voulais être seule, j'ai dit. Il ne me comprenait pas. J'ai trépigné, cassé un petit objet d'art, pas trop cher. Il a pris peur. Voilà. Ne fais pas l'imbécile. Je t'aime. Je t'attends. — Carlotta. »

Et il y avait un post-scriptum de cette ravissante écriture d'écolière maladroite : « Je connais un petit

476

lac avec des grosses fleurs blanches qui poussent sur l'eau, un petit canot, et un hôtel. Je ne suis jamais entrée dans l'hôtel, parce que je t'attendais. Viens. »

Le cœur d'Edmond battait la chamade. Assis sur son lit, les jambes nues, les cheveux ébouriffés, encore sale de sommeil, le jeune homme se mit à rire avec l'ivresse de l'émerveillement. Il faisait un temps superbe. Mai finissant entrait par la fenêtre ouverte avec une inexprimable douceur : on sentait dans l'air quelque chose de touffu et de tendre à la fois. La lumière était celle des pêches et des jeunes filles.

C'est alors que se dressa le souvenir de l'hôpital. « Bah, se dit Edmond, pour une fois ! »

Un saut jusqu'à la poste. L'argent familial bien compté il échangea un billet de cent francs pour deux de cinquante, s'en fut au café, où il se cala les joues avec des croissants, et demanda de quoi écrire. Dans une enveloppe jaune, il glissa l'un des billets de cinquante : allait-il ajouter un mot ? Non, ça aurait pu être blessant pour le petit, après ce qui s'était passé entre eux. Il reporta l'enveloppe rue Royer-Collard : « Si le jeune homme, mon frère, vient chercher ceci, vous lui direz, n'est-ce pas, Gaston ? de laisser son adresse. »

XXXVI

Sur la couverture du magazine américain, la jeune
femme blonde jonglait avec les cuillers en argent, tandis
que dans le rocking-chair se balançait un homme chauve
qui ressemblait... à qui ressemblait-il? La jeune femme
était là, près de la fenêtre, à faire ses malles. Fallait-il
lui montrer le magazine?

Une angoisse absurde, et la soif, réveillèrent Edmond.
Comment pourrait-il atteindre le verre d'eau sans que
Carlotta... Il se sentit vaciller à cause de la disposition
oubliée d'une pièce où il n'avait jamais dormi. Un petit
hôtel de Ville-d'Avray, où ils avaient échoué après cette
promenade interrompue par une averse. Les rideaux
baissés sur le grand jour faisaient une frange de pompons
à la vie réelle. Les draps étaient lourds, de ces draps
humides des hôtels bon marché.

Carlotta dormait ferme, avec le désespoir des enfants
qui savent qu'on les dérangera. Elle avait gardé de
l'amour une expression suppliante, et un sourire qu'on
aurait aimé effacer du doigt, à ce coin des lèvres, tant
il survivait à des pensées enfuies. Elle avait ramené sous
la même joue ses deux poings serrés, comme si elle se
fût tenue à une corde, et l'un de ses coudes débordait
le drap, objet trop fin, trop délicat, qu'elle eût craint
d'emmener avec elle dans le voyage hasardeux du
sommeil. Edmond suivait cette courbe pliée que soulevait la palpitation du sein gauche. Tout ce qui passait

478

de jour dans la pièce venait mourir dans les nacrures de cette chair, où l'embu des sueurs légères rendait plus vivante la matière même de la dormeuse. La narine se soulevait d'un souffle lent, qui n'était pas synchrone avec les battements du cœur. Les cheveux défaits s'enroulaient au bonheur du linge en des volutes lourdes comme une fumée d'orage. Ils formaient d'étranges constructions irréelles, une coiffure légendaire qu'on eût désiré voir se mouvoir dans la vie. Le jeune homme sentait dans ses jambes l'étreinte des jambes de sa compagne, et il lui sembla qu'il était un plongeur pris par mégarde aux membres enlaçants d'une noyée. Une idée du corail, et la peur du varech, régnaient sur tout cela. Ce n'était plus pourtant qu'Edmond dormît, mais il flottait encore quelque chose du rêve, dans cette chaleur vivante du lit. La conscience de l'heure le prit, l'angoisse de devoir défaire ce bizarre nœud de l'amour formé dans les ténèbres d'un garni suburbain. Il eut le sentiment soudain qu'il pouvait s'arracher de ces chaînes de chair, se lever, se laver, retrouver les vêtements sur la chaise, corrects, pliés, les revêtir, s'en aller. Au-dehors, il y aurait à nouveau des rues à traverser, des maisons aveugles, des arbres, des mannequins qui évitent des voitures. Il avait formé d'autres fois, dans des lits de rencontre, de ces projets délirants avec leurs prolongements d'étoiles, où on se laisse aller avec une inconnue, qui prend soudain pour elle tout l'avenir, votre avenir, comme une botte de fleurs dans ses bras. Il avait d'autres fois joué ainsi une atroce partie d'illusions, à laquelle on se demande qui est dupe, qui voudrait mentir. Il avait menti aux femmes avec toute la gloutonnerie de sa jeunesse. Elles s'abandonnaient à la dérive de ses paroles, elles s'accrochaient à des phrases folles qu'il laissait tomber comme des barques à la mer. Elles en poursuivaient le dessin fantasque à travers les caresses, les brutalités brusques de ce nouvel amant qui les envahissait comme une romance. Il connaissait une fois pour toutes le pouvoir de ses paroles. Il était riche d'imaginations absurdes et tentantes.

Il ne se répétait jamais. Il mettait le plaisir de cette débauche secrète à ne jamais se répéter, à être pour chaque femme un autre homme, avec une vie pour elle inventée, où elle entrait comme dans un piège, où elle s'installait sans méfiance, sans savoir que les murs étaient des nuages, et les meubles des ombres, et la patère où elle pendait son manteau une dérision sentimentale.

Il avait bien menti aux femmes.

Il n'avait pas menti à Carlotta. Ou si peu. Seulement pour masquer la pauvreté, la mesquinerie de son existence. Seulement par trac. Seulement à cause de cette inégalité pour lui nouvelle, cette infériorité qu'il ressentait ici dans l'amour. Ah, quand il l'accablait de sa force, il eût juré qu'il était le maître, le tout-puissant! Et puis cela passait avec une vitesse incroyable : jamais il n'avait rencontré ainsi chez une femme à la fois cette faculté de défaillir, de tomber dans la volupté comme une pierre dans un puits, tout droit, et en même temps ce ressaisissement immédiat de soi-même, cette légèreté, ce retour à comme si de rien n'était, cette aliénation soudaine dans ses bras d'une statue, ce ton détaché, cet oubli de l'abîme. Quand il se lançait alors à parler de l'avenir, avec le sentiment de la perdre et, pour lutter contre l'atroce de cette certitude, il entendait ses propres mots sonner avec la fausseté d'une moquerie, il se désespérait comme peut-être avait fait dans ses bras quelqu'une de ses maîtresses de passage, qui eût tant voulu croire qu'il viendrait vraiment au prochain rendez-vous.

Pourtant, Carlotta ne le contredisait point dans ses songeries à voix haute. Peut-être était-ce là ce qui l'inquiétait. Peut-être était-ce la différence des yeux italiens à leur ordinaire et dans le moment prodigieux du plaisir. Peut-être était-ce tout autre chose. Il la regardait maintenant dormir et il se passa les doigts sur sa bouche. Ses lèvres étaient toutes blessées. Il sentit que sa barbe poussait, ce qui lui fut désagréable. La dormeuse remua doucement et se pelotonna contre le ventre de l'homme. Une épouvantable tendresse s'empara d'Edmond, avec la peur de bouger. Dire qu'elle rouvrirait ses yeux, qu'elle reprendrait son assurance et son détachement. Peut-être bien qu'elle ne l'aimait pas, mais au plus profond du sommeil ce mouvement vers lui de confiance, cet abandon tranquille, ce voisinage qui prend ses aises, n'était-ce pas après tout l'amour? Il voulait s'en persuader. Il se pencha sur cette gorge dont la naissance l'enivra comme s'il l'eût pour la première fois découverte. Adorable trésor de la féminité... Oh, qu'elle ne s'éveille pas surtout, qu'elle continue ainsi ce sommeil où son amant peut croire encore à la passion réciproque, où il retrouve sans peine le reflet de son propre délire, où chaque petit mouvement des cils, un battement des paupières, ponctue les divagations de son cœur!

Comment, pense-t-il dans la déraison de l'insomnie, se pourrait-il qu'elle ne m'aimât point? Il ne peut en trouver le pourquoi. Il ne voit en lui-même rien que de l'aimable. Il se persuade que ses craintes sont insanes, qu'il est aimé. Il se le redit sans fin, il recommence ses raisonnements, lumineux mais enchevêtrés. Il s'y perd, il les reprend comme un écheveau que mêle une patte de chat. Ses pensées s'en vont à la débandade. Elles se renouent sur un souvenir de la volupté. Naguère, dans les bras d'une autre... Si elle lui mentait, pourtant, comme il a su, lui, mentir? Il se rassure très vite, avec des arguments de violoniste. Mais d'où lui vient cette folie nouvelle? Il regarde sans fin Carlotta dormir. Carlotta dormir. Carlotta. Dormir.

XXXVII

Trois nuits sans qu'Armand fût venu chercher l'enveloppe jaune, qui stagnait dans le casier, comme un remords. Edmond reçut ce matin-là une nouvelle lettre de Sérianne. La famille s'inquiétait. Pas tellement d'Armand. Mais on n'avait pas reçu d'accusé-réception de l'argent.

Edmond commençait à se troubler pour de bon. Qu'est-ce qu'il lui était arrivé, au gosse ? Oh, et puis il avait dû mentir, sans ça il serait venu chercher l'argent, tout bonnement. Il devait avoir encore quelques sous qu'il dissimulait. D'ailleurs, c'était plus vraisemblable. S'il était arrivé quelque chose, ça se saurait.

L'hôtel payé, la note du blanchissage, deux ou trois petites dettes, le mois de juin se trouvait bien entamé. Surtout qu'à Ville-d'Avray, fier de sa poche garnie, Edmond avait fait les frais de la journée, ce qui avait écarté agréablement des amoureux le fantôme de Joseph Quesnel. S'il fallait tout de même dépenser comme ça, soyons raisonnable, mettons dix fois dans le mois, eh bien ! il lui manquerait environ deux cents à deux cent cinquante francs. Sans parler...

Il sentait dans son veston le petit portefeuille rouge sombre où dormait l'argent familial. Les cent cinquante francs supplémentaires, il n'y avait pas encore touché, il n'y toucherait pas de sitôt. Mais enfin il y pensait souvent. Cela aurait presque arrangé les choses.

La lettre de Sérianne impliquait la nécessité d'une réponse. Edmond écrivit qu'il avait bien reçu l'argent, que cet hurluberlu d'Armand se conduisait d'une façon bizarre, que cela faisait quatre jours qu'il ne reparaissait plus. Qu'il lui avait lavé la tête, lui, Edmond, et que le petit avait pris ça très mal, ne voulant rien entendre de son père et de sa mère, enfin une ingratitude renversante, aucun sens de la famille, etc. Pas l'air de vouloir rentrer à Sérianne, mais Edmond saisirait la première occasion, etc.

Ce soir-là, ils avaient été dîner dans un bistrot démocratique, près de la Bastille. Carlotta en connaissait un tas , de restaurants. Celui-ci, qui le lui avait montré ? Joseph Quesnel, probablement. Ou M. Alexandre ? M. Alexandre, rencontré boulevard Bineau, était devenu un dérivatif comique des colères d'Edmond. Le vin était excellent, le temps à l'orage. Il y avait une noce à l'étage, et des rires et des chansons. Qu'allait-on faire après dîner ? Le Bois était loin, le ciel menaçant. Aucune envie d'aller au cinéma. Médrano ? Ça t'amuse, toi, les clowneries ?

« J'aime, dit-elle, les acrobates. »

Et elle ferma les yeux. Edmond sentit alors tout ce qu'est la jalousie. On n'irait pas à Médrano, décidément. Pourquoi ? A cause des acrobates ? Tu sais, quand ils sont tout là-haut, là-haut, sur les appareils, prêts à faire un numéro très difficile, mais alors, très difficile... et on leur a jeté un mouchoir, et ils s'essuient les mains, et ils se balancent, assis négligemment sur une barre d'acier, et ils s'élancent, l'orchestre s'arrête. « Ça, quand l'orchestre s'arrête, ça me donne un coup... »

Edmond faisait la tête. Pourquoi ? Stupide. Bêta. Chéri. Ils sont beaux, tu sais, les acrobates. Un peu monstrueux, parfois : les muscles du dos. Ceux qui travaillent sans filet, c'est très horrible. Mais c'est plus crâne. Maintenant, quand ils se laissent tomber dans le filet, ceux qui travaillent avec un filet, naturellement, c'est toujours très extraordinaire, comme des balles, et ce sont pourtant des hommes. De beaux hommes.

Bon, chéri, je n'en parlerai plus. Non, ne te fâche pas. Tu prendras une petite liqueur avec le café... Oh, bien, ne boude pas! Une petite liqueur.

Edmond se rembrunit, pensant à l'addition. Carlotta déjà le devinait : « Écoute, ce soir, c'est mon tour. C'est moi qui paye le dîner... Si, si... Qu'est-ce que ça peut faire? On n'ira pas au cirque, c'est promis. Mais je payerai... »

Alors, si c'était comme ça, un marché. Donnant donnant. Edmond commanda un kümmel. Ce soir, Carlotta était particulièrement jolie. Tout le monde avait l'air de s'en apercevoir, le garçon, les gens des tables voisines. Une petite rosée sur sa chair, le décolleté du cou et l'approche des épaules; elle avait une robe vert sombre, tout cela se teintait de reflets d'or qui semblaient venir des cheveux. Ses cheveux étaient à leur plus lourd.

« Alors, dit-elle, c'est le kümmel, décidément, ta liqueur? Moi, j'aime la grappa. Je te ferai boire de la grappa. »

Elle avait ouvert son sac et, dans le désordre, à même avec la poudre et le rouge, il y avait des billets de banque, des tas. Elle avait bien deux ou trois mille francs sur elle, au bas mot. Il avala son kümmel d'un coup.

« Alors, si on ne va pas au cirque... Où va-t-on aller? »

Elle devait avoir quelque idée de derrière la tête. Elle tournait autour du pot. Elle se mettait de la poudre. Il regarda sa nuque. Il était assis à côté d'elle sur la banquette. Quelle étrange force dans cette nuque! Cela l'avait frappé dès le premier jour et, d'une façon invincible, il imaginait qu'elle avait dû, elle aussi, être acrobate, comme ces femmes qui se suspendent dans les airs par les dents... Ses jolies petites dents!

« Tu ne proposes rien? En voilà un amant! »

Ce mot qui lui rappelait ses prérogatives déclencha le geste auquel, sous les cheveux, l'éclatante blancheur du dos naissant le conviait. Avec une brutalité soudaine, il appliqua ses lèvres à la nuque convoitée. Elle plia. Tout le corps de la femme tourna sur lui-même, et vlan! Edmond reçut une gifle, en plein visage, et pas de la plaisanterie. Les gens rigolèrent doucement tout autour.

Edmond se redressa et saisit le poignet de Carlotta. Il était plus surpris que fâché : qu'est-ce que ça signifiait? Elle lui dit sur un ton tout à fait naturel : « Tu m'excuseras, mais je n'aime pas ces manières. C'est un peu trop le genre homme... »

Elle vit qu'il ne la comprenait pas, elle articula : « Le-gen-re-hom-me... Je veux dire que ça me rappelle trop le sans-façon des hommes qui se croient tout permis parce qu'ils payent... Vois-tu, quand on me baise la bouche, et n'importe comment, ça m'est égal, même si je n'en ai pas envie, c'est fait pour ça. Mais comme ça, dans le cou, ça me met en rogne... Je n'ai jamais supporté ni permis ça à personne, et pas même à toi, comprends-tu, parce que tu redeviens alors un homme comme tous les hommes, un ennemi, un de ces types qui nous humilient, un de ces salauds... Tu ne sais pas ce que je peux détester les hommes... »

Elle proférait ça d'une façon abominablement câline, en lui caressant maintenant la joue giflée. Les gens avaient repris leurs conversations et jetaient peut-être des regards en dessous sur le couple, mais c'est tout.

« Tout ça ne nous dit pas où on va aller... Pas d'idée? Où menez-vous vos maîtresses, monsieur? Au cinéma? Tu ne m'as pas regardée. Garçon! »

Tandis que le garçon comptait et recomptait son addition, sous la table, elle avait passé un billet froissé à Edmond. Il eut toutes sortes de peine à faire celui qui le sort du veston, et à lui donner l'aspect d'un honnête billet qui a séjourné dans une poche et non dans un sac. Le garçon en pensa ce qu'il voulut. Il ne s'agissait que d'en finir et de sortir de là.

« Edmond, dit Carlotta, on va aller jouer... Tu as déjà joué au baccara? J'adore jouer. On oublie. Pourquoi pas ? J'ai envie de jouer. Bien, si tu ne veux pas, je jouerai seule. Je veux jouer. J'ai pensé à jouer. Maintenant, il faut que je joue. Je connais un petit cercle sur les boulevards... »

On ne pouvait rien refuser à Carlotta.

XXXVIII

Armand avait dormi sur des bancs. On l'en avait
chassé. Il en avait retrouvé d'autres. Tout d'abord,
la première nuit, le premier jour, cela malgré la faim,
avait encore l'aspect d'un jeu. Il était peu vraisemblable
que cela se poursuivît. Armand trouverait du travail,
je ne sais pas, moi : un truc. En attendant, il se jouait
une histoire comme les autres, comme celle du grand
acteur en tournée, comme celle de Raimbaud d'Orange
aux Iles d'Or. Il y avait la beauté de la capitale, ces
nuits chaudes, les jets d'eau sur les places et, dans le
jour, des découvertes de quartiers nouveaux, sans fin,
une impression d'égarement, de mirage. La faim pourtant commençait à rendre inquiétante l'aventure. Le
mardi, errant par les rues, regardant avec fringale la
nourriture des magasins, il avait pu jouer à l'ouvreur
de voitures. Au Bois, le matin, malgré la fatigue, et les
observations d'hommes bien habillés : « Si ce n'est pas
malheureux, à ton âge! Tu ferais mieux de travailler! »
Cela avait fait quelques sous vers midi : il avait dévoré
du pain et du chocolat, beaucoup de chocolat, à une
boulangerie, près de la porte Dauphine. Des croquettes
La Savoyarde, du chocolat Barrel. Cela faisait partie du
jeu, pour le petit rire intérieur qui permettait encore
de supporter de ne pas s'être lavé, d'avoir mal aux
pieds, et ne de rien savoir de l'heure suivante.

Mais le mardi n'avait pas apporté de travail ni l'argent

487

d'une chambre et la faim était revenue avec le soir, la faim jamais vaincue, l'ennemie qu'il retrouverait matin et soir dans son ventre. Il y avait d'autres types que lui qui se précipitaient sur les portières, plus mal habillés, plus hâves, plus sales, plus pitoyables. L'un d'eux le bouscula, quelque part du côté de la Madeleine, devant un grand restaurant : « Des fois que ça serait chez toi, ici, pour prendre le boulot des autres ? »

Ainsi, il y avait des hommes pour qui ceci n'était pas un jeu passager, mais un boulot. Remontant vers Montmartre, il eut la chance d'atteindre une belle voiture qui laissait descendre une femme splendide : il en resta la bouche ouverte, la main sur la portière. Le chauffeur le poussa pour lui, qui demeura la main tendue.

La beauté n'est pas nourrissante. Il pensait, ayant ramassé quelques sous vers deux heures du matin, et redescendu de Pigalle aux Halles, à ce réchaud de la pointe Saint-Eustache où il bouffa des saucisses dans du pain, il pensait à la longueur de la nuit avec terreur. Et aux nuits suivantes. Un sou lui restait qu'il regarda longuement. Il se souvint qu'à Sérianne ses parents lui gardaient les sous neufs qui sont tout dorés, et qu'on les mettait dans une tireline en forme de tête de chat, avec un col et une cravate papillon d'un beau rouge. En même temps, il était fier d'avoir mangé, même de façon insuffisante. Pour la première fois de sa vie, il avait gagné son pain. Une vieille voix profonde lui disait bien qu'ouvrir des portières n'était pas reluisant, pas vraiment un travail... Au fond, qu'est-ce que c'était que cette religion du travail ? Il aurait bien mangé (et dormi) à ne rien faire.

La deuxième nuit fut plus dure que la première ; et le mercredi se passa mal. Pas de portières, le rabrouement partout où il allait mendier un emploi ; à ces pancartes d'embauche, par-ci par-là, correspondaient toujours des exigences d'une qualification quelconque. Et où avez-vous travaillé, mon garçon ? Il apprit à mentir : il venait d'Aix où il avait fait des écritures, dans une grosse brasserie... Et votre certificat? La fois suivante, la fable s'allongea : en arrivant à Paris, Armand s'était fait détrousser de ses papiers, il avait écrit à Aix, il recevrait le double du certificat. Bon, repassez quand vous l'aurez reçu. Ou encore : laissez votre adresse, on vous fera signe...

La faim devenait épouvantable après deux jours de sous-alimentation. Ça commençait à faire du brouillard dans la tête. Ça commençait aussi à devenir une idée fixe. Las des bancs, à Saint-Germain-l'Auxerrois vers les midi, Armand était entré dans l'église. Il y avait un service mortuaire avec l'orgue et tout le tremblement. L'odeur de l'encens terriblement entêtante. Tout de même, une chaise, ça faisait plaisir. Les mains d'Armand caressaient la paille. Dire qu'il y avait des cérémonies où on donnait pour rien du pain bénit! Pas aux enterrements. Armand se rappelait le pain bénit de Sérianne. D'ailleurs, ce n'était pas du pain : une espèce de gâteau de Savoie, blond, mou, encore chaud, un peu sucré. Les choses dansaient dans les accords déchirants de l'orgue. Soudain Armand vit devant lui une petite vieille qui tendait la main. Une mendiante? Non, la chaisière. Il feignit de se fouiller, sans trouver. L'autre ne bougeait pas. Il se leva donc, murmurant quelque chose. L'odeur de l'encens avait failli le faire vomir, mais il n'avait rien à vomir, qu'un goût aigre. Il chassa cela avec l'eau d'une fontaine Wallace.

Un bouton avait sauté de son veston. Bien devant. Le premier. C'était le commencement d'une longue disgrâce. Il traînait sur son bras son imperméable qu'il aurait voulu laisser quelque part avec cette chaleur. Sa seule richesse, pourtant. S'il avait pris les cinquante francs dont avait parlé Edmond, il aurait eu une chambre quelque part. Du côté de Clignancourt, il en avait vu annoncer à vingt francs par mois. Il y aurait laissé l'imperméable. Pas question. Ne rien devoir à ces gens, à cette ordure... C'était une résolution bien ferme qu'il avait prise le lundi soir et on n'était que le mercredi après-midi. La faim croissait, ne laissant plus de place à rien qu'à elle-même. Les petites charrettes de fruits et de légumes au bord des trottoirs tournaient au supplice. Il doit bien y avoir des soupes populaires quelque part, mais quand on ne sait pas... A qui demander? Les sergents de ville étaient déjà devenus les gens qui le faisaient, la nuit, filer des bancs. Une faim noire. La bouche qui sèche, puis salive, puis sèche. L'eau des fontaines ne trompait plus rien. Les jambes molles. Le truc des portières ne marchait plus, mais alors, là, plus du tout. Mendier? Près d'une gargote, dans l'île Saint-Louis, il resta longtemps à humer l'odeur des graisses et des sauces. Il songeait à la campagne où tout de même on peut chiper des figues ou des raisins. Et puis, il y a la chasse et la pêche. Cette dernière idée le fit rire : il y a la chasse et la pêche.

Cette nuit-là fut une nuit qui succéda à un jour, un long jour sans manger. Les cinquante francs d'Edmond revenaient dans cette tête butée avec une insistance douloureuse. Et puis, non, je ne mangerai pas de ce pain-là! Je ne mangerai pas? Il y a des choses comme ça, qu'on dit bien facilement. Manger. La nuit ne fut pas moins longue que le jour. Armand dormit sous le Pont-Neuf, du côté de la Samaritaine, par terre, dans une demi-terreur de l'ombre, et des ombres, ses pareilles. Ses rêves agités par la réalité toujours présente le firent retrouver le forgeron Avril qui faisait des adresses, qui faisait des adresses sans fin, et toujours la même adresse : Madame Sarah Bernhardt, villa Pain-Bénit, aux Iles d'Or... Madame Sarah Bernhardt, villa Pain-Bénit... Mais où donc avait-on mis la colle pour les timbres? C'est-à-dire que ce n'était pas la colle qui manquait : une récente invention a permis de mettre la colle toute prête sur les timbres... Vous léchez... Armand avait tant collé de timbres qu'il sentait dans sa bouche un goût bizarre, un goût de mort... Ce n'était pas la colle qui manquait, mais il manquait quelque chose à propos de timbres... Armand avait fait collection de timbres, il se souvenait du tête-bêche de la deuxième République; ah, cette gueule qu'elle avait, la deuxième République! Et puis Christophe Colomb découvrant l'Amérique en violet carminé... L'argent! Voilà ce qui manquait, à propos de timbres! Sarah Bernhardt avec sa voix d'or glapissait : Cinquante francs! Il aurait fallu payer cinquante francs pour un timbre de deux sous... Un timbre de cinquante francs, pour deux sous, c'est évidemment une affaire... Cinquante francs... « Allez, oust, là-dedans, décampez, si vous ne voulez pas qu'on vous ramasse... »

La brigade fluviale passait et les dormeurs feignaient de s'enfuir pour revenir sans doute. Cinquante francs! Armand s'était réveillé avec la faim et l'idée du billet bien proprement plié dans une enveloppe qui l'attendait rue Royer-Collard. Non, par exemple, non.

Même avec le beau temps, le petit matin est le pire moment pour la crever. Déjà la ville reprenait cette allure de précipitation des hommes vers le travail. Tous levés cinq minutes trop tard. L'affairement des autres, cette extraordinaire connaissance de leur place stricte dans la machine, qu'ils rejoignaient avec l'aube, le geste même des balayeurs, la sérénité des boueux à enlever les ordures, tout parlait à l'affamé le langage du travail. Il se sentait une exception monstrueuse. Dix-sept ans. Comment allait-il faire? Travailler? Il y avait deux jours, il se demandait s'il fallait ou non travailler. Maintenant, les données du problème avaient varié. Il aurait bien voulu travailler. Comme les autres. Comme ceux du Pré-Saint-Gervais. Il était prêt à s'évanouir. Cela mordait à l'estomac, il devait appuyer ses mains contre son ventre pour adoucir ça. Et même ce système-là était usé... Il se sentait sale, ignoble, avec sa chemise de six jours. Se laver... une chemise. Ah, du pain d'abord! Et du café. Il rêvait d'un café bien noir et bien chaud. Il avait des mouches devant les yeux, et des points d'or. La crampe gastrique s'accentuait.

Cinquante francs! Au bout du compte, il était un imbécile. Ces cinquante francs, il n'y avait aucun déshon-

neur à les prendre. Et quand il y aurait eu du déshonneur. Manger d'abord. C'est fou, les idées qu'on se met
en tête. Des histoires de Marguerite de Provence, ma
parole. Ou le théâtre qui continue... Ruy Blas : « *Bon
appétit, messieurs !* » Tu parles. La faim a raison des
foutaises. J'irai prendre ces cinquante francs. Et tout
de suite.

Non... pas tout de suite. Parce qu'il y a Edmond. Et
qu'il faut attendre qu'Edmond soit à l'hôpital. Pas la
peine de le rencontrer pour lui donner l'occasion d'un
triomphe. S'exposer à sa pitié peut-être. Car c'est
encore capable de se payer le luxe de la pitié, qui sait ?
Du café. Nom de Dieu, que c'est difficile de ne pas
courir rue Royer-Collard, quand on voit dans les bars
les gens qui se brûlent à boire trop vite leur café. *Leur*
café. Est-ce qu'il est à eux ?

Ce que ça peut être blond, un croissant !

A neuf heures tapant, son imperméable sur le bras,
Armand réclamait son enveloppe au garçon d'hôtel.
A travers l'enveloppe, il sentit craquer le billet. Le
garçon disait : « M. Barbentane m'a bien recommandé
de dire à Monsieur de laisser son adresse... »

Armand leva la tête et ricana : « Mon adresse ? Vous
lui direz de faire suivre la correspondance au Ritz,
place Vendôme ! »

TROISIÈME PARTIE

Passage-club

I

Le *Passage-Club* tenait son nom de ce qu'il avait une sortie sur le passage de l'Opéra par une porte aboutissant en haut d'un escalier droit, sur lequel s'ouvrait à gauche un hôtel meublé. Il occupait l'entresol de l'immeuble donnant sur le boulevard des Italiens, et prenait jour par de longues fenêtres basses sur ce boulevard. Sa principale entrée était à l'autre bout du local, débouchant dans le couloir du théâtre Robert-Houdin. Quand on arrivait par ce bout-là, on était reçu par une sorte de valet en habit assez élimé, et qui n'avait jamais l'air très bien rasé par nature, parce qu'il avait *le bleu*, vous savez, ce genre de barbe qui laisse un reflet ; et avec ça une tignasse de marchand de marrons faisant une pointe malheureuse sur le front presque jusqu'aux yeux. On l'appelait Pedro par plaisanterie.

Pedro donc, derrière une table, rétrécissant l'entrée du cercle, devant le vestiaire carré, tenait le double emploi de préposé aux pardessus et de contrôleur des entrées. Sur la table, il y avait des chemises cartonnées à dos vert et plat noir, et le registre des membres du *Passage-Club*. Registre alphabétique où l'ongle carré de Pedro se promenait : « Monsieur Harry ? C'est par un H ? ou un A ? » Il avait des loisirs, Pedro, et il les occupait. On le voyait écrire avec un mouvement de l'œil gauche écarquillé, la paupière droite légèrement tombante, et il se mordait la lèvre inférieure. Il consultait ses dossiers cartonnés et semblait s'appliquer. A quel travail s'adonnait-il ainsi ? On avait remarqué souvent qu'il cachait à l'approche de quelqu'un *la Vie Parisienne* ou une page d'annonces de journal. Il semblait rédiger un assez volumineux courrier.

En réalité, Pedro répondait avec ponctualité à la petite correspondance des publications spéciales. Non point qu'il cherchât à se faire des relations mondaines ou exotiques, ou même que l'on pût expliquer cette manie par des motifs intéressés. Il ne répondait pas pour lui-même, mais pour recevoir des lettres. Il écrivait aux femmes et aux hommes indistinctement. Pour chaque correspondant, il prenait une écriture nouvelle, car il avait un joli talent dans ce domaine-là, et ce qu'il consultait à main gauche, ce long carnet noir à étiquette rouge, c'était un répertoire des écritures employées, avec la référence qui lui permettait de s'y retrouver. Il faisait de la psychologie dans le choix de la bâtarde, de la cursive, de l'anglaise. Il n'avait pas son pareil pour les écritures de jeunes filles. Il vous faisait à volonté une missive qui, transmise à un graphologue, trahissait un homme d'affaires, riche, volontaire, mais au fond un cœur d'or, généreux avec les dames ; ou un timide employé de banque, sentimental, prêt à tout croire, épris de petite fleur bleue. Et c'est ainsi que tour à tour il fabriquait pour Blackeyes, Col Bleu, Un qui ne s'en fait pas, Mariette, Vieil Anglais mélancolique, Inconnue gantée, Sapho, Mélusine ou Paul-de-Kock, toute une littérature où, sous des signatures à l'avenant, il se prêtait cent existences désenchantées, troubles ou naïves, petite pensionnaire, collégien, Haroun-al-Rachid des cœurs, prince balkanique en tournée, femme incomprise, veuve à consoler, Satan d'hôtel ou tolstoïen en mal de rédemptions.

Derrière Pedro, il y avait le premier salon, où on ne jouait pas, avec de petits fauteuils et des tables d'acajou, et un bar, et le barman. C'était le barman qui servait dans les grandes occasions, quand il fallait vider quelqu'un. Sur le fond de l'étagère à bouteilles, sous le plafond bas de l'entresol qui donnait à toutes les pièces du cercle l'aspect d'une tache d'encre étalée, le barman, qu'on appelait barman, et jamais autrement, semblait un orang-outang en veste blanche. Il était un peu chauve, et probablement turc. La lèvre supérieure fendue à gauche, et ça lui donnait l'air de toujours se fâcher. Il était un peu plus grand qu'on ne le remarquait tout d'abord. Il jouait tout seul aux dés, sans arrêt, quand il n'avait rien à faire, ou il jouait aux dés avec qui voulait, sur le bar. Il prêtait de l'argent à ceux qui lui en demandaient. Très discrètement. Suivant les gens, sur signature ou sur une garantie. Vous l'auriez vu élever en l'air une montre en or, par exemple. Comme s'il n'en avait jamais tenu de sa vie. Puis il haussait les épaules, ses épaules bombées en avant et en arrière de la tête inexpressive. « Cinquante francs », disait-il, en faisant disparaître l'objet au milieu des verres et des bouteilles.

Le salon de gauche, sur le boulevard, formait le bout de l'appartement. On ne jouait là que les grandes parties, rarement, ou tard dans la nuit. On l'appelait *la rotonde*, bien que ce fût une pièce quadrangulaire comme toutes les pièces, avec du papier en faux cuir repoussé marron à fleurs d'or. Sur la table verte, un râteau et des boîtes. Généralement, dans un fauteuil, quelqu'un des joueurs venu somnoler dans cette pièce vide, la barbe cassée sur le plastron, et un léger ronflottis dans la moustache.

A droite du bar, s'ouvraient les salles proprement dites, les trois salles. Dans la première, le salon jaune, d'un vieux jaune sombre, on jouait au baccara, trois grandes tables ; dans la deuxième, qui était rouge, au trente-et-quarante ; et dans la troisième, la verte, au poker. C'est dans cette dernière que s'ouvrait le guichet du caissier, dans une espèce de baraque peinte en gris Trianon ; et on tapait à ce guichet assez longuement avant qu'on vous ouvrît. De la pièce médiane, une porte donnait accès au bureau du directeur.

Il fallait deux parrains pour être inscrit au cercle, et

payer un louis. Le premier soir, Carlotta avait eu la chance de trouver là M. Alexandre, qui lui avait permis de faire admettre Edmond. Le premier soir, car ils revinrent souvent.

Carlotta, au jeu, s'animait d'une façon étrange. Elle retrouvait ses airs de petite fille et ses manières de pendant l'amour. Le sang circulait à fleur de peau, se retirait soudain comme une morte, le sein gonflé s'arrêtait, puis d'un coup la gaîté, le rire revenaient, une vie folle, et les soupirs désordonnés de la perte, si gentils que tout le monde lui souriait, que des messieurs graves à travers la table lui donnaient des conseils : « Laissez passer un coup », ou : « Doublez, cette fois. » Elle jouait très peu d'abord, se fâchait avec le baccara, pour passer au poker. Elle n'aimait guère le trente-et-quarante, une volerie, disait-elle. Puis, elle revenait, prenait la banque à n'importe quel prix, d'un coup de tête, après avoir perdu deux cents francs par dix francs. Quand elle s'asseyait à la main, sa beauté faisait un remous d'intérêt. Edmond sentait alors la jalousie. Il regardait le public.

Une majorité d'hommes, quelques femmes peintes, la plupart passé la trentaine. On ne s'habillait pas nécessairement pour venir jouer, mais tout de même. L'éclairage était au-dessus des tables, avec de fausses bougies électriques dans des espèces de suspensions à abat-jour métalliques verts au-dehors, beiges en dedans. Tout le local avait je ne sais quoi de poussiéreux et de mesquin, qui tenait sans doute à son caractère d'entre-sol, mais qui déteignait sur les gens. Les gens avaient tous un peu l'air déplacés, trop grands, pour le *Passage-Club*. Sauf les employés glissant entre les tables, les surveillants, les changeurs, une dizaine au moins, la plupart des hommes d'âge avec des moustaches, les uns en habit, les autres avec une espèce d'uniforme brun à boutons d'or qui tenait du livreur et de l'employé de banque. De temps en temps passait un homme à teint bistre, avec de petites taches bleues aux tempes et les cheveux presque blancs, qui regardait si tout se passait

correctement. Il avait toutes les dents en or, et des mains
étroites et petites. Des yeux trop hauts, remontés dans
le front. C'était M. de Cérésolles, qu'on appelait M. le
baron, le directeur du *Passage-Club*, dont on savait qu'il
avait fait jadis le même métier dans un casino de la
Côte. Il connaissait tout le monde par son nom, tout de
suite. Le premier soir, il appela Edmond *docteur*.

Les clients, en smoking, ou en veston foncé (rarement
et comme par tolérance, après des chuchotements, des
pourparlers, quelques grands gaillards en gris clair entraient, rieurs, des Marseillais, particulièrement), les
femmes décolletées, ou avec des guimpes de tulle que
c'était tout comme, des écharpes, et de petits sacs du
soir posés au bord des tables, semblaient à Edmond une
espèce humaine plus réelle que celle qu'il avait jusqu'ici
rencontrée, fût-ce à l'hôpital. Était-ce le jeu qui leur
enlevait de leur vernis, malgré poudre, maquillage,
vêtements? Ils avaient cet air hors série, un peu dé-
fraîchi, des mannequins d'une autre époque. Même ceux
qui ne manquaient pas d'une certaine beauté, toujours
marquée de quelque tare indéchiffrable. Les femmes
les plus soignées trahissaient pourtant leurs rides, l'inquiétude de la perte et du gain probablement leur retirait la liberté d'éblouir. Les hommes âgés gardaient
dans leur air respectable quelque chose de pas net,
comme une rousseur de fumée dans la barbe. Des manchettes sortaient trop des manches, ou s'y dissimulaient,
douteuses, quand on avançait dans la nuit. Tout prenait
un parfum de province, jusqu'à l'abondance des étrangers. Levantins gras, aux pattes boudinées, écrasant
leurs cartes sous des mascottes, une grosse turquoise,
un petit objet de peluche, une lettre d'amour. Polonais
qui se soûlaient au bar dès qu'ils avaient gagné, et dont
on allait discrètement chercher le vestiaire. Un vieil
homme rasé, à la figure de fouine apeurée, dont les
mains tremblaient trop pour qu'il pût tenir lui-même
son jeu, et qui faisait s'asseoir près de lui une femme
pour cela, une de ces extraordinaires quêteuses, éprises
de systèmes, qui jouent la poussette sur les gros pontes

avec des yeux pleins de pleurs. De faux notaires qui ne quittent pas des yeux la porte, comme s'ils attendaient la police. Et puis des types très élégants, irréprochables, avec des airs d'officiers ou de danseurs : têtes de concours hippique, et de Montmartre. Qu'est-ce que c'était dans la journée que tous ces gens-là ? Il y avait plusieurs femmes dont la présence ici était purement incompréhensible : des grosses mères, qui auraient pu tenir un magasin de confection ou un pensionnat, une vieille fille en crème qu'on aurait imaginée faisant tapisserie dans un bal de sous-préfecture. Il y en avait, par contre, de classiques : chargées de diamants, lourdes, aussi nues que possible, avec des rires dans les bourrelets de graisse, fumant la cigarette vers les hommes, l'argent bien en évidence devant elles. Dans tout ça, Carlotta faisait comme une flamme. Et quand elle taillait, il y avait des vieux qui poussaient cinq francs dans sa main avec des yeux suppliants, des femmes qui s'en allaient dans la pièce suivante, des hommes qui regardaient la joueuse à la façon des marchands de bestiaux. Edmond éprouvait une morsure affreuse, une angoisse de tout cela. Mais, il n'eût su dire pourquoi, en même temps, il aimait cette jalousie.

Le premier soir, il avait joué lui aussi, prudemment. Et gagné. Pas des tas, mais tout de même : une quarantaine de francs. Presque ce qu'il avait mis dans l'enveloppe pour Armand. A son retour, il en avait constaté la disparition, de cette enveloppe. La plaisanterie du crapaud touchant le Ritz lui avait paru de mauvais goût. Enfin, il ne devait pas être embarrassé, ce petit, puisqu'il rigolait encore. Carlotta avait perdu près de mille francs, elle.

La fièvre du jeu avait donné à Carlotta plus d'emportement et de pathétique dans les caresses, que même l'ardeur des premiers jours. Il y eut de cela, tacitement, pour ramener le couple au *Passage-Club*. Il y eut aussi, chez Edmond, la découverte du hasard. La disqualification de l'argent, de cet argent haï et aimé, dont il sentait le besoin et la dépendance. Ce perpétuel pile ou face, l'engagement sur une carte de sommes pour lesquelles, la veille encore, il se sentait une rapacité sordide, tout cela le libérait, lui donnait le sentiment que le large donne aux terriens qui vont pour la première fois sur la mer.

En même temps, il y avait l'espoir fabuleux du gain. On connaît cette chance immanquable des novices aux tables de jeu. Elle ne fit pas défaut à Armand. Il gagna plusieurs jours de suite d'assez petites sommes peut-être, mais, au fur et à mesure qu'il se risquait, il lui passa jusqu'à mille et deux mille francs dans les doigts. Le lendemain, peut-être, pourrait-il les retenir. Là-dessus, Carlotta se trouva prisonnière de Quesnel, qui l'avait laissée libre quelques jours, allant dans l'Est pour le conseil d'administration du fil SB, auquel il appartenait. Edmond, seul, désœuvré, incapable d'accorder à la médecine, à la préparation du concours, une attention ailleurs accaparée, se persuada qu'il ne pourrait dormir, pensant son amour dans les bras du vieil homme d'affaires. L'amour avait décidément bon dos. Ce fut donc lui qui ramena Edmond au *Passage-Club*, pour se distraire, tromper sa nervosité.

Tout se passait comme si les familiers du cercle eussent compris ce qui animait ce nouveau joueur, ce jeune homme très beau, qui cherchait vainement à cacher son inexpérience et qu'on avait vu venir là avec l'Italienne au chapeau de velours noir, la rousse si gentille avec les malchanceux, qu'on avait surprise à glisser un louis à la vieille folle, vous savez, celle qu'on appelle la marquise ? et qui tire toujours à six, c'est bien connu. Au fait, elle n'était pas là, belle rousse, et son chevalier servant jouait comme un fou. Il devait être jaloux. Il gagnait. Malheureux en amour ? Ce sont des bourdes, mais ça suffit à vous déchirer le cœur.

Edmond passait d'une table à l'autre, avec folie et calcul ; sa trouille de perdre qui lui faisait abandonner une main, il la déguisait en romantisme. Il portait l'argent gagné à la banque voisine, la gorge asséchée, laissant passer un coup pour inaugurer un nouveau sabot, on ne peut pas jouer sur un en-cartes, ou n'importe, et sa voix jeune faisait lever les têtes : *Banco !* Le vieil homme qui taillait, avec un visage tout grêlé, et des poches lourdes sous les yeux, faisait glisser ses regards de plomb dans la chair usée. Ah, le petit ? Il souriait. Les cartes. Edmond ramassait : un neuf, le cœur lui en bat. Il y a cinq cents francs en banque, vingt-cinq louis, c'est-à-dire... Le dos rayé rose et gris de la deuxième carte, bien glacée, s'embue sous le doigt du joueur. Que ne donnerait-il pour un brave petit valet ! C'est un cinq. Ses cils battent. Cartes ? Non. Il est resté à quatre. Le banquier a vu le battement des cils, il découvre son jeu : valet de carreau, cinq de pique. Il a gagné. Il n'en sait rien. Il tire. Edmond s'est fait un sourire. Il s'aperçoit dans la glace, là-bas. Il rectifie son sourire. Le banquier a amené un huit. Edmond a gagné.

Il y a des hauts et des bas, mais il gagne. Encore. Des joueurs qui ont perdu sur lui commencent à le poursuivre. On dirait, absurdement, qu'ils courent après leur argent. « Changeur ! » Une dame au henné a levé un billet de mille. Le changeur accourt. Les plaques tombent sur la table. Edmond est à la main. Il gagne, trois fois, quatre fois. Sur les deux tableaux. Va-t-il se retirer ? Il y a une espèce de défi des gens d'alentour. Des femmes sont debout derrière lui. Le vieux de tout à l'heure, de l'autre côté de la table, le provoque avec ses yeux de plomb. Edmond donne. On abat huit à droite, à gauche on demande des cartes. Le jeune homme file ses cartes, comme il a vu faire à d'autres. Cinq de trèfle, et... quatre de trèfle. La banque a gagné. Il repousse le sabot, se lève. Le croupier le regarde. La main passe. Une rumeur. Il y avait près de trois mille francs en banque. Edmond gagne environ quatre mille cinq cents francs à cette heure. Il s'arrêtera à cinq mille.

Il a reperdu, évidemment. Mais il s'est retiré vers les deux heures du matin avec deux mille francs. Au bar, il a pris du champagne, une bouteille à cinquante francs, avec un de ses adversaires de jeu, auquel il

doit bien ça. C'est un homme assez considérable, que
M. Charles, le croupier de la table 3, salue toujours très
bas, et avec lequel M. de Cérésolles, le baron, vient
bavarder de temps en temps. Le barman fait confiance
sur parole à ce client-là. Il a un petit accent, comme ça,
mal définissable, cet homme important. Il connaît
M. Alexandre, aussi, qu'il salue de la main, protecteur.
Il a des bagues, des manchettes molles ; il est en smoking. C'est un gaillard très brun, qui marche sur la
quarantaine, avec des dents brillantes. Il raconte des
histoires de Monte-Carlo, un meurtre dans le couloir
qui rejoint l'hôtel de Paris au Sporting. Ces histoires-là
ne sont jamais dans les journaux, vous comprenez : ça
ferait du tort au Casino... Si on allait à Montmartre ?
Il reste à Edmond juste assez de raison pour regagner la
rue Royer-Collard.

Il se lance dans des plans d'avenir, de richesse, de
voyages, Edmond. La nuit est splendide, toutes étoiles
dehors. Quel cadeau va-t-il faire à Carlotta, demain ?
Il a peur de se tromper, d'acheter une sottise... Il repense furtivement à Armand. Qu'est-ce qu'il en advient
du gosse ? Maintenant qu'il est riche, il pourrait rattraper sa mesquinerie... Sans compter. Il n'attendra pas
le lendemain matin : en rentrant, il glisse dans une enveloppe les cent cinquante francs qui, avec les cinquante
donnés, font les deux cents envoyés. Sans compter.
Qu'est-ce que c'est que les dix francs par-ci par-là
dépensés pour son frère ? L'enveloppe reprend la place
vide où Armand est venu chercher les cinquante francs,
à son nom. Allons, le crapaud repasserait sûrement.

L'enveloppe fait maintenant chaque jour une coche
blanche dans le casier. Pas d'Armand. Une lettre de
Sérianne apprend au frère qu'il n'y a pas de nouvelles
de son cadet. Edmond n'a rien à se reprocher. L'enveloppe est là qui en témoigne. Remarquez que le lendemain, il a presque tout reperdu, et il ne l'a pas reprise.
Enfin pas tout. Il lui est resté quelques centaines de
francs. Il s'est fait engueuler à l'hôpital, pour une histoire idiote, des agrafes enlevées trop tôt, un éventre-

ment. Ça a fait une péritonite. Le type a passé pendant qu'on l'opérait, d'urgence. Edmond ne supporte plus l'hôpital. Ce n'est pas par trop de sensibilité, mais à la fin ça vous écœure, toujours des mourants. Puis Carlotta déteste quand il a les mains qui sentent l'éther. Elle dit que ça fait grue. L'éther pour elle est lié à des représentations bien précises. A Marseille, quand elle avait un maquereau... Edmond n'aime pas qu'elle lui parle de ça. Elle hausse ses belles épaules.

Ils sont au cercle tous les deux, Carlotta a pris une banque de moitié avec le type de l'autre jour, celui à qui Edmond a offert le champagne. Ça énerve Edmond. Il va jouer à une autre table. Il a de la chance. Oh pas énorme, rien d'extraordinaire... Il passe au trente-et-quarante. De loin, il voit qu'on se groupe autour de Carlotta. La banque doit grimper. Le jeu le prend, il ne pense plus qu'à lui-même. Une femme maigre avec des tas de perles, et un chapeau à aigrettes, un turban, pose sa main sur celle d'Edmond. « Excusez, dit-elle, c'est pour la veine... L'autre soir, je vous ai touché par hasard, j'ai gagné... » Il fait le coquet avec elle, ils passent au poker... Il a perdu. Oh! raisonnablement. Il s'était juré de ne pas entamer son gain de la veille. Il revient au baccara. Où est Carlotta? Il ne la trouve à aucune des trois tables. Elle est au bar. Avec le type de l'autre jour. Évidemment, c'est son droit. Mais ça l'agace, Edmond. Il s'approche : « Nous avons perdu », dit-elle. *Nous* ne fait pas plaisir à Edmond. L'autre personnage rigole doucement : « On n'en mourra pas. » On ne lui dit pas de s'asseoir. Il y a du champagne dans les verres. Il fronce le sourcil. Carlotta le regarde. Longuement. Elle comprend ce qui se passe en lui, et elle est décidée à ne pas se laisser faire. Elle va, sans paroles, avec un petit défi de la lèvre retroussée, lui apprendre à vivre. Il faut le mater tout de suite, il deviendrait insupportable. Elle a le genre de regard qu'il lui a vu, le soir qu'elle l'a giflé au restaurant. Il sent ça, on ne sait comment, inutile d'insister. Il enfonce ses mains dans ses poches. Il retourne aux tables.

II

Quand, affolé par le silence d'Armand et les lettres d'Edmond, le Dr Barbentane débarqua à Paris, il trouva son fils aîné très réservé, abominablement préoccupé de ses examens, plus studieux que jamais, mais fort élégant. Il avait un costume neuf, fait sur ses économies, ce qui prouvait qu'il ne faut jamais écouter les enfants qui sont toujours à crier misère. Qu'avait pu devenir ce sale gosse d'Armand ? Évidemment, il avait mérité la maison de correction, mais enfin c'était son fils : le docteur se sentait des responsabilités vagues, en fait il ne se sentait dans tout ça aucune responsabilité, n'empêche. Les explications d'Edmond n'éclairaient rien. Une démarche à la préfecture. Par Clemenceau. Puis il avait été reçu par le préfet en personne. M. Hennion avait l'air d'un homme très sérieux, un peu une tête de brute, mais de brute sérieuse. Il avait déjà fait le nécessaire. La police des meublés était sur les dents. Jusqu'à présent, pas de nouvelles. Mais pas de nouvelles, n'est-ce pas ? bonnes nouvelles. Alors. Que ne ferait-on pas pour M. le maire de Sérianne ? Ces fugues sont fréquentes. Ça se termine classiquement par une rentrée au bercail, l'oreille basse. La police arrive d'ailleurs toujours à retrouver les gens. Les journaux disent ce qu'ils veulent. Ainsi, cette femme assassinée près du canal Saint-Martin, on allait sûre-

505

ment l'identifier, et de là aux assassins, il n'y avait qu'un pas.

Edmond, avec ce costume gris clair qui avait fait sensation sur le docteur, s'était commandé un habit, et un nouveau smoking. Celui de Marseille étant un peu, enfin, tranchons le mot, province, Carlotta l'avait mené chez O'Rossen. C'était elle qui avait choisi les étoffes, conseillé le coupeur. Puis on était passé chez Charvet pour les chemises, chez Doucet pour les cravates. Le linge avait été un sujet de dispute, des journées avaient filé à ce nouveau jeu. Edmond s'était rasé la moustache, il donnait aux coiffeurs un temps extraordinaire. Il avait tout à fait cessé de suivre les cours, les conférences. Par convenance, il poursuivait son service d'hôpital, et c'était tout. La veine, la veine extraordinaire le suivait au *Passage-Club*. Il y avait fait la connaissance de M. Lenoir, du *Journal*, qui l'avait aussi introduit au *Haussmann* ; là, d'ailleurs, il n'allait que lorsque Carlotta était occupée, et cela valait mieux, car il y avait rencontré Jacques Schoelzer, duquel il ignorait qu'il fût un joueur ; et qui était un garçon gentil, certes, mais trop du monde de Joseph Quesnel pour qu'une indiscrétion ne fût pas à craindre. Ils avaient été ensemble au *Rat Mort*. Une nuit très drôle.

Heureusement d'ailleurs qu'il avait pris le système très sage de verser des arrhes importantes, ou de payer comptant, parce que l'argent fondait et, un soir, il perdit solidement. Il se retrouvait bien nippé, mais avec tout juste son mois. Quelques dettes chez O'Rossen. Le docteur ne pouvait se décider à repartir : il avait voulu passer au moins une soirée avec son fils, impatient, attendu au cercle par Carlotta. Le docteur interrompit ses lamentations sur l'incompréhensible disparition d'Armand par des propos sur l'affaire politique du moment, la loi de trois ans, entrée en discussion à la Chambre depuis le début du mois. Le docteur était en principe hostile à cette mesure qui sentait son revanchard. Mais, tout de même, Caillaux, au banquet du parti, le mois précédent, malgré sa position contre la loi, avait reconnu la menace allemande, parlé de rallonge à la loi militaire. Barthou avait été très fort à la Chambre. Et il faut dire que les *autres* ne s'embarrassaient pas du tout de scrupules. Le Reichstag venait de voter les premiers articles du projet allemand. Au delà du Rhin, il y aurait 876.000 hommes en armes sur le pied de paix. Les journaux allemands présentaient cela comme une réponse à l'ovation du Palais-Bourbon à Barthou, dix jours auparavant. En attendant...

En attendant, Edmond n'avait plus en poche de quoi mener grand jeu. Il perdit dès le début de la soirée jusqu'à son dernier sou. Carlotta gagnait. Il lui emprunta mille francs, fit un banco de trente louis, ramassa un point, demanda une carte, et obtint un cheval. Il fallait s'arrêter. Il s'en fut au bar. Il y trouva M. Alexandre, qui était un peu gris, et qui sortit de sa poche un écrin avec des airs de conspirateur, faisant marcher ses sourcils noirs au-dessus de son grand nez : « Je vais vous montrer une petite merveille, et qui pour vous, docteur... » (tout le monde l'appelait docteur, au cercle, maintenant) « ... serait une bouchée de pain... » Edmond ricana : il faisait sauter dans ses doigts les dernières plaques de cent francs dues à Carlotta. « Vous voulez du Mumm ? » Edmond préférait une fine.

C'était un collier d'un genre un peu ancien, avec des diamants comme des gouttes au bout d'une série de fils de platine. Edmond posa son verre, avec un battement de cœur. Il reconnaissait ce bijou. Il le connaissait bien. Il l'avait vu souvent au cou de Mme Beurdeley. L'écrin même lui en était familier. Pas de doute possible. Il avait dû dormir dans la valise qu'un soir sa maîtresse avait portée avec elle à l'hôtel Royer-Collard. Elle l'avait donc vendu ? Rien d'étonnant, d'ailleurs. Mais à cette minute où il se sentait misérable, Edmond regardait cette rencontre comme le signe même de sa détresse, et il avait envie de crier, de frapper au visage cet homme ivre, et de réclamer son bien. Il n'en fit rien. Il demanda : « D'où avez-vous ça ? — D'un client, dit Alexandre, qui était un peu gêné. Il avait perdu gros ce soir. Alors tout à l'heure... »

Voilà donc ce qu'il venait de faire là, M. Alexandre. Il jouait très peu, et il était tout le temps autour des tables. Dans le taxi du retour, suivant ses pensées, Edmond dit à haute voix : « Je me demande bien pourquoi la Beurdeley a vendu son collier... » Carlotta l'interrogea. L'histoire ne lui plut guère : « Si j'ai un conseil à te donner, ne te mêle pas des affaires d'Alexandre. Il a de drôles d'amis, et pas patients... » Pour les mille francs, dont il lui restait trois louis, elle en refusa la monnaie, et consola Edmond : il aurait plus de chance un autre soir.

Elle ne s'en faisait pas, Carlotta. Quesnel était revenu d'Alsace on ne peut plus généreux. Des bénéfices inattendus. Mais jaloux. Oh, enfin, il ne faut rien exagérer : soupçonneux. C'était un homme très correct, très fin. Il ne parlait jamais directement de ces choses à son amie. Cela évitait de mentir, mais cela laissait des doutes. Qu'est-ce qu'il savait, qu'est-ce qu'il devinait tout au moins ? Et ton père ? Carlotta s'intéressait énormément à la présence du docteur à Paris. C'était même agaçant ! Avec tout ça, comment allait-il faire avec trois louis, le chéri ? Tiens, voilà cent francs, mais, ceux-là, tu ne les joueras pas ? C'est promis ? Tu payeras le taxi. Elle était descendue au coin du boulevard Bineau. Il la suivait des yeux. Il gardait l'odeur de ses cheveux et le goût de son rouge à lèvres. Il faisait un temps chaud, intense, au cœur de la nuit qui sentait fort les seringas. La voiture le ramena à son hôtel et, de Neuilly au Quartier, il passa par tout un long rêve entrecoupé d'inquiétudes et de folies où l'amour tenait la première place, l'amour comme chez les poètes, l'amour tyrannique et souverain, au-dessus de toutes les contingences, des morales périmées, des préjugés bourgeois.

Dans le petit salon du rez-de-chaussée, il y avait de la lumière : Joseph Quesnel attendait. Il était trois heures du matin. Allait-il faire une scène? Carlotta, en robe de soirée, avec son chapeau de velours, des fleurs, sa petite cape blanche et noire à la main, rejeta le tulle qu'elle avait sur ses épaules et prit l'offensive : « Qu'est-ce que tu viens faire ici à cette heure? Tu n'es pas fou ? Au lieu de dormir ? Et tes reins ? »

Il la regardait avec tristesse. Qu'elle était belle! Ses reins : il les sentait, il sentait sa vieillesse. D'où venait-elle ? A quoi bon le lui demander?

III

« Non, mon cher, malgré l'amitié que j'ai pour vous, et les fréquents services que vos amis de la *Deutsche Bank*, grâce à vous, nous ont rendus, je ne ferai pas cette démarche. »

Joseph Quesnel déjeunait au Racing avec Joris de Houten. Sous les arbres clairs, à côté du grand chalet, les petites tables faisaient papillons de chou. Dans le soleil, les joueurs de tennis, peu nombreux, bondissaient avec la grâce de la force. Il y avait là un monde jeune, aux traits reposés ; on se pressait autour de Suzanne Lenglen, l'étoile montante des courts ; il y avait de très jolies filles dans les fauteuils de paille, coiffées comme Suzanne, avec un ruban tenant les cheveux. L'une d'elles... Quesnel changea de ton, et par-dessus la table, offrant en même temps les hors-d'œuvre à son interlocuteur, il la désigna à Joris : « Regardez, il pousse comme cela près de nous, sans que nous nous en rendions compte, une jeunesse entièrement différente de ce que nous avons été. Le sport, peut-être. Et aussi autre chose. Regardez ce joli animal, libre, musclé, précis. Ah! nous sommes loin des petites frôleuses du temps de Marcel Prévost... C'était hier, pourtant. Notre jeunesse... »

Houten prit cette diversion pour ce qu'elle était : une diversion. Il se servit de roll-mops et repiqua au truc : « Vous savez, dit-il, qu'aucune animosité ne règne chez ces messieurs à l'égard des affaires françaises. Faut-

510

il vous rappeler que c'est par eux que j'ai pu vous fournir à l'avance les projets de lois militaires, qui vous ont permis d'éclairer diverses personnes sur les desseins du gouvernement de Sa Majesté Impériale ? Et, n'est-ce pas ? de diriger M. Wisner vers les fabrications nouvelles, qui, avec les trois ans, les nouveaux armements, lui permettront à la fois d'assurer son industrie et de servir sa patrie... » Vous savez, mon cher Houten, que je ne vous avais rien demandé, et que le seul souci de la France m'a poussé à utiliser des renseignements dont je vous sais gré, bien entendu. Mais, de là à insister auprès de Wisner pour cette affaire balkanique... N'oubliez pas que, si j'ai à me louer de vous pour certaines choses, par ailleurs, à en croire Lenoir, qui prétend vous avoir prévenu sur les avatars des Port-de-Touapsé, il ne semble pas qu'en toute occasion je puisse indéfectiblement compter sur vous. »

Houten cilla. Ce rappel lui était désagréable. Il dit que Lenoir était un hurluberlu qui prétendait aussi avoir Poincaré dans sa poche, et puis après... « Et, d'ailleurs, ce n'est pas de cela qu'il s'agit cette fois. Il s'agit pourtant ici de la paix : on juge fort inamicales, outre-Rhin, les fournitures de guerre à la Serbie, qui peut toujours être le brandon d'un incendie européen... M. Wisner... — Wisner, c'est certain, a de gros intérêts en Serbie, et cela ne date pas d'hier. Plus en automobiles qu'en autre chose, d'ailleurs. Mais les Balkans, c'est la bouteille à l'encre. Personne ne s'y reconnaît. Pour l'instant, les hostilités sont heureusement suspendues. Les peuples européens vainqueurs se partagent la dépouille ottomane. Serbes, Roumains, Bulgares ou Grecs, qui peut dire lesquels seront demain avec Guillaume II ou avec la Russie ? Non, je ne me mêlerai pas de cette histoire : les débouchés français en Serbie sont utiles à l'industrie de notre nation... et si l'Allemagne... eh bien, il y a le Quai d'Orsay à qui faire des représentations ! Et puis, vous connaissez Wisner, allez donc lui parler directement ! — Tout d'abord, il ne s'agit pas de l'Allemagne, mais de quelques financiers qui ont besoin de la paix balkanique pour poursuivre leurs affaires et, enfin, vous savez bien qu'une bonne entente commerciale facilite les rapports diplomatiques de deux pays... »

Une guêpe bourdonna dans les fleurs du petit cornet d'argent sur la table. Comme un trait, elle vint soudain se heurter au front de Joseph Quesnel, qui s'écarta vivement de la table, et de sa serviette fit le geste de chasser la bestiole. Il était évident, dans le ton même, que Quesnel avait perdu confiance en son homme d'affaires. Il ne lui avait guère confié d'opérations dans les derniers temps.

« Je comprends d'autant moins votre demande, mon cher Joris, que, suivant une conversation que j'ai eue avec M. Doumer, qui est bien renseigné, je pense, la paix balkanique est assez précaire... Et tout de même, Doumer, par sa situation même, a lui aussi à considérer certains intérêts allemands... Voyez-vous, aujourd'hui que les affaires ont brisé les cadres nationaux, nous sommes, nous autres industriels, les vrais internationalistes, et non pas ces braillards du Pré Saint-Gervais, qui voudraient armer le peuple tout entier... C'est pourquoi j'avoue ne pas comprendre qu'on prétende, au nom d'un pays quelconque, limiter l'expansion des capitaux français, gage véritable de la paix européenne. — Permettez... — Mais oui, de la paix européenne... Si les capitaux d'un pays se mêlent étroitement à ceux de ses voisins dans toutes les affaires du monde, qui ne voit que la guerre, par là même, devient impossible? Nous tirerions contre nous-mêmes... »

La jeune fille qui avait attiré l'attention de Quesnel s'était levée. C'était une blonde dont la peau cendrée par le hâle avait des reflets de nacre. Elle n'avait presque pas de hanches, et pour ses dix-sept ans une poitrine insolente, comme ces fruits qui vont faire éclater leur enveloppe. Elle se balançait d'un pied sur l'autre, sa raquette à la main ; il y avait près d'elle trois jeunes garçons, aux yeux brillants, aux lèvres tremblantes. Quesnel les montra à Joris.

« Tenez, dit-il, la paix : la voilà. Nos fils, nos filles.

A quoi pensent-ils ? A des conquêtes, peut-être ? Mais devons-nous nous désintéresser, nous, les aînés, de l'avenir de ces enfants, de leur confort, de leur luxe, de leur vie ? C'est cette beauté, la beauté française qu'il nous faut avant tout défendre. Dites-moi, où y a-t-il d'aussi jolies filles ? »

M. de Houten baissa les yeux, puis les releva et prononça avec une certaine lenteur : « Je vous le concède. Tout le monde sait que tout mon goût va aux Françaises. Elles seules ont ce chic, ce chien. Mais, pourtant, ne trouvez-vous pas que les Italiennes ont du charme ? »

Quesnel fronça les sourcils. Pourquoi cette allusion ? Sa liaison avec Carlotta n'était pas un mystère. Le sourire de Houten avait pris une teinte respectueuse, et vraiment amicale. C'était peut-être simplement de la flatterie, ou de la gentillesse. Il se parlait comme à lui-même, le Hollandais : « L'inconvénient des Italiennes, c'est qu'elles sont joueuses, terriblement... »

Joueuses ? Où voulait-il en venir ? « Oh ! je disais ça, à cause d'une amie que j'ai eue, étant jeune, une Florentine... Une créature adorable... Mais joueuse ! »

Il reprit très vivement l'histoire balkanique... Wisner... Au delà des mots, une sorte de nuage flottait. Joseph Quesnel avait quitté le Racing. Carlotta, le rayonnement de Carlotta l'entourait. Comme elle avait l'autre nuit mis ses beaux bras autour de sa tête ! Ses bras... Oh, la jeunesse est un alcool et un baume à ces plaies mal fermées qu'on porte en soi partout, dans les ténèbres de la chair ! Que lui importait, au fond, que Carlotta fût joueuse ou non ? J'ai de quoi payer. Mais le gênant, l'inquiétant était que Joris en sût quelque chose, et semblât insinuer quelque danger obscur... On aurait pu l'interroger. A quoi bon ? Quand elle défaisait ses cheveux, Carlotta, ses cheveux épais et légers, sur les épaules nues, alors on oubliait la maladie, et l'âge, et ces vagues menaces à l'horizon du monde, et les scrupules paniques qu'on avait certains jours.

Il n'aurait jamais dû prendre des ris de veau, Quesnel, c'était contraire à son régime. Mais il faisait si beau, et puis avec des épinards... La chaleur tombait sur les parasols rayés des tables comme si on avait été au mois d'août.

Houten était fort préoccupé : cette histoire de Touapsé avait été d'un certain rapport, mais évidemment Quesnel lui en voulait.

IV

« Je vous remercie, Élise, dit Joseph Quesnel, c'est très chic ce que vous faites là. »

On passait dans la salle à manger du boulevard Bineau. Les Grésandage étaient les hôtes de Carlotta. Quesnel, après une explication avec son amie, avait éprouvé combien il la laissait seule, et en proie à des dangers imprévisibles. Il ne pouvait forcer son monde à accepter Carlotta : on l'imaginait mal chez les Schoelzer, par exemple, ou recevant les Millerand. Il fallait faire appel à des gens plus jeunes et moins mondains. Il pensa aux Grésandage. Il pouvait s'ouvrir à Richard, et quelle femme plus qu'Élise, dans un large esprit chrétien, se serait pliée de bonne grâce à la situation ? Peut-être qu'ainsi Carlotta se sentirait plus unie à lui, moins reléguée en marge d'une société contre laquelle il ne fallait pas s'étonner si elle avait des préventions...

Il est certain que Carlotta s'était donné du mal pour faire maîtresse de maison. Elle avait mis les petits plats dans les grands, disait-elle. A vrai dire, ça l'avait amusée, d'abord, de jouer à la dînette. Mais elle n'était pas très sûre de son cordon bleu, et elle avait tout fait venir de chez Potel et Chabot. Elle mentait un peu, prétendait que le turbot sauce mousseline lui avait causé du tintouin et qu'elle avait bien craint pour la tarte. Tout cela plutôt pour avoir des sujets de conversation que pour se vanter, parce qu'elle n'avait rien à leur dire, à

515

ces Grésandage, dont Quesnel lui avait parlé sans fin. Ce haut fonctionnaire, si honnête que c'en était ridicule, elle l'avait déjà rencontré deux ou trois fois. Un peu petit, et puis agaçant avec sa façon de se passer le doigt sous la moustache. Il la regardait en dessous. Il devait assez aimer les femmes.

La sienne, en tout cas, il l'avait drôlement choisie. Elle n'était pas belle, cette grande bringue lourde. Et puis mal soignée. Carlotta avait quelque appréhension devant Élise, et une certaine répugnance : Mme Grésandage symbolisait pour elle la femme légitime dans toute son horreur. Elle n'était pas très mal habillée, malgré tout. Elle aussi, s'était donné du mal : elle avait fait des frais pour Carlotta. Étrange rapprochement de deux mondes entre ces femmes, comme une chienne et une chatte en coquetterie. Élise portait une robe de lingerie garnie de rose. Le corsage, orné de broderies de soie rose au point noué, s'ouvrait en pointe, et la berthe de fine Malines qui couvrait les épaules formait collerette à l'échancrure. La manche courte, au-dessus du coude, se complétait d'un petit volant de même dentelle. L'invention était dans la jupe : froncée à la taille sous trois gros gansés roses, elle remontait en épanouissant ses fronces sur le corsage, formant une sorte de corolle dentelée aux seins. Un petit galon rose finissait joliment son bord supérieur. Assez lâche sur les hanches, la jupe à la mode du moment se rattrapait vers les genoux, au bas d'un empiècement à boutons roses descendant de la taille, au milieu, par devant. Elle était tout à fait étroite aux chevilles : trois plis creux donnaient l'ampleur pour marcher. Avec cela, Élise portait une charlotte rose à grand nœud laitonné blanc, des gants de suède blancs et des souliers découverts blancs. Malheureusement, la robe avait dû être faite par une petite couturière, les souliers n'étaient pas très nets, le chapeau dans une paille à bon marché. Le tout faisait paraître Mme Grésandage légèrement pruneau.

Élise se dépensait inutilement à des miracles de gentillesse. Carlotta le sentait et elle en éprouvait une espèce d'humiliation. Elle parla de la santé de Joseph Quesnel, du séjour qu'ils avaient fait ensemble à Biarritz, du besoin qu'il aurait eu d'une saison à Vittel. On était tout de suite au bout de la conversation. Alors Carlotta imagina de raconter son enfance. A mi-voix, à sa nouvelle amie, comme des confidences. Elle avait un grand talent romanesque à propos des moindres choses. On peut être d'une famille tout à fait humble, du peuple, n'est-ce pas? et avoir de l'esprit.

Dès le rôti, d'ailleurs, l'entretien avait cessé d'être général. Comme il se doit dans la bonne société française, les hommes parlaient entre eux.

« Sincèrement, disait Richard, la voie dans laquelle on s'engage me paraît dangereuse... — Tu oublies, mon cher enfant, que nous avons des alliés, et qu'Isvolsky nous talonne. Nous ne sommes pas libres de ne pas nous armer. — Il me semble que c'est surtout depuis que Georges Louis a été rappelé et que Delcassé est à Pétersbourg... — Oui, je sais bien : Delcassé est un homme assez excité, mais enfin il est l'homme de l'entente cordiale. Si l'Angleterre voyait donc d'un mauvais œil... — L'Angleterre! C'est le grand inconnu. Par exemple, dans les affaires balkaniques... »

M*** Grésandage était devenue toute triste à une question de Carlotta. Non, elle n'avait pas d'enfants. D'abord, dans les premières années du mariage, elle n'avait pas voulu à cause de Richard... Il travaillait tant. Ne pas trouver le repos en rentrant chez soi... Et puis, probablement qu'il était trop tard. Mon Dieu, comme cela semblait étrange à Carlotta! Vous comprenez, chez elle, dans les masures où habitaient les siens, on n'avait pas les moyens de faire attention. Et les hommes travaillaient dur, et les femmes donc, tout le jour, dès l'aube, dès la collation préparée pour le départ du père : moi, j'aimerais avoir un enfant, mais je crois qu'on m'a abîmée une fois pour toutes avec ce curetage. C'est si drôle les petits, c'est mystérieux comme on les aime. Mystérieux? M*** Grésandage pensait que du moment qu'on aimait le père...

« Oh! dit Carlotta, le père... Vous savez, moi, si j'avais un gosse, je préférerais ne plus me rappeler qui était le père. Les hommes, ils prennent leur plaisir, puis ils se retirent... Est-ce que c'est à eux cette chose qu'on a portée, qui vous a fait mal? Tenez, hier soir, je ne sais pas pourquoi je vous parle de ça, mais probablement que c'est ce qui fait que j'ai les mioches en tête... j'étais allée jouer dans un petit cercle. Oh, pas gros jeu! »

Et là, en effet, comme elle tenait la banque, une femme était venue à côté d'elle, une femme d'une quarantaine d'années, pas riche, mais propre, avec d'assez beaux yeux, qui avait supplié Carlotta de mettre dix francs dans sa main. Ce n'était pas une habituée. On l'apercevait pourtant, parfois, qui ne jouait pas. Elle n'osait pas, elle était la femme d'un des croupiers. Elle montait l'attendre. Ce soir-là, le spectacle du jeu l'avait absolument grisée, il fallait qu'elle misât quelque part. Tout bas, honteusement... Mais ce n'était pas ça l'important : elle avait sorti de son sac une photo qu'elle avait posée sur le bord de la table, à l'envers, comme porte-bonheur, entre les jetons de Carlotta. Sa main avait tenu trois coups, et sauté au quatrième. « Mon Dieu, dit la femme épouvantée, il va mourir! » Elle avait repris la photo et Carlotta la vit dans ses mains. C'était un gosse tout nu, avec des bourrelets, qui se suçait le pouce. Dix-huit mois, peut-être. Un garçon.

« Alors, vous comprenez, je lui ai payé un verre. Elle était bouleversée. Pas pour les dix francs. Mais le petit est constamment malade. Il s'en est sorti une fois, quelque part, en nourrice. Elle avait mis toute sa superstition dans cette histoire de jeu. Elle ne tenait plus debout. Un joli gosse, mais faible. Quand je lui ai demandé si c'était M. Charles, le croupier, qui était le père, elle a répondu très vite : Vous ne voudriez pas! Il est à moi... »

Il y avait dans chaque mot de Carlotta une haine des hommes qui surprenait Élise. Elle n'avait qu'à se louer de Richard. Elle n'avait jamais eu d'aventures. Elle regardait son hôtesse avec étonnement. Ces femmes-là savent bien des choses que nous ignorons. Carlotta comprenait ce sentiment, et en éprouvait un dépit mêlé de supériorité. Ces femmes d'un seul homme, c'était incroyable. D'ailleurs, sûr qu'elles mentaient, ce n'était pas possible...

Quand M. Charles, au *Passage-Club*, vers deux heures, avait quitté la table, fait ses comptes, il s'était dirigé vers le bar où Jeanne Cartuywels l'attendait. Il l'avait trouvée buvant avec la belle fille au chapeau de velours que l'inspecteur Colombin lui avait demandé d'avoir à l'œil. Jeanne avait l'air ému, elle avait quitté Carlotta, elle était partie avec son ami. M. Charles avait justement rendez-vous avec l'inspecteur, en bas, chez Pousset. Devant une choucroute, il raconta comment Jeanne se faisait des relations au cercle maintenant. Jeanne, très émue, montra un cadeau de la belle dame, comme elle disait. C'était pour le petit. Pour la rassurer. A cause de la perte, et du pari qu'elle s'était fait : la dame avait fouillé dans son sac, et en avait sorti une médaille de saint Christophe, en argent : d'un côté, le patron des accidentés avec l'Enfant Jésus sur l'épaule, traversant un fleuve, de l'autre une route avec un soleil couchant et une automobile qui se heurte contre un arbre. Cela porterait bonheur à Bébé. La prochaine fois qu'elle irait dans les Charentes... M. Charles la regarda avec un peu d'étonnement. Elle parlait du moutard devant Colombin : il était donc au courant? Les femmes sont bavardes. En attendant, celle-là, avec son chapeau de velours, qu'est-ce que c'était, en général? Une poule, évidemment. Elle avait un jeune gigolo qui jouait bon train. Où prenait-il l'argent? Cette idée! L'inspecteur rit très fort, et regarda Mme Cartuywels qui pâlit.

« Et comment l'appelez-vous, ce gigolo? » Charles Leroy redemandait de la brune, de la Munich. Il avait regardé sur le registre : un étudiant en médecine, Barbentane, domicilié à l'hôtel Royer-Collard. Colombin inscrivit le nom sur un carnet. Il tenait à dire à M. Charles qu'il était spécialement utile qu'il n'y eût pas de pet pour l'instant au *Passage-Club* : le gouvernement, à cause des Trois Ans, de l'agitation dans l'armée, etc., prenait des mesures d'épurement de Paris, alors les cercles tolérés, n'est-ce pas? au moindre signe, pour donner satisfaction à certaine opinion...

« Oh! dit M. Charles, nous avons évidemment des étrangers chez nous, mais ceux-là ne font pas d'anti-militarisme... — On ne sait jamais, répliqua M. Colombin, et puis il y a l'espionnage... »

V

Sur un point, le préfet de Police n'avait pas menti au Dr Barbentane. On avait identifié la femme en morceaux du canal Saint-Martin : c'était l'épouse d'un professeur de la Faculté de Médecine, le professeur Beurdeley. Celle-ci avait récemment quitté son mari. dans un état qui ne semblait pas être normal. Elle avait emporté des bijoux et de l'argent qu'on n'avait pas retrouvés. Le vol semblait donc le mobile du crime. On imagine la tristesse de toute cette histoire : le mari, un grand savant, avec déjà un fils de quatorze ans, le foyer dévasté, pour enfin apprendre l'atroce chose. La fugitive retrouvée dans du papier de journal. Et les premiers jours, les détails n'avaient pas manqué sur ce crime crapuleux : on ne se doutait pas, n'est-ce pas ? de la personnalité de la victime.

C'était à l'hôpital qu'Edmond avait appris la nouvelle. Lui, il ne lisait pas les journaux. Il en avait éprouvé un sentiment étrange. Un sentiment de culpabilité. Il la revoyait, chez lui, les larmes aux yeux. Il se rappelait cette impulsion meurtrière à laquelle il avait pourtant résisté. Où était-elle tombée, entre quelles mains ? Elle n'était donc pas retournée chez son mari ? Ou peut-être si. Mais pour repartir. Une folle évidemment. Elle devait s'embarquer dans une histoire de ce genre. Qui était-ce ? Un maquereau quelconque. Elle avait pris le goût de l'amour.

Au milieu de tout ça, il y avait la lueur des diamants. Des diamants achetés par M. Alexandre, le recéleur. Étrange chose pourtant que d'avoir revu ces pierres volées. Qu'allait-il faire, Edmond, de sa découverte ? La police ? Prévenir M. Alexandre ? Ah, zut. Pour se compromettre. Il se disait, un peu ironiquement, que le respect dû à la morte lui interdisait de se mêler de tout ça. Elle était crevée, alors. Paix à la femme coupée en morceaux !

Pourtant l'éclat de ces larmes précieuses le poursuivait tout le jour. Il écouta mal son père à l'apéritif, ses histoires sur les rapports de police. Toujours pas de traces du crapaud ? Bon. Le reste était littérature. A propos... Edmond s'était remis à repenser à ce poème qu'il aimait tant : « *La très chère était nue, et connaissant mon cœur, — Elle n'avait gardé que ses bijoux sonores...* » Bigre, ça sonnait bizarre aujourd'hui. De plus en plus, il pensait à ces bijoux qu'il aurait pu avoir. Maintenant qu'il était sans le sou. Le docteur, qu'il voulut taper, ne marcha que d'un louis. Avec ça, il irait loin vraiment ! Il avait reçu la note d'O'Rossen. Au téléphone, Carlotta, très réservée. Une explication avec Joseph Quesnel. Non, rien de grave. Mais elle dînerait avec lui. Pas le moment de l'agacer. Il ne coucherait pas boulevard Bineau, il n'était pas très bien. Ses reins toujours. Qu'est-ce que tu dis ? Ah, je t'assure que je n'ai pas la tête à la rigolade ? Tu seras jaloux un autre jour. Ne fais pas l'idiot. Chéri. Je tâcherai de te rejoindre au Cercle vers minuit, minuit un quart. Comment ? On entend mal dans cet appareil, tu me téléphones d'un café, au moins. La femme coupée en morceaux ? Je n'ai pas la tête à la plaisanterie. Le petit bruit du raccrochage.

Comme on est seul dans la vie. Carlotta était tout pour Edmond, vraiment. Et voilà : l'événement était un peu surprenant, alors elle ne voulait pas le croire. Il aurait aimé lui donner ces diamants sanglants et froids, ces diamants qui brillaient naguère dans l'ombre de la loge à la répétition d'*Alsace*. Comme un débutant, il s'était vu distancer par un homme inconnu, qui avait de la lutte pour la vie une idée plus saine, plus robuste. Ah, il ne s'était pas embarrassé de petites histoires, celui-là! Edmond ressentait quelque admiration de la sauvagerie de l'assassin. Il s'était acharné sur le cadavre, disait-on. Pauvre Mme Beurdeley! Elle avait voulu jouer un jeu qui n'était plus de son âge. Bon Dieu, au milieu de ce monde veule et calculateur, il y avait encore des êtres neufs, vibrants, pas sentimentaux pour un sou, et qui se faisaient leur chemin autrement que ce politicien de province qui sirotait un pernod à la terrasse du *Soufflet*, avec son fils, en marmonnant des âneries sur les Trois Ans et le maintien de la classe sous les drapeaux. Les bouts de glace dans les verres prenaient des airs de diamants. Il allait repartir, le paternel. Armand demeurait introuvable. Que va dire sa mère? On est très inquiet de ce qui se passe dans les Balkans. Mais dis-moi donc, c'est la femme de ton ancien patron, qu'on a retrouvée là, en capilotade? Qu'est-ce que tu en dis? Ça doit faire un foin, à la Faculté! Paraît que Poincaré va se promener en Angleterre. Il s'en paye. Enfin pour le prestige de la France.

Edmond quitta son père, et s'en fut s'habiller. Il n'avait rien à faire de la soirée. En smoking, il se mit à potasser de la pathologie externe. Impossible de s'y intéresser. Tout le ramenait à une image unique : fractures, traumatismes, opérations. Il voyait près du canal, la nuit, le corps mutilé, démembré, et l'homme qui s'enfuit, les diamants. Après un essai pour se remettre à l'anatomie, il repoussa ses livres et se prit la tête dans les mains. Qu'est-ce qu'il lui arrivait donc dans la vie, en général? Il n'était pas un rêveur. Il voulait manger tous les jours. Et avoir la paix. Il s'était jeté dans la médecine et puis, maintenant, il laissait tout partir à vau-l'eau. A quoi tout cela le mènerait-il? Carlotta!

Il était possédé par elle. Rien ne le touchait plus qui n'était pas Carlotta. Et en même temps il se sentait pris d'une fièvre de frayeur. Sans argent, il allait la perdre. Des diamants dansaient dans sa tête, et une confuse peur de l'avenir. Comme il quittait l'hôtel, il aperçut l'enveloppe dans le casier. Le crapaud avait décidément renoncé à venir la chercher... C'était stupide de laisser cet argent dormir quand, lui, Edmond, en avait un tel besoin. Il prit l'enveloppe.

Il s'en fut doucement à pied au cercle. Mais il y arriva trop tôt tout de même. Il se promena autour des tables, prudemment. Comme il repassait pour la dixième fois près de lui, M. Charles, le croupier, l'interpella. « Vous ne jouez pas, ce soir, docteur? Il y a une place, si vous voulez? » Il déclina l'offre. M. Alexandre était au bar.

Il passa au poker. Quel jeu passionnant! Une femme contre laquelle il avait gagné pas mal un soir, une vieille avec des perles et une transformation noire dans les cheveux blancs, bluffait et gagnait avec des petits rires. M. de Cérésolles salua Edmond. C'était assez irritant de regarder jouer sans jouer. Comme le manque de cigarettes. Cela aurait été beau de jeter sur la table des diamants, en criant : *Banco!* Par trois fois, dans la salle jaune, Edmond devina juste : il aurait gagné au moins quinze cents francs. Une poisse. Les diamants lui roulaient dans la tête. La veine avait dû revenir. Tant pis. Les cent francs de Carlotta tombèrent sur le tapis. Le râteau de M. Charles les fit aussitôt disparaître. Un coup n'est pas une preuve : par cinquante francs l'argent d'Armand s'évanouit. Cela ne signifiait rien encore. Edmond savait qu'il gagnerait ce soir-là. Et fauché. Tout d'un coup, il se décida.

M. Alexandre, long et maigre, jouait aux dés avec le barman. On apercevait le dos de Pedro, couchant sa joue, d'application, sur le papier, dans l'entrée de la salle. « Monsieur Alexandre! » Il se retourna. Ah, le gigolo de Carlotta! A la demande d'Edmond, ils s'en furent à la Rotonde qui était vide. Le barman continua à vider ses dés sans fin sur son bar. Sa lèvre fendue semblait poursuivre une idée ironique. Pedro poussa une exclamation de dépit : il avait fait une tache d'encre sur sa lettre à un colonial qui cherche petite âme sœur.

Quand Carlotta arriva, sur le coup de minuit et demi,

elle trouva Alexandre qui était retourné au bar, et qui jouait avec le barman. Il avait l'air assez sombre. Il l'appela. « Madame Carlotta! — Mon gosse est là? dit-elle. — Il joue. — Ah? Il m'avait promis... — Il gagne, je crois. »

Elle voulait y aller voir. Alexandre baissa la voix : « Où l'avez-vous pris, ce type-là, madame Carlotta? — Qu'est-ce que ça peut vous fiche? — Il ira loin, madame Carlotta, s'il n'a pas d'accident en route. C'est un homme. — Je m'en étais aperçue », dit-elle en s'éloignant, un peu inquiète de la sourde menace qu'il y avait sous ces mots-là.

Edmond jouait à une table. Il avait les poches pleines de jetons et de plaques. Il faisait un petit banco, qu'il rafla. Il gagnait dix mille francs. Elle le regarda avec admiration, et aussi avec une certaine peur. « Tu prends trop goût à tout cela, tu m'oublies... — Est-ce que tu ne sais pas que c'est pour toi que je joue? Je te devais mille balles. » Il les lui rendait. Elle se sentit injuste envers lui. Elle avait un peu pensé à lui comme à un poisson ces derniers jours. Son petit amant. « Partons, veux-tu? » Il se laissa faire. Montmartre. Boire. La danse. Les serpentins. Au sortir d'une boîte, ils virent un hôtel si accueillant, si clair, avec les lumières du vestibule, et ils étaient si voisins l'un de l'autre qu'ils montèrent. C'est là, dans le lit, qu'il raconta Mᵐᵉ Beurdeley. Elle dit : « Ce n'est pas toi? » Il rit très fort. Mais il garda pour lui le petit emprunt qu'il avait fait à M. Alexandre pour prix de son silence. Est-ce qu'on sait avec les femmes. Pourtant ils n'eurent jamais plus d'abandon qu'à ces minutes-là, dans cet hôtel de passe, où on entendait dans le couloir une bande avec des mirlitons, ivre, qui allait s'empiler dans une chambre voisine.

Vers le matin, ils soupèrent au Capitole. Edmond était devenu tout à fait sentimental devant un homard Thermidor. Il parla d'Armand avec une certaine douceur. « Où courait-il, ce petit chenapan? — Et ton père, il ne s'en va pas? — Je m'aperçois, Carlotta, que tu me demandes tout le temps des nouvelles de mon père...

525

Si tu veux le connaître... — Merci, je le connais déjà. »

La fourchette en l'air, Edmond s'était arrêté. Mais c'est vrai! Le premier jour, à la Cascade, elle avait dit quelque chose comme ça, Carlotta. Chaque fois qu'il avait voulu parler avec elle de Sérianne, elle avait fait dévier la conversation : « J'y ai été autrefois », avait-elle avoué un jour. Mais oui, elle avait même parlé la première du docteur, le jour de la Cascade. Elle était un peu soûle, et il y avait de la musique au premier. Ils mangeaient dans la salle du bas. Une valse. Et l'histoire de Carlotta, tandis qu'une grosse femme en face chantonne en tapotant la table de doigts lourds de bagues, et que déjà quelqu'un braille près de la portière des toilettes, l'histoire de Carlotta, un peu par hasard, un peu par griserie, prend le rythme de cette valse.

Quand sa fille avait eu treize ans, et cette année-là était une année chaude et pleine d'orages, Carlo Beneduce, si souvent ivre maintenant, avait conçu une sorte de timidité de sa fille, précocement femme : elle le gênait dans les villages pour courir après des jeunesses qui auraient presque pu jouer avec elle. Il avait imaginé de la mener à sa sœur, mariée à un terrassier travaillant dans le midi de la France. Il avait écrit, et Zio Giuseppe avait accepté de prendre l'enfant. Carlo avait donc mené sa fille à Sérianne, où elle avait été élevée avec les autres gosses de Giuseppe Orsi. Lui, le père, il avait repris la route et, dans le même été, quelque part, du côté de La Ciotat, il avait été tué dans une rixe. Il aimait trop les femmes des autres et il était trop beau, ça se paye ces choses-là un jour ou l'autre. « Écoute, cette valse... Mon père valsait, tu sais, comme un dieu. Il était beau, mon père. Et il me trouvait belle. Je crois que c'est même pour ça qu'il m'a laissée à sa sœur. Il avait peur de lui, et de moi. Je me souviens qu'il me caressait les bras. Oh, cette valse, mon petit! Une nuit qu'il y avait de l'orage, et moi, je ne suis pas très craintive, mais déjà... alors, enfant, je ne pouvais pas supporter les éclairs... Tu sais, les grands éclairs, la nuit, à travers les feuillages mouillés... Donne-moi du champagne! »

Il devait y avoir au premier des gens qui l'aimaient, cette valse, et qui la bissaient sans fin. « Ah, par exemple, ça, Sérianne, ça n'était pas la romance. La tante Orsi faisait des ménages. Il fallait laver, torcher, moucher les mioches, le linge, le plancher. L'oncle se louait pour les vendanges. On vivait du côté de Villeneuve, dans ces baraques misérables, qui recevaient la poussière de la route et dont on voyait du tram les moutards haillonneux, les langes et les tonneaux où l'on entassait sous le soleil, avec un simple couvercle et une grosse pierre, les excréments et les ordures ménagères. Écoute la valse! Les femmes de chez nous, tu les as vues quand elles dansent dans votre faubourg, à Sérianne? Avec le fichu et les jupes larges, et une grande croix sur la poitrine? Elles sèchent très vite. Le travail! Mais les yeux restent comme du feu noir. Et puis les jeunes... Tu en as eu peut-être, mon petit salaud? C'est à ça que j'ai pensé tout d'abord le premier jour, à la Cascade... Je me disais... On aurait pu se connaître, qui sait? Il m'aurait laissé tomber ; comme les autres... Est-ce que tu m'aurais regardée même? Oh, cette valse... Tiens, il y en avait un, de Villeneuve, François qu'il s'appelait, un monsieur de quelque chose ; je me souviens, il en a aimé une des nôtres, une amie à moi, Maria, Maria Pallatini, un beau nom, qui vaut tous vos noms nobles, et une jeune fille... tiens, je ne te parlerai pas de ses seins, je serais jalouse... et puis laissons Maria... C'est drôle comme je me souviens de chaque pierre, de chaque arbre brûlé, Sérianne... Mon Sérianne, à moi, n'est pas le tien... Là-haut, où vous habitiez, la ville, la ville de ton père... Oui, je le connais ton père, je le connais et mieux que toi... Tu ne sais pas de quoi il a l'air, à certains moments. Moi, je le sais. »

Donc, à quinze ans, Carlotta, à rouler dans les vignes, par la route, dans les champs de maïs, avec les jeunes gaillards du faubourg, des chansons, des raclées, et le travail ménager, les mioches derrière comme une nuée de misère et la jeunesse, des rêves et des gifles, à force, Carlotta avait fini par savoir qu'elle était belle. « Il y a des jeunes garçons qui s'en aperçoivent dans le fond du peuple sans avoir besoin des trucs qu'il vous faut à vous, qui n'aimez que nos nippes, la crème et la poudre et le parfum. Je t'aime, comprends-tu, mais jamais, jamais, je ne t'aimerai, je n'aimerai plus comme je pouvais les aimer, n'importe lequel, ces noirauds, avec leurs dents blanches, eux que je n'aimais pas. Cette valse ne se taira jamais. Et leurs bras forts. Ils me battaient, et me tiraient les cheveux. Ils me mordaient les lèvres. Je passais de l'un à l'autre. On était en famille. Ça ne tirait pas à conséquence. Un jour... Nous ne sommes pas des petites oies comme vos sœurs, vos cousines : quand j'ai senti que j'étais enceinte, et je savais que Zio Giuseppe ne ferait ni une ni deux qu'il me tuerait, parce qu'il avait des idées sur l'honneur et qu'il avait le vin mauvais, je n'ai pas pleurniché, mais j'ai fait comme Anita, comme Felicia, comme d'autres avaient fait avant moi. Avec une épingle à chapeau. Une belle, une forte, une longue. Qui portait une tête en filigrane d'or, comme les boucles d'oreille que mettent les femmes italiennes. Après ça, j'ai failli mourir. On m'a portée à l'hôpital. Tu le connais, l'hôpital ? C'est ton père qui m'a soignée.

« Alors quoi, quand j'ai été guérie... Qu'est-ce que tu crois ? Ton père, c'est un homme comme un autre. Faut penser que ces saloperies-là, ça ne suffit pas à vous dégoûter, vous les hommes. J'avais peur de lui, tu comprends, le maire et le docteur. Alors... Qu'est-ce que tu as ? Tu es soûl ? Bien oui, il m'a forcée. Je ne pouvais pas dire non, peut-être ? Tu pleures ? Alors, ça, c'est à mourir de rire ! J'ai couché avec, je ne sais pas, quelques centaines de types, mais ton papa, ça, ça te fait de l'effet ? Tiens, reprends à boire. Bêta. Bébé. Après ça... mais rien, je t'assure. J'ai filé à Marseille. Le trottoir. Bien entendu... Qu'est-ce que ça peut faire ? Non, je ne lui en veux pas à ton père... J'avais peur de Zio Giuseppe. C'est tout... Idiot. Mon petit. Mon amour. Mon coco. Tu comprends, tu ne comprends rien. Quand je t'ai vu, la valse, ah, la valse, ah, c'est

528

forcé que j'adore les valses. Quand je t'ai vu à la Cascade... Comme j'ai voulu te plaire! Jamais de ma vie je n'ai tant voulu plaire à un homme. Et pourtant, tu sais, il y a eu des soirs, où c'était affaire de manger. Oh mon petit, ma valse! J'ai voulu te plaire à cause de ton père... Ne fais pas cette gueule-là, sot, c'est que... Écoute ça bien, écoute ça, tiens : comme une valse. J'ai voulu te plaire à cause de ton père, parce que ton père c'est ce qu'il y a pour nous autres, au coin des rues... pour nous autres quand on a faim, ou qu'on a peur, ou qu'on ne sait pas... des messieurs comme ton père, avec de l'argent, un peu honteux, pressés, avec leurs ventres, leur âge, leur amour qui est comme un souvenir très triste de ce qu'ils ont été pour des femmes pas comme nous... Ton père, vos pères... Je te dis que c'est une valse... Je ne suis pas soûle, c'est toi qui es soûl... Alors toi... Toi, tu comprends, c'était l'interdit, les beaux jeunes gens de la ville... la revanche, et tu ne savais pas... tu me retrouvais... à la Cascade... Oh, j'ai tout de suite voulu t'avoir, mon amant, je me disais... Tu ne lui ressembles pas, tu sais, tu es son fils... et puis je t'ai eu... et tu lui ressembles encore moins quand tu fais l'amour... oh ça, il n'est pas beau, quand il fait l'amour, ton père! Je t'assure... Et toi, dis-moi donc qu'on valsera longtemps encore ensemble, nous deux... Toi, ta jeunesse, ta force, ta beauté... Ne pleure pas, ça t'enlaidit... Mon ivresse, mon chou, *piccolo mio*... Du champagne, du champagne, toujours du champagne, toi mon champagne, mon amour... »

La valse s'était tue au premier et, dans la rue blafarde, les voitures de laitiers passaient déjà.

VI

Plus un radis. Edmond avait été refait comme au coin d'un bois. Il eut à nouveau recours à M. Alexandre. Celui-ci tout d'abord refusa. Il avait déjà payé : le coup était régulier. Edmond dit négligemment que son père connaissait M. Hennion. Mentait-il ? Ce petit maître-chanteur ne devait pas être bien dangereux, mais sait-on jamais ? Mieux vaudrait s'en débarrasser. Alexandre n'avait pas d'argent. Il en emprunta au barman. Edmond retourna aux tables.

Le barman, en faisant courir les dés, regarda M. Alexandre : « Si j'étais vous, monsieur Alexandre, je sais bien ce que je ferais. » C'était déjà un long discours que les épaules et la gueule rendaient assez menaçant. Alexandre soupira : «.Ça m'ennuie, dit-il, à cause de Carlotta... Je l'aime bien, cette fille, et ça pourrait lui faire de la peine. »

Pedro entra dans le bar, tout à fait affairé. Il avait laissé en vrac tout son matériel, *le Sourire*, des registres, un pot de colle, des ciseaux, tant l'importance du visiteur qu'il introduisait le troublait. Ce n'était pas l'habitude que Pedro accompagnât les arrivants. Quand Pedro était debout, on s'apercevait de ce qu'il avait un pied bot. Le barman jeta un coup d'œil sur le monsieur qui le suivait. Il siffla entre ses dents : « Le patron ! » Alexandre se retourna. Il n'avait jamais vu celui qu'on appelait le patron du *Passage-Club*, et dont le baron de Cérésolles n'était que le gérant. C'était un homme assez élégant. Il n'avait pas enlevé son léger pardessus gris clair d'où bouffait un foulard de soie blanche, malgré la chaleur de la soirée. Il était grand, avec le visage plus jeune que les cheveux, la moustache en brosse, les pommettes assez rouges. Une sorte de clubman, avec la Légion d'honneur. Il traversa le bar, la première salle et disparut dans le bureau du baron.

Alexandre réfléchissait. Il se tourna vers le barman et dit : « Barman ! » L'autre le regarda, et amena un double-six. Il eut un rire silencieux, retroussant sa lèvre fendue sur des dents blanches comme un double-blanc. « Barman, répéta Alexandre, qui me conseilles-tu ? » Le barman se tut avec la profondeur de la pensée, puis il répondit : « Ou Paulot, ou Maurice...

— Non, dit Alexandre, pas ce genre-là de travail. »

Pedro retraversait la salle. Revenu à son poste, il demeura longuement rêveur. La vue du patron le troublait. Elle ne présageait rien de bon, en général. La dernière fois... C'était le soir du Brésilien. Pedro jeta un coup d'œil sur son travail : il fit la grimace, jamais on ne ferait croire à personne que c'était là l'écriture d'un abbé qui cherche jolie pécheresse de quarante-cinq ans.

Dans le petit bureau Empire, M. de Cérésolles parle avec le véritable propriétaire du cercle qui est aussi mêlé à diverses maisons de jeu, par personnes interposées ou par association, à Paris et en province, dans des villes d'eau et des plages à la mode. C'est un homme qui a une écurie de courses et des parts importantes de diverses grandes affaires. Il venait rarement au *Passage-Club*, un de ses plus petits établissements. Mais l'avertissement qu'il avait reçu avait nécessité cette visite. Des mesures gouvernementales allaient être prises contre les cercles. Depuis le ministère Clemenceau, les maisons de jeu n'avaient plus connu de semblable alerte. On voyait mal de quoi il s'agissait, quelle était la partie jouée. Parce que supposer que c'était là un mouvement de la vertu, à d'autres ! Cela devait être simplement la phase suivante de la lutte pour l'hégémonie des jeux

531

entre des groupes adverses qui avaient leurs représentants au gouvernement, dans la police et dans les partis politiques. Cette fois, c'était tout à fait la bouteille à l'encre, parce que, semblait-il, l'affaire était liée avec le gain de la majorité parlementaire sur la question de la loi de Trois Ans. Il y avait des hésitants parmi les radicaux et, d'une façon ou d'une autre, on allait les détacher de leur parti, en donnant satisfaction à des amis à eux. Le marché des jeux, basé sur la tolérance policière, était le champ ouvert aux compensations faciles. En attendant, il ne fallait donner aucune occasion à la police d'intervenir. Arroser la brigade des jeux. Se tenir coi. Et puis voir : peut-être pouvait-on avoir sur quelques personnalités importantes des renseignements précieux. Par exemple, M. de Cérésolles avait-il entre les mains quelques reconnaissances de dettes ?

M. de Cérésolles regrettait. Une maison si tranquille, d'ailleurs, quelles complications pouvait-on y craindre ? M. de Cérésolles ne disait rien des ouvertures qui lui avaient été faites récemment par un des membres du cercle. Si la maison était fermée par la police, il avait à peu près l'assurance qu'elle serait rapidement rouverte, dans des conditions nouvelles. Mais cela ne regardait pas le propriétaire, n'est-ce pas ? Oui, il s'agissait bien d'une bataille pour le trust des jeux. Les mystérieuses personnes du groupe adverse cherchaient à éliminer quelques industriels déjà trop puissants. Dans leur ombre, on apercevait une puissance supérieure. Il était certain que ni M. de Cérésolles, ni l'homme dont il était le prête-nom, ni cet individu brun qui avait rendu Edmond jaloux l'autre soir, ni même le préfet de Police qui avait son rôle dans la comédie, n'étaient les véritables manœuvriers de l'affaire. Il venait de se former un *syndicat*, et le mot prenait une valeur légèrement snob dans la bouche de ce grand homme élégant, un syndicat qui unissait déjà plusieurs personnalités désireuses de résister à cette espèce d'expropriation légale, dont on redoutait les prochains débuts et qui avait pour but de faire passer l'ensemble des cercles, comme d'ailleurs de tous les jeux en France, depuis le turf jusqu'aux humbles appareils à sous des cafés, sous le contrôle d'un consortium étroitement lié au monde militaire. Au monde militaire ? M. de Cérésolles s'étonnait. Il ne lisait donc pas les journaux ? Qu'est-ce qu'il croyait, par exemple, que ça signifiait les campagnes d'un Daudet dans *L'Action Française* ? M. de Cérésolles était royaliste, il défendit Daudet. L'autre haussa les épaules : « Tenez, mon cher, ce que vous ne voyez pas, c'est que vos gens sont comme les autres, ils défendent des intérêts. Eh bien, lesquels ? Ils utilisent des renseignements qu'ils reçoivent vous demandez-vous de qui ? C'est comme au *Figaro*... »

Là-dessus, il se lança dans toute une histoire où M. de Cérésolles se perdit. Toujours était-il qu'on n'était pas d'accord à droite sur les concessions à faire à gauche et que, dans l'industrie des jeux en particulier, les intérêts n'étaient pas simples. « Je fais partie, vous dirais-je, d'un consortium d'une tout autre espèce... Et j'y ai entendu un homme de grande envergure soutenir ce point de vue que l'industrie pour survivre devait aujourd'hui se placer au-dessus de la loi... Eh bien! dans ce même consortium, je suis le collègue de Wisner, qui est contre nous dans l'affaire des jeux... Et s'il y a une industrie qui est au-dessus de la loi, c'est bien la nôtre... La raison d'État de nos jours a pris des masques divers. Ce qui se débat sous nos yeux, c'est un grand schisme, dont notre pays n'a pas conscience. Il s'agit de savoir comment on gouvernera. Depuis toujours, il n'y a que deux méthodes : la force ou la ruse. Pour l'instant c'est la bagarre entre les marchands de force et les marchands de ruse... Malvy ou Clemenceau ? Pour vaincre, il faut avoir l'argent. Or, où est-il, l'argent, ? Là, mon cher baron, là, dans nos salles ! »

L'homme avait brusquement enlevé son manteau, son foulard blanc. Il s'installa dans un fauteuil, les jambes écartées : « L'argent, dit-il, dans certains systèmes monétaires, chez les Peaux-Rouges, augmentait de valeur à chaque fois qu'on s'en servait. C'est-à-dire qu'une pièce de cent sous permettrait après avoir passé d'acheteur en marchand, à chaque fois, d'acheter pour dix, pour vingt francs, pour cent, pour mille! Nous avons de la peine à nous représenter cela, et pourtant c'est ce qui se passe sous nos yeux. L'argent change en argent tout ce qu'il touche, les mains par lesquelles il coule... Nous sommes ici, nous autres, les canalisateurs heureux de ce flot incessant, magique. Nous nous enrichissons de ce que l'argent passe d'une poche à une autre, sans être pour rien pourtant dans cela. Les maisons de jeu sont les formes les plus élevées d'un système qui les condamne hypocritement, mais qui ne vit que de la Bourse. Est-ce qu'on ne peut pas avoir du whisky, chez vous, mon cher baron? Si... Merci bien. »

Par le petit téléphone intérieur, M. de Cérésolles appela le barman. Celui-ci prit la commande, reposa le récepteur, et commença de préparer le whisky. De l'irlandais, c'était de l'irlandais pour M. de Cérésolles. Une idée lui était venue, et il se tourna vers M. Alexandre, tout en mettant de la glace dans un seau : « Et si vous demandiez, dit-il, à l'inspecteur Colombin? — Ça, dit l'autre, c'est une idée. »

VII

De cette visite boulevard Bineau, Grésandage avait ramené une bizarre nostalgie. Il songeait tout le temps à Joseph Quesnel et Carlotta, pour s'en étonner. Cette disproportion de l'âge avait quelque chose d'insolite. Mais quoi, il aimait bien Quesnel, il aurait dû s'en réjouir. Il se persuadait aussitôt que son amitié lui faisait un devoir de parler à Carlotta : car assurément toute cette histoire un jour ou l'autre tournerait mal, et peut-être faudrait-il expliquer à la jeune Italienne ce que c'était que son protecteur, le rôle qu'elle avait à jouer près de lui. Richard s'était arrêté, la main sur le téléphone, comme il allait demander rendez-vous à Carlotta : ne pensait-il à elle avec une fréquence inquiétante ? Était-il sûr que l'amitié pour Quesnel, seule, le poussât ? Il haussa les épaules, et ne téléphona point : avec quelle facilité ! Il s'était prouvé l'innocence de ses rêveries.

Comme par un fait exprès, Élise remettait ça tout le temps sur le boulevard Bineau. Elle avait remporté de ce déjeuner une sorte de gêne. Qu'est-ce que ça voulait dire ? Cette jeune femme avait été très gentille, mais, mais... C'est drôle comme, au fond, nous avons plus que nous ne le croyons les idées mêmes de nos parents, sur ces choses-là. Nous n'aimons pas ce qui est en marge instinctivement. « Qu'en penses-tu, toi, Rico, de cette Carlotta ? Elle est jolie, ça, elle est jolie. » Richard explosa. « On ne peut plus parler d'autre chose et puis je m'en fiche si elle est laide ou pas, cette fille. » Élise le regarda, tout étonnée. « Ne te fâche pas, charbonnier. »

La nervosité de Grésandage s'expliquait. D'inquiétants événements rallumaient le brûlot des Balkans. Serbes, Grecs et Bulgares victorieux des Turcs à Andrinople, venaient de se jeter les uns sur les autres. Les renseignements les plus contradictoires arrivaient à Paris des sources serbes et bulgares. Dans la nuit du 29 au 30 juin, les Bulgares auraient à l'improviste attaqué les Serbes le long de la Zletovska. Tout au moins était-ce ainsi que les Serbes légitimaient l'offensive qu'ils avaient prise le 30 contre leurs alliés. A cette nouvelle, à Salonique, les Grecs avaient chassé à coups de canon le petit détachement bulgare qui y campait. Les Roumains manifestaient dans les rues de leur pays, acclamant la guerre.

« Je ne te comprends pas, mon Rico, c'est si loin, et puis on n'y comprend rien et, là-bas, il y a tout le temps la guerre... Tu crois que ça peut nous amener du vilain ?...»

Ce qu'il y avait de clair, c'était que la France et la Russie avaient voulu barrer la route vers l'est à l'Allemagne, alliée des Bulgares. A moins que ce ne fût l'Allemagne qui avait essayé de percer à l'est, jusqu'à la mer, grâce aux Bulgares. De toute façon, il avait fallu encore une petite guerre pour éviter le partage égal entre les vainqueurs. L'étrange histoire était qu'en Grèce régnât une Hohenzollern, mais c'était là un tour de l'Angleterre qui avait négocié l'affaire. Les journaux étaient pleins des massacres du 30 juin.

Il eût été bon tout de même de lui parler, à cette Carlotta... Savait-elle à quel point Joseph Quesnel l'aimait ? Richard, lui, pouvait en disserter savamment, il connaissait celui qui avait été pour lui presqu'un père. Une hantise. Il se souvenait des dents de l'Italienne, régulières et petites, avec un bord légèrement festonné. Avec quelle netteté, il revoyait ces dents, leur sourire... Il allait téléphoner quand le téléphone sonna.

C'était le valet de chambre de Quesnel. « Monsieur est malade. Il vous demande de venir. — Rien de grave ? »

Raccroché. Mon Dieu! Élise joignait les mains. Richard avait un sentiment étrange de culpabilité. Cela se traduisait dans le fait qu'il prit un taxi. Il trouva Joseph Quesnel alité, se tordant de douleur. Coliques néphrétiques. Le médecin disait à voix basse que ce sont les souffrances les plus grandes que l'être humain connaisse. Joseph criait, gémissait, se roulait dans les draps. Sa moustache toute défaite et la sueur au visage, il avait l'air si vieux que Richard repensa à Carlotta, avec frayeur.

Il y pensait aussi, lui, le vieil homme. Il avait pris la main de Richard. Il pouvait à peine parler. Oh lala, oh lala. C'était à cause de Carlotta qu'il avait appelé Grésandage. Elle l'attendait boulevard Bineau. Il ne voulait pas, oh lala, lui faire téléphoner, et puis elle allait être seule... Richard avait compris. Il donnerait un coup de téléphone à Élise. Il dînerait à Neuilly... ou ailleurs.

Ainsi la fatalité le ramenait à Carlotta. A quoi bon s'insurger? Le dîner fut ce qu'il devait être. Tout d'abord assez guindé. Carlotta portait un déshabillé blanc moulé au corps, qui formait tunique sous les seins. Et là-dessus, des bijoux noirs. Cela venait de chez Roussel. Quand avait-elle eu plus d'éclat qu'à cette lueur de juillet qui caressait encore par en dessous les feuilles du jardin? On dînait sur une table de fer sous la tonnelle. Il y avait des roses partout, et le pas de la domestique criait sur le gravier.

« Il souffre horriblement... Je l'ai vu se tordre de douleur... Il ne pense qu'à vous... — Reprenez une côtelette, elles sont si petites. »

Elle avait montré à l'égard de Quesnel une extraordinaire sensibilité. Sans affectation. Elle avait un peu déchiré son mouchoir. Puis s'était maîtrisée. Elle surveillait son hôte avec curiosité. Quelle espèce d'homme était-ce au juste? Lui, supportait mal cette insistance dans l'odeur des roses. Le soir tombait et ils parlaient de choses et d'autres. Lui, de sa jeunesse. Oh, une jeunesse comme celle de tout le monde! Il avait cru aimer une fois... « Tenez, c'est drôle, l'autre jour, je l'ai rencontrée. Dans un café, au téléphone. Oh, elle ne m'a pas vu. Je l'avais entendue d'abord. Puis... imaginez-vous que c'est une femme de mon âge et je l'avais laissée à vingt ans. » Pourquoi lui racontait-il ça ? Est-ce qu'on sait ? Dans l'herbe de la pelouse, il y avait un ver lui-sant. Comme à la vraie campagne.

Il parlait énormément, et elle le regardait en dessous. Évidemment elle lui plaisait, à cet homme, qui avait peur de se l'avouer. Jusqu'où allait la fidélité de Grésandage dans l'amitié ? Elle n'avait pas nettement l'idée d'en agir ainsi, mais elle s'était mise à l'aguicher. Est-ce qu'on peut faire autrement, seule avec un homme quand la nuit tombe ? Elle s'en fichait, de ce petit brun, qui se caressait la brosse à dents, comme de son premier jupon, mais il faut bien passer le temps. Et puis, c'est irritant, quelqu'un qui vous résiste. Il ne résistait pas, d'ailleurs. Il était amoureux perdu et il croyait que ça ne se voyait pas. Carlotta pensait à Élise avec un sou-rire rêveur.

Ils se promenaient sous les arbres, il lui prit la main qu'elle retira avec lenteur. C'est alors qu'il se remit à parler de la guerre, et de Wisner qui avait de l'argent en Serbie, et de Joseph Quesnel qui se mêlait à tout ce mic-mac, probablement à cause d'une affaire de pétrole, et de ses taxis. Il n'aurait pas dû, vraiment, il n'aurait pas dû. La veille, les socialistes avaient déposé à la Chambre une pétition contre les Trois Ans... « Voulez-vous cette rose ? » Carlotta l'avait cueillie en se hissant sur la pointe des pieds à ce rosier grimpant qui enserrait un charme à la peau de lézard vert. Elle se tordit le talon et faillit tomber : il la soutint contre lui, et il sentit sa jeunesse voisine, l'ambre dont elle était parfumée. Il se fit un de ces silences où on ne sait plus de quel côté vient le tic-tac de la pendule. Il n'y avait pas de pendule. Un jardin. Mais il y avait le battement affolé d'un cœur.

Ils rentrèrent dans la maison. Dans le petit salon, elle dit : « N'allumons pas les lumières... » Il restait juste assez de jour pour que cela fût très scabreux. Ils s'étaient assis sur le divan. Elle pensait : « Que va-t-il faire ? » Elle voulait être sûre qu'il était à sa merci.

Quelle étrange manière il avait de faire sa cour! Avec une voix haletante, précipitée, coupée de pauses, il s'était remis sur le sujet de la guerre. Vous parlez d'une rengaine, alors. Carlotta pourtant sentait bien que peu importaient les mots. Plus ils étaient lointains et plus ils impliquaient une préoccupation voisine. Ce qu'elle devinait assez confusément aussi, c'était qu'il y avait dans cette tête d'administrateur une liaison obscure entre l'idée de la guerre et Quesnel, une liaison qui était une charge contre Quesnel, et qui innocentait en quelque sorte son interlocuteur à l'égard de Quesnel, pour ce qu'il faisait là. Quelque chose de vivant bondit soudain dans l'obscurité, qui fut entre eux, le chat siamois dont les yeux brillèrent comme tout à l'heure le ver luisant. Leurs mains se joignirent sur ce cadeau de Joseph Quesnel. Celle de Richard tremblait. Ils sentirent en même temps les coups du petit cœur félin, et le ronronnement qui fit un silence. C'est alors que le poids de ce silence l'emporta sur la raison et que les deux têtes se rapprochèrent.

Baiser bizarre et long comme les années oubliées de la fidélité conjugale. L'homme avait de la sueur sur le visage et sa moustache piquait. Ses mains, comme celles d'un collégien cherchèrent à tâtons les seins, et cela rompit l'enchantement. La lumière se fit, Carlotta avait encore le bras étendu vers le commutateur. Grésandage battit en retraite. Ce n'était point le désordre, et l'idée de ce dont il devait avoir l'air, qui ne s'était plus surveillé dans l'ombre, mais la honte. Honte de la surprise, du laisser-aller. Honte du refus aussi, car Carlotta s'était levée, l'écartant avec une force peu commune chez une femme, et debout, dans une magnifique indifférence, arrangeait sa chevelure avec ses deux grands bras blancs parfaits. Honte de l'amitié trahie. Quesnel, l'homme qu'il respectait plus qu'aucun autre, Quesnel qu'il avait été jusqu'à impliquer dans ses propos de responsabilité dans la guerre menaçante et qu'est-ce qu'il en savait, après tout ? Quesnel, presque son père. Celui qui avait été le guide généreux de sa jeunesse... Tout à coup, il se souvint d'Élise, et cela lui mordit le cœur. Élise. L'avait-il oubliée? Élise qui dirait tout à l'heure, quand il rentrerait, avec cette voix de l'angoisse et de la confiance qui lui remuait les tripes : *Rico*? Ah! il était joli, le charbonnier...

« Ce n'est rien, mon *ami*, dit avec beaucoup de calme Carlotta, qui s'était retournée vers lui. Ne faites pas cette pauvre bouille : est-ce que ça ne vous est jamais arrivé? — Jamais », murmura-t-il.

Elle le regarda avec intérêt. Il disait vrai. « Eh bien! reprit-elle, ça me touche, mais vous savez, nous ne coucherons pas ensemble... — Je vous supplie d'oublier... — Allons! Ne vous mettez pas la tête à l'envers. Oui, ce n'est pas très bien, à cause de Joseph... et aussi de votre femme. Mais que voulez-vous? Les hommes sont ainsi. Vous ne le saviez pas? Vous êtes tous prêts à trahir. Toujours. La première fois qu'on s'en aperçoit, on crie, on pleure. Et puis ça se tasse. Je crois à la fidélité des femmes. A celle des hommes, pas une minute. Probablement que ce n'est pas leur faute. Leur constitution. Ils ne sont pas très bien arrangés pour ça... comme nous pour d'autres choses d'ailleurs. Ce n'est pas grand'chose, un homme. »

Le chat avait filé sous un guéridon. Par la fenêtre ouverte, une grosse mouche bleue était entrée avec la chaleur du soir, plus étouffante que celle de la journée, à cause de l'ombre. Carlotta avait approché un petit fauteuil et s'assit devant Richard. Elle lui prit les deux mains.

« Vous me dites d'oublier... Je n'ai rien à oublier, vous savez. Mes lèvres, je n'en suis pas avare, ça, n'a jamais signifié grand'chose pour moi. Mais, malgré tout, je suis très seule dans la vie. J'ai besoin de gens auprès de moi, de conseils, d'amitié... Voulez-vous qu'on soit des amis, dites? »

Il se sentit éperdu de reconnaissance. Des amis. Oui, rien que des amis. Mais elle pouvait compter sur lui. Qu'avait-il failli faire? Elle aimait Quesnel...

« Oui, j'aime Joseph. A ma manière. Je lui suis très attachée. Et pas que pour l'argent, mon cher. Vous a-t-il dit comment tout ceci a commencé? Non? Je vous raconterai cela, un jour. Mais il me laisse effroyablement seule. J'aime la présence d'un homme près de moi. Vous savez les femmes, je me sens toujours leur alliée, et vous ne pourriez pas compter sur moi contre la vôtre, par exemple. Malgré... Cependant je ne peux pas avoir d'amie femme. Vous comprenez, les femmes, comment vous expliquer? Ce sont des victimes, pas des égales. Enfin, tout cela... je m'y perds aussi. »

Il était transporté, il ne savait comment se tenir. Quand il pensait à la cochonnerie qu'il avait failli faire : Élise, Élise! Quelle femme supérieure, cette Carlotta. Et belle, avec ça! Il lui jurait une amitié indéfectible. Il était à jamais à sa disposition. Il reviendrait la voir quand elle voudrait. Que pouvait-il : « Un peu de chaleur », dit-elle. Et aussitôt : « Ce n'est pourtant pas ce qui manque, ce soir. » Avec un rire clair : « Alors, quand? Demain. Déjeuner. Maintenant, allez-vous-en. »

Elle le raccompagna jusqu'à la porte de la rue. Il partait, elle se pencha vers lui, et posa ses lèvres sur les siennes, très vite, avec une espèce de ferveur. Il en resta éberlué, elle le chassa et dit à travers la grille : « Amis, rien qu'amis! »

Des gens chantaient au loin dans les avenues du Parc.

VIII

Dans les jours qui suivirent, Richard revint assidû-
ment boulevard Bineau. Il escorta Carlotta dans les
magasins, chez les couturiers. Ils déjeunèrent chez Pru-
nier, dans un petit restaurant près de l'Élysée que
M. Caillaux avait indiqué un jour à Grésandage. Il
rendait compte de tout cela à Joseph Quesnel, qui allait
mieux, les coliques passées, mais que diverses complications tenaient encore à la chambre. Carlotta se trouvait d'ailleurs doublement désœuvrée parce qu'Edmond
avait peu de temps à lui en raison des examens. Il
piochait vite son programme, ne faisait que de brèves
apparitions au *Passage-Club*, dans l'espoir de se rattraper. La chance allait couci-couça.

Ce samedi-là, Edmond avait pu voir passer, boulevard
Saint-Michel, la retraite militaire hebdomadaire, il y
avait encore eu des incidents sur la rive droite, disait-
on, et il venait de s'asseoir pour prendre un verre à la
Source, quand son voisin de table, un grand nez sous un
canotier, l'interpella : « Barbentane ! Quelle surprise !
Comment ça va ? » C'était un condisciple de la Charité,
l'interne Lavanaz. On parla médecine, puis : « Cette
pauvre Mme Beurdeley ! croyez-vous ! » Edmond biaisa
sur autre chose. Les Trois Ans. C'était un thème qui
lui éviterait les frais d'une conversation difficile. Les
débats se poursuivaient à la Chambre. La veille, Sixte-
Quenin avait mis en cause l'honorabilité du ministre de

542

la Guerre, pour sa participation à diverses Sociétés industrielles, l'*Ouamé-Nana*, les *Tréfileries du Havre*; Jaurès... « Mon pauvre Barbentane, ce Jaurès! Il prend ouvertement la défense des meneurs syndicaux qu'on a jetés en prison pour propagande anti-militariste dans l'armée! Et il crie qu'on veut le tuer, l'assassiner! » Il fallait dire quelque chose : « C'est stupide, répondit Edmond, d'ailleurs Barthou lui a très bien répondu, vous avez vu... Ce n'est pas à Barthou qu'on fera croire qu'on assassine les gens comme ça... » Ces mots prononcés lui rappelèrent Mme Beurdeley, et il frissonna malgré lui. Il se leva : « Je dois aller bûcher mes examens... »

Joseph Quesnel avait été sérieusement touché. Mais privé de Carlotta (car il ne pouvait la faire venir chez lui au parc Monceau, parce que sa fille qui avait été absente depuis plusieurs mois venait de revenir d'Amérique où elle avait été invitée par les Morgan), privé de Carlotta, Quesnel avait la tête bourrée d'appréhensions et de chimères. Qu'allait-il advenir de cette aventure, de ce beau conte de fées, si la maladie mettait entre elle et lui des barrières? Tout le reste du monde, et sa fortune, et ces luttes de titan contre les concerns rivaux, la politique, les grèves, la concurrence pour la maîtrise du marché dans le Proche-Orient, est-ce que cela comptait encore au prix de cette jeunesse éclatante, de l'aisance admirable de Carlotta quand elle marchait nue par la chambre sans se préoccuper des regards? Il songeait sérieusement au mariage. Il suffirait de parler avec Blanche... sa fille, un être si lointain. Wisner avait été très gentil, il était venu lui rendre visite plusieurs fois. Il avait au fond un faible pour son vieux complice, comme il disait. On n'aurait jamais cru Wisner sentimental, et puis voilà. Quesnel se reprochait de l'avoir un peu négligé, les mois précédents. Vers le soir, venait Grésandage.

Ils parlaient des événements extérieurs, la nouvelle guerre balkanique... mais surtout des séances de la Chambre. La multiplicité des affaires de trahison et de propagande antimilitariste nécessitait qu'on en finît une bonne fois avec la loi militaire. Le principe des Trois Ans venait d'être voté, le lundi, par 339 voix contre 223, après deux heures de discours de Jaurès. Le mardi, le généralissime Joffre avait fort bien parlé, et on avait expédié une série d'articles. Le jeudi, sur l'incorporation à vingt ans, l'inévitable Jaurès avait encore fait de la démagogie. « Celui-là, dit Wisner, j'ai eu un faible pour lui : j'aime l'éloquence. Mais qui donc nous en débarrassera ? » Le lendemain, il avait été à la Chambre écouter leur ami Millerand, il vint donner à Quesnel toutes chaudes des nouvelles de ce qu'ils appelaient les *Folies-Bourbon*.

Edmond rentrait chez lui, vers cinq heures, assez découragé, ce même jour. Il faisait très lourd, il y avait eu du tonnerre dans l'air. La Roumanie avait déclaré la guerre à la Bulgarie. A la faculté, le jeune homme n'avait pas été heureux. L'examinateur lui avait posé des questions incroyables. Une brute d'ailleurs, célèbre pour ça. Cela n'arrangeait rien : Edmond avait été recalé. A peine était-il dans sa chambre qu'on frappa à la porte, qui s'ouvrit avant qu'il eût le temps de répondre. Un homme entra, qui avait un costume gris clair, assez plage, et un panama rabattu par-devant avec un ruban rayé rouge et vert. Une espèce de colosse roux, désinvolte, aux joues couperosées, à la moustache désordonnée, qui clignait assez continuellement d'un œil. « Bonjour », dit-il.

Edmond s'apprêtait à être assez désagréable, mais l'autre sans qu'on l'en priât, s'était assis : « Préfecture de Police », expliqua-t-il très jovialement. Et de la main, il indiquait à Edmond un siège.

« Je comprends mal la plaisanterie... — Oh, monsieur Barbentane, un mot, un seul vous expliquera ma présence ! » Le policier se penchait vers Edmond d'un simple report du buste, le doigt en l'air, courtaud, spatulé. Au fond de la bouche béante, l'éclair de chicots d'or : « Affaire Beurdeley ! » Cela fit un silence, qu'Edmond rompit : « Je ne vous comprends pas. — Vous allez me comprendre. »

Cela avait l'air sérieux. Il fallait donc réagir : « Qu'est-ce qui me prouve d'abord, monsieur, votre identité ? » L'autre ricana : « On se présente ? Inspecteur Colombin, voici ma carte » Le coup avait l'air régulier. « Je vous écoute, inspecteur : je vous serais seulement obligé de me dire ce que j'ai à voir dans l'affaire dont vous me parlez... — Oh, nature ! Vous ferai pas griller. Simple. Savez-vous que la femme du professeur Beurdeley a été assassinée ? Oui ? — Comme tout le monde. Le professeur a été mon maître. — Déjà noté. Et la dame votre maîtresse... — Monsieur ! Je vous défends... c'est parfaitement faux... — Bien entendu. Vaut mieux épargner votre salive et passer tout de suite à autre chose : vous êtes un galant homme, mais la dame a laissé une petite lettre qu'on a retrouvée... — Il y a erreur... — Bon, je vous chicanerai pas, Enfin, vous ne niez pas avoir connu Mme Beurdeley ? Non ? ça c'est raisonnable. Nous avons entre les mains la petite lettre dont je parlais. *Primo.* Et, *deusio*, j'ai montré au garçon d'en bas une petite photo que voilà et il a reconnu la personne qu'il a fait monter chez vous, moyennant une thune, le soir du dimanche 26 mai, il se rappelle que c'était le jour de la manifestation socialiste. Or, c'est ce jour-là qu'on a vu pour la dernière fois cette pauvre dame, qui venait de quitter son époux et son bébé... — Son bébé ? » Edmond rigola pour reprendre haleine. Nom de Dieu ça sentait mauvais. « Il a pas loin de quinze ans, le bébé, inspecteur. J'ai l'impression que vous n'êtes pas aussi au courant que vous le prétendez. — Possible, possible, il y a des bébés de tous les âges, par exemple, vous, Barbentane : quand vous répondez à côté, comme ça... »

Il fallait inventer un système. Nier. On pouvait toujours après ça invoquer l'honneur de la morte. Ça ferait bien : « Le garçon se trompe ou il ment... Je ne sais pas de quoi vous voulez parler : Mme Beurdeley était, je crois, une fort honnête femme, que je connaissais à peine... » Colombin renversa la tête, et s'en paya une tranche : « Vous la connaissiez à peine ? Mais vous connaissiez fort bien ses bijoux... — Que voulez-vous dire ? Je commence à en avoir assez... — Allons, faites pas les gros yeux, mon poulet ! Vous êtes cuit. Mme Beurdeley est partie de chez elle avec une petite valise où étaient ses bijoux. Le garçon confirme qu'elle l'avait en venant ici. On n'a plus revu la valise ni les bijoux par la suite. Le garçon n'a pas vu ressortir la dame, avec ou sans nous. Il pense qu'elle a passé la nuit ici et que le matin elle a filé inaperçue. On a retrouvé la dame en petits morceaux, ça, vous le savez. Et vous savez aussi que les bijoux ont été vendus au *Passage-Club*, dont vous êtes un habitué, à un recéleur qui vous a donné à plusieurs reprises de l'argent devant témoins... Le garçon du bar. Faut-il vous en dire davantage ? »

Eh bien ! Ça n'allait pas du tout. Mais alors pas du tout. Dans quel guêpier s'était-il fourré ? Il fallait porter beau : « Si c'est comme cela, pourquoi ne m'arrêtez-vous pas tout simplement ? Vous avez un mandat ? » L'autre prit un air bon enfant. Allons, l'affaire n'était peut-être pas si mauvaise : des suppositions.

« Mon cher monsieur Barbentane, je ne veux pas la mort du pécheur. Les apparences sont fâcheuses, très fâcheuses. Mais vous êtes d'une bonne famille. Je n'aime pas les scandales. Il y a toujours des journalistes pour sauter sur des histoires comme ça. Et moi, je n'aime pas les journalistes. Parole d'honneur ! On peut s'entendre... — Un chantage ? — Pfft ! Quel vilain mot ! Si vous m'insultez, jeune homme, je fais aveuglément mon devoir... tout mon devoir... — Je raconterai ailleurs votre singulière démarche... — Allons, qui vous croirait ? Vous n'êtes pas assermenté, vous... — Canaille ! — Ah ! s'il te plaît, le greluchon, tais ta gueule ou je fais monter mes hommes ! »

Il avait des hommes en bas, ce flic ? Il fallait être sage. Edmond s'assit, et dit : « Alors, vite. Où voulez-vous en venir ? » L'autre se claqua les cuisses : « Voilà qui est plus raisonnable ! Je déteste quand les entretiens sont grossiers. J'ai été élevé chez les Pères, moi, mon jeune ami. Ne vous impatientez pas, que diable ! De deux choses l'une : ou les diamants qui sont entre les mains de ce brave Alexandre sont ceux de la victime, et alors vous êtes l'assassin parce qu'Alexandre témoignera que c'est vous qui lui avez vendus, vous jouez gros jeu, les présomptions morales ne manquent pas... ou bien, mais tenez-vous donc tranquille ! ou bien vous ne connaissiez pas les bijoux d'Alexandre qui viennent de n'importe où, et vous êtes parfaitement innocent... mais, alors, vous me ferez le plaisir de foutre la paix à mon ami Alexandre et de lui rendre les sommes qu'il n'a fait que vous prêter par pure obligeance... »

Edmond respira. Ah, c'était donc ça ? La police n'est pas mal faite dans notre pays. On pourrait s'arranger. Il regarda d'un tout autre œil l'inspecteur Colombin : « Causons... », dit-il.

IX

Qu'est-ce qu'il avait donc, ce soir, M. Charles ? Lenoir
qui taillait au *Passage-Club* regarda avec reproche le
croupier. Par deux fois, celui-ci avait oublié de ratisser
les cartes, il avait fallu lui faire signe.

Sur sa chaise haute, Charles Leroy s'assombrissait.
Depuis le début de la soirée, il n'avait pas une seule
fois songé à vérifier sa raie dans sa glace de poche. Il
y avait quelque chose qui lui trottait par la tête : l'intimité de Jeanne avec l'inspecteur Colombin. Ce n'était
pourtant Dieu pas possible. Qu'elle se fût laissée aller
à lui parler du petit, passe encore. Mais de là... « Les
jeux sont faits... rien ne va plus... »

Rien ne va plus, cette expression lui apparaissait aujourd'hui sinistre, un présage. Avec ça, que dans un
métier pareil comment voulez-vous surveiller une
femme ? Jeanne était tout de même si gentille avec lui.
Un peu nerveuse peut-être. Est-ce qu'on sait jamais ? Il
faisait chaud, terrible, dans cet entresol, malgré les
fenêtres ouvertes par où venait le vacarme du boulevard. Lenoir s'était levé, perdant ferme. Mme Beneduce reprenait la main. Cela fit autour de la table une
ruée d'hommes, comme toujours. Et aussi de vieilles
joueuses, les habituées, dont les robes étaient plus que
jamais extraordinaires avec l'été, les audaces de décolleté, les dentelles noires sur des peaux ridées, les plumes

dans les cheveux, les jeux d'éventail, les petits nécessaires, les mains baguées.

M. Charles aurait voulu qu'elle gagnât, cette femme. D'abord elle était très jolie, et puis elle lui souriait toujours, et puis elle l'avait été si gentille un soir avec Jeanne. Celle-ci portait la médaille de Saint-Christophe, don de Carlotta, en attendant de faire un tour dans les Charentes. L'image de Colombin revint jeter son ombre queue de vache au milieu des pensées du croupier. La soirée se traînait. Au bar, quelques joueurs prenaient du whisky avec de la glace. Pedro faisait de la bâtarde avec application. Le train-train. M. de Cérésolles avait quelqu'un dans son bureau.

Où donc était-il, son gigolo, à Mme Carlotta ? pensait M. Charles. Ces jours-ci, on ne le voyait presque plus. Peut-être qu'il y avait du flottement dans le ménage. Non pourtant. Elle était bien trop tranquille pour ça. Elle gagnait. Soudain Jeanne parut dans la porte. Leroy fronça le sourcil. Il n'aimait pas ça. Il le lui avait dit. Elle venait encore le déranger dans son boulot. Enfin, le bon de l'histoire, c'était que pour l'instant au moins elle n'était pas avec l'inspecteur.

Jeanne s'avançait vers la table, elle avait sa robe noire. Mais ce n'était pas au croupier qu'elle en avait. Elle s'approcha de Mme Beneduce, avec assez d'agitation, et lui dit quelques mots. Carlotta releva la tête, l'air interrogateur. Elle allait donner un coup. Les deux femmes échangèrent encore quelques paroles et Carlotta se releva, repoussant le sabot : « La main passe ! » Qu'est-ce que ça voulait dire ? Impossible d'interroger Jeanne. Elle était partie avec Mme Beneduce. Charles Leroy se perdait en conjectures. Au fond de ses pensées flottait une jalousie confuse. Un jeune Hindou, à la douce figure de cendre, s'était assis à la main.

Ce soir-là, Carlotta avait sa voiture. Elle y monta avec Jeanne Cartuywels. « Chez Langer ! » dit celle-ci au chauffeur. Carlotta avait une robe claire, avec une tunique feuille morte, et autour du cou un boa de plumes de coq tout à fait fantastique. Elle avait l'air inquiet.

Jeanne, au comble de la nervosité, expliquait : « Je vais vous dire... Il a tellement insisté... Je ne sais pas, moi, de quoi il s'agit... Il dit que votre jeune homme court un danger... Bien sûr, ce n'est pas un homme en qui avoir toute confiance. Il me fait peur... Je ne voudrais pas vous entraîner dans une sale affaire. Qu'est-ce qu'il a imaginé ? Et vous avez été si bonne, si gentille avec moi. Vous savez, votre médaille... »

Carlotta était inquiète. Qu'est-ce que tout cela voulait dire ? Un danger pour Edmond ? De qui venait cet avis ? Un type de la police. Drôle. Elle avait suivi Jeanne Cartuywels d'instinct, de confiance. Oh, et puis, qu'est-ce que vous voulez qu'il arrive chez Langer ? aux Champs-Élysées! Mais l'inquiétude de Jeanne la troublait. Elle avait dit entre autres : « Il fallait que je vous ramène... je ne peux rien lui refuser. »

Chez Langer, il y avait pas mal de monde, et on jouait un tango. L'inspecteur Colombin, en habit, avec le plastron qui bâillait sur son poil roux, se versait du champagne derrière un souper finissant. Il se leva, très galant, et fit s'installer ces dames. Carlotta le regarda bien en face. Une belle garce, pensa-t-il, et ça le fit sourire. Elle connaissait ce genre d'hommes. De toutes façons, il fallait qu'il lui dît très vite de quoi il retournait. Elle accepta la coupe tendue et dit : « Veuillez me dire, monsieur, de quoi il s'agit ? »

Colombin n'était pas pressé. Il s'agissait de quelque chose de délicat. Il ne savait pas s'il pouvait parler devant Mme Cartuywels... Si. Pourtant... Carlotta insistait. Alors ? Est-ce qu'il était un peu soûl ? Possible. Ses yeux brillaient. Il se tourna soudain vers Jeanne : « Laisse-nous, toi... » L'autre, très pâle, s'était levée. Pourquoi toute cette mise en scène ?

Jeanne Cartuywels demanda son vestiaire. Elle obéissait à cet homme dans le plus petit détail. Elle le laissa avec Mme Beneduce, le cœur serré, mais qu'y faire ? Que pouvait-il lui vouloir ? Il ne la mettait pas dans ses secrets. Simplement quand il avait la tête à ça, d'habitude, il lui faisait signe, ils allaient à l'hôtel. Elle devait faire toutes ses fantaisies et il en avait, l'inspecteur Colombin. Jamais un homme ne l'avait pliée à des choses si ignobles. Jeanne, parfois, en y repensant, avait des nausées épouvantables. Et puis il la menaçait de tout raconter à Charles. Elle vivait dans une espèce de tumulte, d'effroi et de dégoût d'elle-même. Tout cela à cause de cette vieille histoire oubliée. Peut-être encore Charles l'aurait-il pardonnée, si elle avait été la lui raconter, tout de suite. Mais d'abord elle s'était affolée, elle avait cédé à l'inspecteur pour ne pas avoir à se confesser. Quelle idiotie. Maintenant elle était prise dans cet engrenage de mensonges et d'ignominies. Elle marchait sous les marronniers des Champs-Élysées. Ceux qui avaient des fleurs rouges, lourdes, et déjà croulantes à la chaleur de juillet, semblaient saigner sur Jeanne. Le long des allées, près des petites baraques, des gens se parlaient de près. Il y avait des putains très peintes. Un homme assez misérable, et vieux, suivait Jeanne. Elle s'éloigna de lui d'un coup, réalisant, pour aller dans la lumière vive des réverbères. Paris était beau, langoureux et lassé, et la traînée de lumière, des chevaux de Marly à l'Étoile, avait un caractère équivoque d'appel à la chair. Jeanne, malgré l'été lourd, frissonnait... Place de la Concorde, elle hésita. Puis, en traînant, elle regagna les boulevards. Le *Passage-Club* l'attirait. Qu'advenait-il de Carlotta avec l'inspecteur ? Elle avait peur de se le demander. Elle se sentait coupable de s'être entremise dans cette histoire. Il était méchant, Colombin, quand il avait bu.

Tout cela parce que, l'autre hiver, quand elle était enceinte, elle avait volé aux Galeries Lafayette. Une histoire imbécile. Elle n'avait plus d'argent, et une envie épouvantable d'un sac à main. L'idée que ça serait nuisible au gosse qu'elle portait de ne pas satisfaire cette envie. Elle était seule, alors, abandonnée. On l'avait menée au poste de la rue de la Chaussée-d'Antin : une histoire banale, parce que ce qu'il avait pu en voir de voleuses à l'étalage, le commissariat de la rue de la Chaussée-d'Antin ! Une spécialité. La visiteuse l'avait fouillée.

Rien d'autre que ce sac à main. Mais, à l'interrogatoire, il y avait là le type qui l'avait ramassée, Colombin. Il n'avait jamais couché avec une femme enceinte. Ça l'intéressait. Quelle ordure vivante, ce type! Il l'avait fait relâcher après avoir signé un petit papier. C'était comme ça qu'on faisait d'habitude. On n'envoie en justice que les récidivistes, ou bien les tribunaux n'y suffiraient pas. Quand elle l'avait reconnu, un soir, au restaurant, avec Charles, elle avait su que tout allait recommencer. Et combien est-ce qu'il avait de femmes qu'il faisait marcher comme ça? Il se vantait d'en avoir dix. Il aimait battre aussi. Ce n'était pas ça le pire. Mon Dieu, pourquoi avoir accepté d'amener cette femme chez Langer? Jeanne s'était assise chez Pousset pour attendre Charles. Par le décolleté de sa robe, elle sentait, au bout de sa fine chaîne d'or, la petite médaille de Saint-Christophe, ainsi qu'un remords dérisoire.

X

Juillet avait l'éclat d'une bête amoureuse, et la ville encore endolorie des circulations tapageuses du jour semblait hocher la tête sous le faix profond des feuillages. Les lumières tachaient l'eau comme des erreurs. Il faisait lourd. Une mendiante accroupie dans une toile à sac où restaient pris les souvenirs de la paille, et la poussière sèche de sa vieille peau, tendait le squelette atroce de ses doigts intolérables. De temps en temps, un passant se fouillait avec impatience, et une sorte de mélopée sortait du tas humain, jeté contre le parapet.

Elle était là, cette vieille, avec le même naturel que le Palais du Louvre, et plus de dignité qu'une vespasienne. Combien pouvait-elle se faire par jour à ce curieux, cet abominable travail ? Le mot travail tourna dans la tête de l'homme avec une légèreté de mouche dans quelqu'un qui n'a pas mangé. On croit que c'est facile de mendier, et puis cela ne s'apprend pas en un jour. L'indifférence ne vient qu'à force, par la répétition, tout comme l'habileté du coiffeur à faire virevolter son fer à friser ; comme à force de gammes au ténor la note filée... La nuit prenait un velouté d'épaule. Il y avait une langueur absurde au fond de l'air, et le pont tremblait au poids illuminé des autobus. La mendiante devait être aveugle, elle eut l'aspect de quelqu'un qui s'étonne. La pièce tombée d'un jeune homme furtif et hagard demeurait dans la main tendue, qui dut se recroqueviller longtemps autour d'elle, parce qu'elle était de cinquante centimes. L'observateur avait sur lui sept sous, pas un de plus. Ce diminutif du soleil dans une paume tremblante lui fit tourner la tête, et l'idée du meurtre apparut avec son cortège de raisons valables.

C'était. drôle, et bien simple pourtant. On n'a pas l'idée d'assassiner un homme riche, mais une pauvresse qui fait si facilement sa matérielle, c'est tentant comme de balayer. Les bruits des voix croisaient la Seine, des gens, encore des gens, et puis de longs silences. Là-bas, sur l'ombre des eaux, des papiers gras, et sans doute une foule de noyés.

Il y eut une paire lente de ménagères bavardes qui fit à travers la gravité du soir tout un froufroutement de *ma chère* et leurs robes étaient un peu du moyen âge. Y avait-il des chiens au moyen âge et, sur les murs, des interdictions à lever la patte, dont ils se foutaient déjà ?

Tout simplement Armand n'avait plus aucune envie de vivre. Comme si le jour tombé, il se fût vidé peu à peu de son acharnement à faire les gestes nécessaires, les simagrées machinales de l'existence. Qu'est-ce qu'il avait à se débattre ? Personne ne le lui demandait. L'argent comme un monstre accroupi... cela commençait comme des vers latins. Toujours il avait pensé qu'on pouvait une bonne fois en finir. En même temps, cela n'avait pas une réalité bien grande, c'était plutôt une teinte, une inclinaison de pensées. L'argent comme un monstre... C'est très difficile de mendier, mais ne pas manger, non plus, n'est pas commode. Il faudrait attendre encore ce soir l'heure des Halles. Il faudrait attendre les choux, les carottes, les fraises qui se déversent sur le cœur de Paris avec des hommes solides et impitoyables, et une queue de miséreux sales, et avides. Il regarda la mendiante et se souvint du coin, près des boucheries, où il s'était réveillé le matin sur le trottoir tandis que s'épouillait un Polonais pâle comme l'aurore.

Avoir faim l'hiver, je ne sais pas, c'est tout naturel. Mais par ces temps d'orage et de sueur, cela dépasse l'entendement de l'estomac. Armand se déplaçait vers la rive gauche, avec ses dix-sept ans, sa rage et, au milieu de tout ça, le sentiment de sa force. Une femme qui se hâtait vers la Comédie-Française le regarda. Il se souvint qu'il n'était pas rasé de plusieurs jours. Il avait le sentiment que ses cheveux faisaient des pointes sur ses oreilles. Il pressa le pas. Il avait envie tout à coup de regarder l'École des Beaux-Arts. Il l'atteignit comme un homme qui va manquer un rendez-vous d'affaire. Eh bien, elle était toujours à sa place. Allait-il poursuivre vers la gare d'Orsay? ou remonter le fleuve comme une pensée? Il sentait dans sa poche le trésor de ses sept sous entre ses doigts. Il rêvait à l'emploi de cette fortune. Dix fois, il avait fait et défait des projets; pareil à une femme qui dénatte ses cheveux... Cette comparaison le fit ricaner, et les sous dans ses phalanges sautèrent. C'est triste, cette façon d'être percés qu'ils ont, les sous.

Cette partie de Paris a une grandeur bizarre, qui tient du cadavre. Les êtres humains s'y promènent un peu comme les asticots sur une jambe. Des véhicules rapides emportent des gens dont on ne voit pas la figure, mais qui ont des attitudes entre eux. Des amoureux parfois, ou des militaires. La diversité des vivants, si on avait le temps d'y réfléchir, étonnerait comme leurs odeurs, du reste, ou l'inélégance des dos qui s'en vont devant vous sur le trottoir.

Une conversation dans l'ombre :

« Trois ans... c'est comme si je te perdais pour toujours... — Ne sois pas folle, mon amour, il y a les permissions, et puis quoi, Nancy, ce n'est pas le bout du monde! — Je te dis que je sens que c'est la fin entre nous... — Tu ne m'aimes plus? — Oh! mon grand, mon grand! »

Dans un départ d'escalier, vers les quais où dorment des hommes en loques, dans des journaux, pieds nus, le couple était accroché comme une ancre à la terre incertaine d'une crique. Armand vit qu'ils avaient tous deux un peu plus de son âge. Elle balbutiait : « Trois ans... trois ans... »

Pour ceux-là, la loi de Trois Ans ce n'était pas la politique. Il songea, brusquement, à la caserne ; il pensa : « *Engage-toi !* » Aucune femme, lui, ne le retenait. Alors à quoi bon lutter ? Il eut honte aussitôt, et essuya la sueur à sa lèvre où perlait une moustache naissante. Il frôla le couple au passage, eux se serrèrent, et l'amoureux fixa durement ce rôdeur.

Il traînait maintenant sur la berge. Les ponts vus d'en bas, ça ressemble à des hommes en chemise, ça a quitté sa dignité. Et là-dessous règne une flâne désespérée. Vieillards, déchets d'un monde, hommes jeunes et tragiques à la façon des forces inemployées, ombres équivoques de la prostitution la plus basse, une petite vieille soudain, méticuleuse comme la province, avec son chapeau noir et un pliant... chacune de ces figures est l'aboutissant d'une longue histoire vulgaire qui prend l'accent de la grandeur au moment même où elle tombe à son dernier degré. Comme des mains de fer, les arches des ponts joignent leurs doigts de ténèbres au-dessus de l'eau pour tous si tentante. Armand faillit marcher sur un homme qui avait l'air d'un terrassier, les bras nus et noueux sortant d'un tricot rayé, la moustache ronflant sur le pavé ; était-il ivre, ou vaincu de fatigue ? La Seine, elle, divisait, devant lui ses mamelles autour de la Cité, un remorqueur souffla très fort du côté de la Samaritaine. L'idée de la caserne revint dans la tête d'Armand. Ne valait-il pas mieux y vider les goguenots que de se battre aux Halles pour des poireaux et des feuilles de choux ? Une nuit, au bois de Boulogne, il avait failli être ramassé par les gardes, et quand il avait dormi dans les fossés des fortifs, l'autre fois, près des bastions, à la limite de Levallois, il avait été réveillé par des clameurs, des cris de femme, et il s'était enfui sans oser regarder seulement ce qui se passait là, qui on tuait. Alors, il avait déjà tourné ses yeux vers ce refuge militaire qui se dressait tout noir au-dessus d'une bataille de souteneurs.

Avec sept sous, on peut tout de même avoir du pain et du café. Et puis après ? Armand tournait dans ses doigts sa fortune, comme un avare. Il ne voulait ni l'entamer, ni ne la dépenser qu'incomplètement. Il serait bien avancé s'il lui restait un sou, par exemple. Il chiffrait. Il aurait voulu se laver les dents, offrir des fleurs à une fille quelconque pour la voir sourire. Son chapeau mou le faisait remarquer : c'était tout ce qu'il lui restait d'un monde. Près de Saint-Michel, une grande bringue en cheveux, un corsage clair et un petit sac, s'avança vers lui d'un arbre où elle s'était adossée. Elle pouvait avoir cinquante ans passés, avec le velours qui ramassait les débris du cou, et la robe fendue sous laquelle la jambe noire était peut-être prometteuse. Il la laissa venir, elle avait une voix rauque et basse, qui se faisait douce comme une porte qu'on prend soin d'ouvrir sans bruit.

« Alors, beau brun, tu ne veux pas que je te soulage ? »

Il était à un moment tel qu'il aurait probablement fait l'amour par terre avec cette créature qui ne s'était pas démaquillée depuis Fachoda. « Je suis fauché », avoua-t-il.

Elle eut tout le recul de la faim devant la misère. « Merde », murmura-t-elle simplement pour s'éloigner.

Il vit alors qu'elle avait les dents de devant brisées. Elle était dégoûtante et terrible à voir, l'œil sans cils, charbonné, les bras tremblants. Il éprouva tout d'un coup un déchirement absurde à l'idée qu'elle s'en allait, le seul être qui lui eût adressé la parole depuis il ne savait plus combien de temps, le seul être qui l'avait regardé comme un mâle et il eut un geste pour la retenir. Elle gronda : « Touche pas ! C'est pas pour ton bec ! » Elle emmenait ses fesses avec une majesté monstrueuse.

La nuit s'étirait sans étoiles. Il faisait lourd comme si l'orage allait se mettre de la partie. Un flic passa, soupçonneux. Un chien eut peur d'Armand comme il allongeait vers lui une caresse et se sauva en grognant. Le jeune homme portait maintenant avec lui une obsession. Des seins comme des fraises éclatantes, la blancheur d'un ventre, et ce fléchissement féminin de l'abandon... Est-ce qu'il n'aurait pas dû, tant pis, courir après la vieille putain ? Il lui aurait dit, il aurait insisté, pour ce

557

que ça lui coûtait, à elle! Elle pouvait bien faire la charité. Et il n'était pas si mal, avec ses dix-sept ans, malgré
la barbe... D'habitude, elle ne devait pas prendre plus
de dix sous.

Il revint sur ses pas, avec un vague espoir, scrutant les
ombres. Il dérangea un couple d'hommes qui s'entretin·
rent de la pluie et du beau temps, une cigarette s'alluma
dans l'ombre. Plus loin, il crut reconnaître son inter-
locutrice, elle parlait à un gros homme aux épaules
rondes, qui avait des airs de policier. Il remonta sur le
quai, quelque part, près de la rue Saint-Jacques.

XI

La brute se retourna dans les draps lourds, tandis que Carlotta sautait à terre. C'était la chambre d'hôtel classique. L'inspecteur Colombin n'était pas beau dans l'intimité. Sur ses épaules nues, il y avait une toison fauve qui se continuait en pointes sur les omoplates. La chair blafarde, affalée, apaisée, dans le linge s'écroulait malgré les muscles et le nez de l'homme s'écrasait dans l'oreiller, avec cette particulière opiniâtreté de la bête qui a fait l'amour.

Carlotta, dans sa chemise, les seins libres, ramassait les affaires tombées, et elle eut un frisson du pantalon laissé sur une chaise qui était tout guindé encore des fesses du policier. Un ronflement s'élevait et l'odeur animale flottait sur tout, malgré la fenêtre ouverte, insuffisante avec les persiennes. Carlotta avait une abominable impression de salissure qui ne la quittait pas. C'était trop bête : elle n'en était pas à un homme près. Mais celui-là, et ses exigences! Elle se rinça la bouche avec un sentiment étrange envers l'eau fraîche. De l'oreiller, une voix sortit : « Tu mets les bouts, ma cocotte? » Elle ne répondit pas, elle avait payé, pas vrai? Ça suffit.

Comme elle était dans la porte ouverte, Colombin, du lit, cria quelque chose. C'était une atroce cochonnerie, toute mêlée à ce qui venait de se passer. Carlotta se retourna avec haine : « Ah ça va! — De quoi, de quoi! » dit l'autre. Et, dressé, avec son corps de taureau vieillissant, il tourna vers la femme une gueule ricaneuse.

« A la prochaine, mon chou! Et rappelle-toi que ton mec, si tu fais ta mariole, je l'envoie à Deibler! »

Comment? Cette ordure prétendait faire durer le chantage? Une nuit ne suffirait pas? Elle se sentit défaillir. Elle avait claqué la porte. Elle regagnait la nuit, Paris et ses pensées. Elle marcha longtemps, avant de se décider. De chez Langer, elle avait congédié sa voiture. Elle se rappela un petit bar, pas loin, vers Pigalle, où jadis elle allait quand elle faisait le trottoir. Elle avait l'envie d'une bonne fine. Elle grimpa donc à ce vieux refuge des mauvais jours. Il y avait là des inconnus, mais la caissière s'écria : Tiens, Charlotte! et elle s'attabla avec les hommes d'anciennes copines. Boire. L'eau du robinet n'avait pas chassé cette odeur de chacal. Où était-il, Edmond, à cette heure?

Edmond était arrivé au cercle après le départ de Carlotta. Pedro lui avait dit qu'elle était partie avec la femme du croupier. M. Charles ne savait rien, Jeanne ne l'avait pas prévenu. Elle serait en bas, tout à l'heure, chez Pousset. Edmond joua, et perdit. Il était venu pour demander des sous à Carlotta : sans elle, comment se débarrasserait-il de Colombin et d'Alexandre? Celui-ci, avec son vilain nez qui lui sortait des sourcils, le regardait jouer, l'air ironique. Le joueur, nerveux, faisait celui qui ne remarque personne. Quand il quitta la table, Edmond se cogna dans le recéleur qui, avec un air tout à fait affable, lui serra la main : « Deux mille balles demain, docteur, ou je bavarde! » Sa main gauche faisait un geste de couperet. Le chantage était renversé, voilà tout. Carlotta ne revenait pas. Il en avait des sueurs. Il n'y tint plus : il descendit chez Pousset. Mme Cartuy-wels était là qui attendait. Quand elle vit entrer Edmond, elle eut un soupir malaisé. Qu'allait-elle lui dire? Quelle horreur! Elle était sentimentale : elle voyait dans Edmond et Carlotta le couple idéal, l'amour heureux. Qu'avait-elle fait contre ce beau garçon en menant sa maîtresse à ce monstre? Elle se disait que peut-être rien de mauvais n'était sorti de tout ça... Mais mentir...

« Non, dit-elle, je ne sais pas. Elle a dû rentrer chez elle. Je l'avais emmenée pour avoir quelqu'un à qui parler de mon petit... » Ces mots échappés, elle se sentit malheureuse. Qu'avait-elle fait ? Mêler Bébé à cette saloperie ? Pourvu que ça ne lui porte pas malheur !

Le lendemain matin, Edmond se précipitait boulevard Bineau. Sans égard pour les convenances, Carlotta le fit entrer dans la chambre. Il était onze heures, il y avait là Babette, la manucure, qu'elle renvoya au rez-de-chaussée. Carlotta avait passé un kimono rose sur sa longue robe de nuit ; les cheveux défaits, les yeux battus, elle était plus belle que jamais. Mais il s'agissait d'autre chose. Il allait parler, elle lui coupa la parole.

« Ne dis rien, je sais déjà... Qu'est-ce que tu vas faire ? Il faut t'en aller. En Belgique... J'ai vu l'inspecteur Colombin. — Ah ! oui ? Toi aussi ? Et alors ? — D'abord ta peau, mon petit... On pensera au reste ensuite... — Mais jamais de la vie ! Avec deux mille francs... »

Pendant un instant, ils jouèrent ainsi à cache-cache. Enfin il comprit : Colombin l'avait persuadée que lui, Edmond, avait vraiment assassiné la mère Beurdeley, pour payer ses dettes de jeu... Il lui expliqua la nature du chantage, Alexandre, et ce qui s'ensuit. Ah bon ! Soudain Carlotta grinça des dents de rage : elle se ressouvenait de sa nuit. Il l'avait roulée, le fumier. Elle raconta la chose à Edmond, très vite, en des termes d'une crudité qui l'atteignirent, lui le cynique. Carlotta ! Avec ce flic ! C'était pire qu'avec son père... Il gémit. Il était atteint dans sa dignité d'homme. Il le dit. Elle lui éclata de rire au nez. « Je m'en fous, de ta dignité... mais lui, il puait l'acétylène, tu comprends ? Je l'aurais bien tué... »

En attendant, avec ses larmes aux yeux, Edmond avait failli oublier l'essentiel. Les deux mille francs d'Alexandre. Que faire ? Carlotta ne les avait pas. Bien vrai ? Tu te rends compte de ce que ça signifie pour moi ? Si je me rends compte ? Pour qui, alors, est-ce que je me suis roulée dans le purin ? Monsieur voudrait que j'aille demander deux billets à Joseph Quesnel ? Et pourquoi pas ? Parce qu'il est malade, que je ne peux pas le voir au parc Monceau, qu'il faudrait lui expliquer... et que je ne veux pas lui faire de la peine, tiens. Edmond râlait : qu'est-ce qu'il fait de ses sous, ce vieil avare ? Je te défends de parler comme ça. Et si on m'arrête ? Il pleurait.

Une chiffe, comme les autres. Les hommes, ce sont des pas grand'chose. Celui-ci avait un avantage. Au lit. C'est toujours ça.

XII

Edmond parti (il avait eu l'idée d'emprunter à Jacques Schoelzer, avec un bobard quelconque), Carlotta se sentit soudain prise de panique. Elle congédia Babette, pour mieux réfléchir. Elle ferait ses ongles un autre jour. Elle avait oublié dans tout ça que les menaces de Colombin la concernaient aussi : il avait parlé d'avertir Quesnel. Comment allait-elle s'en sortir ? Faudrait-il supporter, subir ce flic pour éviter la catastrophe ? Elle avait des idées de meurtre. Soudain, elle songea à Grésandage : elle ne pouvait pas compter sur Edmond, alors.

Elle eut Élise au téléphone. Non, Richard n'est pas là. Comment allez-vous, chère madame ? Ah ça ! pardon. Je crois qu'il rentre. Tenez, je vous le passe. Allô ! Oui, c'est moi. Immédiatement ? Ce n'est pas très commode. Élise pour la première fois de sa vie était jalouse. Alors, si c'est comme ça, alors, c'est différent. Voyons, Rico, le déjeuner qui est prêt. Laisse donc, c'est pour Joseph Quesnel... Comment ? Je ne te crois pas. Vous disiez, chère amie ? Non, non, je vous assure, ma femme me dit de m'en aller... Rico, je te supplie. Alors, quoi, une scène ? Chère madame, j'arrive. Entre le téléphone et la porte claquée, il n'y eut pas trois paroles. Mais les années de mariage se déchirèrent comme un voile et Élise comprit qu'elle avait perdu ce qui était plus précieux que la vie. Le charbonnier ! Elle cherchait des prières et elle ne trouvait que des mots bêtes et familiers.

563

Elle vint appuyer à la vitre son gros front pensif. Elle le vit en bas, Richard, qui hésitait entre les véhicules. « Il va se faire écraser ! » pensa-t-elle. Il hélait un taxi.

Quand Grésandage sonna à la grille, c'est Carlotta qui vint lui ouvrir, prévenant la bonne. Elle l'entraîna dans le jardin. Elle était mise à la diable : une robe à deux volants, verte à taches blanches, ouverte sur le pied, chaussée de cothurnes, et des manches mi-longues de mousseline blanche, un ruban vert dans les cheveux mal noués. Elle avait les yeux cernés et la bouche tremblante. Elle prit la main de Richard et la serra contre son sein palpitant. Il pensa tout voir tourner. Mais qu'avait-elle ? On sentait ce cœur galopant... Sous la tonnelle, elle lui dit tout d'un seul coup. Il sentait sous lui la terre qui se dérobait. Il ne savait rien d'elle, au fond. Il l'avait placée si haut. Elle avait un amant ! Pas Quesnel. Un amant ! A travers le reste, il y avait d'abord cette révélation. Elle ne lui avait pas précisément menti, mais caché la vérité. Et elle l'aimait ? Enfin ce n'était pas de ça qu'il était question. Carlotta, vous ne me racontez pas des craques ? L'intrigue était trop compliquée pour que Richard s'y reconnût d'un coup. Edmond, Colombin, Mme Beurdeley... Qu'est-ce que je peux faire là dedans, moi ?

« Il faut me sauver », dit-elle, et elle avait noué ses deux bras blancs autour du cou de Richard, et elle le regarda de ses yeux les plus fous, les plus près de chavirer. Il se sentait si parfaitement démoralisé de toute cette boue, et de la jalousie folle qui le mordait, où se mêlaient Edmond et la jeunesse, Quesnel et l'argent, et l'inspecteur Colombin et des ignominies, il se sentait si totalement désorienté qu'il serra contre lui cette femme dont il était ivre comme il eût fait d'une petite fille, et ses doigts se prirent dans ses cheveux, et il réalisa qu'il venait de lui mordre les lèvres quand elle cria légèrement : « Richard, que faites-vous ? » Ils étaient sous la tonnelle.

« Il n'y a, dit-il, que la préfecture de police pour vous sortir de là. Mais alors, il faut prévenir Quesnel, parce que sans ça qu'est-ce qui vous défendrait contre la délation, vous ? Quant à ce jeune homme... » Il ferma des yeux amers. « Je me demande, en ce moment-ci, si ce ne serait pas le tuer, Quesnel... Carlotta, comment prendrat-il la chose ? » Elle ne savait pas, elle secouait la tête, elle était fatiguée de tout ça. Si Richard non plus ne pouvait pas la défendre... Là-dessus, la bonne parut sur le perron... On demandait Madame au téléphone. Elle courut dans l'allée. Il restait seul, Grésandage, avec tout le désemparé de l'histoire, et la confuse image d'Élise abandonnée, et comprenant d'un coup l'amour qu'il avait d'une autre. Quelle horreur ! Tout s'en allait en morceaux pour tout le monde...

Au téléphone, c'était Colombin. Déjà, il la relançait. Il venait de se réveiller, il ne lui laissait pas le temps de souffler. Il s'était fait dans cette tête apparemment l'idée de devenir le maquereau de cette femme qui avait pour entreteneur l'un des hommes les plus riches de France. Il fallait la gagner de vitesse. Il allait venir. Elle sortait ? Alors, si elle ne voulait pas qu'il advînt malheur au greluchon... Elle eut la force de raccrocher.

Vers trois heures de l'après-midi, comme tous les jours, l'inspecteur Colombin passait au *Brise-bise's Bar*, rue Fontaine, où Jeanne Cartuywels l'attendait à tout hasard. Jeanne était dans une espèce de folie. Le temps était encore à l'orage. Et puis Mme Cartuywels s'était reproché toute la nuit d'avoir commis un crime contre l'amour. Elle avait peur d'apprendre ce que Colombin avait fait de Carlotta. Par un étrange mélange de sentiments, elle avait aussi un certain dépit, elle qui haïssait l'inspecteur et pleurait chaque fois qu'elle le quittait, à cause de Charles, du pauvre Charles qui ne se doutait de rien. Elle se sentait humiliée, vieillie, bafouée. Et coupable. Elle avait demandé un stout, qui était là devant elle, noir comme du café.

Quand l'inspecteur entra, très conquérant, le panama en bataille, avec cette espèce d'insolence des cuisses dans le pantalon rayé, plein à craquer, une chaîne d'or de la pochette à la boutonnière du revers, elle vit tout de suite que rien ne lui avait été épargné. Il s'assit près d'elle sur la banquette, et la pinça très fort au sein. Elle ne cria pas et tourna ses grands yeux étranges : « Alors, dit-elle, cette Carlotta ? » Il rigola, fit claquer sa langue, se pencha sur la table et dit : « Qu'est-ce que tu bois ? Du stout. Fait soif. » Et lampa la moitié du verre. « Une absinthe ! » commanda-t-il. Le silence se mêla à la chaleur.

« Eh bien ! reprit-il après un temps... Pour une affaire, c'est une affaire. Elle a de l'expérience, et un pétard, enfin tout ce qu'on fait de bien comme fesses. Pas du plissé, comme chez toi. »

Il se dépassa dans le récit, avec une sorte de génie vantard pour la grivoiserie et la saleté. Il aimait se faire valoir aux yeux des femmes. Cela l'entraînait. Il prit une seconde absinthe. Il se lança dans ses projets. Ce qu'il ferait de Carlotta, comme il jouerait avec elle de la crainte de Quesnel, etc. Jeanne demanda : « Et le jeune homme ? » Il eut un gros rire : « Le jeune homme ! Dès ce soir, je l'abandonne à la bande à Alexandre. Je dis qu'il n'a pas marché et on le supprime. Avec eux, ça ne traîne pas. Tu sais bien, quand il y a eu ces coups de feu dans le passage de l'Opéra, à la sortie de derrière du cercle ? C'était un Brésilien qui avait triché sur des bijoux avec Alexandre... Oh, faut pas nous la faire à la morale ! S'il avait été régulier, on l'aurait pas refroidi, et puis ça fait la rue Michel... Il ne me gênera pas longtemps, le beau merle. »

Mon Dieu ! Jeanne Cartuywels était épouvantée. Et c'était elle, elle qui avait, par sa lâcheté, mis tout ça en branle. Elle trouvait Edmond si beau. Si Bébé pouvait devenir comme ça plus tard ! C'était le chevalier des contes, le héros amoureux, le prince charmant. On allait le tuer le soir même, qui sait, comme ça, à la sortie du cercle. Il ne fallait pas qu'il vînt. Comment le prévenir ?

« Tu me diras, Jeanneton, que j'ai la main heureuse. Il y a longtemps que je la guettais, la Carlotta. Oh, c'était une petite filature qu'on m'avait demandée.

Un vieux client, avec qui j'ai eu à faire dans une histoire de drogues, il y a quelques années. Un homme de bourse. Il est en affaires avec le miché de la donzelle, et leurs relations se sont un peu refroidies. Je crois qu'il compte tirer de quelques révélations un certain effet sur le vieux richard. Je lui ai envoyé des renseignements touchant le petit mec. Si on le rate par un bout, on le retrouvera par l'autre... »

Jeanne Cartuywels ne se sentait pas bien, pas bien du tout, il faisait étouffant. Elle allait rentrer chez elle. Peut-être était-ce son mois qui venait... Ça lui valut encore une bonne plaisanterie bien salée. Quand elle se leva, il lui flanqua une bourrade dans les reins. Pure amitié : c'était la cordialité du triomphe.

XIII

Le soir déjà tombait. Grésandage n'avait pas quitté le boulevard Bineau. Depuis des heures, il jouait le rôle de confident, étrangement coupé de baisers, furtifs comme des remords. Les roses s'effeuillaient presque toutes maintenant. Le quartier était d'un calme. Quand il entendit la voix de Jeanne, Richard crut rêver. Elle parlait avec exaltation à la bonne, et, de la grille, ils la virent venir dans sa robe grise, à pas pressés, sous le chapeau bonnet d'âne à la nouvelle mode, velours et paille.

Elle ne reconnut pas Grésandage : elle comprit tout de suite qu'on pouvait parler devant lui. Elle avait eu les adresses au cercle par Pedro. M. Barbentane n'était pas à son hôtel, elle était venue... A tout prix, il fallait l'empêcher de retourner au cercle, on allait le tuer. Comment ? Carlotta la prit par le bras et la secoua. Le rôle joué la veille par Jeanne ne la disposait guère en faveur de cette femme secouée d'hystérie. Pourtant, l'expression d'égarement de Jeanne la frappa, elle la fit asseoir. C'est alors que Mme Cartuywels éclata en sanglots.

Elle avait la face dans ses mains, son chapeau de travers. On ne pouvait plus rien tirer d'elle. Le mot *Bébé* fusait entre les doigts. « Je n'y comprends rien, dit Carlotta. — Laissez-moi faire, souffla Richard, je vais lui parler. »

Avec une douceur qu'on n'eût pas attendue de lui, M. le directeur du mouvement général des fonds écarta les mains de ce visage dévasté par les larmes : « Jeanne, dit-il, ne me reconnaissez-vous pas ? C'est moi, Richard, vous rappelez-vous, Richard, Richard... »

Jeanne s'immobilisa : elle semblait entendre des voix lointaines. Richard ? Elle regarda Carlotta d'abord, puis l'inconnu. C'était comme un papier qu'on défripe. Sous les traits du quadragénaire, elle retrouvait avec peine le garçon de vingt ans : « Oh, dit-elle, Richard ! » Et pendant un instant au cœur du drame, actuel, le drame ancien fut plus fort que le temps. « Richard, dit-elle, quels fous nous avons été ! » Puis elle se rappela la vie et le monde, et cette chose atroce dans son cœur, et elle se mit à petits sanglots à gémir, les coudes au corps, les mains montant et descendant, tremblantes, pour frapper en mesure ses genoux, comme les très vieilles femmes dans les veillées mortuaires.

« Oh, gémissait-elle, c'est moi, c'est moi qui l'ai tué ! J'aurais dû lui porter la médaille, et je l'avais là, dans mes seins. Elle le protégeait. Hier soir, c'est moi, en cédant à l'autre, je vous ai trahie, madame, je vous ai trahie ! Alors saint Christophe a laissé tomber l'enfant ! »

Était-elle devenue folle ? Carlotta et Richard se regardaient. Lui murmura : « Jeanne, Jeannette, souviens-toi... Que s'est-il passé ? Nous sommes des amis ! » Elle ne les voyait plus, évidemment. Le chapeau, avec ses grandes oreilles, oscillait burlesquement sur ses cheveux : « Saint Christophe a jeté l'enfant par la fenêtre dans la rivière ! J'ai tué mon enfant ! Bébé, mon petit Bébé ! » Carlotta, inquiète, s'était agenouillée près d'elle : « Votre enfant est en bonne santé, madame, voyons... Pourquoi ? » Jeanne fouillait dans son sac, elle en sortit, avec un mouchoir trempé, un télégramme qui n'était déjà presque plus lisible, un chiffon de pleurs. Grésandage déchiffra avec peine : *Bébé mort cette nuit que faire enterrement Dufour.*

« Saint Christophe, pleurait la mère, saint Christophe nous a abandonnés, par ma faute, par ma très grande

569

faute. C'est moi qui ai tué Bébé cette nuit, comme ils vont maintenant tuer votre jeune homme. Richard! Qu'est-ce que vous faites ici, Richard? Bébé est mort. Bébé! »

Elle reprenait, les emmêlant, trois thèmes disparates, l'enfant mort par sa faute, là-bas dans les Charentes, et l'amour d'il y avait vingt ans, Richard retrouvé et le traquenard du passage de l'Opéra, le Brésilien, Colombin, Edmond, Alexandre. On s'y perdait à force de pathétique. Richard et Carlotta se concertèrent. Il fallait qu'elle parlât, à cause de cette menace obscure. Ils la prirent entre eux, cherchèrent à la calmer. Mais à peine tiraient-ils d'elle un bout de l'histoire, qu'elle repensait au gosse : Bébé, Bébé! et elle se secouait d'eux comme s'ils l'eussent empêchée de se jeter à la mer... Peu à peu, pourtant les lignes de la vérité se dénouaient dans ses paroles. Les menaces de Colombin transparurent. Il fallait agir vite. Carlotta dit à Richard : « Partez, faites n'importe quoi, mais qu'il vive! Allez à la police je ne sais pas, moi! — Et Quesnel? » demanda Richard. Elle baissa la tête : « Tant pis pour lui », souffla-t-elle. Grésandage interpréta cela à sa manière. « Bon, dit-il, je vais au parc Monceau... »

Avant de partir, il jeta les yeux sur la femme démente qui se balançait sur une chaise de rotin. Sur la malheureuse Jeanne retrouvée et perdue. Toute sa jeunesse. Tout l'attendrissement de sa jeunesse. Et dire qu'il était mis en face d'elle à un instant pareil où le souffle ne lui était pas même laissé d'en souffrir, d'en avoir la nostalgie! L'existence est un beau gâchis. Il laissait ensemble ces deux femmes, pour aller au secours d'un jeune homme inconnu, son rival. Il ne pensait même pas à Élise. A Élise qui l'attendait rue de Passy avec la mort dans le cœur.

XIV

« Ça fait plaisir de vous voir sur pied, cher ami. — Je
sortirai demain, j'ai fait aujourd'hui un tour de parc.
Et si tout va bien, après-demain, j'irai assister à la
revue de Longchamp... »

Quesnel recevait Wisner sous la véranda, devant le
jardin qui semblait se perdre dans le parc Monceau.
Il n'avait pas mauvaise mine, un peu amaigri, les traits
tirés d'avoir souffert. Wisner, au fond, se sentait désappointé : il avait cru à une maladie plus longue et il s'était
fait à lui-même un certain plaisir, en se conduisant si
bien avec son vieil ami, par ses visites répétées. Au fond,
il s'était alarmé pour rien.

Le calme du soir d'été tomba sur eux tandis qu'ils
buvaient des citronnades glacées. Quel charme avec ce
parc public où roulait un peuple décent, plein de retenue! Ici la fortune apparaissait presque le bien de tous,
comme le soleil. Quiétude française, paix profonde...
On oubliait ces perpétuelles alarmes de la presse et du
Parlement. « Je bénis le ciel, dit Joseph Quesnel, les
yeux mi-fermés, de vivre dans notre époque. Tout n'est
peut-être pas encore à sa place, mais enfin, comme la
sagesse des hommes domine la nature et la sauvagerie
du grand nombre! Quand je pense que nous eussions
pu naître en d'autres temps, tenez, dans cette Renais-
sance italienne, telle que l'a vue Stendhal! Ce temps des

poignards, du poison, du gouvernement des sbires...
Quelle étrange chose ça a dû être! »

Wisner l'écoutait mal. Il avait la tête à la Bourse, et
de mauvaises nouvelles encore d'une de ses usines.
Quesnel continuait : « Souvent, j'ai songé à ces hommes
des anciens temps à qui, somme toute, était dévolue la
mission qui est la nôtre, Wisner, qui est la nôtre... Et
je me disais avec un assez légitime orgueil, pensant au
mésusage qu'ils ont fait de la force et de la richesse, que
nous n'avons point à craindre la comparaison devant
un Dieu qui nous juge : nous ne jetons pas nos esclaves
aux murènes, nous n'envoyons personne aux fers, nous
ne dépossédons personne du fruit de ses labeurs. La vie
est devenue très douce. Il fait bon vivre. »

Il se tut, les idées coururent. Et c'est ainsi que Wisner
se trouva en venir aux Balkans : « Les dernières nouvelles
sont excellentes. Vous savez : les Bulgares sont battus
sur toute la ligne. Les Roumains avancent. Et même
il ne faudrait pas laisser aller les choses trop loin, de
peur qu'il y ait une révolution à Sofia. Il faudra bien
que Ferdinand mette les pouces. Cela fait pour nos
affaires de jolies perspectives. Nos mines sont prêtes à
l'exploitation... »

Quesnel ne le suivait pas dans cette voie. Il rêvait. Il
l'interrompit. « Excusez-moi, Wisner... je pensais qu'aux
grandes époques, et qui nierait que ceci en est une ?
toujours les hommes qui ont été les maîtres de l'industrie
ont été les protecteurs des arts. Les Médicis... Voyez-
vous, je viens d'être malade, et j'ai touché profondément
aux sources de ma vie. Bien des choses, dans les douleurs,
passent, comme passent les tentures d'une chambre.
Toute ma vie, j'ai aimé la peinture, et les poèmes, et
peut-être que je vous parais ridicule... si, si! mais au
fond, dans ces moments où j'ai ressenti si vivement le
précaire de l'existence, j'ai su que je tenais plus aux
choses de l'art qu'à la fortune, qu'à l'enthousiasme des
affaires... Il faudra que je vous montre ce tableau que
j'ai acheté... — Un tableau ? Vous êtes étonnant, on
vous croit au tombeau, pas du tout! Vous achetez des

tableaux! — Oh! vous savez, sans être un Camondo, un Cognac ou un Roussel, j'ai ma petite collection... Cette fois, j'ai un peu outrepassé mon choix coutumier. C'est que j'ai réfléchi à des choses diverses : il y avait des peintres dont je ne voulais pas entendre parler, leurs recherches, leurs audaces m'irritaient que sais-je? Et puis, à force, on s'habitue, on découvre des beautés où on ne croyait pas qu'il y en eût... vous verrez... — Et de qui est-il, ce tableau? — Vous allez rire : mais vous savez, il ne faut pas le juger sur ses outrances, c'est un fameux dessinateur... Picasso... — Comment, le cubiste? Ah! celle-là, par exemple! Mais vous avez perdu la tête! — Vous verrez, vous verrez! C'est un tableau d'il y a huit ans, tout bleu, avec des acrobates... »

Un valet vint annoncer M. Grésandage. Wisner vit quelque chose de lumineux soudain dans le visage du convalescent. C'était que le nom de Richard signifiait un message de Carlotta. Quesnel reçut l'arrivant avec tendresse. Il semblait d'une telle bonté, ce grand homme vieilli, mais aux yeux jeunes encore, que Wisner en pesta un peu à part soi : ça le dérangeait et ça lui chatouillait l'estomac. Il écouta, un peu à l'écart, Richard essoufflé qui donnait de l'avenue Bineau des nouvelles excellentes. Richard parlait à mots couverts, mais avec la peur d'aborder le sujet de sa visite. Qui sait l'effet que cela ferait à Quesnel? Et devant Wisner, comment parler? Il mentait, il tournait autour du pot. Il dit : « Carlotta? Je l'ai trouvée fraîche comme une rose... » et cette banalité avait pris un tel accent, un tel élan dans son cœur même, que Joseph Quesnel en sourit et longuement baissa les paupières pour mieux voir l'Italienne.

Il se mit à parler de l'amour. Cela sonnait déplacé qu'à ses cadets ce vieux protestant parlât d'un sujet pareil. La hauteur, la dignité de ses phrases les tenaient en respect. Ils l'écoutaient diversement, Grésandage avec des battements de cœur, Wisner avec surprise. Le constructeur d'automobiles aurait eu facilement propension à l'ironie, car il savait de reste, et pour cause, ce que c'était que cette Carlotta. Mais il s'agissait bien d'elle pour lui ! Il s'agissait de Quesnel, un homme qui a fait ses preuves dans la vie, un homme supérieur. Il y a tout de même une grande fraîcheur dans les sentiments qui ne laisse pas insensible. Wisner, le viveur, n'était pas sans en éprouver le charme singulier.

Richard avait tant de mots qui gonflaient ses lèvres. Chaque minute pouvait amener mort d'homme. Il n'osait pas parler. La sérénité de Quesnel l'effrayait, comme un lac au-dessus duquel planent des oiseaux noirs, si clair, si limpide. Allait-il jeter là-dedans une pierre ? « Rentrons, dit Quesnel, je me sens tout de même fatigué. »

Non, il était impossible de parler à ce malade, à cet aveugle. Pourtant, ne fallait-il pas intervenir dans l'heure même ? Qui, sinon Quesnel, aurait le pouvoir de mettre en branle sans questions, sans histoires, la police, et tout ce qui s'ensuit ? Wisner ! Idée lumineuse. Wisner partait, Richard dit : « Je vous accompagne... »

. . . .

« Non ? Ah ça mais, c'est un roman-feuilleton ! »

Wisner conduisait lui-même sa Mercédès. Il s'était arrêté le long du trottoir, dans l'avenue de Friedland, quand Grésandage avait commencé à se dépatouiller dans le récit de sa journée. Il ponctuait de *Mince!* et de *Saperlipopette!* cette histoire où il se perdait. Voyons, qu'est-ce qu'elle vient faire là-dedans cette... enfin vos premières amours ? Et le gosse mort, et les diamants ? Oui, vous avez bien fait de me parler de ça à moi, et pas à Quesnel. On ne sait pas comment il aurait pris la chose... Alors, qu'est-ce qu'il faut faire ? Moi, je m'en contrefiche qu'on lui abîme son maquereau à cette demoiselle... Celle-là, comme poule, alors ! Quoi ? Allons, allons, vous n'allez pas me dire à moi... Je l'ai baisée avant Quesnel, je vous prie de croire : pas désagréable, au reste.

Le coup cassa Richard en deux. Il était devenu pâle comme seul le lilas sait être pâle. Carlotta! Il aurait fallu tuer ce Wisner, cet abominable démolisseur d'idoles. Il n'y en avait pas le temps. Richard se mordit les lèvres au sang. Wisner était utile, à cette heure. Lui seul pouvait intervenir assez vite... Grésandage expliqua : le Brésilien, le passage de l'Opéra...

Wisner écoutait. Tout d'un coup une espèce de lueur se fit en lui : le passage de l'Opéra, mais attendez donc, comment l'appelez-vous ce cercle ? Le *Passage-Club* ! Ah, oui ? Ah, ça, c'est différent. Très mauvaise réputation. Un tripot. On devrait fermer ces endroits-là. Je le disais encore l'autre jour au ministre... Des nids d'étrangers, d'espions... Et vous voyez, des recéleurs, des assassins... Je vais téléphoner au préfet... Tout de suite. Je fais un bond au tabac, là-bas. Vous m'attendez ? Pas de raison de le laisser tuer, ce garçon, même s'il n'est pas intéressant, intéressant.

Nom de Dieu ! pensait Wisner en tournant la manivelle du téléphone. Celle-là est bien bonne ! On l'aurait faite sur mesures, on n'aurait pas mieux réussi ! Le préfet n'était pas là. Wisner à l'appareil. Tout de suite. Mon cher préfet, on me disait... Pas pour vous, cher ami, pas pour vous. La voix d'Hennion faisait résonner l'appareil. Eh bien, voilà une occasion de nettoyer un de ces cercles, une affaire de tout repos... Lequel ? Le *Passage-Club*, oui, oui. Comment ? Mais de toute urgence, ce soir même, un meurtre projeté ! Trop long à expliquer... Toute l'histoire me vient par un M. Barbentane, qu'on essaiera d'impliquer dans une sale affaire, un chantage... oui, oui... C'est lui qu'il s'agit de protéger... Barbentane... Le fils de qui ? Je ne sais pas. Si vous connaissez son père, c'est très bien. Vous voyez. Bar-ben-ta-ne... Il ne doit pas y en avoir tant que ça, des Barbentane... Un ami de Clemenceau, je n'en savais rien, mais raison de plus. Entendu... Entendu. Alors entendu, mon cher préfet. Et puis il y a un de vos inspecteurs qui a fait des gaffes, marché sur une chasse gardée. Un nommé Colombin. Il faudra lui faire comprendre. Nous nous verrons pour ça. Mes hommages à Mme Hennion.

« Le coup est paré », dit Wisner à Richard, et il mit

le cap vers Passy. « Je vous accompagne, laissez donc. »
Grésandage respirait profondément. Une descente de
police, ce soir. Et demain toute l'affaire serait débrouil-
lée. On effraierait les maîtres-chanteurs, c'était bien rare
s'ils n'avaient pas une petite condamnation, une petite
interdiction de séjour... Cela avait été bien sage de ne
parler de rien à Quesnel. Il pourrait poursuivre son
rêve. Cette femme, c'était la lumière de sa vieillesse.
Les deux hommes se regardaient avec les yeux brillants. Ils venaient de commettre une bonne action.
« Le coup est paré », répéta Richard. Et après réflexion :
« Vous venez de sauver la vie d'un homme. »

Mais, à cette même minute, Joris de Houten, assis
dans un fauteuil devant Joseph Quesnel, lui exposait
en détail ce qu'il savait de Carlotta et d'Edmond Barbentane et qu'il tenait d'un de ses informateurs, l'inspecteur Colombin, de la brigade des jeux.

XV

La jalousie s'empare vers la même heure de plusieurs des cœurs humains que traverse cette histoire : tandis qu'Élise Grésandage se morfond et que tout ce qui fait son univers se décompose dans les rideaux de la rue de Passy auxquels elle appuie son désespoir, tant et si bien que, pour avoir douté de Richard, elle commence à douter de Dieu même, Richard lui-même qui revient vers elle éprouve à la lueur de sentiments nouveaux combien sa vie a été inutile, perdue, gâchée. A quoi bon, fonctionnaire intègre, avoir ainsi tant d'années rusé avec soi-même, pour souffrir comme un enfant à cause d'une femme, dont il pense à la fois qu'elle est atroce et qu'il l'aime ? Quesnel, ce jeune homme inconnu, Barbentane, et maintenant Wisner. Le pire est la désinvolture de Wisner.

Et Quesnel reçoit de l'élégant Joris de Houten des révélations qui dépassent en douleur les coliques néphré-tiques, parce qu'ici l'on ne peut plus crier, il faut se *tenir*, écouter... Dire que l'humanité rit depuis des siè-cles des hommes trompés, des cocus. On ne sait pas ce que pense, ce que ressent un homme qui s'est jeté sous le métro, par exemple, et qui a la poitrine écrasée, et le cœur bat encore sous l'éclatement des côtes, puis la roue prend la tête, la gueule par le travers, et cela fait crac, et floc, là où se peignait le sourire, la boîte gicle de sang, la cervelle coule... Cela ne te ferait pas rire,

Molière ? Et pourtant. « Dites-moi, prononça Quesnel, magnat des taxis, commanditaire des armées serbes et roumaines, êtes-vous bien sûr de ce que vous avancez ? » Ainsi la douleur hésite comme un papillon noir.

Charles Leroy avait passé une journée épuisante dans l'entresol du *Passage-Club*. Homme simple, qui ambitionnait une vieillesse paisible, dans un monde où il n'y a pas de jeunesse heureuse, il avait trouvé dans la tendresse de Jeanne Cartuywels un espoir duquel il se mettait à croire qu'il avait été l'illusion de son âge mûr. Cela avait commencé par le pardon d'une faute, par le geste généreux du croupier, fermant les yeux sur une tricherie. Elle lui était tombée dans les bras tout bonnement. Pour la première fois, il avait été pour une femme l'être magnanime et fort, le protecteur, le moralisateur. Il s'en était senti grandi, il avait brusquement eu foi en lui-même, en l'avenir. Et il y avait tout : le caractère peureux, inquiet, de Jeanne, ses regrets d'un monde fermé qu'il se promettait secrètement de lui rouvrir par le mariage, l'enfant, le bâtard, sur lequel il s'attendrissait et qui passerait bientôt, quand on le tirerait de nourrice, pour son propre fils, il l'aimait déjà...

Il y avait une chose que le croupier n'avait jamais imaginée, lui qui, toute sa vie, avait été au bordel, ou à des femmes qui ne valaient pas mieux, c'était que Jeanne pût le tromper. Ça ne l'avait tout simplement pas effleuré.

Depuis deux jours, il vivait avec cette idée nouvelle. Elle grandissait dans la chaleur et l'affolement. Il commençait à savoir qu'il aimait Jeanne : il savait qu'elle lui était très attachée, il croyait avoir grande pitié d'elle. Voilà que c'était de lui-même qu'il apprenait à avoir pitié d'abord. C'est là ce que les hommes malheureux en amour appellent aimer. Où était-elle ? Que faisait-elle ? Et l'autre... était-ce Dieu possible ? Cet effroyable roussin.

Autour du croupier, l'argent, les êtres poussiéreux, des hommes équivoques, des femmes dégradées, les cartes... Tout tournait avec le temps inexorable. A l'heure du dîner, au petit restaurant de la rue Favart, M. Charles n'eut presque pas d'étonnement de ne pas rencontrer Jeanne. Il l'attendit pourtant. Elle ne venait pas. Il ne mangea point. Les serveuses lui disaient : « Alors, votre dame ? » ou bien « Vous feriez mieux de commencer... » Quand il fut l'heure de remonter au cercle, il prit une fine pour légitimer sa longue attente. Puis une deuxième fine, à cause du cœur qui battait si fort. « Si Madame arrive, vous lui direz... » Au-dehors, on commençait à se préparer pour la fête des rues. Il y avait des drapeaux partout.

Et le travail reprit. Ce qui était pour lui le travail. Cette chose qu'il n'avait jamais jugée, et qu'il se prenait soudain à regarder avec des yeux neufs. Les jetons, les plaques, l'argent... Est-ce qu'il y avait des gens qui ne jouaient pas ? Des gens qui n'avaient pas ces visages mâchés d'angoisse, ces tics nerveux, cette fièvre ? Il ferma les yeux. Il voulait revoir la campagne quand il était jeune et il vit Jeanne, Jeanne avec Colombin. Il releva précipitamment ses paupières... « Les jeux sont faits... » Des mouches de lumière verte flottaient sur les joueurs comme les taches d'une lèpre universelle.

Tout d'un coup, sans que rien se fût passé, il se rassura. Tout cela s'expliquerait, il n'y avait rien de grave. Pourquoi se faire des imaginations ? Il s'était élevé une contestation à la table voisine. Charles tourna légèrement la tête. Son collègue lui clignait de l'œil. Une vieille sorcière, peinte, râlait auprès d'une sorte d'Henri IV borgne. Puis tout s'apaisa. « Les jeux sont faits... »

La jalousie avait pris une forme lente et sournoise. Comme la faim. Elle était là sans y être. Elle ne faisait pas très mal. Elle détruisait. Rue de Passy, une soirée muette. Mme Grésandage écoutait son malheur, quand dans le va-et-vient des occupations ménagères elle faisait tinter un vase. Les fleurs étouffent par un temps pareil. Il faut leur changer l'eau. Richard lisait un livre de Paul Bourget : un auteur qu'il n'aimait guère. On annonçait son nouveau roman : *Le Démon de Midi*.

Un titre qui faisait parler (Richard était plutôt un lecteur de Claudel, il était abonné à la *Nouvelle Revue Française*). Quesnel s'était retiré après dîner, laissant sa fille. Il avait enfin la possibilité de mesurer son malheur. Il regarda ses vieilles mains.

Dans les rues de Paris, où ce samedi soir commençaient déjà les bals, à l'avant-veille du 14 juillet, échappée avec son grotesque chapeau ballant, aux deux oreilles ironiques, Jeanne Cartuywels s'en revenait, comme une image de la dévastation. Des gosses rirent d'elle. Elle les regarda sans comprendre. Puis poussa un cri. Des enfants! Ils se reculèrent, effrayés. Elle ne pouvait plus voir les enfants. Elle commençait d'être hallucinée par une affiche rouge, jaune et verte qu'on voyait sur tous les murs. Réclame d'un feuilleton. Un forçat au torse nu, avec un air de l'épouvante. Et la légende de *Chéri-Bibi* : *Non, pas les mains ! pas les mains !* Cette phrase, on ne sait comment, semblait se rapporter à son histoire.

Charles Leroy avait longuement caressé ce rêve d'une petite maison sur la Côte d'Azur, dont il était toujours question avec Jeanne avant de s'endormir. On aurait peut-être des hortensias en terre. C'étaient ces hortensias qui se fanaient ce soir, dans son cœur. Il n'y aurait pas de maison, d'avenir sans Jeanne. A quoi bon? Désormais, à quoi bon?

Il ne l'avait pas vue entrant. Elle se trouva près de lui soudain. Elle lui posa la main sur l'épaule. Elle était presque maîtresse d'elle-même. Elle soufflait : « Ne me fais pas de reproches, je dois te parler... » Cette fois, il ne dit pas qu'elle le dérangeait. Il chercha des yeux quelqu'un pour le remplacer. Il dit tout bas : « Je te rejoins dans la rotonde. » Cela prit un peu de temps avant qu'un collègue libre pût s'asseoir à sa place.

Pendant que Jeanne et Charles parlaient dans la rotonde, Pedro, voisin de la porte, écrivait à une jeune institutrice romanesque, comme s'il eût été un prince égyptien. Étranges complications des rêves, si vous connaissiez le charme de nos palmeraies, et la grande douceur des baisers au pied de la statue de Memnon que fait chanter le soleil, si l'on en croit les pages roses du *Petit Larousse illustré.*

Jeanne avait pleuré. On voyait que Jeanne avait pleuré. Ce ne pouvait être que Colombin... La brute! Il lui avait peut-être fait mal. Charles, très doucement inquiet, demanda : « Ma toute petite, on t'a fait du chagrin ? » Cette douceur était trop pour sa faiblesse : Jeanne éclata en sanglots. Son ami écartait avec peine les mains crispées qui labouraient avec leurs ongles taillés le visage de la malheureuse. « Voyons, voyons... » Qu'est-ce que c'était que ce grand désespoir ? Elle l'aimait donc tant, cet affreux homme ? C'est alors que le mot terrible lui échappa : « Bébé est mort! » La jalousie fut soudain honteuse d'elle-même. Charles, malgré tout, ne la crut pas, et questionna : « Non ? non ? » C'était son propre fils qu'on lui arrachait, et il eut le remords d'un apaisement aussi : peut-être alors qu'il n'y avait rien d'autre... Pauvre Jeanne! La vie va recommencer. Qui sait ? Il fallait surtout ne rien demander, ignorer, laisser mentir au besoin...

Jeanne n'était pas belle ainsi, dans la douleur, sauf ses yeux, ses yeux extravagants et noyés. La poudre ravinée des joues, les lèvres tremblantes, les hoquets d'hystérie... Elle avait cent ans. Il l'aima plus que d'amour. Il lui dit : « Je t'aime... » Ces mots-là firent tout le mal. Elle le repoussa avec horreur. Ils restèrent à distance. Il la regardait, ses yeux fous. Il demanda quelque chose des paupières. Elle fit oui avec la tête. Oui, quoi? Un coup de poignard. Il murmura : « Colombin ? » Il y eut un silence, où il fit une fois de plus le geste qui agaçait tant Jeanne : il sortit sa glace de poche et vérifia sa raie, pitoyablement.

Alors, comme un vase qui déborde, avec une précipitation qui faisait claquer ses dents menues, elle dit tout pêle-mêle, qu'elle était enceinte la première fois, et Saint-Christope, et les Galeries Lafayette, l'esclavage, ces mois abominables, et Carlotta, Bébé, le bel Edmond, le Brésilien. *Non, pas les mains, pas les mains!* Il l'attachait au lit, Colombin, et il la fouettait avec des linges mouillés. Il fallait qu'elle lui... « Tais-toi! » cria Charles. Il ne voulait pas savoir. Il ne voulait pas savoir. Par la porte, il aperçut la tête hagarde et passionnée de Pedro, sorti des Pyramides, pour tomber dans un drame réel, et médusé. Pedro qui écoutait de ses oreilles mal ourlées, la bouche de côté. Maintenant, Jeanne pleurait à petits coups en balbutiant d'incompréhensibles choses sur le sang, sur les poignets tordus, et saint Christophe dans tout ça, saint Christophe pas du tout dépaysé de se rencontrer avec Chéri-Bibi.

C'est alors que la police fit son entrée au *Passage-Club,* commissaire en tête.

XVI

Quand elle s'était trouvée seule, après le départ de Jeanne, dans l'hôtel du boulevard Bineau, l'inquiétude avait saisi Carlotta d'une façon intolérable. Dans le fond de cette inquiétude, il y avait ses deux hommes : il y avait Edmond, mais il y avait surtout Quesnel. Elle n'aurait pas dû laisser faire Grésandage. Quesnel était encore un malade. Et puis s'il la flanquait simplement dehors. Avec Edmond à la clé. Le souvenir de Colombin lui revint, nauséeux.

Quand Grésandage téléphona, de chez lui, que tout était arrangé, de ne pas s'en faire, elle se mit à poser des questions. Mais il ne voulait pas y répondre à cause d'Élise. Il avait commencé d'avoir des secrets pour Élise. Elle ne douta pas qu'il eût mis Joseph Quesnel au courant. Elle demanda comment allait son protecteur : « Comme un charme, comme un charme! » répondit Richard.

Il ne pensait qu'à se faire dire : « Venez », mais Carlotta en avait marre de sa compagnie et se persuada qu'il fallait le laisser à sa femme. Le détail la laissait indifférente. Deux choses seulement comptaient : on ne lui tuerait pas Edmond et, d'autre part, Quesnel maintenant savait. Elle ne pensait qu'à Quesnel, vraiment. Dans les reproches, les tourments qu'elle se faisait par rapport à lui, Richard aurait tenu une place sacrilège. L'inquiétude de Carlotta se mêlait bien de considérations pratiques sur sa situation, mais elle en avait fait bon marché tout à l'heure pour qu'Edmond vécût. Le reste allait se jouer entre Joseph et elle. Elle avait donc raccroché et la soirée des Grésandage se poursuivit, sinistre et sans histoire, à la façon légendaire des peuples heureux.

Cependant, au parc Monceau, dans sa demeure calme, Quesnel allait et venait en proie à des idées contradictoires. Sans cesse, comme hypnotisé, il marchait jusqu'au téléphone. Le toucher de l'appareil l'arrêtait. Il réfléchissait. Il ne pouvait se résoudre. Il avait peur. Il s'éloignait brusquement. Reprenait sa marche. Et sa douleur.

Au poste de police qui est dans le fondement de l'Opéra, on avait jeté pêle-mêle pour vérification de domicile les gens ramassés au *Passage-Club*. Et tandis que, dans cette crypte basse et large, les agents de garde bâillaient, bavardaient et commentaient entre eux les nouvelles du soir, tout au fond, derrière une grille donnant sur un couloir puant, dans le violon sans fenêtre, les uns debout, les autres tassés sur les bancs, avec le refrain minuté de la chasse d'eau dans l'urinoir, Pedro, se farfouillant la tignasse, le baron, M. Charles et trois de ses collègues, le barman, Alexandre, une demi-douzaine de joueurs aux smokings fripés, hagards, cravate enlevée, étaient mêlés aux ivrognes ramassés dans le quartier, à de petits voleurs à la tire, à des mecs pris à faire le truc sur le boulevard, à des antimilitaristes qui avaient arraché des drapeaux aux autobus. Tout cela avait commencé par faire un raffut du diable, l'agitation des conversations, des protestations. Les agents étaient venus plusieurs fois engueuler leurs pensionnaires. De temps en temps quelqu'un pissait dans l'ardoise jaunie et nauséeuse, la chasse d'eau hachait les pensées. On voyait par la grille amener des filles criardes, se secouant, ou soumises, l'habitude, qu'on jetait là-bas, à gauche, dans une autre taule, du même genre, d'où montaient les voix aiguës des femmes, des expressions obscènes et des chansons. La chasse d'eau par sa régularité obsédante vous brisait les oreilles, la tête, le cœur.

Charles Leroy n'écoutait rien, il attendait. Au milieu des bruits venant des femmes, il avait entendu une ou deux fois des sanglots. Jeanne était là-bas avec les prostituées, des joueuses. Jeanne et l'image du gosse mort. Atroce dérision de tout cela. La chasse d'eau. Dans chaque flic qui passait, Charles retrouvait Colombin. Ah, s'il l'avait tenu, celui-là ! Eh bien, qu'est-ce qu'il aurait fait, Charles ? Impuissance abjecte. Les images se pressaient dans cette cervelle peu habituée à la fièvre de l'imagination. Jeanne avait été jadis dans un lieu comme celui-ci... La chasse d'eau. Et c'était de là que tout était parti, l'atroce histoire. Il se représentait Colombin torturant Jeanne, avec la complicité de ces vaches, la cuisinant, obtenant d'elle ce petit papier qui le faisait ensuite à vie le bourreau de la malheureuse... La jalousie l'avait repris, Charles, la jalousie sans frein qui ferait crier, qui jette le sang du ventre dans la gorge et les tempes. La jalousie qui est comme un hoquet. Le hoquet de la chasse d'eau. Oh, cette montre implacable du temps ! Les plus braillards commençaient à en avoir les nerfs rompus. Charles nerveux, vérifia sa raie dans son miroir de poche. Il assura son binocle. Ce que ses cheveux étaient gris, tout de même ! Il s'était fait un silence relatif où ronflait un soûlard, roulé à terre.

Dans la taule des femmes, où ça cocottait ferme, Jeanne Cartuywels se balançait au milieu des curiosités vite abandonnées des habituées, avec les vieilles folles du cercle, apeurées et sanglotantes. Une grosse, bien fardée, blafarde, qui se grattait les cuisses, avait voulu gentiment lier conversation avec elle et Jeanne avait bondi, criant comme Chéri-Bibi : *Non, pas les mains, pas les mains !* On avait bien rigolé tout de même.

Joseph Quesnel se décida.

Dans le calme de son cabinet de travail, où il était resté seul, en veston d'intérieur, la fenêtre ouverte sur le parc et, toutes lumières éteintes, il décrocha le récepteur, demanda Neuilly.

La chasse d'eau.

Toutes les anxiétés de la communication se déchaînèrent le long du fil, où l'on surprend des bruits, où l'accrochage se fait mal, une voix du central téléphonique, s'est-on égaré? puis la sonnette. Ça sonne. On laisse le temps de venir à l'appareil. Ça sonne. Je vais laisser encore sonner trois fois... quatre... cinq... Serait-elle sortie? Ou elle dort si bien. Ça sonne.

La chasse d'eau.

Les domestiques étaient au cinéma. L'appareil tintait seul dans la maison déserte. Des gants, un chapeau, un voile abandonnés sur des chaises. Tout disait la fuite soudaine de Carlotta.

Au bout du fil, le vieil homme hésite longtemps à raccrocher. Il lui fallait cette voix zézayante et claire, il lui fallait dans la solitude insupportable entendre palpiter ce cœur infidèle, le vivant témoignage de son malheur. Ceci lui était refusé. Même ceci. A travers les arbres, il vint par la fenêtre une fausse brise, une manière de fraîcheur.

Dans le réduit sans fenêtre de l'Opéra, dans la puanteur, au bruit ponctué de la chasse d'eau, la jalousie prend un autre accent de violence sous le front têtu du croupier, sous les cheveux drus et bas plantés que sépare mal un petit trait pelliculeux. Et Carlotta erre par la ville. Elle n'ose pas aller à l'hôtel Royer-Collard : si elle y trouvait son amant blessé, mort? Joseph Quesnel écoute son cœur. La chasse d'eau. Mais Edmond Barbentane, qui est arrivé boulevard des Italiens pour voir emmener les gens arrêtés au cercle, d'abord un peu surpris, a été tout simplement se balader, puis sagement, sur les dix heures trente-cinq, il est rentré chez lui se pieuter. Il a dans la poche de l'argent prêté par Jacques Schoelzer. Le roi n'est pas son cousin.

Quand on sonna à la grande porte, la domesticité s'étonna, Mlle Quesnel s'assit dans son lit. Elle vit par la fenêtre qu'il y avait toujours de la lumière chez son père. Il n'était pas raisonnable... En bas, le concierge parlementait. Une dame, une jeune dame... Quesnel parut dans le hall. La voix de Carlotta qui n'avait pu l'atteindre par le téléphone était entrée en lui, par l'escalier, comme un couteau.

« Faites monter Madame », dit-il.

La lumière dans l'entrée s'alluma. Quesnel passa la main sur ses joues. Il était mal rasé.

XVII

Il était près de minuit quand Charles Leroy se retrouva sur le pavé. Il avait, quittant le poste, réclamé
Jeanne. Comme ils n'étaient pas mariés, on lui avait
refusé les renseignements. Non, elle n'avait pas été relâ-
chée. D'ici, du moins. Mais je vous dis qu'elle est là, je
l'ai entendue, qui pleurait. Son gosse qui est mort la
nuit dernière. Savons pas. Pouvons rien dire. Sommes
pas responsables. Mais c'était inhumain, monstrueux.
La consigne. Histoires privées. Son ami ? Et puis alors ?
Mais vous ne comprenez pas : le petit qui est mort...
dix-neuf mois. Très triste. Qu'est-ce que je peux y faire ?
Mais voyons... Ah, et puis, vous commencez à me courir, vous, et si vous insistez, on vous reboucle. Au
dehors, les autobus passaient, ornés de drapeaux.

Elle était là, sûrement. Il l'aurait vue ressortir. Il
resta derrière l'Opéra, sur le trottoir d'en face, guettant.
On allait la relâcher, il allait l'attendre. On entendait au
loin les flonflons d'un bal populaire, dont les reflets
dansaient sur les murs. Jeanne. Jeanne. Tout est pardonné. Il n'y a rien à pardonner, mon Dieu. Mais qu'elle
soit là surtout. Minuit sonna.

Un panier à salade s'arrêta devant la porte. Charles
regarda de tous ses yeux. Il vit enfourner de ses compagnons, le barman et M. Alexandre, plusieurs pouffiasses,
la tignasse de marchand de marrons de Pedro. Puis la
voiture s'ébranla. Il attendit. Minuit et demi. Il atten-

dait. Il attendait. La tête pleine d'images et la faim au ventre avec ça : il n'avait pas dîné tout à l'heure. La nuit où montait une polka était calme et belle, bien chaude. A une heure du matin, il y eut encore un panier à salade. Le dernier, dit un brigadier à la question posée. Il emmenait des inconnus. Non, on n'avait gardé personne au poste. Charles avait l'air si égaré qu'il y eut un flic qui le prit en pitié : la femme Cartuywels, oui, il savait, elle avait été envoyée au dépôt, directement sur l'infirmerie spéciale, dans une crise de délire aigu.

Le croupier maintenant s'en va dans l'ombre comme un coup de poing qui manque le but. Il court presque. Où ça ? N'importe. Il évite dans la ville en fête les bals qui font mal au cœur. Boire. Il dépasse un café, il avait l'intention de s'asseoir : on danse par ici. Il continue. On danse. Vers la Seine. Il pourrait s'y jeter. Il y songe. Des quinquets fantastiques s'élèvent au-dessus du Pont-Neuf. Il dépasse la Seine. Il va voir le palais de justice où elle est, quelque part du côté rive droite ; en attendant, il tourne le coin, près de basculer dans le Quartier Latin. Là, une idée le traverse, comme le danseur de corde qui se renverse pour tourner. Le voilà aux Halles. Il a faim. Il mange quelque part, près d'un bastringue où tournent les insouciants, debout, de la graisse et du pain sur des saucisses. Le vin rouge. Idiotement perdu dans une foule miséreuse et débraillée par la sueur, le travail, qui se mêle à la fête nationale et à ses petits drapeaux. Quelque chose le chasse vers les boulevards, devant le passage fermé. Il lève les yeux : c'était là-haut, à l'entresol. Des filles le frôlent. Il fout le camp. Vers Montmartre. A travers les bals. Depuis quelques heures une idée prend corps. Une adresse. Près de la place Clichy. Une maison. Il la regarde par son pince-nez. Une maison comme les autres, dans une rue tranquille. Il s'en arrache. Il revient. Il regarde les fenêtres du troisième. Il s'en va en courant comme un fou. Partout on danse. Un élastique le ramène à ce poste d'observation. C'est là que le matin le retrouve, tandis que se défont les derniers couples et s'en vont les derniers musiciens. Un matin d'été pur et léger. Un homme lourd et rongé. Devant la maison qui n'a rien de remarquable. On commence le ramassage des poubelles. Les concierges sortirent sur le pas des portes et battirent les paillassons. Le soleil s'éleva, apparut au-dessus des tôles grises, dans la fuite des cheminées, chauffa. Des gosses coururent, des cloches sonnèrent.

Il fut huit heures.

Alors M. Charles, le croupier habitué à l'exactitude, l'homme exercé à rendre rapidement la monnaie, pénétra dans l'immeuble et demanda au jeune fils de la concierge, un permissionnaire en bras de chemise, avec une culotte de chasseur et une grande ceinture bleue : « L'inspecteur Colombin, c'est bien au troisième ? — Non, dit l'autre, qui balançait un grand seau d'eau sur les carreaux de l'entrée. C'est au quatrième. Au troisième au-dessus. Dans le couloir, la troisième porte à droite. »

Au troisième au-dessus, M. Charles sonna. Personne ne répondit. Il dut carillonner à plusieurs reprises. Enfin, on entendit grommeler. Derrière la porte, il y eut un bruit de pieds nus. Et, à travers le battant, la voix de Colombin : « Qui est là ? »

Leroy hésita, puis dit avec un grand naturel : « C'est l'ami Leroy. » Une chaîne sauta, la porte s'ouvrit. « Leroy ? Quel bon vent ? Attendez, je me recouche. Entrez. »

Charles put juste apercevoir les cuisses velues de l'inspecteur qui se pagnotait, le temps de traverser la petite entrée. Dans la chambre, il mit son chapeau à la main et enleva méthodiquement son binocle. L'autre, recouché, bâillait à se décrocher les mâchoires : « Vous m'avez réveillé, mon cher, je pionçais encore... Quelle heure est-il ? » Il s'étira, les rideaux étaient mal fermées sur la fenêtre ouverte avec les persiennes mi-croisées. La chambre banale, avec une grosse natte rouge et verte en paille et des meubles de chêne clair, était dans un beau désordre, un soulier jeté ici, l'autre là, du linge sur une chaise, les vêtements laissés par terre avec les bretelles et un pot de chambre visible sous le lit.

« Quel bon vent ? » répéta l'inspecteur, en s'aplatissant

la tignasse. Charles Leroy, sans mot dire, arrivait tout près du lit qui avait la tête au mur, près de la porte de l'entrée.

Brusquement l'inspecteur Colombin sentit tomber sur lui une masse pesante et des mains l'attrapèrent au cou par-derrière. « Nom de Dieu, Leroy ! » gueula-t-il. Il était très fort, mais, au lit, il avait le désavantage de la position. Le corps de l'assaillant, dont il essayait de défaire les mains sauvages qui serraient, faisaient boulet à son cou. Il asphyxiait. Il donna un coup de reins formidable et roula du lit avec l'agresseur.

XVIII

Avez-vous jamais tué un homme ? C'est beaucoup plus compliqué qu'on ne le croit. D'abord, ça se défend. Et puis avec un revolver, par exemple, je n'en parle pas. Ça ne compte pas. C'est tricher. Mais avec vos mains, avec vos bras, avec votre corps. Ce qui en a sauvé plus d'un, c'est qu'au milieu du travail, on fléchit dans la volonté de tuer. La volonté de tuer, c'est ça, l'essentiel. Il y a deux moments difficiles : commencer, puis finir.

Évidemment, ce qui aide, c'est la rogne : précisément parce que le type se défend. Violence contre violence. Chacun donne ici sans mesure sa force, il n'aurait que faire de l'épargner. Les objets autour, auxquels on se raccroche, qui tombent, se brisent, les objets dont la valeur s'apprécie à leur pouvoir de meurtre... Mais surtout...

Tenez, vous vous êtes battu parfois contre d'autres hommes. Bon. Oubliez ces expériences-là. Parce qu'il y a encore la ruse, la science, le souffle, le répit quand on se guette. Rappelez-vous plutôt votre enfance, à l'école ou dans la rue. Les enfants sont plus voisins des assassins, quand ils se tabassent, que les adultes.

La volonté de tuer.

Il est absolument certain que Colombin était plus fort que son adversaire, mais Charles avait la force de sa volonté. Les deux bêtes frénétiques se débattaient à terre avec une étrangeté qui ne leur était pas sensible. Le croupier cherchait avec ses jambes à immobiliser les paturons roux de l'inspecteur. Il se sentait pas les coups dont l'autre lui martelait la tête, il ne lâchait pas le cou serré. Les mains du policier vainement s'attaquaient à ses poignets rigides. Leroy serrait, serrait. On n'imagine pas ce qu'un homme peut faire de grimaces pour en tuer un autre.

L'incroyable paquet d'hommes, ce nœud monstrueux de nudité et de vêtements, avait des sursauts soudains qui se replaquaient au plancher, à la natte de paille. La volonté de tuer. Pas une parole. Les souffles courts. Un moment l'agresseur, fatigué, mollit. L'animal qui était en dessous le sentit et tressaillit de triomphe. Ses bras entourèrent la taille épaisse du croupier. Mais celui-ci dans le fond noir de sa fureur retrouva l'image confuse de Jeanne, de Jeanne liée à ce corps dénudé qu'il sentait sous lui, contre lui, immonde et puissant. La volonté de tuer fut la plus forte. Il tua.

Dans ses mains la gorge avec ses muscles écartés sous les deux pouces se gonflait, opposant la résistance des cartilages, des anneaux glissants, de toute cette complexe machine à respirer et à hurler, dans laquelle des bruits profonds, partis du bas-ventre, s'étranglèrent. Les visages l'un sur l'autre, l'un contre l'autre, se révulsaient, comme si les deux hommes en même temps entraient dans l'asphyxie. Leroy voyait, grossie, démesurée par le voisinage, la verrue que l'inspecteur avait dans le sourcil gauche, qui exacerbait sa haine, on n'eût pu dire pourquoi. Colombin essaya au hasard de mordre Leroy. Ses dents agrippèrent la lèvre inférieure de l'étrangleur, et la dernière chose qu'il sentit distinctement fut cet abominable baiser du meurtre, et le goût du sang du meurtrier qui lui coulait dans la bouche. Il devenait bleu, violet, rouge à la fois. Leroy serrait, serrait comme un fou.

Le silence retomba longuement avec les corps.

Leroy serrait toujours. Il avait senti fléchir les muscles. Des craquements s'étaient faits dans la masse profonde.

Le policier ne bougeait plus. Leroy ne croyait pas à son triomphe. Il serrait encore. Il tuait encore. La volonté de tuer le dominait au delà de la tâche accomplie. Aurait-il jamais lâché, s'il n'eût brusquement réentendu la voix de Jeanne dans sa tête, quand elle disait dans la rotonde du cercle : *Non, pas les mains ! pas les mains !*

Leroy lâcha la tête qui retomba sur le plancher, cognant, et regarda ses mains qui avaient tué. La conscience première lui revenait. Il secoua sa victime. Le cadavre. Toutes sortes de mots qu'on lit dans les journaux prenaient corps. Il mit avec délicatesse sa paume sur le cœur arrêté. Sa fureur tombait. Le mort devenait quelque chose de respectable. Il s'en écarta.

Mais soudain, il reconnut dans cet homme affalé, presque entièrement nu, l'ignoble Colombin, le bourreau, l'amant de Jeanne. Toute la rage lui revint, il se rejeta sur le cadavre.

Vous avez peut-être déjà, monsieur, étranglé un homme avec vos mains : mais ensuite, l'avez-vous déchiré vous-même ? L'avez-vous martelé, mort, de vos poings ? Lui avez-vous labouré le visage de vos ongles ? Arraché les oreilles avec les dents ? Enfoncé, crevé les yeux, avec les doigts ? Touché le fond osseux de l'orbite et retourné là-dedans votre pouce pour en énucléer la sanglante matière ? Savez-vous combien de temps il faut piétiner un ventre à coups de talon, pour le crever ? C'est diablement solide. Il faut une énergie farouche pour que la peau de ce tambour craque vraiment, et qu'on puisse, après ça, fouiller vraiment jusqu'aux entrailles. Et le sexe de l'homme... c'est incroyable ce que c'est bien attaché, ce que ça tient, ce que ça s'arrache mal...

Le fils de la concierge ne vit pas s'ouvrir les persiennes au quatrième étage. Mais il eut juste le temps de faire un saut pour éviter la masse qui tombait en tournoyant à côté de lui. Charles Leroy, croupier au *Passage-Club*, était mort sur le coup. Et pas beau à voir. Il y eut quelques cris. Une course. Les gens s'amassèrent. Des enfants aux yeux écarquillés. Des femmes. Le permissionnaire n'en revenait pas. Il commençait bien son dimanche.

Il fallait aller chercher un agent, cacher ça, parce que ça n'était pas à mettre sous les yeux de tout le monde. La femme du fruitier qui est enceinte... Et puis si c'était un mauvais présage ? Moi qui voulais aller au Pré Saint-Gervais cet après-midi pour la manifestation de la C.G.T. Je me mettrai toujours en civil.

XIX

Joseph Quesnel avait indiqué à Edmond un petit
fauteuil qu'il avait dessiné lui-même. Confortable.
Edmond, très inquiet, s'était assis.

Le cabinet de travail de Joseph Quesnel donnait sur
le parc Monceau. A travers les grands tulles des fenêtres,
le soleil passait par les jeunes pousses tendres des arbres,
le feuillage tacheté couleur tilleul, et il montait du parc
des rires d'enfants, le crissement du gravier. Là-bas,
de fausses ruines romaines jouaient avec l'eau, comme
dans un suprême effort du paysage impressionniste en
plein Paris pour marier à Sisley Claude Gelée, dit le
Lorrain. On oubliait ainsi le passé voisin de l'infâme
butte Monceau, de la butte chiffonnière bâtie avec les
excréments de Paris, dont le souvenir s'effaçait à force
de grâces dans ce décor imité des promenades aristo-
cratiques de Londres, et qu'entourent avec indulgence
les demeures des grands banquiers du Second Empire.
La pièce était faite d'un jeu de brun et d'amarante. Les
éclairages de Lalique, en cristal dépoli, déroulaient dans
les coins leurs paysages d'athlètes et de pigeons, incompréhensibles dans le plein jour. Sur les tapis cloués,
des fourrures épaisses jetées au pied des tables, et devant
les fauteuils style Mame, enfonçaient sous les visiteurs.
Chaque objet, sur les tables basses, avait un caractère
de rareté, des précieux, qui était terriblement sensible
à Edmond Barbentane. Au mur, il ne put s'empêcher

de penser que cette scène de jardin était un Bonnard. Comme boulevard Bineau. Il avait le sentiment qu'ici sa vie se jouait.

Joseph Quesnel, derrière son large bureau d'ébène, où les papiers jonchaient une sorte de plateau d'ivoire, passa très lentement sa main gauche sur un front dégarni. Puis il ferma les yeux. Quelque chose semblait en lui s'être éteint, avoir soudain vieilli. Il souffrait sans doute et, dans cet instant, ce rose qu'il avait dans le teint et qui lui donnait faussement bonne mine apparut pour ce qu'il était, le feu de quelque maladie lointaine, tapie au fond des organes, et le reflet avant-coureur de la décomposition. Cet homme vivant, quand il baissait ses paupières, se mettait déjà à ressembler à son cadavre : les poches sous les yeux pendaient, mille petites rides qu'on n'avait pas remarquées grâce à l'expression se creusaient et la tristesse de la bouche mal dissimulée par une moustache encore blonde, qui avait dû être souple, accablait, sous le nez épaissi, le menton bien rasé. Les sourcils avançants de l'homme âgé faisaient broussaille. Edmond pensa : « De combien de larmes au bout d'une vie est ciselé le visage d'un homme... » Mais cela ne fut qu'un instant. Les yeux se rouvrirent, la vie revint avec un sourire et M. Joseph Quesnel regarda le jeune homme anxieux, qui était assis devant lui, avec une curiosité qui dura.

« Je vous ai fait venir... » dit-il, et sa main longue et fine jouait avec un coupe-papier de cornaline. Il traînait sa phrase comme si ça n'avait pas été l'autre qui était gêné, sur le gril. Edmond s'essayait à maintenir une expression d'interrogation polie sur son visage. Quesnel pensait : « Qu'est-ce que je fais là ? Qu'est-ce que je sais de ce garçon ? Est-ce qu'il peut me comprendre ? » Edmond s'intéressait maladivement aux vêtements de son hôte. Jamais il n'avait su jusqu'ici apprécier à ce point ce que le soin peut faire d'un homme. Non pas que Joseph Quesnel fût ce qu'on appelle un élégant, mais la beauté de l'étoffe, et surtout l'extrême propreté du linge, la qualité de la cravate, tout cela saisissait en lui. Il devait avoir un excellent valet de chambre.

« Je vous ai fait venir, reprit-il, sa voix traînait. Brusquement il se décida. Il y eut dans ses yeux comme une flamme et ce fut encore un changement de décor. Le sang qui montait aux pommettes. Son timbre se fit plus grave, il renonçait aux phrases préparées d'avance, à ce qu'il s'était promis de dire. Il cessait d'être le grand homme d'affaires qui reçoit un jeune homme, il allait parler avec son cœur.

« Je n'ai pas dormi la nuit dernière. Avec cela, que je n'ai pas été très bien ces derniers temps. Vous n'êtes pas sujet aux insomnies? Un homme qui dort bien ne sait pas ce que c'est que la vie. Je pense souvent aux gens qui ont passé des années dans les cages de fer des prisons, au moyen âge, et je me fais un peu idée de leurs souffrances parce que je sais ce que c'est qu'une insomnie... Oui, la prison, ce doit être bien cela : une insomnie qui dure... » Il secoua ses épaules : « Quelle horreur! »

Edmond sentait croître son appréhension à ce préambule indirect. Quand il avait reçu à son hôtel le message téléphoné de Joseph Quesnel, il avait essayé de se persuader que cette invitation brusquée était on ne peut plus naturelle. Carlotta lui avait dit plusieurs fois qu'elle aimerait qu'il connût son protecteur. Il n'avait pas voulu croire à quelque histoire liée à toute l'affaire du *Passage-Club*. Toutefois, maintenant, cette idée qui s'était formée en chemin malgré lui, qu'il savait bien qu'il avait eue profondément dès la première minute et qui l'avait fait hésiter au seuil du trusteur de taxis, reprenait Edmond à la gorge. Ce n'était pas possible... Il sentait toute la fausseté de sa position. Qu'était-il venu chercher ici? Pourquoi cet absurde attrait de la mouche pour le gobe-mouches? Il s'avouait avoir voulu voir de près la richesse. La voix poursuivait :

« Je ne vous ai pas demandé de venir, monsieur Barbentane, pour vous raconter mes nuits blanches. Pourtant, si vous avez jamais, avant le jour, comme ça, ressenti une sorte d'étouffement qui réveille, si vous êtes resté alors, dans le noir, à écouter battre votre cœur, et à craindre une idée que vous saviez voisine, mais que vous aviez espéré tromper par le sommeil... peut-être y aura-t-il entre nous, malgré la différence d'âge, une espèce de langage commun... Car vous ne savez pas encore ce que c'est que de vieillir, bien que cela commence très jeune. Pour moi, j'ai commencé de me sentir vieillir à trente-cinq, trente-six ans... »

Jamais, Edmond ne s'était trouvé dans une situation pareille. Il suivait le jeu roux du coupe-papier. Il faisait étouffant comme avant un orage d'été.

« Le plus affreux dans le vieillissement, ce n'est pas le résultat, ce sont les étapes. Un jour, on remarque qu'une chose dont on avait l'habitude qu'elle vous soit possible... Et puis, l'âge, c'est surtout quelque chose de douteux, de pas net. Le teint se trouble. On n'est plus sûr de quoi on a l'air quand on dort. Tout ce qui était naturel devient le fruit d'une recherche, d'un effort... Quand on y repense, cela a été si court, la vie. Vers 1890... Allons, je suis fou. Il faut que je vous parle et non pas que je rêve. Alors, voilà. »

Il s'était levé et marchait par la pièce ; il était grand et assez bien découplé. La chasse avait été son sport. Quelque chose en lui rendait cela sensible, qui allait assez mal avec son embarras à en venir au but de la conversation. Plus cet embarras durait, plus l'idée qu'Edmond portait en lui se faisait précise : « Il sait. » Et alors ? Se lever et décamper ? Un pli amer marqua la lèvre inférieure du jeune homme : et alors qu'il sache ! Bon Dieu, c'est moi qu'elle aime, et pas ce vieux.

« Oui, reprit Joseph Quesnel, Mlle Beneduce m'a parlé... »

Les cils d'Edmond battirent. Il y eut un silence où les bruits du dehors prirent une importance exagérée. Attention : cette phrase n'était pas encore suffisamment claire pour...

« Elle m'a dit ce que vous étiez pour elle. Nous avons parlé pendant des heures. Oui. Oh, ce n'est pas que j'aie jamais cru pouvoir garder Carlotta pour moi seul ! Et même j'eusse désiré d'elle d'autres fois cette franchise...

Enfin, ceci nous entraînerait trop loin. Pour dire seulement que le coup n'était ni imprévu, ni sans précédent. Je n'ai pas eu le ridicule de croire qu'elle était éprise de moi, vous savez. Seulement, le terrible, c'est que moi, je l'aime... »

Il n'avait pas pu ne pas dire cela. Toute sa vie, il s'était reproché de laisser ainsi échapper sa pensée. Cela lui avait ruiné des affaires, mais pour les affaires, tant pis. Tandis qu'avec ce jeune homme... qu'est-ce qu'il avait besoin de lui donner des armes? Edmond s'était mis à parler. Qu'est-ce qu'il disait? Bah! n'importe. Ils sont tous les mêmes, ces jeunes gens. Quel ramassis de lieux communs, de niaiseries ils ont dans la tête! Je vous demande un peu ce qu'il avait besoin d'expliquer? Personne ne lui contestait son droit, est-ce que Joseph Quesnel le traitait de voleur, parce qu'il avait couché avec une femme dont un autre payait les robes et le toit? Non. Alors? Bien entendu, bien entendu.

« Voyez-vous, monsieur Barbentane, vous perdez votre temps. Que je vous dise tout de suite... il n'y aura pas de drame. Je ne vous demanderai pas de ne plus voir Carlotta. A elle... enfin, tout reste comme par le passé. »

Edmond respira mieux. Il avait surtout redouté cette rupture qui aurait retiré son luxe à Carlotta. Allons, il avait eu chaud.

« Je voudrais simplement qu'il n'y ait pas entre nous de malentendu. Si j'aime Carlotta, je désire qu'elle soit heureuse. Et il paraît bien qu'elle ne peut, au moins pour l'instant, l'être sans vous. Oh, ne prenez pas cet air! »

« Quel air ai-je pu prendre? » se demanda Edmond. Il secoua la tête comme pour jeter une expression par terre.

« Je veux seulement vous dire que puisque vous êtes indispensable à son bonheur, vous devenez pour moi un élément de ma vie, et voilà ce qui me force à vous connaître, à vous parler. Voyez-vous, d'autres fois,

Carlotta s'est trompée elle-même sur ses sentiments et sur des gens. Elle n'est pas à l'abri d'un certain entraînement qui peut bouleverser sa vie. Vous savez peut-être d'où je l'ai tirée ? »

Le silence d'Edmond s'érailla d'un : *Non*, appréhensif.

L'autre avait repris sa promenade dans la pièce. Est-ce que ce joli garçon est un idiot ? Tout bonnement. Quel droit ai-je de lui raconter Carlotta ? Ça serait pourtant plus simple de s'en faire un ami. Tout de même, les femmes ont le goût vulgaire. Il est absolument comme tous les gigolos. On ne le reconnaîtrait pas dans la rue...

« Quand on ne dort pas, on se fait des idées. Je me souvenais très mal de vous, quand nous nous sommes rencontrés avec mon neveu Roger... Je me disais : autant celui-là qu'un autre. A présent, je me demande... » Il s'arrêta. « Est-ce que vous l'aimez vraiment ? »

Il s'installa dans un fauteuil à la droite d'Edmond et se pencha en avant, les bras ballants entre les cuisses écartées.

« J'ai été jeune. J'ai commencé ma vie par un grand amour. J'étais un petit commis et je me suis épris d'une fille noble. Je l'ai épousée et c'est pour elle que j'ai cessé d'être un homme, que je suis devenu un homme d'affaires exclusivement. Nous avons vécu vingt-cinq années ensemble et elle est morte il y a deux ans. Nous avions une grande fille... J'appartiens à la religion réformée. Notre monde accepte fort mal les liaisons irrégulières et j'ai toute ma vie partagé cette sévérité-là... Si je crois en Dieu, bien franchement, je me le demande. Mais j'ai cru vingt-cinq ans à un amour qui n'existait pas... »

Il avait levé ses yeux sur les yeux d'Edmond.

« On dit que l'amour est traître et qu'il veut toujours être unique, peut-être est-ce pour cela que maintenant, quand je regarde les années passées, j'éprouve ce sentiment étrange de duperie. Il a fallu Carlotta pour que je comprenne que ce que j'avais éprouvé pour ma femme, ce n'était pas, ce ne pouvait pas avoir été de l'amour ! »

Il secoua violemment sa tête et haussa le ton.

« Non, je n'ai pas aimé ma femme! Je ne l'ai pas aimée! »

Edmond évaluait mentalement le contenu de la pièce. Il devait y en avoir pour une somme rondelette, rien que les meubles, et sans parler des tableaux. Il avait aperçu dans un coin quelque chose qui aurait bien pu être un Chardin, une nature morte. Il avait, dès les premiers moments, avec Carlotta, senti vaguement le désir de venir ici, de découvrir la source même de tout ce qui le charmait en elle, et qui n'était pas elle-même, et qui ne pouvant se comparer à la fortune des Beurdeley, quelque chose d'inépuisable et qui avait la force pour lui d'un alcool. Il tressaillit désagréablement, plusieurs phrases lui avaient échappé, quand il entendit Joseph Quesnel dire :

« Et après tout? Pour qui était-ce plus honteux de se trouver au bordel? Pour elle ou pour moi? »

XX

« Tout cela, dit Joseph Quesnel, c'est la faute de la grève des taxis. Il y a plus de dix-huit mois... Nous avions eu réunion du consortium. Je m'étais assez échauffé dans la discussion, je voulais prendre l'air. Sède de Liéoux n'avait pas sa voiture, je lui prêtai la mienne et je m'en fus à pied. J'en avais perdu l'habitude...

« Il faisait un temps surprenant pour un soir d'hiver. Des Ternes, je n'avais pas loin à remonter chez moi, mais j'aperçus le parc, une espèce de regret me saisit et je poursuivis ma route vers Rome, Clichy. Un peu avant Clichy, la foire commençait avec ses quinquets d'acétylène. J'y tournai plus d'une heure, surpris de moi-même et de ce plaisir étrange de ma liberté... Je ne vais pas vous raconter cela par le menu. Mais enfin j'avais eu à quelque temps de là une conversation avec Wisner, où celui-ci, qui est un fanfaron, m'avait parlé des maisons de Montmartre et le nom de la rue Laferrière m'était resté dans la tête, à cause de la forme de cette rue, la seule que je connaisse qui fasse ainsi le demi-cercle. Je m'y trouvai sans avoir eu conscience de m'y rendre et tout d'un coup je me dis que je ne faisais de mal à personne, que j'étais bien libre *et cætera*. Enfin j'entrai dans cette maison que Wisner m'avait vantée. »

L'homme se tut et soupira. La chaleur était assez étouffante. Edmond pensait ironiquement que tout cela était bien du scrupule pour une virée au claque.

Mais, en même temps, il avait une rougeur aux joues et le cœur qui battait. Carlotta... Elle avait donc passé par là. Il sut tout d'un coup qu'il l'aimait vraiment. Joseph Quesnel reprit :

« Vous ne pouvez comprendre ce que j'ai ressenti alors. Je n'étais plus le même homme : derrière moi s'étendaient des années vides et stériles. Je suis revenu le lendemain, je n'ai plus pu supporter que cette femme adorable restât là davantage, en butte à toutes les convoitises de passage. J'ai payé ce qu'il a fallu. Elle est sortie. Elle est devenue plus véritablement ma femme que la mère de mon enfant, bien que le monde, dont je suis le prisonnier, ne me permette pas de faire qu'elle soit ma femme devant lui. J'avais perdu jusqu'au sens de cette vie passée, de cette vie gâchée, je devins le scandale de ceux qui me respectaient jadis. En même temps je me sentais rajeuni, et j'éprouvai avec une cruauté terrible l'irréparable de la vieillesse. Je découvrais tout ce qui avait fait de moi un mannequin, et non plus un homme. Ainsi commença ce douloureux, cet atroce bonheur d'aimer, et d'aimer trop tard, quand on n'est plus aimable et qu'on sait pourtant qu'on n'aura pas d'autre vie où réparer la folle sévérité d'une existence de convention. La première fois que je sus qu'elle m'avait trompé, il y avait deux mois que nous étions ensemble... Le hasard me fit trouver une lettre. Qu'est-ce que vous voulez que je vous dise ? Je me répétais tout bas : cela se passera, cela se passera... et puis ça ne s'est point passé. »

Ici, Edmond se sentit touché. C'était bête, mais c'était comme si lui-même, et non pas Joseph Quesnel... L'autre le regarda un moment : « Je vois maintenant que vous l'aimez. Elle est terrible pour nous autres, vous savez. Oh, ne dites pas non, parce qu'à cette heure elle vous aime. Cela peut si facilement changer. Une simple saute de vent. Si, si. Et je vous dis cela, parce que je ne veux plus que cela change. Cette facilité, comprenez bien : c'est une fille folle et faible, avec toute sa dureté et ce caractère vainqueur. J'ai peur parfois d'elle et de moi.

604

Je me dis que je ne résisterai plus à cela, il y a des hommes qui sont trop bas pour qu'on en supporte l'affreuse concurrence. Et si le malheur voulait que je... qu'enfin dans un égarement toujours possible, il y a des jours abominables, je la... quitte... »

Ce dernier mot tomba comme une goutte de plomb dans le silence. La voix reprit, précipitée : « Si je la quittais un jour, monsieur Barbentane, où tomberait-elle ? A qui tomberait-elle ? Il y a eu dans sa vie une espèce de souteneur dont elle m'a parlé. J'y songe parfois. C'est ce misérable qui l'avait menée où je l'ai trouvée. Je ne veux pas que cela recommence, je ne le veux pas. Carlotta ! » Edmond frémit : il se rappelait Colombin.

Joseph Quesnel semblait au comble d'une souffrance. Ses lèvres étaient devenues si minces et si pâles, qu'on eût dit qu'il allait s'évanouir. Edmond perdit de cette assurance retrouvée. Pourquoi lui disait-il tout cela ?

« Non, je ne veux pas que Carlotta retombe là où je l'ai prise. Et pour cela, il faut que ce que je ne puis faire, un autre le fasse. Il faut qu'un homme jeune sache se faire aimer d'elle et vous pouvez être cet homme, et c'est pourquoi je vous ai fait venir ici... Ne m'interrompez pas. Il faut que vous voyiez, dans ce vieil homme qui vous parle et que vous faites souffrir, non pas un ennemi, mais un allié. Il faut que vous regardiez ce vieil homme non pas avec mépris, mais avec amitié. Il faut que vous trouviez en lui le soutien sans lequel vous la perdrez, soyez-en sûr... Je sais, je sais quelles pensées basses cette complaisance de ma part peut faire naître en votre esprit. Ne vous y abandonnez pas, jeune homme... »

Il pressa un timbre posé sur le bureau. Un larbin en livrée entra. « Du porto », dit Quesnel. Et puis ce fut un grand silence, jusqu'à ce que le larbin eût versé à Edmond le vin sombre de ses mains gantées de coton blanc. Quand ils furent seuls, Joseph Quesnel soupira encore.

« Alors, voilà, monsieur Barbentane. Vous n'avez pas d'argent. Votre père n'est pas généreux. Vous faites votre médecine. Votre jeunesse passe. Comme a passé la mienne. Vous ne pouvez offrir à Carlotta le luxe dont elle a besoin. Pis. Vous ne pouvez pas la suivre dans ce luxe sans vous dégrader. Il y a là un principe de mort. L'amour où l'argent joue un rôle est empoisonné. Vous ne savez pas combien je hais l'argent. C'est une chose abjecte et terrible. Il faut choisir : ou Carlotta, ou la vie que vous vous prépariez. Médecin à Sérianne-le-Vieux, chef-lieu de canton... Comment hésiteriez-vous ? — Je ne vous comprends pas, dit Edmond. — Je dis qu'il faut choisir de succéder à votre père ou d'abandonner une carrière longue et difficile pour être l'amant de Carlotta, l'amant de cette fille exigeante et tyrannique... et de le rester, comme je peux vous en donner les moyens. — Je ne vous comprends pas. »

Joseph Quesnel arpentait la pièce. Il vint s'asseoir devant Edmond et prit un ton paternel.

« Abandonnez, dit-il, votre médecine. Je vous trouverai dans mes affaires une situation qui vous fera l'égal de cette Carlotta riche, adulée, fantasque, auprès de laquelle je garderai ma place de barbon trompé. Nous aurons nos jours, nos heures. Le monde n'en saura rien, car il nous stigmatiserait tous les deux, vous et moi, pour un tel accord. Le monde n'en saura rien, comme il ne sait jamais rien de ce qui est affaire du désespoir, de l'amour et de la faiblesse. Il ne comprendrait pas que, sans moi, vous ne pourriez garder Carlotta, comme je la perdrais irrémédiablement sans vous. »

Il parla longtemps encore. L'accablement de cinq heures entrait par la fenêtre. Edmond, alourdi de porto, n'écoutait plus. Il rêvassait. Quelle aventure bizarre, et c'était sans doute là sa fortune qui passait... Allait-il la laisser échapper par un stupide scrupule ? Carlotta l'attendait boulevard Bineau. Ils dîneraient à la campagne, au bord de la Seine. Carlotta. Son image puissante dominait les pensées d'Edmond. Il entendait ce rire comme un tintement de verre dans une maison abandonnée, dont elle l'avait réveillé l'autre jour, endormi après l'amour. Carlotta, la force et la richesse, des épaules.

Ce geste du cou qui rejette les hommes, la flatterie, l'adoration. Ces mains petites et promptes à gifler. La chevelure pesante comme un coucher de soleil. En même temps, une espèce d'orgueil le prenait : quoi, c'était là, devant lui, ce fameux Joseph Quesnel, le trusteur des taxis, le banquier célèbre, qui s'abaissait, le suppliait ? Il eût voulu prendre la chose avec désinvolture. Il n'y parvenait point. Il sentait une secrète sympathie pour cet homme qui faisait ainsi litière de tout respect humain à cause d'une femme, de Carlotta. Un homme riche ! Le Bonnard luisait dans l'ombre. Un grand peintre ! Edmond se leva :

« Si vous le permettez, monsieur, dit-il, je vais réfléchir. »

XXI

Le lundi 14 juillet 1913 arrivait au milieu de la curiosité générale. La revue de Longchamp promettait d'être
éclatante. Des troupes coloniales avaient été concentrées
à Paris. Depuis plusieurs jours, sur le boulevard Port-
Royal, les gosses, à travers la porte de la caserne, allaient
regarder les nègres. La presse avait chauffé l'opinion.
Le gouvernement, par une claire démonstration patriotique, entendait entraîner la Chambre à voter enfin la
loi militaire.

Avant l'aurore, une foule s'était mise en route vers
l'ouest, croisant les gens qui allaient se coucher après
une nuit à Montmartre. Les régiments, musique en tête,
traversèrent la ville, réveillant les citadins. Les persiennes s'ouvraient. Des filles en chemise se penchaient.
De la rue, les soldats lançaient des regards conquérants.
Les officiers à cheval caracolaient. Le peuple se massait
sur leur passage. On applaudissait. On sait que les Français aiment leur armée. On sait moins comment ils
l'aiment. La plupart, des Parisiens de l'aube, et non pas
ceux des matins au Bois, regardaient avec souci le ciel
sans nuages : il allait faire une chaleur plombée à Longchamp.

Élise Grésandage n'avait pas fermé l'œil de la nuit.
Quand les clairons sonnèrent sous ses fenêtres, elle se
leva, jeta un fichu sur ses épaules et vint regarder.
Richard se retourna pesamment sans s'éveiller. C'étaient
les Annamites. Élise se rappela comme au temps de la

608

guerre de Mandchourie les journaux étaient pleins d'articles sur le péril jaune. Ces petits hommes, comme des jouets, sur le pavé de Paris, lui firent drôlement ma là voir. Qu'est-ce qu'ils venaient faire ici, les malheureux? Puis ce fut l'artillerie, dont les pièces firent trembler la maison au passage. Élise se retourna vers Richard endormi. Elle se souvenait de ce qu'il avait dit de la guerre. S'il avait raison, Rico? Rico, méchant Rico, infidèle. Je ne veux pas qu'on me le tue. Oh, plutôt qu'il soit à cette femme, Seigneur Dieu Tout-Puissant, et qu'elle le rende heureux!

Bien que ce fût folie, Joseph Quesnel avait décidé d'assister à la revue avec Carlotta. Une folie de tous les points de vue : santé, scandale. Il y tenait pourtant, Carlotta avait un chapeau neuf. Il vint donc la chercher en voiture boulevard Bineau, vers six heures et quart. Carlotta, écrasée par les émotions des jours précédents, avait dormi magnifiquement, rassurée. Et reposée, fraîche, ce matin, elle avait une beauté d'aurore et une jeunesse que Quesnel ne lui connaissait pas. Elle le fit attendre. Elle hésitait entre ses robes. Elle vint en combinaison le chercher pour choisir. La beige, la rose, la verte? Dépêche-toi, aujourd'hui personne n'est sûr de pouvoir avoir des places. Les cartes ne sont pas une garantie. C'est une fête démocratique.

Dès l'entrée du Bois de Boulogne, c'était un cheminement énorme de gens de toutes sortes, où dominaient des endimanchements à canotiers et grands chapeaux à plumes. Les femmes en jabot sur leurs robes claires, les enfants mal réveillés emmenés en bande, l'excitation martiale, tout ce que Paris contenait de petits boutiquiers déversé sur les pelouses, dans les fils de fer, où jouaient des mioches braillards, au-delà des remparts et par les avenues qui cernent les deux lacs, s'en allait vers Longchamp, d'où refluait déjà vers sept heures un peuple désappointé de s'être vu refuser l'entrée. Des fanfares éclataient, des piétinements, encore des régiments qui passent. On se pressait sur le chemin des drapeaux avec des cris, des hourras. Le clou de l'affaire était les tirailleurs sénégalais, leurs guêtres blanches, leurs fez rouges et toute la buffleterie, dont les gueules noires et émerveillées, suantes déjà, faisaient courir ce Paris jobard et patriote par-dessous les arbres encore frais de la nuit. Les cuirassiers remontaient les Acacias au milieu des acclamations.

A Longchamp, plein à craquer, il y avait une sorte d'émeute à l'entrée de la Tribune A, qui était celle du Sénat et de la Chambre, pour laquelle Quesnel avait des cartes. On ne laissait pas entrer. Il était sept heures moins le quart. Quelle idiotie! La foule protestait. Sous la pression des arrivants, des femmes, des enfants tombèrent. Il y eut des cris. Serrés à étouffer entre les élégants invités du Parlement, Joseph et Carlotta pestaient pour leur part. Le chapeau de Carlotta faisait sensation : une petite toque mise de côté, avec une double couronne de vingt piquets de crosse noirs et blancs. Et il en est de ces plumes-là comme des orchidées, tout le monde en sait le prix. Cent francs le piquet. Ça faisait au bas mot un galure de quatre mille balles. La bousculade allait de plus belle : des agents levèrent les bras au ciel. Ce n'était pas de leur ressort. On vit des députés ceints des trois couleurs qui promenèrent des barbiches indignées vers les huissiers inexorables. Quand sept heures sonnèrent les barrages s'ouvrirent. Une poussée formidable balaya Carlotta qui tenait son chapeau et Joseph, pâle, avec des douleurs dans le ventre. Des cris d'effroi retentirent : « Attention... Brutes! Ne poussez pas! Une femme vient de s'évanouir! » Le fleuve montait à l'assaut de la Tribune A, se déchirant lui-même, et ces gens du monde se battaient, s'écrasaient dans les escaliers. Derrière eux, sur le sable de l'allée, il resta des chapeaux piétinés, des ombrelles brisées. Les gradins se peuplèrent.

A huit heures, spahis, cavaliers soudanais, tirailleurs sénégalais, algériens, annamites avec leurs galettes de paille sur le foulard noir, fantassins et artilleurs de la métropole, et les Malgaches encore, les Tonkinois, les Marocains, les Gabonais, le régiment indigène du Tchad, sont rangés devant les tribunes : coloniaux d'abord, puis l'infanterie, puis l'artillerie et par-derrière elle la cavalerie, enfin au tréfonds l'aviation et ses autos. Le canon tonne, et par la route de la Cascade, le cortège présidentiel apparaît dans un piaffement de chevaux tachés de blanc aux pieds bandés. Poincaré salue flanqué d'Étienne. C'est le char symbolique de la loi des Trois Ans : la grille s'ouvre et l'équipage gagne le pied des tribunes, du pavillon qui vit gifler il n'y a pas si longtemps un jour pareil, un président de la République. « Vive Poincaré! Vive Poincaré! » Le président écoute ces cris avec la satisfaction profonde d'un homme qui se sait ailleurs méconnu.

Du milieu des officiels (Avez-vous vu cette personne avec Quesnel? Son chapeau?) Carlotta a regardé sous le soleil accablant, aux côtés de Quesnel, évoluer ces lignes claires et foncées, qui sont des milliers d'hommes commandés par le général Michel, Gouverneur militaire de Paris. Des épées luisent au clair devant la garde de quarante drapeaux chamarrés, au premier rang des troupes où l'on distingue encore les officiers aux dolmans de ciel ou aux vestes marine. Des plumets partout. Les pantalons rouges se flanquent de bandes jaunes, bleues, noires et rouges. Il y a juste d'ombre ce que fait dans l'herbe un homme à ses propres pieds, tandis qu'au loin s'estompe dans une buée de chaleur le décor irrégulièrement dentelé des arbres du Bois, avec les sentinelles des peupliers, le moulin et le château de Longchamp, la piste, et des hangars lointains. La Sidi Brahim passe dans le tourbillon d'une fantasia. Massées à l'écart, d'autres troupes attendent leur tour, cavaliers au pied de leur bête, fantassins près des fusils en faisceaux, qui cherchent à attraper des libellules.

La foule noire de la pelouse, pressée, tassée, suante, surprise et cahotante, hurle et vacille sur elle-même. Elle a ses yeux collectifs pleins du mirage d'au-delà des mers. Elle en voit de noires et de jaunes. Des femmes agitent des mouchoirs. Les Saint-Cyriens! Les Saint-Cyriens!

D'un grand geste, à la tribune, Quesnel enveloppe tout cela et murmure à l'oreille de Carlotta : « L'âme nationale! »

Cependant Edmond qui vient de se réveiller, à peine lavé, est descendu prendre un café. Le matin est plein des restes de la nuit. Estrades des bals, papiers froissés et, près de la fontaine au carrefour, le grand carrousel or et blanc de chevaux et de chars avec ses glaces et ses cuivres, immobilisé maintenant par le souvenir de la fête. Dans les journaux du matin, un petit entrefilet retient Edmond. La nouvelle de l'assassinat de l'inspecteur Colombin par un croupier nommé Leroy qui s'est suicidé. Le mobile du crime, bien entendu, est que Leroy reprochait à Colombin d'avoir fait fermer le cercle où il travaillait, la veille au soir, et de lui avoir ainsi enlevé son gagne-pain.

Edmond soupire et sourit. Colombin mort... Il acceptera les propositions de Joseph Quesnel.

Carlotta, transportée par le spectacle, applaudit à tout rompre les Sénégalais. Quelle fière allure! La mission civilisatrice de la France est rendue sensible à chacun. « Vive Poincaré! » Si la Chambre après cela ne comprend pas son devoir... Toutes les têtes se lèvent vers le ciel, et tournent leurs mentons à l'unisson de ce gros scarabée qui vire. Un dirigeable traverse le champ de manœuvres céleste. Un dirigeable jaune, gros, poussif et plein de mystères pour ces hommes venus d'au-delà des mers. Le rêve de la navigation aérienne suspend un instant la discipline terrestre.

Le temps coule dans la chaleur. Toutes les élégances sont là, vaillantes, donnant l'exemple aux soldats. Que de femmes du monde, d'actrices, de bijoux et d'ombrelles! La haute banque et le grand commerce, l'industrie en jaquette et en tube, les rentes foncières et les obligations des chemins de fer, de l'électricité, du textile *et cætera*, font ici preuve de leur patriotisme et de leur énergie. Ils se sont tous levés très tôt, ces gens-là, pleins d'entrain une chanson aux lèvres. *Vive Poincaré!* C'est-à-dire *Vive la France!* Car on ne distingue pas, à quoi bon distinguer? Nos petits soldats sont admirables, prêts à se faire tuer. Et ces braves Africains, conquis par la grâce française! Il paraît que les midinettes en sont folles... Vraiment? Mais cela va faire du vilain! Quoi, un peu de chocolat au lait! Mon cher député, cette plaisanterie est indigne de vous... Vous avez ri, madame, et je n'ai pas d'autre ambition... Les chiens! regardez les chiens! Qu'est-ce que c'est que cette attraction-là? Ce sont les chiens sanitaires. Oh! la prochaine guerre nous réserve des surprises! Les chiens qui vont soigner des hommes... Voilà qui est beau, qui mérite d'être médité...

Comme les troupes revenaient à travers Paris, devant la gare des Invalides, le long de ce quai que surmontaient les figures d'or du pont Alexandre, les artilleurs passaient en chantant avec leurs pièces. On leur fit faire halte, le long de l'esplanade. Le brigadier Adrien Arnaud descendit un instant du caisson sur lequel il était assis, histoire de se dégourdir les jambes. Il était fatigué, mais plein d'enthousiasme. Il pensait que l'avenir de la France est dans l'armée, et que l'armée mettra fin aux désordres, au travail des meneurs qui menace la propriété, les talents individuels, le génie de notre patrie. Paris, avec cette magnifique revue, avait lavé le souvenir de la veille, cette ruée des gens sans aveu au Pré Saint-Gervais, pour la quatrième fois de l'année! Qu'est-ce qu'ils ont donc à aller s'entasser dans les boîtes à ordures des fortifs, ces gens-là? C'est un vice? Adrien, lui, avait surtout envie de pisser. Il s'entendit soudain appeler par son prénom : « Adrien! » Il se retourna.

XXII

Un jeune homme brun, maigre, aux vêtements fripés, la chemise sale, une barbe d'au moins dix jours et un air d'épuisement. Adrien mit un instant à le reconnaître, tant ce miséreux avait l'air de ne lui tendre la main que pour mendier : nom de Dieu, c'était Armand Barbentane ! « Qu'est-ce qui t'arrive ? Qu'est-ce que tu fais là ? » Armand s'expliqua très vite : quitté la famille, fâché avec Edmond, pas de travail, pas de chambre, pas bouffé depuis... La main acheva la phrase. Adrien n'en revenait pas. Armand dans cet état-là ! Ça lui faisait quelque chose, on est tout de même des pays. Et puis un de *Pro Patria* ! Comment est-ce que tout ça s'est goupillé ? Hep, là ! il tourne de l'œil... Des camarades lui passèrent de la gnole. Adrien se fouilla. Dix francs, c'est toujours dix francs. Ah ! puis, ne fais pas de manières ! Il n'y avait pas de risque. Armand prit la petite pièce d'or et la serra. « Mais tu vas retourner à Sérianne... ou bien quoi ? Où dormiras-tu ? Il faut manger tous les jours ! » Armand sourit. Il ne retournerait pas à Sérianne. Il y avait deux possibilités : du travail, ou bien... Ou bien quoi ? Ou bien la Seine. Ne dis pas de bêtises. Je ne dis pas de bêtises, j'ai faim. Bon sang de sort, Armand, est-ce que tu ne peux pas trouver du travail ? « Voilà un mois et demi que je cherche, que je lutte. Pas de papiers, tu comprends. Maintenant, pas de domicile. Et je ne sais rien faire. Le latin, qu'ils m'ont appris... »

614

Adrien hocha la tête. Il pouvait donner une recommandation à Armand. Oui, cela pouvait se faire. Ils lui donneraient du travail. Un bureau d'embauche. Du travail d'usine. Enfin, il y a des emplois faciles. Tu iras ? Cette idée.

Adrien sortit de sa vareuse un stylo et une feuille de papier qui pouvait aller. S'appuyant sur le caisson, il griffonna la lettre, plia, mit l'adresse au dos. C'était quelque part près de la place Pereire. Il expliqua comment y aller. Un coup de sifflet. L'artillerie se remettait en marche. Le brigadier serra la main d'Armand en hâte.

Armand regardait autour de lui. Pas de boulangerie dans un bled pareil, à gauche vers la Chambre ou la Concorde, à droite vers l'Alma. Et par-derrière les Champs-Élysées, par-devant l'Esplanade. C'était encore de ce côté-là le plus près, rue Saint-Dominique peut-être... Il retrouva, de faim, la force de courir.

Il ne put se présenter à l'adresse donnée que le lendemain. Tout était fermé le jour de la Fête nationale. C'était dans une petite rue qui donnait sur le chemin de fer de ceinture par un bout, sur les fortifs par l'autre, entre l'avenue des Ternes et l'avenue de Villiers. Une sorte de boutique vert sombre, avec des rideaux aux vitres. Tout laqué à l'intérieur. Cela avait dû changer de commerce récemment, on avait hâtivement fait des guichets, mis des paravents, des tables. Des messieurs qui avaient l'air de notaires de province, et des grands gaillards avec le chapeau sur l'oreille, conversaient, inscrivaient sur des registres et des petits calepins des noms, des chiffres, des adresses. « M. Debucourt ? » C'était un tapir à nez mauve, avec une calotte de soie noire, et le visage grêlé de petite vérole, une épaule plus haute que l'autre. Un mètre soixante et onze, exactement.

Il prit le mot plié, sortit un pince-nez d'un étui, l'ajusta, s'approcha de la porte pour lire, toussa comme pour s'éclaircir les yeux, et marmonna quelque chose. Il se retourna vers Armand et le dévisagea. « Approchez », dit-il. Puis plissa le nez d'un air de profond dégoût, étendit la main, et tâta le bras du jeune homme. « Mauvais, dit-il, mauvais. Pas de muscles. Un intellectuel! Vous n'avez jamais travaillé en usine? »

Les renseignements l'assombrirent. « Enfin, soupira-t-il, vous m'êtes recommandé par un jeune homme que nous estimons... qui a travaillé pour nous. On peut voir... »

Il prit une feuille de papier à en-tête : *L'Entr'aide mutuelle.* Il leva sa plume à la recherche d'une inspiration. Son regard monta sur le mur comme une mouche. Il sembla se fixer sur une vierge en plâtre. Puis retomba sur Armand. « Monsieur Percepied! » cria Debucourt.

M. Percepied apparut entre les feuilles d'un paravent. Il était occupé avec une femme pauvrement mise, qui tenait un enfant sur ses bras. M. Percepied était exactement un double-mètre mal replié avec des bras de singe et une tête de perroquet. « Monsieur Debucourt? — Monsieur Percepied, peut-on envoyer ce particulier-là aux usines Wisner? » Le double-mètre coulissa sur lui-même et l'œil de perroquet se fixa sur Armand : « Peuh! peuh! » dit-il.

M. Debucourt devint vert pomme : « Si vous vous en foutez! » glapit-il. M. Percepied eut un geste très vague et dit encore : « Bah, bah! » L'autre, qui devait connaître ce langage océanien, reprit sur-le-champ : « Alors, puisque ça peut aller, je l'inscris... » Percepied ne l'entendait déjà plus, il avait pris le bras d'un énorme bouledogue aux joues cramoisies qui criait : « Alors, Percepied, on dîne ensemble ce soir? »

C'est ainsi qu'Armand se trouva embauché. « Notre ami me dit, relut Debucourt, que vous avez reçu une éducation chrétienne et que vous avez été longtemps dans un patronage de Sérianne... Il ne faudra pas oublier les principes qui vous ont été inculqués... attention aux fortes têtes! N'oubliez pas que c'est par faveur que vous avez du travail... et que si nous suivions aveuglément les règles du syndicat... » Armand, à sa grande stupeur, reçut sur-le-champ une prime de dix francs. Il aurait huit francs par jour... Il empocha. Il serait à sept heures au travail, le lendemain! A Levallois. Au-dehors, le beau temps le saisit. Il flâna par ce quartier tranquille, le long des tennis, au-dessus du chemin de fer. Il avait du travail. Il ne pouvait y croire. La vie commençait.

Qui lui eût dit jadis l'allégresse qu'il ressentirait dans un moment pareil ? Rien au monde ne pouvait le rendre plus heureux. Il avait couché sous un toit, mangé. Il travaillerait le lendemain. Il se sentait fier. Enfin un homme. Il regarda les femmes, se rappela sa barbe et entra chez un coiffeur avenue des Ternes. Le garçon eut un drôle d'air en le voyant. Il montra son argent et s'assit dans le fauteuil.

L'usine Wisner de Levallois donnait par une porte de fer sur une rue sans fenêtre, avec ses longs murs, un peu au-delà de la place Collange. Il y avait de l'animation dans cette rue, des groupes arrêtés, de la police. Vers sept heures moins le quart, Armand s'avançait dans le matin, sifflant allégrement, fier du petit papier dans sa poche, fier de travailler. Oh, il avait fait un long chemin depuis les jours de Marguerite de Provence, depuis les jupes de sa mère! Il avait rompu avec le monde des siens, où le travail est un déshonneur, tout au moins le vrai travail, celui des bras, celui des mains. En passant parmi les groupes, Armand regardait les ouvriers, les ouvrières rassemblés, avec des yeux neufs. Ceux-là, ce seraient ses compagnons, ses amis. D'avoir crevé la faim, il se sentait leur frère. Il approchait de la porte.

Soudain quelqu'un le bouscula de l'épaule. Un grand diable, noiraud, avec de petits yeux et une moustache de travers. Une casquette à visière et une cotte. Armand s'excusa. Ce n'était pourtant pas lui... Il avait même l'impression que l'autre l'avait fait exprès. Celui-ci avait pris le jeune homme par le bras : « Où c'est que tu vas, mon pote ? » Il y avait de la menace dans ce ton bonhomme, et la poigne était solide. « Travailler », dit Armand, les yeux luisants, avec tout l'orgueil de ce mot. Aussitôt il y eut un rassemblement autour de lui : « Un jaune! Un jaune! » Ce n'étaient plus des faces amicales, mais des gueules d'adversaires. Dix types résolus l'entouraient. Armand chercha à se dégager, à s'expliquer : « J'ai été embauché à l'usine Wisner... » On ricanait autour. Embauché ? Non, mais des fois.

« Alors, tu vas travailler comme ça ? reprit le grand diable. Tu ne demandes pas l'avis des copains. Tu vas travailler. Et la grève ? » Armand s'étonna : « La grève ? Mais, voyons, je ne savais pas... » On rigolait et on grondait alentour. Le cercle se resserra. A ce moment, il se fit un remous et un agent de police écarta les ouvriers, parlant fort : « Allons, laissez-le, ce gosse, laissez-le passer ! »

Armand se trouvait entre le grand diable et l'agent. L'ouvrier se retourna et commença de crier : « Camarades, laisserez-vous comme ça les jaunes bouffer notre pain ? Camarades... » L'agent l'interrompit avec brutalité : « Laisse-le, celui-là, ou je te coffre !... » D'autres flics approchaient. Les ouvriers reculèrent. « Allez, oust, dit l'homme de l'autorité, au boulot, le clampin ! Tu as ton papier ? » Armand montra sa feuille d'embauche. Les agents l'escortèrent jusqu'à la porte. Derrière eux, quelqu'un lança des pierres qui se perdirent faisant une marque blanche au mur.

A sept heures dix, Armand se faisait pointer à l'usine. C'est ce même jour que, par 376 voix contre 199, la Chambre vota l'incorporation à vingt ans.

XXIII

Ce que cette misérable chambre d'hôtel prise à
Levallois, rue Gide, arrivait à constituer de confort, de
luxe et de quiétude pour Armand, avec les menus objets
de toilette qu'il avait achetés, c'est ce qu'il est assez
difficile de se représenter. Le lit de fer pouvait bien être
dur, le papier mural sale et délabré : c'était un palais
extraordinaire, où se remettait en marche toute la
machine à rêver, toute la puissance imaginative qui
avait peuplé le haut Sérianne de chevaliers et de princesses, de demoiselles et d'écuyers. Les fleurs du papier
groupaient en petits bouquets des roses en grappes, avec
un feuillage vert tendre au-dessus, entre des raies lon-
gitudinales formées par un lacis brun et vert sombre,
et le fond avait été crème, avant que mille intempéries,
la crasse et la fantaisie des habitants l'eussent mué en une
brume de taches où l'encre, le vin et la poussière engen-
draient des figures auxquelles Armand songeur se complaisait. Le petit bonhomme à cheval sur un nuage va
rencontrer une sorte de mouton... Il y avait la couronne
de Charlemagne et une danseuse de cancan... Il y avait
des morceaux de mur écorché où l'on voyait le plâtre
blanc, et dans un coin, au crayon, quelque hôte de passage avait dessiné un cœur percé d'une flèche, avec un
nom : *Fanny*... Et qu'est-ce que cela signifiait pour
Armand ? Il ne connaissait pas de femme de ce nom-là :
il en imaginait une. Une grande Anglaise brune du temps

de Walter Scott, avec des cerises pour pendants d'oreille. Elle s'approchait d'Armand et lui disait : « Le lord, mon père, ne veut rien entendre. Il s'oppose à notre mariage, *darling*, mais tant pis, je viens à toi... Je partagerai ta vie d'ouvrier, à Levallois, aux usines Wisner... » Ici Armand éclata de rire. Il se souvint de ce que signifiait pour lui ce prénom, Fanny : c'était celui que portait la vache, sur laquelle François de Loménie chatouillait Thérèse Respellière il allait y avoir un an...

Au delà des rêves et des souvenirs, il y a la fatigue, et dans le fond de la fatigue, une grande révélation : le travail, l'usine. Il y a ces calus nouveaux dans les mains, cette rupture des bras, cette violation de tout ce qu'Armand a jusqu'ici regardé comme sa liberté, sa dignité. Il y a l'étrange coudoiement d'hommes pour qui cela est la loi naturelle, et la fierté virile et nouvelle d'Armand, de se sentir plié à la loi des autres hommes.

Pourquoi fallait-il qu'à l'orgueil d'être enfin le maître de sa vie une ombre mouvante vînt se mêler, qu'il écartait, mais qui revenait toujours comme une mèche rebelle. C'était le mercredi qu'il avait été pour la première fois à l'usine. On ne l'avait pas laissé sortir pour déjeuner à cause des grévistes. Les hommes qui travaillaient semblaient avoir très peu l'envie de communiquer avec lui. Le lendemain, le 17, ils n'avaient encore pu pénétrer dans l'usine qu'à cause de la présence de la police. Il y avait eu plusieurs incidents dans la rue. Les rentrées pourtant avaient été plus nombreuses. Les contremaîtres rigolaient. Il était évident que la grève allait tourner court. Défaite.

C'est quand il comprit cela qu'Armand sentit en lui monter une indignation soudaine. Qu'est-ce qu'il faisait là ? Qu'est-ce que c'était que ce rôle qu'il jouait ? Cela continuait donc comme à Sérianne ? Il était encore du côté des maîtres, il travaillait pour eux, contre les ouvriers. Contre le wattman de Villeneuve, contre le terrassier tué par ceux de *Pro Patria*, contre Yvonne, contre Angélique, contre ces hommes sans nom aux visages tendus qui appelaient vers lui ou lui criaient des injures devant l'usine... Et ils étaient battus, une fois de plus, par son père, par Barrel, par Wisner, et trahis, trahis par leurs frères, honteusement de retour aux machines, trahis par lui, Armand, le fils des Rinaldi compagnons de Napoléon, empereurs des bazars au Mexique, alliés de Clemenceau le fusilleur.

Ce soir-là, quand il sortit du travail, il vint rôder autour de la Maison des Syndicats où était le comité de grève. Il n'osa pas en franchir la porte, il s'éloigna dans la rue Cavé.

Que pouvait-il faire tout de même ? Allait-il retourner à la rue, à la mendicité parce qu'il ne voulait pas rester un briseur de grève ? Jamais il n'aurait eu de travail, si ce n'avait été le mot d'Adrien Arnaud, et *L'Entr'aide mutuelle*. Fallait-il recommencer la vie du dernier mois, n'avoir plus de chambre, coucher sous les ponts, chassé par les flics ? Il se sentait dans le soir une lassitude terrible. Il dormit mal, cette nuit-là, il revit en rêve l'homme que la police avait battu aux Halles, le soir de son arrivée à Paris, et des visages de son enfance, sa mère en proie à l'hystérie...

Le journal du matin lui apprit que M. Drioux, juge d'instruction, avait entendu la veille Tesson, secrétaire du syndicat des métaux à Valenciennes, inculpé d'agitation antimilitariste. C'était ce jour même, le vendredi, que devait se clore le débat sur la loi militaire... Le sort des conscrits de Sérianne dont il revoyait les figures naïves, la gaîté et la révolte, se jouait là-bas, sans qu'ils pussent dire un mot, dans ce palais à colonnes, devant lequel il avait erré le ventre creux. Et lui, pendant ce temps... Il était clair que c'était la fin de la grève : il y avait encore de nouvelles rentrées.

A six heures, Armand se jeta sur les journaux du soir. La loi de Trois Ans avait été votée par 358 voix contre 204, malgré la protestation du Parti socialiste, lue par de la Porte, et un discours courageux de Caillaux qui exprimait la pensée des radicaux, la pensée impuissante des radicaux devant la coalition qui gouvernait la France. Comme on jetait de gauche à la face de Barthou la majorité qui le soutenait et avec laquelle il venait de faire faire au pays un pas décisif dans la voie de la guerre, Barthou se défendit, disant que peu lui importait que ceux qui avaient voté la loi fussent des réactionnaires. Dans un grand geste oratoire, aux applaudissements de la droite, il déclarait : « Je n'ai voulu connaître que des Français ! »

Alors, sur les bancs socialistes, une fois de plus, se leva Jaurès, indigné. Et sa main traçant d'un grand geste la limite entre les 204 et les 358, le tribun s'écria sous les huées : « Alors la France finit là ! »

Il y a des mots qui ont l'amertume des graines. Celui-ci, Armand le mâcha longuement dans ce soir pesant de juillet qui portait déjà dans son ciel les lueurs du juillet à venir, du juillet suivant, inquiet comme un poste-frontière. *Alors la France finit là...* Où était-elle, cette France, de quel côté du geste de feu qui scinde les rangs de la chambre, du côté des Schneider, des Quesnel, des Schoelzer-Bachmann, des Finaly, des Wendel, qui gagnent à tous les tableaux de l'Europe où l'on tue, des mines sanglantes de la Lena aux Dardanelles, de la Macédoine en feu aux Pennaroya d'Espagne, qui gagnent sur le sang allemand et sur le sang français, sur le Maroc et la Tripolitaine, du côté de Poincaré qui parle au nom des industriels de la Meuse, de Millerand, homme à tout faire du Comité des Forges, de Tardieu, dont apparaît la gueule de requin sur l'Afrique et l'Asie Mineure ? *Alors la France finit là...* Cette parole qu'il emporte dans son cœur troublé, Armand, pose à nouveau devant lui tout le problème, et n'oubliez pas qu'il n'est qu'un ignorant des choses de la vie, qu'il en sait ce qu'on a voulu lui en dire, comme à tous ses pareils, qui n'ont d'autre responsabilité encore dans cette immense salo-perie que d'être nés de ceux-ci, et non pas de ceux-là, et qui pourraient encore choisir contre leurs pères le côté des êtres humains... Il est un ignorant, pour qui la France a toujours été le monopole de ceux qui la mettent en anglais au cul de leurs marchandises : *Made in France,* le monopole de ceux qui l'exploitent et qui

622

font travailler les Français ; il n'a jamais songé à nier le droit de se réclamer d'elle à ceux qui font insolemment chaque samedi soir depuis deux ans parader par les rues des retraites militaires pour arracher les casquettes aux Français qui restent couverts, pour faire des Bourses de Travail des Français le symbole apparent de l'antipatriotisme, quand le patriotisme, lui, se réfugie à la Bourse tout court, avec les Houten, les Lenoir, les Wisner, la pègre internationale qui joue au *Haussmann* ou au *Passage-Club*, qu'on reçoit à l'Élysée et à la place Beauvau, tandis qu'à Sérianne, les Italiens sont utilisés comme un bétail pour l'intérêt de ce bon Français, Barrel, créateur de *Pro Patria*. *Alors la France finit là...* Et si Jaurès a montré de ce geste ardent ce qui était à la gauche de cette frontière de l'opprobre, si Jaurès a voulu appeler ceci la France, et non cela, alors pour Armand, tout à coup tout s'éclaire, et change, et lui aussi quand il va passer le seuil de la Maison des Syndicats, que surveillent les flics patronaux, il pourra dire : *Alors la France finit là...* et il sera lui, dans la France, dans cette chose meurtrie, immense, et palpitante comme un cœur, et qu'il reprend le droit d'appeler de son nom véritable, la France, trop souvent confondue avec cette forteresse vraiment étrangère qui la domine, la forteresse des beaux quartiers où Armand a erré comme un meurt-la-faim, où règnent les usurpateurs, où le mensonge est maître, et se pare des couleurs des anciens gueux, de ceux qui prirent la Bastille, pour couvrir le jeu des Banques internationales et des parricides d'hier réinstallés dans la maison française, ceux de Coblence et ceux de Versailles, à la veille de Charleroi comme à la veille de Sedan. *Alors la France finit là...* Et Armand refait le geste de Jaurès dans le couchant quelque part, vers la Porte Champerret, et ce geste sépare des beaux quartiers, propres, entretenus, pleins de monuments splendides et de grands rêves, ces enfers fumants de cheminées qui font la couronne de Paris et se prolongent dans la capitale par les taches noires des taudis, dans les arrondissements pauvres.

Et Armand dans ces vêpres d'aujourd'hui où la France vient d'être livrée une fois de plus aux spéculateurs de la mort, où dans Levallois une petite grève de détail est domptée, Armand comprend enfin ce que c'est vraiment que la France, et ce qu'a voulu dire Jaurès, et ce que ce sera que le combat de l'avenir, pour une France forte, libre, heureuse. Il le comprend confusément, comme il sait qu'il est maintenant un homme, et qu'il a dépouillé la tutelle des ténèbres. Un enthousiasme qui est l'épanouissement de cette force en lui grandie depuis l'enfance, de cette imagination qui l'unit au peuple de la Provence et qui le marque plus que n'ont su faire la naissance et l'éducation, un enthousiasme d'homme enfin l'entraîne au-delà de lui-même et lui fait négliger ce qu'il perd, et le lendemain terrible, le chômage et la faim.

Il commet ce soir-là un acte vraiment *patriotique*. Il se répète avec une âpre fierté cet adjectif qui vient de prendre pour lui un sens nouveau : il entre à la Maison des Syndicats, il demande le Comité de Grève. On lui indique les portes vitrées au fond, dans la salle des réunions. Ils sont là, sur des bancs, une quinzaine d'ouvriers, assez mornes, un soir de défaite. Armand s'avance vers eux et il leur dit : « Voilà, camarades, je ne veux plus être un jaune, je suis venu à vous... »

Les autres lèvent la tête. Qu'est-ce que c'est que celui-là ? Un jaune ? Comment ? Il parle. Il raconte. Il dit très vite ce qu'il est. Qu'il avait faim. Pas de lit depuis un mois. La rencontre devant les Invalides, *L'Entr'aide Mutuelle*, l'embauchage, l'usine, il ignorait qu'il y eût la grève, mais pendant trois jours, il a été faible, et puis voilà, ce n'est pas possible, alors me voilà.

Tous se regardent. Il répète : « Me voilà. » Il y a un grand et long silence. Ils étaient abattus parce que la grève avait échoué. Et tout d'un coup, ce type... Ils se regardent et hochent la tête. Il y en a un petit, qui a l'air futé, qui s'est mis à sourire. Un autre s'est levé. Un du syndicat. Un homme maigre et large, comme une carcasse tondue de cuir, avec des cicatrices dans le visage et un doigt qui manque à la main droite. Il jette violemment sa casquette sur la table et il a les yeux brillants, sa voix est comme une vieille porte rouillée : « Camarades, dit-il, camarades... Vous voyez bien qu'il ne faut jamais désespérer! »

Terminé le 10 juin 1936
à bord du « Félix Dzerjinski ».

POSTFACE

1936

Ce livre, qui suit Les Cloches de Bâle, *est le second d'un long témoignage que j'apporte, des origines de ma vie à cette heure de la lutte où je ne me sens pas distinct des millions de Français qui réclament le Pain, la Paix, la Liberté. Il prélude à d'autres que rendent problématiques ces craquements sourds dans la vieille demeure, et le bruit des revolvers qui s'arment dans la poche des factieux, et les clameurs proches de la guèrre étrangère. Pourtant il me faut ici rêver à l'avenir, où des livres s'écriront pour des hommes pacifiques et maîtres de leur destin. Il me faut donner à ces livres un titre général, et ce sera en souvenir du long débat que j'ai traversé, et de cette œuvre de nuages que je laisse derrière moi,* Le Monde Réel. Les Beaux Quartiers *sont donc le tome deux du* Monde Réel.*

Comme j'ai fait des Cloches de Bâle, *je dédie et ce que j'écris ici et tout ce que j'écrirai, je dédie* Le Monde Réel *à Elsa Triolet, à qui je dois d'être ce que je suis, à qui je dois d'avoir trouvé, du fond de mes nuages, l'entrée du monde réel où cela vaut la peine de vivre et de mourir.*

A.

TABLE DES MATIÈRES

DU MÊME AUTEUR

Poèmes

FEU DE JOIE *(Au Sans Pareil).*

LE MOUVEMENT PERPÉTUEL *(Gallimard).*

LA GRANDE GAÎTÉ *(Gallimard).*

VOYAGEUR *(The Hours Press).*

PERSÉCUTÉ PERSÉCUTEUR *(Éditions Surréalistes).*

HOURRA L'OURAL *(Denoël).*

LE CRÈVE-CŒUR *(N.R.F. – Conolly, Londres).*

CANTIQUE À ELSA *(Fontaine, Alger).*

LES YEUX D'ELSA *(Cahiers du Rhône, Neuchâtel – Conolly Seghers).*

BROCÉLIANDE *(Cahiers du Rhône).*

LE MUSÉE GRÉVIN *(Bibliothèque Française – Éditions de Minuit – Fontaine – La porte d'Ivoire, E.F.R.).*

EN FRANÇAIS DANS LE TEXTE *(Ides et Calendes).*

NEUF CHANSONS INTERDITES *(Bibliothèque Française).*

FRANCE. ÉCOUTE *(Fontaine).*

JE TE SALUE, MA FRANCE *(F.T.P. du Lot).*

CONTRIBUTION AU CYCLE DE GABRIEL PÉRI *(Comité National des Écrivains).*

LA DIANE FRANÇAISE *(Bibliothèque Française – Seghers).*

EN ÉTRANGE PAYS DANS MON PAYS LUI-MÊME *(Éditions du Rocher Seghers).*

LE NOUVEAU CRÈVE-CŒUR *(Gallimard).*

LES YEUX ET LA MÉMOIRE *(Gallimard).*

MES CARAVANES *(Seghers).*

LE ROMAN INACHEVÉ *(Gallimard).*

ELSA *(Gallimard).*

LES POÈTES *(Gallimard).*

LE FOU D'ELSA *(Gallimard)*.

LE VOYAGE DE HOLLANDE *(Seghers)*.

IL NE M'EST PARIS QUE D'ELSA *(Robert Laffont)*.

LE VOYAGE DE HOLLANDE ET AUTRES POÈMES *(Seghers)*.

ÉLÉGIE À PABLO NERUDA *(Gallimard)*.

LES CHAMBRES *(E.F.R.)*.

LES ADIEUX *(Messidor)*.

Proses

ANICET OU LE PANORAMA, roman *(Gallimard)*.

LES AVENTURES DE TÉLÉMAQUE *(Gallimard)*.

LES PLAISIRS DE LA CAPITALE *(Berlin)*.

LE LIBERTINAGE *(Gallimard)*.

LE PAYSAN DE PARIS *(Gallimard)*.

UNE VAGUE DE RÊVES *(Hors commerce)*.

LA PEINTURE AU DÉFI *(Galerie Gœmans)*.

TRAITÉ DU STYLE *(Gallimard)*.

POUR UN RÉALISME SOCIALISTE *(Denoël)*.

MATISSE EN FRANCE *(Fabiani)*.

LE CRIME CONTRE L'ESPRIT PAR LE TÉMOIN DES MARTYRS *(Presses de « Libération » - Bibliothèque Française - Éditions de Minuit)*.

LES MARTYRS (Le crime contre l'esprit) *(Suisse)*.

SERVITUDE ET GRANDEUR DES FRANÇAIS *(E.F.R.)*.

SAINT-POL ROUX OU L'ESPOIR *(Seghers)*.

L'HOMME COMMUNISTE. I et II *(Gallimard)*.

LA CULTURE ET LES HOMMES *(Éditions Sociales)*.

CHRONIQUES DU BEL CANTO *(Skira)*.

LA LUMIÈRE ET LA PAIX *(Lettres Françaises)*.

LES EGMONT D'AUJOURD'HUI S'APPELLENT ANDRÉ STIL *(Lettres Françaises)*.

LA « VRAIE LIBERTÉ DE LA CULTURE » : *réduire notre train de mort pour accroître notre train de vie (Lettres Françaises).*

L'EXEMPLE DE COURBET *(Cercle d'Art).*

LE NEVEU DE M. DUVAL, *suivi d'une lettre d'icelui à l'auteur de ce livre (E.F.R.).*

LA LUMIÈRE DE STENDHAL *(Denoël).*

JOURNAL D'UNE POÉSIE NATIONALE *(Henneuse).*

LITTÉRATURES SOVIÉTIQUES *(Denoël).*

J'ABATS MON JEU *(E.F.R.).*

IL FAUT APPELER LES CHOSES PAR LEUR NOM *(Parti Communiste Français).*

L'UN NE VA PAS SANS L'AUTRE *(Henneuse).*

LA SEMAINE SAINTE, roman *(Gallimard).*

ENTRETIENS AVEC FRANCIS CRÉMIEUX *(Gallimard).*

LA MISE À MORT *(Gallimard).*

LES COLLAGES *(Hermann).*

BLANCHE OU L'OUBLI, roman *(Gallimard).*

JE N'AI JAMAIS APPRIS À ÉCRIRE OU LES INCIPIT *(Skira).*

HENRI MATISSE, roman *(Gallimard).*

LE MENTIR-VRAI *(Gallimard).*

ÉCRITS SUR L'ART MODERNE *(Flammarion).*

LA DÉFENSE DE L'INFINI *suivi de* LES AVENTURES DE JEAN-FOUTRE LA BITE *(Gallimard).*

POUR EXPLIQUER CE QUE J'ÉTAIS *(Gallimard).*

Romans

LE MONDE RÉEL
    LES CLOCHES DE BÂLE *(Denoël).*
    LES BEAUX QUARTIERS *(Denoël).*
    LES VOYAGEURS DE L'IMPÉRIALE *(Gallimard).*
    AURÉLIEN *(Gallimard).*

LES COMMUNISTES *(E.F.R.)*

I. *Février-septembre 1939.*

II. *Septembre-novembre 1939.*

III. *Novembre 1939-mars 1940.*

IV. *Mars-mai 1940.*

V. *Mai 1940.*

VI. *Mai-juin 1940.*

En collaboration avec Jean Cocteau

ENTRETIENS SUR LE MUSÉE DE DRESDE *(Cercle d'Art).*

En collaboration avec André Maurois

HISTOIRE PARALLÈLE DES U.S.A. ET DE L'U.R.S.S. *(Presses de la Cité).*

LES DEUX GÉANTS, *édition illustrée du même ouvrage (Robert Laffont).*

Traductions

LA CHASSE AU SNARK, de Lewis Carroll *(The Hours Press - Seghers).*

DJAMILA, de Tchinguiz Aïtmatov *(E.F.R.).*

Impression Brodard et Taupin
à La Flèche (Sarthe),
le 1er avril 1996.
Dépôt légal : avril 1996.
1er dépôt légal dans la collection : novembre 1972.
Numéro d'imprimeur : 6753N-5.

ISBN 2-07-036241-8 / Imprimé en France.
Précédemment publié par les éditions Denoël
ISBN 2-207-22864-9